VERLAG TORSTEN LOW

Das Buch:

Sie musste Nathan retten – um jeden Preis!

Nachdem sich ihr sehnlicher Wunsch, mit ihrem Nathan ein Kind zu bekommen, nicht erfüllt, greift Scarlett Hayden in ihrer Verzweiflung zu einem alten Zauber: Wenn man in der Halloween-Nacht einen Wunsch in einer Kürbisfratzenflamme verbrennt, soll er sich erfüllen.

Doch in ihrer Ungeduld bricht Scarlett die wichtigste Regel: Sie wirft den kleinen Zettel mit dem großen Wunsch bereits Ende August in die Kürbisflamme und setzt so eine verhängnisvolle Kette von Ereignissen in Gang: Nach einem Autounfall fällt ihr geliebter Nathan ins Koma. Von einem geheimnisvollen Wesen aus Kerzenflamme und Kürbismagie erfährt Scarlett von ihrer einzigen Chance, Nathan zu retten: Sie muss in die Herbstlande reisen und die Kürbiskönigin um Erlösung bitten.

So begibt sich Scarlett auf eine gefährliche und gleichsam fantastische Reise in die Gefilde der Länder September, Oktober und November, wo Laubdrachen und Mitternachtsraben, Fleder-Schrecken und Lygnisse, Spiegelwälder und Kürbiswichtel nur ein kleiner Teil der Dinge sind, die ihr begegnen …

Auszug aus unserem Verlagsprogramm:

Herbstlande:
- Herbstlande
- Herbstlande – ein Reisejournal

Romane:
- Der Karussellkönig (Fabienne Siegmund)
- Das zerbrochene Mädchen (Fabienne Siegmund)

Anthologien:
- Dunkle Stunden (Hrsg.: Vanessa Kaiser & Thomas Lohwasser)
- Geisterhafte Grotesken (Hrsg.: Fabienne Siegmund)
- Die Einhörner (Hrsg.: Fabienne Siegmund)
- Die Irrlichter (Hrsg.: Fabienne Siegmund)

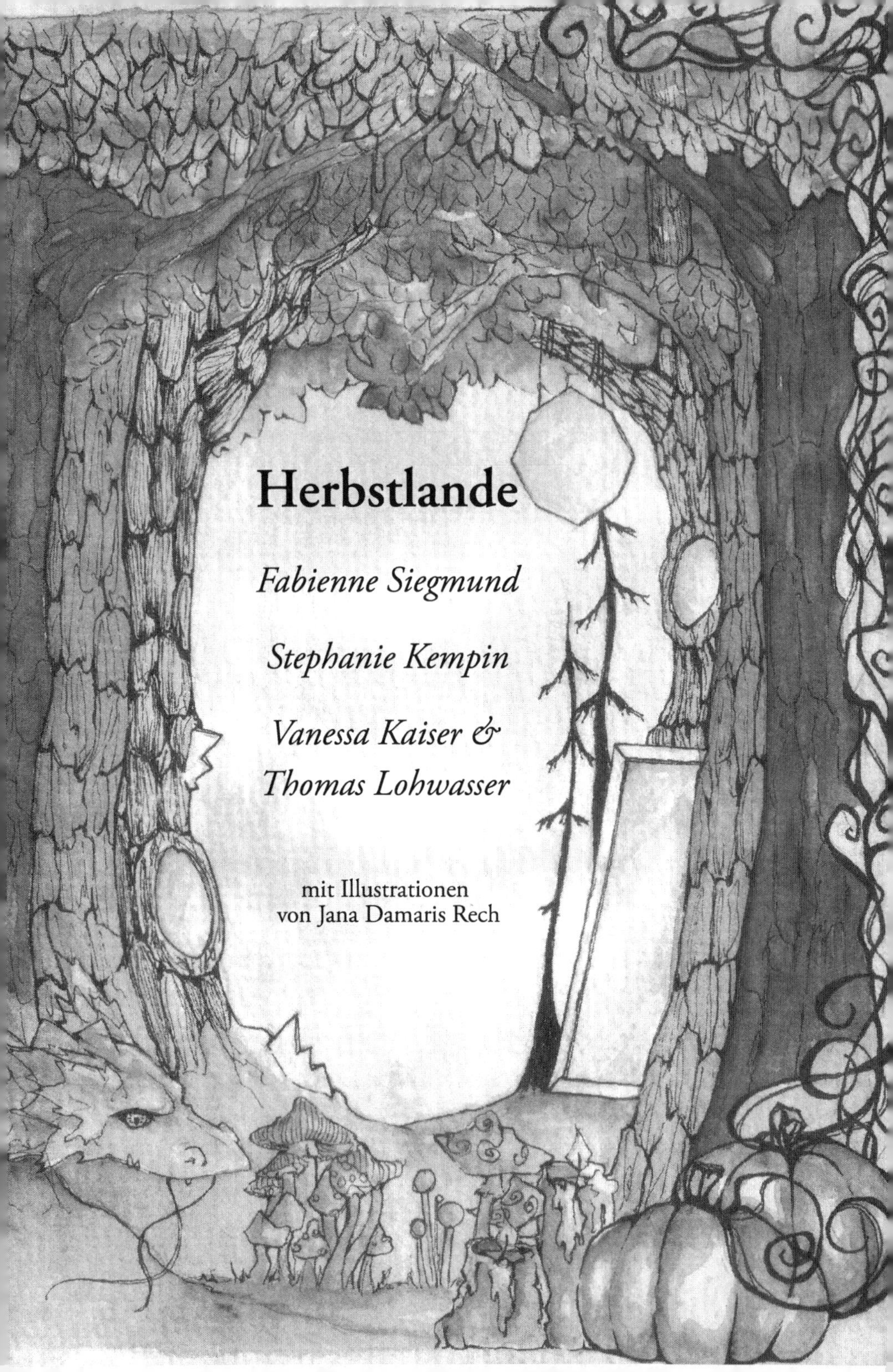

Herbstlande

Fabienne Siegmund

Stephanie Kempin

Vanessa Kaiser &
Thomas Lohwasser

mit Illustrationen
von Jana Damaris Rech

Besuchen Sie uns im Internet
www.verlag-torsten-low.de

Illustrationen und Titelillustration: Jana Damaris Rech

Karte: Thilo Corzilius

Umschlaggestaltung: Timo Kümmel

Lektorat und Korrektorat: T. Low

Satz: T. Low
Druck und Verarbeitung: Winterwork, Borsdorf
Printed in Germany

ISBN 978-3-940036-40-7

Inhalt

Die Herbstlande
Verdorrte Obstwiesen
Finsterwälder
Frostzinnen
Ruinen des Labyrinths
See der kalten Tränen
Schloss des Prinzen
Halloween
Spiegelwald
Koboldhügel
Wolkenberge
Schlucht
Spinnenberge
Verwunschenes Tal
Wispersümpfe
Tauwasser
Frostbruch
Königlicher Kürbisfriedhof
Nebel von Akrasia
Verrätermoor
Eismoor
Die große Mauer
Haven
Felder der Wahrheit
Ashendawn
Kürbispalast
Hexenhaus
Purpurstrom
Nacht-dickicht
Rabenhorst
Feuerberge
Weiher
Liora
Pusteblumen-felder
Friedhof
Trollhügel
Pilzwald
Himmels-see
Feen-gehölz
Bumble
Baum des Lebens
Kürbis-gärten
Sommerwald
Kürbisfelder
Laubdrachenhöhlen
Mitternachts-menagerie
Ling
Wunschbrunnen

Kennst Du das Sehnen, das brennt wie Glut,
sodass das Herz schmerzt, der Geist nicht ruht?
Hätt' ich nur einen Wunsch frei, jetzt und hier!
Herr des Schicksals, ach, erfüll' ihn mir!
Ich gäb' dafür alles, ganz und gar,
Damit das Wunder werde wahr.

Doch, Menschenkind, nimm Dich in acht!
Hast Du denn nicht daran gedacht:
Für diesen Preis im Rad der Zeit,
Ist Deine Seele nicht bereit.
Die schwere Strafe Dich bald trifft,
Die Wunscherfüllung ist wie Gift,
Wie Schatten folgt sie, wird zur Schuld,
Mit unbarmherziger Geduld.
So bleibt Dir nur, Dein Leid zu klagen,
Denn niemals solltest Du es wagen,
Deine Seele für einen Wunsch zu geben,
Du vergibst Dein ewig' Leben.

(Vanessa Kaiser & Thomas Lohwasser)

Teil 1: September

Fabienne Siegmund

Ich such den Weg zwischen Licht und Schatten
Zwischen Wärme und dem ersten Frost
Versuche zu halten, was wir gestern noch hatten –
Morgen, reiß es mir nicht fort

Doch bin ich zu spät, zu langsam
und wird mir das Liebste geraubt
dann, Sommertod, nimm auch mein Herz
und begrab es im ersten Septemberlaub

(Stephanie Kempin)

1

Und der Herbst malt blätterraschelnd Wege auf die Straßen …

Wünsche sind oftmals schwere Kost. Sie nagen an der Hoffnung und füllen das Herz so sehr mit Sehnsucht, dass es vor Kummer zu platzen droht.

Scarlett Hayden, die vor dem Spiegel stand und ihren flachen, babyleeren Bauch betrachtete, spürte all das in diesem Moment.

Sie hatte geduscht, das Handtuch lag noch zu ihren Füßen, und der Blick in den Spiegel war nur ein Zufall gewesen, unbedacht, aber dann waren ihm die dunklen Gedanken gefolgt. Unaufhaltsam.

Es war, als wäre Nathan dort in dem silbernen Spiegelglas, Nathan, der sie mit Blicken ansah, die mit Vorwürfen wie mit Messern gespickt schienen und so wenig jenen liebevollen glichen, mit denen er sie sonst bedachte.

Du bist immer noch nicht schwanger, sagte ein jeder von ihnen und stach ihr das Messer ins vor Liebe flattrige Herz.

Manchmal bemerkte er es. Dann zog er sie an sich und zerstreute den Schmerz für den Bruchteil eines Momentes mit einem Kuss auf ihre Wange. Ihr langes rotes Haar. Oder auf die empfindsame Stelle zwischen Hals und Schulter.

»Du weißt doch, wie sehr ich mir ein Kind wünsche«, flüsterte er dann. Und erinnerte sie abermals an ihren Makel, nicht schwanger zu sein. Und der Kummer färbte das bunte Gefühl seines Kusses grau.

So grau, wie Scarlett sich auch jetzt fühlte. Grau und blass und leer. Babyleer. Weil auch sie sich nichts sehnlicher wünschte als ein Kind.

Eine kleine, glückliche Familie. Nathan, das Baby und sie selbst.

Ihre Hände und Blicke tasteten beinahe gleichzeitig zu ihrem Bauch und sie wandte rasch den Blick ab, um die Gedanken nicht noch schwärzer zu färben.

Kein Baby.

Nur ihre Hände blieben noch eine ganze Weile dort liegen, wo sie so gerne eine Wölbung spüren wollte und doch nichts war, das an neues Leben erinnerte.

Scarlett fröstelte und sie ließ ihre Hände sinken, um nach der Kleidung zu greifen, die auf dem Bett lag.

Sie wollte ein wenig rausgehen. Die letzten Sommersonnenstrahlen des Augustes auf ihrer Haut spüren, ehe die Wärme vom Herbst verschluckt werden würde.

Eigentlich war es fast schon zu spät. Bald schon würde es dämmern.

Nathan kam dann nach Hause.

Er liebte es, wenn sie ihn an der Tür mit einem Kuss begrüßte. Mit einem Kuss, der so oft zu einem neuen Versuch führte, ein Baby zu bekommen, obwohl Scarlett manchmal gar nicht danach war.

Zumindest glaubte sie das, bis Nathans Küsse sie alles vergessen ließen. Selbst das gedachte *jetzt nicht*, das ihr nie über die Lippen kam.

Sie schüttelte den Kopf, aber die Gedanken ließen sich nicht einfach vertreiben. Mit einem Seufzen schlüpfte sie in ihre Stiefel.

Eigentlich sollte sie nicht rausgehen.

Nathan wäre traurig, wenn sie nicht da war, ihn zu begrüßen. Er wurde immer traurig, wenn sie ohne ihn fort ging. Manchmal hatte sie sogar das Gefühl, dass er wütend wurde, aber weshalb sollte er? Es war Traurigkeit, weil er sie so sehr vermisste, wenn er arbeiten musste.

Aber hieß es nicht mitunter, dass Bewegung gut wäre?

Ja, es würde ihr gut tun. Sie entspannen. Und sie blieb ja nicht lange fort. Nur ein bisschen.

Der Wind wehte die ersten verwelkten Blätter vor ihre Füße, als sie auf die Straße trat. Ockerbraun waren sie, hellbraun, manche noch ein bisschen grün. Nur eins von ihnen strahlte leuchtend gelb. Wie eine Mäuseschar wirkten sie, von einer unsichtbaren Katze gejagt.

Und Scarlett, die nicht wusste, wohin sie gehen sollte, folgte den raschelnden Blättern.

Irgendwann hatte sich die Blattmäuseschar getrennt, manche waren zurückgeblieben, manche waren in andere Richtungen geweht, aber das leuchtend gelbe Blatt war bei Scarlett geblieben, bis auch seine Reise am Rahmen einer Tür endete. Warmes, weiches Licht floss auf die asphaltgraue, leicht feuchte Straße und ließ den Boden beinahe verheißungsvoll glitzern.

»Forgotten Leafs« stand auf einem schwingenden Schild über der Tür, goldene Worte auf kupfernem Grund, umgeben von silbernen Blättern, auf die feine Buchstaben eingraviert waren.

Ein Buchladen, wie die vielen Bücher in dem kleinen Schaufenster rechts der Tür vermuten ließen, besser gesagt ein Antiquariat. Ausnahmslos alle Bücher sahen alt aus, eingebunden in braunes Leder oder bunten Stoff, nur selten mit den farbenfrohen Covern der heutigen Tage.

Ehe es ihr bewusst war, lag ihre Hand auf der Messingklinke.

Sie sollte überhaupt nicht hier sein. Es war schon so spät. Zu spät.

Sie sollte zu Hause sein. Auf Nathan warten.

Vielleicht war es besser, einfach zurückzugehen.

Doch dann bewegte der Wind abermals das gelb leuchtende Blatt zu ihren Füßen und im nächsten Moment umfing warme, nach Papier und Geschichten riechende Luft sie wie eine Umarmung.

Scarlett liebte Bücher, hatte sie schon immer geliebt, doch in den letzten Jahren war sie kaum mehr zum Lesen gekommen. Nathan las lediglich die Tageszeitung. Bücher waren für ihn nichts als unnützes, unnötig in die Länge gezogenes Wissen oder schlimmer noch – reine Spinnerei aus den Köpfen von Verrückten, die seiner Ansicht nach kein Leben hatten und so gezwungen waren, sich ein Leben für erfundene Figuren auszudenken. Ganz zu schweigen, was er von den alten Märchen hielt, die Scarlett so liebte. Alte, beinahe vergessene Geschichten voller Zauber, erzählt von ihrer Großmutter …

Unwillkürlich wurde Scarlett klar, wie viele dieser Märchen sie längst vergessen hatte. Sicher, da waren noch Erinnerungen an jene allgegenwärtigen – Snow White, The sleeping Beauty, Cinderella – aber da waren so viele mehr gewesen. Gruselige, unheimliche Worte, die sie unter die warme Decke getrieben hatten. Lustige, warmherzige Worte, bei denen sie laut aufgelacht hatte. Und natürlich die Liebe; die immer heldenmutigen Prinzen, die über die Länder ritten, um eine Prinzessin zu retten.

Wieder schlich sich ein Lächeln auf Scarletts Lippen, und dieses Mal verknüpfte es sich in ihrem Kopf mit Nathan, während sie mit der Spitze ihres Zeigefingers über die Buchrücken strich, die Seite an Seite in den Regalen standen. Ihre eigenen standen noch bei ihren Eltern, verpackt in Kartons, weil sie sie immer hatte abholen wollen und es doch nie getan hatte. Es gab keinen Platz in ihrer Wohnung für Bücher …

»Die Bücher mögen es, wenn man sie streichelt.«

Die Stimme war so tief, dass sie Scarlett an entferntes Donnergrollen erinnerte und der Mann, der plötzlich neben ihr stand, hatte etwas von Gewitterregen. Mittelbraunes Haar fiel in sein Gesicht. Er trug schwarz, von den Schuhen bis zu dem dünnen Pullover, der über die Jeans hing. All die Dunkelheit ließ seine braunen Augen fast golden strahlen, wie Sterne in einer freundlichen Sommernacht.

Er schenkte der verunsicherten Scarlett ein breites Lächeln.

»Verzeihen Sie. Ich wollte Sie nicht erschrecken. Aber ich sah, wie Sie den Büchern über den Rücken strichen. Und ich glaube, die Bücher mögen das.«

Er wirkte verlegen, gab Scarlett jedoch nicht die Gelegenheit, etwas zu erwidern.

»Willkommen bei Forgotten Leafs. Hier finden nicht Sie die Geschichten, die Geschichten finden Sie.«

Die hellbraunen Augen musterten sie aufmerksam. Wieder hatte Scarlett das Gefühl, Sterne funkeln zu sehen.

»Wie … wie meinen Sie das?«, brachte sie hervor und biss sich auf die Lippen, kaum dass die Frage über sie gestolpert war.

Sie sollte wirklich nicht hier sein, sondern zu Hause. Schon hörte sie Nathans Stimme. »Ach meine Sky …«

Er nannte sie Sky, weil sie sein Stück vom Himmel war …

Aber Nathan war nicht hier, und die Bücher rochen so verführerisch, nach neuen, unentdeckten Geschichten und sogar nach altvertrauten, lange nicht mehr gesehenen Bekannten.

Der Buchhändler lächelte. »Wie ich es sagte. Hier finden die Geschichten Sie. Wenn Sie glauben, hierhergekommen zu sein, um einen Krimi zu kaufen und die Bücher der Ansicht sind, sie sollten besser einen Liebesroman lesen, werden Sie am Ende mit einem solchen den Laden verlassen. Wenn Sie dachten, etwas Neues entdecken zu wollen, so nehmen Sie vielleicht ein Buch mit, das Sie schon Hunderte Male mit ihren Augen verschlungen haben …«

»Und wenn ich gar nicht weiß, was ich will?«, unterbrach Scarlett ihn abrupt.

Das Lächeln auf den Lippen des Mannes verwandelte sich in ein Grinsen. »Dann finden die Bücher erst recht das Richtige für Sie.« Mit einer einladenden Geste trat er einen Schritt zur Seite. »Sehen Sie sich um. Die Bücher werden Sie verstehen.«

Damit verschwand er hinter einer Regalreihe und obwohl Scarlett genau wusste, dass er nicht weit weg war, fühlte sie sich seltsam allein.

Vielleicht sollte sie einfach gehen. Nein. Ganz bestimmt sollte sie gehen.

Aber all die Bücher … und was, wenn der freundliche Buchverkäufer recht hatte, wenn seine Worte nicht nur eine hübsche Werbestrategie für Leseratten waren? Wenn die Bücher wirklich wussten, welches von ihnen sie gerade brauchte?

Immer noch unschlüssig begann Scarlett, die einzelnen Bücher zu betrachten. Es gab doch neuere Titel, sie standen überall zwischen alten, zerlesenen Exemplaren, aber egal, wie viele sie auch in die Hand nahm, egal, wie viele Titel oder Klappentexte sie las, nie hielt sie das Buch länger in Händen als für jene Augenblicke, die sie für einen ersten Eindruck brauchte.

Es war, als würde das Buch jedes Mal mit dem Kopf schütteln und ihr sagen, dass es nicht für sie geschaffen sei. Nicht hier und nicht jetzt.

Scarlett wusste nicht, wie lange sie so die Buchhandlung durchstöberte oder wie viele Bücher sie aus ihren Regalen nahm, aber sie konnte genau den Moment benennen, in dem sie verstand, was der Buchhändler gemeint hatte.

Die Bücher an diesem Ort suchten sich ihre Leser aus.

In Scarletts Fall war das ein kleines Buch, vielleicht das kleinste in der ganzen Buchhandlung, nicht mal so groß wie der Ringfinger an ihrer Hand und auch nicht dicker. Es hing an einem Band und baumelte vor anderen Büchern, auf dem Titel ein gezeichneter schwarzer Rabe auf weißem Grund. Es war eindeutig ein handgearbeitetes Stück, mehr als Schmuck denn als Buch gedacht. Doch in dem Moment, in dem Scarlett es aufschlug, wusste sie genau, dass es ihres war.

Es war eine alte Geschichte, nicht einmal eine lange, und Scarlett kannte sie sogar aus Kindertagen. Schon mit den ersten Worten kam die Erinnerung zurück.

In einem Land, nur eine Kerzenflamme von dem unsrigen entfernt, lebte einst die Königin der Wünsche …

Ja, da war dieses Mädchen gewesen, das in der Halloween-Nacht einen Wunsch, geschrieben auf ein besonderes Blatt Papier, im Herzen eines Kürbiskopfes verbrannt hatte, damit der Kürbisgeist ihn erfüllen würde.

Scarlett selbst hatte als Kind einmal einen Wunsch in einem Kürbis verbrannt, aber sie konnte nicht sagen, ob er sich erfüllt hatte.

Sie wusste nicht einmal mehr, was sie sich gewünscht hatte. Sicherlich war es ein kindlicher, dummer Wunsch gewesen.

Nichts Großes, nichts wirklich Wichtiges.

Kein Baby.

»Ich sehe, Sie wissen jetzt, was ich meine«, riss sie die Stimme des Buchhändlers erneut aus ihren Gedanken. Scarlett fuhr herum, nickte. Der Verkäufer betrachtete das Buch in ihren Händen mit zur Seite geneigtem Kopf. »Ein seltenes Stück. Handgearbeitet. Mit einer besonderen Geschichte.«

Scarlett runzelte die Stirn. »Wieso besonders?«

»Nun, da ist erst mal die Tatsache, dass niemand weiß, wer diese Geschichte geschrieben oder auch nur aufgeschrieben hat. Sie gehört zu den alten Märchen, doch findet man sie in keiner Sammlung der großen Märchenerzähler. Und sie handelt von Wünschen. Und jede Geschichte, die von Wünschen handelt, ist in meinen Augen eine besondere. Diese vielleicht noch ein bisschen mehr. Weil sie nicht nur vom Wünschen erzählt, sondern auch vom richtigen Zeitpunkt und der Gefahr, die falsche Wünsche mit sich bringen können.«

Er tippte mit dem Zeigefinger auf das kleine Büchlein in ihren Händen. Scarlett nickte, wusste aber nicht, wovon er sprach – welche Gefahr meinte er? Sie kannte die Geschichte doch, wusste, wie dem kleinen Mädchen mit Hilfe der Kürbiskönigin sein größter Wunsch erfüllt worden war, seine Familie wiederzufinden.

Aber eine Gefahr? Die Erwähnung eines falschen Wunsches?

Nein, daran konnte sie sich beim besten Willen nicht erinnern.

»Möchten Sie das Buch mitnehmen?«, fragte der Buchhändler.

Scarlett biss sich auf die Lippen. Nathan mochte keine Bücher. Aber auf der anderen Seite war dieses hier so klein, dass er es gar nicht bemerken würde.

So klein, aber vielleicht so unendlich wichtig.

Ein Wunsch, entzündet in einem Kürbiskopf ...

Scarletts Gedanken überschlugen sich, während sie dem Mann zu dem kleinen Kassentisch folgte.

Sie konnte später nicht sagen, wie viel das Büchlein gekostet hatte. Nicht einmal, wie sie nach Hause gekommen war, wo Nathan auf sie wartete.

Traurig, wie sie es vorhergesagt hatte und mit tausend Vorwürfen im Blick.

Wo warst du? fragten seine Augen, während sein Mund schwieg, und Warum hast du mich allein gelassen?

Scarlett hatte sich erklären wollen, hatte ihm sagen wollen, dass sie nur kurz spazieren gewesen war, aber Nathan war ihrem halb geöffneten Mund nur mit Schweigen begegnet und so hatte sie nichts gesagt. Er wollte es nicht hören. Er hatte vor Enttäuschung die Fäuste geballt und war aus dem Raum gegangen, einfach so und die Ader an seinem Hals hatte unheilvoll gepocht.

Er sperrt dich ein, Scarlett. Wie einen Vogel in einen goldenen Käfig.

Maryannes Worte, vor so langer Zeit, dass sie fast schon vergessen waren. Maryanne, ihre einstmals beste Freundin. Sie hatte Nathan nicht gemocht. Hatte behauptet, er würde sie nicht lieben, und dass er sie verlassen würde, wenn sie ihm kein Kind gebären könnte. Maryanne, die Nathan überhaupt nicht kannte.

Maryanne hatte nie die stolzen Blicke Nathans bemerkt, wenn sie an seiner Seite ging. Oder die liebe Geste, wenn sie sich Schokolade wünschte, und er seine Lieblingssorte mitgebracht hatte, um sie mit ihr zu teilen.

Maryanne …

Warum nur musste sie ausgerechnet jetzt an sie denken?

Sie hatten einander doch seit Ewigkeiten nicht mehr gesehen, nicht einmal mehr gesprochen.

Sie missgönnt dir dein Glück, waren Nathans Worte gewesen, als sie ihm davon unter Tränen erzählt hatte. Und sie hatte in seinen geflüsterten Worten die Wahrheit erkannt.

Ja, Maryanne neidete ihr das Glück, Nathan gefunden zu haben. Und das Glück, dass er mit ihr eine Familie gründen wollte, mit ihr allein.

Und so hatte sie sich für Nathan entschieden, der nun nicht mit ihr sprach, weil sie spazieren gegangen war. Nichts weiter, nur spazieren.

Wie ein Schlag war jeder einzelne Moment, der in Stille verging und im Schweigen lauerten die Vorwürfe.

Du warst nicht da.

Du wirst nicht schwanger.

Du bist nicht gut genug.

Nicht genug.

Scarlett presste sich die Hände auf die Ohren, aber die Worte wollten sich nicht vertreiben lassen und für einen kurzen Moment dachte sie, dass Maryanne vielleicht doch recht hatte … dann aber schüttelte sie den Gedanken ab und ging in die Küche, um das Abendessen vorzubereiten.

Auch das verging in Schweigen. Sie hörte die Zeit aus der großen, wuchtigen Wanduhr tropfen, die Nathan mitgebracht hatte.

Als sie abends gemeinsam und doch irgendwie jeder für sich ins Bett gingen, stiegen Scarlett die Tränen in die Augen und sie konnte ihre Gedanken nicht aufhalten, die wie Wildpferde zurück zu Maryanne und ihren Worten galoppierten.

Er schließt dich ein.

Er wird dich verlassen, wenn du ihm kein Kind schenken kannst.

Doch mit dem Schlaf vergingen die Gedanken und sie verblassten am Morgen wie ein Traum, den man vergaß, als Nathan sie mit einem festen, fordernden Kuss weckte und sie sich in seinen zärtlich-groben Berührungen verlor.

Dass es wieder nicht geklappt hatte, das spürte sie jedoch schon, bevor es zu Ende war, und Scarlett erinnerte sich an das Büchlein.

Die Macht der Wünsche, ausgesprochen von Kürbisköpfen.

Wie ein Echo, das nicht verstummen wollte, hingen die Vorwürfe selbst dann noch in der Luft, nachdem Nathan sich mit einem Kuss verabschiedet hatte.

»Ich freue mich, wenn du mich heute Abend begrüßt«, waren seine Worte gewesen, während derer er Scarletts Hand festgehalten hatte. Einen Hauch zu fest, wie sie sich eingestehen hatte müssen, ehe sie den Gedanken mit dem Schmerz von ihrer Hand abrieb.

Nur die Worte blieben.

Du warst nicht da.

Du wirst nicht schwanger.

Du bist nicht genug.

Nicht genug.

Scarlett schüttelte den Kopf und dachte abermals an die Geschichten um die Kürbiskönigin.

Entzünde einen Wunsch zur rechten Zeit in einem Kürbiskopf …

So einfach. Ein Blatt Papier, ein Zettelchen nur, auf dem die richtigen Worte standen.

Die rechte Zeit.

Wann noch mal waren die Wünsche in der Geschichte ausgesprochen worden?

In der Samhainnacht, zwischen Oktober und November?

Ja … ja, die Kürbisfratzen von Halloween erhörten die Wünsche. Sie waren es, die sie verbrannten und auf Flamme und Asche zu ihrer Erfüllung trugen.

Aber der 31. Oktober war noch so weit.

Genau zwei Monate noch, wie ihr der Blick auf den Kalender bestätigte.

So lange konnte und wollte sie nicht warten. Sie würde ihren Wunsch noch heute in einem Kürbiskopf verbrennen, und sie wusste auch schon genau, wo …

2

Der rechte Wunsch zur falschen Zeit

Der kleine alte Schlüssel drehte sich mit einem verheißungsvollen Klackern in dem verrosteten Schloss. Einen winzigen Augenblick befürchtete Scarlett, dass ihr die Tür vielleicht verschlossen bleiben würde – weil zu viel Zeit vergangen war und man Schlösser und Schlüssel austauschen konnte – dann aber öffnete sich die mosaikbesetzte Tür zu dem alten Gewächshaus. Früher hatte es eine Gärtnerei beherbergt, und Scarlett hatte in ihren Kindertagen viele glückliche Stunden zwischen blühenden Zierpflanzen und Gemüse verbracht. Wie Alice im Wunderland hatte sie mit den Stiefmütterchen gesprochen und einmal sogar versucht, weiße Rosen rot anzumalen, worüber die alte Gärtnerin sehr hatte lachen müssen. Für einen Moment sah Scarlett das rundliche Gesicht mit all den Falten. Wie lange war sie jetzt schon tot? Zu lange, ja, wie viele Jahre auch vergangen sein mochten, es waren zu viele.

Im Inneren der alten Gärtnerei roch es schon nach Herbst und die Sonne ließ Staubkörner in der Luft tanzen. Scarlett erinnerte sich, dass sie diesen Ort immer als ihren Kristallpalast bezeichnet hatte, aber sie schob die Erinnerung beiseite und sah sich suchend um.

Niemand hatte sich seit dem Tod der alten Dame um das Gewächshaus und die Blumen gekümmert. Scarlett bemerkte kaputte Scheiben im Dach, durch die der Himmel strahlte und irgendwer hatte Worte an die äußeren Glaswände geschmiert. Es grenzte an ein Wunder, dass die Scheiben der Wände noch heil waren, von niemandem eingeschlagen oder von Wind und Wetter beschädigt. Von den Pflanzen, die in den kleinen Schalen gestanden hatten, waren die meisten verwelkt und vertrocknet, andere hatten den widrigen Umständen getrotzt und waren weitergewachsen, genährt von dem Regen, der durch die kaputten Dachscheiben kam. Dort, wo die alte Frau Obst und Gemüse angepflanzt hatte, herrschte Wildnis. Unkraut hatte sich zwischen all den sorgfältig gesäten Reihen einen Platz gesucht und Efeuranken malten grüne Linien über alles, gleich einem verschlungenen Labyrinth.

Früher, früher waren dort in der Ecke auch Kürbisse gewachsen. Manchmal hatte Scarlett sie mit Hilfe einer Haselnuss in eine prächtige Kutsche verwandelt, die von einer kleinen Waldmaus gezogen worden war, die sie zwischen den Blumen gefangen hatte. Vorsichtig machte Scarlett einen Schritt in das Dickicht, schob Bohnenranken und Efeu beiseite. Kletten verfingen sich in ihrem Haar und Rosendornen griffen nach ihrem Mantel. Sie sah einen Igel davonhuschen, der sie kurz mit seinen schwarzen Knopfaugen anschaute und irgendwo glaubte sie, den Schwanz einer Maus zu sehen.

Dann stand Scarlett dort, wo einst die Kürbisse gewachsen waren, ganz in der Ecke, und sah sich bangen Herzens um. Sie wusste – sie hätte auch einfach in den nächsten Supermarkt gehen können. Doch kannte sie nicht die Orte, woher diese Kürbisse kamen, nicht die Magie, die ihnen innewohnte. Hier aber, in ihrem Kristallpalast, kannte sie alles. Die Erde, in die sie einst ihre Finger gegraben hatte, vielleicht sogar noch die Ururgroßmütter der Spinnen, die ihre Netze überall gesponnen hatten. Dann endlich fand Scarlett, was sie gesucht hatte. Verborgen unter riesenhaften, schon halb verfaulten Rhabarberblättern und eingebettet in verschlungene Kürbisranken, lag ein kleiner, orangeleuchtender Kürbis. Er war nicht groß, und Scarlett hoffte, dass die Größe des Wunsches nichts mit der Größe des Kürbisses zu tun haben musste, denn dann wäre sie verloren.

So riesig war der Wunsch, so klein der Kürbis …

Scarlett fasste sich ein Herz und beugte sich zu dem kleinen Gemüse hinunter. Sie hatte alles mit, was sie brauchte und holte aus ihrer Handtasche ein Messer, womit sie sogleich den Kürbis abschnitt. Er passte genau in ihre Hände und erinnerte von seiner Form her fast an ein menschliches Herz. Das Teelicht, das sie mitgebracht hatte, um den Wunsch zu entzünden, würde so gerade hineinpassen, wenn sie ihn ausgehöhlt und ihm ein Gesicht gegeben hätte.

Sie steckte das Messer wieder ein und ging mit dem Kürbis in die andere Ecke ihres Kristallpalastes, dorthin, wo immer noch die Theke aus verwitterndem Holz stand. Selbst die alte Registrierkasse war noch da, beinahe meinte Scarlett das Klingeln zu hören, das sie einst beim Öffnen der Schublade gemacht hatte.

Behutsam legte sie den Kürbis neben die Kasse und holte abermals das Messer aus ihrer Tasche, genauso wie das Teelicht, eine Schachtel

Streichhölzer und den kleinen, sorgfältig gefalteten Zettel mit dem Kinderwunsch.

Es dauerte lange, bis Scarlett der harten Kürbisfrucht nicht nur ihr Fleisch, sondern auch ein Gesicht entlockt hatte. Fratzenhaft grinste der kleine Kürbis sie an, die dreieckigen Augen schienen höhnisch auf sie gerichtet zu sein, und als sie das Teelicht ins Innere der Frucht stellte, lachte der Mund mit den kantigen, unregelmäßigen Zähnen flackernd. Scarlett erwiderte das Lächeln. Das Herz schlug ihr bis zum Hals. Wie sehr ihre Hand zitterte, als sie nach dem Zettel griff und ihn schließlich mit geschlossenen Augen den Flammen anvertraute.

»Bitte«, wisperte sie tonlos. »Bitte, erfüll mir diesen Wunsch.«

Doch als sich der Duft von verbranntem Papier mit dem süßlich-würzigen von gegrilltem Kürbis vermischte, wusste sie bereits, dass sich der Wunsch nicht erfüllen würde und schlug mit trauriger Gewissheit die Augen wieder auf.

Der kleine Kürbis war in Flammen aufgegangen. Lichterloh brannte die orangefarbene Frucht und die Feuerzungen malten winzige Gestalten in die Luft, die mit heißen Fingern nach dem alten, trockenen Holz der Theke griffen. Reflexartig schmiss Scarlett einige Hände voll Erde auf das Feuer, um es zu ersticken.

Der Rauch, der blieb, schmeckte nach gestorbener Hoffnung und Scarlett tränkte das Häuflein aus Erde und verkohltem Kürbisfleisch mit ihren Tränen.

Sie wusste selbst nicht, warum sie, nachdem die Tränen irgendwann versiegt waren, das Teelicht aus dem Häuflein heraussuchte und in die Tasche ihres Mantels steckte. Das verbliebene Wachs war schon kalt und fest geworden und hatte die Farbe der Asche angenommen. Es war mehr, als Scarlett nach solch einem Feuer erwartet hätte, fast schien es, dass die Flammen gar nicht davon gefressen hätten.

Als sie wieder durch das Gewächshaus ging, sah sie sich selbst in den Spiegelungen der Scheiben.

»Hast du meinen Kristallpalast gesehen?«, fragte sie ihr Spiegelbild müde. »Früher wurden hier Wunder wahr …«

Aber das Spiegelbild schwieg und so verließ Scarlett das alte Gewächshaus, um nach Hause zu gehen.

Sie hatte nicht gewusst, dass Nathan dort sein würde, aber sie sah sein Auto schon von weitem. Wuchtig und schwarz stand es in der Einfahrt. Er musste früher von der Arbeit gekommen sein. Oder hatte sie am Ende so viele Stunden in ihrem alten Kristallpalast verbracht?

Der Anblick des Wagens ließ sie in ihren Schritten innehalten und unwillkürlich krallte sich ihre Hand im Inneren ihrer Manteltasche um das verkohlte Teelicht.

Vielleicht würde der Wunsch sich doch erfüllen … vielleicht musste der Kürbis verbrennen … sie hatte die Geschichte nicht mehr gelesen, war nur der diffusen Erinnerung aus Kindertagen gefolgt.

Der Vorhang hinter dem Küchenfenster bewegte sich und Scarlett setzte sich wieder in Bewegung. All die Traurigkeit, die sich seit dem Verbrennen des Wunsches in ihr aufgestaut hatte, drohte sie zu ersticken und sie musste nach Luft schnappen, als sie die Tür erreichte und Nathan sie aufriss.

Anders als gestern war er nicht traurig. Er war wütend. Scarlett sah den Zorn in seinen Augen lodern, sah den Funken, der auf seine Lippen übersprang, als er sie anfuhr »Wo warst du? Was hast du wieder getrieben? Dass du mich so hintergehst! Ich dachte, du würdest dich ausruhen, dafür sorgen, dass du mir endlich ein Kind gebären wirst und was ist? Kaum drehe ich dir den Rücken zu, bist du weg.«

Scarlett öffnete den Mund zu einer Erwiderung, doch die Worte wurden niemals geboren, denn Nathan erstickte sie mit seinen Lippen. Hart und fest presste er sie gegen Scarletts Mund, während er sie gleichzeitig mit festem Griff am Handgelenk packte und ins Haus zog.

Alle Zärtlichkeit ging in dieser ersten Berührung verloren. Scarlett, die wusste, was jetzt kommen würde, versuchte, sich gegen Nathan zu stemmen – sie wollte nicht mit ihm schlafen, nicht jetzt, nicht mit all der Traurigkeit im Herzen und dem verglühten Wunsch in ihrer Manteltasche, aber er ließ ihr keine Wahl.

Grob zerrte er ihr die Kleidung vom Leib, der Mantel fiel zuerst, dann der Rest und mit jeder Berührung wuchs das Gefühl in Scarlett, Nathan würde ihr auch noch die Haut abreißen. Alle Farben um sie verblassten und die Kälte der Wand, gegen die Nathan sie drückte, drohte ihren Herzschlag zu ersticken, als er sie schließlich auf den Boden zog und hart in sie eindrang.

Seine Hände hielten ihre Brüste fest, er drehte sie auf sich und hielt sie dann an den Hüften fest, um noch tiefer in sie zu dringen.

Alles in Scarlett drohte zu explodieren. Ihr Unterleib, ihr Kopf – ihr ganzer Körper.

Nathan stöhnte.

»Ach meine Sky. Ich habe dich so vermisst …«

Scarlett schloss die Augen. Eine Welle der Wärme ergoss sich über sie und in ihr, als Nathan zum Höhepunkt kam. Er hatte sie vermisst … und all die Sehnsucht, all die Leidenschaft war jetzt aus ihm herausgebrochen.

»Wo warst du?«, frage er erneut, nachdem sein Atem sich beruhigt hatte.

Scarlett schluckte. Schon jetzt wusste sie instinktiv, dass es wieder nicht geklappt hatte. Wieder würde ihr Bauch babyleer bleiben.

»Ich war einen Wunsch verbrennen«, flüsterte sie mit tonloser Stimme, und als Nathan sie mit gerunzelter Stirn ansah, erzählte sie ihm von der alten Geschichte und dem Kürbiskopf, den sie geschnitzt hatte, auch wenn sie ahnte, dass er es nicht gutheißen würde.

Als sie geendet hatte, legte sich eine bleischwere Stille über sie beide. Immer noch lagen sie auf dem Boden, und die Kälte, die Nathans liebevolle Worte gerade für einen kurzen Moment vertrieben hatte, kam zurückgekrochen.

Das Ticken der Uhr drang aus dem Wohnzimmer an ihre Ohren, zählte tickend die Sekunden, die verstrichen, bis Nathan etwas sagte.

Seine Stimme war leise, aber das Grollen, das sie mit sich brachte, wirkte dennoch wie ein Donnerschlag.

»Und du dachtest, mit so einem Blödsinn könntest du schwanger werden? Wo ich dir schon tausendmal gesagt habe, dass Geschichten nichts als erfundener Nonsens sind, die sich irgendein verirrter Geist ausgedacht hat?«

Scarlett kniff die Augen zusammen und nickte kaum merklich. Nathan merkte es natürlich trotzdem.

Nathan legte einen Finger unter ihr Kinn und drehte ihr Gesicht so, dass sie ihn ansehen musste. Die Feuer in seinen Augen waren wieder da, aber sie waren nicht brennend heiß, sondern loderten kalt durch das Grau seiner Iriden.

»Ich hätte nicht gedacht, dass du so naiv bist«, sagte er mit tonloser Stimme.

Er ließ sie los und drehte sich unter ihr weg, so dass ihr nackter Körper gänzlich auf den Fliesen lag.

So kalt, so eisig kalt …

Es dauerte, bis Nathans Worte wirklich zu ihr durchgedrungen waren. Er war bereits aufgestanden und stieg in seine Jeans.

»Ich wollte es doch nur versuchen. Für uns. Für unser Kind«, flüsterte sie.

»Du hast einen Zettel mit einem Wunsch in einem Kürbis verbrannt und geglaubt, das würde dich schwängern.« Hohn troff aus Nathans Stimme auf sie herab.

»Das habe ich nicht«, erwiderte Scarlett, die Tränen in den Augen. »Ich habe nur gedacht, es kann nicht schaden, es mir noch mal zu wünschen. Damit es endlich klappt, wenn wir miteinander schlafen.«

»Du hast es dir von einem KÜRBIS gewünscht!!!« Jetzt schrie Nathan. »Andere Menschen gehen in die Kirche und beten, vielleicht zünden sie auch noch eine Kerze an, damit ihr lieber Gott sie und ihre Gebete besser sieht. Du aber hast einen Kürbis angezündet, nur weil dir irgendein altes, albernes Märchen eingefallen ist. Hast du vielleicht erwartet, dass gleich ein verdammter Traumprinz um die Ecke geritten kommt?«

Entsetzt schüttelte Scarlett den Kopf. »Nein! Du bist doch mein Traumprinz«, flüsterte sie. »Ich habe mir nur ein Kind gewünscht. Für uns.«

Nathan musterte sie, wie sie da nackt auf dem Boden kauerte.

»Vielleicht«, meinte er plötzlich, »bist du ja gar nicht in der Lage, Kinder zu bekommen.« Er wandte sich von ihr ab und zog sich an. Scarlett war nicht fähig, sich zu bewegen.

Wie ein Echo hallten Nathans Worte in ihr nach. »Vielleicht bist du ja nicht in der Lage, Kinder zu bekommen« und vermischten sich mit den Vorwürfen, die abermals die Stille füllten.

Erst Nathans Stimme ließ sie verstummen.

»Zieh dich endlich an. Wir sind bei Eireen und Marten eingeladen, weißt du nicht mehr?«

Scarlett schwindelte. Sie wollte nicht ausgehen.

»Ich würde lieber zu Hause bleiben«, sagte sie leise, während sie sich langsam erhob und sich anzog.

Nathan drehte sich um und lächelte ein sorgfältig beherrschtes Lächeln, das Scarlett frösteln ließ, obwohl sie genau wusste, dass er sich doch nur um sie sorgte, sie nicht noch einmal so anfahren wollte. »Das geht aber doch nicht, mein Schatz«, erklärte er betont freundlich. »Du weißt, wie die beiden sich auf das Essen gefreut haben und wie viel es mir bedeutet. Es sind doch unsere Freunde.«

Mit zusammengebissenen Lippen nickte Scarlett. Ja, Eireen und Marten waren ihre Freunde. Nathan und Marten kannten sich schon seit der Schulzeit. Und sie und Eireen gehörten jetzt dazu, wurden die beiden Männer nicht müde, zu betonen.

Aber warum sah Eireen sie dann mitunter so an? Als wäre da etwas an Scarlett, das sie traurig machen würde.

»Ich glaube, Eireen mag mich nicht«, sagte sie leise.

»Wie kommst du denn jetzt darauf?« Nathan trat zu ihr zurück und drückte ihr einen Kuss ins Haar.

»Wie könnte sie dich nicht mögen? Und jetzt sei wieder meine liebe Sky, ja? Vergessen wir diesen Quatsch mit Kürbisköpfen, die Wünsche erfüllen. Ich sage dir doch immer, dass in Büchern nur Unsinn steht. Stell dir mal vor, was dir alles hätte passieren können? Wenn dieses Gewächshaus in Flammen aufgegangen wäre? Oder du dich an den eingeschlagenen Scheiben geschnitten hättest ...«

Er strich ihr eine Haarsträhne aus dem Gesicht.

»Ich wäre umgekommen vor Sorge um dich, Liebling.«

Seine andere Hand berührte ihren Bauch.

Scarlett nickte und versuchte sich an einem Lächeln, das sich auf den Lippen Nathans in ein strahlendes Lachen verwandelte.

»So gefällst du mir!« Er kniff ihr in den Po. »Jetzt zieh dir schnell noch was Hübsches an. Den blauen Rock, vielleicht mit einer Leggins, und dazu den braunen Pulli, der dir so gut steht.«

Wieder nickte Scarlett, und dieses Mal legte sich ein richtiges Lächeln auf ihr Gesicht. Der Pullover war ein Geschenk von Nathan gewesen. Und immer, wenn sie ihn trug, fühlte sie sich schön.

Aber die Worte, die Nathan eben gesagt hatte, wollten nicht aus ihrem Kopf.

»Ich kann Kinder bekommen«, flüsterte sie.

Nathan, der sie gerade loslassen wollte, küsste sie auf die Stirn.

»Aber das weiß ich doch, Schatz. Ich war nur so rasend vor Sorge, und als du dann den Unsinn mit dem Kürbis erzählt hast ... es tut mir leid. Wieder gut?«

Sie nickte lächelnd.

Doch als sie später vor dem Spiegel stand und die Wolle glatt strich, fuhren ihre Hände wie automatisch über ihren Bauch, in dem nach wie vor kein Baby heranwuchs. Kein kleines Mädchen, kein kleiner Junge.

Und wieder schlichen sich Nathans Worte in ihre Gedanken, und sie blieben, bis sie ins Auto stieg und Nathan ihr eine Hand auf den Oberschenkel legte, wie er es so oft tat.

»Du bist meine Sky«, sagte er mit einem zufriedenen Gesichtsausdruck und ließ seine Hand einige Zentimeter nach oben wandern. Scarlett wusste, dass diese Berührung ein Versprechen war. Für einen weiteren Versuch. Und sie freute sich darüber, denn es machte die ausgesprochenen Worte nichtig. Nathan glaubte nach wie vor an sie und an ihr Baby.

3

Gespinstmottenbisse

Wie tastende Finger strichen die Scheinwerfer ihres Wagens über die dunkle Landstraße. Wie schnell die Tage zu dieser Zeit ihr Ende nahmen. Ein untrügliches Zeichen, dass der Herbst vor der Tür stand. Morgen schon war der erste September. Scarlett dachte an die Blätter, die sie zu dem Buchladen geführt hatten und an das kleine Buch.

Es steckte immer noch in ihrer Handtasche, sie konnte seine Konturen durch das Leder erfühlen. Am liebsten hätte sie hineingegriffen und das Büchlein aus dem Fenster geschleudert. Nathan hatte recht. Sie war so dumm gewesen, einer Geschichte zu vertrauen, einem Märchen, das man kleinen Kindern erzählte.

Eine Bewegung in den Augenwinkeln lenkte sie ab. Hinter ihr, genau zwischen dem Sitz und der rückwärtigen Seitenscheibe, tanzte eine Gespinstmotte durch die Nacht. Scarlett erkannte den weißen Nachtfalter. Seine papierdünnen Flügel mit den zerrissen wirkenden Rändern und den feinen grauschwarzen Punkten ließen das Tier wie ein Miniaturgespenst wirken.

Nathan sagte etwas, und sie beeilte sich, die Aufmerksamkeit wieder auf ihn zu lenken, es war besser, wenn er die Motte nicht bemerkte, er würde sie nur töten. Nathan tötete jedes Insekt, das ihm vor die Nase flog, aber während Scarlett es bei Mücken, Schnacken oder Fliegen noch verstehen konnte, empfand sie selbst Schmetterlinge und Nachtfalter als wunderschön. Früher, erinnerte sie sich, hatte sie immer geglaubt, sie wären Feen …

»Scarlett, Liebes?«

Nathans Stimme. Rasch sah sie ihn an. »Entschuldige. Ich war wohl in Gedanken.«

Er registrierte ihre Antwort mit einem fragenden Blick, zuckte aber nur mit den Schultern.

»Ich habe überlegt, ob wir nicht wieder einmal ein Wochenende wegfahren könnten. Auf die alte Hütte. Dort hat es uns doch so gut gefallen.«

Wieder legte er seine rechte Hand auf ihren Oberschenkel.

»Das wäre schön«, erwiderte sie. Auf der Hütte war es damals wirklich schön gewesen. Mitten im Wald lag sie, und in der Nähe gab es einen kleinen See, zu dem sie immer gegangen war …

Die Scheinwerfer eines entgegenkommenden Autos rissen sie aus ihrer Erinnerung. Hinter ihr flatterte die Gespinstmotte hektisch hinter den Fahrersitz, auf das verführerische Licht hinter der Scheibe zu, und Scarlett bemerkte aus den Augenwinkeln, dass Nathan wieder einmal nicht angeschnallt war. Scarlett richtete ihren Blick wieder auf die Straße, folgte den Lichtfingern der Scheinwerfer. Viele Autos waren nicht unterwegs, nur ab und an kam ihnen ein Wagen entgegen und einmal sah sie in der Ferne Rücklichter rot aufleuchten. Bald hatte Scarlett sich wieder in ihren Gedanken und Träumen verloren, die sie und Nathan mit einem kleinen Kind in die Dunkelheit malten, oben auf der Hütte, vor dem prasselnden Feuer.

»Was zum Teufel ist das?«, fluchte Nathan plötzlich und das Bild vor Scarletts Augen zerfiel, bis nichts mehr blieb als finstere Nacht hinter Windschutzscheiben.

»Was ist denn?«, wollte sie wissen. Sie konnte nichts erkennen. Irgendwo vor ihnen kam ihnen ein Lastwagen entgegen, wenn sie die Höhe der Lichter richtig deutete, aber er war noch nicht nah genug, um Nathan so aufregen zu können.

»Hier ist so ein Viech im Auto!«, polterte Nathan.

Die Gespinstmotte, schoss es Scarlett durch den Kopf, und tatsächlich tauchte der weißgraue Nachtfalter in diesem Moment vor Nathans Gesicht auf, der mit einer fahrigen Bewegung danach schlug, ihn jedoch verfehlte.

Kurz flatterte das Tier zu Scarlett, sie konnte die winzigen Augen erkennen, dann war es schon wieder bei Nathan und setzte sich auf seine Hand.

»Na warte«, drohte dieser, dann stieß er einen ohrenbetäubenden Schrei aus und schlug wild und hektisch nach dem gespensterhaften Nachtfalter, der abermals entkommen konnte. Scarlett sah einen roten Fleck auf Nathans Hand, gleich einem Insektenbiss, und sie dachte gerade, dass sie noch nie davon gehört hätte, dass Gespinstmotten bissen, dann überschlugen sich die Ereignisse.

Plötzlich war da grelles Scheinwerferlicht und ihr Körper wurde nach links gerissen, ehe er eine Sekunde später hart rechts gegen die Tür schlug. Mit einem lauten Knall öffnete sich der Airbag und versperrte ihr die Sicht, aber sie fühlte, dass sie trotz des Gurtes einige Zentimeter vom Sitz abhob, ehe sie wieder zurück gerissen wurde. Ein Schrei löste sich von ihren Lippen, doch er verhallte in einem Kreischen, Bersten und Krachen. Glassplitter flogen in Zeitlupe an ihr vorbei, glitzernd im gleißenden Licht, das ihr die Augen zu verbrennen schien.

Dann wieder ein Ruck, ein neues Krachen und Bersten. Ein kurzer, stechender Schmerz, dann beruhigende, schwarz gefärbte Stille.

»Hallo? Hallo, hören Sie mich?«

Eine Stimme, von irgendwoher. Worte, eingepackt in Watte.

»Hallo!«

Eine Berührung, die sie nicht lokalisieren konnte. Schulter? Kopf? Bein?

Diffuser Schmerz, dumpf pochend an der einen, spitz stechend an einer anderen Stelle.

»Hallo?«

Mühevoll öffnete Scarlett die Augen. Kalte Luft schlug ihr entgegen und Licht blendete sie. Woher kam all das Licht? Eben war es doch noch Nacht gewesen …

Und wer war der Fremde dort auf dem Bild vor ihr, eingerahmt von spitzen Scherben?

Scarlett schloss die Augen für einen winzigen Moment, öffnete sie wieder.

Das war kein Bild. Da war ein Mann vor ihr. Älter, mit wirrem Haar und einem buschigen Schnauzbart. Braune Augen musterten sie besorgt.

Sie versuchte, die Lippen zu bewegen, aber irgendetwas war mit ihrem Mund.

»Nicht sprechen. Hören Sie. Der Notarzt kommt schon.«

Der Fremde schnäuzte sich. »Sie waren plötzlich auf meiner Fahrbahnseite, wissen Sie? Ich habe noch versucht auszuweichen, aber es ging nicht mehr, die Bremsen – es war schon zu spät.«

Erinnerungsfetzen überfluteten Scarletts Geist.

Die Gespinstmotte.

Nathan, der das Lenkrad verriss.

Der LKW, der noch so weit entfernt gewesen war.

Scarlett versuchte den Kopf zu drehen. Der Wagen musste auf dem Dach liegen … der Himmel war unten, der Boden – die Straße - direkt neben ihr. Da waren orangefarbene Fratzen neben dem Mann, die sie auslachten.

Kürbisse, erkannte sie. Da waren überall Kürbisse. Zermatscht, zerfallen, grinsend.

Woher kamen all die Kürbisse? War ihr Wunsch doch in Erfüllung gegangen?

Nein …

Das Gesicht des Fremden war mit einem Male wieder da. Wann war es verschwunden?

»Der Notarzt kommt bestimmt gleich«, sagte er. »Der holt Sie da raus. Und kümmert sich um Ihren Mann.«

Ihren Mann … die Worte wurden in Scarlett zu einem Echo.

Ihr Mann …

Nathan …

Sie strengte sich an, in die andere Richtung sehen zu können. Dorthin, wo Nathan sitzen musste. Vielleicht war der Fremde zu ihm gegangen, als er fortgewesen war, auf die andere Seite des Autos, zu dem anderen Fenster …

Die Bewegung kostete sie immense Kraft. Wellen des Schmerzes überkamen sie, wollten die Szenerie um sie herum in schwarzen Schatten ertränken.

Schließlich schaffte sie es, das Lenkrad kam in ihr Blickfeld, dann der Sitz.

Er war leer.

Nathan war nicht da.

Reflexartig versuchte sie den Arm nach dem leeren Sitz auszustrecken, aber er klemmte irgendwo fest und die Stimme versagte ihr.

Zu stark war der Schmerz und sie ließ den Kopf wieder zurückfallen.

All diese Kürbisse mit ihren hämisch lachenden Fratzen …

Scarlett schloss die Augen, nur um sie sofort wieder erschrocken aufzureißen.

»Nicht einschlafen, hören Sie? Der Arzt ist ja gleich da.«

Der Fremde. Er musste neben dem Auto liegen, zwischen all den Kürbissen …

Woher nur kamen die Kürbisse?

Der Mann vor dem Fenster streckte seinen Arm durch die zerbrochene Fensterscheibe und griff nach ihr – vielleicht hielt er ihre Hand, vielleicht berührte er sie auch nur an der Schulter – Scarlett wusste es nicht.

Sie wusste nur, dass plötzlich wieder alles schwarz wurde und der Schmerz verblasste.

Das nächste, was sie wahrnahm, war Weiß. All das, was zuvor noch schwarz gewesen war, war jetzt weiß. Strahlend weiß. Da waren auch Geräusche. Ein gleichmäßiges Piepsen. Stimmen. Und auch da ein Gesicht. Schnäuzerlos, jünger, aber ebenso fremd.

»Miss Hayden? Mein Name ist Doktor Andrews. Sie befinden sich in der St. Lucia Klinik. Sie hatten einen Autounfall. Können Sie sich erinnern?«

Autounfall …

Scarlett dachte nach.

Ja. All die Scherben. Das Bersten und Knacken und Krachen.

Nathan.

Der leere Sitz neben ihr.

»Was ist passiert?« So lange dauerte es, bis sie die Worte artikuliert hatte.

»Ihr Lebensgefährte muss das Steuer verrissen haben. Daraufhin ist Ihr Wagen mit einem Gemüsetransporter zusammengestoßen, der Ihnen entgegenkam.«

Gemüse …

All die Kürbisfratzen, hämisch lachend …

»Dem Fahrer des Lasters ist nichts passiert«, erläuterte der Arzt da schon. »Er hatte Glück.«

Glück …

»Was ist mit Nathan?«, brachte sie mühsam hervor.

Sie hörte die Panik in ihrer Stimme.

Doktor Andrews wechselte mit jemandem ein paar Blicke, den Scarlett nicht sehen konnte.

»Ihr Lebensgefährte war nicht angeschnallt. Er wurde aus dem Wagen geschleudert.«

Scarlett schwindelte.

Ihr Mund fühlte sich mit einem Male trocken und pelzig an.

Der Arzt sprach weiter, ernster nun. »Er hatte weitaus weniger Glück als Sie, Miss Hayden. Es grenzt an ein Wunder, dass er noch lebt. Unseren Untersuchungen zufolge hat er ein schweres Schädel-Hirn-Trauma. Er liegt auf unserer Intensivstation im Koma.«

Koma … nur langsam sickerte das Wort in Scarletts Verstand.

Nathan lebte also noch.

»Kann ich ihn sehen?« Die Worte kämpften sich durch die Wüste auf ihrer Zunge.

Wieder wechselte Doktor Andrews einige Blicke mit demjenigen, den Scarlett nicht sehen konnte, nickte dann aber.

»Schwester Ann wird Sie hinbringen, sobald sie Ihre restlichen Schnittwunden versorgt hat. Sie waren einige Zeit ohne Bewusstsein, was auf eine starke Gehirnerschütterung zurückzuführen ist. Wenn Sie mögen, können Sie zu Ihrem Lebensgefährten – sofern Sie sich nicht überanstrengen.«

Scarlett schluckte den Kommentar hinunter, dass ihr Nathan fehlte. Das war nicht, was der Arzt meinte. Sie nickte nur dankbar und ließ zu, dass die Schwester ihre Wunden versorgte. Sie hatte wirklich überall Schnitte, aber die meisten schienen nicht sonderlich tief zu sein.

»Sie hatten wirklich Glück«, sagte auch die Schwester, eine zierliche Person mit aschblonden Locken. Sie half Scarlett, sich wieder anzuziehen.

»Geht es mit dem Stehen?«, erkundigte sie sich.

Scarlett nickte, auch wenn das Zimmer um sie herum hin und her schwankte.

»Lassen Sie sich Zeit«, riet ihr die Krankenschwester.

Scarlett atmete tief ein und konzentrierte sich auf das Bild an der gegenüberliegenden Wand. Ein einziger Farbklecks in dem Meer von Weiß. Eine Herbstwaldaufnahme, orangegolden und tiefrot.

»Wollen wir?« Schwester Ann berührte sie behutsam am Arm.

Scarlett nickte und ließ sich aus dem Zimmer führen, hinaus auf den Flur. Betten standen am Rande des Ganges, in denen Menschen allen Alters lagen. Die meisten schliefen, andere sahen panisch hin und her oder starrten teilnahmslos an die Decke.

»Heute ist eine schlimme Nacht«, erklärte die Schwester mit Resignation in der Stimme. »Wir kommen kaum nach.«

Scarlett nickte abwesend. Sie musste sich konzentrieren, nicht das Gleichgewicht zu verlieren.

»Lassen Sie sich Zeit«, mahnte die Schwester. »Wir können auch einen Rollstuhl nehmen, wenn Sie glauben, es nicht zu schaffen.«

Vorsichtig schüttelte Scarlett den Kopf. »Nein«, erwiderte sie. »Lieber nicht.«

Schwester Ann zuckte mit den Schultern.

»Wir sind gleich da.«

In dem Zimmer, in das sie Scarlett schließlich führte, stand ebenfalls ein Arzt. »Shaw, mein Name«, stellte er sich vor.

Scarlett ergriff die ihr dargebotene Hand und nannte ihren Namen.

»Sie sind die Lebensgefährtin von Mister Adams?«

»Ja«, hauchte sie.

Längst sah sie den Arzt nicht mehr, sie hatte nur noch Augen für Nathan, der in dem Bett neben ihnen lag. Er trug seine Sachen nicht mehr, sondern ein weißes OP-Hemd und seine Haut war so blass, dass sie mit dem Weiß des Bettbezuges verschmolz.

»Gut. Miss Hayden, eigentlich müssen wir auf direkte Verwandte von Mister Adams warten, aber wir konnten niemanden ausfindig machen.«

»Nathan hat keine Familie mehr«, fiel Scarlett leise ein. Erst jetzt wandte sie den Blick von Nathan ab und sah den Arzt an.

»Ihr Kollege sagte, er hätte ein Schädel-Hirn-Trauma.«

Doktor Shaw nickte mit zusammengepressten Lippen und warf Schwester Ann, die immer noch im Raum stand, einen vorwurfsvollen Blick zu. Wahrscheinlich hätte der Arzt es ihr gar nicht sagen dürfen.

Schwester Ann zuckte nur mit den Schultern und verabschiedete sich dann.

Abwartend sah Scarlett den Arzt an. Doktor Shaw räusperte sich.

»Nun, Miss Hayden. Wie Ihnen mein Kollege bereits sagte, hat Mister Adams ein schweres Schädel-Hirn-Trauma erlitten, wahrscheinlich durch den Aufprall, nachdem er aus dem Wagen geschleudert worden war.«

»Er war nicht angeschnallt«, flüsterte Scarlett wie automatisch. »Er schnallt sich nie an.«

Doktor Shaw macht eine Miene, die wohl sagen sollte, dass er eine solche Leichtsinnigkeit nicht gutheißen mochte.

»Wissen Sie noch, wie es zu dem Unfall kam?«, fragte er anstelle eines Kommentars.

Scarlett zuckte mit den Schultern. »Ich bin nicht sicher. Da war eine Gespinstmotte. Nathan wollte nach ihr schlagen. Ich glaube, sie hat ihn gebissen. Und dann ging plötzlich alles so schnell ...«

Wieder wanderten ihre Blicke zu Nathan, suchten seine Hände nach dem roten Fleck ab, den sie glaubte gesehen zu haben. Aber da war nur Blässe, hinter der bläulich schimmernde Adern lagen.

Sein Kopf war von Verbänden umwickelt und in seinen Mund führte ein Beatmungsschlauch. Auch hier piepsten die Monitore im Rhythmus seines Herzens.

Doktor Shaw räusperte sich und Scarlett riss sich für einen Moment von Nathans Anblick los.

»Was passiert jetzt mit ihm?«, fragte sie. Ihre Stimme klang schrill in ihren Ohren. »Wird er wieder gesund?«

»Das kann man noch nicht sagen. Zunächst muss die Schwellung des Gehirns nachlassen.«

Wieder nickte Scarlett.

»Kann ich bei ihm bleiben?«, fragte sie.

Der Arzt nickte und trat einen Schritt zur Seite, damit Scarlett sich neben das Bett setzen konnte.

Ein Stuhl stand schon bereit und kaum, dass sie Platz genommen hatte, griff sie schon nach Nathans Hand.

So kalt war sie, so schwach.

Sanft strich sie ihm über die Haut.

»Ich bin hier, Nathan, hörst du?«

Nathan zeigte keine Reaktion, nicht einmal seine Augen zuckten. Scarlett hauchte ihm einen Kuss auf den Handrücken.

Bestimmt würde Nathan irgendwo spüren, dass sie da war.

Das Rascheln des Arztkittels hinter ihr ließ sie herumfahren.

»Ich lasse Sie dann jetzt alleine. Eine Schwester wird hin und wieder nach Mister Adams sehen. Ich lasse Ihnen Wasser und ein Glas bringen, bedienen Sie sich, wenn Sie Durst bekommen sollten. Und sofern Ihnen selbst etwas fehlt, klingeln Sie jederzeit.«

Scarlett bedankte sich und wandte sich wieder Nathan zu. Jetzt flackerten seine Augen hinter den Lidern und sie hörte kaum mehr, wie Doktor Shaw das Zimmer verließ.

Beruhigend strich sie Nathan über die Wangen. Das Flackern der Augen ließ nach, als ob er wusste, dass sie da war.

Eine Schwester betrat den Raum und stellte nach einer kurzen Begrüßung die Monitore leiser, so dass das monotone Piepen zu einer Hintergrundmelodie der Beatmungsmaschine wurde.

So viele Kabel. So viele Schläuche. Und so wenig Nathan.

Scarlett spürte, wie sich Tränen in ihren Augen sammelten und schließlich eine nach der anderen ihren Weg über ihre Wangen auf die weiße Decke suchten, unter der Nathan lag.

Unwirsch wischte sie sie mit dem Handrücken beiseite.

Nathan würde nicht wollen, dass sie weinte.

Ein Räuspern erklang hinter ihr und als sie sich umdrehte, erkannte sie Schwester Ann.

»Ihr Mantel lag noch in der Notaufnahme. Ich wollte ihn Ihnen nur kurz bringen.«

Die Schwester machte Anstalten, ihn auf einen zweiten Stuhl in der hinteren Zimmerecke zu legen, da rief Scarlett ihr zu: »Nein, bitte, geben Sie ihn mir einfach. Ich … da ist etwas in der Tasche …« Ihre Worte verloren sich bei dem Versuch, einen Grund zu finden, dass sie den Mantel brauchte, aber die Schwester nickte nur und reichte ihn ihr.

»Vielen Dank.« Scarlett klammerte sich an das Kleidungsstück wie ein Ertrinkender an eine Rettungsboje. Es tat gut, etwas Vertrautes halten zu können. Daran Halt zu finden …

»Nicht dafür. Ich gehe dann wieder. Alles Gute, Miss Hayden.« Die Krankenschwester warf Nathan und den Monitoren über ihm einen prüfenden Blick zu, doch konnte Scarlett ihn nicht deuten.

Dann war sie wieder allein.

Sekunden wurden zu Minuten. Minuten wurden zu Stunden.

Ab und an kam die Schwester rein, schrieb etwas in eine blaue Mappe, drückte einige Knöpfe, stellte die Infusion neu ein, wechselte die Flasche oder spritzte ein Medikament dazu.

Manchmal wechselte sie auch ein, zwei aufmunternde Worte mit Scarlett, riet ihr, etwas zu trinken und maß einmal ihren Blutdruck.

Die ganze Zeit hielt Scarlett Nathans Hand und flüsterte ihm leise Worte zu, deren Sinn sie manchmal selbst nicht wusste.

Dann lauschte sie den gleichmäßigen Geräuschen, redete sich ein, dass alles gut war, solange sich das Piepsen und Rauschen nicht veränderte.

Und immer wieder flehte sie Nathan an aufzuwachen, obwohl sie wusste, dass das nicht geschehen würde. Es war zu früh … und dieser kurze Gedanke ließ die Angst in ihr Herz. Was, wenn es längst zu spät war? Wenn er nie wieder aufwachen würde? Sie konnte nicht verhindern, dass ihr sogleich erneut die Tränen in die Augen schossen und suchte nervös in den Taschen ihres Mantels nach einem Taschentuch.

Dabei fiel ihr auch das Teelicht in die Finger, das dort seit ihrem Ausflug in ihren Kristallpalast steckte.

Vorsichtig zog sie es hervor. Das Wachs war grau, und der Docht war so kurz, das Scarlett bezweifelte, dass man ihn überhaupt noch entzünden konnte. Dennoch kramte sie weiter in den Manteltaschen, bis sie auch die Schachtel mit den Streichhölzern fand.

Ohne darüber nachzudenken, entzündete sie eins und hielt es an den Docht.

Es dauerte eine Weile, und die Flamme hatte das Streichholz schon beinahe bis zu Scarletts Fingern aufgeknabbert, da entzündete sich der Docht. Eine winzige Flamme tanzte flackernd auf ihrer aschegrauen Tanzfläche.

Vorsichtig ließ sie das Teelicht in das Wasserglas gleiten, das auf dem Nachttisch stand.

Wahrscheinlich würde die Schwester ihr sagen, dass keine Kerzen erlaubt seien, wenn sie das nächste Mal kommen würde.

Es war ihr egal.

Irgendwann fiel ihr ein, dass Nathan Sachen brauchen würde. Einen Schlafanzug. Seine Zahnbürste. Den Rasierer. Duschartikel. Die ledernen Hausschuhe. All das würde sie ihm bringen müssen …

»Er wird nicht mehr zurückkehren«, sagte da plötzlich eine Stimme neben ihr.

Erschrocken wirbelte Scarlett herum und presste sich rasch die Hand auf den Mund, um ihren Schrei zu ersticken, denn über dem Glas, in dem immer noch das kümmerliche Flämmchen des Teelichts brannte, schwebte ein orangerotgelb-leuchtendes Gesicht, das einer Kürbisfratze glich.

4

Flüsternde Flammen, flammende Wege

Ungläubig starrte Scarlett das, was immer es auch war, an. Wie eine Schlange, die von einem Fakir von seiner Flöte geleitet wurde, wiegte sich die Flammenerscheinung in der Luft hin und her, gespiegelt in einem schwarzen Schatten an der Wand.

»Er wird nicht mehr zurückkehren«, wiederholte die Stimme, und jetzt sah Scarlett, wie sich der tiefrote Mund bewegte: Zeitlupenartig ließ sie die Hand sinken.

»Wer bist du?«, flüsterte sie, nicht sicher, ob sie vielleicht an Nathans Bett eingeschlafen war. »Ich bin der Geist, den du rufen wolltest«, antwortete der Flammenkürbiskopf.

Seine Feuergestalt waberte und flackerte ein bisschen nach links und nach rechts und als sie für einen kurzen Moment stillstand, erkannte Scarlett das Kürbisgesicht, das sie selbst geschnitzt hatte.

»Ich muss träumen«, murmelte sie und drückte Nathans Hand fester.

»Du träumst nicht«, stellte der Kürbisflammengeist fest. »Ich bin hier, genauso wie er fort ist.«

Der flackernde Schatten auf der Wand legte sich über Nathan.

Scarlett folgte der Bewegung und betrachtete Nathan.

»Er ist hier«, flüsterte sie.

Der Kürbisflammengeist schüttelte mit dem Kopf.

»Nur seine Hülle. Er selbst ist fort.«

Die Stimme des Wesens war wie das Knistern und Knarzen von Feuer.

»Die Königin hat ihn. Wird ihn nicht mehr hergeben.«

Ein süßlicher Duft ging von dem Flackern aus. Scarlett schwindelte.

Finger aus Feuer formten sich und deuteten auf Nathan.

Stumm schüttelte Scarlett den Kopf. Drückte Nathans Hand fester, als könnte sie ihn so festhalten. Aber wie hielt man etwas fest, das zugleich fort und hier war? Und wie war das überhaupt möglich?

Flüsternd rief sie sich die Worte des Kürbisgeistes in Erinnerung.

Die Königin hat ihn. Wird ihn nicht mehr hergeben.

»Welche Königin?«, fragte sie stockend.

Der Flammengeist wuchs flackernd in die Höhe, und mit seiner Größe veränderte sich auch seine Stimme, klang verzerrter und brüchiger.

»Die Kürbiskönigin in ihrem Palast im November. Die Herrscherin der Herbstlande und Hüterin der Wünsche.«

In Scarletts Kopf überschlugen sich die Gedanken. Vermischten sich mit Erinnerungen und tanzten mit den Wortfetzen einer Geschichte.

Die Kürbiskönigin, die über all die verbrannten Wünsche in Kürbisköpfen entschied …

»Mein Wunsch …«, wisperte sie. Die Tränen in ihren Augen ertränkten die Worte beinahe.

Der Kürbisflammengeist schrumpfte wieder zusammen und seine großen Augen gaben ihr die Antwort, ehe seine knisternde Stimme wieder erklang.

»Du hast ihn zur falschen Zeit gewünscht. Es gibt nur eine Nacht, in der das Wünschen zwischen Kürbisflammengeistern erlaubt ist.«

Scarlett entsann sich ihres eigenen Gedankens. Noch zwei Monate bis Halloween …

Der Feuerkopf wippte nickend auf und ab. »Das ist die rechte Zeit. Keine sonst. Deswegen hat sie ihn geholt. Sie holt immer, was einem das Liebste ist.«

»Also bin ich schuld …«, murmelte Scarlett, und der Kürbisgeist nickte.

»Das ist deine Strafe«, bestätigte er.

Der Schwindel in Scarletts Innerem wurde stärker. Ihr Herz schlug so schnell, dass sie dachte, es müsse ihr den Brustkorb sprengen. Nur mühsam konnte sie sich dazu bringen, ruhig ein- und auszuatmen, während ihr unaufhaltsam die Tränen in die Augen schossen. Undeutlich stiegen Erinnerungen in ihr auf, an das Ende der Geschichte, wo ein kleiner Junge sich ein Pony gewünscht hatte, an einem beliebigen Tag, irgendwann im Herbst. Auch er war bestraft worden. Aber war da nicht nur die Rede von Albträumen gewesen?

Neben ihr flackerte die Flamme des Teelichts, als wollte es erlöschen.

»Nicht!«, presste sie hervor und musste sogleich nach Luft schnappen, weil ihr das eine Wort allen Sauerstoff aus den Lungen gezogen zu haben schien.

Das Flackern der Flamme wurde ruhiger, der Kürbisgeist schwebte mit hin und her schwingendem Kopf vor ihr.

»Die Strafe ist für jeden anders«, erklärte er, so als ob er abermals ihre Gedanken gelesen hätte.

Scarlett straffte sich. »Du musst mir sagen, wie ich ihn retten kann.«

Warum waren Worte nur manchmal so schwer?

Die Augen in dem Feuergesicht weiteten sich. »Es gibt keine Rettung für ihn.«

»Es muss einen Weg geben.«

Ja, es musste. Weil es so nicht sein durfte. Nathan durfte nicht sterben. Sie gehörten zusammen. Sie würden eine Familie werden. Nathan, sie und das Kind, das sie gemeinsam bekommen würden.

»Nur die Königin hat die Macht, es zu ändern.«

»Dann sage mir, wie ich zu ihr kommen kann.«

Fast meinte sie, Nathans Lippen würden sich zu einem dankbaren Lächeln verziehen. Oder war es doch ein spöttischer Ausdruck, weil er ihren Entschluss nicht guthieß? Scarlett schüttelte ein weiteres Mal den Kopf. Wahrscheinlich war es am Ende nichts von allem und Nathans Züge zeigten gar keine Regung.

Weil er fort war.

»Du willst zur Königin?« Das Knistern in der Stimme des Kürbisgeistes war zugleich voller Skepsis und Bewunderung.

Scarlett nickte. »Ich will sie bitten, Nathan freizulassen.«

»Die Königin gewährt keine Gnade«, warf der Kürbisgeist ein. In seinem Körper aus Feuer und tanzenden Schatten malte sich das Bild eines riesigen Kürbisses, der zugleich ein Palast war und in seinem Inneren sah Scarlett eine Gestalt, von der sie nicht sagen konnte, ob es die Königin oder Nathan war.

»Dorthin muss ich?«, fragte sie.

»Wenn du wirklich willst«, erwiderte der Kürbisgeist. Mit Schrecken sah Scarlett, dass das Wachs im Teelicht sich dem Ende zuneigte.

Eilig nickte sie. »Ich will. Ich muss.«

Die glutroten Augen wandten sich Nathan zu und betrachteten ihn, als würden sie etwas abschätzen. Doch noch ehe Scarlett fragen konnte, was er meinte, wandte der Kürbisgeist sich wieder ihr zu.

»Wenn du wirklich den Mut hast, durch die Herbstlande zu gehen, dann bringe mich dorthin, wo ich geboren wurde. Verbrenne meine Asche in mir und füttere dieses Feuer mit einem verwelkten Blatt. Dann wird sich dir das Tor öffnen, das in die Herbstlande führt.«

Mit einem Nicken beugte sich Scarlett nach vorne, um das Teelicht auszupusten, aber ein Hochschießen der kleinen Flamme hinderte sie.

Erschrocken wich sie zurück und blickte in die glühenden Flammenaugen.

»Wenn ich vergehe, wird sich der Weg nicht zeigen.«

Skeptisch betrachtete sie das Glas mit dem Teelicht. Es war nicht optimal, aber für den Transport sollte es gehen. Sie würde ein Taxi nehmen müssen. Ohne genau zu wissen, wo das Krankenhaus lag – bestimmt war es zu weit bis zu ihrem Kristallpalast…

In ihrer Handtasche fand sie noch Geld, inständig hoffte sie, dass es für die Fahrt reichen würde.

Ihr eigener Wagen kam ihr in den Sinn. Nathans ganzer Stolz. Sicher war er abgeschleppt worden.

Sie tat den Gedanken als unnütz ab und zog ihren Mantel über.

Die Schwester würde ihr das Taxi rufen müssen.

Wohin aber sollte sie mit dem Windlicht? Bestimmt würde die Schwester es ihr abnehmen wollen. Oder sie zumindest bitten, die Flamme zu löschen.

Das einzige, was ihr möglich erschien, war die Handtasche. Sie würde sie dann zwar mit beiden Händen tragen müssen, unverschlossen, aber es würde schon gehen.

Sie musste also nur noch gehen, aber sie konnte nicht. Ein Teil von ihr wollte bei Nathan bleiben, ihn nicht allein lassen. Er brauchte sie doch. Und was sollte sie überhaupt der Schwester sagen? Fahrig strich sie sich eine Haarsträhne aus der Stirn. Sie fühlte sich knotig und verklebt an. Hatte sie geblutet? Sie wusste es nicht.

Aber das würde sie der Schwester sagen. Dass sie sich frisch machen wollte. Sachen für Nathan holen.

In ihrer Handtasche tanzte der Kürbisgeist leicht hin und her. Das wenige Wachs, von dem er sich noch nähren konnte, drängte Scarlett zur Eile. Was, wenn die Flamme ausgehen würde? Wie sollte sie dann Nathan noch retten?

Noch einmal betrachtete sie ihn und drückte ihm dann eilig einen letzten Kuss auf die Stirn. Seine Haut fühlte sich kalt und feucht an.

»Ich werde dich retten«, wisperte sie ihm zu, dann verließ sie den Raum. Die Schwester sah sie verwundert an.

»Aber Sie haben eine Gehirnerschütterung, Miss Hayden«, warf sie ein. »Es war schon nett von Doktor Andrews Sie zu Ihrem Lebensgefährten zu lassen …«

Scarlett schnitt ihr das Wort ab. »Aber ich muss nach Hause. Bitte!« Flehend blickte sie die Schwester an, die nachdenklich auf ihrer Unterlippe kaute.

»Ist Ihnen übel?«, fragte sie schließlich. »Oder schwindelig?«

Scarlett verneinte.

»Also gut«, lenkte die Schwester nach einigen Augenblicken ein. »Ich rufe Ihnen ein Taxi. Aber Sie kommen bitte umgehend zurück. Und Sie müssen mir unterschreiben, dass Sie auf eigenen Wunsch das Krankenhaus verlassen.«

Erleichtert nickte Scarlett. »Natürlich. Das mache ich. Und ich habe ohnehin vor, direkt zurückzukommen. Ich will bei Nathan sein.«

Die Schwester nickte und ging ins Stationszimmer zum Telefon. Scarlett versuchte unterdessen, ihr wild trommelndes Herz zu beruhigen. Es war kein Wunder, dass die Schwester so skeptisch reagiert hatte. Bestimmt kam es nicht so oft vor, dass jemand freiwillig von der Seite eines Bettes wich, in dem ein geliebter Mensch lag.

»Wir rufen Sie dann an, wenn sich in der Zwischenzeit etwas tut, Miss Hayden.«

Scarlett nickte nur und schenkte der Schwester ein dankbares Lächeln, während sie abwesend das Formular unterschrieb, das die Schwester ihr hinhielt.

Was hätte sie auch sagen sollen? Dass sie nicht zu Hause sein würde, weil sie in den Herbstlanden unterwegs war, um die Kürbiskönigin zu bitten, Nathan gehen zu lassen?

Fast meinte sie, Nathans spöttisch verzogenes Gesicht vor sich zu sehen, das er immer gezeigt hatte, wenn sie seiner Ansicht nach einen unüberlegten oder unsinnigen Gedanken zum Ausdruck gebracht hatte.

Das Taxi wartete bereits auf sie, und auch wenn der Fahrer das flackernde Windlicht, das sie vorsorglich wieder in ihre Hand genommen hatte, mit einem seltsamen Blick bedachte, hörte er sich nur an, wohin sie wollte und fuhr stillschweigend los.

Als Scarlett sich den Sicherheitsgurt umschnallte, spürte sie einen Druck an der Schulter. Bestimmt hatte sie dort eine Prellung. Überhaupt war ihr, als würde sie mit einem Male weniger Luft bekommen. Jedes Auto, das ihnen entgegenkam, erinnerte sie an den Moment, in dem die Gespinstermotte Nathan gebissen hatte.

»Sie kam von der Königin«, flüsterte der Kürbisgeist. »Die Gespinstermotten dienen ihr. Tragen ihr Gift in sich.« Er war schon wieder ein wenig kleiner geworden.

»Halte durch«, wisperte Scarlett ihm zu, bangen Herzens die kleine Flamme beobachtend. Die Worte vertrieben den Gedanken, dass die zwei Buchstaben einen unscheinbaren Nachtfalter in etwas Böses verwandeln konnten.

Gespinstmotten. Gespinstermotten.

Aus dem Augenwinkel bemerkte sie, dass der Taxifahrer sie mit einer Mischung aus Besorgnis und Verwunderung musterte.

»Mein Freund«, sagte sie schnell. »Ein Unfall. Ich … ich will nur schnell einige Sachen für ihn holen.«

Der Taxifahrer machte ein betroffenes Gesicht. »Oh, das tut mir leid. Jetzt versteh ich auch das mit der Kerze. Aber das sind gute Ärzte da im Krankenhaus. Das kommt bestimmt wieder in Ordnung, junge Miss. Soll ich bei Ihnen zu Hause auf Sie warten? Dann kann ich Sie gleich wieder zurückfahren.«

Rasch schüttelte Scarlett den Kopf. »Danke, nein, das wird nicht nötig sein.«

Ein Blick aus dem Fenster verriet ihr, dass sie bald da sein würden. Sie konnte schon den waldähnlichen Vorgarten sehen, hinter dem die alte Gärtnerei lag.

Schattenhaft malten sich die Bäume in den dunklen Nachthimmel.

Als der Wagen hielt, lehnte sich der Fahrer nach vorn, um an ihr vorbei sehen zu können.

»Hier wohnen Sie?«, fragte er skeptisch.

Scarlett nickte mit zusammengepressten Lippen. »Was bekommen Sie?«

Von ihrer Frage abgelenkt, stellte der Fahrer das Taxameter auf Fahrtende.

»23,90«, sagte er.

Das Gerät zeigte, dass es gleich Mitternacht schlagen würde.

Erleichtert atmete Scarlett auf. Sie hatte genug Geld mit, und sie drückte es dem Fahrer einfach in die Hand, ohne noch auf das Wechselgeld oder einen Abschiedsgruß zu warten.

Der Kürbisgeist war kaum mehr erkennbar, die Flamme würde bald vergehen.

Nie war ihr das Öffnen des Schlosses so unendlich langsam vorgekommen. Sie brauchte allein drei Anläufe, um den Schlüssel mit ihren zitternden Fingern überhaupt in das Schloss zu stecken, und dann schien es für eine Ewigkeit zu klemmen. Scarlett lachte vor Erleichterung kurz auf, als die Tür endlich mit jenem vertrauten Quietschen aufsprang, das sie auch am Morgen schon begrüßt hatte.

Wie viele Dinge an einem einzigen Tag geschehen konnten.

Hier hatte sich nichts verändert, außer dass es nun der Mond war, der durch die teilweise gebrochenen Dachfenster schien.

Der matschige Rest, der von dem verbrannten Kürbis übrig geblieben war, lag immer noch auf der Theke. Einige Insekten stoben auf, als sie darauf zu trat und eine Maus huschte zur Seite davon.

Etwas flog über ihren Kopf, und als Scarlett der schemenhaften Bewegung folgte, meinte sie die leuchtenden Augen einer Eule auszumachen, die auf einer der metallenen Querstreben saß.

»Stelle mich in mein Herz«, wisperte da der Kürbisgeist so leise, dass Scarlett die Worte im ersten Augenblick für einen Windhauch hielt.

Rasch tat sie, wie geheißen und ging sogleich wieder in die Knie, um ein welkes Blatt zu finden. Hinter der Theke wuchs ein Moosrosenbusch. Vereinzelt hingen noch Blüten daran, verwelkt und die rosa Blätter bräunlich verfärbt. Die meisten Blüten aber waren zerfallen und bedeckten wie ein Mosaik den Boden, bräunlich-rosa, durchmischt mit getrocknetem Dunkelgrün welker Blätter. Sie griff nach einem von ihnen, und sofort zerfiel es mit einem leisen Rascheln in kleine Blattstaubstücke. Sie nahm ein anderes, vorsichtiger dieses Mal und warf es in die kleine Flamme.

Sofort knabberte das Feuer des Kürbisgeistes an dem welken Laub und das rußig schwarze Kürbisfleisch färbte sich leuchtend rot. Die Luft begann nach Laub, Nadelholz, Moos und Gras zu riechen. Vor Scarletts Augen wuchs der Kürbisgeist höher und höher, bis seine Flammen am Glas der alten Gärtnerei leckten.

Scarlett hörte, wie das Glas riss, aber es zersprang nicht, denn der Kürbisgeist beugte sich zu ihr hinab. Seine zuvor nur kurzen Arme verlängerten sich und bildeten einen Bogen, der bis auf den Boden links und rechts von Scarlett reichte.

Das Gesicht schwebte vor ihr, die Augen so rot wie das Kürbisfleisch.

»Geh durch das Tor, solange ich brenne«, sagte er. Das Knistern in seiner Stimme klang wie das Geräusch von berstenden Ästen.

»Aber wohin muss ich dann gehen?« Scarlett wich einen Schritt zurück. Sie fürchtete sich vor den Flammen, vor der Dunkelheit, die plötzlich dahinter lag.

»Zum Palast der Kürbiskönigin, tief im November …«

Die Stimme des Kürbisgeistes verstummte und sein Gesicht verschmolz mit dem brennenden Bogen, der sich tänzelnd ein wenig hin und her bewegte. Längst waren weder das Teelicht noch der verbrannte Kürbisrest noch das verwelkte Blatt mehr zu sehen.

Die ganze Gärtnerei vor Scarlett schien verschwunden zu sein, verschlungen von dem Feuertor und der Dunkelheit dahinter, aber an den Rändern wurde das Feuer schon heller, der Bogen faserte aus.

Scarlett atmete tief ein. Nathan war irgendwo dort, gefangen in der Dunkelheit.

Sie machte einen Schritt auf den von Flammen umsäumten Durchgang zu.

Hitze schlug ihr entgegen, und als sie noch einen weiteren Schritt machte, raubte sie ihr die Luft zum Atmen. Beim dritten Schritt musste sie die Augen schließen. Blindlings stolperte sie weiter. Irgendwo schlug eine Kirchturmuhr Mitternacht. Als sie den nächsten Schritt tat, glaubte sie, verbrennen zu müssen, aber sie hielt nicht an, sondern ging weiter, Schritt um Schritt. Der fünfte Schritt ließ die Hitze weniger werden. Beim sechsten fühlte sich der Boden unter ihren Füßen anders an. Fester Boden war weichem Erdreich gewichen. Und beim siebten Schritt kitzelten sie die Strahlen der Sonne an der Nase.

5

Auf Schleiereulenschwingen und Mäusemeerwogen

Die Welt hatte sich verändert, als Scarlett die Augen aufschlug. Sie war nicht länger in der Gärtnerei, und die Nacht hatte sich in einen sonnigen Tag verwandelt.

Riesige Bäume umgaben sie, Eichen und Ahorne, Fichten und Buchen, Birken und Weiden, Silberpappeln und Kiefern reckten ihre Äste zu stolzen Kronen in die Höhe und bildeten ein buntes Blätterdach aus leuchtenden Gelbtönen, strahlendem Orange und mancherorts dunklem Rot, während an anderer Stelle die Äste noch mit sommerlichem Grün behangen waren. Sonnenstrahlen stahlen sich wie Einbrecher in die Schatten, die ihre kühle Dunkelheit warfen. Hier und da schlängelten sich wilder Wein und Efeu die Bäume hinauf, mal bordeauxrot, mal so tiefgrün, dass es fast schon bläulich wirkte.

Der Boden war von welkem Laub und weichen Moosen bedeckt, die jedes Geräusch verschluckten. Verloren sah Scarlett sich um. Überall nichts als Wald, nirgendwo ein Weg oder etwas, das ihr die Richtung deuten konnte.

Panisch drehte sie sich um. Dort, wo eben noch der brennende Torbogen gewesen war, gab es jetzt nichts weiter als Wald. Nur eine winzige, stetig kleiner werdende Flamme, in der sie das Gesicht des Kürbisgeistes erkennen konnte, tanzte noch in der Luft, doch sie verging, kaum, dass sie sie entdeckt hatte.

Nicht wissend, was sie sonst tun sollte, drehte sie sich ein weiteres Mal um die eigene Achse.

Kleine, glitzernde Partikel tanzten durch die Leitern aus Licht, die die Sonnenstrahlen bildeten.

Nathan hätte gewusst, was jetzt zu tun wäre. Wohin sie gehen musste. Sonst hatte sie ihm immer nur folgen müssen.

Hier aber war sie allein. Nathan war nicht bei ihr, und wenn sie den Weg nicht finden würde, käme er auch niemals mehr wieder.

Was, wenn du selbst auch nie wiederkehrst?, flüsterte es in ihrem Kopf und Scarlett musste ihre gesamte Willenskraft aufbringen, nicht panisch aufzuschluchzen, als ihr bewusst wurde, dass sie nicht einmal einen Weg zurück kannte.

Mit diesem Gedanken schien von jetzt auf gleich alles Sonnenlicht zu vergehen. Die Schatten um sie herum wurden länger, griffen nach ihren Füßen und Scarlett versuchte, ihnen auszuweichen, während sie gleichzeitig in eine beliebige Richtung lief.

Bestimmt würde sie irgendwo einen Anhaltspunkt finden. Oder jemanden treffen, den sie nach dem Weg fragen konnte.

Aber noch gab es um sie herum nichts als Herbstwald. Das Laub knisterte unter ihren Schritten und zugleich schluckten das weiche Erdreich und das Moos die Laute. Nur selten raschelte es irgendwo oder ein Ast knackte, doch wie oft sie sich auch umdrehte, nichts und niemand war zu sehen.

Da war nur der Wald, der mit jedem Meter dichter wurde. Immer wieder verfingen sich tief hängende Äste und Gestrüpp in ihrem Haar, und wo eben noch freie Fläche zwischen den Bäumen gewesen war, versperrten ihr nun Büsche und Geäst den Weg. Dornen hakten sich in ihren Mantel und so manches Mal musste sie über umgestürzte Baumstämme oder unter großen Wurzeln hinweg klettern. Nie aber kreuzte jemand ihren Weg, nirgends fand sie eine befestigte Straße oder etwas anderes, das ihr die Richtung hätte weisen können.

Weder konnte sie sagen, wie lange sie unterwegs war, noch ob sie wirklich geradeaus lief, wie sie wollte. Zu oft musste sie Umwege gehen, weil der Wald undurchdringlich war – vielleicht rannte sie schon längst im Kreis. Da – hatte sie genau diese Buche nicht eben schon passiert?

Nein ... an die Verwucherung des Ahorns dahinter, in dessen dickem verwachsenem Stamm sich ein hölzerner Drache eingenistet zu haben schien, hätte sie sich erinnert.

Aber natürlich war ihr auch das keine Hilfe.

Irgendwann verlangsamte sie ihre Schritte. Etwas hatte sich verändert. Sie war nicht länger allein – ganz deutlich spürte sie Blicke auf sich ruhen.

Vorsichtig sah sie sich nach allen Seiten um. Immer noch war da nichts außer Bäumen, deren Blätter so gelb waren, dass sie beinahe golden leuchteten.

Schulterzuckend setzte sie ihren Weg fort – vielleicht hatte sie es sich nur eingebildet – doch schon nach wenigen Metern drehte sie sich erneut um, weil das Gefühl einfach nicht weggehen wollte.

Und tatsächlich entdeckte sie eine Schleiereule, die auf einem Baum rechts von ihr saß und sie mit geneigtem Kopf aus großen, bernsteinfarbenen Augen ansah.

»Hallo du«, flüsterte Scarlett, froh, ein Lebewesen zu treffen.

Die Eule drehte den Kopf ein wenig.

Natürlich gab sie keine Antwort, aber sie blieb sitzen. Sie starrte Scarlett einfach nur weiter an, bis sie irgendwann doch raschelnd ihre Flügel ausstreckte und sich lautlos vom Baum abstieß. Sie flog nicht weit, nur einen Baum weiter nach rechts, von wo sie Scarlett wieder aus ihren unergründlichen Augen anschaute.

»Soll ich dir etwa folgen?«, fragte Scarlett. »Weißt du, wohin ich gehen muss?«

Die Schleiereule raschelte ein weiteres Mal mit den Flügeln, um im nächsten Moment weiterzufliegen. Lautlos glitt sie durch den Wald, und Scarlett beeilte sich, ihr zu folgen.

Anfangs war es mühselig, weil Scarlett sehr auf ihre Schritte achten und immer wieder Gestrüpp und Wurzeln ausweichen musste. Trotzdem schaffte sie es, die Eule nicht aus den Augen zu verlieren.

Irgendwann wurde der Wald wieder lichter, die Büsche und Sträucher verloren ihre Dichte und nur noch selten musste Scarlett über einen hohen Wurzelbogen klettern. Die Eule flog immer weiter, bis sie einen kleinen Bachlauf erreichten, wo sie sich ganz in der Nähe auf einem Ast niederließ und Scarlett abwartend musterte, ehe sie mit ihrem Schnabel die Federn ihres Gefieders glatt strich.

Sie will, dass ich trinke, dachte Scarlett und kniete sich neben den winzigen Bachlauf, um mit der Hand etwas Wasser zu schöpfen. Nie zuvor hatte sie so etwas Erfrischendes getrunken und sie war dankbar, dass die Eule sie zu diesem Bachlauf geführt hatte. Kaum, dass sie ihren Durst gelöscht hatte, flog die Schleiereule auch schon weiter und Scarlett folgte ihr frohen Mutes.

Bestimmt würde der Vogel sie zum Palast der Kürbiskönigin führen. Bestimmt.

Sie lief dem Tier hinterher, bis es Nacht wurde und sie kaum mehr die Hand vor Augen sehen konnte. Wiederholt stolperte sie und konnte sich oft nur mühevoll auf den Beinen halten und zudem wurde es immer schwerer, die Schleiereule noch zu sehen.

Die Dunkelheit verwandelte das Tier in einen Schatten aus grauem Nebel, der sich kaum noch von der Schwärze abhob.

»Warte!«, rief Scarlett. »So warte doch bitte!«

Aber der Nachtvogel glitt immer weiter, und Scarlett folgte ihm blindlings durch die Dunkelheit, nicht sicher, ob es überhaupt noch die Eule war, der sie folgte.

Erst als sie ein Schuhuhu über sich vernahm, konnte sie die Schleiereule im Licht des Mondes sehen, das durch das Blätterdach fiel und den Vogel silbern färbte.

Ganz still saß das Tier da, die Bernsteinaugen wie Sterne in den Schatten, die der Wald warf. Als Scarlett die letzten Schritte zu dem Baum überwunden hatte, schloss sie die Augen und öffnete sie nicht wieder, woraus Scarlett schloss, dass auch sie sich ausruhen sollte.

Müde ließ sie sich in eine Kuhle unter dem Baum sinken, die mit Laub und Moos gepolstert war. Sie schlief fast augenblicklich ein und träumte, sie sei wieder zu Hause. Sie saß in der Küche und las, und dann öffnete sich die Tür und Scarlett wusste, dass es nur Nathan sein konnte, der reinkommen würde, aber als die Gestalt wirklich durch die Tür trat, konnte sie sein Gesicht nicht erkennen, und auch seine Silhouette veränderte sich stets ein wenig, so dass sie lediglich sagen konnte, dass es ein Mann war, der sich zärtlich zu ihr hinab beugte und sie küsste, nicht aber, wer er war.

Erst, als sie aufwachte, konnte sie Nathan wieder vor sich sehen. Für einen Augenblick wusste sie nicht, wo sie war, dann erfühlten ihre Hände das taufeuchte Laub um sie herum und alles fiel ihr wieder ein.

Ihr Wunsch.

Der Unfall.

Nathan.

Und der Kürbisgeist, der sie hierher gebracht hatte.

Herbstlande. Das Wort fühlte sich immer noch fremd an.

Scarlett blickte nach oben, dorthin, wo in der Nacht die Schleiereule gesessen hatte.

Sie war fort. Auch in den umliegenden Bäumen fand sich keine Spur von ihr.

Scarlett war wieder allein. Alles war wie zu Beginn, nur dass sie nicht mehr am selben Ort war.

Verzweifelt schlug sie mit der hohlen Hand in das Laub neben ihr.

Wie nur sollte sie die Kürbiskönigin finden?

Nathans Bild tauchte vor ihren inneren Augen auf. Wie er dagelegen hatte, als sie gegangen war.

Sie musste ihn retten. Sie gehörten zusammen. Sie war sein Himmel, seine Sky …

Dennoch dauerte es einige Augenblicke, bis sie sich aufraffen konnte, weglos wie sie war. Dass sie schließlich doch aufstand und einfach losging, lag nur daran, dass ihr sonst nichts anderes übrig blieb.

Für Nathan.

Sie stellte sich vor, wie er aufwachen und in ihre Augen sehen würde, überglücklich, dass sie da war.

Der Wald war lebendiger an diesem neuen Morgen. Eichhörnchen kletterten die Bäume hinauf und herab. Manche hatten rotbraunes Fell, das von anderen war grau und einige wenige waren so dunkelbraun, dass sie fast schwarz wirkten. Einmal sah sie einen Igel im Dickicht verschwinden und nachdem sie einige Stunden gegangen war, begegnete ihr sogar ein Fuchs, dessen Fell aussah, als wäre es aus Federn, aber das Tier war zu schnell verschwunden, als das Scarlett hätte mehr erkennen können.

Blauhäher flogen genauso über ihren Kopf hinweg wie Rotkehlchen, Spatzen, Elstern und Krähen. Von irgendwo hörte sie den Ruf eines Eichelhähers und hier und da fand sie Spuren, die auf Rehe hindeuteten.

Aber einen Hinweis, der ihr weiterhalf, entdeckte sie nirgends.

Wenigstens fand sie ein paar Beeren, von denen sie essen konnte, als sie hungrig wurde und stillte ihren Durst an einem weiteren kleinen Wasserlauf, von dem sie nicht wusste, ob es nicht nach wie vor der selbe war wie der, zu dem sie die Schleiereule am Abend zuvor geführt hatte.

Irgendwann entschloss sie sich, dem kleinen Bach zu folgen, doch das stellte sich schwieriger heraus, als erwartet, denn er verlor sich nur allzu bald sickernd im bemoosten Waldboden. Niedergeschlagen drehte Scarlett sich um die eigene Achse, wieder wusste sie nicht, wohin sie gehen sollte.

Dann aber hörte sie plötzlich etwas, das wie Schritte klang, nicht das leise Rascheln eines Tieres, sondern wirkliche Schritte, gar nicht weit weg von ihr.

Vielleicht war dort endlich jemand, den sie fragen konnte, wo sie war und wohin sie musste …

Voller Hoffnung eilte sie in die Richtung, aus der die Geräusche kamen. Je weiter sie ging, desto mehr veränderte sich der Wald um sie herum, bald gab es keine andere Farbe mehr als leuchtendes Gelb an den

Bäumen, und als sie noch ein wenig weiter gegangen war, sah sie tatsächlich einen Mann, der einige Meter vor ihr durch den Wald lief.

Er war ganz in schwarz gekleidet, und seine Bewegungen wirkten fahrig und irgendwie orientierungslos. Beim Näherkommen konnte Scarlett die gelbe Fliege sehen, die er trug, den einzigen Farbklecks in seiner dunklen Erscheinung.

»Hallo!«, rief Scarlett, noch ehe sie ihn erreicht hatte.

Der Mann reagierte nicht, sondern lief weiter, hin und her und wieder zurück, manchmal im Kreis. Immer wieder bückte er sich, um ein Blatt aufzuheben, leuchtend gelb, aber schon verwelkt, hier und da mit schwarzen Flecken. Dass ihm dabei stets einige von den Blättern aus der Hand fielen, die er schon gesammelt haben musste, schien er nicht zu bemerken.

»Hallo«, wiederholte Scarlett, als sie ihn erreichte und berührte ihn vorsichtig am Arm. Der Fremde fuhr herum. Graue Augen lagen in den Schatten einer schwarz glänzenden Zylinderkrempe. Tränen glitzerten darin, und er schien einen Moment zu brauchen, bis er sie überhaupt bemerkte.

Erschrocken zog Scarlett ihre Hand zurück. Dem Mann fielen die gelben Blätter aus den Händen.

»Entschuldigen Sie«, stotterte Scarlett. »Bitte … bitte können Sie mir sagen, wie ich zum Palast der Kürbiskönigin komme?«

Der Mann neigte den Kopf ein wenig.

»Wann bemerkt man, dass ein Lachen nicht immer wie ein Lachen schmeckt?«, fragte er und beugte sich nach einem weiteren Blatt.

»Bitte?« Scarlett verstand nicht, was der Fremde von ihr wollte.

»Immer zu spät«, gab der Mann sich in diesem Moment selbst die Antwort und lief einen Schritt weiter.

Scarlett folgte seiner Bewegung.

»Bitte«, wiederholte sie. »Können Sie mir nicht sagen, wo ich bin?«

Jetzt schien der Fremde sie wirklich gehört und auch verstanden zu haben, denn er sah sich um.

»Nicht mehr in Bumble. Eben war ich noch dort. Habe gelacht. Alles war gelb. Doch dann wurde es schwarz. Das Lachen verschwand. Die Hummelherzogin kam, mich zu küssen. Und dann war ich nicht mehr dort. War hier …« Mit einer fahrigen Bewegung schob er sich den Zylinder ein wenig aus dem Gesicht. Erst jetzt bemerkte Scarlett den gelben Staub, der auf dem Hut und auf seinen Schultern lag.

»Ich muss das Gelb zurückholen. Muss das Schwarz vertreiben …« Er sammelte weitere gelbe Blätter, doch auch sie hatten schon viele schwarze, faulige Stellen, aber als Scarlett den Fremden darauf hinwies, schüttelte er nur den Kopf. »Gelb. Gelb muss es sein. Fröhlich. Nicht schwarz, nicht traurig.«

Wieder bückte er sich, und wieder fielen ihm Blätter aus den Händen.

Scarlett beugte sich ebenfalls hinunter und half ihm, sie wieder aufzuheben und er lächelte daraufhin dankbar, aber das Lächeln konnte seine Traurigkeit nicht vertreiben. Dann sah er sich um. »Ich weiß nicht mehr, wohin ich gehen wollte«, wisperte er.

»Zur Kürbiskönigin?«, wagte Scarlett einen weiteren Versuch.

Die Augen des Mannes flackerten unruhig hin und her und seine Finger zupften an den Blättern.

»Ja. Nein. Vielleicht. Ich erinnere mich nicht. Manchmal sieht man die Sterne vor lauter Nacht nicht mehr.«

Enttäuscht biss sich Scarlett auf die Lippen und sah zu, wie der Fremde ein weiteres Blatt aufhob, leuchtend gelb dieses Mal, mit nur einer kleinen schwarzen Stelle am Rand.

»Gelb«, flüsterte er ehrfürchtig, ehe sein Blick doch wieder auf Scarlett fiel und er in die Tasche seiner schwarzen Anzugjacke griff. Zum Vorschein kam eine Hand voll Haselnüsse, die er Scarlett hinhielt.

»Vielleicht beendet man Dinge manchmal nur nicht, weil man den Neubeginn fürchtet …«, sagte er gedankenverloren und schwieg dann kurz. In seiner Hand zerfielen einige der Nüsse zu Asche, andere kullerten von der offenen Handfläche. Am Ende blieben nur vier Nüsse übrig.

»Das sind Wünsche«, wisperte er, »waren Wünsche, viele Wünsche. Ich weiß keinen mehr. Sie bringen mich nicht zurück, und ich weiß nicht, wo vorne ist.«

Er drückte der überraschten Scarlett die Nüsse in die Hand. »Nimm du sie. Vielleicht kannst du dich erinnern. Findest deinen Weg zurück.«

Ungläubig starrte Scarlett den traurigen Fremden an. Wenn die Nüsse wirklich Wünsche waren, dann konnte sie sich einfach zu Nathan wünschen …

Dann aber erinnerte sie sich an den Kürbisgeist und an das, was geschehen war, nachdem sie den Wunsch verbrannt hatte, und etwas in ihr wusste, dass es nicht so einfach sein konnte, die Königin zu erreichen.

Der Kürbisgeist hatte gesagt, sie müsse durch die Herbstlande gehen.

Wer wusste, wie weit der Weg sein würde, von dem sie immer noch nicht den Anfang kannte?

Eine Weile betrachtete sie die Haselnüsse noch versonnen, dann blickte sie wieder auf. Der Fremde war bereits einige Schritte weitergegangen, jetzt pflückte er gelbe Blätter von den tief hängenden Ästen eines Ahorns. Wie einen Blumenstrauß hielt er sie in den Händen.

Scarlett trat zu ihm. »Wissen Sie wirklich nicht, wo der Palast der Kürbiskönigin liegt?«, fragte sie noch einmal.

Die Augen des Mannes schienen sich noch weiter mit Traurigkeit gefüllt zu haben.

»Wann bemerkt man, dass ein Lachen nicht immer wie ein Lachen schmeckt?«, wisperte er, während seine Hände gleichzeitig ein neues Blatt pflückten und die bereits gesammelten fallen ließen, ohne es zu bemerken.

Niedergeschlagen wich Scarlett von ihm zurück und beobachtete stumm, wie er weiterging, hin und her und manchmal im Kreis, weiterhin Blätter sammelnd und verlierend. Dieses Mal folgte sie ihm nicht, sondern schlug eine andere Richtung ein, irgendeine. Sie hatte das Gefühl, das die Traurigkeit des Mannes auf sie hinübergeschwappt war wie eine Welle, und lange lief sie genauso fahrig im Zickzack durch den Wald wie er.

Erst, als die Schatten wieder länger wurden, zwang sie sich, stehen zu bleiben und durchzuatmen. Verwundert stellte sie fest, dass auch sie Blätter in den Händen hielt, ebenso leuchtend gelb und von schwarzen Stellen durchdrungen. Erschrocken ließ sie den Strauß fallen.

So fest sie konnte dachte sie an Nathan. An die zärtlichen Worte, die er ihr ins Ohr geflüstert, die Dinge, mit denen er sie verwöhnt hatte. Doch so glücklich die Erinnerungen auch waren, es dauerte lange, bis sie die Traurigkeit vertrieben hatten und im Anschluss fühlte sich Scarlett so müde, dass sie nicht mehr weitergehen konnte.

Nur noch mit großer Kraftanstrengung konnte sie sich durchringen, sich zu einer großen Trauerweide zu schleppen und Schutz unter ihren Ästen zu suchen, deren Spitzen wie ein Vorhang auf den Boden reichten. Sie meinte in der Nähe das Plätschern eines kleinen Baches zu hören und dachte noch, dass Weiden feuchten Boden mochten, dann ließ sie sich erschöpft neben einer Wurzel auf weiches Moos sinken und war beinahe augenblicklich eingeschlafen.

Das letzte, was sie sah, war das kleine Gesicht einer Maus, die unter der Wurzel saß, dann umfingen sie die Träume.

Dieses Mal war Scarlett nicht zu Hause, und niemand war bei ihr, der sie mit zärtlicher Geste begrüßte. Sie war auch nicht im Krankenhaus bei

Nathan, obwohl sie trotz des Schlafes genau wusste, dass sie von Nathan träumen wollte.

Stattdessen lag sie im Wald, verborgen unter den Ästen einer Trauerweide, und die Maus, die eben noch unter der Wurzel gesessen hatte, saß nun darauf und betrachtete sie mit zuckenden Schnurrhaaren.

Scarlett fand, dass das kleine Tier sehr freundliche Augen hatte, sie selbst spiegelte sich darin mit einem Lächeln.

Plötzlich waren da überall Mäuse. Haselmäuse kletterten aus den Ästen der Weide, Feld-, Wald- und Wühlmäuse kamen unter den Blättern hervor, die das Moos um Scarlett herum bedeckten. Ihre wuselnden Leiber drückten sich an sie und vertrieben eine Kälte, von der sie nicht einmal gewusst hatte, dass sie da gewesen war. Falls sie sich normalerweise vor Mäusen fürchtete, so wusste sie es in diesem Moment nicht, sie ließ zu, dass die stetig wachsende Mäuseschar unter sie kroch und hochhob, wie Wellen, die sie trugen. Kein Blatt schien mehr um sie herum auf dem Boden zu existieren, alle waren augenscheinlich zu Mäusen geworden, denn die Stelle, wo Scarlett eben noch gelegen hatte, war nun vollkommen leer, da war nur noch Moos, während Scarlett von den wuselnden Tieren davongetragen wurde. Weidenäste streiften ihr Gesicht, und voller Staunen beobachtete sie, wie eine Schar Fledermäuse über ihr den Himmel schwärzte, gleich einem schützenden Schirm. Einmal riss die Fledermauswolkendecke auf und Scarlett sah in dem Riss voll Nacht eine Eule, die sich eilig davon machte. Dann schloss der Riss sich wieder und die Reise auf dem Meer aus Mäusen ging weiter – einen Hügel hinauf und dann hinab in eine Senke. Über Wurzeln und unter bodennahen Tannenästen hindurch.

Das Mäusemeer verebbte in einer Senke, die nur von einer Stelle aus zu begehen war. Ringsherum stieg der Waldboden steil an und eine Mischung aus Felsen und herabhängenden Wurzeln bildete Zugänge zu tief in die Wände reichenden Höhlen. Der Mond stand voll und rund am Himmel und färbte das Laub, das den Boden bedeckte, silbern. Dort stob die Mäuseschar auseinander, vielleicht verwandelten sich die Tiere zurück in welke Blätter, Scarlett wusste es nicht, denn kaum war die letzte Maus verschwunden, bewegte sich die Senke um sie herum, jedes Blatt, das irgendwo gelegen hatte, wirbelte auf und begann einen wilden Reigen mit dem Wind zu tanzen, so dass sie sich bald im Zentrum eines Sturms befand. Eine wirbelnde Wand aus Blättern schloss sie ein, aber noch bevor Scarlett Angst empfinden konnte, legte sich der Wind schon wieder. Die Blätter jedoch blieben noch kurz reglos in der Luft hängen, bis sie sich erneut in Bewegung setzten, zusammenflogen und einen schlangenähnlichen Körper bildeten. Es dauerte eine Weile, bis Scarlett begriff, dass es keine Schlange, sondern ein Drache war, ein riesiger, chinesischer Drache mit Schuppen aus Laub, Barten aus Efeu und Augen, die die Farbe von Kastanien hatten.

Ganz kurz setzte Scarletts Herz im Traum aus, dann verlor sie sich in den kastanienfarbenen Augen.

Der Drache umwand Scarlett und baute ein Nest um sie, in dem sie geborgen lag.

Das Letzte, was der Traum sie sehen ließ, war, dass auch der Drache seine Augen mit Lidern aus Blättern schloss.

6

September

Der Traum hallte noch in Scarlett nach, als ein warmer Wind sie weckte. Offensichtlich war der Sturm in der Nacht Wirklichkeit gewesen, denn um sie herum hatte sich Laub wie ein Nest aufgetürmt. Als sie es wegschieben wollte, bemerkte sie die Wärme, die von dem Laub ausging, und erneut einen warmen Luftzug, der nach Sommer roch und sie im Gesicht berührte. Sie blickte auf und sah in das Gesicht jenes Drachen aus Laub, von dem sie geträumt hatte. Kastanienbraune Augen schauten sie an und seine große, breite Schnauze beugte sich herab und schnupperte an ihr.

Scarlett wollte zurückweichen, aber der Leib des Drachen hatte sie wie eine Schlange umwickelt, und was ihr im Traum noch wie ein schützendes Nest vorgekommen war, schien ihr jetzt eine Falle.

Dieses Ungeheuer würde sie töten und dann auffressen. Oder vielleicht auch einfach nur auffressen. Bei lebendigem Leib.

Der Drache unterdessen schnupperte weiter.

»Du riechst nach verbrannten Wünschen. Und nach Verlorenheit«, sagte er nach einer Weile. Seine Stimme hatte den Klang von Gold und Scarlett erschrak für einen Moment, aber die Augen des Drachens waren so freundlich, dass sie jede Angst verlor.

»Ich suche die Kürbiskönigin. Aber ich weiß weder, wo ich hier bin, noch wie ich zu ihrem Palast komme.«

Vielleicht würde der Drache ihr helfen können.

Der Kopf des Tieres schnellte ein wenig von ihr weg und er musterte sie. »Der Palast der Kürbiskönigin ist kein guter Ort für dich. Ich rieche das. Du solltest umkehren. Hier im September sind die Wege zurück in den Sommer, aus dem du kommst, kurz.«

Scarlett schüttelte den Kopf. »Das kann ich nicht. Nathan stirbt, wenn ich es nicht zur Königin schaffe und sie um Gnade bitte.« Sie konnte die Tränen nicht aufhalten, die ihr die Wangen herunter liefen.

Der Drache aus Blättern neigte den Kopf. Traurige Schatten hatten sich in seine Augen geschlichen.

»Dann will ich dich zu ihr bringen.«

Er löste das Nest um sie herum auf und entrollte seinen langen Körper aus Blättern.

»Das würdest du tun?« Scarlett konnte ihr Glück kaum fassen.

Der Drache dachte augenscheinlich nach, dann nickte er. »Ja. Auch wenn ich wünschte, du würdest umkehren.«

Ehe Scarlett fragen konnte, warum er diesen Wunsch hegte, bewegte er sich mit einem Rascheln und gab den Blick auf die Senke frei. Scarlett entdeckte einige Mäuse, die durch das Laub wuselten. Manchmal hielt eines der kleinen Wesen in der Bewegung inne und schaute Scarlett an, so dass sie meinte, ein Erkennen in den kleinen Augen zu sehen.

»Sie brachten dich zu mir. Sie fanden dich.«

»Warum haben sie das getan?«

Der Drache raschelte mit seinen Schuppen. »Das tun sie manchmal. Bringen Verlorenes zu mir.«

Scarlett blickte zu einer Maus, die unweit von ihnen auf einer Wurzel saß.

»Wer bist du?«, wollte sie wissen.

»Ich bin ein Laubdrache.«

Auf Scarletts Gesicht malte sich ein Lächeln, weil es keinen treffenderen Namen für dieses Tier geben konnte.

»Wo sind wir hier?«, fragte sie schließlich. »Der Kürbisgeist, der mich herbrachte, sprach von den Herbstlanden und du hast den September erwähnt.«

»Ein Kürbisgeist hat dich hierher gebracht?«

Scarlett nickte. »Wegen Nathan. Weil ich einen Wunsch entzündet habe, zur falschen Zeit. Da hat die Kürbiskönigin ihn geholt.«

Der Drache schloss seine Augen, während Scarlett ihm von dem Unfall berichtete und wie der Kürbisgeist erschienen war, nachdem sie die Kerze entzündet hatte und von ihrer Reise zu der alten Gärtnerei, wo der Geist sich in das Tor verwandelt hatte, durch das sie gegangen war. Sie erzählte von der Schleiereule, ihrer Begegnung mit dem traurigen Mann ganz in schwarz und schließlich von dem Traum, der keiner gewesen war.

Als sie geendet hatte, blickte sie den Drachen fragend an.

Das große Tier neigte raschelnd das Haupt. »Das hier«, sagte er und beantwortete damit die erste ihrer Fragen, »sind die Herbstlande. Du bist im September, dem sommerlichsten der drei Länder, aus denen die

Herbstlande bestehen. Im September ist der Sommer noch greifbar, aber zugleich ist es in gewisser Weise auch das traurigste der drei Länder, weil der Tod des Sommers immer und alle Zeit gegenwärtig ist. Obwohl traurig vielleicht nicht das richtige Wort ist – das traurigste der Länder ist wohl der November, aber das ist eine ganz andere Traurigkeit ...«

Er sah sie an. »Weißt du, die Dinge hier gleichen sich aus. Gut und Böse, Licht und Schatten. Und wo der September all das goldene Licht hat, hat der November die Dunkelheit.«

»Und der Oktober?«, fragte Scarlett.

»Er hat die Farbenpracht. Er ist Rotbunt, während der September nur das Gold hat und dem November nichts als Grau bleibt ...«

Der Drache verlor sich einen Moment in seinen Worten, schüttelte sein Haupt und richtete sich auf, wie um auf andere Gedanken zu kommen. »Und so wie die selben Wege hier immer eine andere Länge für den haben, der sie geht, so färbt auch jedes Land auf den Wanderer ab. Im September findest du das Glück in den kleinen Dingen, manchmal sogar in der Traurigkeit, wenn du es schaffst, sie darin zu sehen. Der Oktober hingegen ist wie ein letztes Aufbäumen von Leben, er ist voller Energie und buntem Treiben, bis schließlich der November kommt, in dem die Welt das Haupt vor dem Winter senkt und das große Schweigen einkehrt.« Seine Stimme wurde leiser, als würden sich die Worte in dunklen Gedanken an das letzte Land verlieren. Er raschelte mit den Blätterschuppen. »Der Ort, den du suchst, liegt im November, und du wirst durch den Oktober gehen müssen, um dorthin zu kommen. Es gibt weder einen Weg von dem September in den November noch umgekehrt, nur die Gespinstermotten der Königin können die Mauer überwinden, mehr noch, sie kennen keine Grenzen.«

»Eine von ihnen hat Nathan gebissen«, sagte Scarlett bitter.

Der Drache nickte. »Das tun sie. Sie sind die Jäger der Königin.«

Scarlett sah sich um. September war wirklich die passende Bezeichnung für diesen Ort, der so hell und freundlich war wie die Erinnerung an Sommertage und zugleich traurig wie die ersten Momente im Winter, wenn man sich den letzten Sonnenstrahlen noch bewusst war.

»Ist es weit zum Palast der Kürbiskönigin?«, wollte sie wissen.

»Vielleicht«, gab der Drache zur Antwort. »Vielleicht auch nicht. Das weiß man nie, wenn man nicht losgegangen ist.« Seine Blätter raschelten verheißungsvoll. »Es wird schön sein, diese Senke zu verlassen.«

»Du bist noch nie von hier fort gewesen?«

»Nein.«

»Woher kennst du denn dann den Weg zur Kürbiskönigin?«, erkundigte sich Scarlett skeptisch.

»Ich erinnere mich. Die Blätter, aus denen ich bestehe, kennen die Wege. Sie kommen von überall.«

Wieder ließ Scarlett ihre Blicke über die Senke streifen, wo Myriaden von Blättern lagen, auf dem Boden, in den Tiefen der Höhlen und zwischen den Wurzeln verfangen, die von den Bäumen am Rand herabhingen.

Mit einer raschelnden Kopfbewegung sah auch der Drache sich um und nickte. »Ja«, meinte er. »Einmal werden sie alle zu Laubdrachen. Solange schlafen sie in dieser Senke.«

Vor Staunen vergaß Scarlett beinahe zu atmen. »Aber«, hauchte sie, »wie ist das möglich? Wie werdet ihr lebendig?« Sie nahm einige der welken Blätter auf, die neben ihr lagen und ließ sie wieder fallen.

»Eines Morgens schlagen wir die Augen auf und sind da. Dann wissen wir, was der Wald weiß. Kennen die Geschichten.«

»Seit wann bist du da?«, fragte Scarlett.

Der Drache neigte den Kopf so, dass seine kastanienbraunen Augen direkt vor ihrem Gesicht schwebten.

»Ich erinnere mich nicht. Da waren Tage und Nächte. Kaninchen und Eichhörnchen haben mir Geschichten erzählt und eine Federfüchsin hat mit ihren Jungen Zuflucht in meiner Höhle gesucht.«

Schnuppernd hob das Tier aus ockerfarbenen, fast noch gelben Blättern den Kopf in den Wind. »Da waren wilde Winde und zahme Böen. Regentropfen, die mich gekitzelt haben. Und Sonnenstrahlen, die noch nach Sommer schmeckten.«

Er blickte zu Scarlett. »Kannst du mir sagen, wie lange das ist?«

Scarlett schüttelte den Kopf. »Nein. Aber können die anderen Laubdrachen dir nicht sagen, wie lange es ist?«

Der Drache verneinte. »Es gibt immer nur einen einzigen Laubdrachen. Vergeht er, verwirbeln die Blätter neu und nehmen die Erinnerungen mit sich, um Bestandteil des nächsten zu werden.

»Ist das nicht furchtbar einsam?«, fragte Scarlett bestürzt.

»Nein. Da sind all diese Erinnerungen in meinem Kopf, und all die leeren Blattschuppen, die noch warten, dass ich sie mit meinen Erinnerungen fülle … und da sind die Mäuse und Eichhörnchen, die Federfüchse und all die anderen. Und in gewisser Weise sind da schon andere Laubdrachen. In mir. Und in den Höhlen meiner Senke. Sie schlafen nur noch. Träumen vielleicht.«

Er neigte den Kopf. »Bist du sicher, dass ich dich nicht zurück bringen soll?«

»Ja. Ich muss die Kürbiskönigin sprechen.« Sie dachte an Nathan, und die Traurigkeit schnürte ihr die Kehle zu.

»Dann sollten wir aufbrechen«, erwiderte der Drache. Das Gold in seiner Stimme nahm einen dunkleren Klang an. Fast wie Messing.

Er ließ sich auf den Boden sinken, so dass seine Beine mit dem laubbedeckten Grund zu verschmelzen schienen.

»Klettere auf meinen Rücken«, forderte er Scarlett auf. »Ich werde dich tragen.«

Sie zögerte. Wohin sollte sie sich setzen? Würde sie nicht in den Blättern versinken und quasi durch den Drachen hindurchfallen?

»Willst du doch nicht zum Palast gehen?«

Scarlett schrak beim Klang der Stimme auf. Sie hatte nicht bemerkt, wie lange sie so dagestanden haben musste.

»Doch«, erwiderte sie rasch. »Wohin soll ich mich denn setzen?«

»Am besten in die kleine Kuhle an meinem Hals. Da bist du geschützt und kannst dich an meiner Mähne festhalten.«

Scarlett fasste sich ein Herz und kletterte auf den Drachen. Schon bei der ersten Berührung musste sie feststellen, dass ihre Sorgen vollkommen unbegründet gewesen waren. Fest und warm fühlte sich der Drachenkörper an und die astartige Mähne mit den großen, leuchtenden Ahornblätterschuppen bot festen Halt.

»Sitzt du gut?«, fragte der Laubdrache.

»Ja!«, rief Scarlett ihm über seinen Kopf hinweg zu, woraufhin der Drache sich mit den Beinen vom Boden abstieß und sich wenige Sekunden später durch die Luft schlängelte. Bald war die Senke hinter ihnen verschwunden und ihr Weg führte sie zwischen Bäumen hindurch und über Büsche und Gestrüpp hinweg. Blätter rauschten an Scarlett vorbei und sie griff übermütig nach einigen von ihnen und ließ sie wie gelb leuchtenden Regen in die Tiefe trudeln. Einmal querten sie den Flug eines Eisvogels, der wie ein blauer Diamant durch den goldleuchtenden Wald schoss. Das schillernde Tier konnte gerade noch auf Scarletts Arm landen, so dass sie das Glitzern seines Federkleides mit den Augen auffangen konnte, ehe er mit einem empörten Ruf weiterflog.

Erneut hob Scarlett die Arme, und ihre Hand löste die schon losen Blätter von den Bäumen. Wie gelbe Schmetterlinge tanzten sie um sie herum. Eines von ihnen verfing sich in ihrem Schoß und erinnerte sie an den Fremden, der ihr die vier Haselnüsse geschenkt hatte.

»Da war doch dieser Mann, den ich traf«, rief sie dem Drachen zu, der mit einem Nicken kundtat, sie gehört zu haben. »Er erwähnte einen Namen«, fuhr sie fort. »Bumble oder etwas in dieser Art. Er sagte, er wollte dorthin zurück. Er war so traurig, weil er den Weg nicht mehr wusste.«

Mit einem Rascheln atmete der Laubdrache ihr einen warmen Luftzug ins Gesicht, der nach Sommer roch.

»Dieser Mann wird den Weg zurück in die Wabenstadt Bumble niemals mehr finden. Niemandem, der sie verlassen musste, ist dies je gelungen. Er trägt kein Glück mehr in sich. Keine Fröhlichkeit. Hat beides dort verloren, ohne es zu bemerken.«

Fragend hob Scarlett die Augenbrauen.

Der Drache seufzte. »Bumble ist ein Ort, an dem es nur Fröhlichkeit und Glück gibt. Alle, die in einem der gelben Wabenhäuser eine Heimat finden, sind nichts anderes. Doch mit der Zeit verwandelt sich all das Glück in Traurigkeit, denn wenn man vergisst, was das Glück einem einst war, bleibt nichts anderes übrig. Und ohne dass man es bemerkt, zieht man innerhalb der Wabenstadt weiter, je mehr das Glück einen verlässt, von den gelben Häusern außen geht es immer weiter in die Mitte, bis man dort ist, wo die Häuser schwarz sind und es keinen Weg mehr gibt als den zu der Hummelherzogin, die sich vom Glück aus den Waben nährt. Begegnet man ihr, so ist dies das Letzte, was einem in Bumble widerfährt, man hat all sein Glück verloren und sie schenkt einem einen einzigen Kuss, der einen vergessen lässt, wer man war und woher man kommt und einen aus der Stadt trägt – irgendwohin in den Wald. Alles, was zuvor leuchtend gelb gewesen war, ist schwarz geworden.«

Scarlett erinnerte sich, wie der Fremde die gelben Blätter gesammelt hatte. Sie erzählte es dem Drachen.

Dieser nickte: »Er glaubt, mit dem Gelb die Fröhlichkeit wiederzufinden. Seinen Weg zurück nach Bumble. Weil es das Einzige ist, woran er sich erinnern kann. Aber es gibt kein Zurück, wenn man einmal den Kuss der Hummelherzogin empfangen hat. Nie mehr.«

»Also wird er immer durch den Wald irren?«

Der Drachen schüttelte mit dem Kopf. »Nein. Wenn er Glück hat, wird er seinen Weg in die Mitternachtsmenagerie finden, den Jahrmarkt, auf dem man wiederfinden kann, was man verloren hat, dort, im Twilight-Theater …«

»Wo sind diese Orte?«, erkundigte sich Scarlett.

»Hier, im September.«

»Werden wir sie sehen?«

»Nein. Wir werden einen anderen Weg nehmen müssen, wenn wir die Grenzen des Oktobers erreichen wollen.«

Fast war Scarlett ein wenig traurig, diese wundersam klingenden Orte nicht sehen zu dürfen, aber die Traurigkeit verblasste, als sie an Nathan dachte. Was waren eine Wabenstadt und ein Jahrmarkt gegen ihr Glück mit Nathan? Gegen das Glück einer Familie?

Sie ließ das eine Blatt los, das sie noch in den Händen gehalten hatte und erlaubte ihren Gedanken, zu Nathan zu fliegen, in ihr Zuhause. Aber wieder war da nur sie, und der Mann, der sie in ihrem Tagtraum bei einem Waldspaziergang begleitete, war nicht zu erkennen. Vielleicht, dachte sie, als sie sich zwang, wieder ins Hier und Jetzt zurückzukehren, kann ich einfach nicht vergessen, dass er nicht da sein kann. Dass er im Krankenhaus liegt.

Sie vergrub ihre Nase in der Blättermähne des Laubdrachen.

»Ist alles in Ordnung?«, hörte sie seine goldene Stimme besorgt fragen.

»Ja«, flüsterte sie, obwohl sie beide wussten, dass nichts in Ordnung war.

Sie flogen, bis sich die Strahlen der Sonne rot verfärbten und die Schatten der Bäume länger wurden. Erst dann landete der Drache in der Nähe eines kleinen Teichs, an dem Scarlett ihren Durst stillen konnte und einige Pilze fand, von denen der Drache ihr sagte, dass sie sie bedenkenlos essen könnte.

»Isst du nichts?«, fragte sie, als er seinen Körper abermals wie ein warmes, schützendes Nest um sie legte.

»Wir Laubdrachen essen nie. Wir ernähren uns von der Erinnerung an Sommertage.« Er stockte abrupt, und Scarlett war sicher, dass er noch etwas hatte hinzufügen wollen, da aber kam ein Wind auf, der trudelnd einige Schmetterlinge zu ihnen wehte. Nie zuvor hatte Scarlett so große, prachtvolle Schmetterlinge gesehen. Die Flügel orange, mit schwarzem Rand und schwarzer Musterung. Unwillkürlich streckte sie eine Hand nach ihnen aus, ahnend, dass sie keinen von ihnen fangen könnte oder gar berühren sollte, aber zu ihrer Verwunderung landete ein Schmetterling auf ihrer Handfläche und sie konnte erkennen, dass es gar keine Schmetterlinge waren, sondern winzige Wesen mit vollkommen schwarzen und zartgliedrigen Körpern, denen feine, geringelte Fühler aus dem kurzen und ebenso schwarzen Haar wuchsen. Nur die Augen, aus denen

das kleine Geschöpf Scarlett ansah, waren grellweiß und wiederholten sich in runden Flecken an den oberen und unteren Spitzen der prachtvollen Flügel.

»Was ist das?« Scarlett wagte kaum, die Stimme zu heben, aus Angst, das wundersame Geschöpf zu vertreiben, das ein leises, trillerndes Zirpen ausstieß.

»Ein Windtraumtänzer«, erklärte der Laubdrache, nachdem er ihr den Kopf zugewandt hatte. Einen Moment betrachtete er das kleine Wesen versonnen, dann pustete er kräftig, so dass der Windtraumtänzer trudelnd davonwehte.

Scarlett hob entgeistert den Kopf. »Warum hast du das getan? Es wollte sich doch nur ausruhen!« Fassungslos sah sie den orangeleuchtenden Flügeln hinterher, die wie ein Blatt im Wind davongeweht wurden.

»Windtraumtänzer haben nur einen einzigen Flug. Und ich finde, dieser sollte so lange dauern, wie es nur geht. Denn wenn sie einmal landen, müssen sie sterben.«

»Das verstehe ich nicht«, flüsterte Scarlett. »Warum muss dieses wunderschöne Wesen sterben, wenn es landet?«

»Weil es so sein muss«, erklärte der Drache und hauchte ihr warme Luft ins Gesicht. »Windtraumtänzer werden auf den Windtraumweiden auf der Insel Ling geboren, einem Ort, der weder Sommer noch Herbst ist und doch beides zugleich. Ihr ganzes Leben verbringen sie auf diesen Bäumen, von dem Moment an, in dem sie ihre Flügel zum ersten Mal entfalten und in der Sonne trocknen lassen bis zu dem Zeitpunkt, an dem der Traum, den sie ihr ganzes Leben lang träumen, sich erfüllt und der Wind sie von den Ästen der Weiden pflückt und davonträgt. Sie sind wie lebende Blätter, die am Ende von den Bäumen fallen.«

»Das ist traurig«, meinte Scarlett.

»Warum?«

»Weil sie sterben.«

»Aber das wissen sie doch nicht. Sie wissen genauso wenig, dass sie sterben müssen, wenn sie den Baum verlassen, wie du es wissen wirst, wenn der Tag gekommen ist. Sie leben mit dem Traum, zu fliegen. Und manche von ihnen fliegen so weit und erleben so viele Dinge, die sie nie gesehen hätten, wären sie an ihrer Weide geblieben. Neue Geschichten, die an anderen Orten erzählt werden.«

Nachdenklich blickte Scarlett zu der Stelle, an der die Dämmerung den Windtraumtänzer verschluckt hatte. Vielleicht war er wirklich glücklich auf seinem Flug, und vielleicht würde er noch lange so weiterfliegen.

Sie wandte sich ab und biss noch ein Stück eines Pilzes ab. Er hatte fast ein bisschen die Konsistenz von Brot. Man musste nicht sehr viel davon essen, um satt zu werden.

»Wie ist die Kürbiskönigin?«, fragte sie.

Der Laubdrache raschelte nachdenklich. »Sie ist die Königin der ganzen Herbstlande. Es heißt, dass sie für jeden, der ihr begegnet, anders aussieht. Sie ist die Königin der Wünsche. Früher soll sie jeden Wunsch erfüllt haben, aber dann geschah etwas, was ihr wohl die zerstörerische Macht von Wünschen gezeigt hat und alles veränderte sich. Früher, so musst du wissen, waren die Herbstlande noch anders. Freundlicher - und die Kürbiskönigin besuchte jedes Geschöpf und ihr Lachen klang wie ein Lied durch die Wälder. Doch mit dem Tag, an dem ein Wunsch alles änderte, verstummte ihr Lachen und sie zog sich mehr und mehr aus dem Wald zurück. Das Land veränderte sich. Grenzen durchzogen mit einem Mal den Wald, trennten die Herbstlande in September, Oktober, November. Dort baute sie auch ihren Palast, und mit ihrem Einzug im dunkelsten der drei Länder stellte sie auch jene Regeln auf, wegen denen du jetzt hier bist.« Der Laubdrache sah Scarlett eindringlich an. »Ich glaube, sie musste auf sehr harte Weise lernen, dass jeder Wunsch seinen Preis hat, aber selbst die Erinnerungen der Laubdrachen reichen nicht mehr so weit zurück, dass ich davon berichten könnte. Längst sind diese Blätter zu Staub und Asche zerfallen und vergessen.«

»Wie alt ist die Kürbiskönigin?«, hauchte Scarlett.

»So alt wie die Herbstlande, und man sagt, all dies hier sei erst entstanden, als sie selbst einen Wunsch in einem Kürbiskopf verbrannte.«

»Aber dann muss sie ja uralt sein!«

»Das ist sie. Aber zugleich ist sie auch jung, denn sie gehört zu den Wünschen, und jeder Wunsch ist der Beginn von etwas, im Guten wie im Schlechten.«

Scarlett nickte. In ihrem Kopf formte sich ein vages Bild von der Kürbiskönigin, aber sobald sie es festhalten wollte, veränderte es sich. Mal war sie alt und hutzelig wie eine Hexe, dann wieder jung und schön, mal wirkte sie grantig und verbittert, mal freundlich und gütig. Immer schneller wechselten die Bilder in Scarletts Vorstellung, bis sie mit einem Male vollkommen verschwanden und nichts als Müdigkeit zurückließen.

»Ist es noch weit?«, fragte sie den Drachen schläfrig.

»Das wird der Weg uns zeigen«, erwiderte dieser und Scarlett wollte nach der Bedeutung seiner Worte fragen, doch da war sie schon in einen tiefen, traumlosen Schlaf geglitten.

Sie wachte erst auf, als feiner Regen sie im Gesicht traf. Es musste Morgen sein, aber das Blau des Himmels über den Bäumen war einem hellen Grau gewichen, aus dem es leicht nieselte. Das Blattschuppenkleid des Drachens glänzte bereits vor Nässe, während sie weitestgehend trocken geblieben war. Überrascht stellte sie fest, dass sich neben ihr drei Eichhörnchen in das Laubkleid eingenistet hatten, ein rötliches, ein graues und ein dunkelbraunes mit schwarzem Schweif.

Sie huschten davon, als sie Scarletts Blick bemerkten, was den Drachen zu einem klingenden Lachen verleitete.

»Es kitzelt, wenn sie das tun«, meinte er zu Scarlett. »Aber sie sind immer freundlich und erzählen mir Geschichten, während sie sich in meinem Laubfell aufwärmen.«

Er drehte ihr den Kopf zu. »Es war eine kalte Nacht.«

»Davon habe ich nichts bemerkt«, gestand Scarlett verlegen.

Der Drache schnaubte gutmütig. »Manchmal muss man so tief schlafen, dass alles verschwindet. Man erwacht am nächsten Morgen anders.«

Seine kastanienbraunen Augen musterten sie so eindringlich, dass Scarlett den Blick senken musste, weil sie es nicht ertragen konnte. Sie dachte an Nathan und daran, dass er auf sie wartete. Dort, im Krankenhaus.

Das schlechte Gewissen überkam sie wie eine Flutwelle.

»Brechen wir jetzt wieder auf?«, erkundigte sie sich, ohne den Drachen anzusehen. Aus den Augenwinkeln nahm sie wahr, dass er kurz die Augen schloss, dann aber hörte sie ihn sagen: »Wenn du immer noch zur Kürbiskönigin willst, ja. Aber wir werden langsamer sein. Die Nacht war zu kalt, um sich an den Sommer erinnern zu können.«

Er entrollte seinen Körper und während sie aufstand, sah Scarlett, dass einige Blattschuppen mit einer feinen Schicht Reif bedeckt waren, der sie weiß färbte.

»Geht es dir gut?«, erkundigte sie sich besorgt, denn die Bewegungen des Tieres waren langsam und schwerfällig.

Der Laubdrache schenkte ihr ein Lächeln. »Wir Drachen sind Wesen der Septemberwärme. Selbst das junge Eis ist schon zu kalt. Heute werde ich dich nicht tragen können.«

»Ich kann laufen«, warf Scarlett rasch ein. »Das macht mir nichts. Wirklich.«

Sie blickte in den Wald, der sie umgab. Er schien ihr dunkler, und der feine Regen verschleierte die Sicht. Trotzdem glaubte Scarlett, dass er hier dichter wuchs als in der Nähe der Senke, wo ihr der Drache begegnet war.

»Dies war der Sommerwald«, erklärte er ihr, nachdem sie ihn fragte. »Dort ist es am wärmsten und hellsten. Der Wald verändert sich.«

Scarlett nickte. »Wohin müssen wir?«

Der Drache hob witternd sein Haupt. »Dort entlang«, sagte er nach einer Weile und schwebte schweigend los. Scarlett schloss zu ihm auf. Unter ihren Schritten knisterten leise vereiste Blätter.

»Das Eis ist noch jung«, meinte der Drache. »Es wird bald vergehen. Und trotzdem tut seine Kälte weh.«

Scarlett glaubte zu wissen, was er meinte, aber sie sagte nichts. Schweigend folgte sie ihm durch den Wald. Nach einer Weile wurde der Regen stärker, aber seine Tropfen fühlten sich warm an und der Reif schmolz. Die Bewegungen des Drachens wurden merklich flüssiger und sie kamen zumindest für eine Weile schneller voran. Längst schon hatte Scarlett die Orientierung verloren, jeder Baum glich dem anderen. Es regnete nicht mehr, aber die von Ästen und Blättern tropfenden Regenreste vermischten sich mit dem Rhythmus ihrer Schritte und lullten sie ein.

Wie es Nathan wohl gerade ging?

Wie soll es ihm gehen?, schalt sie sich selbst. Er lag im Krankenhaus. Wartete auf sie. Unwillkürlich beschleunigte sie ihre Schritte ein wenig, aber der Wald war zu unwegsam und der riesige Laubdrache musste ein ums andere Mal Umwege einschlagen. Zu allem Überfluss kam auch Wind auf, der stetig stärker wurde und ihnen die Schritte erschwerte. Mehr noch, er riss dem Laubdrachen die Schuppen ab, immer mehr flogen davon, der Drachenleib schien zu zerfasern und auseinanderzuwehen.

Anfangs gelang es ihm noch, sich wieder zusammenzusetzen und Scarlett versuchte, ihn mit ihrem Körper zu schützen, aber der Wind wurde noch stärker und sie war zu zierlich, und bald war der Drache verschwunden und nichts als einzelne Blätter umwehten Scarlett, ganz so wie in ihrem Traum, nur, dass sie sich jetzt nicht mehr zusammenfügten, sondern in alle Himmelsrichtungen auseinanderstoben. Verzweifelt versuchte Scarlett, nach ihnen zu schnappen, aber es waren zu viele und der

Wind war zu stark, wurde zum Sturm, der die Schuppenblätter des Drachens mit dem Laub des Bodens vermischte und es unmöglich machte, auch nur ein einziges Stück des Laubdrachen festzuhalten. In der nächsten Minute war Scarlett wieder allein und der Wind zerrte unbarmherzig an ihr, trieb ihr Blätter ins Gesicht und drängte sie von der Richtung ab, in die sie mit dem Drachen gegangen war, und bald hatte sie das Gefühl, nur noch ein Spielball des Sturms zu sein.

Die Tränen, die ihr aus bitterlicher Verzweiflung über die Wangen rollten, weil der Laubdrache fort war, wurden ebenso fortgeweht wie die Blätter seiner Schuppen zuvor und nahmen ihr die Möglichkeit, die Traurigkeit wirklich zu spüren.

7

Kürbislichter

Hin und her trieb sie der Sturm, stellte Bäume in ihren Weg und zwang sie auszuweichen. Äste griffen mit ihren dicht verzweigten Fingern nach ihr und rissen an ihrem Haar, Dornen und Gestrüpp verfingen sich genauso wie Kletten und Ranken in ihrem Mantel. Verzweifelt versuchte Scarlett, irgendwo Schutz zu suchen, doch wann immer sie eine schützende Stelle in einer Baumhöhle oder neben einem Felsen ausgemacht hatte, zerrte der Sturm sie in eine andere Richtung.

Vielleicht waren es am Ende Meilen, die sie so blindlings und sturmgepeitscht durch den Wald gestolpert war, vielleicht auch nur ein paar Schritte – als der Wind endlich nachließ und an seiner statt der Regen wieder einsetzte, der in schweren, grauen Wolken über den Wald kam, befand sie sich am Rand einer Lichtung, die von Kürbispflanzen bedeckt war. Gelbe Kürbisse wuchsen hier ebenso wie grüne, und weiße standen in unmittelbarer Nachbarschaft zu orangeroten. Manche wuchsen groß und gleichmäßig, andere waren klein, schief gewachsen und verhutzelt. Kein einziger von ihnen hatte ein Gesicht, doch in dem Augenblick, in dem Scarlett einen Fuß auf die Lichtung setzte, stiegen Lichter aus ihnen auf. Fast war es, als würde Scarlett dem Kürbisgeist wieder begegnen, aber bei näherem Hinsehen stellte sie fest, dass diese Gestalten anders waren – da war keine feste Form, die hin und her flackerte, kein Gesicht – sie waren nur Kugeln aus Licht, die immer wieder auseinander waberten. Sie flogen auf Scarlett zu wie ein Rudel fröhlicher Hundewelpen und tanzten vor ihr auf und nieder, als wollten sie sie zum Spiel auffordern. Scarlett lächelte unwillkürlich. Die Lichter waren so hell und lebhaft und vertrieben ein wenig die Schatten, die sich an sie geklammert hatten, seit der Laubdrache nicht mehr da war … und sie kamen plötzlich noch näher an sie heran, berührten sie fast, bewegten sich schneller als zuvor, begannen, auch an ihr vorbeizufliegen und sie einzukesseln.

»He, nicht so stürmisch!« Scarlett hob die Hände. Sie wollte sich lieber nicht auf ein solches Spiel mit unbekannten Wesen einlassen. Doch es war bereits zu spät. Im Kreis schwebten sie vor ihr und neben ihr und hinter ihr, so dass sie die Lichtung nicht wieder verlassen konnte. Panisch sah sie sich um, aber die Lichter waren überall, hatten sie eingeschlossen.

»Sieh an«, sangen sie mit vielen Stimmen, die zu einer wurden. »Da weiß einer nicht woher, da weiß einer nicht wohin!«

Sausend und surrend flogen sie um Scarlett herum, bis sie alle zu einem einzigen, blendenden Schlieren verwirbelten.

»Nicht woher, nicht wohin«, summte es in ihren Ohren, während sie taumelnd nach einem Ausweg suchte. Doch wie sie sich auch drehte, es gab kein Entkommen aus dem Lichtkreis, der mal auf Höhe ihres Gesichts, dann wieder auf der ihrer Beine war.

Scarlett schwindelte. »Bitte«, flehte sie und presste sich die Hände auf die Ohren – »bitte, könnt ihr mir helfen? Ich muss zur Kürbiskönigin!« Sie schrie die Worte gegen das Summen und Surren an, das schlagartig verstummte. Alle Lichter stoben auseinander und flohen von ihr, bis sie wieder vollkommen reglos über den Kürbissen schwebten. Atemlos betrachtete Scarlett die Lichter. Jetzt konnte sie in den diffusen Kugeln kleine, nebelgraue Augen sehen, die ebenso schwammige Konturen hatten wie die runden Erscheinungen selbst.

Scarlett meinte, die Sekunden förmlich verstreichen zu hören, dann sprach plötzlich ein einzelnes der Lichter, wo sie vorher immer ein Chor gewesen waren.

»Komm mit mir!«, forderte es und Scarlett war versucht, ihm umgehend zu folgen, da sprach ein zweites Licht: »Nein. Folge mir.«

Die Lichtkugel, die als zweite gesprochen hatte, schwebte direkt neben Scarlett. »Kennst du den Weg zur Kürbiskönigin?«, fragte sie. Das Lichtlein gab keine Antwort, an seiner statt surrte eine andere Stimme, schräg hinter ihr. »Geh mit mir!« Scarlett wirbelte herum und blickte einem weiteren Licht in die diffusen Augen.

Bald waren überall Stimmen.

»Komm mit mir!«

»Nein, folge mir!«

»Geh mit mir!«

»Ich führe dich!«

Jedes der Lichter schien mal diesen, mal jenen Satz zu sagen, die Worte sprangen hin und her und Scarlett stiegen Tränen der Verzweiflung in die Augen.

»Bitte«, flehte sie. »Bitte! Ich will doch nur den Weg wissen. Ich muss zur Kürbiskönigin!«

Die Stimmen der Lichter hielten nicht inne. Wie das Echo in einer Höhle hallten sie durch den Kreis der Lichter.

»Bitte«, wimmerte Scarlett, aber die Lichter hörten nicht auf.

»Folge mir!«

»Geh mit mir!«

»Komm …«

Und Scarlett drehte sich in ihrer Mitte im Kreis, verfolgt von nebelgrauen Blicken, die niemals ruhten, wieder und wieder, immer weiter. Sie konnte nicht aufhören und die Lichter riefen weiter, bis da plötzlich eine neue Stimme in all dem Gewirr war, die sagte: »Ich kenne den Weg. Ich bringe dich zur Königin.«

Plötzlich war es ganz still. Keines der Lichter sprach mehr. Scarlett hörte auf, sich zu drehen.

»Ich kann dir den Weg zeigen. Mit mir findest du dein Glück!«, sprach die eine, neue Stimme. Sie kam von rechts, und als Scarlett sich zu ihr umdrehte, war da eine Lichtkugel, die etwas kleiner war als die anderen und leise knisterte.

»Du kennst den Weg zur Kürbiskönigin?«, fragte Scarlett skeptisch.

Das Licht surrte. »Ich kann dich hinbringen, wohin du willst«, versprach es. »Du musst nur mit mir gehen.«

Unschlüssig sah Scarlett sich um. Die anderen Lichtkugeln schwiegen nach wie vor, schwebten nur leicht surrend hin und her.

Sie wünschte, der Laubdrache wäre bei ihr, aber er war fort und es gab nur das Licht, das ihr helfen konnte. Das Licht, das ihr versprach, den Weg zu kennen, von dem sie aber nichts wusste. Was, wenn es sie nur in die Irre locken wollte? Wenn sie dann nie die Königin treffen würde, Nathan niemals retten konnte … aber was blieb ihr anderes übrig?

Sie war allein. Ganz allein.

Wind kam auf, blies ihr ein Blatt ins Gesicht. Goldgelb war es, wie die Schuppen des Laubdrachen, und einen Moment hatte Scarlett die Hoffnung, dass das wunderschöne Tier mit einem Rascheln wieder auftauchen würde, aber der Laubdrache kam nicht, der Wind trug das Blatt wieder fort.

Traurig schaute Scarlett ihm hinterher, wie es durch den Kreis der Lichter hindurchflog, als wäre es selbst eins von ihnen, dann straffte sie sich.

»Bring mich zur Kürbiskönigin«, bat sie das Licht, das immer noch vor ihr schwebte und leise surrte. Mit ihren Worten wurde sein Leuchten heller und das aller anderen schwächer, mehr noch, sie sanken als winzige, runde Nebelfetzen zurück in die Kürbisse.

Nur das Licht, dem Scarlett sich anvertraut hatte, erleuchtete die Lichtung noch und strahlte hell. Dabei schwoll das bislang leise Summen zu einem stetigen Brummen an, das nach wenigen Sekunden wieder in Worten verebbte: »Komm mit mir. Sieh dich nicht um.«

Damit schwebte es zu einem der Bäume, die die Lichtung umfassten. Dort wartete es auf Scarlett, die ihm rasch folgte. Sie widerstand der Versuchung, sich umzudrehen, ganz wie das Licht gesagt hatte.

Ein zufriedenes Brummen begrüßte sie und bald flog das Licht weiter.

Sie liefen den ganzen Rest des Tages. Die Bäume wechselten ihre Farbe, das Gelb wandelte sich in flammendes Orange und Rot. Als die Nacht hereinbrach, setzte der Regen wieder ein, und trotz der dichten Baumkronen war Scarlett bald bis auf die Haut durchnässt und überall um sie herum bildeten sich Pfützen, zuerst nur sehr klein, dann immer größer werdend.

»Hast du einen Namen?«, fragte sie, während sie dem surrenden Leuchten folgte.

Das Licht gab keine Antwort, was Scarlett verwirrte, da sie doch wusste, dass es sprechen konnte. Noch einmal stellte sie ihre Frage, aber wieder reagierte es nicht, sondern flog nur brummend und surrend einige Meter weiter, wo es auf Scarlett wartete.

Es waren vielleicht nur zwei oder drei Schritte, die sie benötigte, um wieder zu ihm aufzuschließen, aber schon nach dem ersten Schritt, den sie getan hatte, hielt sie so abrupt inne, dass sie beinahe fiel.

Wie hypnotisiert starrte sie auf die Pfütze zu ihren Füßen, über die sie gerade hatte springen wollen. Denn eigentlich hätte sie sich selbst als Spiegelung sehen müssen, und auf gewisse Weise tat sie es auch, aber es war trotzdem vollkommen anders und eigentlich ganz unmöglich. Scarlett sah sich selbst, aber sie war dort im Spiegel der Pfütze jünger, sie erkannte das Kleid, das sie trug – es war gepunktet. Sie hatte es getragen, bevor sie Nathan kennengelernt hatte. Ja, sie konnte sich sogar an den Abend erinnern, an dem das Bild in der Pfütze sie zeigte. Sie war auf einem Jahrmarkt gewesen, das Kettenkarussell hatte ihr für wenige Minuten das Gefühl gegeben, zu fliegen. Als sie abgestiegen war, war da dieser junge Mann gewesen, der sie auf einen Drink hatte einladen wollen, aber sie hatte abgelehnt, um gleich noch mal mit dem Karussell zu fahren.

Neugierig ging Scarlett zur nächsten Pfütze. Auch dort sah sie sich, noch jünger dieses Mal, vielleicht zehn oder zwölf, lachend im Sommerregen tanzend.

Ein Summen ließ sie den Kopf heben. Vor lauter Faszination hätte sie beinahe das Licht vergessen, das nach wie vor neben dem Baum schwebte. Rasch schloss sie zu ihm auf, doch sie konnte ihre Augen nicht mehr von den Pfützen nehmen, die ihr immer wieder andere Ausschnitte aus ihrer Vergangenheit zeigten, glückliche und manchmal auch traurige Momente, an dem ihr Leben auf die eine oder andere Weise eine Wendung erfahren hatte oder solche, die nur wie zufällig ausgewählt wirkten. Und zwischendrin war da immer wieder sie selbst, wie sie im Regen tanzte.

Doch in wie viele Pfützen sie auch blickte, nie sah sie Nathan, er war einfach nicht da. Wenn überhaupt waren da nur Menschen, zu denen sie längst keinen Kontakt mehr hatte, nur selten sah sie ihre Eltern oder sonst jemanden, mit dem sie noch verbunden war.

Suchend ging sie weiter, immer darauf achtend, das Licht nicht aus den Augen zu verlieren, das weitergeflogen war, kaum dass sie es erreicht hatte.

In der nächsten erblickte sie wieder sich selbst im Sommerregen. Scarlett konnte sich nicht erinnern, jemals so unbedacht in eine Pfütze gesprungen zu sein. Neugierig trat sie einen Schritt näher, so dass ihre Fußspitze das Wasser berührte. Kleine, halbkreisförmige Wellen kräuselten die Wasseroberfläche und veränderten das Bild. Das Mädchen im Inneren blieb stehen und richtete seine Augen direkt auf sie.

Ihr wurde mulmig zumute, und sie wich einen Schritt zurück, als ihr jüngeres Ich den Arm hob und ihr die Hand entgegenstreckte, so dass die Fingerspitzen die Wasserfläche von unten berührten. Die Kleine grinste herausfordernd und für einen Sekundenbruchteil sah Scarlett sich in die Pfütze springen, doch etwas sagte ihr, dass es sie noch weiter von Nathan fortbringen würde, als sie ohnehin schon war. Sie sah, dass das Mädchen die Augen schloss, als sie immer weiter zurückwich, Schritt um Schritt fort von der Versuchung. Alles wirkte leicht dort bei dem kleinen Mädchen in der Pfütze, technicolorfarben und bonbonrosa. Wie ein Versprechen, dass nie gegeben worden und doch existent war. So schnell sie konnte, rannte Scarlett zu dem Licht, das den Weg zur Königin bedeutete, den Weg zu Nathan.

Sie schwor sich, ab sofort den Blick in die Pfützen zu meiden, doch es gelang ihr kaum, denn der Regen wurde stärker und die Pfützen vielzähliger und größer und das Licht nahm keine Rücksicht auf die Gegebenheiten am Boden. Fast jeder Schritt ließ sie beinahe in eine neue Pfütze stolpern, und eine jede malte andere Bilder für sie.

Manchmal zwang sie ihre Blicke schnell in eine andere Richtung oder schloss schnell die Augen, aber hin und wieder musste sie einfach in die spiegelnde Wasseroberfläche sehen.

In der ersten Pfütze, die sie auf diese Art betrachten musste, sah sie im ersten Moment nichts als ihr eigenes Spiegelbild, dann aber trieb der Regen ein kleines Blatt hinein und die seichten Wellen öffneten einen Vorhang aus gelb und sepia, hinter dem sich das Wohnzimmer ihrer Großmutter verbarg. Und abermals war da Scarlett selbst als Mädchen, das mit roten Wangen in einem viel zu großen Sessel saß, auf dem Schoß ein riesiges schwarz-weiß-geschecktes Kaninchen, und gebannt einer Geschichte lauschte, die ihr ihre Großmutter erzählt hatte. Diese saß im Sessel daneben, das weiße Haar glänzte unter dem Schleier von Sepia gelblich, aber es war unverkennbar ihre Großmutter und Scarlett konnte förmlich das Glück spüren, dass in diesem Stück Vergangenheit lag, das sie längst vergessen hatte.

Sie bemerkte die einzelne Träne, die sie weinte erst, als sie die Spannung der Pfützenoberfläche brach und das Bild verschwand, fortgewischt von den Wellen.

Blinzelnd richtete Scarlett sich auf und blickte sich verloren um. Wo war das Licht?

Sie entdeckte es bei einer Gruppe dicht stehender Bäume und lief darauf zu, froh, dass es nicht schon fort war. Inzwischen hatte sich die Nacht über den verregneten Wald gelegt, und dic Dunkelheit hatte Kälte mitgebracht. Eisige Nässe stieg ihr in die Schuhe und ein ums andere Mal stolperte sie in eine der Pfützen, von denen jetzt viele nichts weiter waren als Spiegel des Hier und Jetzt, und Scarlett glaubte schon, die Bilder hinter sich gelassen zu haben, bis da plötzlich eines war, das ihre Blicke nicht loslassen wollte.

Es war frischer, nicht so vergangenheitsentfernt wie das letzte, die Farben waren leuchtender, bunt statt sepia, und sie selbst war gar nicht dort. Trotzdem erkannte Scarlett den Ort sofort wieder. Es war das Haus ihrer Eltern, und ihr Vater und ihre Mutter standen zusammen in der Küche.

Sie schienen ein Essen vorzubereiten, schnitten Gemüse und Fleisch. Sie lachten miteinander, doch lag über der ganzen Szenerie etwas Trauriges, wie Schatten, die sich über einen sonst sonnenbeschienenen Spielplatz gelegt hatten.

Das Bild veränderte sich, das Essen war zubereitet und stand auf dem Tisch im Esszimmer. Ihre Eltern aßen, sie saßen nicht gegenüber, so wie früher, sondern dicht nebeneinander. Doch auch hier lag über all der Vertrautheit etwas Störendes. Der Blick ihrer Mutter flackerte immer wieder vom Tisch fort, dorthin, wo der Kamin war.

Scarlett fragte sich, ob auf dem schmalen Sims immer noch Fotografien standen, und schon im selben Augenblick sah sie den Kamin und die Bilder darauf. Sie sah sich selbst, über die Jahre ihres Lebens verteilt, als Baby, im Kindergarten, bei der Einschulung. Der erste Schulball … dicht an dicht standen die Rahmen, allesamt silbern glänzend, aber die zeitlichen Abstände zwischen den Fotos wurden größer. Von ihr als Erwachsene gab es kaum eine Aufnahme.

Der Blickwinkel im Raum veränderte sich ein weiteres Mal, zeigte jetzt wieder ihre Eltern. Ihr Vater hatte den Arm um die Schultern ihrer Mutter gelegt und drückte ihr einen Kuss ins Haar, woraufhin sie sich ihm lächelnd zuwandte.

Wind kam auf und das Wasser in der Pfütze kräuselte sich. Das Bild zerfaserte und verschwand schließlich ganz, bis nichts blieb als Scarletts eigenes, blasses Gesicht, in dessen Augen Tränen glänzten.

Das Licht schwebte dicht neben ihr, als hätte es selbst die Szenerie beobachtet. Sein leises Surren beruhigte ihren schnellen Herzschlag. Sie war so lange nicht bei ihren Eltern gewesen, dass sie sich kaum mehr daran erinnern konnte. Es war mit Nathan gewesen, dessen war sie sich sicher …

Das Licht glomm kurz heller, dann wieder dunkler.

»Komm mit«, sagte es und Scarlett nickte.

Schweigend lief sie dem Licht hinterher. Der Regen ließ nach und die Nacht wurde kälter, feine Eisschichten legten sich auf die Ränder der Pfützen, die knisternd zerbrachen, wenn Scarletts Schritte sie streiften. Bald waren ihre Schuhe mit feinen Eissplittern bedeckt und sie spürte, wie die Kälte rasch auch in ihre Füße kroch, angefangen von den Zehen, immer höher kletternd. Zudem veränderte sich der Untergrund, immer weniger Laub bedeckte den Boden, der zwischen all den Pfützen morastig weich und schlammig war. Längst waren die meisten Oberflächen blind von dem Eis, nur wenige Pfützen waren noch Spiegel und lange

Zeit gab es keine mehr, die ein Bild für Scarlett malte. Scarlett selbst war unheimlich müde, jeder Schritt ließ ihre Beine schwerer und den Boden noch weicher werden. Einmal versank sie mit einem Knöchel, ein anderes Mal konnte sie sich nicht mehr abfangen und fiel der Länge nach hin, genau vor eine weitere Pfütze, die fast so groß und so tief war wie ein kleiner Teich und in der abermals ein Bild schwamm, so dunkel und düster wie keines zuvor. Da war Himmel, nachtschwarz, und Boden, regennass, unterbrochen nur durch schemenhafte Steine und Kreuze, die einen Friedhof erkennen ließen. Da waren keine Namen, aber Scarlett konnte förmlich spüren, wie die Toten nach ihr riefen, mit unsichtbaren Händen nach ihr griffen, und sie wich zurück, Eis und Laub knisterten und raschelten unter ihren Schritten und das Licht flackerte mal heller mal dunkler, bis sie schwer atmend zum Stehen kam.

Das Licht aber machte keine Anstalten zu rasten, und so folgte sie ihm weiter. Mit jedem Meter wurde der Boden unwegsamer. Das von Eis und Nässe bedeckte Laub ließ sie rutschen, Wurzeln und abgestorbene Äste brachten sie zum Stolpern, Schlamm und Morast hielten ihre Füße fest und Kälte fror ihre Bewegungen ein. Bald konnte sie kaum noch einen Fuß vor den anderen setzen.

»Warte doch bitte«, rief sie dem Licht zu, doch die leuchtende Kugel schwebte surrend weiter, einem Weg folgend, den Scarlett nicht nachvollziehen konnte. Sie hatte den Eindruck, einen Bogen im Zickzack zu gehen, wegen all den Bäumen und Sträuchern und Pfützen.

Längst war sie zu erschöpft und müde, um noch genau darauf zu achten. Weder das Knacksen von Holz noch ein Rascheln über ihr in den wenigen Bäumen ließen sie aufsehen.

Erst, als etwas sie an den Haaren berührte, schrie sie auf und schlug in Panik um sich. Die Lichtkugel kam herbeigeflogen und umkreiste sie, und im Schein ihres Leuchtens sah Scarlett Fledermäuse. Ein ganzer Schwarm flatterte über ihrem Kopf hin und her, auf und ab, so dass sich eine von ihnen wohl in ihrem Haar verfangen haben musste. Erleichtert ließ Scarlett die Arme sinken und lief gebückt weiter.

Dieses Mal blieb das Licht bei ihr, aber es vertrieb die Fledermäuse nicht, die sie immer wieder streiften und nach ihrem Haar griffen, ja, sogar daran zogen und zerrten. Mochte sie Fledermäuse normalerweise sogar, schlug sie jetzt wie von Sinnen nach den Tieren, aber sie ließen sich nicht abbringen, drängten sie weiterhin nach links. Scarlett sah, dass der Wald dort wieder dichter war und trotz der Finsternis freundlicher wirkte. Sicher war das Laub so weich wie ein Federbett.

Wenn sie sich doch nur ein bisschen ausruhen könnte … ein paar Minuten bloß. Eine weitere Fledermaus riss an ihrem Haar, und dieses Mal folgte Scarlett der Bewegung und taumelte stolpernd über den matschigen Boden auf den freundlich aussehenden Wald zu. Träumte sie schon oder ging dort wirklich die Sonne auf?

Nach und nach wurde der Boden wieder fester und das beinahe schon vertraute Rascheln von Laub erfüllte die Nacht.

Doch gerade, als sie fast die kleine Senke erreicht hatte, die sie aus der Ferne gelockt hatte, rief das Licht ihren Namen.

»Scarlett! Komm mit mir!«

Verwundert über den Klang ihres Namens, wirbelte sie herum und erstarrte.

Da, wo eben noch die Lichtkugel in der Luft geschwebt hatte, stand jetzt Nathan.

Vielmehr, nicht er selbst, sondern ein Nathan ganz aus Licht, aber unverkennbar er.

Scarlett spürte, wie sich ihr Herz vor Freude überschlug.

Dort war Nathan!

Scarlett lief so schnell zu der Gestalt, wie sie noch nie zuvor gelaufen war.

Nathan.

Sie war trunken vor Glück.

Warum hatte er sich nicht früher zu erkennen gegeben? Warum hatte er sie im Glauben gelassen, nichts als ein Licht zu sein?

Jetzt, wo er bei ihr war, würde alles gut werden.

Wie eine Motte auf das Licht rannte sie zu ihm, doch als sie die Arme um seinen leuchtenden Körper schloss, griff sie ins Leere, der Licht-Nathan schwebte zwei Schritte neben ihr, den rechten Arm wortlos wie ein Wegweiser ausgestreckt.

Er sagte nichts, aber die nebelgrauen Augen sahen sie vertraut vorwurfsvoll an, so dass sie sich einem Impuls folgend auf die Unterlippe biss.

»Es tut mir leid, Nathan. Das alles hier ist meine Schuld. Dass du hier bist …«

Nur zögernd trauten sich die Worte, aus ihrem Mund zu klettern.

Der Nathan aus Licht neigte den Kopf ein wenig und trat näher, um ihr mit seiner Hand über das Haar zu streichen. Beruhigt schloss Scarlett die Augen. Sie spürte die Berührung kaum, da war nur ein leichter

Windhauch, der von ihrem Gesicht über ihre Schulter den Arm hinab wanderte, bis er ihre Hand berührte.

Scarlett schlug die Augen wieder auf. Der Nathan aus Licht stand neben ihr und hielt ihre Hand, während er seinen anderen Arm nach wie vor einem Wegweiser gleich ausgestreckt hatte.

»Also dort entlang?«, fragte Scarlett.

Der Licht-Nathan ging los, ohne ein Wort zu sagen. Und obwohl die Hand, die die ihre hielt, keine Konsistenz hatte, wurde Scarlett mitgezogen.

8

Feuer und Asche

Der Wald wurde wärmer, als der Morgen kam. Sonnenstrahlen wischten die dünne Eisschicht von den Pfützen und der Regen setzte endlich aus. Die Schatten flohen und Vögel begannen vielstimmig zu zwitschern. Der Nathan aus Licht wurde blasser, war aber immer noch deutlich zu sehen. Längst hielt er Scarletts Hand nicht mehr, sondern ging schweigend neben ihr. Anfangs war Scarlett traurig darüber gewesen, hatte sich aber selbst mit der Erklärung beruhigt, dass es ihn vielleicht große Kraft kostete, in dieser Gestalt bei ihr zu sein. Manchmal konnte sie beobachten, wie seine Konturen flackerten, dann wieder gab es Momente, in denen er kurz zu der Lichtkugel wurde, mit der sie auf der Lichtung losgegangen war. In diesen Augenblicken spürte sie einen Stich in ihrem Herzen und war jedes Mal froh, wenn sich die Konturen festigten und er Nathan blieb. Vielleicht war es nichts als Einbildung, aber es fühlte sich anders an, wenn jemand neben ihr ging oder einfach eine Lichtkugel sie begleitete.

Nathan achtete auf sie, er führte sie zu einer Wasserstelle und zeigte ihr, wo süße Brombeeren wuchsen, mit denen sie ihren Hunger stillen konnte. Eine Pause legte er jedoch nicht ein und Scarlett spürte ihre Füße kaum noch, auch wenn der Morgen die Kälte und das Eis der Nacht vertrieben hatte und der Tag mit jeder Minute wärmer wurde.

Bald lichtete sich der Wald wieder und gab den Blick auf ein Gebirge frei, das wirkte, als würde es aus glutroten Flammen bestehen. Beim Näherkommen erkannte Scarlett, dass es der Stein der Berge war, der so rotorange leuchtete und dass die Sonne einen hellgelben Schimmer auf die Gipfel legte.

Warme Winde wehten ihnen vertrocknete Blätter entgegen und die Bäume schienen vor den Bergen zurückzuweichen.

Nathan hingegen lief geradewegs auf die Berge zu, und Scarlett wiederholte jeden Schritt, den die Lichtgestalt tat, ohne darauf zu achten, wohin sie geführt wurde.

Der Wald verschwand gänzlich um sie herum, nur vereinzelt ragten bleich ausgetrocknete Baumskelette aus dem kargen Boden, der ebenso wie das Gestein des Gebirges feuerrot war. Überall schwelten kleine Feuer am Wegesrand oder winzige Rauchsäulen stiegen zwischen lose daliegenden Felsformationen auf. Es roch nach Asche und Schwefel, so dass es Scarlett immer schwerer fiel zu atmen.

Nathan, inzwischen von flammend orangener Gestalt, marschierte einfach weiter, und sie folgte ihm, bis sie plötzlich in die Tiefe fiel. Der Sturz kam so abrupt, dass ihr nicht einmal Zeit zum Schreien blieb, sie machte einen Schritt und dann endete der Weg – es gab keinen Halt, kein Zurück, es gab nur noch den Fall. Weit unter ihr entdeckte sie kleine Feuer, deren flackender Schein die Schatten an den roten Wänden tanzen ließ.

Von Nathan oder auch nur dem Licht war nichts zu sehen. Scarlett war ganz allein in ihrem Fall und auf dem Grund warteten nur die Flammen.

Ich werde sterben, schoss es ihr durch den Kopf. *Ich werde da unten aufprallen und sterben, ohne Nathan noch einmal gesehen zu haben, geschweige denn, ihn retten zu können.*

Jetzt kam der Schrei, den die Panik ihr eben noch verwehrt hatte, und die engen, in hin und her zuckende Schatten getauchten Wände warfen ihren Schrei zurück.

Dann, noch ehe ihre Stimme verstummt war, kam der Aufprall, schneller als sie erwartet hatte und überraschend sanft. Es war ein Meer aus Asche, das sie auffing, weißgraue Asche, in der sie einsank, aber nicht ertrank.

Feiner Staub wirbelte auf und vermischte sich mit der orangeroten Hitze der Feuer, die überall in der Schlucht brannten, groß und klein, leise glühend und geräuschvoll lodernd.

Der abrupte Aufprall presste ihr die Luft aus den Lungen und die Asche, die sie in der nächsten Sekunde einatmete, ließ sie husten und würgen. Nur mühsam gelang es ihr, wieder zu Atem zu kommen und sich aufzurichten.

Sie hatte Glück im Unglück. Nicht nur, dass der Fall so glimpflich abgelaufen war – der Rand der Schlucht lag mehrere Meter über ihr – sie war auch wie durch ein Wunder nicht in einem der Feuer gelandet. Zwar

war der Ascheteppich um sie herum warm, aber er verbrannte sie nicht.

Suchend sah sie sich um. Alles sah gleich aus. Links und rechts, keine drei Schritte von ihr entfernt, ragten die Wände der Schlucht in die Höhe. Vor ihr und hinter ihr lag eine Straße aus Feuer und Asche.

Irrte sie, oder kamen die Flammen näher?

Nein. Sie musste sich täuschen. Die Feuer um sie herum tanzten nur wie wild und die flirrende Hitze machte ihr mehr und mehr deutlich, wie lange sie nichts mehr getrunken hatte. Asche füllte ihren Mund aus, sobald sie atmete. Keuchend hustete und spuckte sie, aber das machte es nur noch schlimmer.

Quälend langsam richtete sie sich auf und schleppte sich an all den Feuern und Feuerchen vorbei zu einer der beiden Schluchtwände. Glatt und heiß war der Stein, und wie viele Schritte sie auch nach links oder rechts ging, nirgends war es anders. Von Atemzug zu Atemzug fiel es ihr schwerer, die Lungen mit Luft zu füllen, da waren nur Hitze, Rauch und Asche, und schließlich musste sie sich erschöpft zu Boden sinken lassen. Tränen rannen ihr aus den Augen und vertrockneten noch in der gleichen Sekunde. Obwohl die Wärme unerträglich war, zog sie ihren Mantel enger um sich. Dabei ertasteten ihre Hände die vier Haselnüsse, die der traurige Fremde ihr gegeben hatte.

Er hatte behauptet, sie seien Wünsche.

Scarlett zog sie hervor und ließ sie durch ihre Hände rollen. Anders als bei dem Fremden zerfielen sie nicht zu Staub …

Unwillkürlich nahm Scarlett eine von ihnen und schloss die Hand, während sie die anderen mit einer fahrigen Bewegung zurück in ihre Tasche steckte.

Dann legte sie die Hand mit der Nuss an ihre Lippen und dachte an die Wünsche, die ihr durch den Kopf spukten.

Sie wollte zu Nathan.

Wollte ihn in Sicherheit wissen.

Mit ihm das Leben leben, das sie sich erträumt hatten.

Sie wollte, dass all das ungeschehen wäre.

Vor allem wollte sie nicht weiter in dieser Schlucht sein. Es war so heiß. Sie hatte solchen Durst. Sie konnte nicht einmal mehr die Lippen mit der Zunge befeuchten. In ihrem Mund waren nur noch Asche und Trockenheit. Auch kamen die Feuer jetzt wirklich näher. Wie Raubtiere, die darauf warteten, dass ihr Opfer am Ende war.

»Bitte«, flehte Scarlett und streckte die Hand aus, die die Nuss hielt, so dass sie die Flammen berührte, die sofort nach ihren Fingern bissen.

Wieder wollte Scarlett schreien, doch in ihrer Kehle war nur noch Raum für ein Stöhnen.

Durch ihre halbgeschlossenen Lider sah sie noch, wie die Flammen auch nach der Nuss griffen und die kleine Schale platzen ließen.

»Bitte«, presste sie keuchend hervor. »Bitte, rette mich.«

Sie dachte an Nathan, ihren Helden in strahlender Rüstung, dann schlossen sich ihre Augen und alles wurde schwarz.

Irgendwann war da eine Berührung in der Hitze, die Scarlett für einen kurzen Moment aufweckte, sie sah ein leuchtendes Gelb in der Schwärze, die sie umfing. Es war anders als das grelle Orange der Flammen, die an ihr fraßen. Da war ein Rascheln, dass das flirrende Knistern der Hitze unterbrach, und dann war da eine kühle Berührung, die sie hochhob und in eisige Kälte trug.

Scarlett wollte die Augen offenhalten, wollte sehen, was geschah, aber da waren nur Farben – Schwarz und Gelb, Orange und Gold – und Schmerz. Brennender Schmerz, als wären die Feuer, die sie unter sich kleiner werden sah, immer noch da. Irgendwo tief in sich realisierte Scarlett, dass sie fliegen musste, getragen von irgendetwas, irgendjemandem, aber nicht einmal die kühle Luft half gegen die Schmerzen, mehr noch, der Wind schien das Brennen zu nähren und schließlich riss der Schmerz sie zurück in die Schwärze.

Sie wurde wach, weil abermals etwas an ihr zupfte. Sanfter dieses Mal, und mit jedem Zupfen nahm der brennende Schmerz ab. Dennoch dauerte es eine Weile, bis Scarlett es wagte, die Augen zu öffnen. Sie wusste, dass sie nicht mehr in der Schlucht war. Die Haselnuss war wirklich ein Wunsch gewesen. Aber gleichzeitig war ihr auch bewusst, dass nicht Nathan sie gerettet hatte. Er war immer noch fort, und dieser Wahrheit konnte sie nicht ins Gesicht sehen. Noch nicht.

Sie hatte alles verloren, wusste ebenso wenig wie zuvor, wo sie war oder wohin sie musste und es gab niemanden mehr, der ihr den Weg zeigen konnte.

Das Licht war weg, genau wie der Laubdrache.

Ein Teil von Scarlett wollte lieber in dieser Dunkelheit bleiben, in der Stille und Schwärze. Dieser Teil wollte nicht wissen, wer sie gerettet hatte oder was nun an ihr zupfte und so den Schmerz von ihr nahm, aber die

Entscheidung wurde ihr abgenommen – eine tiefe, golden klingende Stimme sagte ihren Namen.

»Scarlett.«

Nicht mehr als das, aber die Luft um sie herum roch mit einem Male nicht länger nach Rauch, Asche und verbrannten Fleisch sondern nach Sommer und Laub. Vorsichtig schlug sie die Augen auf und blickte in die Augen des Laubdrachen, der sich mit seinem Blattschuppenkopf über sie beugte. Einen Augenblick war sie sich nicht sicher, ob es wirklich der Laubdrache war, den sie kannte – dieser hier hatte keine gelben, sondern mattorangefarbene Blattschuppen, aber die Augen machten jeden Zweifel zunichte. »Was ist mit dir passiert?«, fragte sie, die eigenen Worte nur ein heiseres Krächzen.

»Das Feuer der Berge hat mich verbrannt«, erwiderte der Drache und Scarlett bemerkte, dass manche Schuppen an seinem Körper nicht nur die Farbe gewechselt, sondern auch schwarze Ränder bekommen hatten.

»Das tut mir leid«, wisperte sie.

Der Drache zuckte mit den Schultern.

»Ich habe dich wiedergefunden«, lautete seine Antwort.

»Wie?«

»Ich habe dein Rufen gehört.«

Scarlett stutzte. »Aber ich habe nicht gerufen.«

Der Drache neigte den Kopf. »Und trotzdem habe ich dich gehört.«

Verwirrt schüttelte Scarlett den Kopf und richtete sich langsam auf.

Sie hob die Hand und hielt erschrocken in der Bewegung inne, als sie ein kleines, schwarzes Wesen bemerkte, das darauf saß und ihre verbrannte Haut zu essen schien. Je mehr das kleine, etwa schmetterlingsgroße Wesen aß, desto mehr nahm sein Körper, der aussah wie eine Mischung zwischen Drache, Wurm und Fledermaus eine orangeglühende Färbung an.

Fragend sah Scarlett den Laubdrachen an.

»Das sind Feuerfresserchen«, erklärte dieser. »Sie ernähren sich von den Flammen der Feuerberge und haben die Kraft, Verbrennungen zu heilen.«

Zum ersten Mal, seit sie aufgewacht war, blickte Scarlett an sich herab. Sie trug ihre Sachen noch, die stellenweise angesengt waren oder Löcher hatten. Und überall waren die Feuerfresserchen, manche pechschwarz, andere tieforange, alle mit großen, facettenartigen Knopfaugen. Vorsichtig streckte sie den Finger nach einem der kleinen Wesen aus und berührte es. Ganz warm fühlte es sich an, die Haut war glatt und trocken, obwohl sie ein bisschen glänzte. Das Wesen hob den Kopf und sah sie neugierig an.

»Danke«, flüsterte Scarlett und hustete, weil ihr Mund immer noch voll von Rauch und Asche war.

»Dort ist Wasser«, meinte der Drache und deutete mit einem Nicken auf ein Behältnis, das neben ihr stand. Fast hätte sie es nicht bemerkt, es war nichts weiter als ein ausgehöhltes Stück Holz.

Sie spülte sich den Mund mit einem Schluck aus, ehe sie trank, und versuchte sich unterdessen zu erinnern.

»Du warst mit einem Male fort«, sagte sie nach einer Weile. »Als der Sturm kam.«

»Ich war eine Weile nicht mehr«, bestätigte der Drache. »Aber jetzt bin ich wieder.«

Scarlett nickte beiläufig, ging aber nicht weiter auf seine Worte ein. »Ich bin weitergelaufen. Da war all der Regen, und dann waren da plötzlich Kürbisse, und aus ihnen stiegen Lichter auf.«

»Kürbislichter«, benannte der Drache sie. »Gefährliche Wesen.«

Scarlett biss sich auf die Lippen. »Sie führen einen in die Irre, nicht wahr?«

Jetzt war es an dem Drachen zu nicken.

Scarlett seufzte kurz und setzte ihre Erzählung dann fort, bis sie zu den vier Haselnüssen und dem Wunsch kam, den sie ausgesprochen hatte.

»Das war der Ruf, den ich hörte«, meinte der Drache, nachdem sie geendet hatte.

»Ich habe deinen Wunsch gehört.« Er neigte den Kopf zur anderen Seite.

»Du hättest mir sagen können, dass du Nüsse vom Wunschbrunnen besitzt.« Sein Laubschuppenkleid raschelte fast ein wenig vorwurfsvoll.

Scarlett zuckte mit den Schultern. »Ich wusste nicht mehr, dass ich sie habe. Der traurige Fremde hat sie mir geben. Er meinte, er hätte seine Wünsche vergessen.« Etwas fiel ihr ein. »Er hatte noch mehr Nüsse, aber sie sind zu Asche zerfallen, als er sie mir gegeben hat.«

»Wunschnüsse überleben nicht lange in einer Welt ohne Wünsche«, erklärte der Drache. »Sie werden vom Wasser des Wunschbrunnen genährt, und so speichern sie seine Macht in ihren Schalen. Doch das Wasser verdampft, wenn man sie zu lange verwahrt und sie zerfallen zu Asche, sollte man seine Wünsche vergessen.«

»Was für ein Wunschbrunnen?«

Der Laubdrache drehte sich ein wenig und raschelte vernehmlich.

»Er ist an einem Ort, wo das Sommermeer den September berührt und wird bewacht von einem zu Stein gewordenen Merlacorna, das ihn zugleich verbirgt. Nur selten findet jemand den Brunnen, erst recht nicht, wenn derjenige danach sucht. Doch weiß man, dass dort ein Haselnussstrauch wächst, dessen Wurzeln bis in den Brunnen reichen und so nehmen seine Früchte seine Macht auf. Dein fremder Freund muss ihn gefunden haben.«

Scarlett nickte.

»Was ist ein Merlacorna?«

»Eines der seltensten Wesen der Herbstlande, wenn man so sagen mag, denn eigentlich ist seine Heimat das Sommermeer. Dort lebt es als Wal mit einem langen, gedrehten Horn an der Stirn. Doch immer, wenn der Mond voll am Himmel steht, kommen die Merlacorna an Land und verbringen dort eine Nacht in der Gestalt eines Einhorns, dem man immer noch das Meer ansieht – ihr Fell hat die Farbe von Meerschaum, in ihren Mähnen verfangen sich Muscheln und Korallen und an ihren Wangen haben sie feine, schimmernde Schuppen, ebenso wie an ihren Fesseln.

Sie leben immer paarweise und verlassen einander nie.«

Scarlett runzelte bei den letzten Worten des Laubdrachen die Stirn. »Aber sagtest du nicht, dass nur eines von ihnen den Brunnen bewacht?«

Schatten legten sich in die hellen Drachenaugen und auch das Gold seiner Stimme färbte sich dunkler.

»Deswegen gibt es ein Merlacorna, das nicht mit den anderen durch den September streift, wenn sie bei Vollmond das Land betreten, sondern seine Gefährtin sucht, die eines Tages verschwand. Es weiß, dass sie den Wunschbrunnen bewacht, doch kennt es ebenso wenig den Ort, an dem sich der Brunnen befindet, wie irgendwer sonst. Denn wer einmal dort war, vergisst den Weg und kann nie wieder zurückkehren.«

Der Drache neigte den Kopf. »Und eine Nacht ist zu kurz für eine Suche.«

Scarlett stellte sich das Merlacorna vor, wie es in den wenigen Nächten, die ihm blieben, durch den September irrte und nach seiner Gefährtin suchte, die als steinerne Figur neben dem Brunnen saß und ihm kein Zeichen geben konnte. Gerade wollte sie fragen, wie sie zu Stein geworden war, da kam ihr der Drache mit einer anderen Frage zuvor: »Soll ich dich jetzt zurückbringen?«

Scarlett stutzte.

»Zurück wohin?«

»Nach Hause.«

Panik stieg in Scarlett auf. »Ich kann nicht nach Hause!«

Der Laubdrache sah sie an. »Natürlich kannst du. Die Feuerfresserchen haben das Feuer zurückgenommen, wo sie konnten.«

Scarlett schüttelte weiterhin den Kopf. »Nein. Nathan ist immer noch hier. Ich muss zur Kürbiskönigin.«

Erneut wurden die Schatten in den Augen des Drachen tiefer und sein mattorangefarbenes Blätterschuppenkleid färbte sich eine Spur dunkler.

»Das ist also nach wie vor dein Wunsch?«, wollte er wissen.

Scarlett blickte ihn verwirrt an. »Natürlich. Es hat sich doch nichts geändert. Nathan ist immer noch hier. Er braucht mich.«

Mit einem lauten Rascheln hob der Drache seinen Kopf. »Dann ist es wohl so.«

»Ja«, gab Scarlett trotzig zurück. »So ist es.«

Der Drache schloss einen kurzen Moment die Augen.

Scarlett wurde bang ums Herz. »Wirst du mir den Weg zeigen?«

Abrupt schlug das Tier aus weichen Blättern die Augen wieder auf und nickte langsam. Scarletts Herz machte einen erleichterten Satz und sie versuchte, sich vorsichtig zu erheben. Dabei stoben die Feuerfresserchen auseinander und für einige Sekunden umschwirrte sie ein Schwarm aus schwarzen und orangeroten Punkten. Ihre Haut war wieder vollkommen gesund, selbst ihrer Kleidung sah man kaum noch an, dass sie einem Feuer ausgesetzt gewesen war. Nur ein einziges der kleinen Wesen blieb auf ihrer Hand sitzen und sah sie aus den großen Augen an.

»Danke«, flüsterte Scarlett ihm zu und versuchte, es abzuschütteln, aber das Feuerfresserchen hielt sich mit winzigen Krallenhänden und -füßen an ihr fest.

Fragend sah Scarlett zu dem Laubdrachen auf.

»Was hat es?«, wollte sie wissen.

»Dreh deine Hand«, wies der Drache sie an und als Scarlett tat, wie geheißen, bemerkte sie eine winzige, verbrannte Stelle an der Innenseite, wo immer noch eine Brandblase war. Fasziniert beobachtete sie, wie das Feuerfresserchen zu der Stelle kletterte, den winzigen Kopf neigte und die Brandblase in das kleine Maul nahm. Als es den Kopf wieder hob, war die Blase fort und nichts übrig als heile, unverbrannte Haut. Scheinbar zufrieden und sichtbar rotleuchtend schlug das Feuerfresserchen mit den Flügeln und schwirrte davon.

Scarlett ließ die Hand sinken und sah ihm nach.

»Wie machen sie das?«, wollte sie wissen.

Der Laubdrache neigte den Kopf. Auch seine Blicke waren auf den Schwarm Feuerfresserchen gerichtet, der zwischen den Bäumen verschwand, dorthin, wo die roten Berge glühten.

»Sie nehmen das Feuer zurück, ernähren sich von den gestorbenen Flammen. Deswegen leben sie hier und nicht direkt in den Bergen. Sie können kein wahres Feuer essen.«

Eine Erinnerung stieg in Scarlett auf, von der sie nicht einmal gewusst hatte, dass sie in ihrem Inneren existierte.

»Du hast auch gebrannt«, stellte sie fest.

Der Laubdrache nickte. »Und wie bei dir haben die Feuerfresserchen ihr Möglichstes getan. Doch brennt Laub anders als Haut, weshalb es kein Zurück mehr gab. Ich bin nun anders.«

»Wie meinst du das?«, fragte Scarlett.

»Ich weiß es nicht. Aber ich denke, das gehört dazu. Wenn man verbrennt, ist man danach nicht mehr der, der man war.«

Scarlett nickte. Ja, wahrscheinlich war dem so. Hatte sie sich auch verändert? Sie horchte in sich hinein, aber alles fühlte sich gleich an.

Da war Nathan, den sie vermisste und das Baby, das sie sich wünschte.

»Wollen wir gehen?«, fragte sie, da sie keine befriedigende Antwort in ihrem Inneren fand.

Der Drache nickte und setzte sich raschelnd in Bewegung. Er machte keine Anstalten, sie wie bei ihrer ersten Bewegung zu tragen, und so ging Scarlett einfach neben ihm her, in ihrer Tasche mit den drei Nüssen spielend.

»Kann ich mir nicht wünschen, zur Kürbiskönigin zu kommen?«, wollte sie wissen. Links von ihr sah sie die Hitze der Feuerberge durch die Bäume hindurch flirren.

»Nein«, meinte der Drache. »Der Weg darf in den Herbstlanden niemals der Wunsch sein.«

9

Farbenbunte Septemberwege

Die Worte hallten in Scarlett nach, während ihre Schritte den Wald langsam an ihr vorüberziehen ließen. Nach wie vor lagen die Feuerberge neben ihnen, und immer wieder wurden ihre Blicke dorthin gezogen und sie merkte zunächst gar nicht, wie die Bäume um sie weniger wurden und der Wald sich mehr und mehr lichtete und schließlich auf ihre rechte Seite wanderte, während sich links eine unendlich scheinende Ebene auftat. Nur wenige Bäume standen dort, und wenn, waren sie laubleer und wirkten tot. Scarlett sah Felsen aufragen, in denen stellenweise Höhleneingänge wie schwarze Löcher aufklafften. Alles war mit Heidekräutern, Moos und Flechten bewachsen, nur selten war da etwas Gebüsch oder gar Gras.

»Was ist das für ein Ort?«, fragte Scarlett.

Der Drache hielt an. Sein Laubschuppenkleid hatte sich immer mehr ins Rote verfärbt, ganz so, als würde er noch immer brennen.

»Geht es dir gut?«, erkundigte sich Scarlett besorgt.

»Ja«, meinte der Drache leichthin. »Ich muss mich nur noch daran gewöhnen, dass ich jetzt anders bin. Nie zuvor hat ein Laubdrache gebrannt.« Er schloss die Augen.

»Das tut mir leid«, flüsterte Scarlett erschrocken. »Wenn ich nicht gewesen wäre …« Sie biss sich auf die Lippe und ließ die Haselnüsse, die sie in der Tasche den ganzen Weg nicht losgelassen hatte, aus den Fingern gleiten.

Der Drache schüttelte raschelnd den Kopf. »Das warst nicht du, Scarlett. Das war das Feuer.« Für einen Moment sah es aus, als ob er noch etwas hinzufügen wollte, aber er wechselte das Thema.

»Du wolltest wissen, wo wir gerade sind, nicht wahr? Das hier sind die Grenzlande zum November. Man nennt sie Notember.«

»Also müssen wir sie durchqueren?« Scarlett versuchte, ein Ende der Ebene auszumachen, aber sie erstreckte sich über den Horizont hinaus.

»Nein«, meinte der Drache. »Wie ich dir erklärte, niemand kann vom September einfach in den November gehen. Am Ende der Ebene ist nichts als eine Mauer, die kein Wesen überwinden kann, sofern es nicht im Dienste der Königin steht und die Macht von ihr dazu bekommen hat, denn sie ist überall, sie ist alles. Wir werden zu jener Grenze gehen, die uns in den Oktober führt, und von dort aus geht es weiter in den November.«

Scarlett nickte. Ja, das hatte der Drache ihr schon erklärt. Trotzdem drängte alles in ihr, es einfach zu versuchen.

»Du würdest es nicht schaffen«, warf der Drache ein, als sie schon einen Schritt auf die Heidelandschaft tun wollte.

»Im Notember gibt es Wesen, die dich hindern würden. Die Mitternachtsraben mit ihren scharfen Schnäbeln. Das Nesphamabi mit seinen spitzen Zähnen. Der Purpurfluss, dessen Ufer von Gespensterbüschen gesäumt wird, in deren Geäst Nebelelfen und giftige Gespinstermotten leben, die nur darauf warten, zu beißen ...«

Augenblicklich erinnerte Scarlett sich an die Motte aus dem Wagen, ihre weißen Flügel und wie Nathan nach ihr geschlagen hatte ... sie schüttelte den Kopf, um den Gedanken zu vertreiben. Fast augenblicklich gelang es ihr im Wirbel der neuen, fremden Namen, die der Drache genannt hatte.

Nebelelfen. Unwillkürlich stellte sie sich kleine Elfen vor, die aussahen, wie aus Nebel geformt, der von Spinnweben gehalten wird, mit schimmernden Flügeln, kaum mehr als gewebte Luft. Die Mitternachtsraben hatten in ihrer Vorstellung blau schimmerndes Gefieder. Nur für das Nesphamabi wollte ihr nichts einfallen, und so fragte sie den Drachen.

»Das Nesphamabi hat Ähnlichkeit mit einer Raubkatze. Sein Fell ist schwarz und trägt weiße Punkte. In seinem breiten Maul wachsen mehrere Reihen spitzer Zähne, aber genauso gut könnte es auch ganz anders aussehen, denn es kann sich unsichtbar machen und nährt sich von der Angst, die seine bloße Anwesenheit verbreitet.«

Vor Scarletts geistigem Auge manifestierte sich ein Ungeheuer, doch als der Drache weitersprach, verflog dieses Bild wieder.

»Doch ist das Nesphamabi kein bösartiges Wesen. Begegnet man ihm ohne Furcht oder gar freundlich, so soll es einem Gutes tun. Leider geschieht das sehr selten, denn wer das Nesphamabi sieht oder spürt, bekommt Angst, es ist das Kribbeln im Nacken, der Schauder auf der

Haut, die unsichtbaren Blicke hinter jemandem. Und Furcht macht blind. Man fürchtet das Fremde.«

Scarlett nickte. Das hatte sie selbst oft erlebt. Nicht mit Monstern. Aber die Welt steckte voller fremder Dinge, die einem die Furcht im Herzen nährten, bis man ihnen die Chance gewährte, sie kennenzulernen.

Versonnen starrte sie in die Ebene, beinahe schon darauf hoffend, das Nesphamabi zu sehen. Jenes Unbehagen zu spüren, das es mit sich bringen mochte und dann festzustellen, dass es ein freundliches Wesen war.

Missverstanden.

So wie Nathan von so vielen Menschen, die sie kannte.

Maryanne.

Selbst ihre Eltern.

Keiner von ihnen hatte Nathan je eine wirkliche Chance gegeben.

Wenn wir wieder zurück sind, schwor sie sich, *wird das anders.*

Sie wandte sich von der Ebene ab und bemerkte, dass der Drache bereits weitergegangen war. Sein Laubschuppenkleid war inzwischen von einem satten scharlachrot, mit dem er fast vor der Dämmerung verschwand, die sich über den Wald legte. Rasch lief sie zu ihm.

»Wir Laubdrachen mögen den Notember nicht sonderlich«, erklärte er. »Er liegt so weit von der Erinnerung an Sommertage entfernt, die uns ernährt.«

Schweigend gingen sie weiter.

Bald wurde der Wald wieder dichter und der Notember blieb ebenso hinter ihnen zurück wie das Tageslicht, und die Dunkelheit brachte die Kälte mit.

So eng sie konnte, hielt Scarlett sich an den Drachen, der eine angenehme Wärme ausstrahlte.

Sie wollte fragen, wie weit es noch war, dann aber fiel ihr ein, dass der Drache gesagt hatte, dass Entfernungen hier anders waren, nicht fest verankert, sondern in der Länge des eigenen Weges gemessen.

Ein Rascheln ließ sie aufsehen, doch es war nur ein Dachs, der unter einem Stein nach Käfern und Würmern suchte. Im nächsten Augenblick entdeckte Scarlett jedoch noch mehr. Ein kleiner Kerl ritt auf dem Tier. Das Wesen hatte eine lange Nase und trug einen glänzenden Brustpanzer und einen ebensolchen Helm, unter dem lange Haarsträhnen hervorwucherten. In seiner Hand hielt er einen Speer, der nicht größer als ein Bleistift, aber weitaus spitzer war. Am oberen Ende des Speeres war eine große, gelbe Daunenfeder befestigt, die sich weich im Wind bewegte. Als das Wesen sie sah, reckte es den Speer empor, dann riss es an den Zügeln des Dachses, stieß ein »Yiihaaa!« aus und sprengte mit ihm davon. Scarlett musste lachen.

»Was war denn das für ein niedliches Kerlchen?«, fragte sie. Der Laubdrache wiegte den Kopf.

»Ein Wespen-Gnomkrieger. Sie sind gefürchtete Kämpfer und verteidigen den Septemberwald gegen Eindringlinge aus dem Notember.«

»Wie können diese kleinen Kerle gefürchtet sein?« Scarlett sah im Gehen zu der Stelle zurück, an der der Krieger im Unterholz verschwunden war.

»Sie sind wie Wespen, daher tragen sie diese auch in ihrem Namen. Einzeln mögen ihre Angriffe nur lästig sein und piken, doch im Schwarm sind sie unschlagbar. Kaum ein Wesen des September würde sich mit ihnen anlegen wollen.«

Scarlett schwieg und dachte über die Worte des Drachen nach.

»Warum hat der Krieger uns nicht angegriffen? Wir sind doch bedrohlich nahe am Wald ...«

Der Laubdrache lachte leise.

»Sie verteidigen nur, würden niemals zuerst zu den Waffen greifen. Sie sind ein Volk von Ehre und sie erkennen genau, wann jemand friedlose Absichten hat.«

Kleine Ritter also, dachte Scarlett, und beschloss, dass es ein gutes Gefühl war, solch ehrenvolle Wesen in der Nähe zu wissen. Sie lächelte. Plötzlich kam ihr der Weg gar nicht mehr so schwer vor wie noch einen Moment zuvor.

Sie hielten nur einmal in dieser Nacht an, um an einem kleinen Bachlauf etwas zu trinken, und Scarlett bemerkte die feine Reifschicht, die sich auf den feucht glänzenden Drachenschuppenblättern gebildet hatte.

»Du frierst«, stellte sie fest.

Der Drache nickte behäbig. »Wir sind weit vom Sommer fort und selbst das Feuer aus den Feuerbergen wärmt nicht mehr.«

Scarlett nickte. »Meine Füße sind kalt. Ich glaube, sie waren es selbst in dem Feuer.«

Der Drache neigte den Kopf. »Das ist das Eis, durch das du gelaufen bist. Das Licht muss dich bis hoch ins Eismoor gelockt haben, ehe es zu den Feuerbergen ging. Du warst dem Oktober schon sehr nah, genauso wie dem November ...« Er schüttelte sich, so dass abermals das Rascheln der Blätter die Stille der Nacht erfüllte und fügte dann hinzu: »Eis im September ist noch jung und brüchig, aber es vergeht nicht mehr ganz, weil es schon vom Winter erzählt.«

Er schenkte ihr einen traurigen Blick. »Du müsstest zurück in den Sommer, damit das Eis geht.«

»Ich kann nicht«, erwiderte Scarlett. »Ich muss weiter.«

»Ja«, meinte der Drache. »Das sagtest du.«

Da war etwas im Klang der goldenen Stimme, das Scarlett einen Schauer über den Rücken laufen ließ, aber sie schob es auf den leichten Wind, der plötzlich aufkam. Auch durch den Leib des Drachens lief ein Zittern.

»Wir sollten weitergehen«, schlug er vor.

»Wohin gehen wir?«, fragte sie nach ein paar Metern.

»Zum Kürbisgelben Weg. Früher führte er durch die ganzen Herbstlande, bis hin zum Palast der Königin. Heute ist er verwittert und wird kaum noch genutzt, aber er ist immer noch der beste Grenzübergang zwischen September und Oktober.«

»Wo beginnt er?«

»Auf dem Friedhof«, gab der Drache zurück und Scarlett stockte der Atem.

»Ein Friedhof?«, hauchte sie.

Sie mochte keine Friedhöfe. Sie gaben ihr das ungute Gefühl, dass alles enden musste und erinnerten sie auf unangenehme Weise an das eigene Altern. Früher einmal war das anders gewesen, doch dann war Nathan gekommen und mit ihm der Wunsch nach einer Familie, der sich nicht erfüllen wollte, während ihre Zeit unaufhaltbar verrann, gleich dem Sand in einem Stundenglas.

Sie bemerkte im ersten Augenblick gar nicht, wie der Drache nickte, doch als er die Geste in einem kurzen Ja verdeutlichte, schluckte sie.

»Gibt es keinen anderen Weg?«

Fragend neigte der Drache den Kopf und Scarlett bereute ihre Worte. »Es ist nichts«, beeilte sie sich zu sagen. »Ich mag nur keine Friedhöfe.«

»Niemand mag traurige Enden«, erwiderte der Drache. »Und doch ist es wichtig, dass es sie gibt. Sie halten uns den Spiegel vor, wie wertvoll jede Sekunde ist.«

Scarlett straffte sich. »Ja. Das tun sie.«

Sie rang sich ein Lächeln ab. »Das heißt wohl, dass wir weitergehen sollten.«

Statt einer Antwort raschelte der Drache mit seinen nunmehr fast bordeauxroten Schuppen. Eiskristalle stoben davon oder tropften zu Boden. Scarlett lächelte.

Doch als sie weitergingen, verging das Lächeln wieder. Sie konnte nicht anders, als an den Friedhof zu denken, malte sich Grabmäler über Grabmäler aus, verziert mit eingemeißelten Namen und Zahlen, zwischen denen ein ganzes Leben lag. Dabei bemerkte sie nicht einmal, dass ihre Schritte stetig langsamer wurden, bis der Drache stehen blieb.

»Möchtest du doch lieber umkehren?« Stille Hoffnung ließ das Gold seiner Stimme beinahe leuchten.

»Nein!« Zu laut und schrill war der Ausruf gewesen und Scarlett konnte die Hoffnung förmlich zerbrechen hören. Sie presste die Lippen zusammen und wiederholte ihr nein. Leiser dieses Mal, von einem zuversichtlichen Lächeln begleitet.

»Weißt du, ich glaube, dass die Menschen den Friedhof fürchten, weil sie das Gefühl haben, vielleicht nicht genug zu leben. Und wenn ich jetzt umdrehe, dann würde ich dieser Angst folgen.«

Ja. Jetzt, wo sie die Worte ausgesprochen hatte, wusste sie, dass sie genau das fürchtete. Nicht zu leben. Nie gelebt zu haben. Und wie anders sollte ihr Leben sein als an Nathans Seite? Es hatte doch erst mit ihm begonnen …

Der Gedanke an Nathan trug sie weiter, und nach einer Weile wurden selbst ihre eisigkalten Füße wieder ein wenig wärmer. Auch der Reif von den Blattschuppen des Laubdrachen schmolz und seine Bewegungen wurden wieder fließender.

»Was ist im Oktober?«, wollte sie irgendwann wissen. »Und wie komme ich in den November? Und wie wird es dort sein?«

»Im Oktober ist es bunt, und eine gewisse Fröhlichkeit und Leichtigkeit aus den Farben legt sich auf jeden, der dort ist.«

Der Drache schwieg einen Moment, und der Wind spielte mit seinen Schuppen.

»Der November hingegen – es sind nur wenige Blätter aus dem November in mir. Sie fliegen nicht mehr so weit, und wenn, dann gibt es von dort nicht viel zu erzählen. Es ist kalt. Grau. Trist und trostlos – oder es fühlt sich zumindest so an. Und vielleicht legt sich all das auch auf die, die dort leben oder ihn durchqueren. So, wie es der September tut.«

»Aber wie komme ich in den November?«, fragte Scarlett. Der Gedanke an das Land ließ sie frösteln.

»Das weiß ich nicht. Es wird eine Grenze geben. Einen Weg. Aber ich habe keine Erinnerungen in mir.«

Schweigend gingen sie weiter.

Scarlett sah Igel und Eichhörnchen durch die Dämmerung huschen und irgendwo warnte ein Käuzchen mit seinem Ruf Mäuse und Streifenhörnchen vor der anstehenden Jagd. Nach einer Weile brach ein Rudel Rehe durch das Dickicht neben ihnen und kreuzte ihren Weg, um gleich wieder in der Dunkelheit zu verschwinden, und auf einer kleinen Lichtung sah Scarlett abermals jenen Fuchs mit Federfell, den sie schon einmal meinte gesehen zu haben. Und dieses Mal blieb das Tier stehen und neigte sogar den Kopf, als es den Laubdrachen bemerkte. Der Drache erwiderte die Geste, woraufhin der Fuchs etwas keckerte, das sich in Scarletts Ohren wie eine Warnung anhörte, aber es war nur ein kurzes Gefühl und verschwand, als der gefiederte Fuchs die Lichtung verließ.

»Ein Federfuchs«, sagte der Laubdrache, ohne dass sie hätte fragen müssen. »Man sieht sie nur selten und nicht einmal die Bäume des Waldes wissen viel über sie.«

Er lächelte fast ein bisschen traurig.

»Was hat er zu dir gesagt?«, wollte Scarlett wissen. »Es klang wie eine Warnung.«

Für einen Sekundenbruchteil verschwand die Freude über den Federfuchs in den leuchtenden Augen des Drachen hinter einem Schleier aus Schatten, aber was es auch war, an das Scarletts Frage ihn erinnert hatte, er teilte es nicht mit ihr.

»Es war nichts«, meinte er bloß. »Nur ein Gruß.«

»Es ist nie nichts«, murmelte sie, aber der Drache schwieg. Nur das Rascheln seiner Schuppen und der Klang ihrer eigenen Schritte durchbrachen die Stille.

10

Das wartende Mädchen

Trauer ist immer aus Stein. Das war es, was Scarlett dachte, als sie endlich den Friedhof erreichten, der genauso aussah wie in ihrer Vorstellung und doch gänzlich anders.

Er begann hinter der Ecke einer mannshohen Mauer, auf die sie irgendwann stießen. Viele Steine hatten längst den Halt verloren und lagen nur noch lose herum, von Moos und Flechten bewachsen, halb in die Erde eingesunken und von Laub versteckt.

Durch die Lücken und Löcher, die so entstanden waren, konnte Scarlett den Friedhof sehen – er war größer als ihre Blicke reichten und die Mauer schien in keine Richtung ein Ende zu nehmen.

Stein stand neben Stein, unterbrochen von Statuen verschiedener Gestalt. Dazwischen waren kleine Mausoleen gebaut, und alles wurde von Wegen und hohen, alten Bäumen, deren Blätter im Licht des Mondes grau wirkten, getrennt. Falls die Steine und Grabmäler einst Namen und Zahlen getragen hatten, waren sie längst verblasst und falls es jemals die Symbolik einer oder verschiedener Religionen gegeben hatte, so waren auch sie verschwunden.

Es gab nur die Steine und die Schatten, die sie warfen. Trotzdem spürte Scarlett die Traurigkeit, die wie eine schwere Decke über den Wegen lag und die Äste der Bäume nach unten wachsen ließ, als könnten sie die Bürde nicht tragen. Ein Schauder jagte ihr über den Rücken und für einen Moment konnte sie sich nicht überwinden, auch nur einen Schritt weiterzugehen.

Erst, als sie ein Kaninchen hinter einem der geneigten Grabsteine hervorhoppeln sah, ließ die Starre nach, als wäre das Auftauchen des lebendigen Tieres eine Art Zauberformel gewesen.

Dennoch trommelte ihr Herz wie wild, während sie neben dem Laubdrachen herging, immer an der Mauer entlang.

Längst war die Ecke hinter ihnen verschwunden und nur noch selten gab die Mauer einen Blick ins Innere des Friedhofs frei. Erst, als die Nacht so tiefschwarz war, dass Scarlett kaum mehr die eigene Hand vor Augen sehen konnte, öffnete sich plötzlich neben ihr eine Lücke im Stein und gab den Blick auf ein eisernes Portal frei, dessen linker Flügel offen stand. Ein Weg lag dahinter, aber er war nicht gelb, sondern aus grauem, groben Stein.

Fragend blickte Scarlett den Laubdrachen an.

»Der Kürbisgelbe Weg beginnt in der Mitte des Friedhofs«, erklärte dieser.

Zögernd betrat Scarlett den Weg. Es fühlte sich ungewohnt an, nicht länger über Laub und Erde zu gehen, sondern wieder Stein unter den Füßen zu haben. Die Traurigkeit, die aus den Schatten all der Grabmäler kroch, schien mit schwarzen Fingern nach ihr zu greifen, und zu allem Überfluss setzte abermals Regen ein.

Frustriert blickte Scarlett in den bewölkten Nachthimmel und wollte gerade zu einer bissigen Bemerkung ausholen, da hörte sie ein Kichern.

Erschrocken blickte sie sich um, konnte aber niemanden außer dem Laubdrachen entdecken.

»Hast du das auch gehört?«, fragte sie.

»Was meinst du?«

»Na, dieses leise Kichern.«

Noch ehe der Drache ihr eine Antwort geben konnte, erklang eine andere Stimme, hell wie das Klingeln eines Glöckchens.

»Das ist das Kichern der Regentropfengeister.«

Scarlett fuhr abermals herum und erstarrte. Dort, auf einem Grabstein, saß ein Mädchen, vielleicht dreizehn oder vierzehn Jahre alt. Alles an ihm war weiß, ein altes, über die Zeit leicht grau gewordenes Weiß. Das Kleid, das bis zu den Knöcheln reichte und an der Taille von einer Schleife gerafft wurde und die Schuhe, in denen die nackten Füße steckten. Auch das ovale, am Kinn spitz zulaufende Gesicht war so blass, dass die Haut fast durchschimmernd wirkte. Nur das Haar des Kindes war flammend rot, fiel in scheinbar glühend leuchtenden Locken über seine Schultern. Das Mädchen hatte die Augen geschlossen und hielt die Arme ausgestreckt in den Regen, während die Beine gegen den Grabstein unter ihr baumelten.

Das Geräusch von schlagenden Flügeln lenkte Scarlett von der Kleinen ab, und als sie in den verregneten Nachthimmel sah, erblickte sie

einen riesigen, schneeweißen Vogel, der im Sturzflug auf sie herabstieß. Kreischend duckte sich Scarlett und hob schützend den Arm über den Kopf. Sie wagte erst, ihn wieder herunterzunehmen, als das Flügelschlagen verstummte.

Auf dem Arm der Kleinen hockte ein Ungetüm von einem Raben, fast so groß wie ihr Oberkörper selbst.

Sie streichelte ihm über die Brust.

Der weiße Vogel stieß ein Krächzen aus.

»Du hast unseren Gast erschreckt, Archimedes«, sagte das Mädchen. Es klang ein wenig belustigt, als es hinzufügte: »Und er weiß nicht, was Regentropfengeister sind.«

Abermals krächzte der Vogel und das Mädchen schlug sich erschrocken eine Hand vor den Mund.

»Oh, Entschuldigung. Ich wusste nicht, dass es eine junge Frau ist.«

Der Vogel ließ noch ein Krächzen hören und jetzt ließ das Mädchen die Hand wieder sinken und blickte von dem weißen Tier auf, so dass es Scarlett und den Laubdrachen direkt hätte ansehen müssen, doch es sah an ihnen vorbei. Traurig bemerkte Scarlett, dass es auch in den Augen der Kleinen keine Farbe gab außer weiß. Das Mädchen war blind. Und doch lag auf seinem Gesicht ein Ausdruck des Staunens. »Ich habe noch nie einen Laubdrachen getroffen. Sie kommen nicht hierher. Niemals. Nur die Regentropfengeister erzählen mir von ihnen in ihren vielen Geschichten.«

Es drehte den Kopf wieder dem weißen Riesenraben zu.

»Welche Farbe hat er, Archimedes? Ist er so gelb wie die Sonne? Oder golden wie Blätter, die gerade von den Bäumen fallen? Oder ist er gar grün und hellbraun?«

Der Vogel krächzte eine Antwort.

»Rot? So tiefrot wie der Himmel kurz vor der Nacht?« Ungläubiges Staunen klang aus den Worten der Kleinen hervor. Das Tier auf ihrem Arm raschelte mit den Flügeln und dem Mädchen schien Scarlett wieder einzufallen.

Behände sprang es von dem Grabstein und landete leichtfüßig auf den Beinen, um zu Scarlett zu laufen. Es lag keine Unsicherheit in seinen Schritten und es hielt so punktgenau vor ihr an, dass man kaum glauben konnte, dass es blind war.

Erst, als es tastend die Hände hob, wurde ihr dieser Umstand wieder bewusst. Rasch reckte Scarlett ihm ihren Arm entgegen.

»Ich bin hier«, sagte sie und das Mädchen wandte den Kopf ein wenig und berührte Scarletts Arm. Kalt war ihre Berührung, kalt und leicht, wie Wind.

»Wer bist du?«, wollte es wissen.

»Mein Name ist Scarlett. Und wie heißt du?«

Das Mädchen hob den Kopf und drehte ihn ein wenig, so dass es wieder den Vogel auf seinen Schultern ansah.

»Wie heiße ich, Archimedes? Ich vergesse es doch so oft.«

Abermals krächzte der Vogel etwas Unverständliches, aber das Gesicht des Mädchens hellte sich auf.

»Natürlich!«

Sie drehte sich wieder zu Scarlett. »Ginny.«

Als der weiße Vogel noch mal krächzte, fügte es hinzu: »Eigentlich Ginger.«

Der Vogel nickte zufrieden und knabberte mit seinem großen Schnabel sanft am Ohr des Mädchens. Ginny kicherte.

»Lass das, Archimedes!«

»Was ist das für ein Vogel?«, wollte Scarlett wissen. Sie strich sich eine nasse Haarsträhne aus der Stirn.

»Ein Mitternachtsrabe. Eigentlich sind sie so dunkelblau, dass sie fast schwarz sind und leben im Rabenhorst, hoch im Norden des Septembers. Aber manchmal schlüpfen sie nicht aus einem gefallenen Stern sondern aus einem Tropfen Mondlicht, und dann sind sie weiß.«

Der Rabe klackerte zustimmend mit dem Schnabel und betrachtete Scarlett mit zur Seite geneigtem Kopf aus sternfarbenen Augen.

Scarlett war hin- und hergerissen, ob sie näher gehen sollte oder lieber einen Schritt zurück. Hinter ihr raschelte der Laubdrache mit seinem Schuppenkleid.

»Die schwarzen Mitternachtsraben sind gefürchtete Jäger, aber ihre weißen Brüder und Schwestern sind von sanftmütigem Wesen.«

»Mitternachtsraben sind Jäger«, mischte sich eine dritte, feinere Stimme ein, die direkt neben Scarletts Ohr zu schweben schien. Verwirrt blickte sie auf ihre Schulter und sah ein fein schimmerndes Männchen aus Wasser, nicht größer als ihr kleiner Finger. Immer wieder tropfte ein bisschen Wasser von ihm weg und bildete neben ihm ein weiteres Männchen.

»Wer ist das denn?«

Archimedes, der Mitternachtsrabe klackerte mit dem Schnabel.

Ginny kicherte. »Das sind die Regentropfengeister. Sie haben eben so gelacht. Das tun sie immer, wenn sie zu Boden fallen.«

Ihr Gesichtsausdruck wurde ernst. »Deswegen mag ich den Regen. Wenn es regnet, bin ich nicht allein.«

Der Mitternachtsrabe auf ihrer Schulter krächzte unwirsch.

Ginny strich ihm über die Federn. »Schon gut, Archimedes. So meinte ich das nicht.«

Sie hob den Kopf, um Scarlett und dem Laubdrachen zu erklären, was sie meinte.

»Archimedes ersetzt meine Augen. Er passt auf mich auf und tröstet mich, wenn ich traurig bin.« Sie richtete ihre leeren Blicke in den Himmel. »Das bin ich oft.« Mit einem Lächeln wischte Ginny den nachdenklichen Gesichtsausdruck wieder von ihrem Gesicht. »Die Regentropfengeister sind anders. Sie sind wie Freunde, mit denen ich spielen kann. Sie erzählen mir Geschichten. Von Orten, an die ich nie gehen kann. Von Wesen und Geschehnissen, die ich selbst weder treffen noch erleben werde.«

Das Lächeln auf Ginnys Lippen bekam etwas Sehnsüchtiges.

»Warum wirst du all diese Dinge nicht erleben?«, fragte Scarlett. Hinter ihr raschelte der Drache und Archimedes krächzte leise.

Ginny sah zu ihren Füßen und Scarlett folgte ihrem Blick. Ihr schwindelte.

Denn das kleine Mädchen stand nicht auf dem steinernen Weg so wie sie selbst. Es schwebte wenige Zentimeter über dem Boden, immer ein wenig auf und ab wippend.

Scarlett hob den Blick wieder, nur um in die weißen Augen Ginnys zu blicken.

»Du bist tot«, flüsterte sie. Die Worte waren wie widerspenstige Wesen, die man durch eine Tür schubsen musste. Der Regentropfengeist hüpfte von ihrer Schulter und verschwand in einer Pfütze, um mit seinen Brüdern und Schwestern zu spielen.

Ginny nickte. »Da war ein Fieber«, wisperte sie. »In dem Dorf, in dem ich gelebt habe. Mein Bruder wollte mich zum Wunschbrunnen bringen, aber unterwegs kam ein Sturm, gerade als wir diesen Friedhof passierten. Es regnete schrecklich, und die Tropfen waren nicht freundlich, sondern prasselten wütend auf den Wald hinab. Bald waren wir vollkommen durchnässt, und mein Bruder musste mich tragen, weil ich zu schwach war zu laufen.« Ginny schluckte traurig und Archimedes klackerte tröstend mit dem Schnabel. Das kleine Mädchen lächelte.

»Danke, Archimedes.« Es kraulte dem Mitternachtsraben das Gefieder, dann fuhr es fort. »Mein Bruder entschied, dass ich hier auf ihn warten sollte. Er legte mich in eins der kleinen Grabhäuser. Dort brannte sogar eine Kerze, und er deckte mich zu. Er nahm mir das Versprechen ab, hier auf ihn zu warten, und schwor, mit etwas Wasser vom Wunschbrunnen zurückzukommen, damit ich gesund werden würde. Also habe ich gewartet. Die ganze Nacht. Den Tag darauf, und dann wieder einen Tag und wieder eine Nacht, immer weiter. Mir war heiß und kalt und dann war es plötzlich beides zugleich und überhaupt nichts mehr. Es war, als wäre das Fieber weg und ich einfach wieder gesund. Aber ich war nicht gesund, weißt du? Ich war gestorben. Nur, dass ich das gar nicht wusste. Ich bin einfach aufgestanden.«

Sie drehte ihren Kopf wieder Archimedes zu. »Ich habe es erst gewusst, als ich Archimedes verstehen konnte. Und die Regentropfengeister. Erst da habe ich bemerkt, dass ich nicht mehr laufen muss.«

Scarlett schluckte und wischte sich die Tränen aus den Augen. »Also war es gar nicht schlimm?«

Ginny hob erstaunt die Augenbrauen. Wie wirklich ihr Gesicht aussah. Wie lebendig …

»Sterben? Nein. Ich bin ja auch noch hier. Weil ich schwören musste, zu warten. Und mein Bruder versprochen hat zu kommen.«

Der Mitternachtsrabe auf ihrer Schulter krächzte, und dieses Mal brauchte Scarlett keine Übersetzung, um ihn zu verstehen. Er versuchte Ginny zu sagen, dass sie vergeblich wartete.

Aber das Mädchen schüttelte den Kopf. »Er wird kommen, Archimedes. Ich weiß es. Wenn er kann.«

Ginny wandte sich Scarlett zu. »Er kommt bestimmt. Ich wollte zu ihm gehen. Aber ich kann den Friedhof nicht verlassen.« Plötzlich neigte die Kleine nachdenklich den Kopf. »Du hast ihn nicht gesehen, oder?«

Scarlett dachte an den Mann, der ihr die Wunschnuss gegeben hatte und versuchte, sich an ihn zu erinnern.

»Ich weiß es nicht«, sagte sie schließlich. »Vielleicht. Da war ein junger Mann …« Ihre Worte verloren sich in der Erinnerung. Hatte der junge Mann dem kleinen Mädchen nicht ein bisschen ähnlich gesehen? Oder war dies nur Wunschdenken ihrerseits?

»Hat er nicht nach mir gefragt?«, wollte Ginny wissen.

Scarlett schüttelte den Kopf. »Nein.« Sie brauchte einige Sekunden, um ihre Gedanken zu sortieren. »Weißt du, er hatte alles vergessen. Er war in einer Stadt namens Bumble …« Hilfe suchend blickte sie zu dem

Drachen, der ein weiteres Mal seine Blätterschuppen rascheln ließ. Aber noch bevor er etwas sagen konnte, warf Ginny ein: »Die Regentropfengeister haben mir von der Wabenstadt und der Hummelherzogin erzählt … Er hat sich vergessen, nicht wahr? Er hat alles vergessen.«

Scarlett nickte. »Ja. Er wusste nichts mehr.«

Der Laubdrache trat so dicht neben sie, dass ihr der Duft nach feuchtem Laub in die Nase stieg. »Das stimmt nicht«, meinte er und senkte seine breite Schnauze so, dass er ihre Manteltasche berührte. Für einen kurzen Moment wusste Scarlett nicht, was er meinte, aber dann verstand sie.

»Er hat mir die hier gegeben«, meinte sie und zog die drei verbliebenen Haselnüsse aus der Manteltasche.

»Er hat gesagt, es wären Wünsche. Er hatte noch viel mehr von ihnen, aber sie zerfielen zu Asche, weil er sich nicht mehr an seine Wünsche erinnern konnte«, erklärte Scarlett.

»Sie stammen vom Wunschbrunnen«, warf der Laubdrache ein und auf dem Gesicht des kleinen Geistermädchens erschien ein Leuchten.

»Also hat er es geschafft? Er hat es tatsächlich geschafft?«

»Es sieht so aus«, sagte der Drache.

Ginny klatschte in die Hände und lachte so fröhlich, dass Scarlett abermals nicht glauben konnte, wirklich einen Geist vor sich zu sehen, so lebendig wirkte das Mädchen, doch als das Lachen erstarb, verging auch das Leben, und die Blässe im Gesicht des Mädchens wurde durchschimmernd vor Traurigkeit.

»Warum ist er dann nicht wiedergekommen?«, fragte Ginny traurig. »Ich war doch die ganze Zeit hier.«

Scarlett zögerte. Was sollte sie sagen? Sie blicke zu dem Laubdrachen, doch in seinen Augen spiegelte sich lediglich ihre eigene Ratlosigkeit. Doch wieder war es Ginny selbst, die sich die Antwort gab.

»Ich weiß schon«, sagte sie. »Die Regentropfengeister haben mir erzählt, dass man den Weg vergisst, den man zum Wunschbrunnen gegangen ist. Vielleicht hat er sich einfach verirrt.«

Der Mitternachtsrabe neigte den Kopf so, dass er Ginnys rötlich schimmerndes Haar berührte.

Das Mädchen lächelte.

»Es ist schon gut, Archimedes. Er wird kommen, weißt du? Wenn er sich selbst wiedergefunden hat, dann wird er kommen. Er hat es versprochen.«

Scarlett sah, wie sich der Schnabel des Raben ganz leicht öffnete, aber er schloss sich, ohne dass ein weiteres Krächzen ertönte. Auch sie biss sich auf die Lippen. Vielleicht war es besser, Ginny in dem Glauben zu lassen, dass ihr Bruder kommen würde.

Sie nahm die drei Nüsse und hielt sie dem Mädchen hin. »Hier«, sagte sie. »Vielleicht können sie dir helfen.«

Ginny neigte verwundert den Kopf und Archimedes klackerte mit dem Schnabel, während der Laubdrache ein Schnauben ausstieß.

Unsicher blickte Scarlett zwischen ihnen hin und her. »Er hat sie mir geschenkt. Aber sie waren doch nie für mich. Sondern für dich.«

Sie hob die Hand noch etwas weiter in Ginnys Richtung, aber das Geistermädchen schüttelte mit dem Kopf. »Ich brauche nicht so viele Wünsche. Ich bin tot. Und egal, wie sehr ich es mir auch wünschen würde, weder eine Frucht vom Baum des Lebens, noch hundert Nüsse aus dem Wunschbrunnen, ja, nicht einmal die Kürbiskönigin könnten mich wieder lebendig machen.« Der Mitternachtsrabe stieß ein zustimmendes Krächzen aus, aber Ginny war noch nicht fertig. »Du solltest die Wünsche verwenden. Du bist auf einer Suche, nicht wahr, denn sonst wärst du nicht hier. Also behalte deine Wünsche. Mein einziger Wunsch ist, dass mein Bruder kommen wird, und das wird er, sobald er sich wieder erinnert.«

Ginny lächelte und mit einer kurzen Berührung, die einem kalten Windhauch glich, drückte sie Scarletts Hand nach unten.

Scarlett aber schüttelte den Kopf. »Dein Bruder hat mir das Leben gerettet«, sagte sie. »Nur den Nüssen habe ich es zu verdanken, dass ich hier bin. Dass der Laubdrache mich gefunden hat, dort, in den brennenden Bergen.« Sie öffnete eilig die Hand und nahm eine der drei Nüsse, um sie abermals Ginny hinzuhalten. »Nimm wenigstens den einen Wunsch. Vielleicht kannst du deinem Bruder so helfen. Ihn hierher führen …« Ihre Worte verloren sich, doch Ginny verstand auch so. Lächelnd nahm sie die Nuss.

»Also gut. Ich danke dir, Scarlett. Ich will mir wünschen, dass mein Bruder hierher kommt, damit er sieht, dass es mir gut geht. Dass ich nicht traurig bin und er auch nicht traurig sein muss.« Das Mädchen neigte den Kopf. »Tot sein bedeutet nicht, traurig zu sein, weißt du?«

Scarlett schüttelte den Kopf, erinnerte sich, dass Ginny diese Geste ja gar nicht sehen konnte und wollte etwas sagen, da bemerkte sie, dass das Geistermädchen gar nicht mehr vor ihr, sondern vor dem Laubdrachen stand. Für einen Moment fragte sie sich unwillkürlich, wie sich der Mitternachtsrabe auf ihren durchschimmernden weißen Schultern halten konnte, da fiel ihr ein, dass Ginny sie zuvor hatte berühren können und sie schob die Frage als nichtig beiseite, als sie hörte, wie die Kleine den Drachen fragte: »Darf ich dich streicheln?«

»Aber natürlich«, erwiderte der Laubdrache und seine tiefroten Blattschuppen raschelten in freudiger Erwartung.

Lächelnd sah Scarlett zu, wie Ginny glücklich den Arm hob und den Laubdrachen streichelte, der die Berührung mit einem freundlichen Schnauben quittierte.

Abermals lachte das Geistermädchen auf und der weiße Rabe erhob sich von ihren Schultern, um neben Scarlett auf einen Grabstein zu fliegen und die Szene ebenso zu beobachten wie sie selbst.

Bald drehte Ginny sich so schnell sie konnte um die eigene Achse und der Laubdrache umkreiste sie als ein roter Wirbel, so dass man sie gar nicht mehr sehen konnte, man hörte nur ihr helles Lachen.

All das endete, als der Mitternachtsrabe ein leises Krächzen ausstieß, und für einen Moment wollte Scarlett den weißen Vogel anfahren, warum er ihnen denn den Spaß vermiesen wollte, da hörte sie Ginnys Stimme.

»Du hast Recht, Archimedes. Wo war ich bloß mit meinen Gedanken?«

Der nestartige Laubkringel, zu dem der Drache sich gerollt hatte, löste sich auf und gab das Mädchen frei, das mit einem Lächeln auf Scarlett zu hüpfte.

»Bestimmt ist dir kalt, oder? Die Regentropfengeister lassen doch überall ihre nassen Spuren zurück … und was ist mit Hunger und Durst? Hier gibt es einen kleinen Brunnen. Früher wurden mit ihm die Blumen von den Besuchern bewässert, doch heute kommt nur noch selten jemand und die Regentropfengeister füttern sie … aber dort wachsen auch Beeren, die man essen kann. Archimedes, wie hießen die Beeren noch mal?«

Der Mitternachtsrabe krächzte eine kurze Antwort.

»Ach ja. Brombeeren.« Sie strahlte Scarlett an. »Du magst doch Brombeeren, oder?«

Scarlett nickte und schob ein knappes »Ja, gerne«, hinterher, als ihr abermals einfiel, dass das Mädchen sie nicht sehen konnte.

»Das ist gut. Danach bringe ich euch in die Kapelle. Dort ist es immer warm und ihr könnt eure Sachen trocknen.« Die Kleine warf dem Mitternachtsraben einen Blick zu. »Habe ich an alles gedacht, Archimedes?«

Der Mitternachtsrabe klackerte scheinbar zustimmend mit dem Schnabel und Ginny strahlte.

»Dann bringe ich dich jetzt zu dem Brunnen.«

Sie drehte den Kopf dorthin, wo der Drache stand. »Du magst keine Brombeeren, oder?«

»Nein«, gab der Drache zurück. »Wir Laubdrachen ernähren uns von der Septembersonne.« Seine goldene Stimme klang dunkel und traurig.

Ginny biss sich auf die Lippen und hob lauschend den Kopf. »Ich fürchte, du musst dich noch ein wenig gedulden. Die Regentropfengeister tanzen noch ihren Reigen.«

Scarlett bemerkte neben sich einige weitere Wassergestalten, die fröhlich lachend in eine Pfütze sprangen, als wäre es ein Trampolin, während andere auf sie selbst hinabfielen und immer mehr durchnässten. Fröstelnd zog sie ihren Mantel enger und steckte die beiden verbliebenen Nüsse wieder in die Tasche.

Sie blickte zu dem Laubdrachen. »Kommst du nicht mit?«, fragte sie, als Ginny schon einige Schritte weiterschwebte.

Das große Tier schüttelte den Kopf. »Nein. Der Regen macht mich so schwer. Ich werde auf dich warten und versuchen, mein Blätterschuppenkleid ein wenig zu trocknen, damit wir rasch weitergehen können.« Er neigte seinen Kopf und sein Blick erfasste den Mitternachtsraben. »Vielleicht kann er mir Gesellschaft leisten. Mir neue Dinge erzählen, die selbst die Laubdrachen, die vor mir waren, nicht kannten. Damit sie nicht vergessen werden.«

Etwas in seiner Stimme war so traurig, dass Scarlett glaubte, Tränen in seinen Augen zu sehen, aber es war wohl nur der stetige Regen.

Archimedes krächzte etwas, das wie eine Zustimmung klang und der Laubdrache nickte Scarlett aufmunternd zu, so dass sie Ginny hinterherging, die auf sie wartete.

Die Kleine hüpfte fröhlich den Weg entlang, aber dieses Mal wollte ihre gute Laune nicht auf Scarlett überspringen. Anfangs dachte Scarlett noch, es sei der Friedhof, all die Schatten der namenlosen Grabsteine, die über den Weg sprangen und sie verfolgten.

Scarlett versuchte, nicht in sie hineinzutreten.

»Die Schatten tun dir nichts«, meinte Ginny irgendwann, als Scarlett einen leisen Fluch ausstieß, weil sie sich beim Ausweichen gestoßen hatte.

»Ich weiß«, sagte Scarlett, konnte sich aber trotzdem nicht überwinden, sie einfach zu durchqueren.

»Der Brunnen ist nicht weit«, erklärte Ginny. »Mein Bruder hat mir den Weg gezeigt, falls mein Wasser nicht reichen sollte. Er hat ihn gesucht, ehe er gegangen ist. Und er hat mir noch erklärt, welche Beeren man essen kann, weil wir doch nicht viel Brot übrig hatten und er auch einen Teil mit sich nehmen musste.«

Ginny klang nicht traurig, aber Scarlett fühlte sich dennoch verpflichtet, etwas Tröstendes zu sagen. »Er wird bestimmt kommen.«

Ginny sah sie an. »Ich weiß. Er hat es versprochen.« Sie wandte Scarlett das Gesicht zu und dieses Mal sah sie Scarlett wirklich an. »So wie du jemandem versprochen hast, ihn zu retten, nicht wahr? Du wirst dein Versprechen auch halten. Das weiß ich. Weil du hier bist.«

»Mein Freund ist ein Gefangener der Kürbiskönigin. Ich hatte einen Wunsch, doch ich habe ihn zur falschen Zeit ausgesprochen.«

Ginny nickte. »Erzählst du mir deine Geschichte?«, bat sie. »Weißt du, die Geschichten der Regentropfengeister sind immer so weit weg, von oben betrachtet. Und Archimedes verlässt den Friedhof zu selten, als dass er neue Geschichten erleben könnte. Er sagt, er lässt mich nicht gerne allein. Aber ich glaube, dass er einfach nicht gerne allein ist.«

Scarlett nickte und erzählte Ginny von Nathan und dem Wunsch, ein Kind zu bekommen und wie sie in die alte Gärtnerei gefahren war und dort mit dem Verbrennen dieses Wunsches all das in Bewegung gesetzt hatte, was geschehen war. Alles erzählte sie, bis hin zu den Feuerbergen und der Haselnuss, durch die der Laubdrache sie gefunden und gerettet hatte.

»Der Drache sagt, dass nur der Kürbisgelbe Weg mich in den Oktober bringen könnte. Und dass er hier sei. Irgendwo auf diesem Friedhof.«

Das Geistermädchen hob ratlos die Schultern. »Für mich gib es hier keine Wege. Alles ist gleich.«

»Aber du hast doch vorhin auf dem Grabstein gesessen«, erkundigte Scarlett sich erstaunt.

»Das war, weil ich es durch Archimedes gesehen habe. Er beschreibt mir die Dinge, und manchmal glaube ich, sie zu erkennen. Aber sie haben nie Farbe, ich sehe immer nur schwarz und weiß und grau. Selbst das Rot eines Laubdrachens ist für mich nur schattenhafte Dunkelheit.«

»Er war nicht immer so tiefrot«, meinte Scarlett. »Als ich ihn traf war er leuchtend gelb. Er sagt, er sei anders geworden, nachdem er mich aus den brennenden Bergen gerettet hat.«

Sie ließ die Worte wie eine Frage verklingen, aber Ginny gab ihr keine Antwort, sondern schwebte weiter vor ihr den Weg entlang. Manchmal bemerkte sie einen Grabstein nicht und ging einfach hindurch. Scarlett seufzte. Sie hatte gehofft, vielleicht schon den Kürbisgelben Weg zu finden.

Nathan wartete schließlich auf sie, genau wie Ginny auf ihren Bruder wartete.

Erschrocken ließ dieser Gedanke ihren Herzschlag stolpern. Was, wenn Nathan schon gar nicht mehr lebte? Wenn er genauso einfach gestorben war wie dieses Mädchen hier?

»Nein, nein, nein«, flüsterte Scarlett, als könnten Worte einen Gedanken ungedacht machen oder den Tod selbst aufhalten.

»Was hast du?«, wollte Ginny wissen.

»Nichts«, murmelte Scarlett. »Ich habe nur gedacht, dass ich mich vielleicht beeilen sollte. Den Kürbisgelben Weg zu finden.«

»Du könntest Archimedes fragen, wenn wir zurück sind. Es ist nicht mehr weit bis zum Brunnen.«

Scarlett nickte. Etwas fiel ihr ein. »Woher weißt du den Weg, wenn du ihn nicht siehst?«

Ginny zuckte mit den Schultern. »Ich weiß es nicht. Er ist einfach da.«

Sie lief wieder ein Stückchen weiter und tatsächlich konnte Scarlett nur wenig später den Brunnen sehen, hinter dem ein großes Brombeergebüsch wuchs.

Für einen Moment vergaß Scarlett die Kälte. Sie hatte nicht einmal bemerkt, wie hungrig und durstig sie gewesen war.

Sicher, bei den Feuerfresserchen hatte es ausreichend Wasser gegeben, aber auch das war schon wieder eine ganze Weile her. Scarlett trank, bis sie dachte platzen zu müssen und aß so viele Brombeeren, dass ihre Finger ganz blau wurden von deren süßem Saft. Nie zuvor hatte sie so etwas Köstliches gegessen.

»Du bist sehr hungrig, oder?«, fragte Ginny fasziniert.

Ertappt hob Scarlett den Kopf und bejahte die Frage verlegen.

Das Geistermädchen lächelte.

»Es gibt dort hinten ein paar kleine wilde Kürbisse. Vielleicht kannst du ein Feuer machen und einen von ihnen braten. Archimedes kann ihn bestimmt mit seinem Schnabel zerkleinern.«

»Einen Kürbis? Kann man die denn einfach so essen?«

»Aber sicher«, lachte Ginny. »Weshalb sollte man nicht?«

»Wegen der Kürbisgeister«, versuchte Scarlett es vorsichtig.

»Solange man den Kürbissen kein Gesicht gibt, solange gibt es in ihnen keine Geister.«

»Aber die Lichter, die mich in die Irre geleitet haben, kamen auch aus Kürbissen ohne Gesichter«, widersprach Scarlett.

»Kürbislichter sind anders«, versuchte Ginny sich an einer Erklärung. »Sie sollten gar nicht mehr sein, weißt du.« Das Geistermädchen zögerte. »So wie ich eigentlich gar nicht mehr sein sollte. Sie sind das, was von einem Geist übrig bleibt.«

Die Kleine sah sich um, als würde sie fürchten, dass nun doch einige der unheimlichen Lichter auftauchen würden.

»Archimedes frisst sie, wenn sie kommen«, erklärte sie Scarlett.

Diese nickte und wischte sich die Hände am Stoff ihres Mantels ab. Wie zerrissen und fleckig er schon überall war. Und dazu so schrecklich schwer und nass. Jetzt, da sie satt war, kam die Kälte zurück. Ihre Füße fühlten sich an wie Eis und jeder Schritt begann zu schmerzen.

Dennoch lief sie Ginny hinterher, so gut und schnell sie konnte. Dem Geistermädchen machte weder die Kälte noch die Nässe etwas aus.

Scarlett war froh, endlich einen kleinen Kürbis in Händen zu halten und die Aussicht, etwas Warmes zu essen, gab ihr die Kraft, Ginny auch danach noch zu folgen, bis sie eine kleine Kapelle erreichten, auf deren Altar eine Öllampe stand und brannte.

Der Laubdrache lag auf dem schwarz-weiß-karierten Steinboden. Er schlief, und seine Schuppen waren noch eine Nuance dunkler geworden.

Der weiße Mitternachtsrabe krächzte eine Begrüßung und Ginny rief ihm fröhlich zu: »Wir haben einen Kürbis mitgebracht, Archimedes. Wenn du ihn klein machst, kann Scarlett ihn über der Kerze braten und essen.«

Sie machte Scarlett ein Zeichen, den kleinen Kürbis auf den Altar zu legen, auf dem der Mitternachtsrabe saß.

»Die Flamme geht nie aus. Manchmal kommt ein alter Mann, um die Lampe mit Öl zu füttern, aber er bleibt nie lange und sieht mich nicht.«

Darüber schien sie bekümmert zu sein, denn sie ließ den Kopf hängen.

Scarlett ging an dem schlafenden Laubdrachen vorbei zu dem Altar und legte den Kürbis darauf. Es war warm dort in der Nähe der Öllampe und sie rieb sich die kalten Finger. Archimedes krächzte etwas und machte sich dann gekonnt über den kleinen Kürbis her.

»Er sagt, du sollst deinen Mantel ausziehen«, meinte Ginny. Scarlett tat wie geheißen und sofort wurde ihr wärmer. Dankbar nahm sie ein Kürbisstück aus dem Schnabel des Raben entgegen und hielt es über die Kerzenflamme. Wie erwartet tat es gut, das warme und etwas rußig schmeckende Gemüse zu essen. Schon bald fühlte sie sich besser, die Wärme vertrieb die Kälte und brachte die Müdigkeit mit sich.

Archimedes krächzte und Ginny sprang von dem Altar, auf den sie sich gesetzt hatte.

»Archimedes sagt, du solltest jetzt schlafen.«

Scarlett schüttelte den Kopf. »Ich muss doch noch wissen, wo der Kürbisgelbe Weg beginnt …« So schwer waren die Worte, so schleppend kletterten sie über die Lippen.

Der Mitternachtsrabe krächzte, und ohne dass Ginny etwas sagte, wusste Scarlett, dass es »Nicht mehr heute« oder »Morgen« bedeutet hatte.

Niedergeschlagen schloss sie die Augen und spürte im nächsten Moment, wie ihre Beine unter ihr nachgaben und sie auf den Steinboden sank, wo sie von weichem, warmem und trockenem Laub aufgefangen wurde wie in einem Nest.

11

Wo der September stirbt

Scarlett schlief tief und lange. Manchmal waren da Träume, scharlachrot und warm, dann wieder wurden sie von feinem, knisternden Eis überzogen, das sie frieren ließ.

Da war Nathan.

Mal so, wie sie ihn kannte, mal nichts weiter mehr als ein Geist.

Sie hörte, dass jemand ihren Namen rief und mitunter war da ein Krächzen, in dem Sorge mitschwang und das Rascheln von Laub, das all das schnell wieder übertönte.

Manchmal waren da brennende Bilder von Gesichtern aus Feuer, die mit ihr sprachen und einmal sah sie eine Frau, schön und kalt wie der Morgen, wenn man aus einem Traum erwachte und der oftmals bitteren Realität ins Auge sehen musste.

Und dann wieder gab es Augenblicke, in denen ihr Schlaf so tief war, dass kein Bild sie erreichte.

Es war ein Luftzug, der sie schließlich weckte, eine Berührung, selbst nicht mehr als ein Traum. Verwirrt schlug sie die Augen auf. Laub bedeckte sie, und es dauerte einen Moment, bis sie begriff, dass es das Schuppenkleid des Laubdrachen war, das sie zudeckte.

Ginny saß auf seinem Rücken und sah mit ihren blinden Augen auf sie herab.

»Ich dachte schon, du wärst auch tot«, meinte das Geistermädchen, als Scarlett sich langsam aufrichtete. Der Mitternachtsrabe hockte auf den durchschimmernden Schultern.

»Aber Archimedes sagt, dass man manchmal lange schlafen muss.«

Scarlett rieb sich die Augen. »Wie lange habe ich geschlafen?«

Fragend drehte Ginny den Kopf dem Raben zu. »Fünf Tage und vier Nächte«, lautete die Antwort, nachdem der Vogel abermals etwas gekrächzt hatte.

Scarlett schwindelte. So viel Zeit war vergangen. Nathan. Sie musste sich beeilen. Sie war zu spät.

Hastig befreite sie sich von dem Schuppenkleid, woraufhin der Laubdrache ein unwirsches Brummen ausstieß, aber ebenfalls den Kopf hob und sie fragend ansah.

»Ich muss weiter«, sagte sie. »In den Oktober. Der Kürbisgelbe Weg …« Die Worte purzelten so eilig aus ihrem Mund, dass sie stolperten und sich verhedderten, genauso wie ihre Füße fast über den Drachenschwanz stolperten. Nur mühsam konnte sie sich auffangen.

Archimedes klackerte ungehalten mit dem Schnabel.

»Er sagt, dass du nichts überstürzen sollst.«

Scarlett schüttelte den Kopf. »Das geht nicht. Ich muss mich beeilen. Ich habe es Nathan versprochen. So, wie dein Bruder dir versprochen hat wiederzukommen. Ich will nicht, dass er vergeblich wartet, so wie du.«

Falls das Geistermädchen vergessen haben sollte, was Schmerz und Bedauern gewesen waren, so kehrte beides jetzt zurück. Scarlett sah es in den weißen Augen und im Ausdruck ihres Gesichtes und wünschte, sie hätte nichts gesagt.

»Es tut mir leid«, flüsterte sie, aber noch bevor sie etwas hinzufügen konnte, fuhr Ginny ihr über den Mund.

»Mein Bruder wird kommen. Ich habe es mir gewünscht. Von der Haselnuss. Als du geschlafen hast. Archimedes hat die Schale für mich geöffnet, und ich habe die Nuss draußen vergraben, an dem Grab, an dem er mich zurückgelassen hat.«

Silbrig glitzernde Tränen flossen über das milchigweiße Nebelgesicht und Scarlett flüsterte ein weiteres Mal, wie leid es ihr tat.

Ginny wischte die Tränen fort und lächelte.

»Man sagt oft Dinge, wenn man wütend oder traurig ist, nicht wahr? Und genauso wünscht man sich Dinge, von denen man eines Tages feststellt, dass man sie sich nie hätte wünschen sollen …«

Sie blickte Scarlett an und das Lächeln kehrte auf ihre Lippen zurück.

»Archimedes weiß, wo der Kürbisgelbe Weg beginnt. Er wird dich bis zu seinem Anfang führen. Danach musst du weitergehen, ohne dich noch einmal umzublicken. Tust du es doch, so wird der Weg vergehen.« Sie schwebte in die Luft und drehte sich einmal im Kreis.

»So sind die Dinge, wenn man vom September in den Oktober gehen will. Man darf nicht zurücksehen. Nicht zurückgehen, selbst wenn man sich zuvor noch so verirrt oder im Kreis gedreht hat. Der Kürbisgelbe Weg kennt nur eine Richtung.«

Scarlett erinnerte sich, wie der Laubdrache ihr erklärt hatte, dass es nur wenigen Wesen erlaubt war, die Lande rückwärts zu bereisen.

Sie nickte und sah Ginny an. »Was wirst du tun?«, fragte sie.

»Ich werde hier warten. Bis mein Bruder kommt.«

»Ich wünsche dir Glück.«

Scarlett wandte sich dem Laubdrachen zu. »Was ist mit dir? Kommst du mit?«

Einen Sekundenbruchteil schlossen sich die leuchtenden Drachenaugen.

»Ich denke, ich sollte nicht. Aber ich kann auch nicht mehr zurück.«

»Warum? Du kannst doch zurück in deine Senke fliegen.«

Der Laubdrache schüttelte den Kopf. »Das ist nicht so einfach. Manchmal fliegt man zu weit.«

Da war eine Traurigkeit in seiner Stimme, die Scarlett das Herz schwer machte.

»Es tut mir leid. Das habe ich nicht gewollt.«

»Es ist nicht deine Schuld. Ich wollte reisen. Nie zuvor ist ein Laubdrache gereist. Wir wussten immer nur, was uns die Blätter erzählten. Aber die Blätter sehen nur. Sie erfahren nicht. Sie wissen nur das, was gerade geschieht, nie, was darauf folgt und keines erlebt je Liebe oder Schmerz, erfährt, was Freundschaft ist, was Hoffnung und was Angst. Ich bin der erste Laubdrache, der erfahren hat, dass es mehr gibt als die Momente, die Blätter im Vorbeiwehen sehen.«

Er schenkte Scarlett ein Lächeln, aber sie erwiderte es nicht. Zu traurig stimmte sie die Vorstellung, dass der Laubdrache ihretwegen nicht mehr nach Hause gehen konnte. Sie machte einfach einen Schritt auf ihn zu und presste ihr Gesicht in die belaubte Wange.

»Ich hoffe, es wird schön im Oktober. Dass sich all das gelohnt hat für dich.«

Sie löste sich von dem Drachen und blickte zu dem Mitternachtsraben. »Bringst du uns jetzt zu dem Kürbisgelben Weg?«

Der weiße Vogel nickte und Scarlett sah noch einmal den Drachen an.

»Bist du bereit?«

Der Laubdrache blickte wehmütig in die Richtung, von der Scarlett glaubte, dass dort die Senke lag. Dann aber drehte er sich wieder um und nickte. Aus seinem großen Auge fiel eine Träne. Scarlett schluckte und wandte sich ab, um die Traurigkeit des wunderbaren Wesens nicht sehen zu müssen.

Aus den Augenwinkeln konnte sie beobachten, wie das Geistermädchen zu dem Drachen ging.

»Geh nicht«, hörte sie Ginny flüstern. »Du weißt, was geschehen wird …«

Unauffällig drehte Scarlett den Kopf.

»Es gibt kein Zurück«, sagte der Drache gerade.

»Du könntest einfach bleiben. Mit mir spielen. Mir Gesellschaft leisten.«

Der Drache schnaubte glucksend. »Es würde nichts ändern. Es wäre nur Warten. So wie die Windtraumtänzer, die auf den Wind harren, der sie auf ihren Flug schickt.«

Ginny nickte und schwebte fort. Sie hob den Kopf und winkte Scarlett.

»Mach es gut. Danke, dass du da warst.«

Scarlett erwiderte den Gruß. »Ich habe zu danken. Ich hoffe, dass dein Bruder sich wiederfindet und zu dir kommt.«

Ginny lächelte, winkte noch einmal und verschwand dann einfach genauso plötzlich, wie sie bei ihrem ersten Treffen aufgetaucht war.

Das Rauschen von Flügeln ließ Scarlett herumfahren. Archimedes hatte sich von seinem Sitz auf dem Altar erhoben und flog in Richtung des offenen Portals. Der Laubdrache folgte ihm, und Scarlett tat es ihm gleich.

Schweigend wanderten sie über den Friedhof. Der Regen hatte aufgehört, vielleicht war es schon seit Tagen trocken.

Als sie den Brunnen passierten, an den Ginny sie geführt hatte, bat Scarlett um eine Pause, um etwas zu trinken und einige Beeren zu essen, aber die Früchte hatten ihre Süße verloren und Scarlett verlor den Appetit. Trotzdem aß sie weiter, um neue Kraft zu tanken.

Bald setzten sie den Weg fort. Die Sonne schickte einige Strahlen durch die sonst dichte Wolkendecke. Der Laubdrache hob sehnsuchtsvoll den Kopf und badete in dem wenigen, kostbaren Septembersonnenlicht. Scarlett schmunzelte. Es war schön, den Drachen wieder glücklich zu sehen.

Irgendwann – es mochte eine Stunde vergangen sein oder auch ein ganzer Tag – überall waren immer nur Wege und Gräber und Bäume, da landete Archimedes auf einem großen, prachtvollen Grabmal links vom Weg, das auf der gegenüberliegenden Seite einen Zwilling hatte.

Dahinter konnte Scarlett den Beginn des Kürbisgelben Weges erkennen. Sie atmete tief ein. Sie kam Nathan näher.

Dankbar lächelte sie den Mitternachtsraben an und strich ihm zum Abschied über das weiße Gefieder. »Ich danke dir«, sagte sie leise. Der Rabe neigte den Kopf und klapperte mit dem Schnabel. Neben ihr sagte der Drache: »Auch ich danke dir. Es hat mich gefreut, einen Mitternachtsraben zu treffen.«

Archimedes krächzte etwas, das wie ein Abschiedsgruß klang und erhob sich wieder in die Luft, wahrscheinlich flog er zurück zu Ginny.

Scarlett suchte Blickkontakt zu dem Drachen. »Sollen wir?« Auf einmal war sie sich nicht mehr sicher, ob sie wirklich weitergehen wollte. Wer wusste schon, was auf der anderen Seite warten würde? Was der Oktober war?

Der Laubdrache nickte. »Vergiss nicht. Was auch passiert, du darfst dich nicht umdrehen.«

»Was auch passiert«, flüsterte Scarlett und nickte.

Dann betraten sie den Kürbisgelben Weg. Der Drache ging genau neben ihr.

Wind kam auf und blies ihnen entgegen, als ob er sich ihnen wie ein Wächter entgegenstellen wollte.

Scarlett widerstand der Versuchung, sich umzudrehen, so verlockend sie auch war.

Der Drache sagte leise »Komm. Wir müssen weitergehen.«

Scarlett nickte und lief weiter.

Schritt um Schritt um Schritt.

Der Wind wurde stärker.

Rote Blätter lösten sich vom Schuppenkleid des Drachen und wehten davon, und wo sie fehlten tropfte rote Flüssigkeit zu Boden.

»Was passiert mit dir?«, fragte Scarlett so leise, dass ihr der Wind die Worte beinahe entriss. »Löst du dich wieder auf? So wie in dem Sturm, in dem wir uns verloren haben?« Der Drache sah sie nicht an, als er antwortete.

»Es ist fast so«, sagte er.

»Warum nur fast?« Scarlett meinte, das Herz müsste ihr vor Angst aus der Brust springen.

»Weil es dieses Mal kein Zurück gibt. Ich werde mich auflösen, mit jedem Schritt ein wenig weiter, und am Ende werde ich in alle Winde verwehen, noch ehe wir die Grenze erreichen.«

»Was? Du … Du willst mir sagen, dass du stirbst?« Die Panik griff nach Scarletts Hals und sie wollte sich suchend umsehen, da sagte der Drache warnend: »Dreh dich nicht um.«

Scarlett erschrak und schloss die Augen. Immer wieder schüttelte sie den Kopf.

»Du darfst nicht sterben, hörst du?«

»Ich muss. Ich bin dem Oktober zu nahe gekommen. Schon lange, bevor ich den Friedhof betreten habe. Der Mitternachtsrabe hat es mir erklärt. Ich bin der September. In mir leuchten die letzten Strahlen der Septembersommersonne. Und der September stirbt, wenn er zum Oktober wird.«

»Nein, nein, nein«, wisperte Scarlett. »Du könntest hierbleiben. Auf dem Friedhof. Oder zurückkehren.«

Sie spürte, wie der Drache sie mit seiner Schnauze anstieß.

»Es ist gut«, brummte er leise. »Es muss so sein. Ich will das Ende der Geschichte sehen. Das Ende des Septembers. Und du sollst nicht allein gehen müssen. Ich verdanke dir so viel. Ohne dich hätte ich nie so viel gesehen. Ohne dich würde kein Laubdrache je erfahren, was Leben ist.«

»Aber wie willst du es ihnen erzählen?« Scarlett sah den Drachen tränenverschwommen.

»Meine Blätter werden dies tun. Sie werden verwehen und all jene, die nicht zu Asche zerfallen, werden vielleicht eines Tages zurück in die Senke fliegen und dort Teil eines neuen Laubdrachen werden.« Er hob den Kopf und schaute Scarlett mit seinen freundlichen Augen an.

»Erfüllst du mir einen Wunsch?«, fragte er.

Scarlett nickte. »Jeden.«

Ein Teil von ihr wusste, dass das dumm war, dass sie ihm niemals jeden Wunsch erfüllen konnte, und sie wollte die Worte schon zurücknehmen und ihre Antwort einschränken, da sagte er: »Wenn du weitergehst, erzählst du dann hin und wieder einem Blatt, was dir widerfahren ist? Vielleicht kannst du es dann in Richtung des Septembers pusten.«

Gegen ihren Willen musste Scarlett lächeln. »Natürlich. Ich werde den Blättern alles erzählen. Und von dir werde ich auch erzählen. Wie du mir versprochen hast, mir den Weg zu zeigen, der Sturm dich aufgelöst hat und du schließlich zu mir zurückgekehrt bist, um mich aus den Flammen zu retten.«

»Das klingt nach einer tollen Geschichte«, meinte der Drache. »Nach einer schönen Erinnerung.«

»Das ist es«, flüsterte Scarlett tonlos. Jetzt waren es die Tränen, die ihre Stimme erstickten.

Einen Moment blickte der Drache an ihr vorbei in die Sonne, deren Strahlen kaum mehr Kraft hatten.

»Ich glaube, das ist ein gutes Ende«, sagte er und schaute Scarlett wieder an. »Wir sollten weitergehen. Damit auch du ein gutes Ende findest. Darum geht es doch, oder?«

Scarlett nickte, bewegte sich aber nicht, als der Drache weiterging.

Erneut drehte er sich nicht um, fragte aber: »Warum kommst du nicht?«

»Weil ich nicht will, dass du stirbst.« Sie schloss zu ihm auf. »Willst du nicht einfach hier bleiben?«

»Und dann? Hier ist nichts mehr, wird nichts mehr sein. Nur noch der Weg. Vielleicht werde ich noch einen Blick auf den Oktober werfen können.«

Weitere Blätter lösten sich aus seinem Schuppenkleid und Scarlett zog den Mantel so eng am Hals zusammen, dass sie sich selbst die Luft abschnürte. Mit einem leisen Japsen ließ sie die Hand wieder sinken, aber das Gefühl der Enge blieb.

Dennoch ging sie neben dem Drachen weiter. Folgte dem Kürbisgelben Weg.

Irgendwann nahm sie aus den Augenwinkeln wahr, wie der Drache ein wenig zurückblieb und noch ein paar Meter weiter konnte sie ihn nicht einmal mehr sehen.

Verzweifelt wünschte sie, sich umdrehen zu können, aber sie kannte die Regeln und wagte es nicht.

»Bist du noch da?«, fragte sie.

Der Drache antwortete und Scarlett ging erleichtert weiter.

»Wann wissen wir, ob wir den Oktober erreicht haben?«, fragte sie nach einigen Metern.

»Ich werde dann nicht mehr da sein«, erwiderte der Laubdrache. Seine Stimme klang leiser als noch zuvor und Scarlett liefen die Tränen über die Wangen.

Nur langsam setzte sie einen Fuß vor den anderen. Sie nahm die Umgebung gar nicht wahr, durch die sie ging, alles lag hinter einem Tränenschleier, aber sie brachte es auch nicht fertig, die Tränen wegzuwischen oder erneut eine Frage zu stellen.

Zu groß war die Angst, keine Antwort mehr zu bekommen.

Doch als sie über eine Wurzel stolperte, konnte sie nicht länger so tun, als ob alles in Ordnung wäre.

Mühsam richtete sie sich wieder auf und wischte sich die Tränen aus den Augen.

Sie stand immer noch auf dem Kürbisgelben Weg, der stellenweise mit Laub bedeckt war, gelbe, grüne und braun verwelkte Blätter vermischten sich mit tiefdunkelroten.

Wimmernd nahm Scarlett eins von ihnen auf und drehte vorsichtig den Kopf zur Seite. Da war kein Friedhof mehr. Kein einziger Grabstein säumte mehr den Weg.

Scarletts Herz hörte einen Moment auf zu schlagen. Dann nahm sie all ihren Mut zusammen und fragte: »Bist du noch da?«

Sie erhielt keine Antwort und wusste, dass sie im Oktober war.

Und dass der Laubdrache fort war.

Um sie herum sang der Wind ein trauriges Lied.

Teil 2: Oktober

Stephanie Kempin

Wanderer

So lange schon, so lange folg‘ ich Deinem Ruf,
Den Blick voran zum Horizont, der diese Sehnsucht schuf.
Bin ich bald angekommen? Ist meine Heimstatt nah?
Der Wald, er öffnet seinen Saum, der Weg erscheint mir klar.
So betret‘ ich voller Ehrfurcht den alten, heil‘gen Grund
Durch’s Blätterdach fällt güld‘nes Licht, die Welt ist strahlend bunt.
Ja, hier will ich verweilen, im träumenden Oktoberreich,
Damit mein Herz mag heilen und die Ferne mir wird gleich.

Doch horch‘, ich hab‘s vernommen, da ruft mit dunklem Ton
Voll magischer Verheißung die altvertraute Stimme schon.
Und wieder brennt das Sehnen tief in meiner Brust,
Such ich nach neuen Sphären, von denen ich nie gewusst.
So verlass ich den Oktoberwald und folge Deinem Pfad.
Ich weiß, es ist der letzte Gang. Wohin er mich wohl führen mag?

(Thomas Lohwasser & Vanessa Kaiser)

1

Was in den Wäldern lauert

Scarlett nahm sich einen Moment Zeit, um sich durch den Tränenschleier hindurch umzusehen. Die Bäume waren wieder dichter. Der Wind flüsterte in den Blättern, als wollte er Scarlett im Oktober willkommen heißen. Hinter einem der Bäume schoss ein kleines Tier hervor und an ihr vorbei. Scarlett machte erschrocken einen Satz zur Seite. Sie schaute dem Tier nach, wie es in einem Gebüsch verschwand. Es mochte ein Eichhörnchen gewesen sein, sie hatte es nicht klar erkennen können. Ein Blick in Richtung Boden zeigte ihr, dass der Kürbisgelbe Weg fast unter Erde, Laub und Moos verborgen war. An einigen Stellen leuchtete es noch kürbisfarben hervor, doch nach wenigen Schritten konnte Scarlett den Weg nicht mehr erkennen. Wohin sollte sie sich ohne diesen Anhaltspunkt wenden? Über Scarlett krächzte ein Rabe. Ihre Augen fanden den schwarzen Vogel fast sofort, zu gut hob er sich von dem leuchtend bunten Hintergrund ab. War der September noch annähernd sommerlich gewesen, mit Blättern, die in den ersten Gelb- und Orangetönen leuchteten, so schienen die Bäume hier ein Flammenmeer in dunkelrot und orange zu sein. Nur noch vereinzelte grüne oder gelbe Tupfer waren zu sehen, dafür aber schon mehr kahle Äste und gefallenes Laub. Und es war ein wenig kühler geworden. Unschlüssig stand Scarlett herum. Der Rabe krächzte erneut, und sie glaubte einen Moment lang, ein Wort in dem heiseren Ruf zu vernehmen. Sicher war sie sich nicht. Ein Hase hoppelte hinter einem Gebüsch hervor und folgte demselben Weg wie das Eichhörnchen. Scarlett schaute auch ihm einen Moment hinterher. Liefen diese Tiere vor etwas fort? Und wenn ja, wovor? Wenn sie so etwas im Fernsehen gesehen hatte, dass die Tiere die Flucht antraten, war der Grund oft ein Feuer gewesen. Scarlett hielt die Nase in die Luft und schnupperte prüfend. Sie war erleichtert darüber, dass sie keinen Rauch roch. Ein Waldbrand wäre eine Katastrophe gewesen.

Ohne zu wissen, wohin sie gehen sollte, machte sie ein paar Schritte. Der Rabe erhob sich von seinem Ast, flatterte aber nicht weit. Er war auf etwas gelandet, was Scarlett nicht sehen konnte. Sie umrundete ein paar Bäume und erkannte, worauf sich der Vogel niedergelassen hatte. Ihre Augen weiteten sich überrascht. Konnte das tatsächlich sein? Ein Wegweiser? Hier? Sie trat näher heran. Der Rabe legte den Kopf schräg und funkelte sie aus wachen Augen an. Scarlett versuchte, die alte und verwitterte Schrift zu entziffern. Nach links ging es also nach Haven. Das Wort ließ sich nur schwer lesen. Was geradeaus liegen sollte, konnte Scarlett gar nicht enträtseln. Das Holz war verwittert, die Schrift zerkratzt. Fast als hätte das Schild Bekanntschaft mit Klauen oder Krallen gemacht. Scarlett überlief es kalt. Und rechts – etwas, was auf »ee« endete und das Wort »Troll...« Scarlett holte tief Luft. Hier gab es Trolle? Das waren ja reizende Aussichten. Aber um Nathan zu retten, würde sie es auch mit einem Troll aufnehmen! Doch vorerst würde sie sich nach links wenden, Haven klang immerhin nach einem annehmbaren Ort. Als hätte der Rabe ihre Gedanken gelesen, machte er einmal mehr ein Geräusch zwischen Krächzen und Sprechen. Scarlett glaubte dieses Mal, etwas Ähnliches wie »nie« herauszuhören.

»Ist es etwa schlecht, dahin zu gehen?«, fragte sie den Vogel. Der schüttelte sein Gefieder mit leisem Rascheln. Das Rascheln erstarb jedoch nicht mit der Bewegung. Wie ein Echo oder eine Antwort raschelte es links von Scarlett und vor ihr in den Schatten unter den Bäumen. Was auch immer dort umher huschte, kam näher. Scarletts Herz schlug schneller. Vielleicht waren das nur weitere harmlose Tiere. Vielleicht aber auch nicht.

Das Rascheln vor Scarlett wurde leiser, verstummte plötzlich. Dann setzte es wieder ein, kaum hörbar und als hätte das Wesen seinen Kurs geändert und würde sich nach rechts von Scarlett entfernen. Schnell und leise. Fluchtartig. Der Rabe auf dem Wegweiser tänzelte hin und her, als wäre er nervös. Plötzlich breitete er die Flügel aus und flog davon. Scarlett versuchte, die Schatten zwischen den Bäumen mit den Augen zu durchdringen. Es war schwer. Unter den dichten Ästen war es dunkel und ihre Sicht schien leicht verschwommen. Plötzlich erklang ein Knurren, wie von einem sehr großen Hund. Scarlett konnte erkennen, dass sich im Wald etwas bewegte, genau in der Richtung, in die sie hatte laufen wollen. Etwas, das knurrte. Und groß war. Wie schön auch immer Haven sein mochte, sie legte absolut keinen Wert darauf, diesem knurrenden Wesen zu begegnen. Sie begann, zurückzuweichen. Vielleicht begegnete sie dem Troll gar nicht, sie konnte ja später noch einmal abbiegen. Aber dieses Wesen, das da näher kam, gerade erneut knurrte und sich jetzt aufrichtete, war eindeutig auf dem Weg in ihre Richtung. Eine tatsächliche Bedrohung, nicht nur ein Wort auf einem alten Schild. Scarlett traute ihren Augen nicht – diese seltsam unscharfe Dunkelheit unter den Bäumen musste ihr einen Streich spielen. Anders war es doch nicht zu erklären, dass sich dieses Ding auf die Hinterbeine stellte, Konturen annahm … Scarlett dachte an den Laubdrachen und die Feuerfresserchen. Sie hatte schon einige Dinge gesehen, die sie vorher nie für möglich gehalten hätte. Konnte das tatsächlich ein Wolf sein, der da auf zwei Beinen ... Sie hatte genug gesehen. Sie schlug die Hand vor den Mund, betete, dass das Wolfswesen ihr nicht folgen würde, und wandte sich nach rechts.

Trockenes Laub raschelte unter Scarletts Füßen. Sie war so in ihren Bemühungen gefangen, möglichst keinen Lärm zu machen und die Aufmerksamkeit des Wolfswesens nicht auf sich zu ziehen, dass sie lange Zeit gar nicht bemerkte, dass es um sie herum ungewöhnlich ruhig war. Als würde der gesamte Wald verharren, um das Raubtier nicht auf sich aufmerksam zu machen. Sie blieb schließlich stehen, schaute sich um. Mehrere Vögel flogen plötzlich irgendwo auf und zogen über sie hinweg. In der langen Stille wirkten ihre Flügelschläge unglaublich laut. Scarlett folgte ihrem Flug mit den Augen. Auch diese Tiere waren augenscheinlich in dieselbe Richtung unterwegs, wie es schon die anderen gewesen waren, denen Scarlett begegnet war. Merkwürdig. Was war nur in diesem Wald los? Immerhin schienen keine weiteren Raubtiere unterwegs zu sein. Vor einem Werwolf zu flüchten, um dann etwas anderem in die Arme zu laufen, was sämtliche Tiere erschreckte, was vielleicht sogar der Grund dafür war, dass der Werwolf ihr nicht folgte, schien nicht der Sinn der Sache zu sein. Ein Blatt segelte zu Boden, landete dicht neben ihren Füßen. Es leuchtete in einem grellen Orange und erinnerte Scarlett an den Kürbisgelben Weg. Auf eine Eingebung hin begann sie, mit der Schuhspitze im Boden zu wühlen. Tatsächlich leuchtete es recht schnell wieder kürbisgelb zwischen Laub und Erde hervor. Sie atmete erleichtert auf. Wenigstens konnte sie jetzt dem Weg wieder folgen! Das war viel besser, als völlig planlos durch den Oktober zu irren. Vielleicht führte der Weg ja direkt bis zum Übergang in den November? Scarlett hoffte es inständig. Ein stechender Schmerz an ihrem Kopf und ein leises »Klack« ließen sie zusammenzucken. Über ihr huschte ein Eichhörnchen durch die Bäume, es hatte eine Nuss herunter geworfen, die Scarlett erwischt hatte. Dieses Eichhörnchen war rot und nur schwer zwischen den Blättern zu erkennen, aber Scarlett glaubte, es ebenfalls dorthin huschen zu sehen, wo die anderen Tiere verschwunden waren. Eigentlich sollte man als Mensch den Tieren folgen, wenn sie in einer solchen Menge und Zielstrebigkeit ein Gebiet verließen. Aber sie musste Nathan retten! Ihre Hand schloss sich um die beiden verbliebenen Wunschnüsse in ihrer Tasche. Sie waren noch da, ein tröstliches Gefühl. Sie atmete tief durch und setzte entschlossen einen Fuß vor den anderen. Je weiter sie ging, umso lebendiger wurde der Wald. Mehr und mehr Tiere begegneten ihr, doch sie sah auch andere Silhouetten zwischen den Bäumen, teils sehr kleine, teils welche, die größer waren als sie selbst. Aber wenigstens sah keines davon wie ein aufrecht gehender Wolf aus. Und sie waren alle zu weit entfernt.

»Ruhig, Scarlett«, flüsterte sie sich selbst zu. Die einsame Wanderung zerrte zunehmend an ihren Nerven, doch es war der Preis, Nathan zu retten. Und damit auch sich selbst, denn wie würde ihr Leben ohne ihn aussehen? Ohne ihrer beider Wunsch nach einer Familie und einer gemeinsamen Zukunft? Die Leere, die sich bei diesem Gedanke in ihr auftat, schien groß genug, um sie zu verschlingen. Das konnte und durfte sie nicht zulassen! Also weiter. Einen Fuß vor den anderen auf dem Kürbisgelben Weg. Wenn nur dieses Huschen und Rascheln um sie herum nicht gewesen wäre! Erst hatte die Stille sie nervös gemacht, jetzt waren es die Geräusche. Oder, besser gesagt, die Wesen, die diese Geräusche verursachten. Das Gefühl, dass, zumindest in dieser Gegend, alle Bewohner des Oktobers auf den Beinen waren, ließ Scarlett nicht los. Sie dachte an Trolle und die Wolfswesen.

»Bitte nicht«, flüsterte sie. Dicht vor ihren Füßen schoss etwas über den Weg und Scarlett sprang mit einem Aufschrei zurück. Doch es waren zum Glück nur ein paar Hasen. Hasen, die es sehr eilig hatten. Waren sie vor etwas auf der Flucht? Scarlett hielt den Atem an. Da war ein Geräusch, das sie die ganze Zeit schon gehört hatte, gerade so an der Schwelle ihrer Wahrnehmung. Jetzt war es deutlicher, klarer zu erkennen. Es klang fast wie … Hufgeklapper? Scarlett drehte sich um. In einiger Entfernung machte der Weg eine Biegung. Wenn sich dort ein Pferd näherte, würde es gleich auftauchen müssen. Scarlett versuchte, ihren Herzschlag zu beruhigen. Sie war nicht alleine in den Herbstlanden, warum sollten da nicht noch mehr … Bewohner diesen Weg nutzen? Sie würde vorsichtig sein, keine Frage, aber wenn der Kürbisgelbe Weg eine

Art Hauptstraße war, dann war es eigentlich eher verwunderlich, dass sie nicht schon längst jemandem begegnet war. Also harrte sie der Dinge, die da kommen würden. Tatsächlich ertönte das Geräusch von Hufen, die auf weichen Boden trafen, weiterhin. Und da tauchte auch wirklich ein Pferd auf. Die Biegung lag so weit hinter ihr, dass Scarlett zwar das Pferd klar als solches erkennen konnte und auch, dass eine Gestalt darauf saß, aber mehr auch nicht. Diese Gestalt war es jedoch, die ihren Blick festhielt. Einen Moment stand sie einfach nur da, mitten auf dem Weg, und konnte oder wollte das Bild nicht verstehen, dass sich ihr bot. Dann begann sie, langsam den Kopf zu schütteln. Dieses Wolfswesen war eine Sache, aber das hier, diese Gestalt auf dem Pferd, das war einfach zu viel. Nur allmählich sortierte ihr Verstand die grotesken Eindrücke: Der Reiter schien etwas Rundes unter einem Arm zu tragen, war tief über sein Pferd gebeugt, an einer Seite hing ein Schwert - doch dort, wo sein Kopf hätte sein sollen, war – nichts. Scarletts Kehle entwich ein leises Wimmern. Pferd und Reiter kamen näher. Sie erwachte aus ihrer Starre, wirbelte herum und rannte los. Nur fort von dieser gespenstischen Erscheinung! Täuschte sie sich, oder wurde das Hufgetrappel lauter? Schneller? Hatte er die Verfolgung aufgenommen? Scarlett rannte um ihr Leben. Gegen das Pferd hatte sie keine Chance, sie konnte nur hoffen, den Reiter auf unebenem Gelände abzuschütteln. Sie wandte sich nach links, in den Wald. Als sie einen Blick über die Schulter warf, erkannte sie zu ihrem Schrecken, dass der Reiter sein Pferd in den Wald gelenkt und das Schwert gezogen hatte. Scarlett keuchte erschrocken auf. Sie bezahlte den Blick mit einem Sturz, weil sich ihre Füße in einer Wurzel verfangen hatten. Sie hatte es so eilig, wieder auf die Beine zu kommen, dass sie fast wieder gefallen wäre. Panik machte ihr das Atmen zusätzlich schwer. Sie hatte den Eindruck, dass die Wurzeln nach ihren Füßen angelten, die Ranken sämtlicher Büsche schienen nach ihr zu greifen und sie festhalten zu wollen. Scarletts Lungen brannten, ihre Beine schmerzten von der Anstrengung. Zum Glück kam auch der Reiter nicht gut voran, doch noch hatte er die Verfolgung nicht aufgegeben. Einmal mehr verfing sich Scarletts Fuß in irgendetwas, sie schlug der Länge nach hin und schürfte sich die Handflächen an trockener, harter Rinde auf. Wieder rappelte sie sich auf, zwang ihren Körper, ihr zu gehorchen. Noch immer hörte sie das Pferd hinter sich, und der Reiter rief offenbar etwas – zumindest hörte Scarlett ein Geräusch, war sich jedoch nicht sicher, was es war, denn mittlerweile rauschte das Blut in ihren Ohren und ihr Herzschlag war zu einem lauten Hämmern geworden. Nur nicht

mehr stehen bleiben, nicht mehr umdrehen! Sie hatte längst die Orientierung im Wald verloren, ein Baum sah aus wie der andere. Dort vorne, ein Stückchen nach rechts, standen die Bäume dichter – dort würden Pferd und Reiter noch größere Schwierigkeiten haben, ihr hinterher zu kommen. Scarlett versuchte noch einmal, ihre Schritte zu beschleunigen, huschte zwischen den ersten Bäumen hindurch, hielt auf ein Paar zu, zwischen dem sie gerade noch hindurch passte – und prallte gegen etwas Klebriges. Sie spürte den Widerstand, die Fäden, dünn aber stark, die sich um ihre Hände wickelten, über ihr Gesicht strichen, in ihren Haaren verfingen. Sie konnte diese Fäden nicht zerreißen, sie waren zu fest. Das Hindernis dehnte sich zwar, gab aber nicht nach, und letzten Endes stand Scarlett erschrocken und verwirrt zwischen den beiden alten Bäumen und versuchte, sich von den Fäden zu befreien. Erst, als sie sich dabei noch mehr darin verhedderte, erkannte sie, was es für Fäden sein mussten, in denen sie hing: Ein riesiges Spinnennetz. Wenn das Ausmaß des Netzes die Größe der Spinne spiegelte … Scarlett musste einen Würgereiz unterdrücken und versuchte noch panischer, die Spinnenweben abzustreifen. Dabei schaute sie hektisch nach oben und nach beiden Seiten, hoffte inständig, die eigentliche Bewohnerin des Netzes möge sich nicht aus den Zweigen auf sie herunterfallen lassen oder sich von irgendwoher auf sie stürzen. Fast wäre sie froh darüber gewesen, wenn der Reiter jetzt doch noch aufgetaucht wäre, immerhin hätte der sie mit dem Schwert aus dem Netz befreien können. Mit Mühe und Not bekam sie ihre Beine schließlich frei, die Arme folgten ein wenig später, doch aus den Haaren würde sie die Reste des Spinnennetzes so schnell sicher nicht bekommen. Sobald sie wieder frei war, wich sie ängstlich zurück. Im Wald um sie herum herrschte vollkommene Stille, zumindest in ihrer direkten Umgebung. Kein Schaben von Spinnenbeinen auf Holz, kein Aufsetzen von Hufen auf den Waldboden. Scarlett holte tief Luft und verzog angeekelt das Gesicht, als sie sah, wie viele Spinnenfäden an ihr kleben geblieben waren. Aber alles besser, als gefressen zu werden! Langsamer ging sie weiter, umrundete Bäume, die zu dicht beieinander standen und musterte auch die übrigen sorgfältig. Immerhin konnte es im Wald mehr als nur eine Spinne geben, und da es ein magischer Ort war, an dem viele ungewöhnliche Wesen lebten, waren vielleicht auch die Spinnen anders als überall sonst. Und jede Spinne konnte mehr als nur ein Netz spinnen. Vielleicht war dieses Netz, in dem sie hing, gerade unbewohnt … Weiterhin hatte Scarlett das Gefühl, als würden ihr die Ranken des Unterholzes und sogar einzelne Wurzeln mit voller Absicht den Weg schwer machen wollen. Auch wenn sie vorsichtig einen Fuß vor den anderen setzte, geschah es immer wieder, dass sich der Stoff ihrer Leggins doch in etwas verfing, dass ihre Füße plötzlich doch gegen ein Hindernis stießen. »Verflixter Wald!«, schimpfte sie leise und hoffte, dass die Pflanzen sich nicht dafür rächen würden.

2

Pilzwald

Plötzlich standen die Bäume weniger dicht und nach ein paar weiteren Schritten befand sich Scarlett auf einer Lichtung.

Scarlett blinzelte und brauchte einen Moment, um das Bild richtig einzuordnen. Einerseits war es eine Lichtung, wie Lichtungen so waren: Stellen, an denen weniger Bäume wuchsen. Vielleicht war es auch nur fast eine Lichtung, denn Scarlett zählte noch vier Bäume, die verstreut in dem Kreis standen. Andererseits wuchs auf diesem fast baumfreien Platz eine riesige Menge Pilze, einige davon so hoch, dass sie Scarlett wahrscheinlich bis fast zum Knie reichen würden. Dadurch wirkte die Lichtung selbst wie ein Wald im Wald, ein Wald aus Pilzen. Noch nie hatte Scarlett so große Exemplare gesehen! Die Formen waren zwar unterschiedlich, aber nicht ungewöhnlich für Pilze, die Farben jedoch ... Dass Pilze solche Farben haben konnten, war Scarlett neu. Außerdem wiesen sie regelrechte Muster auf. Bei den einen waren diese Muster deutlich zu sehen, bei den anderen waren sie kaum sichtbar, nur feine Linien. In einem Fall zum Beispiel schwarz auf rotem Grund. Um diesen Pilz machte Scarlett einen Bogen, näherte sich einem anderen, der sie an einen Champignon erinnerte. Ihr Magen knurrte. Wie lange war es her, dass sie zum letzten Mal etwas gegessen hatte? Aber es wäre eine Riesendummheit, diese Pilze zu essen, oder? Man wurde doch ständig davor gewarnt, im Wald einfach Pilze zu essen, die man nicht kannte. Was nach einem Champignon aussah, konnte sonst etwas sein. Scarletts Magen knurrte erneut. Andererseits war Verhungern auch keine sinnvolle Alternative. Sie würde die Finger von allem lassen, was in grellen Farben leuchtete oder auch nur Tupfer greller Farben aufwies. Dann blieb aber noch immer genug übrig ... Scarlett griff nach dem Pilz, der einem Champignon ähnelte. Sie schnupperte vorsichtig daran, doch er roch lediglich nach Wald und Erde. Sie säuberte ihn mit ihren Ärmeln und biss dann vorsichtig hinein. War da nicht leises Gekicher? Schien da nicht irgendetwas zu rascheln? Scarlett lauschte, schaute sich um, konnte jedoch nichts mehr sehen oder hören. Sie schluckte das Stück herunter, das für einen Pilz sehr süß geschmeckt hatte. Im nächsten Moment schnappte sie nach Luft. Plötzlich stand ihr klar der Tag vor Augen, an dem Nathan und sie sich das erste Mal geküsst hatten, der Tag, von dem ab sie ein Paar gewesen waren. Scarlett hätte das Bild gerne festgehalten, doch viel zu schnell war es vorbei. Sie betrachtete den Pilz einen Moment interessiert. Hatte der Geschmack die Erinnerung ausgelöst? Hatte sie an dem Tag irgendetwas gegessen oder getrunken, was ähnlich süß geschmeckt hatte? Sie probierte ein weiteres Stück. Weitere Bilder von ihr und Nathan. Die erste Nacht, die sie zusammen verbracht hatten. Der Moment, als er ihr gesagt hatte, dass er sie liebte. Die ersten Tage in ihrer ersten gemeinsamen Wohnung. Scarlett schlang den Pilz immer schneller hinunter, damit die Bilder nicht verschwanden. Doch schließlich hatte sie ihn komplett verspeist. Sie griff nach einem anderen, nun nicht mehr so zögerlich. Das erste Stück schmeckte bitter und zugleich scharf. Scarlett hatte den Schreck über diesen völlig anderen Geschmack noch nicht überwunden, als sie sich zurückversetzt fühlte in den Moment des Unfalls. Erschrocken ließ sie den Pilz fallen.

»Du Trampel! Banause! Gehst du immer so mit deinem Essen um?«

Scarlett erstarrte. »Ähm …« stammelte sie. Sie schaute sich nach dem Ursprung der fiependen Stimme um, die ganz leicht nach einer Comic-Figur klang.

»Ihr Großen seid unmöglich!«, fuhr das kleine Ding fort. Zu Scarletts Füßen raschelte es und tatsächlich war der Besitzer der Stimme sehr klein. Dennoch zweifelte Scarlett kein bisschen an seiner Aufgebrachtheit – die Augen sprühten Funken und die kleinen Händchen waren in die Hüften gestemmt.

»Wer bist du?«, fragte Scarlett erstaunt. Als hätte man ihre Überraschung noch steigern müssen, breitete das Wesen Flügel aus, die an die eines Schmetterlings erinnerten. Es brachte sich auf die Höhe von Scarletts Gesicht und stieß ihr energisch einen Finger gegen die Nasenspitze.

»Ich bin Whim, vom Volk der Mushpris. Und das sind unsere Pilze, die du so schändlich mit Füßen trittst!«

»Ich habe doch gar nicht …«, begann Scarlett, wich zurück, als das Wesen erneut einen Finger hob, weil sie einen weiteren Piks gegen ihre Nasenspitze vermeiden wollte – und stieß prompt gegen einen der größeren Pilze.

»Seht ihr – diese Großen sind Trampel!«, rief Whim. Scarlett hatte im nächsten Moment das Gefühl, einen auffliegenden Vogelschwarm um sich herum zu haben. Zwischen den Pilzen stieg eine ganze Horde der Mushpris auf, umschwirrte Scarlett, zog an ihren Haaren. Scarlett war so abgelenkt von allem, was um ihren Kopf herum passierte, dass sie zunächst gar nicht bemerkte, dass sich auch am Boden Mushpris zu schaffen machten. Erst als sie erneut ausweichen wollte und fast der Länge nach hingeschlagen wäre – sie zählte nicht mehr mit, zum wievielten Mal an diesem Tag – erkannte sie, dass ihr ein oder zwei der Wesen die Schnürsenkel zusammengebunden hatten.

»Könntet ihr vielleicht …«, setzte sie an, konnte sich aber über dem Piepsen und Schnattern der Mushpris kein Gehör verschaffen.

»Au!« Sie konnte gerade noch den Impuls unterdrücken, nach dem Mushpri zu schlagen, der ihr gerade ins Ohr gekniffen hatte.

»Was bist du, hä? Ein Mensch? Kein Troll jedenfalls. Kein Ghoul. Kannst fast nur ein Mensch sein.« Saß das Plappermaul wirklich auf ihrem Kopf? Kleine Hände durchwühlten ihre Haare.

»Natürlich bin ich ein Mensch!«, erklärte Scarlett.

»Natürlich, natürlich. Ist gar nicht so natürlich. Ist selten.«

Wieder mischten sich die Stimmen, aus dem Chaos vernünftige Worte herauszuhören, war schwierig. Noch mehr Händchen in ihren Haaren.

»Hey, mein Kopf ist kein Spielplatz, könntet ihr vielleicht …«

»Spielwas?« Ein Mushpri ließ sich auf ihrer Schulter nieder, zupfte und zog an ihrem Ohrring, als wollte es ihn öffnen. Wieder musste Scarlett sich beherrschen, um es nicht unsanft dort herunterzuscheuchen.

»… selten … nicht beim Fest … will vielleicht zum Fest … alle gehen zum Fest …«

Scarlett konnte mit den Erkenntnissen der Mushpris nicht viel anfangen und überlegte gerade, ob sie eines der kleinen Wesen in die Hand nehmen konnte, ohne dass ihm etwas geschah – was machbar sein sollte – und ohne, dass es dafür furchtbare Vergeltungsmaßnahmen geben würde – was eher unwahrscheinlich war. Doch als sie das Wort »Oktoberende« herauszuhören glaubte, wurde sie hellhörig.

»Das Ende des Oktobers? Wartet mal!«

Doch niemand wollte auf sie hören.

»Das große Dings muss was zum Tauschen haben! Hat es Früchte? Hat es Nüsse? Hat es Bauteile für uns?«

»Es hat Glitzerdinge!« Wieder machte sich das Mushpri an ihren Ohrringen zu schaffen, dieses Mal entschiedener.

»Jetzt ist aber Schluss!« Ihre Bedenken beiseite schiebend griff Scarlett vorsichtig nach dem Mushpri und konnte sich ein triumphierendes Grinsen nicht verkneifen, als sie das Wesen tatsächlich zu fassen bekam. Plötzlich kehrte Ruhe ein.

»So, und jetzt ... Au!« Spitze Zähnchen bohrten sich in Scarletts Hand. Im nächsten Moment wurde an ihren Haaren gezerrt, dieses Mal deutlich fester, eins der Wesen biss ihr sogar ins Ohr. Fluchend ließ Scarlett ihren Gefangenen, der eine Reihe kleiner Bissspuren auf ihrer Hand hinterlassen hatte, wieder frei. Das Mushpri hockte sich auf einen Pilz und begann eifrig, seine Kleidung glatt zu streichen und seine Flügel zu schütteln.

»Das große Dings hat Spinnenseile!«, rief plötzlich eins der kleinen Wesen.

»Das große Dings hat kriegerische Absichten!« Scarlett glaubte die Stimme von Whim wiederzuerkennen.

»Nein, habe ich nicht!« Scarlett hob beschwichtigend die Hände. »Ich will nur zum Ende des Oktobers!«

Wieder erstarrten die Mushpris einen Moment. Dann begannen sie, sich in einer Mischung aus Zirplauten und regelrechtem Gezwitscher zu unterhalten, die Scarlett absolut nicht verstand. Plötzlich schwebte Whim wieder vor ihr Gesicht.

»Du hast Spinnseile!«, rief er.

Scarlett schüttelte verwirrt den Kopf. »Was habe ich?«

Das Mushpri, das sie eingefangen hatte, kam mit einem Stück des Spinnennetzes angeflogen, das an Scarlett kleben geblieben war. Schlagartig kehrte Ruhe ein. Die Mushpris setzten sich auf Pilze und ließen die kleinen Beine herunterbaumeln. Keine Spur mehr von dem kunterbunten Durcheinander. Whim ergriff wieder das Wort.

»Du hast Spinnseile. Hättest du das doch gleich gesagt! Wir können tauschen!«

»Tauschen?« Scarlett überließ den kleinen Wesen nur zu gerne die Spinnweben.

»Du weißt auch gar nichts, nicht? Wir ziehen diese Pilze groß, kümmern uns um sie, ernten sie. Essen sie, tauschen sie. Du kannst Pilze haben gegen die Spinnseile.«

Scarlett hörte fasziniert zu. »Was macht ihr damit?«, wollte sie wissen.

»Dieses und jenes. Bauen. Brücken bauen.«

Ein anderes Mushpri, das sehr jung wirkte, quietschte dazwischen: »Weiß das große Dings nicht, dass wir in Bäumen leben?«

»Ich bin nicht mal von hier!«, rief Scarlett, bevor sich erneutes Gezwitscher erheben konnte. Doch zu ihrer Überraschung forderte ein anderes Mushpri den aufmüpfigen Teenager auf, zu schweigen.

»Woher kommst du? Aus dem September oder dem November?«

»Ich lebe nicht in dieser Welt. Ich bin ein Mensch. Von ...« Scarlett suchte hilflos nach einer Erklärung.

»Von ganz woanders«, schloss sie schließlich.

»Noch nie was von einem ›Woanders‹ gehört.«

Scarlett seufzte. »Ihr könnt die Spinnenseile haben«, versuchte sie, das Thema zu wechseln.

»Was willst du dafür?«

Scarlett holte tief Luft. »Ich muss in den November. Ihr habt was von einem Fest gesagt, vom Oktoberende. Könnt ihr mir erklären, wie ich dahin komme?«

Die Mushpris tauschten verwirrte Blicke. »Jeder kennt das Fest. In Halloween. Dort endet der Oktober.«

»Kann ich von da aus in den November gehen?«

»Warum?«

Scarlett biss sich auf die Lippen. Es war zum Haare raufen mit diesen Dingern! »Weil ich dorthin muss. Zur Kürbiskönigin.«

Im nächsten Moment war Scarlett alleine. Als hätte es die Mushpris nie gegeben.

»Hallo?«, rief Scarlett unsicher. Sie waren ja klein und schnell, aber konnten sie wirklich so schnell verschwinden? Sie glaubte, ein leises Wispern zwischen den Pilzen zu hören, war sich aber nicht ganz sicher.

»Wir mögen die Kürbiskönigin nicht. Aber wir hätten es uns denken können.«

Scarlett fuhr herum. Whim hockte auf einem anderen Pilz, schien aber jeden Moment zur Flucht bereit. »Warum mögt ihr ...«

Es schoss auf sie zu und drückte ihr die Händchen auf die Lippen. »Psst! Nicht davon reden.« Es ließ Scarlett erst nach einem langen und prüfenden Blick los.

»Menschen sind selten. Vor allem die, die aus so komischen Orten kommen. Die Herbstkinder und so. Andere Welt – weißt du, wo das ist? Vielleicht in den Wolkenbergen? Oder wo Berlin ist? Oder Boston? Alles nie gehört. Vielleicht sind die alle verrückt. Müssen sie sein, wenn sie in den November wollen. Denn die paar Menschen, die sind wie du, kommen her, weil sie in den November wollen. Warum auch immer. Können wir nicht verstehen. Du musst zum Fest, nach Halloween. Da geht es in den November. Irgendwo so da lang.« Es deutete in eine Richtung, von der sich Scarlett erstens nicht sicher war, ob es die richtige war und zweitens nicht wusste, wie sie sie beibehalten sollte.

»Danke«, sagte sie. Sie war ein großes Stück weiter, auch wenn sie noch nicht genau wusste, wie sie nach Halloween – wie konnte ein Ort wirklich Halloween heißen? – kommen sollte. Aber sie war sich sicher, sich nicht verhört zu haben. Halloween, das Ende des Oktobers. Irgendwo war es logisch. Und es waren tatsächlich schon andere Menschen hier gewesen?

»Was willst du für die Spinnseile?« Die Frage holte Scarlett in die Gegenwart zurück.

»Ich dachte, wenn ihr mir sagt, wo ich hin muss, ist das schon ok. Ihr könnte die Seile haben.«

Whim schüttelte ein wenig ungeduldig den Kopf.

»Tauschen geht so nicht. Wir müssen dir etwas geben. Nicht erzählen.«

»Aber ihr habt mir ... Worte gegeben.«

»Was soll das helfen? Wir können dir Pilze geben. Zum Essen.«

Ein wenig Proviant konnte wirklich nicht schaden. »Schön. Dann gebt mir einfach ein paar Pilze mit, wie ihr es für richtig haltet.«

Im nächsten Moment war die Luft wieder mit Mushpris erfüllt. Sie zupften die Spinnweben von Scarlett herunter und sie war ernsthaft dankbar dafür. Danach deutete Whim auf ein Säckchen, das auf dem Hut eines großen Pilzes lag. »Es sind ganz verschiedene. Wir können sie einfach essen, andere Wesen sehen Bilder. Das größte Glück, die größte Angst, fröhlich, traurig.« Es folgte eine Erklärung darüber, welcher Pilz welche Bilder hervorrief. Scarlett versuchte, sich das alles zu merken. »Aber manchmal sieht man nicht gleich, in welchen fröhlichen Momenten Traurigkeit liegt und wann was Trauriges einen eigentlich fröhlich macht. Wann sich das Fröhliche hinter der Traurigkeit versteckt«, schloss Whim. »Hat ein Troll erzählt.«

»Die Trolle kommen hierher?«

Whim winkte ab. »Nein. Nicht jetzt. Alle gehen jetzt nur zum Fest.«

»Was passiert bei dem Fest?«

»Wirst du sehen. Irgendwo da lang.«

Scarlett war sich nicht sicher, ob das sture Kerlchen nichts verraten konnte oder nicht wollte. Sie tippte auf Letzteres. »Warst du schon mal da?«

»Natürlich. Mehr als einmal. Du wirst es sehen. Da lang.«

Bevor sie eine weitere Frage stellen konnte, waren die Mushpris wieder wie vom Erdboden verschluckt. Scarlett griff nach dem Säckchen mit den Pilzen. »So etwas …«, murmelte sie. Aber immerhin wusste sie jetzt, wohin sie musste. Wo das Ende des Oktobers war. Halloween. Sie schüttelte den Kopf, rieb sich das Ohr, das noch immer ein wenig zwickte. Dennoch musste sie grinsen. Komische Gesellen, diese Mushpris. Man konnte sich fast von ihrer im Grunde fröhlichen Art anstecken lassen. Oder war das die Fröhlichkeit, die im Oktober lag und auf Scarlett abfärbte? Der Laubdrache hatte etwas davon gesagt, dass die Monate den Reisenden beeinflussten. Wo war noch mal dieses »da lang« gewesen?

3

Der Ort, den der Tag nicht erreicht

Nach der nicht sonderlich präzisen Wegbeschreibung blieb Scarlett nichts anderes übrig, als auf eigene Faust weiter einem Weg zu folgen, den es nicht gab. Vom Kürbisgelben Weg hatte sie schon nichts mehr gesehen, seit sie die Flucht vor dem Reiter angetreten hatte. Diese Flucht hatte ihre Spuren hinterlassen. Scarlett fühlte sich müde, schutzlos und verletzt, auch wenn sie nicht hätte erklären können, inwiefern. Es hatte angefangen, nachdem sie die Mushpris eine Weile verlassen hatte. Zumindest körperlich war sie in Ordnung, aber dennoch ... Sie war nur froh, dass die Bäume jetzt weniger dicht standen und dass sie daher besser voran kam. Gerne wäre sie noch schneller gewesen, aber es war, als würden ihre Beine sie nicht schneller tragen wollen. Vielleicht war es auch die Ungewissheit in Bezug auf den Weg, der sie unbewusst zögern ließ.

»So ein Blödsinn, du gehst zur Kürbiskönigin, um Nathan zu retten!«, versuchte sie sich selbst zu beruhigen. Obwohl sie nur flüsterte, erschienen ihr die Worte laut. Vielleicht hätte sie direkt bei den Mushpris eine längere Pause machen sollen? Aber nein, als Opfer von Scherzen und Streichen hätte sie keine Ruhe gefunden. Also weiter, einen Fuß vor den anderen, so schwer es auch gerade fallen mochte. Aus den Augenwinkeln heraus glaubte sie, eine Bewegung wahrzunehmen. Sie blieb stehen, schaute sich um – doch da war nichts. Zumindest sah sie nichts, außer dem Spiel von Licht und Schatten und die rot-bunten, flammenden Blätter der Bäume. Der Oktober war schon merklich dunkler als der September, immer öfter sah sie auch Blätter fallen. Der Wald wirkte, als würden die Kronen der Bäume in Flammen stehen und das hätte wunderschön sein können, wenn Scarlett die Zeit gehabt hätte, es zu bestaunen. Wenn sie zu einem Ausflug hier gewesen wäre, und nicht ... Sie schüttelte über sich selbst den Kopf. Man konnte nicht einfach einen Ausflug in diese Welt machen, wie kam sie nur auf den Gedanken? Argwöhnisch musterte sie die Pilze in dem kleinen Beutelchen. Vielleicht waren sie doch nicht gut für ihren Verstand? Vielleicht lag es an den Pilzen, dass sie schon wieder glaubte, etwas vorbeihuschen zu sehen – aber lautlos, ohne Rascheln, ohne Knacken von Holz. Wahrscheinlich warfen die fallenden Blätter merkwürdige Schatten oder es waren Zweige, die sich bewegten. Scarlett wurde bewusst, dass sie stehen geblieben war und in den Wald starrte. Sie musste sich förmlich dazu zwingen, weiter zu gehen, ein Stück Weg wollte sie noch schaffen, bevor sie eine Pause einlegte. Nach ein paar weiteren Schritten begannen die Laubbäume zurückzuweichen, mehr und mehr Nadelbäume mischten sich darunter. Gleichzeitig schien das Licht unter den Laubbäumen hängen zu bleiben, als hätten sich die Sonnenstrahlen in den leuchtenden Blättern verfangen. Scarlett hatte zunehmend Schwierigkeiten, ihre Umgebung richtig zu erkennen. Als sie komplett von Nadelbäumen umgeben war, hatte sie das Gefühl, geradewegs in die Nacht hinein gewandert zu sein. Verwirrt schaute sie nach oben. Der Himmel war nicht mehr zu erkennen, zu dicht waren die Kronen der Bäume. Ein leises »Schuhu« ertönte aus einem Baum in ihrer Nähe. Noch bevor Scarlett den Nachtvogel gefunden hatte, wiederholte sich der Ruf. Kurz darauf segelte ein Käuzchen über ihr durch die Luft und verschwand im Dunkeln. Scarlett schüttelte verständnislos den Kopf. Außerhalb dieses Nadelwaldes herrschte doch heller Tag, wieso war es hier so dunkel? So dunkel, dass sogar eher lichtscheue Wesen bereits unterwegs waren? Scarlett rief sich einmal mehr in Erinnerung, dass sie sich in einer Welt befand, die ihren eigenen Gesetzen folgte. Als sie den Oktober betreten hatte, war es ebenfalls recht dunkel gewesen, diese Wechsel von hell und dunkel brachten sie durcheinander. Wie sollte man wissen, wann Tag und wann Nacht war, wenn es immer dunkel war? War es hier immer Nacht oder kam einfach das Sonnenlicht nicht durch? Und wenn hier die Käuzchen erwachten, was für Wesen konnten ihr hier noch über den Weg laufen? Gab es auch in diesem Teil des Oktobers Wölfe auf zwei Beinen? Oder Schlimmeres? Ob es dieser Gedanke war oder die Kälte, die unter diesen Nadelbäumen herrschte, die Scarlett schaudern ließ, konnte sie nicht sagen. Aber sie wollte aus diesem düsteren Gehölz heraus! Für diesen Tag hatte sie eindeutig zu viele unliebsame Begegnungen hinter sich. Sie beschleunigte ihre Schritte und stieß prompt gegen einen herabgefallenen Ast. Ihre Zehen schmerzten. Sie biss die Zähne zusammen, um keinen Schmerzenslaut von sich zu geben und damit ein Raubtier auf sich aufmerksam zu machen. Sie war nicht weit gekommen, als sie einen weiteren Vogel rufen hörte, dieses Mal schien es eher eine Eule zu sein als ein Käuzchen. Scarlett musste an die kleinen Blättermäuse denken und schluckte. Für sie waren es kleine Helfer in der Not gewesen, für so einen Raubvogel war es Beute. Ihr Blick fiel auf einen Baum, an dessen Rinde ein Fleck schimmerte, den sie zuerst für Moos oder einen Pilz hielt. Als sie näherkam, erkannte sie jedoch, dass der Fleck in einem kräftigen Blau schimmerte, das mit wenigen silbernen Äderchen durchzogen war. Das wollte nicht zu den Dingen passen, die normalerweise an Baumstämmen wuchsen. Noch zwei Schritte ließen sie erkennen, dass dieser eine Fleck aus vielen kleinen bestand, die sich leicht bewegten. Scarlett runzelte die Stirn, hatte schon halb eine Hand ausgestreckt, als sie sich selbst zur Ordnung rief. Besser nichts anfassen, wovon sie nicht wusste, was es war! Sie konnte schon von Glück sagen, dass es mit den Pilzen glimpflich abgegangen war, als sie vor Hunger irgendetwas hatte essen *müssen*. Sie atmete tief durch, der Luftzug streifte die blaue Fläche – Scarlett wich erschrocken zurück, als sich der Schwarm Nachtfalter von der Rinde löste und sich in die Luft erhob. Die Tiere machten keine Anstalten, Scarlett anzugreifen, sie bildeten verschiedene Formationen, während sie höher und höher stiegen und schließlich als kleine Schatten zwischen den Ästen und Zweigen verschwanden. Ein wenig wirkten sie wie ein großer Schwarm Zugvögel, als ein V zu zwei parallelen Linien wurde, der Schwarm sich dann zu einem Oval sortierte, zu kleinen Kreisen auseinander stob und wieder zusammenfand. Ein Lächeln huschte über Scarletts Gesicht. Diese Nachtfalter schienen hübsch und harmlos zu sein, die silbernen Linien auf den Flügeln sorgten dafür, dass in den Mustern neue Muster entstanden. Wie schön musste so ein Flug erst im Mondlicht aussehen? Scarlett war, als wären die Flügelfarben kräftiger geworden, besser zu erkennen, seit die Falter losgeflogen waren. Als wären auch die Farben aus einer Verschnaufpause erwacht. Obwohl sie die Falter nicht mehr erkennen konnte, blickte Scarlett ihnen noch eine Weile nach. Gerne hätte sie den Namen gewusst, vielleicht gab es diese Art ja auch in ihrer Welt. Sie seufzte und setzte ihren Weg fort. Nachtfalter – Nathan würde es als Zeitverschwendung betrachten, sich darüber zu informieren. Was sollte sie schon mit Nachtfaltern, vor allem dann, wenn sie ein Baby haben würden? Sie konnte den milden Tadel in seinem Gesicht schon sehen, wenn sie Bücher wälzte … Bücher. Auch wenn es nicht um Geschichten ging, Bücher über kleine fliegende Tiere würde Nathan auch nicht mögen. Und war dieser milde Tadel nicht eher ein leichter Vorwurf? Scarlett schüttelte den Kopf. Er wollte ja nur nicht, dass sie ihre Zeit mit Blödsinn vertat, damit hatte er doch im Grunde sogar recht – oder? Aber selbst wenn sie ein Baby haben würden – Scarlett legte unbewusst eine Hand auf ihren Bauch – dann würde dieses Baby doch auch einmal schlafen. Wahrscheinlich würde sie in der Zeit genug damit zu tun haben, Wäsche zu waschen und den sonstigen liegengebliebenen Haushalt zu erledigen. Während Nathan – ja, was? Nathan wollte dieses Baby genauso wie sie, vielleicht sogar noch mehr, aber was würde er tun, um ihr mit dem oder der Kleinen zu helfen? Wenn er den ganzen Tag fort war, weil er das Geld verdienen würde, um sie über die Runden zu bringen, an wen konnte sie sich wenden? Ihre Mutter würde ihr sicher helfen, aber dennoch. Es war auch Nathans Kind, auch er sollte sich darum kümmern, es tragen, wenn es nicht schlafen wollte, ihm Geschichten vorlesen. Scarlett blieb abrupt stehen. Nathan würde nicht plötzlich anfangen, Geschichten zu mögen, wenn sie Nachwuchs bekämen. Aber sie konnte ein Kind doch unmöglich ohne Geschichten aufwachsen lassen! Das ging nun wirklich nicht! Sie erinnerte sich an ihre eigene Kindheit, das Versinken in anderen Welten, das Entdecken geheimer Gärten und das Lösen von Rätseln zusammen mit den Helden ihrer Kindheit. Wie hätte die Welt nur ohne diese Dinge ausgesehen? Scarlett wusste es nicht, weil sie sich nicht vorstellen konnte, etwas nicht gehabt zu haben, womit sie viel Zeit verbracht hatte. Aber sie stellte sich vor, dass das Leben ohne Geschichten viel ärmer war. Andererseits, wenn man etwas nie gehabt hatte, vermisste man es dann? Vielleicht mochte Nathan einfach keine Geschichten, weil er selbst ohne groß geworden war. Seine Eltern hatten ihm nicht sonderlich oft vorgelesen, also konnte er doch gar nichts dafür. Wenn er erst einmal sehen würde, wie gut einem Baby Geschichten gefallen würden, dann würde er doch seine Meinung bestimmt ändern. Nathan würde sicher nicht das Gesicht verziehen und dem Kind erklären, dass Geschichten Zeitverschwendung waren, wie er es bei ihr tat. Bei dem Gedanken durchfuhr Scarlett ein unangenehmes Ziehen. Ihre Eltern hatten, als sie selbst klein gewesen war, immer ein offenes Ohr für sie gehabt, sie hatten ihre kindlichen Wünsche nicht abgeschmettert. War das bei Nathan anders gewesen? Hatte keiner Zeit gehabt, um ihm vorzulesen? Vielleicht konnte sie jemanden fragen, aber wen? Sie ging die Liste ihrer Freundinnen durch, einige von ihnen hatten bereits Kinder. Aber mit keiner von ihnen traf sie sich noch regelmäßig, jetzt, wo sie Nathan hatte und die anderen ihre jeweiligen Familien ... Inmitten von Nadelbäumen und Halbdunkel fühlte Scarlett sich plötzlich einsam. Fröstelnd schlang sie die Arme um sich. Wahrscheinlich war es der Wald. Abgesehen von den Nachtvögeln und den Faltern war es auch hier unglaublich leise. Sogar das verstohlene Huschen und Rascheln hatte nachgelassen, die Stille erinnerte an einen Friedhof. Scarlett schüttelte den Kopf, um die trüben Gedanken zu vertreiben. Kein Wunder, dass man unter diesen düsteren Nadelbäumen Niedergeschlagenheit verspürte! Sie musste einfach wieder ans Licht. Und Nathan retten. Wie sollte sie sich nicht einsam fühlen, wenn er nicht bei ihr war, um sie in den Armen zu halten? Mit neuer Entschlossenheit lief sie wieder schneller, doch ihre Beine wurden schwerer und die Müdigkeit ergriff mehr und mehr Besitz von ihr.

Sie würde noch sehen, dass sie diese dunklen Nadelbäume hinter sich ließ, dann konnte sie eine Pause machen …

Irgendwo ertönte doch wieder ein Rascheln. Vielleicht noch eine Eule? Oder … Scarlett hatte den Gedanken noch nicht zu Ende gedacht, als aus der Düsternis des Waldes etwas auf sie zuschoss. Sie wich zurück und unterdrückte einen Schrei. Doch das Wesen lief dicht an ihr vorbei, ohne sie zu beachten, und fauchte. Scarlett schüttelte benommen den Kopf, folgte dem Schatten mit den Augen. Ein Stück links von ihr bot sich ein mehr als seltsames Bild. Auf einem niedrigen Ast hockte die größte Fledermaus, die Scarlett je gesehen hatte. Wenn das überhaupt eine Fledermaus war. Das Tier war ungefähr so hoch wie Scarletts Beine und über die Flügel zog sich ein wildes, neongrünes Muster. Am Boden, ein paar Schritte von dem Baum entfernt, hatte sich eine große Katze aufgebaut, die an einen Luchs erinnerte. Nur, dass das Fell schwarz und weiß gemustert war. An diesem Schwarz und diesem Weiß stimmte aber etwas nicht. Scarlett schloss die Augen und öffnete sie wieder. Tatsächlich, während das Schwarz regelrecht zu leuchten schien, war das Weiß dunkel und schien noch den letzten Rest Licht in sich aufzusaugen. Wie auch immer das möglich sein sollte. Das Fell der Katze war gesträubt, sie fauchte die Fledermaus gerade erneut an, dieses zweite Fauchen geriet zu einem tiefen Knurren. Einen Moment lang starrten sich die beiden Wesen nur an, nahmen keine Notiz von Scarlett, die das Schauspiel gebannt verfolgte. Die Fledermaus schüttelte ihre Flügel, die Katze knurrte erneut, schlug mit einer Pfote nach dem Baumstamm und hinterließ mit ihren Krallen tiefe Kerben. Die Fledermaus wandte sich wie in Zeitlupe ab, es schien fast, als wollte sie die Katze absichtlich provozieren. Plötzlich stieß sie sich von dem Ast ab und gewann mit ein paar kräftigen Flügelschlägen an Höhe. Die Katze schickte ihr noch ein letztes Fauchen hinterher, dann legte sie das Fell wieder an und begann, sich die Pfote zu putzen und kleine Holzsplitter zu entfernen. Scarlett wagte es nicht, einfach hinter dem Wesen vorbeizugehen. Schließlich war die Pfote sauber, die Katze drehte den Kopf und musterte Scarlett. Scarlett erinnerte sich an etwas, was sie einmal über Katzen gehört hatte, wich dem Blick des Tieres blinzelnd aus. »Ich hoffe, du frisst mich nicht«, murmelte sie.

»Habe ich nicht vor.«

Scarlett hätte sich fast vor Verwunderung hingesetzt. Sie traute sich, die Katze wieder anzusehen und war im nächsten Moment fasziniert von den leuchtend violetten Augen.

»Diese Fledermäuse verursachen mit ihrem Ultraschall nur Ohrenschmerzen. Es reicht, ihnen in Halloween zu begegnen, sollen sie doch einen anderen Weg nehmen als wir«, fuhr die Katze ungerührt fort.

»Das war … tatsächlich eine Fledermaus?«, wollte Scarlett wissen, weil sie noch nie von so großen Fledermäusen gehört hatte.

»Oh ja. Die Menschen in den Dörfern nennen sie auch Fleder-Schrecken – sie reißen manchmal Jungtiere, und mit ihren Zähnen ist nicht zu spaßen.« Die Katze änderte ihre Position, sodass sie Scarlett nun komplett zugewandt war. »Du bist ein Mensch«, stellte sie nach einer ausgiebigen Musterung fest.

»Ja«, antwortete Scarlett schlicht.

»Ein Mensch, der von woanders kommt.«

Scarlett nickte. Die Schnurrhaare der Katze wippten, die Schwanzspitze zuckte kurz.

»Interessant. Was führt dich her? An diesen Ort, den der Tag nie erreicht?«

Scarlett versuchte, ihre Geschichte so knapp wie möglich zu erzählen. Wenn man schon einmal eine sprechende Katze traf, noch dazu mit so scharfen Krallen, erschien es ihr unklug, deren Fragen nicht zu beantworten.

»Bitte, ich möchte nur aus diesem Teil des Waldes heraus. Ich bin den ganzen Tag gelaufen und müde und weiß nicht einmal, ob überhaupt noch Tag ist oder schon Nacht«, schloss sie.

»Ich wünsche dir Glück, Mensch von woanders. Aber wenn es außerhalb des Nachtdickichts wirklich Nacht wäre, würde man hier die Pfote vor Augen nicht mehr erkennen. Dann würden sogar die Eulen schlafen.«

Bei dieser Vorstellung lief es Scarlett kalt den Rücken herunter. Völlig orientierungslos durch dieses Waldstück zu tappen – der Gedanke machte ihr Angst. Die Katze schien ihre Gedanken zu erraten.

»Wenn du einfach noch ein Stück geradeaus gehst, kommst du an eine Lichtung. Dort trifft das Nachtdickicht auf ein paar Laubbäume und auch die werden dann bald weniger. Einfach weiter in diese Richtung.« Die Katze bekräftigte ihre Worte mit einer Kopfbewegung. Sie machte jedoch keine Anstalten, den Weg frei zu machen.

»Wie heißt du?«, wollte sie stattdessen wissen. Scarlett nannte ihren Namen.

»Du weißt nicht, was ich bin und bist müde und traurig und dennoch höflich, das sind nicht viele Menschen. Deswegen will ich dir einen Rat geben, Scarlett: Verliere *dein* Ziel nicht aus den Augen. *Deines,* verstehst du?«

Scarlett schaute das Tier verwundert an. Wie könnte sie den Weg zur Kürbiskönigin aus den Augen verlieren? Irrte sie sich oder seufzte die Katze leise?

»Ich ... danke ...« Sie wusste nicht, was sie sonst dazu sagen sollte und war inzwischen wirklich zu müde, um lange darüber nachzudenken. Die Katze nickte ihr noch einmal zu, dann verschmolz sie mit einem Satz mit dem Halbdunkel. Ein oder zweimal glaubte Scarlett noch, einen schwarzen Fleck aufblitzen zu sehen, dann war das Wesen fort. Sie hoffte, dass es bis zu der Lichtung nicht mehr weit war. Eine Pause würde ihr jetzt wirklich gut tun.

Tatsächlich begannen die Bäume nach einigen weiteren Schritten lichter zu werden. Und noch ein kleines Stück weiter öffnete sich vor Scarlett wirklich eine Lichtung. Auf der anderen Seite dieser Lichtung erkannte sie wieder mehr Laubbäume, davor lag ein umgestürzter Baum. Sie beschleunigte noch einmal ihre Schritte, ließ sich dann auf den Stamm fallen. Über ihr schimmerten die rot-bunten Blätter der Laubbäume im letzten Tageslicht, bevor die Sonne unterging. Scarlett atmete erleichtert auf, froh darüber, es aus dem Nadelwald heraus geschafft zu haben. Während sie noch das Farbenspiel in den Baumkronen betrachtete, tastete sie in dem Beutel nach einem der Pilze. Gedankenverloren biss sie hinein. Im nächsten Moment wurde das Bild von Herbstlaub von dem eines Hauses überlagert. Ein schönes Haus, mit einem Erker und großen Fenstern. Noch bevor Scarlett sich von außen richtig satt gesehen hatte, befand sie sich plötzlich im Inneren, saß an einem Holztisch und hatte ein großes Stück Papier vor sich. Sie blinzelte, musste sich ein wenig tiefer über das Papier beugen, um es zu erkennen. Ein Stammbaum! Sie folgte den Linien, suchte nach sich selbst und Nathan. Sie fand ihren eigenen Namen, aber er war umgeben von leeren Feldern und danach kam – nichts. Scarlett schluckte. Vielleicht lag die Vision in naher Zukunft und sie hatten schlicht noch keine Kinder? Sie stand auf, begann, in dem Haus nach einem Spiegel zu suchen. Als sie einen fand und ihr eigenes Spiegelbild betrachtete, erschrak sie. Sie war nicht mehr Ende zwanzig, definitiv nicht. Zögernd berührte sie eine Strähne ihrer ehemals roten Haare, die nun verblasst und zu einem großen Teil grau waren. Sie konnte ihr Alter nicht genau schätzen oder wollte es vielmehr einfach nicht tun. Aber eins stand fest, sie sah eher aus, als könnte sie mittlerweile schon Enkelkinder haben, nicht, als könnte sie demnächst Kinder bekommen. Aus einer Eingebung heraus betrachtete sie ihre Hände. Da war kein Ring an einem der Ringfinger. Langsam geriet sie in Panik, rief mit zitternder Stimme nach Nathan. Nur Stille antwortete ihr. Sie lief durch das ganze Haus, öffnete alle Türen, rief immer wieder nach Nathan, ihre Stimme wurde immer schriller. Schließlich verließ sie das Haus, trat aus der Tür und besah sich das Klingelschild. Ihr Name stand dort, ihr Mädchenname – und nur der.

»Nein …« hauchte sie, spürte die Tränen in ihren Augen. Und plötzlich war ihr klar, dass Nathan sie in dieser möglichen Zukunft verlassen hatte, dass sie niemals Kinder gehabt hatten, dass – was war dann passiert? Wann war er gegangen? Was sollte sie mit diesem wunderschönen Haus, wenn sie darin alleine war? Scarlett schluchzte und die Vision zerfiel. Sie saß noch immer auf einem Baumstamm im Oktober, mit einem Pilz in der Hand. Einem Pilz der, wie sie nun erkannte, ihre größte Angst zeigte. Sie hätte sich die Erklärungen der Mushpris zu den Pilzen besser anhören sollen. Angewidert warf sie ihn von sich. Er landete mit einem leisen Geräusch im Gras. Danach herrschte eine Stille, so absolut, wie Scarlett sie noch nie gehört hatte. Nicht einmal der Wind raschelte in den Bäumen. Einen schrecklichen Moment lang fühlte sich Scarlett an ihre Vision erinnert, nur dass sie nicht alleine in einem Haus war, sondern alleine in einem Wald. Einsam. Verlassen. Sie schüttelte den Kopf. So durfte sie das nicht sehen, Nathan hatte sie nicht verlassen, er wartete darauf, dass sie kommen und ihn retten würde! Sie mochte doch die Märchen aus ihrer Kindheit – nach der Rettung folgte die Hochzeit, oder nicht? Sie würden heiraten und dann wäre alles gut. Trotzig wischte sich Scarlett die Tränen von den Wangen. Dieser verdammte Pilz! Aber da war auch einer gewesen, der ihr größtes Glück zeigte. Hektisch kramte sie danach, schob ein paar andere Pilze zur Seite und fand ihn schließlich. Sie biss hinein, kaute langsam. Die Umgebung verschwamm, sie saß nicht mehr auf dem Baumstamm, sondern in einem Schaukelstuhl in einem – ihr Herz machte vor Freude einen Satz – Kinderzimmer! Die Wände waren in einem fröhlichen Gelb gestrichen, der Schaukelstuhl stand neben dem Bettchen. Scarlett legte die Hände langsam auf ihren Bauch, der so rund war, dass es bis zur Geburt des Kindes nicht mehr allzu lange dauern konnte. Endlich! Sie lächelte, ihre Freude vergrößerte sich noch, als sie hörte, dass sich ein Schlüssel im Schloss der Haustür drehte, dass Schritte die Treppe hinauf eilten.

»Dein Vater ist zu Hause!«, erzählte sie dem Baby. Kurz darauf ging die Tür auf, Scarlett drehte den Kopf, strahlte den Vater ihres Kindes an. Dessen Gesicht sie nicht erkennen konnte. Es war eine verschwommene Fläche, überhaupt konnte sie die ganze Gestalt nur unscharf erkennen. Sie blinzelte, kniff die Augen zusammen – einen Moment lang schien das Bild klarer zu werden, doch – war das Nathan? Wieder verschwammen die Konturen. Er kam auf sie zu, sie wusste, dass er sie liebevoll anschaute, während er sich zu ihr herunter beugte und ihr einen Kuss gab, eine Hand neben ihre legte, um zu spüren, ob das Baby wach war. Wieder glaubte sie ganz kurz, das Gesicht klarer zu sehen, aber sie erkannte es nicht. Verunsichert und froh zugleich schaute sie auf ihre Hände. Sah den Ring an ihrem Finger. Natürlich, sie hatten geheiratet, hatten das Haus gekauft, waren glücklich miteinander. Sehr glücklich.

»Sie scheint zu schlafen«, hörte sie eine Stimme sagen, die sie nicht richtig zuordnen konnte, sie hätte sie hinterher nicht beschreiben können. Sie? Also würde es ein Mädchen werden? Wieder blinzelte Scarlett. Es konnte doch nicht sein, dass sie den Vater ihres Kindes, ihren eigenen Mann nicht erkannte! Dass sie Nathan nicht erkannte! Sie konzentrierte sich einmal mehr auf sein Gesicht, doch auch wenn das Bild ein wenig klarer wurde, war es nun, als würde sie einen Fremden sehen. Scarlett zuckte erschrocken zusammen, saß wieder auf ihrem Baumstamm, weder schwanger noch verheiratet.

»Was zeigst du mir da für einen Blödsinn!«, schimpfte sie mit dem Pilz. Besser gesagt, sie wollte schimpfen, doch es klang eher flehend. Sie aß den Pilz nur auf, weil sie nicht verhungern wollte. Sie musste zumindest versuchen, bei Kräften zu sein, wenn sie der Kürbiskönigin gegenüber trat. Vielleicht wirkten die Pilze auf Menschen aus ihrer Welt aber nicht so richtig? Oder diese kleinen Wesen, die so gerne ihre Scherze machten, hatten sie veralbert? Wieso hatte sie ihnen eigentlich ohne Weiteres geglaubt? Erschöpft rutschte sie von dem Stamm herunter, lehnte sich gegen die raue Borke. Wenn sie Nathan in der Vision nicht erkannt hatte, bedeutete das, dass sie ihn nicht retten konnte? Dass er –

sie wagte es nicht, den Gedanken zuzulassen. Wieder kamen ihr die Tränen. Es war doch völliger Unsinn, wie sollte sie ihr größtes Glück sehen, hochschwanger in ihrem gemeinsamen Haus, wenn sie Nathan vorher nicht retten konnte? Das ergab keinen Sinn! Aber hatte sie nicht selbst noch die Möglichkeit in Betracht gezogen, dass die kleinen Wesen nicht ganz ehrlich zu ihr gewesen waren? Sie hatten, wie der Drache, irgendetwas von der Trauer im Glück und dem Glück in der Traurigkeit gesagt. Aber was sollte an der Vision ihrer größten Angst gut gewesen sein? Und wo sollte in den glücklichen Bildern Traurigkeit liegen? Sie hatte sie noch nicht gefunden … Abgesehen davon, dass sie Nathan nicht hatte sehen können. Ihre Gedanken liefen ihr auf wirren Bahnen davon, es half nichts, weiter zu grübeln. Doch weder ließen sich ihre Überlegungen so einfach stoppen, noch die Tränen. Dazu wurde es langsam dunkel und merklich kühler. Scarlett rollte sich zusammen, drängte sich dicht an den Baumstamm. Außer ihrem eigenen Schniefen war nichts zu hören. Hoffentlich befand sich nicht gerade ein Raubtier auf Beutezug! Aber sie konnte nicht aufhören zu weinen, denn im Dunkeln, erschöpft und einsam, schlichen sich alle Ängste an sie heran und ließen ihr Herz schneller schlagen. Einen Moment lang dachte sie darüber nach, weiterzugehen, selbst im Dunkeln, damit sie Nathan so schnell wie möglich nach Hause bringen würde, damit sie die Einsamkeit besiegen konnte und keine Angst mehr vor der Zukunft haben musste – doch sie verwarf den Gedanken sofort wieder, denn wenn sie im Dunkeln stolperte und sich verletzte, war gar nichts gewonnen. Aber am nächsten Tag würde sie sofort wieder aufbrechen. Sie würde den Weg schon finden …

4

Götter und Schlafbeeren

Das Nächste, was Scarlett wahrnahm, war die Kälte. Sie kroch durch ihre Kleidung bis in ihre Knochen. Bibbernd setzte Scarlett sich auf. Der Boden um sie herum war von Reif bedeckt und als sie sich durch die Haare fuhr, rieselten auch dort kleine Kristalle heraus. Nicht gut. Bei diesem Wetter würde sie sich mit Sicherheit erkälten, sie konnte froh sein, wenn ihr jemals wieder warm werden würde … Vom Schlaf noch etwas benommen, richtete sie sich mit Hilfe des Baumstammes langsam wieder auf.

»Guten Morgen!«

Scarletts Blick schoss in die Richtung, aus der die Stimme kam. Sie wollte erschrocken zurückweichen, doch da war der Baum, und so landete sie mit dem Hintern auf dem Holz.

»Alles in Ordnung?«, fragte das Wesen, das im Schneidersitz im Gras saß und sie, so schien es zumindest, nicht unfreundlich musterte. Sie interpretierte den Gesichtsausdruck jedenfalls als Lächeln.

»J – ja. Danke. Mo – Morgen«, stammelte Scarlett. Die kantigen Gesichtszüge verzogen sich zu einem noch breiteren, eindeutigen Lächeln. Scarlett versuchte, die eindrucksvollen Zähne zu ignorieren, die dabei sichtbar wurden. Selbst im Sitzen wirkte dieses Wesen riesig, zumindest im Gegensatz zu ihr. Zwischen den Pranken drehte es etwas, was Scarlett erst beim zweiten Hinsehen als den Rest des Pilzes identifizieren konnte, den sie nicht aufgegessen hatte. Zwischen den langen Fingern wirkte er winzig. Gerade machte das Wesen Anstalten, den Pilz zum Mund zu führen.

»Das würde ich nicht …«, setzte Scarlett an, doch schon war der gesamte Pilz verschwunden.

»Wasch wolldschd du sagn?«, nuschelte das Wesen und Scarlett musste gegen ihren Willen kurz schmunzeln.

Sie setzte erneut zu einer Warnung an: »Dieser Pilz, er …«

Die Augen ihres Gegenübers weiteten sich erschrocken. Es wich vor Scarlett zurück, wobei es sich mit den langen Armen rückwärts durch das Gras zog. Scarlett hörte ein leises Wimmern, von dem sie fast nicht glauben konnte, dass es aus so einem großen und massigen Körper kam. Sie sprang auf und näherte sich dem erschrocken Wesen vorsichtig. »Es ist gleich vorbei!«, sagte sie laut und deutlich, damit sie sicher sein konnte, dass ihr verängstigtes Gegenüber sie auch verstand. »Wirklich. Es hört gleich auf!« Sie machte einen Schritt nach dem anderen und hatte den Fremden noch nicht ganz erreicht, da schien die Vision aufgehört zu haben. Er sprang auf die Füße, wodurch er Scarlett um mehr als zwei Köpfe überragte, und deutete mit einem Finger auf sie.

»Hexe!«, rief er. »Du bist die Hexe des Oktobers!«

Scarlett blieb stehen und schüttelte den Kopf. Also lebte auch noch eine Hexe in diesem Teil der Herbstlande? Bitte nicht auch das noch.

»Wer auch immer die Hexe des Oktobers ist, ich bin es nicht. Mein Name ist Scarlett und ich komme aus der anderen Welt. Der Welt der … Herbstkinder? Nennt ihr sie so?«

Er runzelte die Stirn.

»Diese Pilze, die sind von den Wesen in den Baumhäusern«, fuhr sie fort. »Keine Hexerei – glaube ich.«

»Die Mushpris haben dir von ihren Pilzen gegeben?«

Scarlett nickte, erleichtert darüber, dass ihre Erklärungen verständlich waren. Ihr Gegenüber wirkte plötzlich sichtlich erleichtert.

»Weißt du, ich dachte von einem Moment auf den anderen, ich wäre winzig klein, kaum größer als eins von diesen Mushpris oder von den Feen und du hättest mich verhext. Für uns Trolle ist es eine schreckliche Vorstellung, klein zu sein, verstehst du?«

Scarlett verstand nicht, sie hörte nur »Troll« und wusste nicht, ob nicht vielleicht doch der richtige Zeitpunkt gekommen war, um wegzulaufen. Doch dieser Vertreter seiner Spezies wirkte harmlos, sofern man das von einem über zwei Meter großen Kerl mit langen Gliedmaßen und einem Gesicht, als hätte es jemand aus einem Stein herausgehauen, sagen konnte. Er kam auf sie zu, grinste schief und streckte eine Hand aus.

»Mein Name ist Hugo. Freut mich, dich kennenzulernen.«

Scarlett ergriff zögernd die dargebotene Hand. Ihre eigene verschwand geradezu darin, doch wenn sie schon befürchtet hatte, ihre Knochen knacken zu hören, so war der Händedruck des Trolls erstaunlich sanft.

Er schien ihre Überraschung zu bemerken. »Noch nie einen von uns getroffen, was? Neu hier? Ach ja, diese Vorurteile großen und starken Wesen gegenüber. Weißt du, bei den Feen, da stimmt das meiste, was man sagt, die sind neugierig, stecken ihre kleinen Näschen in nahezu alles. Aber wir laufen nicht immer durch die Berge und schwingen Keulen, höchstens ausnahmsweise mal, und wir wohnen nicht mal in den Bergen. Woher kommst du? Doch nicht aus Haven, oder?«

Scarlett schwirrte der Kopf. Feen? Haven? Da war dieser Wegweiser gewesen …

»Ähm …«, machte sie zunächst. »Nein, nicht aus Haven.«

»Also von ganz draußen? So von richtig woanders?« Hugo schaute sie durchdringend an. Scarlett musste sich beherrschen, um unter dem Blick nicht den Kopf einzuziehen.

»Ich denke schon«, antwortete sie zögernd.

»Entschuldige meine Neugier, aber Menschen von draußen, von woanders, sind hier selten. Was führt dich hierher? Wohin willst du?«

Scarlett wiederholte, was sie bereits der ungewöhnlichen Katze erzählt hatte. Der Troll wirkte ein paar Mal, als wollte er sie unterbrechen, ließ sie aber letzten Endes ausreden. »Schließlich habe ich diese Katze getroffen und die hat mir gesagt, dass es hier eine Lichtung gibt«, schloss sie.

»Katze?«

Scarlett beschrieb das Wesen.

Der Troll hob die Brauen. »Das war ein Lygnis. Du scheinst dich ihm gegenüber richtig verhalten zu haben, wenn er dir eine korrekte Wegbeschreibung gegeben hat. Wenn man unhöflich zu ihnen ist ...« Er brach ab und schüttelte den Kopf.

»Was passiert dann?«, wollte Scarlett leise wissen.

Der Troll schaute sich um, als wollte er sichergehen, dass kein Lygnis mehr in der Nähe war. »Sie sollen schon Wanderer in die Irre geschickt haben. Es heißt, wenn sie einem den Weg falsch beschreiben, findet man den richtigen nie wieder. Eigentlich könnten sie einen auch gleich rösten.«

»Rösten?« Das Wort kam halb erstickt heraus. »Wie machen sie das? Das würde ja bedeuten, sie müssten … Spucken sie etwa Feuer?«

»Es sind Drachen. Natürlich spucken sie Feuer.«

»Aber es war eindeutig eine Katze!«

»Und in der Katze schläft ein Drache. Welche Augenfarbe hatte es?«

»Violett.«

»Dann hat der Drache violette Schuppen. Vielleicht war der Lygnis auf dem Weg zum Fest.« Schon wieder dieses Fest!

»Das Fest, das das Ende des Oktobers ist? Weißt du, wie man dorthin kommt?«

Der Troll wirkte plötzlich, als hätte sie ihn bei etwas ertappt. »Ja, das große Halloween-Fest. Da treffen sich alle Bewohner des Oktobers. Aber wohin bist du unterwegs?«

Halloween – davon hatten auch die Mushpris gesprochen. Vielleicht hatten die kleinen Kerlchen etwas durcheinander gebracht und »Halloween« war tatsächlich nur der Name des Festes, nicht der Name des Ortes. Sie schien dort jedenfalls richtig zu sein. Den Gedanken an Katzen, die zu Drachen werden konnten, verdrängte Scarlett sicherheitshalber. Was hätte sie getan, wenn statt der Katze, die gefährlich genug ausgesehen hatte, plötzlich ein Drache vor ihr gestanden hätte? Ihr Blick wanderte zurück in den Wald. Als könnte jeden Moment ein violetter Drache herauskommen.

»Die Drachen sind friedlich. Hin und wieder verlieren sie eine ihrer Schuppen, weil sie eine neue bekommen. Wer so eine Schuppe findet oder wem so eine Schuppe geschenkt wird, sollte sie hüten wie einen Schatz«, erklärte Hugo, als hätte er ihre Gedanken erahnt. »Man darf eine Schuppe weiter verschenken, an jemanden, der einem sehr viel bedeutet. Aber man darf nie versuchen, sie zu verkaufen, sonst zahlt man am Ende selbst einen hohen Preis.«

»*Die* Drachen? Gibt es viele von ihnen?«

Hugo hob die Schultern. »Das weiß keiner so genau. Hin und wieder trifft man einen.«

Einen Moment versanken sie in Schweigen. Wunderbare Drachen aus Laub, Drachen, die sich in Katzen verbargen … Scarlett hätte nie im Leben überhaupt damit gerechnet, jemals einen Drachen zu treffen, und dann gab es hier gleich verschiedene. Und einer davon war ein Freund gewesen … Doch schließlich sagte sie: »Ich muss los. Kennst du den Weg in den November?«

»Du willst da tatsächlich hin? Zur Kürbiskönigin?«

»Ich muss.«

Der Troll wich ihrem Blick aus. »Was weißt du über die Kürbiskönigin?«, fragte er schließlich leise.

»Fast nichts. Ich muss Nathan von dort nach Hause holen.« Scarlett biss sich auf die Lippen. Hätte sie ihren Wunsch nicht zum falschen Zeitpunkt geäußert, müsste sie Nathan jetzt nicht retten. Aber die Zeit war ihr davon gelaufen! Und war Nathan nicht mindestens genauso verzweifelt wie sie? War nicht er es, der so darauf fixiert war, ein Kind zu bekommen, dass er von ihr erwartete, jede Gelegenheit zu nutzen? Ob sie wollte oder nicht? Eine leise Stimme in ihrem Inneren flüsterte, dass es nicht in Ordnung war, was er tat. Und Scarlett hatte das Gefühl, dass diese Stimme schon länger da war, dass sie sie nur bisher nicht gehört hatte. Ein anderes Gefühl durchfuhr sie wie ein Blitz, so unvorbereitet, dass sie zusammenzuckte. Sie konnte es zuerst gar nicht einordnen. Es hatte damit zu tun, dass … sie es nicht richtig fand, was Nathan tat. Wenn sie solche Dinge von anderen hörte, wurde sie wütend … Und bei Nathan … Egal wie groß sein Wunsch nach einem Kind war …! Es war unter anderem Verzweiflung gewesen, die sie dazu gebracht hatte, das Papier zu verbrennen. Verzweiflung darüber, dass sich der Wunsch nicht erfüllte – aber hatte sie sich nicht auch gewünscht, dem Druck zu entfliehen? Energisch drängte sie den Gedanken zurück. Nein, so war das nicht. Sie mussten es einfach weiterversuchen, wenn sie wieder zu Hause waren, glücklich vereint. Ein wenig anders als die ganze Zeit, vielleicht auch weniger verkrampft, aber sie würden es weiter versuchen und sie würden ihr kleines Baby schon bekommen.

»Alles in Ordnung?«

Sie zuckte zusammen, fuhr zu dem Troll herum, der sie mit verschränkten Armen betrachtete.

»Ich ... es ...«, stammelte sie. Wie lange hatte sie hier gestanden und in den Wald gestarrt?

»Du bist dir ganz sicher, dass du zur Kürbiskönigin willst? Durch den ganzen November durch? Wenn du doch gar nichts über sie weißt, nicht weißt, was dich da erwartet?«

Die Fragen prasselten nur so auf Scarlett ein.

»Ich muss unbedingt dorthin!«, rief sie. »Es ist doch meine einzige Chance!« Nathan war ihr Ein und Alles, es war doch ganz klar, dass sie ihn auf keinen Fall verlieren durfte.

Der Troll hob gleichmütig die Schultern. »Na schön. Wenn das so ist, folge mir.«

Scarlett hatte Mühe, mit seinen langen Schritten mitzuhalten. Auch dass Hugo geradewegs wieder tiefer ins Nachtdickicht steuerte, gefiel Scarlett nicht. Aber da musste sie nun einmal durch.

»Weißt du«, begann Hugo, »manchmal meint man nur, man hätte lediglich eine einzige Chance. Hin und wieder ist man daran selbst schuld, weil man einen Weg eingeschlagen hat, der nicht ... der beste war. Aber man merkt es nicht. Es ist wie mit den Steinen. Wenn man noch jung ist, fängt man einfach an, den Stein zu bearbeiten, ohne sich den Stein richtig anzuschauen. Man will etwas daraus machen, was nicht daraus zu machen ist. Bist du ein Stein, Scarlett?«

Er drehte sich zu ihr herum. Sie schaute ihn verwirrt an, zu sehr damit beschäftigt, ihm hinterher zu kommen und sich dabei nicht auf die Nase zu legen.

»Wieso sollte ich ein Stein sein?«

Hugo verlangsamte seine Schritte ein wenig. »Man meint immer, Steine wären hart und grob. Aber man muss vorsichtig mit ihnen umgehen, denn wenn man versucht, aus einem Stein etwas zu machen, was nicht darin steckt – dann bricht er. Und diese Splitter sind meistens wertlos, nicht mehr zu retten, nicht mehr zusammenzufügen. Die ganze Arbeit umsonst. Nur, weil man sich nicht die Zeit genommen hat, den Stein richtig zu betrachten.«

»Wieso redest du die ganze Zeit über Steine?«, wollte Scarlett verwundert wissen.

»Ach, nur so. Wir arbeiten mit Steinen. Aus den Hügeln, von den Feen.«

»Feen?« Es war das zweite Mal, dass der Troll sie erwähnte.

»Die Feen leben am Himmelssee. Sagt dir nichts, nehme ich an?«

Scarlett schüttelte den Kopf. Der Troll erzählte von einem See, in dem sich der Himmel spiegelte, mit glänzenden Steinen auf dem Grund, Wesen mit buntem Gefieder und den Feen selbst, die durch das Unterholz huschten und über den See zischten. Hin und wieder ließ auch eine der Enten – Scarlett vermutete, dass es um Enten ging, der Troll nannte sie »Quackies« – eine Fee auf sich reiten.

»Ich wette mit dir, in eurem Woanders gibt es nicht eine einzige so grüne Wiese. Wenn Wassertropfen aufspritzen, entstehen kleine Regenbögen. Die Feen spielen mit den Quackies, lassen sie im Wasser platschen und versuchen, die Regenbögen zu fangen. Und manchmal gelingt es ihnen sogar.«

»Und das alles ist hier im Oktober?« Hugo nickte eifrig.

»Natürlich. Du könntest es dir ansehen. Die Trollhügel liegen direkt daneben, ich kenne den Weg. Die Feen können nicht schwimmen, aber sie können sich von den Quackies über den See tragen lassen. Um die Steine zu finden, muss man tauchen, darum lassen sie uns im See schwimmen. Es gibt da eine alte Geschichte, dass einer unserer geschicktesten Handwerker der Feenkönigin eine Fassung angefertigt hat, um einen der winzigen Regenbögen einzufassen. Irgendwo soll dieses Schmuckstück noch sein. Oder du lässt uns Trolle ein gutes Wort für dich bei den Feen einlegen, damit du dir deinen eigenen Stein aus dem See holen darfst.«

Bei dem Gedanken musste Scarlett lächeln. Vor ihrem inneren Auge entstanden Bilder von Sonnenlicht, das sich im Wasser spiegelte, sie glaubte fast, das Lachen der Feen und den Gesang der Enten zu hören. Das klang so viel anders, als die dunklen Wälder. Als Wolfswesen und kopflose Reiter mit scharfen Schwertern. Sie erinnerte sich daran, dass der Laubdrache ihr etwas von Licht und Dunkelheit in den Wäldern erzählt hatte, von einem Gleichgewicht … aber konnte das wirklich stimmen? Misstrauisch betrachtete sie den Troll eine Weile, bis sie fragte:

»Das ist auch wirklich alles wahr?«

Hugo blieb stehen, legte mit großer Geste eine Hand auf sein Herz und rief: »Natürlich! Ehrenwort!« Ein wenig leiser und mit einem freundlichen Lächeln fuhr er fort: »Wenn du mir nicht glaubst, schau es dir selbst an. Warum sollte ich dir anbieten, dir den See zu zeigen, wenn es ihn nicht gibt?«

»Keine Ahnung«, gab Scarlett zu.

Der Troll hätte es nun wirklich nicht nötig, sie in eine Falle zu locken. Hier war außer ihnen weit und breit niemand.

Aber dennoch schüttelte sie den Kopf. So gerne sie die Feen gesehen hätte, sie musste Nathan finden! Er hatte doch nur sie, niemand sonst konnte ihn retten.

»Ich kann nicht«, erklärte sie. Hugo schaute sie, wie ihr schien, ein wenig mitleidig an.

»Die Kürbiskönigin kann grausam sein«, sagte er schließlich leise.

»Du kennst sie?«, rief Scarlett. Endlich ein Anhaltspunkt! Ein Kopfschütteln des Trolls machte ihre Hoffnungen sofort wieder zunichte.

»Niemand *kennt* sie wirklich. Man erzählt sich Geschichten von ihr. Schlimme Dinge, keine schönen Geschichten. Sie ist niemand, zu dem man einfach so geht, seine Bitte vorträgt und sie erfüllt sie und wünscht einem noch einen schönen Tag.«

Scarlett biss sich auf die Lippen. Sie hatte nicht damit gerechnet, dass es so einfach sein würde. Sie hatte mit gar nichts gerechnet, hatte sich alles und nichts vorgestellt, aber ihr hatten die Anhaltspunkte gefehlt, um sich die Königin richtig vorstellen zu können. Dass sie ihr Nathan genommen hatte, schien Scarlett tatsächlich grausam, doch sie hätte ihren Wunsch ja nicht zur falschen Zeit aussprechen müssen. Ein Schauer lief ihr über den Rücken. Die Stille um sie herum und die Düsternis unter den Bäumen verstärkten das ungute Gefühl noch. Sie rieb die Hände aneinander, um die Kälte daraus zu vertreiben.

»Warum ist es hier eigentlich so still?«, wollte sie von dem Troll wissen.

»Weil alle auf dem Weg zum Fest sind. Die Tiere haben sich zurückgezogen vor dem ganzen Durchgangsverkehr. Und hier im Nachtdickicht ist es sowieso immer dunkel.«

Scarlett konnte sich nicht entscheiden, was sie zuerst fragen wollte, zu viele Dinge schwirrten ihr durch den Kopf. Schließlich begann sie mit einer Frage, die sie schon länger beschäftigte.

»Gibt es hier Wölfe? Oder Wolfsmenschen?«

»Hier nicht. In der Gegend um Haven herum treiben sie ihr Unwesen. Vielleicht kommt mal einer hier durch, auf dem Weg nach Halloween, aber sie leben nicht hier.«

»Aber es ... gibt sie wirklich?«

»Natürlich gibt es sie wirklich.«

Scarlett schluckte. Sie hatte sich dieses Wesen nicht eingebildet!

»Aber hier in der Gegend gibt es nichts wirklich Gefährliches. Eulen, Nachtfalter – wenn du Angst vor denen hast, dann solltest du das Nachtdickicht besser meiden, aber ansonsten ist hier nichts, wovor du dich fürchten müsstest. Zumindest normalerweise nicht. Kurz vor Halloween kommen aber sehr viele Herbstlandbewohner hier durch.«

»Halloween – ist das ein Ort, das Fest oder beides?«

»Ich vergesse immer, dass du nichts darüber weißt. Ja, das Fest. Und der Ort.«

»Was ist das für ein Fest? Wenn es das Endes des Oktobers ist, bedeutet das, dass man von dort in den November kommt?«

Der Troll seufzte und ließ sich Zeit mit einer Antwort. »Ja, das tut man. Es ist ... der beste Weg in den November. Für jemanden, der nicht von hier ist, vielleicht sogar der einzig gangbare«, gab er schließlich widerwillig zu.

Scarlett hätte vor Freude in die Luft springen können. Wenn der Troll dasselbe erzählte wie die Mushpris, schien es zu stimmen. Und mehr noch – sie war sich jetzt absolut sicher, dass es der Weg zu Nathan war.

»Also muss ich genau dort hin! Und dann weiter zur Kürbiskönigin.« Hugo wirbelte so schnell zu ihr herum, dass Scarlett erschrak. »Psst!«, zischte er. »Du kannst ihren Namen nicht einfach so durch die Gegend brüllen. Wer weiß, wen du damit anlockst!«

»Ich dachte, hier gäbe es nichts Gefährliches?«, stammelte sie.

»Normalerweise nicht. Im Moment vielleicht schon«, murmelte Hugo, schaute sich dabei aufmerksam um und schien zu lauschen. Konnte es sein, dass dieses riesige Wesen Angst hatte? Wenn die Kürbiskönigin sogar einen Troll dazu bringen konnte, sich zu fürchten ... und sie selbst war dagegen winzig.

»Was tut sie denn so schlimmes?«, wisperte sie. Der Gesichtsausdruck des Trolls veränderte sich von Wachsamkeit zu Trauer.

»Wenn du es unbedingt wissen willst – es haben sich auch schon Trolle auf den Weg zur Kürbiskönigin gemacht. Zwei oder drei im Laufe der Zeit. Einer von ihnen, Margalex, ist zurückgekommen und wurde den Rest seines Lebens von schrecklichen Albträumen geplagt. Von den anderen hat man nie wieder etwas gehört. Diese Träume, von denen Margalex erzählt hat, die waren furchtbar. Im Palast der Kürbiskönigin müssen sich Dinge abspielen, die man sich gar nicht vorstellen will. Willst du nicht vielleicht doch lieber zu den Feen?«

Scarlett wurde bei diesen Worten angst und bange. Welchen Gefahren würde sie sich dort stellen müssen? Was, wenn sie selbst ... auch nicht heil dort heraus kam? Und wie ging es Nathan inzwischen, hoffentlich war er unversehrt! Sie musste es unbedingt rechtzeitig zu ihm schaffen. »Ich muss ihn retten!«, wiederholte sie laut. Hugo hob die Schultern.

»Es dauert nicht mehr lange, dann haben wir das Nachtdickicht hinter uns«, erklärte er, als hätten sie nie über die Kürbiskönigin gesprochen. Scarlett atmete auf. Die Welt würde sicher wieder anders aussehen, wenn sie aus dieser Düsternis heraus wäre! Sie steckte die Hände tief in die Taschen ihrer Jacke. Kein Wunder, dass einem hier nicht richtig warm wurde.

»Schau mal!«, forderte Hugo sie auf. Sie folgte seinem Fingerzeig und sah einen Schwarm Nachtfalter, wie die, die sie bereits gesehen hatte. Wieder bewunderte sie den Formationsflug der Tierchen.

»Die sind wunderschön«, murmelte sie.

»Du solltest sie erst mal sehen, wenn der Mond zwischen den Zweigen hindurch scheint. Die Sonne schafft es nie so richtig, aber der Mond ... Ich hatte mal das Glück, hier durch zu müssen, als gerade Vollmond war. Sogar wir Herbstlandbewohner freuen uns über diesen Anblick. Du verpasst etwas, Scarlett von woanders. Du erlebst den Oktober in seiner stillsten Zeit. Wenn sich die Tiere wieder hervortrauen, ist es hier viel schöner. Einige von ihnen flüchten sogar so nahe an die Grenze zum September, wie sie können, während wir durch ihre Wälder streifen.«

»Sie sind mir begegnet«, antwortete Scarlett. »Ich dachte schon, es gäbe irgendwo einen Waldbrand.« Täuschte sie sich, oder wurde es ein klein wenig heller? Standen die Nadelbäume vielleicht sogar weniger dicht? In den Zweigen über ihnen raschelte es. Scarlett schaute nach oben und entdeckte einen Kauz, der sie träge anblinzelte. Im nächsten Moment verschwand er in einem großen Astloch.

»Gebrannt hat es schon lange nicht mehr. Zum Glück. Wenn sich ein Feuer erst einmal ausbreiten würde, wäre es eine riesige Katastrophe. Du glaubst gar nicht, wie viele Wesen in den Wäldern zu Hause sind! Es könnten sich nie und nimmer alle retten.«

»Leben hier eigentlich auch irgendwo Menschen?« Einen Moment lang schaute Hugo sie an, als läge ihm etwas auf der Zunge, was er aus Höflichkeit herunter schluckte.

»Sicher«, antwortete er langsam.

»Auch Menschen aus ... meiner Welt?«

»Ein paar Herbstkinder sind noch übrig.«

Ein paar? Übrig? Das klang nun nicht besonders gut. Sollte sie überhaupt noch danach fragen, was mit ihnen passiert war? Sie entschied sich für einen Kompromiss.

»Gibt es diese Siedlung ... nicht mehr?«

Ein Kopfschütteln. Sie glaubte schon, keine Antwort mehr zu bekommen, doch schließlich sagte Hugo leise: »Nein, Haven gibt es nicht mehr. Die Götter mögen wissen, was dort geschehen ist.«

Da war etwas in seiner Stimme, was Scarlett davon abhielt, nachzuhaken. Außerdem wurde ihre Aufmerksamkeit von Lichtstrahlen angezogen, die ein Stück vor ihnen durch die Bäume fielen. Sie konnte die ersten rot leuchtenden Laubbäume erkennen, die Nadelbäume wichen tatsächlich zurück.

»Gott sei Dank!«, stieß sie erleichtert aus.

Hugo schaute sie fragend an. »Welcher?«

Scarlett runzelte die Stirn. »Wie, welcher?«

»Na, welcher Gott? Du hast nur von einem gesprochen, deshalb fragte ich, welchen du meinst.« Scarlett wunderte sich kurz über die Frage. »Es gibt nur einen?«, gab sie schließlich zögernd Antwort.

Hugo blieb stehen und schüttelte energisch den Kopf. »Oh nein, ganz bestimmt nicht. Wir Trolle haben fünf Götter, die wären beleidigt, wenn du nur von einem von ihnen sprichst.«

»Bei uns Menschen gibt es aber halt nur einen. Zumindest in den meisten Religionen.«

Hugos Unverständnis wurde zu Interesse. »Siehst du, du kennst das also auch.«

»Ehrlich gesagt, nein. Ich kenne mich kaum damit aus. Also mit den Religionen, die mehrere Götter haben.«

Hugo probierte das Wort »Religionen« ein paar Mal aus. Es schien ihm völlig fremd zu sein. Er zuckte mit den Schultern. »Euer Gott hat dann aber viel zu tun. Wenn er jedes Mal selbst erscheinen muss. Unsere Götter wechseln sich ab.«

Scarletts Augen weiteten sich vor Erstaunen. »Erscheinen? Ihr könnt eure Götter sehen?«

Hugos Miene zeigte blankes Erstaunen. »Ja, natürlich. Wer glaubt denn an etwas, was er nicht sehen kann? Wer opfert denn Göttern, die nie da sind?«

Scarlett schüttelte langsam den Kopf. »Wir können sie nicht sehen. Ihn.«

Hugo kratzte sich nachdenklich an seinem großen Schädel. »Nicht? Aber wieso glaubt ihr dann daran? Wieso bringt ihr ihnen Opfer?«

»Tun wir eigentlich nicht … nicht wirklich. Also Opfer bringen. Das mit dem Glauben – ich schätze, das hat Glauben so an sich, das man nicht weiß, ob etwas wirklich existiert.«

Der Troll musterte sie einmal von oben bis unten. »Ihr Menschen seid seltsam in eurem Woanders. Wir opfern unseren Göttern zweimal im Jahr einen Teil der Ernte, nicht so viel, ist mehr symbolisch. Auf das Opfer legen wir die schönsten Steine, die wir im letzten halben Jahr gefunden haben. Die Gottheit erscheint und nimmt das Opfer an, lässt sich zum Essen einladen – zu einem echten Essen – und die Steine verändern sich in den Flammen. Der Gott oder die Göttin verwandelt sie. Man weiß nie so genau, was dabei herauskommt. Immer eine spannende Sache.« Scarlett musste die Worte des Trolls erst verdauen. Götter, die man zum Essen einlud?

»Aber … sie sind wirklich göttlich? Wohnen sie hier?«

»Nein, natürlich nicht! Niemand weiß, wo sie wohnen. Sie sind plötzlich da. Und genauso plötzlich fort. Und sie bewirken …« Er kramte in den vielen Taschen seiner Jacke und hielt Scarlett schließlich einen kleinen Stein hin. Er war von einem hellen, leuchtenden Gelb, das Scarlett im ersten Moment die Augen schließen ließ. Als sie genauer hinsehen konnte, bemerkte sie die tiefrote Flamme, winzig und doch klar zu erkennen, die im inneren des Steins tanzte. Sie streckte langsam die Hand danach aus. Tatsächlich, die Flamme bewegte sich! Es war kein starres

Bild im Stein. Ehrfürchtig berührte Scarlett den Stein mit den Fingerspitzen. Sie sah Hugos zufriedenes Grinsen.

»Das tun eure Götter?«, fragte sie leise.

»Shaldrar. Ist schon ein paar Jahre her. Aber ja, sie hat ein wenig Feuer in die Steine gesperrt, die wir damals verbrannt haben. Man erzählt sich, das man das Feuer frei lassen kann, wenn es notwendig werden sollte.«

Scarlett betrachtete ihren Weggefährten genauer. Wie war es gekommen, dass Hugo diesen Stein besaß? Es gab so viele faszinierende Wesen in dieser Welt, dass es sicher spannend war, sie kennen zu lernen, ihre Lebensweise zu betrachten. Wie viel Zeit konnte man damit wohl verbringen, bis man alles gesehen hatte? Alleine im September hätte sie noch so viele Orte besuchen können und jetzt kamen noch mehr dazu. Waren die Herbstkinder von damals deshalb geblieben? Weil die Herbstlande voller interessanter Dinge waren? Magischer Dinge, die es in ihrer Menschenwelt nicht gab? Echte Götter, Feen, magische Steine – und das war nur ein winziger Teil davon! Und wie waren diese Herbstkinder überhaupt hier hergekommen?

Der Troll hatte seinen Stein wieder sorgfältig weggepackt. »Du könntest dich selbst davon überzeugen, weißt du«, riss er Scarlett aus ihren Gedanken. »Das nächste Opfer wird den Göttern nach dem Fest gebracht, du könntest zusehen.«

Das Fest! »Ich kann nicht. Ich muss in den November, unbedingt!«

Kurz huschte ein Schatten über das Gesicht des Trolls. Dann hellten sich seine Züge wieder auf. Er langte in einen Baum hinein, so hoch, dass Scarlett hätte klettern müssen, um die Stelle zu erreichen. »Dann solltest du aber nicht ohne Stärkung weitergehen. Von diesen scheußlichen Pilzen würde ich keinen Bissen mehr nehmen und die hier schmecken viel besser.« Er hielt ihr eine Handvoll Beeren hin. Die Früchte hatten die Form von Erdbeeren, schimmerten aber Violett. Scarlett hatte noch keine davon gesehen, aber wenn sie auch so hoch in den Bäumen wuchsen, hinter Laub verborgen, wie hätte sie sie dann auch entdecken sollen? Sie nahm die Beeren entgegen und bedankte sich. Hugo deutete auf etwas in ein paar Schritten Entfernung.

»Setzen wir uns doch dorthin. Ausruhen muss auch sein.« Die Stelle zwischen zwei Bäumen war mit dichtem Moos bewachsen, das angenehm weich war. Kein Vergleich zu dem harten Baumstamm, auf dem Scarlett am Abend vorher gesessen hatte. Die Beeren schmeckten köstlich. Süß, aber auch frisch und kühl. Nach … Erholung. Scarlett verputzte ihre Portion restlos. Ihr Magen fühlte sich angenehm gefüllt an,

Wärme stieg in ihr auf, erreichte aber ihre Hände und Füße nicht richtig. Dort herrschte noch immer eine Kühle, die sich nicht mehr ganz vertreiben ließ. In der letzten Nacht hatte sie nicht gut geschlafen, vielleicht sollte sie sich einen Moment auf dem Moos ausstrecken …

»Ruh dich nur aus, Scarlett. So weit ist es nicht mehr«, schlug Hugo vor. Das Moos erschien ihr noch weicher, als im Moment zuvor. Plötzlich war sie müde, ihre Lider flatterten. Noch einmal blinzelte Scarlett in das Herbstlaub über ihr, dann verschwand die Welt.

5

Zurück zum Anfang

Das Grollen in der Ferne ließ Scarlett blinzeln. Sie fühlte sich leicht benommen, brauchte einen Moment, um zu verstehen, wo sie war. Sie fühlte das Moos unter sich. Richtete sich langsam auf – die Welt war von Dämmerung verhüllt. Zwischen den Bäumen schimmerte noch ein Fleck blauer Himmel hervor, aber es wurde eindeutig dunkel. Und unter den Bäumen sowieso. Scarlett sprang auf, ein leichter Schwindel erfasste sie.

»Hugo?«, rief sie, erwartete aber fast keine Antwort mehr. Hatte er sich einfach davongeschlichen? Dieser gemeine Troll! Sie tastete ihre Taschen ab – alles noch da. Nathan hatte sie so oft gewarnt, auf ihre Sachen zu achten, wenn Fremde in der Nähe waren … Warum hatte Hugo sie schlafen lassen? Warum in diesem Wald ausgesetzt? Es raschelte unter den Bäumen. Ein Igel kam gemächlichen Schrittes hinter einem Stamm hervor, lief etwas schneller, als er Scarlett wahrnahm und huschte mit Trippelschritten an ihr vorbei, scheinbar in die Richtung, in die sie mit Hugo hatte gehen wollen.

»Nein …«, hauchte sie erschrocken. Wie sollte sie sich vergewissern, ob ihre Vermutung stimmte? Hier im Wald gab es nichts, keinen Wegweiser, kein gar nichts. Und in der Dämmerung war wahrscheinlich auch niemand mehr unterwegs, den sie hätte fragen können. Woher sollte sie also wissen, wo genau sie war? Ein weiteres Rascheln. Noch ein abendlicher Nachzügler? Dieses Mal waren es gleich mehrere Rehe, die an Scarlett vorbei sprangen, dem Igel hinterher. Scarlett schüttelte hilflos den Kopf. Waren nicht alle Tiere in Richtung September unterwegs gewesen? Sie wusste gerade absolut nicht, wo sie war, folgte den Tieren ein paar Schritte. Sie umrundete ein Gebüsch und blieb verwundert stehen. In einiger Entfernung konnte sie jede Menge Rehe, Hasen, Igel und andere Tiere erkennen. Der Boden unter ihren Füßen fühlte sich glatter an. Sie schaute nach unten und sah, dass sie auf dem Kürbisgelben Weg stand.

In diesem Moment wurde ihr klar, dass sie sich nahe an der Grenze zum September befinden musste. Die Tiere waren hier geblieben, weil sie nicht weiter konnten, weil es ihnen unmöglich war, die Grenze zu überqueren. Und der Weg kam aus dem September … Wieder ertönte das Grollen, das Scarlett auch geweckt hatte. Der Donner eines Gewitters, das näher kam. Scarlett fluchte leise. In ihren Ärger mischte sich Hilflosigkeit. Nun musste sie mehr oder weniger von vorne anfangen, musste irgendwie versuchen, die verlorene Zeit wieder aufzuholen! Wieso hatte Hugo sie nur wieder zurück gebracht, in Richtung September? An den genauen Weg konnte sie sich auch nicht erinnern. Ein Baum sah aus wie der andere, sie waren zwar von dem umgestürzten Baum in die Richtung aufgebrochen, in die Scarlett sowieso hatte gehen wollen, aber Hugo konnte sie in einer Schleife durch den Wald geführt haben. Warum nur? Warum schien nur jeder zu wollen, dass sie die Herbstlande wieder verließ! Der Drache, der Troll. Wie konnten sie sie nur davon abbringen wollen, Nathan zu retten, ohne den ihr Leben keinen Sinn mehr haben würde?

Die Trolle wussten doch anscheinend, dass mit der Kürbiskönigin nicht zu spaßen war, wie konnten sie zulassen, dass jemand dort blieb? Aber Hugo hatte sie in die Irre geführt. Wer wusste schon, ob er sie nicht auch bei den Geschichten über die Kürbiskönigin belogen hatte? Einen Moment lang dachte sie darüber nach, dass er vielleicht nicht gewusst hatte, wie die Beeren auf sie wirken würden. Aber dann dachte sie an seinen Gesichtsausdruck, als er sie entdeckt hatte. Da war eindeutig Erkennen in seinem Blick gewesen. »So ein …«, setzte Scarlett an, brachte den Satz aber nicht zu Ende. Nathan hatte ihr gesagt, dass man Fremden nicht vertraute. Das hatte sie nun davon. Aber sie würde nicht zurückgehen, sie konnte ja wohl selbst entscheiden, was gut und richtig für sie war!

Ihr Blick fiel auf die Bäume links und rechts von ihr. Sie runzelte die Stirn. Als sie sich mit den Beeren auf dem Moos niedergelassen hatte, waren die Stämme der Bäume glatt gewesen, da war sie sich ganz sicher. Die Stämme der Bäume hier waren jedoch von Furchen durchzogen. Sie betrachtete ihre Umgebung genauer. Auch hier gab es Moos auf dem Boden, aber tatsächlich war es nicht die Stelle, an der sie erwacht war. Scarlett glaubte auch, in geringer Entfernung noch ein wenig mehr Helligkeit zu erkennen. Sie ging langsam darauf zu. Nach ein paar Schritten trat sie aus dem Wald heraus, stand auf einem Weg. Auf dem Boden waren noch schwach die Spuren von Hufen zu erkennen. Also war hier ein

Pferd vorbeigekommen ... Scarlett wusste nicht, wie viele Reiter auf Pferden hier durch kamen, aber sie glaubte fast, den kopflosen Reiter wieder vor sich zu sehen. Und wenn sie ihre Umgebung ein wenig genauer betrachtete, kamen ihr einige Dinge bekannt vor. Sie war hier schon einmal entlang gegangen, hier war sie dem Reiter begegnet. Sie hätte schreien können vor Wut. Der ganze Weg, die Flucht vor dem Reiter, die unliebsame Begegnung mit dem Spinnennetz, die Pilze – alles umsonst! Sie spürte, wie ihr Tränen in die Augen steigen wollten, Tränen der Wut und der Enttäuschung zugleich. Doch sie schluckte sie herunter und holte tief Luft. Sie musste Nathan retten, für ihn sollte sie sich zusammenreißen! Sie hatte ihn in diese Lage gebracht, wenn sie jetzt Zeit damit vergeudete, zu weinen, musste er nur noch länger auf sie warten.

Ein paar Tränen liefen ihr trotzdem über die Wangen und sie wischte sie weg. Immerhin musste sie zwar ein gutes Stück Weg noch einmal gehen, aber wenigstens hatte sie eine Ahnung, wohin – zum Fest nach Halloween. Im Vergleich dazu, dass sie nichts gehabt hatte, außer Angst, als sie im September angekommen war, war das eine ganze Menge.

Und auch der Weg war eben nicht ganz umsonst gewesen, hatte sie doch so erfahren, wohin sie gehen musste!

Sie musste jetzt nur die Nerven behalten. Nathan hätte ihr gesagt, dass sie sich zusammenreißen sollte. Er hätte einfach ihre Hand genommen und wäre losgegangen und sie wäre ihm gefolgt.

Wahrscheinlich war es am besten, sich umzudrehen und wieder durch den Wald zu stapfen. Vielleicht kam sie so zumindest wieder zu der Lichtung mit dem Baumstamm. Sie hatte zwar nicht die geringste Lust, noch einmal durch das Nachtdickicht zu gehen, doch das würde sie immerhin wiedererkennen. Wieder hörte sie es in der Ferne donnern, doch das Gewitter schien eher abzuziehen. Wenigstens etwas. Außerdem sah es fast so aus, als würde der Mond aufgehen, ein Vollmond, oder zumindest fast, der sein Licht hoffentlich auch unter die Blätter der Bäume schicken würde. Scarlett raffte ihre Entschlossenheit zusammen und marschierte los. Irgendwie musste sie die verlorene Zeit wieder aufholen. Ihr behagte der Gedanke zwar gar nicht, einmal mehr durch das Nachtdickicht zu müssen, doch nachdem sie wusste, dass es dort im Grunde nicht gefährlich war, sollte ihr auch das leichter fallen. Tatsächlich half ihr das Mondlicht, den meisten Hindernissen aus dem Weg zu gehen. Es konnte aber nicht ganz verhindern, dass sie über Wurzeln stolperte oder sich in Ranken verfing. Wieder erschien es Scarlett, als würde der Wald selbst versuchen, sie zurückzuhalten.

»Na schön, dann eben alles auf Anfang und noch mal!«, schimpfte sie. Eines stand fest, wenn sie erst hier heraus war, brauchte sie längere Zeit keine Waldspaziergänge mehr. Und wenn, dann würde sie eine Karte mitnehmen, um sich nicht wieder zu verlaufen! Andererseits, sie musste ja nicht quer durch den Wald laufen, sie konnte einfach den Wanderwegen folgen. Es würde bestimmt umso schöner sein, wenn dann endlich das Baby da war. Sie würde das Kind mitnehmen und Spaziergänge machen, ohne Trolle, ohne Schlafbeeren. Und das Kleine könnte, wenn es dann schon alt genug wäre, all die bunten Herbstblätter betrachten. Scarlett hatte plötzlich das Bild eines kleinen Knirpses vor Augen, der gerade so laufen konnte und bunte Herbstblätter noch ungeschickt, aber fröhlich in die Luft warf. Ihre Schritte verlangsamten sich ein wenig, als ihr klar wurde, dass es in ihren Vorstellungen immer sie war, die sich mit dem Baby beschäftigte, nicht Nathan. Zugegeben, Nathan war nicht der Typ, der in Laubhaufen hüpfte. Sie versuchte sich andere Dinge vorzustellen, die man mit einem kleinen Kind unternehmen konnte, doch noch immer sah sie nur sich selbst und das Kind, nie Nathan.

Scarlett bemerkte erst gar nicht, dass sie stehen geblieben war. Ihre Gedanken hatten sie zu sehr gefangen genommen. Doch schließlich forderte sie sich selbst energisch auf, weiterzugehen. Alle diese Bilder waren nicht real, würden nicht real werden, wenn sie Nathan nicht fand.

»Wieso Nathan, der scheint ja eh keine Rolle zu spielen.« Scarlett zuckte zusammen. Die Stimme war doch nur in ihrem Kopf gewesen, oder? Es hatte sich aber so angehört, als hätte es tatsächlich jemand gesagt. Aber doch nie und nimmer sie selbst! Ohne Nathan ergab das alles keinen Sinn. Und woher sollte sie das Kind überhaupt haben, der Storch würde es garantiert nicht bringen. Also musste Nathan sehr wohl eine Rolle spielen. Scarlett versuchte, das Gedankenkarussell zum Anhalten zu bewegen, doch das war alles andere als leicht. Was sollte sie auch sonst in diesem Wald tun, außer nachdenken? Es blieb ihr ja sonst nichts übrig! Laufen und denken, laufen und denken. Und hoffen, dass sie es zu diesem geheimnisvollen Fest rechtzeitig schaffen würde. Also besser noch einen Schritt schneller. Gesagt, getan – gestolpert. Scarlett schürfte sich Hände und Knie auf, als sie der Länge nach auf die Nase fiel.

Mühsam rappelte sie sich wieder auf. Also schön, in diesem Wald kam man nicht schneller voran. Vollmond hin oder her, das Gelände war einfach zu unwegsam. Und wenn sie ehrlich war, konnte sie ja doch nur ein kleines Stück weit sehen. Sie behielt den Boden genauer im Auge. Da, war da nicht etwas Dunkles, Ebenmäßiges? Konnte das der Beginn eines neuen Weges sein? Immerhin, der Kürbisgelbe Weg war zwischendurch auch kaum zu erkennen gewesen, bis sie ihn schließlich gar nicht mehr gesehen hatte, vielleicht war es mit diesem Weg ähnlich. Scarlett ging darauf zu, setzte ihren Fuß auf den, wie es ihr schien, dunklen Stein. Noch ein Schritt, noch einer – und sie stand wieder auf dem Waldboden. Verwundert scharrte sie mit den Füßen im herabgefallenen Laub, doch es kam keine Fortsetzung des Weges zutage. »Seltsam«, murmelte sie. Warum sollte jemand einfach Steine in den Wald legen? Oder musste sie ein wenig links oder rechts suchen, machte der Weg hier eine Biegung? Sie suchte nachdenklich mit den Augen den Waldboden ab, als sich der Weg plötzlich in Bewegung setzte. Das, was sie für dunkle Steine gehalten hatte, tippelte an ihr vorbei, um direkt vor ihren Füßen wieder innezuhalten.

»Was ...«, murmelte Scarlett. Ein Weg mit Beinen? Oder war es am Ende kein Weg? Sie hatte ihm hoffentlich nicht weh getan! Besorgt ging Scarlett neben dem Wesen in die Hocke, berührte es mit einer Hand.

»Hallo. Was auch immer du bist. Hör mal, ich hoffe, du bist in Ordnung. Du hast ausgesehen wie ein Weg, ich wollte dir bestimmt nichts tun...«

Das Wesen reagierte nicht. Scarlett überlegte. Was sollte sie tun? Jetzt, wo sich das Wesen aus dem ganzen Laub herausgeschält hatte, war es vielleicht so lang wie ein kleiner Hund. Wenn es kein Weg war, sondern ein Lebewesen, konnte sie es dann hochnehmen und genauer betrachten? Als sie es versuchte, wollte es ihr absolut nicht gelingen. Es war, als würde sie nun tatsächlich versuchen, einen Weg vom Boden zu lösen. Die Haut des Wesens fühlte sich unter ihren Händen noch immer eher wie Stein an, als wie etwas Lebendiges. Vielleicht war das eine Art Panzer und sie hatte ihm gar nicht schaden können? Sie hoffte es jedenfalls. Und immerhin hatte es sich bewegt!

»Also, wenn du in Ordnung bist, dann würde ich jetzt weitergehen. Ich muss los.«

Sie machte Anstalten, an dem Wesen vorbei zu gehen, doch schon im nächsten Moment lag es wieder vor ihren Füßen. Scarlett wusste nicht, ob sie amüsiert lächeln oder verwundert den Kopf schütteln sollte. Sie kam sich ein wenig vor, als würde ein Hundewelpe sie zum Spielen auffordern.

»Also, es tut mir leid, aber ich habe keine Zeit«, versuchte sie es erneut. Sie konnte nicht einmal sagen, wo bei diesem Weg-Dings vorne und hinten war. Aber irgendwie musste sie daran vorbei, musste ihm klar machen, dass sie keine Zeit für Spiele hatte. Dieses Mal versuchte sie, in einem größeren Bogen auszuweichen, doch der laufende Weg folgte ihr. Lag erneut vor ihren Füßen und drückte auch ohne Mimik und Laute eine Erwartungshaltung aus, die Scarlett irgendwie rührend fand. Abermals ging sie neben dem Wesen in die Hocke.

»Also hör mal, ich kann nicht mit dir spielen. Ich muss jemanden retten, weißt du? Nathan, meinen Freund. Deshalb habe ich keine Zeit, wirklich nicht. Du kannst mich wohl leider nicht dahin bringen, wo ich hin muss. Ich brauche jemanden, der mich zur Kürbiskönigin führt. Du weißt nicht zufällig, wie ich dorthin komme?«

Das Wesen zeigte keine Reaktion und nach einer Weile fuhr Scarlett fort: »Vielleicht gibt es ja in diesem Wald noch mehr von deiner Sorte und ihr könntet zusammen ...«

Noch bevor sie den Satz beenden konnte, lief ein Ruck durch das Wesen und es setzte sich in Bewegung, als hätte es plötzlich selbst eine dringende Verabredung.

»Na, so was«, murmelte Scarlett, hielt sich aber nicht lange damit auf, dem verschwindenden Weg-Wesen nachzuschauen, sondern setzte sich wieder in Bewegung. Die Zeit, die sie nicht hatte, schien ihr immer schneller durch die Finger zu rinnen.

Der Mond schob sich langsam über den Himmel, immer weniger Licht sickerte zwischen den Bäumen hindurch. Es wurde zunehmend schwerer, einen Weg über den unebenen Waldboden zu finden. Scarlett konnte nicht verstehen, wieso sie nicht irgendwo auf einen Pfad stieß, wenigstens einen Wildwechsel oder einen Trampelpfad. Gab es nicht Menschen im Oktober? Oder hatte zumindest mal welche gegeben? Und wenn sich die Oktober-Bewohner alle auf dem Fest trafen, stapften sie dann alle mehr oder weniger auf gut Glück durch die Wälder? Es musste doch irgendetwas geben, was einem die Orientierung leichter machte! Scarlett verbannte den unheilvollen Gedanken, dass sie vielleicht im Kreis lief oder der Wald einfach kein Ende nahm, entschieden aus ihrem Kopf. Was sie aber zugeben musste, war, dass es dunkel wurde.

Mittlerweile konnte sie kaum noch die Hand vor Augen erkennen und die unnatürliche Stille unter den Bäumen machte sie fast verrückt. Ihre Ohren hofften verzweifelt auf irgendetwas, umso mehr, da ihre Augen in der Dunkelheit nicht viel halfen. Sie spürte, wie angespannt sie war. Wälder waren normalerweise nur still, wenn Raubtiere in der Nähe waren – auch wenn die Erklärung in diesem Fall eine andere war, konnte sie nicht jemanden treffen, der ebenfalls zum Fest reiste? Sie hätte sich sogar über einen Troll gefreut. Scarlett ballte die Fäuste, als sie an Hugo dachte. Hätte sie nur nie darauf vertraut, dass er ihr helfen würde! Dann wäre sie jetzt nicht so ganz verlassen im Wald, sogar das Mondlicht wollte kaum noch durch die Äste dringen. Ein Rascheln ließ sie erstarren. Da, schon wieder. Näherte sich das Geräusch tatsächlich? War es nur der Wind, der durch die Blätter strich? Oder war es etwas ganz anderes? Doch ein Raubtier? Wenn diese Wölfe Herbstlandbewohner waren, besuchten sie dann auch das Fest? Und was geschah, wenn sie auf dem Weg einen umherirrenden Menschen fanden ... Scarlett schluckte, ihre Kehle war trocken. Hatte sie sich nicht gerade noch gewünscht, einen anderen Reisenden zu treffen? Schon wieder ein Wunsch, der vielleicht nichts Gutes gebracht hatte. Da! Wieder das Rascheln! Langsam drehte Scarlett sich um sich selbst und plötzlich wurde ihr klar, dass das eine dumme Idee gewesen war. Ihre Orientierung in der Dunkelheit würde es sicher nicht verbessern. »Mist!«, fluchte sie im Flüsterton. Fast wäre sie trotzdem zusammengezuckt, als ihre Stimme, so leise sie das Wort auch geäußert hatte, die gespenstische Stille durchbrach. Beim nächsten Mal klang das Rascheln deutlich näher. Eigentlich war es kein richtiges Rascheln, eher … Scarlett wusste nicht, wie sie es benennen sollte. Und dann war da noch etwas: Ein zirpendes Geräusch ertönte nicht weit von ihr. Sie hatte etwas in der Art schon einmal gehört, nicht ganz so, aber so ähnlich … Wieder, ein wenig lauter. Plötzlich ging alles ganz schnell. Aus dem Dunkel der Baumkronen schoss etwas auf sie zu, sie erkannte nur ein bizarres, grünes Muster aus Linien und zwei Kreisen. Der Ton war dieses Mal noch deutlicher. Scarlett schrie auf und warf sich in einem Hechtsprung zur Seite. Das Raubtier glitt über sie hinweg, startete einen neuen Anflug. Auf allen vieren krabbelte Scarlett davon, ertastete einen Baum, schmiegte sich dicht an dessen Rinde und hoffte, dem nächtlichen Jäger so entgehen zu können. Sie wagte kaum zu atmen. Eine Weile konnte sie das Zirpen und Rascheln noch hören, dann entfernte es sich von ihr.

Es dauerte noch eine Weile, bis sich ihr wild schlagendes Herz beruhigt hatte. Erst allmählich begriff sie, was da versucht hatte, sie zu jagen. Das leuchtend grüne Muster, der zirpende Ton – sie kannte ihn von zu Hause, wenn hin und wieder Fledermäuse durch den Garten geschossen waren. Kleine, ungefährliche Fledermäuse. Natürlich hörte man als Mensch keinen Ultraschall, aber dieser Ton, entfernt einer Grille ähnlich, war durchaus wahrnehmbar. Die kleinen Gesellen im Garten hatten ihr immer gefallen. Aber diese Wesen hier … Scarlett lief es kalt den Rücken herunter. Was fraßen Fleder-Schrecken normalerweise? Bei ihrer Größe konnten sie mit Sicherheit auch kleine Waldtiere erlegen, Eichhörnchen zum Beispiel. Hatte er Scarlett mit einem Beutetier verwechselt? Selbst wenn sie eindeutig mehrere Nummern zu groß war, um von so einem Wesen aufgefressen zu werden, wer wusste schon, welche Verletzungen die Tiere verursachen konnten? Zitternd vor Schreck und vor Kälte schlang sie die Arme um die Knie, versuchte, tief zu atmen um wieder ruhiger zu werden. Die Gerüche des Waldes drangen ihr in die Nase: Harz, Blätter und Erde. Zu Hause wäre es ihr Waschmittel gewesen und vielleicht ein Hauch Lavendel …

Der Gedanke an ihr Zuhause wollte ihr fast die Kehle zuschnüren. Eine weitere einsame Nacht stand ihr bevor, dieses Mal war das Nachtlager noch unvorteilhafter als in der Nacht zuvor. Doch es würde nichts nutzen, jetzt noch weiterzugehen. Sie legte den Kopf auf ihre Arme und zuckte zurück, als ihre Wange ihre kalte Hand berührte. Verflixt, ihre Hände hatten die Kälte wirklich aufgesogen. Sie konnte nur hoffen, dass sie ihr nicht noch tiefer in die Knochen kriechen würde. Herbstnächte konnten empfindlich kalt werden, wenn die Herbstlande auch nach dieser Regel funktionierten, konnte sie nicht wissen, ob der nächste Morgen wieder Reif mit sich bringen würde – oder vielleicht wärmende Sonnenstrahlen. Oder andere Raubtiere? Sie schüttelte den Kopf. Von gewöhnlichen Tieren hatte sie ja anscheinend im Moment nichts zu befürchten – aber der Gedanke an die Wolfswesen ließ sich nicht ganz vertreiben. Gegen einen Wolf hätte sie keine Chance, die feine Nase würde sich nicht von dem Baum täuschen lassen, wie es mit dem Ultraschall des Fleder-Schreckens passiert war. Wachsam lauschend fiel Scarlett in einen unruhigen Schlaf, aus dem sie immer wieder aufschreckte. Sie glaubte, Schnuppern und Pfotengetrappel zu hören oder auch leises Knurren. Mehr als einmal meinte sie, die gefährlichen Klauen schon zu spüren. Jedes Mal war sie alleine, wenn sie verängstigt erwachte. Und es war noch immer dunkel. Scarlett fühlte sich, als wäre sie in einen Gruselfilm geraten. Als endlich die ersten Sonnenstrahlen den Wald in ein diffuses Dämmerlicht tauchten, hielt sie es nicht mehr aus. Sie löste ihre verkrampfte Haltung und stand auf. Noch immer war da diese Stille, die sie nur selbst durchbrach, indem sie auf raschelndes Laub trat. Feine Wassertröpfchen schwebten durch die Luft und zusammen mit dem rotorangenen Laub und den Sonnenstrahlen hatte der Wald etwas Magisches, Unwirkliches, als wäre Scarlett nur erwacht, um sich in einem anderen Traum zu finden. Einem wesentlich angenehmeren Traum, der die Schrecken der letzten Nacht fast vergessen machte. War das vielleicht nicht nur die Natur um sie herum, sondern auch die Stimmung des Oktobers, von der der Laubdrache prophezeit hatte, dass sie sich auf sie auswirken würde? Und wenn es tatsächlich Feen in diesem Land gab, dann wäre diese Schönheit am frühen Morgen doch genau die richtige Kulisse für sie ... Und war das nicht Vogelgezwitscher? Tatsächlich! Scarlett folgte dem Laut und fand zwei Kohlmeisen, die durch die Zweige eines Baumes hüpften. Also hatten sich nicht alle Tiere irgendwo versteckt. Vielleicht war die größte Reisewelle aber auch schon vorbei? Scarlett beschleunigte ihre Schritte. Dann musste das Fest kurz vor dem Beginn stehen, dann musste sie sich unbedingt beeilen, wenn nicht alles umsonst sein sollte! Was würde eigentlich geschehen, wenn sie nicht rechtzeitig im November ankam? Müsste sie dann alleine in ihre Welt zurückkehren? Oder wäre sie dazu verdammt, in den Herbstlanden zu bleiben? Sich vielleicht hier irgendwo niederzulassen, weil sie nicht mehr zurückkehren konnte? So idyllisch der Wald gerade wirkte und so viele Geschichten Hugo auch von den Feen an ihrem klaren, blauen See erzählt hatte – was sollte sie hier ohne Nathan? Auch wenn es wohl Menschen gab, die hier geblieben waren, was sollte sie hier?

»Was sollst du zu Hause? Ohne Baby?« Scarlett fuhr herum. Wieder hatte sie das Gefühl, als hätte sie die Stimme gehört. Wurde sie jetzt langsam verrückt, weil sie zu lange in dieser Einsamkeit war? Es war doch nicht ihre einzige Daseinsberechtigung, ein Kind zu bekommen! Ein anderes Szenario tauchte vor Scarletts inneren Augen auf: Was, wenn Nathan und sie es zurück nach Hause schafften, und Nathan sie dann verließ? Weil sie nicht schwanger wurde? Wenn sich das, was sie in der Vision gesehen hatte, erfüllen würde? Aber nein, das durfte er nicht tun, konnte er doch ganz bestimmt nicht tun!

»Was wären seine Liebesschwüre dann noch wert gewesen?«, hörte sie die Stimme herausfordernd fragen. Sie schüttelte den Kopf. Sie sollte sich auf den Weg konzentrieren, statt dummes Zeug zu denken!

Also, weiter, Schritt für Schritt. Solange sie genug Licht hatte. Tagsüber war vielleicht auch die Wahrscheinlichkeit geringer, dass erneut einer der Fleder-Schrecken auftauchen würde. Energisch setzte Scarlett weiter einen Fuß vor den anderen. Es versprach, ein schöner Tag zu werden, doch noch bevor die Sonne richtig hoch am Himmel stand, zogen Wolken auf. Je dunkler es im Wald wurde, umso mehr sank Scarletts Laune. Und auch ihr Mut. Sie war einmal in einen Regenguss gekommen, als sie ohne Schirm aus dem Haus gegangen war … Und als sie die letzten Meter vom Haus entfernt war, war Nathan ihr entgegen gekommen, mit einem Schirm in der Hand. Sie war so dankbar gewesen, dass er sie aus dem Regen holte und konnte ihm nur zustimmen, als er sie tadelte. Natürlich wäre es ihre eigene Schuld, wenn sie jetzt krank werden würde. Und als sie zu Hause waren, hatte er sie aus den nassen Sachen geschält und sie ins Bett gezogen … Nathan … Sollte etwa die Frage, ob es regnete oder die Sonne schien, den Ausschlag dafür geben, wie schnell sie Nathan fand? Nein, sicher nicht. Also, weiter. Wenigstens konnte sie nun besser Wurzeln und Ranken ausweichen. Sie ertappte sich aber immer häufiger dabei, wie sie nach etwas Essbarem Ausschau hielt. Ihr Magen meldete sich mit lautem Knurren und langsam wurde ihr ein wenig flau. Seit den verfluchten Beeren hatte sie nichts mehr gegessen. Sie schaute sich aufmerksam um, doch falls es hier in der Nähe etwas gab, was sie hätte essen können, erkannte sie es nicht. Sie hatte aber auch nicht die Zeit, um lange überall zu suchen, und zudem hatte sie so schon das Gefühl, dass der Wald kein Ende nahm. Da musste sie nicht noch Schleifen in ihren Weg einbauen. Von Weitem ertönte ein Grollen. Also doch ein Gewitter. Aber wenigstens noch nicht direkt über ihr, sondern in einiger Entfernung. Hoffentlich blieb es dort. Aber wie auch immer, solange es das Wetter und das Licht noch zuließen, sollte sie sich beeilen. Scarlett beschleunigte noch einmal ihre Schritte. Der Himmel zog sich weiter zu. Noch schneller konnte sie aber beim besten Willen nicht, denn als sie es versuchte, musste sie stehen bleiben und sich an einem Baum abstützen. Der Mangel an Nahrung machte sich unangenehm bemerkbar. Sie biss die Zähne zusammen, atmete ein paar Mal tief durch und zwang sich dazu, weiter einen Fuß vor den anderen zu setzen. So schaffte sie es tatsächlich noch ein Stück weiter, doch schließlich reichten ihre Kräfte nicht mehr aus. Widerwillig setzte sie sich auf den Waldboden und lehnte sich gegen einen Baum. Nur einen Moment ausruhen, wieder ein klein wenig zu Kräften kommen. Sie lehnte den Kopf gegen den Stamm und schloss kurz die Augen.

Etwas Kaltes, Nasses klatschte auf ihre Stirn und ließ sie hochschrecken. Scarlett unterdrückte einen Fluch. Im nächsten Moment fiel der Regen fast schon wie ein Sturzbach. Selbst die Baumkronen boten keinen großen Schutz. Blitze zuckten über den Himmel, der Donner war plötzlich ganz nah. Scarlett sprang auf. Sie musste irgendwo Schutz finden, mit nassen Kleidern würde sie sich in einer weiteren kalten Nacht sicher den Tod holen. Auch wenn ihre Beine sich weigern wollten, sie zu tragen, der kalte Regen half, sie vorwärts zu treiben. Unangenehm lief ihr das Wasser in die Augen, unter die Kleidung, den Rücken herunter. Nach und nach wurden die Abstände zwischen den Bäumen größer. Hier prasselte der Regen noch viel erbarmungsloser herunter, die Tropfen taten fast weh. Das Wasser bildete einen grauen Vorhang, doch durch diesen Schleier hindurch glaubte Scarlett, die Umrisse einer Hütte zu erkennen. Sie holte einen letzten Sprint aus ihrem erschöpften Körper heraus, erreichte das schmale Vordach und hämmerte gegen die Tür des kleinen Holzhauses.

»Hallo? Ist da jemand?« Keine Antwort. Der Wind drehte, wehte den Regen unter das Dach. Statt erneut zu klopfen, drückte Scarlett die Klinke hinunter. Zum Glück schwang die Tür auf! Sie stolperte über die Schwelle, hatte Mühe, die Tür gegen den Wind wieder zuzudrücken, der mittlerweile zu einem Herbststurm anzuwachsen schien. Auch nachdem die Tür geschlossen war, war das Heulen des Windes zu hören, mischte sich mit dem Donner und dem Prasseln des Regens. Scarlett schaute sich in der Hütte um. Ein Tisch, zwei Stühle, Regale mit Flaschen und Dosen darauf, ein primitiver Herd. Viel mehr war im Dämmerlicht auch nicht zu erkennen. Scarlett rief noch einmal.

Doch wieder erhielt sie keine Antwort. Vielleicht war diese Unterkunft verlassen? Sie schleppte sich zu einem der Stühle und sank darauf nieder. Die Kälte ließ ihre Zähne klappern. Kurz überlegte Scarlett, nach einer Decke zu suchen oder Feuer zu machen, doch wie von selbst sank ihr Kopf auf die Arme, die sie auf der glatten Tischplatte verschränkt hatte. Eine Windböe griff nach dem Haus, schien daran zu rütteln, als wollte sie ihre Wut daran auslassen. Scarlett hörte es schon gar nicht mehr richtig. Sie war tief und fest eingeschlafen.

6

Herzen im Hexenhaus

Keine Luft. In Panik riss Scarlett die Augen auf, versuchte, tief durchzuatmen. Ein Hustenanfall schüttelte ihren Körper. Ihr Schädel dröhnte, fühlte sich an, als würde er in einem Schraubstock stecken. Erst nach und nach registrierte Scarlett ihre Umgebung. Sie lag in einem Bett, unter einer Vielzahl von Decken. Wie kam sie hierher? Langsam kehrten die Erinnerungen zurück. Der Regen. Die Hütte. Aber sie konnte sich beim besten Willen nicht erinnern … Ihr Blick fiel auf einen Vorhang, der in diesem Moment zur Seite geschoben wurde. Eine junge Frau schien eher in den Raum herein zu schweben, als ihn zu betreten. Sie trug ein helles, bodenlanges Kleid mit weiten Ärmeln, das ihre zierliche Figur umschmeichelte. Sie schenkte Scarlett ein Lächeln, bei dem die hellen Augen funkelten.

»Herzchen, du bist ja wach!«, rief sie fröhlich. Scarlett schluckte. Ihr Hals fühlte sich rau an.

»Hallo«, krächzte sie unsicher. Die Frau setzte sich auf die Bettkante, legte Scarlett eine kühle Hand auf die Stirn und verzog das Gesicht.

»Nein, nein, nein, noch nicht wieder auf der Höhe. Bist du in dieses scheußliche Gewitter gekommen? Hat dich der Sturm in meine bescheidene Hütte geweht?«

Scarlett brachte ein Nicken zustande.

»Nur keine Sorge, wir kriegen dich wieder hin! Ich braue dir gleich was zusammen, was dir hilft.« Sie tätschelte Scarlett aufmunternd die Wange, dann eilte sie hinaus. Hellblondes, glattes Haar wehte hinter ihr her. Scarlett versuchte, irgendwelche Geräusche auszumachen, die ihr sagten, was im Rest der Hütte vor sich ging, doch sie hörte – nichts. War ihr Gehör so schlecht geworden oder schirmte der Vorhang so gut ab? Sie machte Anstalten, sich aufzusetzen, doch der Versuch alleine reichte und ihr wurde wieder schwindelig. Es ließ sich nicht bestreiten – Scarlett fühlte sich hundeelend. Wenn sie ehrlich war, war das nach dem Gewitter auch kein Wunder. Es war wohl nicht so, dass man in einer magischen Welt nicht krank werden konnte. Aber was, wenn sie nun zu spät zu dem Fest kommen würde? Wenn die Bewohner des Oktobers mittlerweile schon alle hingereist waren, dann konnte das Fest doch jeden Tag, vielleicht sogar jeden Moment, beginnen. Und wäre auch irgendwann wieder vorbei. Wenn sie es nun nicht rechtzeitig schaffte? Wenn sie zu spät kommen würde, um Nathan zu retten? Alle Willenskraft zusammensuchend, unternahm sie noch einen Versuch, sich aufrecht hinzusetzen. Und scheiterte erneut kläglich.

Ein leises Stöhnen entfuhr ihr. Sie musste vernünftig sein, ihr blieb keine andere Wahl, als in diesem Bett zu bleiben. Erschöpft lehnte Scarlett sich zurück. Leises Tappen dicht neben ihrem Bett ließ sie wieder aufschrecken. Im ersten Moment glaubte sie, ein kleiner Junge würde vor ihr stehen, doch dann lächelte das Kerlchen und zeigte dabei eine Reihe kleiner, spitzer Zähne, die keinem Menschen gehören konnten. Das Lächeln erreichte auch die hellen Kulleraugen. Scarlett konnte nicht anders, als es zu erwidern. Dieses Wesen wirkte durch und durch freundlich. Bei näherer Betrachtung fiel auf, dass die Gesichtszüge ganz leicht schief waren und Scarlett musste unweigerlich an die Kürbisgesichter denken. Es war ein wenig, als wäre ein Künstler beim Modellieren nicht ganz sorgfältig gewesen und deswegen leicht verrutscht. Der Kleine stellte langsam einen Becher auf dem Tischchen neben Scarletts Bett ab.

»Trink den Tee, der gut ist,
Damit du bald wieder heil bist!«, sagte er dazu.

Scarletts Lächeln wurde noch ein wenig breiter.

»Hallo. Danke«, sagte sie leise. Das Brennen in ihrem Hals ließ sie das Gesicht verziehen.

»Wer bist du?«, flüsterte sie. Das Kerlchen strahlte sie an, als hätte ihm gerade jemand etwas geschenkt.

»Mein Name ist Viridis, darf ich wissen, wie deiner ist?«

»Ich bin Scarlett«, antwortete sie mit einem Lächeln.

»Du musst dich ganz schnell erholen,
Das sei dir nachdrücklich empfohlen!«, riet Viridis noch, dann huschte er davon und ließ Scarlett mit dem dampfenden Becher alleine.

Sie pustete vorsichtig hinein. Das Gebräu hatte eine eigenartige Farbe, die Oberfläche schimmerte Smaragdgrün, doch in der Tiefe des Bechers schien ein roter Schimmer zu liegen. Vielleicht war auch dieser Tee, oder was es auch immer in Wirklichkeit war, aus magischen Pflanzen hergestellt? Scarlett war alles recht, dieses Mal hätte sie noch nicht einmal etwas gegen die Schlafbeeren einzuwenden. Nach den ersten vorsichtigen Schlucken hatte sie bereits das Gefühl, als hätte sich das Getränk wohltuend auf ihren Hals gelegt. Er schmerzte nicht mehr ganz so wie stark wie zuvor. Die Wärme tat ihr gut, sogar die Kälte in ihren Händen wich ein wenig vor der Wärme des Bechers zurück. Gleichzeitig fühlte Scarlett aber auch, wie erneut die Müdigkeit von ihr Besitz ergriff. Kaum zu glauben, kurze Zeit wach und schon wieder völlig erledigt. Der Regen war aber auch eiskalt gewesen. Ein Glück, dass sie auf dieses Häuschen gestoßen war! Und ein noch größeres Glück, dass die Bewohner anscheinend nicht ungehalten über ihr Eindringen waren, sondern sie auch noch gesund pflegten. Einen Moment lang regte sich eine Mischung aus Dankbarkeit und schlechtem Gewissen in Scarlett. Es war eigentlich nicht ihre Art, einfach in fremde Behausungen zu stolpern, doch es war im Grunde so, wie die junge Frau gesagt hatte: Der Sturm hatte sie in diese Hütte geweht. Außerdem war die Hütte leer gewesen. Wenn Scarlett jemanden angetroffen hätte, hätte sie selbstverständlich höflich darum gebeten, sich unterstellen zu dürfen. Aber vielleicht wäre sie dann genauso am Tisch eingeschlafen. Sie stellte den fast leeren Becher zur Seite und gähnte herzhaft. Nicht einmal mehr Hunger empfand sie, dabei hatte sich dieser doch gerade so richtig bemerkbar gemacht, bevor das Gewitter losgebrochen war. Einen Moment lang überlegte sie, was passiert wäre, wenn sie im Wald zusammengeklappt wäre. Bei der Vorstellung überlief sie ein kalter Schauer. Den Tod hätte sie sich sehr wahrscheinlich geholt. Schnell leerte Scarlett ihren Becher, um die Wärme zurückzubringen, und verkroch sich unter den Decken. Fast sofort fielen ihr die Lider zu.

Die Bilder waren undeutlich. Hin und wieder glaubte Scarlett, die junge Frau zu sehen, die sich über sie beugte und etwas sagte, was sie nicht verstehen konnte. Wenn sie aus den Tiefen des Schlafs weiter auftauchte, wurde ihr vorsichtig etwas eingeflößt, was ähnlich schmeckte wie das grün-rote Zeug in dem Becher. Manchmal schien Viridis auf einem kleinen Hocker an ihrem Bett zu sitzen und manchmal glaubte Scarlett, ihn gerade noch aus dem Zimmer huschen zu sehen. Was sie davon wirklich sah und was sie nur träumte, konnte sie nicht genau sagen. Ihre Wahrnehmungen waren wie undeutliche Gebilde, die aus einem dichten Nebel auftauchten. Doch der Nebel war angenehm. Sie spürte nicht mehr, dass sich ihr Körper viel zu schwer anfühlte, dass ihr Hals noch immer schmerzte, dass ihr Kopf hämmerte.

Als sich der Nebel endlich lichtete und die Welt um sie herum wieder deutliche Formen annahm, fühlte Scarlett sich wesentlich besser. Viridis saß wieder auf seinem Hocker, baumelte mit den Beinen und betrachtete seine Füße, die in unterschiedlichen Strümpfen steckten. Sein Gesichtsausdruck sprach von Sorge und Anspannung. Dieses Mal schaffte Scarlett es, sich aufzusetzen, ohne das Gefühl zu haben, gleich wieder einschlafen zu müssen, weil sie nicht die Kraft hatte, lange wach zu bleiben. Ihre Bemühungen waren nicht unbemerkt geblieben. Viridis schaute sie an, ein flüchtiges Lächeln huschte über sein Gesicht.

»Hallo, Viridis«, sagte Scarlett. Ein weiteres flüchtiges Lächeln. Dann schaute sich das Kerlchen nach beiden Seiten um, als wollte es sich vergewissern, dass sie tatsächlich alleine waren. Im nächsten Moment prasselten die Worte nur so auf Scarlett ein:

»Sie ist wirklich nicht nett,
Noch liegst du krank im Bett,
Aber kommst du auf die Beine,
Oder wenn es nur so scheine,
Wird sie dir gefährlich,
Glaub mir, ich bin ehrlich.«

Verständnislos über dieses doch eher düstere Gedicht schüttelte Scarlett den Kopf. Der Homunkulus legte eine Hand an seine Wange, als hätte er plötzlich Zahnschmerzen.

Der Dank, den Scarlett eigentlich hatte aussprechen wollen, blieb ihr im Hals stecken.

»Ich verstehe nicht«, gab sie zu. »Was meinst du?« Ein erneuter wachsamer Rundumblick, ein kurzes Lauschen, erst danach fuhr Viridis fort, stieß die Worte so schnell aus, dass sie einander zu jagen schienen:

»Geht es dir erst besser,
Zückt sie bald ihr Messer!«

»Was will sie von mir?« Scarletts Magen krampfte sich unangenehm zusammen. Sie hatte doch niemandem etwas getan, wieso sollte … Bevor Viridis ihr noch einmal antworten konnte, ertönte ein schriller Ruf.

»Viridis? Wo verbummelst du schon wieder meine Zeit?«

»Ich verweile nicht, ich eile!« Mit diesen Worten und einem letzten, warnenden Blick huschte das Kerlchen davon.

Scarlett blieb ratlos zurück. Sie zweifelte nicht daran, dass sich der kleine Kerl wirklich Sorgen um sie machte, etwas sagte ihr, dass er es gut mit ihr meinte. Sie musste sehen, dass sie hier weg kam, so oder so. Nathan wartete schließlich auf sie. Wieder einmal konnte Scarlett nicht hören, was im Rest der Hütte vor sich ging, doch plötzlich wurde der Vorhang zur Seite geschoben und die junge Frau trat ein. Sie schenkte Scarlett ein strahlendes Lächeln, doch dieses Mal hatte Scarlett das Gefühl, dass es die Augen nicht erreichte.

»Ach, sieh an, du bist ja wach! Fein!« Sie klatschte in die Hände wie ein kleines Mädchen und ließ sich auf Scarletts Bettkante nieder.

»Ist er nicht ganz putzig, mein Homunkulus? Er scheint dich zu mögen.«

»Homunkulus?« Scarlett hatte darüber gelesen, über diese künstlichen Menschen … war da nicht etwas mit den Wurzeln einer Pflanze gewesen? Aber sie wäre nicht auf die Idee gekommen, dass es sich bei Viridis um eine Art künstliches Wesen handeln könnte.

»Eigenhändig geschnitzt und gezaubert!«, erklärte ihr Gegenüber mit stolzem Gesichtsausdruck. Gezaubert. Scarlett wich unwillkürlich zurück. Hugos Worte schossen ihr durch den Kopf, sein angstvoller Blick, als er sie beschuldigt hatte: »Du bist die Hexe des Oktobers!« Musste sie sich von allen windschiefen Unterkünften, die es in diesem Wald vielleicht gab, ausgerechnet das einzige Hexenhaus aussuchen?

»Mein Name ist übrigens Ira. Viridis hast du ja kennengelernt.«

Scarlett brachte ein Nicken zustande. Die Hexe runzelte die Stirn.

»Du bist immer noch so blass. Ein wenig frische Luft wird dir mit Sicherheit guttun.«

Sie scheuchte Scarlett aus dem Bett und vor die Tür der Hütte. Als sie das Zimmer verließ, bemerkte Scarlett, dass sie in einem Flur stand, an dessen Ende sich der Vorhang befand, der ihr schon beim Betreten der Hütte aufgefallen war. Von diesem Flur zweigten noch zwei oder drei weitere Räume ab. Entweder sie hatte sich beim Betrachten der Hütte von außen sehr geirrt, oder die Hütte war innen größer. Was sie für wahrscheinlicher hielt, konnte Scarlett selbst nicht sagen.

»Viridis, begleite unseren Gast nach draußen«, befahl Ira. Der Homunkulus griff sofort nach Scarletts Hand und zerrte sie vor die Tür, bevor sie noch etwas sagen konnte. Scarlett dachte kurz darüber nach, einfach loszurennen, doch der Griff des Homunkulus um ihre Hand wurde plötzlich noch fester.

»Denk besser nicht an Flucht,
Wenn man es nur versucht,

Wird der Schmerz schnell unerträglich,
Man fühlt sich lange ganz kläglich.«

»Aber was soll ich denn machen?«, zischte Scarlett.

Der Homunkulus schaute sie bedauernd an.

»Soll dir jemals die Flucht gelingen,
Musst du viel Zeit draußen verbringen.«

»Und das ist alles? Meine einzige Chance?«, murmelte Scarlett. Wie sollte sie denn so jemals zu Nathan gelangen? Es durfte doch nicht hier und jetzt enden, in einer windschiefen Hütte!

»Wieso hat sie mich dann überhaupt gesund gepflegt?«, wollte sie wissen.

Viridis schien eine Weile um Worte zu ringen, bis er ihr schließlich antworten konnte:

»Sie musste erst deinen Nutzen erkennen,
Musste dich als geeignetes Opfer benennen.
Du warst nicht zu gebrauchen, solange du krank warst,
Aber was immer du im Schlaf vor dir gesehen hast,
Du hast von jemandem gesprochen,
Als hätte er dein Herz gebrochen.
Und ein gebrochenes Herz kann sie verwenden,
Um die Liebe einem anderen zu entwenden.«

Scarlett hatte aufmerksam zugehört. Sie musste die Übelkeit herunterkämpfen, die in ihr aufsteigen wollte. Opfer? Ihr Herz verwenden? Das klang nun absolut nicht gut. Und alles nur, weil sie im Traum gesprochen hatte. Es musste um Nathan gegangen sein, aber er hatte doch nicht …

»Aber Nathan hat mir nicht das Herz gebrochen! Es ist die Suche nach ihm, ich habe Angst um ihn und muss ihn retten!«

Dass sie sich an die Träume von Nathan genauso wenig erinnern konnte, wie an die meisten anderen Träume, die sie nachts hatte, ließ ihr fast Tränen in die Augen steigen. Es wäre zu schön gewesen, ihm wenigstens im Traum zu begegnen … Aber sie musste sich zusammenreißen, wenn sie ihn jemals wiedersehen wollte.

»Also sie braucht mein gebrochenes Herz um … jemandem seine Liebe zu nehmen?«

»Ja, so ähnlich,
Ich finde es sehr schäbig.«

Im nächsten Moment zuckte der Homunkulus zusammen, verzog das Gesicht, als hätte er Schmerzen. Scarlett beugte sich zu ihm herunter.

»Was hast du?«, fragte sie besorgt.

»Es ist der schmerzhaft magische Bann,
Der macht, dass ich nichts Schlechtes sagen kann.«

»Du kannst nichts gegen Ira sagen?«, vergewisserte sich Scarlett.

»Wie der Bann, mit dem sie einen belegt,
Damit man sich von der Hütte nicht wegbewegt.«

So war das also. Ira brauchte ihre Gefangenen nicht zu fesseln oder einzusperren, ein magischer Bann sorgte dafür, dass niemand flüchten konnte. Viridis hatte von unerträglichen Schmerzen gesprochen und Scarlett zweifelte nicht mehr daran, dass die Hexe hinter ihrer aufgesetzten Fröhlichkeit Abgründe verbarg. Wahrscheinlich war die Redeweise des Homunkulus, so drollig sie einem auch vorkommen mochte, ebenfalls Iras Werk.

»Redest du eigentlich freiwillig so?«, fragte sie vorsichtig.

Viridis schaute sie vielsagend an.

»Ich bin nicht mal freiwillig hier,
So viel verrate ich dir.«

Natürlich war er das nicht. Er war hier, weil Ira ihn erschaffen hatte. Scarlett schüttelte den Kopf.

»So ein Mist«, murmelte sie.

»Na, Herzchen, ist die Waldluft nicht herrlich?« Scarlett fuhr erschrocken herum. Sie hatte Ira nicht kommen gehört.

»Ja, schon«, antwortete sie. In ihrem Kopf reifte ein Entschluss. Noch würde sie so tun, als wüsste sie von nichts. Aber je kürzer Ira die Fassade aufrecht erhalten konnte, je schneller die Illusion zusammenfiel, umso höher war vielleicht die Chance, dass sie sich irgendwie verriet, irgendeinen Fehler beging.

»Vielen Dank für alles, aber ich muss unbedingt weiter«, erklärte sie.

»Ach, das war doch selbstverständlich. Aber du kannst uns doch nicht schon verlassen!« In gespieltem Entsetzen zog die Hexe des Oktobers die Brauen zusammen.

»Viridis, sie kann alleine stehen«, wandte sie sich unvermittelt an den Homunkulus, der Scarlett augenblicklich losließ und den Blick senkte.

»Ich kann das nicht verantworten, gerade aus dem Bett gestiegen und schon willst du wieder alleine durch den Wald stromern. Das geht doch nicht!« Eins musste Scarlett Ira lassen, man hätte ihre ausschweifenden Belehrungen fast für ehrliche Sorgen halten könnten.

»Wir wollen doch nicht, dass dich gleich das nächste Gewitter überrascht.«

»Aber ich muss …«, setzte Scarlett an, doch Ira winkte ab.

»Ach was. Hat alles Zeit.« Sie griff nach Scarletts Arm und bugsierte sie in die Hütte zurück. Sie drückte Scarlett auf einen Stuhl, jeden weiteren Protest ignorierend. Viridis hantierte am Herd und brachte Scarlett kurz darauf mit einem Lächeln, das halb entschuldigend, halb aufmunternd war, einen Teller mit Suppe. Eine Menge Gemüse schien in der Brühe zu schwimmen, doch war das wirklich ganz normales Gemüse? Zögernd beäugte Scarlett etwas, was nach Karotten aussah.

»Na los, iss, sonst wird das ja nie wieder etwas mit deiner Gesundheit!«, forderte Ira sie auf. Scarlett probierte den ersten Löffel. Es schmeckte tatsächlich gut und ihr Magen begann augenblicklich zu knurren.

»Siehst du, du bist ein halb verhungertes Herzchen!« Langsam begann Iras Getue, Scarlett auf die Nerven zu gehen. Doch sie senkte gehorsam den Blick über ihren Teller. Fluchtpläne ließen sich im gesättigten Zustand viel besser schmieden. Und sie musste nicht nur an sich denken, sondern auch an den Homunkulus. Es wäre nicht richtig, das Kerlchen bei der Hexe zu lassen, sollte ihr die Flucht gelingen.

7

Verzweiflungstat

Es fiel ihr schwer, den Tag lang Ruhe zu halten. Als sie am nächsten Morgen vor der Hütte hin und her laufen konnte, vertrieb das ihre Unruhe wenigstens ein bisschen. Sie steckte die Hände zum Wärmen in die Jackentaschen. Dort ertastete sie etwas Kleines, Hartes. Die Wunschnüsse! Warum war sie nur nicht früher darauf gekommen! Sie konnte sich einfach hier heraus wünschen – und Viridis gleich mit! Sie musste nur noch bis zum Abend warten, wenn sie ungestört war. Am helllichten Tag hatte sie zu viel Angst, dass Ira einmal mehr aus dem Nichts auftauchen würde. Viridis warf ihr den Rest des Tages besorgte Blicke zu, als wüsste er, dass sie etwas plante. Doch sie hatten keine Gelegenheit, offen miteinander zu reden. Trotzdem fiel es Scarlett nun ein wenig leichter, Ruhe zu bewahren. Jetzt, wo sie einen Plan hatte. Sie wartete, bis Stille im Haus eingekehrt war und dann noch länger, um ganz sicher zu sein. Vorsichtig zog sie die Wunschnuss hervor. Sie dachte darüber nach, wie sie den Wunsch formulieren sollte. Sie wünschte sich Rettung für Viridis und sich selbst, irgendeine Form von Rettung. Nein, das war zu ungenau. Sie wollte frei sein. Der Bann sollte gebrochen sein. Dann könnte sie Viridis nehmen und davon schleichen. Heimlich, still und leise.

»Ich wünsche mir, dass der Bann bricht und Viridis und ich frei sind«, murmelte sie.

Als die Wunschnuss in ihrer Hand zu Asche zerfiel, fühlte Scarlett sich schmerzlich an den Kürbis erinnert, der in Flammen aufgegangen war und ihr wurde augenblicklich klar, dass sich auch dieser Wunsch nicht erfüllen würde, dass gerade etwas grässlich schiefgegangen war. Wie betäubt starrte Scarlett auf die feine, graue Asche auf ihrer Hand, die vor einem Moment noch eine Wunschnuss gewesen war. Wie hatte das passieren können? Ohne Vorwarnung wurde der Vorhang zur Seite gerissen und Ira stand im Raum. Ihre Augen sprühten Funken, von dem betont freundlichen Gesichtsausdruck, den sie sonst aufgesetzt hatte, war nichts mehr zu sehen.

»Du wagst es ...«, zischte sie. Mit wenigen Schritten stand sie dicht vor Scarlett, packte mit unerbittlichem Griff ihr Handgelenk und zerrte so heftig daran, dass Scarlett gezwungen war, aufzustehen.

»Du Miststück!«, fuhr Ira sie an, als der Blick der Hexe auf die Ascheflocken fiel, die von Scarletts Hand rieselten. Ira stieß Scarlett von sich und diese landete wieder auf dem Bett.

»Da nehme ich dich in mein Haus auf, pflege dich gesund, und du dankst es mir, indem du versuchst – was sollte das überhaupt werden?«

»Ich wollte weiterziehen können«, antwortete Scarlett.

»Ha! Nirgends wirst du hingehen! Meinst du, ich mache mir die Mühe mit dir, um dich dann ziehen zu lassen? Oh nein. Wenn dein armes, kleines Herz nicht gebrochen wäre, hätte ich dich zurück in den Wald geworfen, statt dir hier ein Dach und Verpflegung zu gewähren. Undankbares Stück!«

Hilflos starrte Scarlett auf ihre noch immer ein wenig graue Handfläche. Wieder hatte sie alles falsch gemacht. Eine Wunschnuss verbraucht und geholfen hatte es gar nichts. Die Hexe war ihrem Blick gefolgt.

»Es ist ja nun nicht ganz so schlimm«, fuhr sie fort, ihre Wut schien urplötzlich verraucht. Sie lächelte sogar wieder ihr übliches Lächeln, das, so strahlend es war, die Augen nie erreichte. »Wunschnüsse besitzen eine ganz eigene Art von Magie. Aber ich habe mich nicht dieser Magie verschrieben, Herzchen. Deine Nüsse richten nichts gegen den Bann aus. Gar nichts. Deswegen will ich dir deinen kleinen Ausrutscher noch einmal verzeihen. Wir wollen doch nicht die Beherrschung verlieren, nicht wahr? Am großen Festtag wirst du deine gerechte Strafe so oder so erhalten.«

»Was hast du mit mir vor?«, wollte Scarlett wissen. Viridis hatte ja schon angedeutet, dass Ira ihr Herz brauchte ...

»Nun, es gibt da einen jungen Mann, einen Prinzen. Sehr gut aussehend. Aber leider einen schrecklichen Geschmack, was Frauen betrifft. Hat sich einfach eine andere ausgewählt, kannst du dir das vorstellen? Ich muss ihn von seinem Irrtum heilen. Es gibt einen Trank, damit man vergisst, wen man liebt und sich in denjenigen verliebt, der den Trank gebraut hat. Die wichtigste Zutat ist ein gebrochenes Herz. Ich warte schon lange auf eins. Was für ein Glück, findest du nicht, dass du mir ausgerechnet ein paar Tage vor dem Fest in die Hütte gestolpert bist!«

Scarlett war sprachlos. Auch wenn sie von Viridis gehört hatte, was Ira vorhatte, ihre Pläne mit Sicherheit zu kennen, war etwas ganz anderes. Der Trank machte vergessen, wen man liebte … Die Worte des Homunkulus kamen Scarlett in den Sinn, dass Ira jemandem seine Liebe wegnehmen wollte. Sie musste den Prinzen nicht von einem Irrtum heilen. Sie würde ein Glück zerstören, um jemanden an sich zu binden, an ihre Seite zu zwingen. So, wie sie es gerade mit Scarlett selbst und auch mit Viridis tat. »Es sieht fast so aus, als würde niemand freiwillig bei dir bleiben wollen.« Scarlett hatte die geflüsterten Worte nicht zurückhalten können. Einen Moment lang starrte Ira sie an, als würde sie sich im nächsten Moment auf Scarlett stürzen und ihre Pläne sofort in die Tat umsetzen wollen. Gleichzeitig wurde hinter all der Wut etwas sichtbar, was fast wie Schmerz wirkte. Ira wirbelte auf dem Absatz herum und rauschte hinaus.

Man kann sich das Glück eben nicht herbeizaubern, ging es Scarlett durch den Kopf. Im nächsten Moment fragte sie sich, ob sie selbst nicht genau das versucht hatte. Sie hatte versucht, sich den Wunsch nach einem Baby mit alter Magie zu erfüllen. Es hatte nicht funktioniert, ganz im Gegenteil. Nun war sie hier, in den Fängen einer Hexe, und musste befürchten, Nathan nicht retten zu können. Einen Moment lang wollte die Verzweiflung Scarlett übermannen, doch sie riss sich zusammen. Es musste einfach einen Ausweg geben. Es konnte nicht damit enden, dass sie ihr Leben lassen würde, dass ihr Herz auch noch die Leben von zwei anderen Menschen zerstören sollte. »Was habe ich getan?«, flüsterte sie. Hätte sie nicht zum falschen Zeitpunkt das Papier entzündet, wäre weder Nathan bei der Kürbiskönigin noch sie selbst hier im Hexenhaus. So verschieden war ihre Situation nun gar nicht mehr, nur, dass niemand ausziehen würde, sie zu retten. Weil niemand wusste, wo sie war.

»Ich hätte doch nie im Leben diesen Zettel verbrannt, wenn es nicht … wenn nicht …« Nicht einmal leise geflüstert konnte sie den Satz zu Ende bringen, nicht einmal denken wollte sie, dass die Angst zu groß geworden war, dass sie befürchtet hatte, alles zu verlieren, Nathan, ihre Träume von einer kleinen Familie, alles. Doch wenn diese Hexe sie umbrachte, war ganz sicher alles vorbei. Nein, so weit durfte es nicht kommen. Es ging hier ja nicht nur um ihr eigenes Leben. Was war mit Nathan? Mit Viridis? Der Homunkulus war zwar, genau genommen, nicht in Gefahr, doch er war trotzdem ein Gefangener der Hexe. Er war alles andere als glücklich mit dieser Situation. Scarlett begann, im Zimmer auf und ab zu gehen. Es musste ihr doch etwas einfallen, es musste einfach! Wenn nur Nathan hier wäre, um ihr zu helfen! Um ihr zu sagen, was sie tun sollte! Doch alleine in diesem dunklen Raum wollte ihr nichts einfallen und aus Verzweiflung stiegen ihr Tränen in die Augen. Scarlett setzte sich wieder aufs Bett und versuchte, die Tränen wegzuwischen und mit dem Weinen aufzuhören, doch als der Damm erst einmal gebrochen war, war es fast unmöglich, die Flut zu stoppen. Es schien eher schlimmer zu werden als besser. Letzten Endes erstickte sie ihr Schluchzen im Kissen und hoffte darauf, dass Ira es nicht hören würde. Als sie den Kopf hob, glaubte sie, Nathan vor sich zu sehen. Sie wollte aufstehen und auf ihn zugehen, doch sie war wie gelähmt. Er stand ruhig da, seltsam durchscheinend, sie konnte die Wand hinter ihm wie durch einen Nebel erkennen. »Was soll ich denn nur tun?«, fragte sie leise.

»Das Baby, Scarlett. Wir wollen doch unser Baby.«

»Wenn wir nicht heil hier rauskommen, wird aus dem Baby wohl nichts. Hilf mir, bitte!«

»Wir werden nach Hause kommen. Und dann werden wir eine richtige Familie.«

»Aber wie denn?«, wollte Scarlett ungehalten wissen. Sie hatte sich von Nathans Gegenwart Hilfe erhofft, nicht weitere Forderungen.

»Wir werden unser Baby schon bekommen«, fuhr er fort. Tausend Dinge gingen Scarlett durch den Kopf, doch noch bevor sie richtig darüber nachdenken konnte, eine weitere Frage stellen oder um Hilfe bitten konnte, löste sich Nathan langsam, aber sicher, auf. Scarlett wollte aufspringen, nach ihm greifen, und schreckte hoch. Ihr Blick wanderte sofort zu der Stelle des Raumes, wo Nathan eben noch gewesen war – oder das Traumbild von Nathan. Er war nicht hier, natürlich nicht. Sie war auf sich alleine gestellt, musste irgendwie zusehen, wie sie zurecht kam. Der Wunsch nach einem Kind verfolgte sie sogar hier, in Lebensgefahr, bis in ihre Träume. Ein leises Rascheln riss sie aus ihren Gedanken. Der Vorhang wurde zur Seite geschoben und Viridis trat herein, lächelte sie schüchtern an.

»Ich wünsche dir einen guten Morgen,
Doch deine Miene spricht von Sorgen«, sagte er leise.

»Ach, Viridis. Ich wollte uns beide hier heraus wünschen. Aber es ging nicht!«, erklärte Scarlett ihm. Sie klopfte einladend neben sich auf das Bett und der Homunkulus durchquerte das Zimmer und setzte sich neben sie.

»Dass du an mich gedacht hast bei der Flucht
– du hast es ja wenigstens versucht –,
Dafür will ich dir ganz herzlich danken,
Doch setzt Ira unüberwindliche Schranken.«
Scarlett seufzte.
»Es ist alles so hoffnungslos!«, stellte sie leise fest.
Der Homunkulus schüttelte ernst den Kopf.
»Das darfst du nicht einmal denken,
Sie wird uns die Freiheit nicht schenken,
Doch willst du die Hoffnung aufgeben,
Kannst du gleich wegwerfen dein Leben.«

»Das ist wohl wahr. Aber was soll ich denn tun! Du weißt doch, dass sie mich am Tag des Festes töten will. Ich weiß ja nicht einmal, wie lange es bis dahin noch ist!« Bis es zu spät sein würde. Scarlett konnte nur hoffen, dass sie auch nach dem Fest noch in den November gelangen konnte. Doch eins nach dem anderen, sie musste hier raus, weiter brauchte sie gar nicht zu denken, denn das alleine würde schwer genug werden.

Viridis hatte die Stirn gerunzelt und schien angestrengt zu überlegen.

»Will man auf Rettung hoffen,
Wird sie oft draußen angetroffen«, erklärte er und verzog im nächsten Moment das Gesicht.

Scarlett legte eine Hand auf seine Schulter. »Alles in Ordnung? Das hättest du wieder nicht sagen sollen, nicht wahr?«

»Du weißt, dass sie es hasst,
Wenn man manches in Worte fasst.
Wie viel Zeit uns noch bleibt,
Kann ich nicht genau sagen,
Doch ich bin zu allem bereit,
Wir müssen es einfach wagen.«

Scarlett musste fast schon gegen ihren Willen lächeln. Dabei war es alles andere als komisch, wie Viridis sich abmühen musste, seine Gedanken in diese Form zu bringen. Er saß da und schaute sie aus seinen großen Augen ernst und nachdenklich an. Fast hätte sie ihn gefragt, ob er selbst schon einmal versucht hatte, Iras Fängen zu entkommen, doch sie wollte ihm weitere Schmerzen ersparen und auch, dass er sich noch mehr Mühe dabei machte, ihr die Dinge verständlich zu erklären. Er machte einen Satz vom Bett herunter und zog Scarlett ungeduldig am Ärmel. »Wo willst du denn hin?«, fragte sie reflexartig und biss sich im nächsten Moment auf die Zunge.

»Ich will nach draußen,
Du solltest sausen.«

Dieses Mal lächelte Scarlett wirklich und folgte dem kleinen Kerl aus der Hütte. Schweigend liefen sie so weit wie möglich von der Hütte weg, hielten sich ungefähr einen halben Schritt von der Grenze entfernt, ab der es schmerzhaft werden würde. Viridis hatte Scarletts Arm gegriffen und stumm den Kopf geschüttelt, sobald sie Anstalten machte, weiter zu gehen. Und Scarlett hatte Viridis nicht zu langen Erklärungen zwingen wollen. Er hatte ja erwähnt, dass um das Haus ein Bann lag.

8

Eine einzige Chance

Nach einer Weile rief Ira nach Viridis und er huschte wieder in die Hütte. Scarlett blieb alleine zurück. Sie fragte sich, woher Rettung kommen sollte, wenn der Wald doch allem Anschein nach verlassen vor ihr lag. Wenn alle beim Fest waren und bestenfalls das Rascheln des Windes in den leuchtenden Herbstblättern die Stille unterbrach. Niemand wusste, dass sie hier war. Niemand wusste, dass sie in Gefahr war. Ein paar Schritte von ihr entfernt wurde ein Blatt von einem Ast geweht. Der Wind trug es davon, eine leuchtend rote Spur, der Scarlett mit den Augen folgte. Wie das Blatt sich hin und her drehte, bevor es hinter einem Baum verschwand, schien sie herauszufordern. Vielleicht musste sie einfach nur die Schmerzen überstehen? Vielleicht musste sie es wagen und einen Schritt nach dem anderen machen, die Zähne zusammenbeißen, es irgendwie aushalten. Sie würde wohl kaum an diesem Bann sterben, oder? Ira hatte gar kein Interesse daran, sie zu töten, zumindest nicht zu früh, so viel wusste sie ja. Und man konnte so Einiges aushalten. Für Nathan allemal. Scarlett machte ein paar Schritte, doch dann blieb sie stehen. Sie würde Viridis hier zurücklassen. Wenn Ira ihn nun dafür verantwortlich machte, dass sie entkommen war? Sie würde ihm aber sicher nichts tun, oder? Scarlett setzte sich wieder in Bewegung. Sie musste das für Nathan tun. Es zumindest versuchen. Erneut blieb sie stehen. Sie wusste nichts über Magie. Sie hatte schon so viel erlebt im September und Oktober, Magie konnte wunderbare, aber auch schreckliche Dinge bewirken. Wie konnte sie denn sicher sein, dass der Bann sie nicht töten würde? Scarlett war hin und her gerissen. Sie wollte, musste Nathan retten, doch sie hatte schreckliche Angst. Wenn er hier gewesen wäre, wenn er mit ihr hätte flüchten müssen, wenn er ihr gesagt hätte, dass sie es schon schaffen würden, dann hätte sie ihm geglaubt. Aber da war niemand, der ihr helfen würde. Kein Nathan, dem sie folgen konnte. Und das war ihre Schuld, mit ihrem Wunsch, ihrer Verzweiflung ... Eine leise Stimme in ihrem Innern wagte es, dagegen zu protestieren, versuchte ihr zu erklären, dass sie vielleicht gar nicht alleine an allem schuld war. Sie fuhr die Stimme gedanklich an, mit den Lügen aufzuhören, doch der Schatten eines Zweifels blieb. Letzten Endes war ihr Wunsch in eine Katastrophe umgeschlagen, hatte sich nicht erfüllt, hatte nichts genutzt, ihre Flucht mit Hilfe der Wunschnuss war nicht gelungen, sie war nicht schwanger, ihr Bauch war noch immer babyleer, es befand sich nichts darin – immer nur nichts, nichts, nichts. Die Tränen brachen unkontrolliert aus ihr heraus, sie zitterte, plötzlich war ihr kalt. Es half nichts, sich auf den Waldboden zu setzen und das Gesicht in den Händen zu vergraben. Wenn sie die Augen schloss, war dort Dunkelheit und darin eine weitere Form von nichts. Scarlett versuchte, diese Schwärze mit Bildern zu füllen, mit *etwas*. Als sie eine Berührung am Knie spürte, schaute sie auf. Viridis stand neben ihr, schaute sie besorgt an, fast so, als wollte er am liebsten mit ihr weinen.

»Es tut mir so leid –

Sie ist so voller Bitterkeit ...«, murmelte er leise. Scarlett war dankbar für die wenigen Worte, die doch so viel ehrliche Anteilnahme ausdrückten. Trotzdem bedeutete sein Auftauchen auch, dass die Gelegenheit vertan war. Im nächsten Moment verzog der Homunkulus das Gesicht. Scarlett brauchte einen Moment um zu erkennen, dass der Bann wieder griff, dass er etwas über seine Herrin gesagt hatte, was er nicht hätte sagen sollen.

»Alles lösen tut sie nie,
Die wankelmütige Magie,
Krank macht sie manchmal,
Statt Lösung wird sie Qual.
Darum kommt mit mir zum Haus zurück,
So nahe an der Banngrenze droht Unglück.«

Der kleine künstliche Mensch schaute Scarlett hilflos an, öffnete den Mund ein weiteres Mal, schloss ihn wieder, hob die Schultern. Scarlett runzelte die Stirn, schüttelte langsam den Kopf. In Viridis' Augen schlich sich Enttäuschung, doch Scarlett legte ihm eine Hand auf die Schulter. »Warte, lass mich nachdenken«, forderte sie ihn auf. Die Magie war also wankelmütig, nicht die Lösung für alles, konnte krank machen. Und von dem Bann drohte ihr Unglück ... Scarlett schniefte.

»Meinst du, der Fluch um die Hütte macht krank? Meinst du das mit Unglück?« Der Homunkulus strahlte sie an, was seltsam unangemessen wirkte. Am liebsten hätte Scarlett weiter nachgefragt, aber Viridis hatte schon solche Probleme damit gehabt, ihr alleine das zu erklären, dass sie es dabei beließ. Wahrscheinlich konnte er ihr nicht viel dazu sagen, ohne über Ira zu reden, und er sollte ihretwegen nicht leiden. Scarlett folgte ihm widerstandslos ins Haus zurück, setzte sich niedergeschlagen auf ihr Bett. Ohne ein weiteres Wort huschte Viridis wieder davon. Die plötzliche Einsamkeit schien sich um Scarlett zusammenzuziehen, sie zu erdrücken. Bevor es noch schlimmer werden konnte, kehrte der Homunkulus zum Glück zurück, einen Becher mit dampfendem Inhalt in der Hand. »Danke!«

»Gern geschehen,

Sie hat es nicht gesehen«, antwortete Viridis. Scarlett nahm vorsichtig den ersten Schluck. Was auch immer in diesem Becher war, es schmeckte gut und schien die Kälte zu vertreiben. Und ein wenig von der Traurigkeit zu verscheuchen, die sie empfand. Von der Enttäuschung über sich selbst, weil sie nicht gehandelt hatte, als sie die Gelegenheit gehabt hätte. Sie würde Nathan nicht noch einmal enttäuschen! Nach einem weiteren Schluck ging es ihr noch ein wenig besser. Hatte dieser kleine Kerl etwa ... Scarlett traute sich nicht, zu fragen, doch der Homunkulus schien sichtlich zufrieden mit sich und der Welt. Fast wie ein Kind, das einen Erwachsenen überlistet hatte. Scarlett konnte nicht anders, ihre Mundwinkel zuckten kurz. Viridis blinzelte ihr noch einmal verschwörerisch zu, dann huschte er wieder davon. Dieses Mal war es nicht ganz so schlimm, alleine zu bleiben. Langsam und vorsichtig leerte Scarlett den Becher. Sie glaubte, einen leichten Geschmack nach Johannisbeeren wahrzunehmen, doch er war so schwach, dass sie nicht sicher sein konnte. Was auch immer es war, es wirkte. Und dass Viridis ihr so selbstlos half, erfüllte Scarlett mit einem Gefühl von Dankbarkeit und Zuneigung. Der arme Homunkulus hatte schon mehr als genug für sie ertragen. Irgendwie musste sie ihm doch helfen können, etwas für ihn tun können ... Scarlett dachte angestrengt nach, doch sie kam zu keinem Schluss. Stattdessen verfiel sie in eine Art Dämmerschlaf. Bilder zogen vor ihrem inneren Auge vorbei, die fast sofort wieder verschwunden und vergessen waren. Als der Vorhang mit einem Ruck zur Seite gerissen wurde, fuhr Scarlett hoch. Ira stand im Zimmer, das Lächeln auf dem Gesicht, das für andere Leute vielleicht herzlich wirkte, für Scarlett aber wie eine verschlagene Grimasse aussah. »Nun, Herzchen, noch immer unter den Lebenden?« Scarlett machte sich nicht die Mühe, zu antworten.

»Genau genommen erlöse ich dich, Herzchen.« Scarlett schaute die Hexe erstaunt an.

»Ja, aber sicher. Ich weiß, wie weh es tut, das, was man liebt, nicht besitzen zu können. Ich beende diesen Zustand für dich.«

»Lieben heißt nicht besitzen«, flüsterte Scarlett. Unvermittelt zogen sich dunkle Wolken über Iras Gesicht zusammen und die Hexe, die man eben noch für das nette Mädchen von nebenan hätte halten können, wenn man es nicht besser gewusst hätte, schoss auf Scarlett zu und versetzte ihr eine schallende Ohrfeige.

»Was bildest du dir eigentlich ein, mir Widerworte zu geben?«, schrie Ira sie an. Scarlett war völlig perplex. Sie hielt sich die schmerzende Wange und starrte Ira nur an. Anscheinend hatte sie einen wunden Punkt getroffen, aber mit diesem Ausmaß an Launenhaftigkeit hatte sie nicht gerechnet. Die Hexe streckte abermals die Hand nach ihr aus, Scarlett zuckte zusammen, doch dieses Mal strich Ira ihr über die Haare.

»Nicht weinen, Kleines. Wir lösen dein Problem. Dein böses Herz schneiden wir heraus, dann macht es dir keine Schwierigkeiten mehr.«

Zum zweiten Mal innerhalb weniger Augenblicke war Scarlett vollkommen überrascht. Der Tonfall, in dem Ira das sagte, als wäre es tatsächlich eine große Erleichterung für sie, bestialisch ermordet zu werden, jagte Scarlett einen Schauer über den Rücken. Langsam wusste sie nicht mehr, was schlimmer war – Iras unvermittelte Wutausbrüche, die Leichtigkeit, mit der sie andere verletzte – oder diese Art von Zuwendung, die fast schon krank erschien. Scarlett war froh, als Ira das Zimmer verließ. Einen Moment lang hatte sie gewirkt, als wäre sie zu allem fähig. Wie ertrug Viridis nur diese Launenhaftigkeit? Im nächsten Moment fragte sie sich, was Ira so hatte werden lassen, was sie erlebt hatte, um so zu werden. Um einfach so das Leben eines anderen Menschen beenden zu wollen. Einen Moment fragte Scarlett sich, was sie in diesem Hexenhaus noch erwarten würde. Schlimme Dinge? »Wenn, dann ist es ja bald vorbei.« Wieder stiegen Scarlett Tränen in die Augen. Sie fühlte sich ohne Nathan so verloren.

9

Sternenschauer

Als Scarlett das nächste Mal erwachte, richtig erwachte, mit klarem Verstand, war es mitten in der Nacht. Der vergangene Tag kam ihr wie ein verrückter Traum vor. Sie hatte immer wieder geweint und war schließlich wieder unter Tränen eingeschlafen. Aber jetzt … jetzt ging es tatsächlich wieder. Ihr Blick fiel auf den Becher auf ihrem Nachttisch und sie fragte sich, wie viel Anteil Viridis daran gehabt hatte, dass es ihr bereits jetzt wieder besser ging. Im nächsten Moment kam Scarlett ein Gedanke in solcher Klarheit, dass er fast wie eine Glasscherbe wirkte. Sie brauchte frische Luft. Jetzt und sofort. Um draußen nicht sofort wieder zu frieren, wickelte sie sich eine Decke um die Schultern. Leise trat sie aus dem Haus, das vollkommen still war. Nicht einmal das Holz knackte leise. Scarlett beeilte sich, nach draußen zu kommen. Wie sollte sie nur aus dieser unseligen Gefangenschaft herauskommen? Lebendig herauskommen, wohlbemerkt? Wie lange war es noch bis Halloween? Die klare Nachtluft tat gut. Es war nicht ganz so kalt, wie Scarlett geglaubt hatte, aber manchmal war der Oktober ja noch erstaunlich warm. Der Geruch nach Erde und Blättern lag in der Luft. Scarlett hob den Blick zum Himmel und hielt den Atem an. So viele Sterne funkelten dort oben. Der Sternenhimmel war anders, als sie ihn kannte. Die Bilder waren andere. Eines davon sah fast aus wie ein Herbstblatt. Ein anderes erinnerte sie an Orion, aber ein klein wenig verschoben. Der himmlische Jäger … warum eigentlich ein Jäger? Scarlett konnte sich nicht erinnern, warum das Sternbild so hieß, aber warum gab es keinen himmlischen Ritter? Den hätte sie jetzt wunderbar gebrauchen können … Als ein leises Geräusch die Stille durchbrach, glaubte Scarlett im ersten Moment, zu träumen. Aber da war es wieder, leise, gleichmäßig. War das tatsächlich … Hufschlag? Scarlett spürte, wie ihr Herz schneller schlug, am liebsten wäre sie losgerannt in die Richtung, aus der die Laute kamen, doch sie wusste, dass sie nicht so weit kommen würde. Alles, was sie tun konnte, war, laut zu rufen. Aber wenn sie das zu früh tat, dann würde Ira sie erwischen, bevor der vermeintliche Retter nahe genug war, um tatsächlich zu helfen.

»Nerven behalten, Scarlett«, sprach sie sich selbst Mut zu. Es ging um alles oder nichts, um ihr Leben, um ihre einzige Chance, Nathan doch noch zu retten – was doch eigentlich dasselbe war. Der Hufschlag kam näher. Noch ein paar Schritte in Richtung der magischen Grenze konnte Scarlett wagen, bevor ihr die Magie Schmerzen zufügen würde. Angestrengt spähte sie in die Dunkelheit zwischen den Bäumen, natürlich vergebens, denn der Oktoberwald war dicht und noch trugen viele der Bäume Blätter. Außerdem war es mitten in der Nacht. Wieder war das Hufgetrappel ein wenig deutlicher geworden. Scarlett kannte sich mit Pferden nicht aus, ging aber davon aus, dass es nur eins war. Scarlett holte tief Luft. Langsam musste sie es riskieren, bevor, wer auch immer dort draußen durch die Nacht ritt, sich wieder entfernte.

»Hilfe!«, schrie Scarlett und zuckte selbst zusammen, als der Schrei die Stille durchbrach. Fast erwartete sie, dass irgendein Tier davonhuschen würde, doch nichts rührte sich. Die Hufschläge hörten auf. Scarlett bekam es mit der Angst zu tun, schrie weiter, bis ihre Lungen brannten, bis jemand sie am Arm packte, anbrüllte und so sehr schüttelte, dass sie kein klares Wort mehr herausbrachte.

»Was ist hier los?«

Der Klang der Worte ließ die Welt erstarren. Scarlett nahm erst jetzt richtig wahr, dass Ira mit zerzausten Haaren in einer Art Nachthemd vor ihr stand. Die Fingernägel der Hexe gruben sich tief in Scarletts Arm, sodass an einer Stelle sogar ein Blutstropfen über die Haut rann.

»Irina, was tust du?« Ein Geräusch ertönte, als wären Füße auf dem Waldboden aufgekommen. Scarlett konnte nicht sehen, was hinter ihr passierte, doch jetzt näherten sich Schritte. Irina – wer war Irina? Die Hexe, Ira?

»Verschwinde, Kaleb«, zischte die Hexe.

»Du hast mit nichts mehr zu sagen, *Hoheit.*«

Wie er das Wort betonte, klang es mehr wie eine Beleidigung als wie ein Titel. Scarlett hätte zu gerne gewusst, was sich hier gerade abspielte, aber schon beim kleinsten Versuch, sich zu bewegen, auch nur in die Richtung der Schritte zu sehen, zerrte Ira an ihr herum und ihre Nägel fügten Scarlett weitere Kratzer zu.

»Dass der Palast nicht mehr steht, hat nichts an meinem Geburtsrecht geändert!«, verkündete Ira mit einem gewissen Stolz in der Stimme. Scarlett hörte ein Seufzen.

»Dass du den Palast in einem Wutanfall abgebrannt, mehr als einen Menschen getötet und für einen Regen aus roter Asche gesorgt hast, ändert sehr wohl etwas an deinem Geburtsrecht. Ich muss dir nicht erklären, dass der Palast der Oktoberkönige symbolisch für ihre Herrschaft stand. Dass der heilige Baum mit dem Palast abgebrannt ist. Kein Palast mehr, kein Baum mehr, keine Oktoberkönige mehr. Keine Prinzessin.«

»Mein Vater ...« Ira klang plötzlich wie ein trotziges Kind.

»Dein Vater steht Prinz Cay mit Rat und Tat zur Seite, wenn ihm die Trauer um seine einzige Tochter nicht zu stark zu schaffen macht. Oder die Narben von den Verbrennungen, weil er versucht hat, Menschen aus den Flammen zu retten.«

Einen Moment herrschte Stille auf der Lichtung. »Dein Vater, Irina, hat immer alles für dich getan. Wahrscheinlich war das ein Fehler.«

Ira zischte etwas, was Scarlett nicht verstand und zerrte sie mit sich.

»Du nimmst sie mir nicht! Du nimmst mir Cay nicht noch mal! Es ist schlimm genug, dass mein Vater so tut, als wäre ich tot! Schlimm genug, dass er Cay, obwohl er nicht sein Sohn war, die letzten Früchte des heiligen Baums verwahren lässt. Für mich macht es Cay zu gar nichts, auch wenn ihr gerne einen Prinzen in ihm sehen würdet!«

Scarlett verstand immer weniger. Sie versuchte, Widerstand zu leisten, denn sie wusste, sollte Ira es schaffen, sie zurück ins Haus zu bringen, dann wäre alles verloren. Doch zum Glück kam Ira nicht besonders weit. Eine Gestalt schob sich in Scarletts Blickfeld. Plötzlich wurde es taghell, aber nur für einen Moment. Scarlett konnte einen jungen Mann erkennen, dem mittelbraune Haare ins Gesicht fielen, dann war das Licht wieder verschwunden. Als wäre ein Blitz über den Himmel gehuscht. Sie wartete auf den Donner, der dem Blitz normalerweise folgte, doch er kam nicht.

Stattdessen hörte sie Ira sagen: »Sie fallen schon jetzt.«

Der Fremde nutzte den kurzen Moment, um nach Scarlett zu greifen, wollte sie Ira entreißen. Scarlett hatte nicht die leiseste Ahnung, wer fiel und warum, die Tatsache, dass mittlerweile zwei Menschen an ihr zogen und zerrten, behinderte sie beim Denken, sich umzuschauen war noch viel schwerer.

»Das tut weh!«, rief Scarlett, biss sich dann aber ängstlich auf die Lippen. Vielleicht sollte sie besser still sein. Ira musste recht schnell aufgeben, doch nur für einen Moment, dann murmelte sie ein paar Worte und der junge Mann taumelte erschrocken zurück. Bevor Scarlett richtig verstanden hatte, dass sie gerade einen Moment frei gewesen war, lag sie am Boden und starrte in den Himmel. Ihre Hände und Füße fühlten sich an, als wären sie festgebunden, auch wenn keine Seile zu sehen waren. Es musste einer von Iras Zaubern sein. Scarlett konnte kaum atmen sich erst recht nicht bewegen. Und wieder wurde es hell, doch dieses Mal sah sie, was das Licht mit sich gebracht hatte: Sternschnuppen. Die größten Sternschnuppen, die sie je gesehen hatte. *Sie fallen schon jetzt.* Sterne fielen vom Himmel. Im nächsten Moment sah Scarlett etwas ganz anderes aufblitzen. Ira stand über ihr, einen Dolch in der Hand.

»Nein!«, schrie Scarlett mit schriller Stimme. Sie wollte nicht sterben, sie durfte nicht! Was sollte dann aus Nathan werden? Schon wieder zischte eine Leuchtspur über den Himmel. Der Schweif des Kometen ließ Iras Klinge erneut aufblitzen, es war fast, als würden Funken darüber tanzen. Unter anderen Umständen hätte das schön sein können, aber wenn man darauf wartete, dass diese Funkenklinge ins eigene Herz eindrang, hatte man für Schönheit keinen Blick mehr.

»Nicht!«, schrie jemand und zu Scarletts Überraschung war sie es nicht selbst gewesen. Aus den Augenwinkeln erkannte sie Viridis.

»Du hast kein Recht, es wäre zu schlecht!«, hörte sie ihn sagen. Ira schenkte ihm keine Beachtung. Er zerrte am freien Arm der Hexe und Scarlett befürchtete schon, dass Ira ihn zuerst erledigen würde, einfach, damit er ihr nicht mehr im Weg war und weil er es gewagt hatte, sich ihr zu widersetzen. Doch plötzlich wurde Viridis von ihr weggeschoben, Scarlett sah noch, wie eine Hand Ira an den Haaren packte, dann war alles aus ihrem Blickfeld verschwunden. Sie hörte jemanden nach Luft schnappen, Ira wütend kreischen, ein dumpfer Schlag und ein Aufprall.

»Wie …« keuchte Ira entsetzt.

»Wir haben gelernt, deinen Zaubern zu widerstehen«, antwortete die Stimme des jungen Mannes ruhig. »Manchmal brauchen wir einen Moment, um den Zauber zu brechen, aber wir sind dir nicht mehr ausgeliefert.«

Scarlett glaubte, sich verhört zu haben. Wie ging denn so etwas?

»Alles in Ordnung?«, hörte sie Viridis leise neben sich flüstern.

»Ich lebe noch. Und du sprichst völlig normal.« Scarlett wusste nicht, was sie mehr überraschte.

»Die Wunschnuss«, sagte der Homunkulus nur. Dann begann er, andere Worte zu sprechen. Worte, die sich nicht reimten, aber Scarletts Fesseln lösten. Scarlett setzte sich langsam auf. In ihrem Kopf begannen die Gedanken an die richtige Stelle zu fallen.

»Du kannst zaubern? Wenn du nicht in Reimen sprechen musst, kannst du zaubern?« Viridis strahlte sie an, senkte dann verlegen den Blick, schaute mit leicht gesenktem Kopf wieder zu Scarlett auf. Sie umarmte den kleinen Kerl stürmisch. Dann schaute sie sich nach Ira um, doch Kaleb versperrte ihr die Sicht auf die Hexe. Scarlett war unsagbar erleichtert, dass sie wenigstens Zeit hatte, wieder zu Atem zu kommen, während Kaleb Ira in Schach hielt.

»Ich bin ein magisches Geschöpf«, erklärte Viridis. »Ein ganz klein wenig zaubern kann ich, nur ein klein wenig. Aber es wäre für Ira zu viel gewesen.«

»Danke!« Scarlett wusste nicht, wie oft sie das Wort wiederholte. Die Wunschnuss hatte also nicht gar nichts bewirkt. Wenigstens hatte es irgendwie dazu beigetragen, den Bann, unter dem Viridis gestanden hatte, langsam zu lösen. Wenn es den Bann gelöst hatte … Vielleicht war dann auch der Bann um die Hütte …

»Komm mit!« Mit neuer Entschlossenheit sprang Scarlett auf die Füße, zog den Homunkulus mit sich, in Richtung Wald. Dieses Mal würde sie nicht zu lange zögern! Viridis wehrte sich, Scarlett wollte ihm gerade erklären, was sie dachte, als sie gegen eine Wand aus tausend Nadeln zu prallen schien. Scarlett stöhnte auf. Nun war es Viridis, der sie langsam wieder in Richtung der Hütte zog.

»Es endet erst mit ihrem Tod oder wenn sie sich entscheidet, den Bann aufzuheben«, erklärte der Homunkulus leise.

Scarlett nickte, sie konnte vorerst nicht sprechen.

»Ich gehe nirgendwohin!«, hörte Scarlett Ira in diesem Moment rufen. Sie wandte sich der Szene zu, die sich die ganze Zeit hinter ihr abgespielt hatte. Der junge Mann hielt nun Iras Dolch in der Hand, sie stand mit verschränkten Armen vor ihm und durchbohrte ihn regelrecht mit Blicken.

»Cay hätte dich nicht so lange hier draußen gewähren lassen dürfen. Du hast versucht, jemanden zu töten, der sich in seinem Königreich befindet. Du weißt, was das bedeutet. Entweder du kommst freiwillig mit mir oder ich muss dich zwingen.«

»Versuch es doch.«

Scarlett glaubte kurz, Bedauern über das Gesicht des Fremden huschen zu sehen. Als würde er eigentlich aufgeben wollen, weil er genau wusste, dass er nicht gewinnen würde … Viridis umklammerte Scarletts Hand fester. Der junge Mann ging auf Ira zu, die in einem Moment noch völlig ruhig dastand, sich im nächsten Moment mit einem Schrei

auf ihn stürzte – und in seinen Armen zusammensackte. Langsam ließ er sie zu Boden gleiten. Scarlett sah erst auf den zweiten Blick den Griff des Dolches aus ihrer Brust ragen. Sie schluckte, versuchte, Viridis mit der freien Hand die Augen zuzuhalten. Doch der Homunkulus drückte ihre Hand zur Seite, murmelte leise: »Lass, ist schon gut.«
Scarlett war wie erstarrt. Ein weiterer Stern fiel vom Himmel und ließ keinen Zweifel mehr: Der eigene Dolch hatte das Herz der Hexe durchbohrt. Was Scarlett fast noch mehr erschreckte, war das leichte Lächeln, das auf Iras Gesicht lag.

10

Abschiedsrituale

Der Fremde ging neben der Toten in die Hocke, schloss mit einer fließenden, vorsichtigen Bewegung ihre Augen. Viridis ließ Scarlett los und stellte sich neben ihn. Scarlett runzelte die Stirn. Sprachen die beiden eine Art Gebet? Sie kannte sich mit den Bräuchen hier nicht aus, hielt sich lieber abseits. Nach einer Weile löste sich Viridis aus der Starre, in die er gefallen war, der Fremde, Scarletts Retter, erhob sich und kam auf sie zu. »Wie geht es dir?«, fragte er.

Scarlett hob die Schultern, wich ein Stück zurück.

»Du brauchst keine Angst mehr zu haben«, beruhigte er sie.

»Ich lebe noch, schätze ich«, beantwortete sie seine erste Frage zögernd.

»Und das ist sehr viel wert. Mein Name ist Kaleb Sheltwood.« Er verbeugte sich leicht vor ihr und Scarlett versuchte, ein wenig verwirrt, einen Knicks anzudeuten, nachdem sie ihren Namen genannt hatte.

Die nächsten Worte richtete Kaleb an Viridis. »Wir sollten sie nicht mitnehmen, oder?«

Der Homunkulus schüttelte den Kopf. Die beiden schienen sich zu kennen, einen Moment stumme Zwiesprache zu halten.

»Falls du noch Dinge einpacken möchtest ...«

Viridis huschte davon, in die Hütte.

»Was passiert jetzt?«, fragte Scarlett leise.

»Ich warte, bis Viridis zurück ist. Viel wird er nicht behalten wollen aus diesem Leben. Dann bringe ich Ira – Irina – in die Hütte und verbrenne sie und das Haus. Das ist das Einzige, was Sinn ergibt.«

Scarlett spürte, wie ihre Kehle bei diesen nüchternen Worten eng wurde.

»Die sture Ziege hätte ja einmal im Leben nachgeben können«, murmelte Kaleb.

Scarlett schaute ihn erstaunt an. Lag da nicht auch Bedauern in Kalebs Stimme? Als hätte es seine Worte gehört und würde ihm zustimmen, nickte sein Pferd mit dem Kopf. Langsam kam das Tier nun näher, machte dabei einen großen Bogen um die tote Hexe. Kaleb klopfte ihm aufmunternd, wie es Scarlett schien, den Hals. »Mir ist ja nichts passiert, mein Guter. Corrinn macht sich gerne Sorgen«, erklärte er, an Scarlett gewandt. Das Pferd schnaubte leise. Ein Lächeln huschte über Scarletts Gesicht, doch zur Sicherheit brachte sie ein wenig Abstand zwischen sich, das fremde Tier und seinen Besitzer.

»Corrinn beißt nicht. Er kann nur Hexen nicht ausstehen«, erklärte Kaleb.

Erst jetzt war Scarlett richtig in der Lage, zu verstehen, was gerade passiert war. Die ganze Zeit hatte ein Teil von ihr noch damit gerechnet, aus einem bösen Traum zu erwachen … Sie wich noch ein Stück von Kaleb zurück. »Sie ist tot«, stellte sie mit erstickter Stimme fest.

»Es war ihre eigene Waffe. Sie hat sich praktisch hineingestürzt«, erwiderte er leise.

In diesem Moment kehrte Viridis zurück, mit einem Buch unter dem einen Arm und einem kleinen Bündel unter dem anderen. Er legte beides neben Scarlett auf den Boden. »Die Pferde«, murmelte er dann und verschwand wieder, irgendwo hinter der Hütte.

Pferde? Scarlett hatte nie Pferde gesehen, während sie bei Ira *zu Besuch* gewesen war. Dennoch kam Viridis kurze Zeit später zurück, saß selbst auf einem Pony und hielt den Führstrick eines größeren, dunkelgrauen Pferdes in der Hand. Kaleb beobachtete mit Argusaugen, wie sich die drei Tiere beschnupperten, doch allem Anschein nach gab es zwischen ihnen keine Meinungsverschiedenheiten. Noch einmal klopfte er Corrinn den Hals, dann wandte er sich an Viridis. »Fertig?«

Der Homunkulus nickte nur. Kaleb ging zu Ira, nahm sie auf die Arme und trug sie in die Hütte.

Viridis schubste Scarlett an. »Hier, nimm.« Er hielt ihr den Führstrick hin, das graue Tier betrachtete sie interessiert.

»Ich?«, fragte Scarlett verwirrt.

»Wie willst du sonst irgendwohin kommen? Kaleb reitet nach Halloween zurück und wir sollten ihn begleiten.«

»Woher kennst du ihn?«

»Er war manchmal hier. Wobei ›hier‹ fast zu viel gesagt ist. In der Nähe. Ich bin manchmal für Ira Pflanzen sammeln gegangen und habe ihn dabei hin und wieder getroffen. Er hat Ira nie getraut. Die Sheltwoods sind eine sehr alte Familie, sie haben ihren Namen von einem Waldstück, in das sich vor einer Ewigkeit Menschen zurückgezogen haben, um Schutz zu finden. Das ist alles so lange her, dass es keine richtigen Erzählungen dazu gibt, was eigentlich passiert ist und wo sich dieser Teil des Waldes befunden hat. Aber Kaleb Sheltwood ist einer der Ritter des Prinzen, du kannst ihm trauen.«

»Prinz?«

»Prinz Cay, der nach dem Fall der Oktoberkönige an deren Stelle getreten ist. Nachdem Prinzessin Irina zur Hexe Ira wurde und den Palast in Schutt und Asche gelegt hat. Im Innenhof des Palastes stand ein magischer Baum, man sagt, das Land selbst hat durch diesen Baum zum Oktoberkönig gesprochen. Aber nur zu ihm, das machte den Oktoberkönig zum Oktoberkönig. Man sagt, als der Palast abgebrannt ist, hat Iras Vater Cay gebeten, so viele Früchte von diesem Baum zu retten, wie möglich, weil sie den Baum selbst nicht retten konnten. Seitdem ist er der Prinz des Oktobers, und es gibt Geschichten, dass man versucht, einen neuen Baum heranwachsen zu lassen. Aber zu wem er dann sprechen wird und ob jemals überhaupt wieder, weiß man nicht.«

»Aber das war doch alles vor deiner Geburt, oder? Woher weißt du das?«

Viridis schaute sie auf eine Art an, die Scarlett nicht richtig deuten konnte. »Ja, das war … vor mir. Aber Kaleb hat mir davon erzählt, er war dabei. Keine schöne Geschichte.«

Scarlett dachte nach. »Weil Ira … weil Prinzessin Irina Cay nicht bekommen hat?«

Der Homunkulus nickte langsam. »So ähnlich.«

Corrinn schnaubte und das andere Pferd schubste Scarlett mit der Nase an.

»Wie heißt es?«, fragte sie Viridis.

»Sic. Nebelkind.«

Scarlett betrachtete das Pferd, das ausgewachsen war und definitiv zu groß, als dass sie es als Kind bezeichnet hätte. Auch wenn der Nebel durchaus zu dem grauen Fell passte.

»Sie hat den Namen schon als Fohlen bekommen«, fügte Viridis hinzu.

Das ergab für Scarlett gleich viel mehr Sinn.

»Es geht los«, stellte der Homunkulus als Nächstes fest.

Scarlett wollte fragen, was er meinte, da sah sie im Hexenhaus Licht aufflackern und kurz darauf Kaleb herauskommen. Das Licht wurde schnell größer, machte den fallenden Sternen Konkurrenz. Bald tönte das Prasseln des Feuers über die Lichtung. Während Corrinn nicht mit der Wimper zuckte, redete Viridis seinem Pony gut zu und Nebelkind tänzelte neben Scarlett hin und her.

»Sag ihr, dass alles gut ist«, schlug Kaleb vor.

»Und wenn sie nach mir schnappt, weil ich nicht Ira bin?«

»Sie wird eher *nicht* nach dir schnappen, weil du nicht Ira bist«, entgegnete Kaleb.

»Du hast sie wirklich nicht gemocht, oder?«, rutschte es Scarlett heraus.

Der Ritter musterte sie einen Moment von oben bis unten. »Es ist eine sehr lange Geschichte mit Irina und Ira«, antwortete er. »Letzten Endes ist es ihr zum Verhängnis geworden, dass sie immer ihren Willen durchsetzen musste.«

»Sie wollte mich umbringen«, sagte Scarlett, noch immer fassungslos.

Kaleb legte ihr kurz eine Hand auf die Schulter. »Hat sie aber nicht«, antwortete er. Scarlett fragte sich, ob sie sich jetzt nicht viel erleichterter fühlen müsste. Der Albtraum war vorbei, sie lebte noch, Viridis war frei. Doch sie fühlte gerade gar nichts, im besten Fall Erschöpfung. Besser Erschöpfung als die Leere, die nach ihr greifen wollte. Leere, die jetzt verschwinden sollte, wo sie wieder aufbrechen konnte, um Nathan zu retten. Doch gerade in diesem Moment wollte sich keine Freude darüber einstellen, keine Aufbruchsstimmung. Nichts. Wieder einmal nichts. Scarlett wusste, wie schlimm das Nichts, die Leere, sein konnte. Sie konnte einen zur Verzweiflung treiben. Vielleicht hatte sie Ira sogar so weit getrieben, dass sie sie mit einem Dolch im Herzen füllen wollte.

Schweigend betrachteten die drei, wie die Flammen das Hexenhaus verzehrten. Erst als nur noch wenige von ihnen über die Asche züngelten, brach Kaleb das Schweigen. »Die Magie wird noch bleiben.«

Viridis nickte ernst. »Auch in Zukunft werden die Oktober-Bewohner einen großen Bogen um den Ort machen«, antwortete er.

Kaleb musterte Scarlett. »Wieso bist du dem Hexenhaus eigentlich nicht ausgewichen?«

»Ich … bin nicht von hier«, murmelte Scarlett.

»Nicht?« Der Ausdruck auf seinem Gesicht wandelte sich zu Interesse. »Du musst mir unterwegs alles erzählen!«, fügte er mit einem aufmunternden Lächeln hinzu.

»Unterwegs?« Scarlett hatte für einen Moment völlig vergessen, dass sie reiten sollte. Nebelkind festzuhalten war eine Sache, tatsächlich aufzusteigen etwas anderes. Sie konnte nicht reiten. Sie wusste genau genommen nicht einmal, wie man überhaupt auf ein Pferd stieg. Woher auch? Sie mochte Pferde, aber besonders viele hatte sie in ihrem Leben noch nicht getroffen. »Ähm …« begann sie.

Kaleb, gerade im Begriff, sich auf Corrinn zu schwingen, hielt inne. Viridis schaute sie fragend an.

»Ich kann nicht reiten. Wirklich nicht«, gab Scarlett zu.

»Nebelkind ist eigentlich ganz ruhig«, versuchte Viridis, sie aufzumuntern.

»Ich weiß aber nicht mal … wie ich da hinauf kommen soll …«

Viridis hatte sichtlich Mühe, sich ein Grinsen zu verbeißen, Kaleb war weniger diplomatisch. »Na so was, du wirkst irgendwie nicht, als wärst du so zimperlich. Stell den Fuß in den Steigbügel.«

Scarlett tat, wie ihr geheißen, wollte noch etwas antworten, doch im nächsten Moment hatte Kaleb sie mit Schwung in den Sattel befördert. Im ersten Moment krallte Scarlett sich an der Mähne fest. Nebelkind schnaubte, als würde sie lachen.

»Das ist nicht besonders höflich, mein Mädchen«, tadelte Scarlett das Pferd, während sie irgendwo Halt suchte.

»Keine Bange, ihr bleibt dicht bei mir«, beruhigte Kaleb sie. Er brauchte nur eine einzige geschmeidige Bewegung, um auf Corrinn Platz zu nehmen. Dann griff er nach Nebelkinds Führstrick. »Du musst ihr nicht mal sagen, wohin sie soll, sie folgt mir«, erklärte er Scarlett in beruhigendem Tonfall. Zum ersten Mal kam sie dazu, ihm richtig ins Gesicht zu sehen. Die Augen waren braun, mit winzigen hellen Einsprengseln. Solche ungewöhnlichen Augen hatte sie doch schon einmal gesehen, oder nicht? Aber sie wusste beim besten Willen nicht, wo.

Auch wenn seine Worte und seine Hilfe Scarlett beruhigten, so war sie doch ein wenig nervös. Nun gut, sie konnte einfach nicht reiten und hatte vor wenigen Momenten noch dem Tod ins Auge gesehen, da durfte man nervös sein.

11

Wieder auf dem Weg

»Also, Scarlett, woher kommst du?«, fragte Kaleb, nachdem sie sich in Bewegung gesetzt hatten. Zunächst musste Scarlett sich darauf konzentrieren, sich an Nebelkinds Bewegungen zu gewöhnen, aber im Schritttempo fiel ihr das leichter als erwartet.

»Aus der Welt der Menschen. Der Herbstkinder.«

»Was verschlägt dich hierher?«

Sie konnte die Überraschung sowohl hören als auch sehen. Er schien keine Konzentration darauf verwenden zu müssen, was Corrinn tat. Scarlett biss sich auf die Lippen. Sie hatte die Geschichte schon so oft erzählt, dass die Worte langsam ihren Sinn verloren. Wie ein zu oft gehörtes Lied, das irgendwann nichts mehr auslöste, leer wirkte. Es ließ sich nicht in Worte fassen, wie wichtig es war, Nathan zu finden, wie sehr sie ihn liebte und vermisste. Trotzdem erzählte sie einmal mehr, was sie in den Herbstlanden tat.

Kaleb hörte zu, nickte am Ende langsam. »Die Kürbiskönigin ist gefährlich.«

»Das hat Hugo auch schon gesagt.«

»Du hast Hugo getroffen?«

»Kennst du ihn?«

»Er ist ein Händler, er kommt häufiger zum Schloss. Was hat er gesagt?«

Also berichtete Scarlett auch noch von ihrer Begegnung mit Hugo.

»Er wollte, dass du zurückgehst«, warf Kaleb ein, als sie geendet hatte.

»Das habe ich gemerkt.«

»Nein, du verstehst nicht. Er wollte dich nicht loswerden. Aber er wollte auch nicht, dass du zur Kürbiskönigin gehst. Da muss ich ihm zustimmen. Einerseits. Andererseits ist das dein Weg und niemand kann für dich entscheiden, wohin du gehen musst. Wir können dich nur warnen.«

Scarlett schluckte. Niemand konnte für sie entscheiden, war das so? »Nathan hätte mich wahrscheinlich nicht gehen lassen, wenn es jemand anders gewesen wäre, den ich retten müsste«, stellte sie fest.

»Warum nicht?« Kaleb schaute sie interessiert an.

»Weil er sich auch Sorgen um mich gemacht hätte. Weil er nicht gewollt hätte, dass mir etwas geschieht. Verstehst du?«

»Ja. Nein.«

»Ja und nein?«

»Ganz einfach, er kann sich Sorgen um dich machen. Selbstverständlich will man die, die man liebt, beschützen. Man will nicht, dass ihnen etwas geschieht, natürlich nicht. Aber deswegen kann man sie nicht einsperren, nicht für sie entscheiden. Was ist das noch wert? Irina wollte das so. Aber das ist eine andere Geschichte.«

Scarlett presste die Lippen aufeinander. So etwas mochte auf Ira zutreffen, aber bei ihr waren die Dinge ganz anders.

Sie schaute sich nach Viridis um, der sichtlich zufrieden auf seinem Pony saß. Er ließ seinen Blick schweifen, die großen Augen funkelten. Scarlett konnte nicht anders, sie musste mit ihm lächeln. Er schien sie und Kaleb gerade absolut nicht zu brauchen.

»Was sind das für Sternschnuppen?«, wollte Scarlett wissen, um das Thema zu wechseln.

»Der Sternenschauer kehrt jedes Jahr zum Ende des Oktobers wieder. Dann fallen Sterne vom Himmel und manche landen tatsächlich auf der Erde. Nur winzige Stücke, es wird nur ganz selten gefährlich. Die meisten landen im Himmelssee, als wüssten sie, dass dort die Trolle nach ihnen suchen.«

»Die Steine der Trolle kommen tatsächlich vom Himmel? Es sind Sterne?«, fragte Scarlett atemlos.

»Ja, es sind Sterne.« Kaleb schenkte ihr ein weiteres Lächeln.

Scarlett spürte selbst, wie sich Begeisterung auf ihrem Gesicht ausbreitete. »Ich würde es so gerne sehen.«

»Du kannst umkehren. Viridis kennt den Weg.«

»Ich kann nicht.« Sie senkte den Blick, betrachtete Nebelkinds Mähne. Was für ein absurder Gedanke, umzukehren und Nathan im Stich zu lassen! Dieses Mal schnaubte das Tier missbilligend. Warum nur wollte jeder sie dazu bringen, von ihrem Kurs abzuweichen? Sogar ein Pferd!

»Ich kann doch zurückkommen, oder? Ich kann doch später in die Herbstlande zurückkehren, wenn alles …« Ihre Stimme erstarb. Wie sollte sie das machen? Wenn sie Nathan gerettet hatte, wenn sie wieder zu Hause waren, wenn sie ein Kind bekommen würden, wie sollte sie jemals in die Herbstlande zurückkehren? Wenn sie Nathan erzählte, was sie hier erlebt hatte, dann hätte er doch Angst um sie und das Baby und das konnte sie ihm doch nicht antun.

»Wenn du zurückkommst«, hörte sie Kaleb leise sagen.

Wenn. Und selbst dann eigentlich nicht. Plötzlich hatte Scarlett das Gefühl, dass der Gedanke, niemals wieder herkommen zu können, sie traurig machte. Sie hatte kaum Zeit, sich die Wunder hier richtig anzusehen, hatte von den Feen gehört, aber keine getroffen, hatte vom Himmelssee gehört, ihn aber nicht gesehen. Sie rannte im Grunde nur auf die Kürbiskönigin zu, die vielleicht gefährlich war. Sie wollte Nathan nach Hause bringen, koste es, was es wolle. Aber was dann? Einen Moment lang fühlte sie sich eingesperrt. Dann schüttelte sie den Kopf, als könnte sie den Gedanken damit abschütteln. Nathan war schließlich kein Kerkermeister. Sie konnte doch mit ihm reden, vielleicht würde er sich weniger Sorgen um sie machen, wenn er erkennen würde, dass sie ganz alleine zu seiner Rettung gekommen war. Danach musste es doch einfach besser werden. Besser? Scarlett schüttelte einmal mehr den Kopf. Was dachte sie da nur für Sachen? Sie war müde, der Schreck saß ihr noch in den Gliedern, sie war verwirrt. Kein Wunder, dass sie dummes Zeug dachte. Wahrscheinlich würde die Welt anders aussehen, wenn sie ein wenig geschlafen hatte. Tatsächlich ritten sie nicht mehr allzu weit. Sie erreichten eine kleine Lichtung und Kaleb stellte fest, dass es besser wäre, hier zu rasten. Er half Scarlett von Nebelkind herunter, Scarlett erhaschte einen weiteren Blick in seine ungewöhnlichen Augen.

»Ist es nicht wunderschön?«, fragte Viridis leise, als hätte er selbst noch ein wenig Angst vor dem Klang seiner Stimme. Scarlett wandte sich von dem Ritter ab und dem Homunkulus zu, der sich mit großen Augen umschaute. Langsam streckte er eine Hand aus und betrachtete verschiedene Gräser und Büsche näher. Doch immer nur kurz, dann fanden seine Blicke ein neues Ziel. Schließlich blieb er stehen, wirkte ratlos, fast ein wenig verloren. Scarlett legte ihm eine Hand auf die Schulter.

»Alles in Ordnung?«, fragte sie leise.

»Ich glaube ...«, entgegnete er langsam. »Ich weiß nicht so genau ...« Er senkte den Blick.

Scarlett drückte seine Schulter ein klein wenig fester. »Du bist frei, Viridis«, flüsterte sie ihm zu.

Er schaute sie an, ein halbes Lächeln auf dem Gesicht. »Wirklich«, murmelte er.

Scarlett sah ein, dass er noch eine Weile brauchte, um es zu verstehen. Kein Wunder. Schließlich hatte er außer Iras Hexenhaus nichts gekannt, sein ganzes Leben hatte daraus bestanden. Er drehte sich mit ausgestreckten Armen einmal langsam im Kreis, als müsste er sich davon überzeugen, dass um ihn herum keine Mauern waren.

»Ich bin frei«, stellte er zögernd fest, drehte sich noch ein wenig schneller und ließ sich schließlich ins Gras fallen.

Scarlett ging neben ihm in die Hocke und zerzauste ihm lachend die Haare. »Ja, du bist frei. Du kannst gehen, wohin du willst.«

»Ansehen, was ich will, lernen, was ich will«, fügte der Kleine hinzu.

Scarlett nickte aufmunternd. »Auch das. Was würdest du denn gerne wissen?«

Viridis schaute sie einen Moment so verwirrt an, dass Scarlett lächeln musste.

»Ich weiß gar nicht, wo ich anfangen soll«, gestand er schließlich.

»Du könntest im Schloss anfangen«, schlug Kaleb vor. Scarlett zuckte zusammen, sie hatte ihn gar nicht kommen gehört.

»Das wäre schön«, erklärte der Homunkulus fast schon schüchtern. »Aber …« Er schaute verlegen zu Boden.

»Was denn?«, wollte Kaleb wissen.

»Habt ihr … Zauberer in diesem Schloss?«

»Nein.«

Viridis atmete sichtbar auf. »Dann ist gut. Sicherlich sind sie nicht alle wie Ira, aber … wisst ihr …«

»Schon gut«, beruhigte Scarlett ihn. »Wir verstehen schon. Oder nicht, Kaleb?«

»Ja, ja«, murmelte der. »Zauberern gehe ich auch lieber aus dem Weg.« Er warf Scarlett ein Bündel zu, das sich als Decke entpuppte.

»Ich halte Wache. Eigentlich sollte hier niemand mehr vorbeikommen, aber man weiß nie. Die Fleder-Schrecken sind immer auf der Jagd.«

12

Lagerfeuer

Trotz ihrer Müdigkeit konnte Scarlett nicht schlafen. Nach einer Weile verließ sie den Platz neben Viridis und setzte sich neben Kaleb. Er schenkte ihr ein flüchtiges Lächeln. Eine Weile schauten sie schweigend ins Feuer. »Danke, dass du Viridis und mich gerettet hast«, sagte Scarlett schließlich leise.

»Das war meine Pflicht. Wir hätten Ira nicht so lange gewähren lassen dürfen.«

»Wie lange … war Viridis schon bei ihr? Er wirkt so … jung.«

»Weil er so klein ist? Er ist kein Kind, Scarlett. Er ist noch sehr jung, das ist richtig. Aber du darfst ihn nicht mit einem Menschenkind vergleichen. Er ist ein magisches Geschöpf, viel älter, als er aussieht, diese Wesen wachsen nur sehr langsam.«

Scarlett schaute zu Viridis zurück, der unter der Decke tatsächlich ein wenig wie ein Kind aussah.

»Er hat mir sehr geholfen«, erklärte sie.

»Natürlich hat er das. Er mag dich. Und er wollte frei sein. Aber um wirklich frei zu sein, muss man seine Ängste besiegen.«

»Als wäre das so leicht«, entgegnete Scarlett.

»Ganz und gar nicht«, antwortete Kaleb zu ihrer Überraschung. »Aber gerade schwarze Magie besiegt man nur durch Mut.«

Scarlett erinnerte sich daran, dass er gesagt hatte, er könnte Iras Zauber widerstehen.

»Wie geht das? Wie konnte ihr Zauber an dir abprallen?«

»Ist er nicht. Es war ein Zauber … er basiert auf Ängsten. Auf schlimmen Erinnerungen. Man kann nicht mehr denken. Es sei denn, man hat gelernt, diese Dinge niederzukämpfen. Sie dürfen einem keine Angst mehr machen. Damit bricht man die Macht, die sie über einen haben. Und damit auch den Zauber. Deswegen muss auch Viridis das lernen, sonst wird er für den Rest seines Lebens schwarzer Magie hilflos ausgeliefert sein.«

Scarlett verstand. Aber all das spielte nur eine Rolle, wenn es schwarze Magie gab, vor der man sich in Acht nehmen musste.

»Es gab doch nur Ira im Oktober, oder nicht?«, wollte sie wissen. »Sonst gibt es niemanden, der schwarze Magie benutzt?«

»Das schon. Aber es könnten andere kommen. Der Herbst kann schrecklich dunkel sein.«

Scarlett erinnerte sich an die Nacht, die sie verängstigt unter dem Baum verbracht hatte, in der Dunkelheit, der Kälte und der Einsamkeit, ständig damit rechnend, dass der Fleder-Schrecken sie angreifen würde.

»Ich weiß«, flüsterte sie daher.

Kaleb berührte flüchtig ihren Arm. »Du hast es überstanden«, stellte er fest.

»Ist es … bei der Kürbiskönigin dunkel?«, fragte sie zögernd.

Kaleb schaute sie einen Moment lang einfach nur an. »Ich weiß es nicht«, antwortete er schließlich. Scarlett beließ es dabei. Sie wollte nicht an dunkle Dinge denken, sondern lieber weiter in den Himmel schauen, wo noch immer die Sterne fielen.

»Sie waren zu früh«, erklärte Kaleb. »Oder zumindest ein wenig früher als sonst.«

»Zu früh?«

»Sie fallen gegen Ende des Oktobers. Aber meistens fallen sie tatsächlich an Halloween. Während des Festes. Dieses Mal sind sie zu früh.«

Das Fest.

»Gehen wir dorthin?«

»Ja, tun wir. Halloween ist nicht nur *am* Ende des Oktobers, es ist *das* Ende des Oktobers. Du wirst dort viele wundersame Dinge sehen.«

Also würde sie doch noch ein paar Wunder sehen!

»Von dort aus kommt man in den November«, fuhr Kaleb fort. Es war noch nicht alles verloren! Sie war nicht zu spät!

»Gott sei Dank«, entfuhr es ihr. Fast erwartete sie, dass Kaleb, ebenso wie Hugo, »welcher?« fragen würde, doch er runzelte nur kurz die Stirn, als wüsste er nicht so ganz, was er mit dieser Aussage anfangen sollte.

»Ich habe dich schon mal gesehen«, stellte Kaleb plötzlich fest, nachdem noch ein paar Sterne leuchtende Bahnen über den Himmel gezogen hatten. »Wie kann das sein?«, wollte Scarlett wissen.

»Als ich den Kürbis geholt habe. Aus dem September. Ich war auf dem Rückweg zum Schloss. Du bist weggelaufen.«

Scarlett wusste nicht, was sie davon halten sollte.

»Du warst das?«, fragte sie überrascht. Kürbis. Kürbis!

»Du hattest den Kürbis unter dem Arm? Und die Kapuze über dem Kopf?«, vergewisserte sie sich.

Kaleb nickte.

»Oh.«

Dieses Mal war er es, der lachen musste.

»Ich dachte, du willst mich umbringen!«, rechtfertigte sich Scarlett.

»Warum hätte ich das tun sollen?«

»Weiß ich nicht«, gab Scarlett kleinlaut zu. Du hast ausgesehen, als hättest du keinen Kopf ...«

Dieses Mal brach Kaleb wirklich in schallendes Gelächter aus.

Scarlett schämte sich einen Moment, doch das Lachen hatte nichts Schadenfrohes und wirkte ansteckend, sodass Scarlett irgendwann doch einstimmten musste. Sie wusste nicht, ob sie es der Wirkung des Oktobers zuschreiben musste oder nicht, doch während über ihr die Sterne vom Oktoberhimmel fielen, fühlte sie sich plötzlich befreit. Erleichtert. Und dieses Gefühl vertrieb sogar die Leere.

Obwohl der Waldboden bei Weitem nicht so weich war, wie das Bett im Hexenhaus, hatte Scarlett am nächsten Morgen so gut geschlafen, wie schon lange nicht mehr. Sie öffnete die Augen und fand den Platz des Homunkulus neben sich leer. Erschrocken setzte sie sich auf, doch Viridis wuselte um Kaleb und Corrinn herum und schien bester Laune zu sein. Auch wenn er sichtlich bemüht war, Kaleb nicht im Weg zu stehen, schien er alle möglichen Dinge mit den Augen aufzusaugen, die Scarlett nicht einmal sehen konnte. Scarlett befürchtete einen Moment, er könnte den Hufen des großen Tieres zu nahe kommen, doch Corrinn stand steif wie eine Statue. Nebelkind zupfte neben ihm Gras aus dem Boden. Scarlett blieb einen Moment sitzen und betrachtete die Szenerie. Es wirkte alles so friedlich. Sie bedauerte fast, dass diese Reise irgendwann enden würde. Aber schon im nächsten Moment huschte bei dem Gedanken, Nathan näherzukommen, ein Lächeln über ihr Gesicht. Der Gedanke ließ sie auf die Füße springen.

»Guten Morgen!«, rief Kaleb ihr zu. Viridis fuhr zu ihr herum, rannte auf sie zu und ließ einen Schwall von Worten auf sie los, den Scarlett nur mit Mühe sortieren konnte.

»Langsam, Viridis. Du redest wie ein Wasserfall.«

»Jetzt kann ich das endlich!«, entgegnete der Homunkulus strahlend. Doch das Strahlen verlor sich recht schnell wieder und er schaute sich um, als würde er befürchten, dass Ira von irgendwo auftauchen und ihn zurück nach Hause zerren würde.

»Sie ist fort«, erklärte Scarlett geduldig.

Der Homunkulus nickte, wirkte ein wenig, als wollte er noch etwas sagen, schüttelte dann aber nur zögernd den Kopf. Langsam entfernte er sich ein paar Schritte von Scarlett und begann, wie schon am Tag davor, Pflanzen zu untersuchen. Scarlett seufzte.

»Er wird schon wieder«, hörte sie Kaleb neben sich sagen.

»Ich hoffe es.«

»Ich bin mir sicher. Es braucht Zeit.«

Scarlett nickte. Zeit. Sie würde nicht viel von dieser Zeit mit ihm verbringen können.

»Du passt auf ihn auf, nicht wahr?«, fragte Scarlett leise. Dabei wusste sie, dass Kaleb ihr im Grunde alles Mögliche erzählen konnte, sie würde nicht sehen, ob er seine Versprechen hielt. Doch sonst war niemand da. Im Grunde war sie in dieser Welt noch verlorener als Viridis, denn er wusste immerhin sehr viel darüber. Sie dagegen wusste meistens noch nicht einmal, wohin sie gehen sollte.

»Ich nehme ihn mit ins Schloss. Dann kann er tun und lassen, was er möchte. Er wird nicht allein sein, Scarlett. Wenn er das nicht selbst so will.«

Scarlett nickte langsam. Hatte Viridis nicht davon gesprochen, sich Dinge anzusehen? Niemand konnte ihm verbieten, durch diese Welt zu ziehen, mit offenen Augen, und Dinge einfach zu betrachten. Wie er es gerade tat. Der Homunkulus schaute sich neugierig einen Busch an, betastete die Rinde, die Blätter. Er schien die Welt um sich herum vergessen zu haben … Scarlett hätte gerne gewusst, was in seinem Kopf vor sich ging, doch sie würde ihn nicht fragen. Sie hatte eben gesehen, dass die Fröhlichkeit hin und wieder durchbrach, dass er ihr schon erzählen würde, was er für erzählenswert hielt. Zu lange hatte jemand anderes jede Entscheidung für ihn getroffen, nun konnte er seiner eigenen Nase folgen. Scarlett rollte ihre Decke zusammen und ließ sich von Kaleb erklären, wie sie sie hinter dem Sattel von Nebelkind festschnüren konnte.

»Alles gar nicht so einfach«, murmelte Scarlett vor sich hin.

»Ach was, du gewöhnst dich daran. Mit etwas Übung ist es nicht mehr so schwer«, stellte Kaleb fest.

»Du machst das schon dein ganzes Leben, oder?«

Kaleb nickte. »Ich kenne Corrinn auch schon, seit er geboren wurde.«

Das Pferd nickte, als wollte es ihm zustimmen.

»Und seit wann …« Scarlett warf einen vielsagenden Blick auf das Schwert, das an Kalebs Seite hing, meistens unter dem Umhang verborgen.

»Keine Ahnung«, gab er fröhlich zurück. »Irgendwann wird dir das erste Holzschwert in die Hand gedrückt, du bist viel zu jung, um dich daran später noch zu erinnern. Meine ältere Schwester wüsste es wahrscheinlich besser als ich.«

»Du hast Geschwister?«

»Drei. Steig auf, wir können genauso gut auf dem Weg reden«, ermunterte Kaleb sie.

Auch diesmal brauchte Scarlett seine Hilfe. Als sie endlich auf Nebelkind saß, hielt Kaleb ihr die Zügel hin. »Nimmt sie. Nebelkind geht im Schritt und folgt Corrinn, das schaffst du. Einfach festhalten.«

»Aber … ich kann doch nicht …«

»Natürlich kannst du.« Er schenkte ihr ein aufmunterndes Lächeln und Scarlett griff zögernd nach den Zügeln. Viridis war schon mit dem Pony an ihrer Seite. Während der Homunkulus schwieg und anscheinend seinen Gedanken nachhing, erzählte Kaleb von seiner Familie, seinen Geschwistern. Scarlett wusste nicht, was sie von einer magischen Welt erwartet hatte, aber diese Dinge klangen so … normal.

13

Die Wahrheit, das Schweigen

Die Bäume standen allmählich nicht mehr so dicht. Scarlett konnte nicht sagen, wie lange sie geritten waren, die Sonne war jedenfalls schon ein Stück über den Himmel gewandert, als Kaleb Corrinn zum Stehen brachte und abstieg. »Wir sollten hier noch eine kurze Rast einlegen. Der Weg über die Felder der Wahrheit kann lang sein.«

»Felder der Wahrheit?«, fragte Scarlett. Ein Schatten schien sich über das Gesicht des Ritters zu legen.

»Man versteht es am besten, wenn man es erlebt«, antwortete er. Scarlett sah zu Viridis hinüber. Der nicht da war. Sie beeilte sich so, von Nebelkind zu klettern, dass sie fast gefallen wäre.

»Viridis?«, rief sie in den Wald. Keine Antwort. Sie lauschte, hörte aber auch nicht die Schritte des Ponys.

»Er geht nicht verloren«, versuchte Kaleb, sie zu beruhigen.

»Viridis?«, rief Scarlett lauter, ging ein wenig in die Richtung, aus der sie gekommen waren. Der Homunkulus hatte auf dem Weg kaum etwas gesagt, daher war es ihr nicht aufgefallen, dass sie ihn nicht gehört hatte. Sie war außerdem zu sehr damit beschäftigt gewesen, nach vorne zu schauen, als dass sie sich nach Viridis hätte umdrehen können. Da tauchte unter den Bäumen eine kleine Gestalt auf einem Pony auf. Scarletts Erleichterung war riesig. Wer wusste schon, was dem kleinen Kerl alles hätte passieren können?

»Viridis!« Sie lief dem Homunkulus entgegen. »Wo warst du denn?«

Er lächelte zuerst, dann schaute er sie schuldbewusst an. »Ich habe was gefunden …« Verlegen senkte er den Blick.

»Das ist schön«, erklärte Scarlett und rang sich ein Lächeln ab.

Er schaute sie an. »Wirklich?«

Sie nickte aufmunternd. »Ja, wirklich. Ich dachte nur, dir wäre etwas passiert. Ich habe mir Sorgen gemacht.«

»Sorgen?« Er schaute sie einen Moment verständnislos an, dann schlich sich langsam ein Lächeln auf seine Lippen.

»Das ist nett von dir«, sagte er. Scarlett ging neben ihm her zu Kaleb und Corrinn. Nebelkind rieb ihren Kopf an Scarletts Schulter, als wollte das Tier sie trösten. Scarlett erstarrte im ersten Moment, dann streichelte sie das graue Fell. Konnte der Homunkulus wirklich nichts davon wissen, wie es war, sich Sorgen zu machen? Besser gesagt, dass sich jemand Sorgen um ihn machte? Aber sie hatte Ira kennengelernt – die Hexe hatte ihrem kleinen Helferlein gegenüber tatsächlich keine Fürsorge an den Tag gelegt.

»Wenn du das nächste Mal etwas findest – sagst du es mir dann? Dann warten wir auf dich«, schlug sie Viridis vor.

»Dann werdet ihr wegen mir langsamer.«

»Das macht nichts. Oder, Kaleb?« Der Ritter schüttelte den Kopf.

»Ira konnte es nicht leiden, wenn sie wegen mir Zeit verloren hat«, murmelte Viridis.

»Wir sind aber beide nicht Ira«, stellte Scarlett beruhigend fest.

»Zum Glück«, erwiderte Viridis. Wahrscheinlich würde er noch eine Weile brauchen, um sich an die Freiheit zu gewöhnen. Kein Wunder, wenn man nur die Gefangenschaft gekannt hatte …

Sie rasteten tatsächlich nicht lange. Mittlerweile gelang es Scarlett ein wenig besser, zurück aufs Pferd zu kommen. Wenn sie ehrlich war, machte es ihr sogar Spaß. Vielleicht sollte sie, wenn sie wieder zu Hause war, reiten lernen. Sie wusste nicht einmal, ob es in ihrer Nähe einen Reiterhof gab – aber das ließ sich leicht herausfinden. Zu Hause … Sie seufzte und Nebelkind spielte mit den Ohren. »Woran denkst du?«, wollte Kaleb wissen.

»An zu Hause.«

»Wie ist es da?«

Scarlett begann zu erzählen. Von der Stadt, von ihren Eltern, ihrer Kindheit. Das, was sie noch davon wusste.

Sie hielt erstaunt inne, als Nebelkinds Hufe etwas Dunkles, Staubiges aufwirbelten. »Ist das Asche?«, fragte Scarlett verwundert.

»Ja. Die Asche des Palastes.« Ein mulmiges Gefühl überkam Scarlett.

»Der Palast der Oktoberkönige?«, vergewisserte sie sich.

Kaleb nickte.

Scarlett ließ den Blick über die Fläche vor ihnen schweifen. Es sah auf den ersten Blick aus wie Brachland, aber vereinzelt ragten Mauerreste auf. Nur kleine, als hätte das Feuer auch von den mächtigen Palastmauern kaum etwas übrig gelassen. Immer wieder wirbelten die Hufe der Pferde kleine Aschewolken auf. »Es ist gruselig«, murmelte Scarlett.

»Man ...« Kaleb stockte, schien einen Moment um Worte zu ringen und stellte dann fest: »Na schön. Man gewöhnt sich nicht daran. Man kann nicht mehr alles sagen, was man sagen will. Oder auch, wie man es sagen will. Das kann einem ganz schön auf den Geist gehen.«

»Ich finde es traurig«, sagte Viridis leise.

»Sie hätte ...« abermals führte Kaleb den Satz nicht zu Ende. »Herrje, sie hätte es also doch tun müssen, weil sie nicht anders konnte«, rief er ungehalten. »Die Magie hier ist manchmal wie ein Maulkorb.«

Scarlett runzelte die Stirn. »Was ist das hier?«

»Die Felder der Wahrheit und des Schweigens«, erklärte Viridis.

»Und ... was tun sie?«

Kaleb seufzte. »Das ist ein Teil von Irinas Geschichte. Bevor ...« Er verzog das Gesicht, begann von vorne. »Man kann genau genommen nicht sagen, bevor sie eine Hexe wurde, denn das war sie eigentlich schon immer. Aber sie war außerdem die Tochter des letzten Oktoberkönigs. Viele wollten sie zur Frau nehmen und viele erzählten jede Menge Lügen, Geschichten, was auch immer, um sie zu überzeugen. Irina hatte irgendwann genug davon. Wie gesagt, sie konnte im Grunde schon immer zaubern und hat viel Zeit damit verbracht, zu üben und zu lernen. Und schließlich sprach sie einen Zauber über den Palast, dass man im gesamten Gebäude und im Park drum herum nur noch die Wahrheit sagen konnte.«

»Und deshalb ...« Scarlett fühlte sich plötzlich, als wäre ihre Zunge festgeklebt. Sie hatte die Vermutung äußern wollen, dass deshalb der Palast abgebrannt war, doch allem Anschein nach wäre das falsch gewesen. Es war also nicht der Zauber an sich gewesen, der an dieser Zerstörung schuld war.

»Sie hat eine Wahl getroffen. Sie wollte Cay. Es wäre wohl falsch zu sagen, sie hätte sich in ihn verliebt.«

Scarlett schluckte. So einfach war das. Ira hatte Cay nie wirklich geliebt, die Felder wussten das.

»Er hat ihr die Wahrheit gesagt. Zum ersten Mal im Leben hat Ira nicht bekommen, was sie wollte. Das hat sie wütend gemacht. In ihrer Wut hat sie dies hier geschaffen.« Kaleb deutete in einer ausholenden Geste auf die verbrannte Erde um sie herum.

»Sie hat das alles hier in Schutt und Asche gelegt weil …« Scarlett erwartete fast, dass die Felder ihre nächsten Worte nicht zulassen würden, doch sie kamen ihr erstaunlich leicht über die Lippen: »Weil sie wütend war? Weil etwas nicht nach ihrem Willen lief?«

Kaleb schaute sie an. »Traurig, nicht wahr?«

»Furchtbar«, erwiderte Scarlett. »Und bei diesem Feuer … sind Menschen gestorben?«

Kaleb nickte. »Einige. Zu viele. Irinas Vater kann bis heute nicht fassen, dass sein kleines Mädchen das hier getan hat.«

Schweigen senkte sich über die kleine Gruppe. Scarlett dachte darüber nach, dass Zerstörung immer zu schnell ging und zu leicht war, verglichen mit den Folgen. Er war bedrückend. Und wenn hier jemand gestorben war …

»Nicht einmal die Fleder-Schrecken jagen hier«, erklärte Kaleb weiter, als wäre ihm das Schweigen unangenehm.

»Sie finden hier ja auch nichts«, warf Viridis leise ein.

»Nichts und niemand kommt hierher, wenn er nicht muss.«

»Und wieso mussten wir?«, wollte Scarlett wissen.

»Es ist der kürzeste Weg«, antwortete Kaleb. Wieder versanken sie in Schweigen und wieder wurde die Stille drückend, nur unterbrochen von den Hufschlägen. Im Fell der Pferde hatte sich ein wenig Asche festgesetzt, bei Nebelkind sah man es jedoch nicht. Scarletts Pferd spielte mit den Ohren, wirkte leicht nervös. Die Tiere waren nicht dumm, sie spürten sicher genau, dass dieser Ort nicht gut war.

»Wie lange ist das her?«

»Lange«, antwortete Kaleb. »So lange, dass sich niemand mehr daran erinnert, wie Ashendawn vorher hieß.«

»Ashendawn?«

»Ein Dorf am Rand der Felder. Mehr oder weniger. Nach dem Feuer hat der Wind die Asche mitgenommen und sie hat sich über den Wald gesenkt. Von Ashendawn aus konnte man das Feuer sehen und zusammen mit dem Ascheregen war es wie eine Dämmerung der Asche. Seit dem heißt der Ort Ashendawn.«

»Aber … wenn das so lange her ist … so alt seht ihr alle nicht aus.« Scarlett wusste nicht, wie sie es besser ausdrücken sollte und die Felder hatten anscheinend nichts dagegen.

»Die Zeit ist ein seltsames Ding«, hörte sie Viridis neben sich sagen und Kaleb nickte mit einem Lächeln. Es war schwer zu reden, wenn jedes Wort sofort in richtig und falsch eingeteilt wurde. Scarlett mochte das Schweigen nicht, doch sie wusste auch nicht, wie sie die Stille richtig füllen sollte.

»Was geschah nach dem Feuer?«, wagte sie schließlich zu fragen.

»Es gab keine Oktoberkönige mehr. Irina wurde zu Ira, verschrieb sich ganz der Magie und zog in ihre Hütte im Wald. Cay wollte den Menschen helfen und blieb, kein König des Oktobers, sondern nach wie vor ein Prinz. Iras Vater lebt in seinem Schloss und hilft ihm, so gut er kann. Die Oktoberkönige waren keine Herrscher in dem Sinn, dass sie den Lebewesen im Oktober viele Vorschriften gemacht haben. Aber sie waren weise, sie haben geholfen, sie haben Ratschläge erteilt. Sie kannten den Geist des Landes. Sie haben dafür gesorgt, dass alle miteinander geredet haben, auch die, die sich eigentlich weniger vertragen. Sie waren wichtig. Jetzt sind sie nicht mehr und irgendjemand musste diese Leere zumindest ein wenig füllen. Diese Rolle hat Cay übernommen und er macht das wirklich gut.«

Scarlett biss sich auf die Lippen. Alles das, weil ein kleines Mädchen seinen Willen nicht bekommen hatte. Sie ritten weiter, bis sich die Dämmerung herabsenkte. Kaleb lenkte Corrinn zu einer Stelle, an der zwei Mauerreste eine halbwegs geschützte Ecke bildeten. Scarlett gefiel die Vorstellung ganz und gar nicht, in dieser Ebene die Nacht verbringen zu müssen, doch allem Anschein nach blieb ihr nichts anderes übrig. Immerhin drohten hier keine Fleder-Schrecken. Sie sprachen nur noch wenig und dieses Mal schlief Scarlett vor Erschöpfung tief und fest. Der Muskelkater, den sie vom ungewohnten Reiten bekommen hatte, ließ sie die Entscheidung, es zu lernen, noch einmal überdenken. Andererseits wurde es sicher besser, wenn der Körper daran gewöhnt war …

Sie brachen am nächsten Morgen genauso schweigsam auf.

»Wir erreichen heute das Ende«, verkündete Kaleb. Die Tatsache, dass die Worte wahr waren, bedeutete gleichzeitig, dass sie Nathan näher kam. Dieser Gedanke hob die eher niedergeschlagene Stimmung und Scarlett fühlte sich beinahe fröhlich. Doch nur so lange, bis sie die Blicke bemerkte, die Viridis ihr immer wieder zuwarf. Irgendwo zwischen Bedauern und Entschlossenheit.

»Du bist ein sehr netter Mensch, Scarlett«, sagte er irgendwann.

Scarlett lächelte ihn an. »Danke. Das ist lieb von dir.«

Der kleine Kerl holte tief Luft. »Nette Menschen haben es nicht verdient, in ihr Unglück zu rennen«, fuhr er fort. Scarlett runzelte die Stirn. Sie hätte ihm am liebsten gesagt, dass er gar nicht weitersprechen sollte, doch als müsste Viridis die nächsten Worte schnell von sich geben, damit ihn nicht der Mut verließ, fuhr er fort:

»Die Reise zur Kürbiskönigin, die Begegnung mit ihr, das ist gefährlich. Das steht in vielen von Iras Aufzeichnungen. Diejenigen, die von dort zurückkamen … Sie waren … verletzt. Gebrochen. Und ich weiß nicht viel über Menschen, aber du hast mehr als einmal im Traum gesprochen, bei Ira. Du hast gesagt ›Nicht jetzt‹ und ›Lass mich‹ als würde dir jemand etwas tun. Und wer immer das war, in deinen Träumen – derjenige ist nicht gut für dich.«

»Ich kann mich nicht mehr an meine Träume erinnern. Aber ich muss zur Kürbiskönigin. Wegen Nathan. Er liebt mich, er wartet auf mich und er ist mein Leben«, erwiderte Scarlett. Oder wollte sie erwidern, denn statt all dem sagte sie nur: »Er ist mein Leben«.

»Weil du ihn dazu gemacht hast«, antwortete Viridis. Scarlett schaute ihn erschrocken an. »Tut mir leid, das war eine Vermutung. Ich weiß nicht, wie ein Mensch für einen anderen zu seinem ganzen Leben werden kann und dachte mir einfach, dass man ihn erst dazu machen muss«, murmelte Viridis.

Wieder wollte Scarlett energisch widersprechen, doch die Worte blieben in ihrer Kehle stecken, hinterließen ein Kratzen im Hals.

»Es tut mir leid«, wiederholte der Homunkulus. Scarlett versuchte, durchzuatmen. Das klang bei Viridis fast so, als wäre es etwas Schlechtes. Das konnte einfach nicht so sein, was wollte denn die Magie auf diesen Feldern von Nathan wissen? Man musste einen anderen Menschen erst zu seinem Leben machen … das war bestimmt so gemeint, dass es nicht von einem Moment auf den anderen passierte. Nathan und sie hatten sich erst kennengelernt, sich verabredet, sich irgendwann zum ersten Mal geküsst … Das musste es sein. Es dauerte eine Weile, bis jemand wirklich das ganze Leben war. Sie presste die Lippen fest aufeinander. Vielleicht wussten die Felder über alles und jeden die Wahrheit, der aus den Herbstlanden kam, aber sie kam von woanders, Nathan war nicht einmal hier. Das konnten sie einfach nicht wissen.

Und dann war da etwas, was sie ihr nicht nehmen konnten, eine Tatsache, die so unglaublich schön war und so viel bedeutete, dass sie alle bösen Träume verjagte. »Nathan nennt mich sein Stück vom Himmel«, flüsterte sie. Ohne Schwierigkeiten.

»Man kann seinen Himmel zerstören. Ira hat das getan, warum sollte es nicht auch jemand anderes können«, murmelte Kaleb.

»Du kannst doch Nathan nicht mit Ira vergleichen«, erwiderte Scarlett.

»Nathan ist wohl kaum eine Hexe, das ist richtig. Aber von wem hast du geträumt im Hexenhaus? Wer hat denn im Traum versucht, dir etwas zu tun?«

»Ich weiß es nicht«, murmelte Scarlett. Wie auch, wenn sie sich an ihre Träume nicht mehr erinnern konnte.

»Auf jeden Fall hast du von Nathan geträumt. Du hast seinen Namen im Traum genannt«, merkte Viridis an.

Scarlett holte tief Luft. Sicher hatte sie das, das hatte ihr Ira schon erzählt.

»Ich hatte viele Träume im Hexenhaus«, erwiderte sie.

»Das heißt aber nicht, dass du *nicht* von Nathan geträumt hast.«

Ihre Hände krampften sich um die Zügel, sie konnte selbst nicht sagen, ob es Ärger oder Verzweiflung war. Sie war froh, dass Nebelkind wie von selbst neben Corrinn her trottete. Ihre Gedanken kreisten um Nathan. Nicht wie die ganze Zeit, sondern ein wenig anders. Darum, dass Freunde ihr gesagt hatten, dass sie auf sich aufpassen und sich von Nathan nicht zu sehr vereinnahmen lassen sollte. Darum, dass ihre Eltern ihr hin und wieder besorgte Blicke zuwarfen und sie fragten, ob auch wirklich alles in Ordnung mit ihr wäre. Kleinigkeiten. Wahrscheinlich wollten ihre Freunde sie einfach nur für sich und waren eifersüchtig und ihren Eltern passte es bestimmt nur nicht, dass sie nicht öfter dort war. Nachdem sie aber erst einmal begonnen hatte, konnte sie einfach nicht mehr damit aufhören, an diese Dinge zu denken. Und vor ihr lag noch ein Stück Weg durch diese unsäglichen Felder.

»Ich muss …«, versuchte sie sich selbst zu beruhigen, aber das »Nathan retten« ließ der Zauber nicht zu. Scarlett verzog das Gesicht. »Ich muss zur Kürbiskönigin«, ließ sich wieder ohne Probleme aussprechen. Sie schaute Viridis triumphierend an, doch der Homunkulus hob nur die Schultern.

»Du musst zur Kürbiskönigin. Nathan ist bei der Kürbiskönigin. Das muss nicht der wichtigste Grund sein. Du musst deinen Weg gehen – das muss nicht heißen, dass Nathan doch gut für dich ist.«

Wann hatte der Homunkulus zum letzten Mal so viel am Stück geredet? Scarlett wusste es nicht. Sie wusste nur, dass sie die Worte nicht mochte, die er ausgesprochen hatte. Ganz ohne vom Zauber daran gehindert zu werden. Wie auch immer, ihr Weg führte sie so oder so in den November und zur Kürbiskönigin. Daran gab es nichts zu rütteln und das gab ihr ein klein wenig Zuversicht. Es war wenigstens richtig, was sie tat.

»Und Nathan hat tatsächlich nie etwas getan, was du … nicht wolltest?«, nahm Kaleb den Faden wieder auf. Sie schaute ihn flehend an. Konnte er das Thema nicht fallen lassen?

»Es ist nur … manchmal ist es gut, sich über Dinge klar zu werden, das ist das Einzige, wobei einem die Felder tatsächlich helfen können. Und man erzählt, dass es wichtig ist, klar zu sehen, wenn man zur Kürbiskönigin geht. Wir wollen dir nur helfen, Scarlett. Damit du bei der Kürbiskönigin eine Chance hast.«

Statt zu antworten, presste Scarlett die Lippen aufeinander. Sie würde jetzt nicht weiter ausgerechnet mit Kaleb über Nathan reden. Scarlett verstand immer besser, warum die Felder »Felder der Wahrheit und des Schweigens« hießen. Besser Schweigen als das.

»Das ist nicht fair«, hauchte sie.

»Das Leben ist sehr oft nicht fair. Aber man kann etwas ändern«, antwortete Kaleb leise.

»Ich soll etwas ändern?« Scarlett fand es seltsam, dass ihr die Worte nicht genommen worden waren.

»Scheint so«, wagte Viridis einzuwerfen. »Es gibt Menschen, die kommen her, weil sie Antworten suchen«, fügte er hinzu. »Manchmal.«

»Wenn sie sich trauen«, ergänzte Kaleb. »Viele Dinge will man eigentlich gar nicht wissen. Oder auch lieber nicht hören.«

Scarlett schwirrte der Kopf. Sie brauchte einen Moment, um die Worte zu sortieren, aber im Grunde war es logisch – wenn man etwas nicht hören konnte auf diesen Feldern, war es falsch. Und von manchen Dingen wollte man nicht, dass sie falsch waren, dass hatte sie gerade überdeutlich gemerkt. Sie wehrte sich innerlich noch immer dagegen. Als das Ende der Felder vor ihnen auftauchte, war sie unsagbar erleichtert. Dieses Mal entfachte Kaleb ein kleines Feuer. Viridis schnitzte an einem Stück Holz herum und Scarlett sah ihm eine Weile geistesabwesend dabei zu. Sie versuchte, die Hände am Feuer zu wärmen, die wieder kalt waren. Waren sie überhaupt irgendwann in der letzten Zeit richtig warm geworden? Sie wusste es nicht, sie hatte nicht darauf geachtet. Aber jetzt, wo sie traurig und müde war, spürte sie die Kälte wieder. Wenn sie endlich wieder mit Nathan zu Hause war und er sie wärmen würde, wenn ihr kalt war, sie ganz fest an sich drücken würde, bis alle Kälte vertrieben war. Wie schon die Abende zuvor bot Kaleb ihr Brot und Käse an, doch dieses Mal wollte Scarlett nichts.

»Wenn du verhungerst, bevor das Fest beginnt, hast du nichts gewonnen«, stellte er fest. Scarlett kaute daraufhin widerwillig an einem Stück Brot. Viridis war in seine Schnitzerei vertieft. Sie sprachen nicht viel, bis sie sich zur Ruhe begaben.

»Es dauert länger mit uns«, erklärte Viridis ihr.

»Was dauert länger?«

»Der Weg zum Schloss. Ohne uns wäre Kaleb schon dort. Aber er nimmt uns trotzdem mit. Er will dir helfen.«

»Machen das Ritter nicht so, dass sie Frauen in Not helfen?« Etwas Besseres fiel Scarlett dazu nicht ein.

»Mag sein«, antwortete Viridis nur. »Bei Kaleb hat es auch mit Ira zu tun. Er hat doch hin und wieder nach ihr gesehen. Damit sie nichts Dummes tut. Und dann kamst du und er wäre fast zu spät gekommen. Und jetzt will er dir wenigstens helfen.« Kurz darauf war er eingeschlafen.

Scarlett lag noch wach. Da waren zu viele Stimmen in ihrem Kopf. Sie hätte sich am liebsten die Hände auf die Ohren gepresst, doch das half nichts gegen die Dinge, die schon in ihrem Kopf waren. So versuchte sie, möglichst ruhig liegen zu bleiben und hoffte, dass irgendwann die körperliche Erschöpfung siegen würde. Wenigstens brauchte sie keine Angst vor Angriffen zu haben, solange Kaleb da war. Er konnte sie vor diesen Wesen beschützen. Es war trotz allem ein gutes Gefühl, dass jemand über sie und auch über Viridis wachte. Dass diese beiden, der Ritter und der Homunkulus, ihr halfen. Sie fragte sich, warum Viridis diese Dinge zu ihr gesagt hatte. Er hatte damit auch riskieren müssen, dass sie ihn hinterher nicht mehr mochte. Aber er hatte es trotzdem getan. Weil er der Meinung war, dass sie die Wahrheit verdient hatte. Er wollte ihr damit helfen, doch was war es für eine Hilfe, wenn er ihr Leben in Scherben schlug?

»Nicht dein ganzes Leben. Nicht deine Eltern, nicht deine Freunde«, flüsterte die Stimme in ihrem Kopf, die gleichzeitig für die Zweifel an Nathan zuständig war.

»Und was ist das gegen Nathan? Gegen unseren Traum von einer Familie?«, fragte Scarlett stumm zurück.

»Was ist Familie gegen den Traum von einer Familie?«, glaubte Scarlett die Stimme noch fragen zu hören, bevor sie doch in einen unruhigen Schlaf fiel.

14

Jemand von früher

Wirre Träume suchten sie in diesem Schlaf heim, doch Scarlett erinnerte sich an keinen einzigen davon, als ein leises Lachen sie hochschrecken ließ. Kaleb und Viridis schliefen, aber noch jemand befand sich in ihrem Lager. Scarlett blinzelte ein paar Mal, bis sie ihren Augen traute. War das tatsächlich ein Kind, das neben den Pferden stand? Das gerade noch Viridis' Pony streichelte und dann neugierig die Sättel und vor allem die Satteltaschen zu untersuchen begann. Scarlett hatte die Entfernung zu der kleinen Gestalt mit wenigen Schritten überwunden.

»Hey! Was machst du da?« Noch war die Morgendämmerung nur als schmaler Streifen am Horizont zu erahnen und Scarlett konnte lange nicht alles richtig erkennen, doch wenn sie sich nicht vollkommen täuschte, hatte sie ein kleines Mädchen mit langen, hellroten Haaren vor sich. Doch bevor sie das Kind näher betrachten konnte, rannte es mit schnellen Schritten davon. Scarlett folgte ihm. Gab es hier im Oktober heimatlose Kinder? Konnte die Kleine aus einem Dorf stammen? Wurde sie möglicherweise sogar von ihren Eltern auf Beutezug geschickt? Warum sollte sie sonst die Taschen durchwühlt haben, Nathan hatte ihr erzählt, dass es so etwas hin und wieder gab. Oder hatte sie einfach nur einen Spaß machen wollen, wie Kinder es nun mal taten? Es dauerte nicht lange, bis Scarlett das Mädchen einholte. Es stand neben einem kleinen Tümpel, mit dem Rücken zu Scarlett.

»Wer bist du? Was sollte das gerade?«, wollte Scarlett wissen, bemüht, ihrer Stimme gleichzeitig einen freundlichen und energischen Klang zu geben.

»Wir sind aber Spielverderber geworden«, antwortete das Mädchen mit heller Stimme. Die Kleine drehte sich langsam zu Scarlett um. Eindeutig ein menschliches Mädchen.

»Spielverderber?«, fragte Scarlett ratlos.

»Spiel mit mir! Spiel mit mir verstecken!«, forderte das Mädchen sie auf.

»Ich kann nicht mit dir spielen, ich muss weiter. Was hast du bei den Pferden gemacht?«

Das Lächeln verschwand vom Gesicht des Mädchens, es legte den Kopf schräg.

»Früher warst du nicht so. Spiel mit mir!« Es klatschte in die Hände und machte Anstalten, hinter einem Busch zu verschwinden.

»Halt, warte!«, rief Scarlett. Die Kleine drehte sich wieder um, dieses Mal eindeutig einen vorwurfsvollen Ausdruck im Gesicht. Scarlett schätzte sie auf vielleicht fünf oder sechs Jahre.

»So geht das nicht. Hast du denn alles vergessen? Nicht gucken, zählen!«

»Hör zu, ich …«

»Zählen! Augen zu!«, unterbrach das Mädchen sie energisch. Scarlett seufzte, trotzdem umspielte ein leichtes Lächeln ihre Mundwinkel … Was hatte das Mädchen gesagt? Sie wäre früher nicht so gewesen? War dieses Kind ein Bild aus ihrer Vergangenheit? Vielleicht kam sie ja noch darauf, wenn sie das Spiel mitmachte. Nur eine Weile. Viridis und Kaleb schliefen ja noch. Scarlett versuchte beim Zählen, alte Freundinnen von sich durchzugehen, aus dem Kindergarten und der Grundschule, doch erstens wollte ihr absolut nicht einfallen, wo sie das Kind einordnen sollte, und zweitens geriet sie so beim Zählen immer wieder durcheinander. Schließlich beschloss sie, dass es reichte, rief laut »Ich komme dich suchen!« und begann, hinter den Büschen und Bäumen nachzusehen. Sie fand ihre Spielkameradin schließlich hinter den tief hängenden Zweigen einer Weide.

»Hab dich!«, verkündete sie.

»Jetzt bin ich dran mit suchen!«

»Aber hör mal, du hast nichts mitgenommen, oder?« Die Kleine verdrehte die Augen und leerte die Taschen ihres Kleides nach außen. »Ich nehme nichts weg. Das müsstest du wissen!«, erinnerte sie Scarlett.

Bevor diese darüber nachdenken konnte, was die Kleine meinte, rief das Mädchen: »Los, versteck dich!« Sie hielt sich die Hände vor die Augen und begann zu zählen.

Scarlett schaute sich fieberhaft nach einem Versteck um. Als sie einen der Bäume umrundete, stellte sie fest, dass er hohl war. Schnell schlüpfte sie hinein.

»Ich komme dich suchen!«, hörte sie das Mädchen auch schon rufen.

Wieder versuchte Scarlett, sich daran zu erinnern, woher sie das Kind kennen könnte. War dieses Mädchen überhaupt echt? Oder nur ein Traum? Eine Vision, ein Bild, wie einige andere Dinge hier. Sie wirkte so echt … Konnte es vielleicht eine Tochter von Bekannten ihrer Eltern gewesen sein? Jemand, den sie nicht oft gesehen hatte?

Schritte näherten sich dem Versteck. »Hab dich!«, verkündete das Mädchen triumphierend, als sie in den Baum schaute.

»Das ging aber schnell«, tat Scarlett angemessen verwundert. Die Kleine hob nur die Schultern.

»Sag mal, woher kennst du mich?«, wollte Scarlett wissen.

»Na, von früher. Ganz früher.«

Zumindest da hatte sie also richtig gelegen. »Haben wir uns gut gekannt? Ganz früher?«

Der seltsame Ausdruck auf dem Gesicht des Kindes verschwand so schnell wieder, dass Scarlett sich nicht sicher war, ob sie ihn überhaupt gesehen hatte. Vielleicht war die Kleine nur enttäuscht darüber, dass Scarlett sich nicht mehr an sie erinnern konnte. Was tatsächlich nicht schön war, aber wenn sie hier wirklich das Bild oder was auch immer einer Schulfreundin oder sogar Kindergartenfreundin vor sich hatte, dann war ihre letzte Begegnung vielleicht mehr als zwanzig Jahre her. In dieser Zeit konnte man schon mal etwas vergessen. Aber wie sollte sie das wiederum einem Kind erklären, für das alles, was über ein Jahr hinaus ging, schon eine Ewigkeit war? Jahrzehnte waren in diesem Alter fast nicht vorstellbar.

»Ja, früher mal. Du musst zählen!«

Damit war sie auch schon wieder davongehuscht. Scarlett zählte, dieses Mal auf die Zahlen konzentriert, aber mit einem Lächeln auf den Lippen. Wer auch immer dieses Mädchen war, sie konnte sich vorstellen, dass sie sich früher mal gut verstanden hatten. Sie glaubte fast, sich an jemanden erinnern zu können, der so gewesen war, aber sie kam einfach nicht darauf. Ein Mädchen war nur ein Jahr im selben Kindergarten wie sie gewesen, dann waren ihre Eltern wieder umgezogen. Konnte es sein? Dieses Mal fand sie das Mädchen schneller. Sie fragte es nach seinem Namen, doch es schüttelte nur lächelnd den Kopf.

»Das weißt du doch!«, stellte es fest.

Scarlett biss sich auf die Lippen. Ja, wahrscheinlich sollte sie das wissen. Müsste es wissen. Tat sie aber nicht. Wie auch immer sie hieß zählte schon wieder. Und sie zählte recht schnell. Scarlett rannte blindlings los, übersah den kleinen Tümpel, trat prompt ins Wasser und stieß einen

Fluch aus. Im glitschigen Schlamm rutschte sie vollends aus und landete auf dem Hintern. Hinter sich hörte sie ein helles Lachen. Dieses Lachen passte hierher, zwischen rot und orange leuchtende Herbstblätter und heruntergefallenes Laub.

»Wolltest du dich im Wasser verstecken?«, fragte das Mädchen. Scarlett verzog das Gesicht.

»Das ist eklig!«, schimpfte sie über den Schlamm an ihren Händen.

»Scarlett sucht den Froschkönig!«, rief das Mädchen und Scarlett warf mit einer Handvoll Laub nach ihr. Die Kleine schlug nach den Blättern und die Geste hatte erneut etwas seltsam Vertrautes. Wo hatte sie dieses Kind nur schon einmal gesehen? Wann? Scarlett schaffte es, sich aufzurappeln. Ihr Rock klebte an ihrer durchtränkten Leggins, ihre Socken waren klatschnass, ihre Füße wurden kalt und die Schuhe hatten sich vollgesogen. Bevor sie sich jedoch groß darüber ärgern konnte, traf sie eine Ladung Laub, das im ersten Licht der Sonnenstrahlen zu glühen schien. Eine Weile lieferten sich Scarlett und das Mädchen lachend, kichernd und kreischend eine Blätterschlacht. Dann ließen sie sich japsend auf den Waldboden sinken.

»Schau mal.« Die Kleine deutete auf die Sonne, die mittlerweile recht gut sichtbar war. »Sonnenaufgänge sind schön«, stellte Scarlett fest.

»Wenn du deine Füße lange genug in die Sonne hältst, macht sie dich trocken«, verkündete die Kleine.

»Dann muss ich aber ziemlich lange in der Sonne stehen. Außerdem habe ich nicht nur nasse Füße, sondern auch einen nassen Hintern.«

»Dann musst du den halt auch in die Sonne halten! Ist doch klar!« Das kleine Mädchen kicherte leise. Seine Fröhlichkeit war ansteckend und auch Scarlett musste lachen.

Die Vorstellung von sich selbst, wie sie im Wald stand und darauf wartete, dass die Sonne diverse Stellen von ihr trocknete … Die Sonne …

»Um Himmels Willen, ich muss weiter! Kaleb und Viridis werden mich suchen!«, stellte sie fest.

»Der Mann und der Zwerg, die bei dir waren?«

»Viridis ist kein Zwerg. Er ist mehr … so was wie ein kleiner Junge.«

»So sieht er aber nicht aus. Ist irgendetwas mit ihm?« In der Stimme des Mädchens klang ehrliche Anteilnahme mit.

»Er … ist einfach anders«, versuchte Scarlett, eine lange Geschichte einfach zu machen.

»Anders. Aber …« Das Mädchen brachte die Frage nicht zu Ende, es schien etwas anderes plötzlich viel interessanter zu finden: »Du siehst nicht aus, als wolltest du wirklich gehen«, erklärte sie dann. Sie deutete auf den Tümpel. »Willst du nicht doch lieber den Froschkönig suchen?«

Scarlett schüttelte mit einem wehmütigen Lächeln den Kopf. »Nein, das geht wirklich nicht. Ich muss jemanden retten. Es ist wichtig. Wir können dich vorher bestimmt nach Hause bringen.«

Sie hielt dem Mädchen eine Hand hin. Die Kleine griff danach und zusammen machten sie sich auf den Weg zurück zum Lagerplatz.

»Gehst du nach Hause?«, fragte die Kleine zu Scarletts Überraschung.

»Irgendwann gehe ich nach Hause, ja.«

Die Kleine schüttelte ungeduldig den Kopf. »Nein, ich meine ob du *nach Hause* gehst.«

Scarlett runzelte die Stirn. Das kleine Mädchen wirkte plötzlich viel zu alt für sein Alter. Regelrecht … weise. Wahrscheinlich spürte sie, dass Scarlett nicht sofort nach Hause gehen würde. Dass sie vielleicht gar nicht nach Hause gehen würde. Wenn sie versagte, würden weder Nathan noch sie jemals wieder nach Hause kommen.

»Was meinst du?«, fragte sie trotzdem.

»Dein *richtiges* Zuhause«, erklärte das Mädchen und zog ein wenig an Scarletts Hand. Konnte sie den Ort meinen, an dem Scarlett gewohnt hatte, als sie sich gekannt hatten?

»Mein Zuhause ist jetzt woanders«, versuchte sie dem Kind zu erklären.

»Nein.«

»Doch. Ich bin umgezogen.«

»Bist du. Ist es nicht.«

Scarlett blieb vor Staunen der Mund offen stehen. »Hör mal, ich diskutiere nicht mit jemandem über mein Zuhause, der mir nicht mal seinen Namen verrät.«

»Warum soll ich dir was verraten, was du doch weißt?« Die Kleine schaute sie ehrlich irritiert an.

»Ich weiß es eben nicht. Es tut mir leid, aber ich habe es vergessen.«

»Dann solltest du nach Hause gehen und deine Erinnerungen wiederfinden«, gab das Mädchen zu bedenken. »Oder wir gehen zurück zum Tümpel und suchen den Froschkönig!«

Alle kindliche Leichtigkeit war bei den letzten Worten wieder zurückgekehrt.

»Scarlett!« Scarlett schaute in Richtung der Stimme und sah Viridis auf sich zukommen. Der Homunkulus strahlte sie an, als hätte er sie lange nicht gesehen.

»Guten Morgen, Viridis. Schau mal, hier ist …« Scarlett wandte sich wieder dem kleinen Mädchen zu – doch es war fort. Sie hatte nicht einmal bemerkt, dass sie seine Hand losgelassen, geschweige denn, dass sie sich von ihm entfernt hatte.

»Sie war gerade noch da!«, rief sie fassungslos. Der Homunkulus betrachtete sie aufmerksam, wirkte einen Moment so, als müsste er darüber nachdenken.

»Ja, sie war gerade noch da. Für einen Moment«, stellte er fest. Scarlett hätte gerne nach dem Mädchen gerufen, aber sie kam sich albern vor »Hey, Kleine!«, durch den Wald zu rufen. Viridis schien ihre Absicht zu erahnen. Er griff nach der Hand, die das Mädchen leer zurückgelassen hatte, und zog Scarlett die letzten Schritte zum Lager.

»Sie kommt schon zurecht«, erklärte er.

»Kennst du sie? Weißt du, wer sie ist?«

»Nein und ja.«

»Aber wer?«

Wieso konnten alle mehr wissen, als sie selbst? Wieso konnte Viridis sich an jemanden erinnern, den sie selbst vergessen hatte?

»Sie ist jemand von früher«, stellte der Homunkulus fest.

»Woher weißt du das?«

»Die Magie. Man sieht es, wenn man es weiß.«

Scarlett war ein wenig beruhigt. Jemand von früher, mehr hatte Viridis also auch nicht erkannt.

»Also braucht sie unsere Hilfe nicht?«

Er wich ihrem Blick aus. »Nicht richtig«, meinte er schließlich ausweichend.

»Was soll das heißen, nicht richtig?«

Der Homunkulus seufzte, seine Kulleraugen huschten von einer Richtung zu anderen, als wäre er sich nicht sicher, was er eigentlich suchte. Eine Ausrede, einen Fluchtweg, etwas ganz anderes.

»Du könntest ihr helfen, wenn du wüsstest, wer sie ist. Aber herauszufinden, wer sie ist, ist der erste Schritt, verstehst du?«

Scarlett verstand und verstand auch wieder nicht. Jemand von früher … Sie dachte einen Moment angestrengt nach und glaubte schließlich, eine Erklärung gefunden zu haben.

»Du meinst, da ist jemand von früher, jemand, den ich kenne, und sie braucht meine Hilfe?«

Viridis nickte, lächelte erleichtert.

»Sie sagte, ich muss nach Hause gehen. Heißt das … muss ich zu Hause einer alten Freundin helfen?«

Der Homunkulus nickte wieder. Scarlett konnte sich zwar nicht erklären, wieso diese Botschaft sie hier in dieser Welt erreicht hatte und auf diesem Weg, aber wie sollte es denn anders sein? Was sie bisher wusste, ließ kaum einen anderen Schluss zu. Ein Grund mehr, schneller nach Hause zu gehen. Und vielleicht war die Sache mit dem richtigen Zuhause ein Hinweis. Vielleicht ging es wirklich um jemanden, den sie über ihre Eltern gekannt hatte, vielleicht musste sie ihre Eltern fragen … Scarlett blieb stehen.

»Aber ich kann nicht!«, rief sie. Sie hatten gerade den Lagerplatz erreicht.

Kaleb schaute erstaunt zu ihnen herüber. »Dir auch einen guten Morgen, du Verschollene. Was kannst du nicht?«

»Da ist jemand von früher, zu Hause, jemand, der meine Hilfe braucht. In meiner Welt. Aber ich kann ihr doch nicht helfen. Wenn ich wieder zu Hause bin, mit Nathan, dann muss ich mich um Nathan kümmern, um das Baby. Er wird traurig sein, wenn ich meine Zeit mit jemand anderem verbringe.«

Kaleb hatte sichtlich Mühe, aus ihren Worten schlau zu werden. Viridis klärte ihn darüber auf, was er selbst noch gesehen hatte.

»Sie war hier, ich dachte, sie spielt uns vielleicht irgendeinen Streich oder braucht Hilfe, wir waren im Wald, spielen …«, erklärte Scarlett den Rest.

Kaleb und Viridis tauschten einen Blick, den Scarlett im ersten Moment nicht deuten konnte. Dann fiel ihr ein, dass auch Kaleb einiges über Magie wusste, wenn er auch selbst keine magischen Fähigkeiten hatte.

»Das klingt, als hätte es dir Spaß gemacht«, stellte er schließlich fest.

Scarlett spürte, wie sich bei der Erinnerung ein Lächeln auf ihrem Gesicht ausbreitete.

Tatsächlich hatte es das. Wann hatte sie sich das letzte Mal so nahezu unbeschwert gefühlt? Die Idee, dass man im Tümpel nach dem Froschkönig suchte, war aber auch so kindlich verträumt gewesen. Sie hatte Scarlett an Märchen erinnert, die sie irgendwann einmal gehört und gelesen hatte. Glaubten nicht alle Mädchen irgendwie, einmal ihren Prinzen zu finden?

»Das heißt also, wenn du wieder zu Hause bist und dort jemandem helfen möchtest, ist Nathan traurig?«, fasste Kaleb zusammen.

Scarlett nickte. »Ja, weil ich nicht bei ihm bin.«

Sie sah, wie Viridis die Augen verdrehte und war drauf und dran, etwas zu sagen, doch der Gedanke an die Felder der Wahrheit schnürte ihr die Kehle zu.

»Aber wie kann er das wollen? Wie kann er wollen, dass du bei ihm bist, wenn jemand anderes deine Hilfe braucht? Das ist nicht richtig.«

»Fang du nicht auch noch an!«, rief Scarlett hilflos. Schlagartig dachte sie an Freundinnen, die öfter solche Dinge zu ihr gesagt hatten. Die nicht verstanden hatten, dass Nathan sie so sehr liebte, dass er keine Sekunde länger als unbedingt nötig ohne sie sein wollte. Dass sie zu Hause sein sollte, wenn er zu Hause war. Immer. Sie waren unfair zu ihr gewesen, hatten irgendwann nicht mehr angerufen, hatten sie … aufgegeben. Kaleb schaute sie ein wenig verwirrt an, dann fuhr er mit einem Schulterzucken fort, Corrinn zu satteln. Und wenn es mit dem Baby nicht klappte, würde dann auch Nathan … sie aufgeben? Nein, das konnte er nicht, nicht, nachdem sie ihn gerettet hatte! Scarlett schob den Gedanken energisch zur Seite.

»Es ist nicht mehr weit«, hörte sie Viridis sagen. »Wir sind bald in Halloween. Einen Tag vor dem Fest.«

Scarlett lächelte ihn an. »Das ist ja wundervoll!« Mit neuem Mut stieg sie in den Sattel von Nebelkind, dieses Mal ganz ohne Hilfe.

Kaleb nickte ihr anerkennend zu. »Du machst dich. Das Pferd mag dich. Ihr könntet gute Freunde werden.«

Scarlett lächelte ihm zu und klopfte Nebelkind den Hals. Ihre Muskeln schmerzten zwar noch immer, aber es war nicht mehr so schlimm. Sie gewöhnte sich vielleicht doch daran. Dann konnte sie wirklich reiten lernen. Vielleicht fand sie in ihrer Welt ein Pferd, das Nebelkind ein wenig ähnelte. Das sollte nicht unmöglich sein. Viel wichtiger war die Frage, ob es nicht schlimm für Nathan wäre, wenn sie Zeit ohne ihn verbringen würde. Im nächsten Moment spürte sie ihre nasse Kleidung wieder und verzog das Gesicht.

»Was ist?«, wollte Kaleb wissen. Scarlett berichtete von ihrem Ausflug in den Tümpel. Sowohl Viridis als auch Kaleb lachten, doch es war kein schadenfrohes Lachen. Zumindest nicht unfreundlich schadenfroh.

»Zum Glück ist es nicht mehr so weit bis zum Dorf. Sonst hätte ich gesagt, zieh die nassen Sachen aus, aber so …«

Er warf ihr einen schnellen Seitenblick zu. Scarlett spürte, wie ihr eine leichte Röte in die Wangen stieg.

»Hast du den Froschkönig wenigstens gefunden?«

Erst, als sie das Lächeln auf Viridis' Gesicht sah, erkannte sie, dass er versucht hatte, einen Witz zu machen. Vielleicht zum ersten Mal in seinem Leben. Und zum ersten Mal seit Langem hatte Scarlett das Gefühl, dass heute ein guter Tag sein würde.

15

Koboldprinzessin

Unterwegs hielt Scarlett immer wieder nach dem kleinen Mädchen Ausschau, doch es war nirgends zu sehen. Sie machte sich zwar nach wie vor ein wenig Sorgen, aber wenn dieses Mädchen eine Art Botschaft gewesen war, war es grundsätzlich gar kein richtiges Kind. Egal, wie wirklich es Scarlett vorgekommen war. Es war nicht allein im Wald und hatte Angst. Dennoch lag nach wie vor ein leichtes Lächeln auf Scarletts Lippen.

»Wie ist es da? In Halloween?«

»Ganz nett«, antwortete Viridis zu ihrer Überraschung. Kaleb warf dem Homunkulus einen erstaunten Blick zu.

»Du warst mal da?«, fragte Scarlett.

Viridis nickte. »Mit Ira. Wir sind nicht über die Felder geritten, damals. Sie hat etwas gebraucht, was sie mir nicht verraten hat. Eigentlich waren wir nicht richtig da, sondern mehr am Rand. Sie wollte nicht in den Ort hinein. Aber das, was ich gesehen habe, wirkte ganz nett.« Ein wenig Enttäuschung schwang in seiner Stimme mit.

»Hättest du es dir gerne genauer angesehen?«, fragte Scarlett.

»Oh ja, natürlich!« Viridis' Gesicht leuchtete auf. Scarlett und Kaleb tauschten einen kurzen verstehenden Blick.

»Du kannst es dir anschauen, Viridis. In aller Ruhe«, erklärte Kaleb.

»Wirklich?« Der Homunkulus wurde regelrecht zappelig. Seine Freude sprang auf Scarlett über, die Kaleb zulächelte. Ein zufriedenes Grinsen breitete sich auf dem Gesicht des Ritters aus.

»Du könntest im Schloss anfangen. Es gibt da eine große Bibliothek …«

Viridis wirkte, als würde er gleich vom Pferd springen vor Freude. »Ich habe noch nicht viel von der Welt gesehen. Nur ein wenig mit Ira und durch die Kugel. Habt ihr Karten in der Bibliothek? Kann ich mir etwas abzeichnen?«

Kalebs Grinsen wurde noch breiter. »Nun, vielleicht kann dich sogar jemand mitnehmen. Es sind so viele beim Fest versammelt, vielleicht kannst du mit einem der Trolle zu den Feen reisen …«

Man konnte förmlich beobachten, wie der kleine Kerl zu leuchten begann.

»Reisen«, flüsterte er. Die Freude auf seinem Gesicht fand ihren Weg in Scarletts Herz. Oder lag es am Oktober, der auf sie abfärbte? Der Laubdrache hatte so etwas gesagt … Sie gönnte Viridis auf alle Fälle seine Freiheit. All die Wunder dieser Welt nur durch Glas zu sehen – wie musste das für ihn gewesen sein? Scarletts Gedanken wurden schlagartig von lautem Geheul und Geschrei unterbrochen. Schon eine Weile hatte rechts von ihnen sanftes, grünes Hügelland begonnen. Die ganze Zeit hatte es leer gewirkt, doch plötzlich erschien wie aus dem Nichts eine Horde kleiner Kerle und stürzte sich auf sie. Scarlett glaubte zuerst, sie wären bewaffnet, denn sie schwangen irgendwelche Gegenstände. Nebelkind begann nervös zu tänzeln. In kürzester Zeit waren sie umzingelt. Und nun erkannte sie auch, dass diese kleinen grünen Kerle eine bunte Mischung zusammengewürfelter Kleidung trugen und mit den verschiedensten Dingen in den Händen wedelten. Einer trug einen kleinen Eimer auf dem Kopf, den Henkel unter dem Kinn festgeklemmt. Ein anderer trug ein Brillengestell ohne Gläser, der nächste gestikulierte mit einem Holzlöffel und traf dabei seinen Nebenmann, der ein Tuch mit Blümchenmuster, das Scarlett verdächtig an eine Küchenschürze erinnerte, um sich geschlungen hatte wie eine Tunika. Die Kerlchen wirkten, trotz ihrer Bewaffnung, nicht wirklich bösartig.

»Gebt uns den magischen Kürbis heraus!«, rief einer von ihnen, der mit dem Eimer.

»Lasst den Blödsinn, Gorthis. Ihr seid mal wieder zu spät«, murrte Kaleb.

»Wie, zu spät? Schon wieder?«, entgegnete das Männchen, das ungefähr die Größe von Viridis haben mochte. Scarletts Blick wanderte zum Homunkulus, der die grünen Männchen interessiert beäugte. Einer von ihnen zupfte an seiner Kleidung, ein anderer streichelte das Pony. Unter der Küchengeräte-Armee wurde Gemurmel laut.

»Er hat gesagt, dieses Mal kriegen wir den Kürbis«, meinte einer.

»Schon wieder zu spät, Gorthis sollte seine Uhr aufziehen!«

»Er kann sie nicht aufziehen, weil sie trotzdem nicht mehr geht«, meinten zwei andere.

»Aus dem Weg jetzt!«, forderte Kaleb sie auf. Corrinn scharrte regelrecht gelangweilt einmal mit einem Vorderhuf, ansonsten verharrte das Pferd in stoischer Ruhe.

»Ihr habt keinen Kürbis?«, vergewisserte sich der, der Gorthis hieß.

»Kein Kürbis«, erwiderte Kaleb in deutlich genervtem Ton. Der Blick des Männchens fiel auf Scarlett.

»Ha!« er deutete triumphierend mit etwas auf sie, was sie in der Zwischenzeit als Nudelholz identifiziert hatte. »Aber eine Prinzessin! Gebt uns die Prinzessin!«

Bevor Kaleb etwas erwidern konnte, beugte Scarlett sich zu ihm herüber.

»Wer sind die? Was wollen sie?«, fragte sie leise.

»Kobolde. Aus den Hügeln. Jedes Jahr versuchen sie, mir den Kürbis abzujagen und jedes Jahr sind sie zu spät. Und jetzt denken sie, sie könnten dich haben.«

»Aber was wollen sie?«

»Nichts. Eigentlich. Sie bestehen darauf, dass es ihr Land ist, die Hügel. Alles, was hier durchkommt, versuchen sie sich unter den Nagel zu reißen, mit ihrem … Besteckkasten. Sie tun niemandem etwas, sie wollen nur diejenigen sein, die den Kürbis im Triumph zum Festplatz bringen. Und in dem Fall eben dich.« Scarlett warf Viridis einen weiteren Blick zu. Er hatte tatsächlich begonnen, sich mit dem Kobold zu unterhalten, der das Pony gestreichelt hatte. Sie drückte Kalebs Arm.

»Lass ihnen doch den Spaß. Es macht ja nichts.« Kaleb erwiderte ihren Blick, versuchte, sie ernst anzuschauen, aber in seinen Augen lag der Anflug eines Lächelns.

»Scarlett, die keine Zeit für Blödsinn hat, lässt sich auf den Schabernack der Kobolde ein? Ich soll meine Ritterehre auf's Spiel setzen?«

»Ach was, die Ritterehre wird doch nicht angekratzt, weil man schwächeren Wesen einen Gefallen tut«, entgegnete sie. »Und er mag sie.«

Sie deutete mit dem Kopf auf Viridis. Kaleb verdrehte die Augen und versuchte gleichzeitig, ein Lächeln zu verbergen.

»Gorthis, dieses eine Mal habt ihr gewonnen. Ich habe es nicht vermocht, die Prinzessin ungesehen an euren Spähern vorbeizugeleiten.«

Die Kobolde brachen in Jubelrufe aus, Gorthis warf sich in die Brust und ließ sich einen Moment feiern. Dann versuchte er, nach dem Halfter von Nebelkind zu greifen, was zu ein paar lustigen Hüpfern führte. Mit einer halb genervten, halb amüsierten Miene zog Kaleb den Führstrick aus einer der Satteltaschen und reichte ihn Scarlett, die das eine

Ende befestigte und das andere dem Kobold reichte. Sie setzten sich wieder in Bewegung. Gorthis schickte zwei seiner Leute voraus, die lautstark in die Hügel hinein brüllten, dass der große Gorthis und seine tapferen Mitstreiter eine Prinzessin aus fernen Landen mitbringen würden.

»Sie wissen gar nicht, wie recht sie mit den fernen Landen haben«, flüsterte Kaleb Scarlett zu. Viridis und der Kobold unterhielten sich noch immer.

»Woher haben sie diese Sachen? Einiges davon sieht aus, als würde es aus meiner Welt stammen. Diese Küchenschürze zum Beispiel«, wollte Scarlett wissen.

»Kann schon sein«, erwiderte Kaleb. »Vielleicht von jemand anderem, der hier war. Die Herbstkinder haben einige Dinge aus deiner Welt hier hinterlassen. Hier und vielleicht sogar in den Trümmern von Haven. Das Ding da zum Beispiel«, er deutete auf den Kobold mit der Brille.

»Ich dachte, es kommen nicht viele Menschen her?«, wunderte sie sich.

»Tun sie auch nicht. Aber im Laufe der Zeit sind es schon ein paar geworden. Einmal sogar ein Mann, der am Boden zerstört war. Er hatte wohl jemanden verloren, trieb sich immer wieder zwischen den Mauern von Haven herum, aber zu unser aller Erstaunen kam er auch immer wieder zurück. Wenigstens war er nicht so leichtsinnig, auch in die Wispersümpfe zu gehen, von da kommt nämlich keiner wieder. Er hat nicht viel von sich erzählt, aber er hat versucht, einem Raben das Sprechen beizubringen. Und hat steif und fest behauptet, der Vogel würde ihm die Zukunft voraussagen.«

Scarletts Augen weiteten sich erstaunt. Konnte es sein … »Hat der Rabe wirklich gesprochen?«, fragte sie aufgeregt.

Kaleb hob die Schultern. »Was weiß ich. Für solchen Blödsinn hatten wir keine Zeit.«

Der leicht spöttische Unterton entging Scarlett nicht. »Wir hatten damals tatsächlich genug mit den Werwölfen zu tun.«

»Werwölfe?«

»Die aus Haven. Die, die jetzt dort leben.« Scarlett schluckte. Haven. Der Wegweiser. Er schien in einem anderen Leben gewesen zu sein, dass sie den Hinweis gelesen und das Wesen im Wald gesehen hatte. Das war also tatsächlich ein Werwolf gewesen?

Sie war froh, dass sie die ersten Häuser des Dorfes erreichten und Menschen heran kamen, um sie neugierig zu betrachten. Keine Gruselgeschichten mehr an diesem goldenen Herbsttag. Über dem Dorf, auf den Hügeln, thronte das Schloss. Die Mauern leuchteten leicht rot und golden, mit dunklen Stellen dazwischen. Übertroffen wurde dieses Leuchten noch vom Dach, das in einem kräftigen Rot gedeckt war.

»Schade, dass ich es mir nicht ansehen kann«, murmelte Scarlett.

»Ja, sehr schade«, entgegnete Kaleb und wich ihrem fragenden Blick aus. Im nächsten Moment waren sie von Dorfbewohnern umringt. Kinder liefen neugierig durcheinander, standen den Erwachsenen im Weg. Kaleb schüttelte einige Hände. Vor den Häusern standen kleine Kürbisse, die Scarlett an das Halloween ihrer eigenen Welt erinnerten. Girlanden aus Früchten hingen vor den Fenstern, als würde man sie zu irgendeinem Zweck trocknen. Die Oktobersonne ließ die Farben noch einmal erstrahlen. Scarlett schaute sich staunend um. Das war also Halloween. Sie durchquerten das Dorf, vor einem großen Haus am Ende hielten sie an. Einige der Dorfbewohner beglückwünschten Gorthis und gaben sich dabei alle Mühe, ernst zu bleiben. Kaleb hielt Scarlett eine Hand hin, um ihr beim Absteigen zu helfen.

»Euer Hoheit«, sagte er mit einem Lächeln auf den Lippen. Scarlett gab sich alle Mühe, so würdevoll wie möglich von Nebelkind zu steigen und in angemessenem Tonfall »Danke, Kaleb« zu antworten. Auch wenn sie keine Ahnung hatte, ob sich eine richtige Prinzessin bedankt hätte.

»Prinzessin oder nicht, du musst aus den Sachen raus«, stellte er leise fest.

Eine junge Frau war neben ihnen stehen geblieben, wartete, bis Scarlett sie anschaute und machte einen schnellen Knicks.

»Wenn sich Ihre Hoheit frisch machen will …« Scarlett tat ihr Spaß nun fast ein wenig leid, was sich aber schnell legte, als sie das Haus betreten hatten und die junge Frau Kaleb lachend in die Seite knuffte.

»Was habt ihr diesen Spaßbolden erzählt?«, fragte sie.

»Gorthis hat sich das mit der Prinzessin ganz von selbst einfallen lassen«, entgegnete Kaleb. »Scarlett wollte ihm nicht den Spaß verderben«, fügte er hinzu. »Scarlett, das ist meine Schwester Isadora. Isadora, das ist Scarlett aus der Welt der Herbstkinder.«

»Hallo, Isadora.« Scarlett erwiderte das freundliche Lächeln und ergriff die ausgestreckte Hand. Dann wandte sie sich kurz wieder an Kaleb. »Wo ist Viridis?« Scarlett hatte sich nach dem Kleinen umgesehen, doch er war ihnen nicht ins Haus gefolgt.

»Wird schon irgendwo sein. Lass ihn sich umschauen, während du dich umziehst. Er wird Spaß haben, glaub mir. Und er kommt mit Sicherheit rechtzeitig, um das Kleid zu bewundern«, schloss er mit einem Zwinkern in Isadoras Richtung.

»Ich trage kein Kleid!«

»Aber gleich. Nicht wahr, Isadora?«

Die junge Frau nickte.

»Moment mal, ich …« Isadora griff nach Scarletts Arm und zog sie mit sich, eine Treppe hinauf.

»Ich überlasse die Klärung der Kleiderfrage mal euch Frauen«, rief Kaleb ihnen nach.

»Du kannst ein paar Eier hereinholen. Ihr müsst essen.«

»Du schickst einen Ritter des Prinzen in den Hühnerstall?«

»Ich schicke meinen Bruder in den Hühnerstall, den er vielleicht mal wieder ausmisten sollte, um von seinem hohen Ross zu kommen!«, entgegnete Isadora noch, bevor sie Scarlett in einen Raum schob und die Tür hinter sich schloss.

»Jungs. Gib ihnen ein Schwert und ein Pferd und sie halten sich für sonst was. Dass er auch dann noch zu Hause helfen musste, als er schon ein Knappe war, hat er dir nicht erzählt, nehme ich an?« Scarlett schüttelte belustigt den Kopf. Isadora seufzte.

»Passt nicht zu der schillernden Rüstung, die er sowieso fast nie trägt, der Hühnerdreck.« Sie blinzelte Scarlett verschwörerisch zu. Dann wandte sie sich einem hölzernen Schrank zu, kramte eine Weile und zog dann etwas heraus, was Scarlett im nächsten Moment als Kleid erkannte. Mittlerweile musste sie doch zugeben, dass die nassen Sachen mehr als nur unangenehm wurden. Isadora warf ihr ein weiches Tuch zu.

»Wir haben gerade kein heißes Badewasser, reicht es, wenn du dich abtrocknen kannst? Und etwas Trockenes anziehen? Baden kannst du dann morgen früh.«

»Sicher, vielen Dank!«

»Komm nach unten, wenn du fertig bist. Ich mache euch etwas zu essen.«

»Danke«, wiederholte Scarlett. Sie schälte sich aus den nassen Kleidern, rubbelte sich ab, bis die Haut wieder warm war, und beäugte dann die Sachen, die Isadora ihr hingelegt hatte. Es war ein schlichtes, langes Kleid, mit ein wenig Stickerei am Kragen. Rote Stickerei auf orangenem Grund. Oktoberfarben. Scarlett streifte das Kleid bewundernd über. Womit sie es wohl so gefärbt hatten? Isadora hatte ein ähnliches Kleid getragen, in Gelb mit grüner Stickerei. Es schien so etwas wie die traditionelle Kleidung der Frauen hier zu sein. Scarlett würde wie eine von ihnen aussehen, während des Festes … Sie wurde bei dem Gedanken, dass sie sich danach verabschieden musste, ein wenig wehmütig. Gerade Halloween schien tatsächlich ein nettes Fleckchen zu sein, Kaleb war unheimlich freundlich zu ihr gewesen und auch seine Schwester schien ein hilfsbereiter und offener Mensch zu sein. Mit einem Seufzer öffnete Scarlett die Tür und lief auf Strümpfen die Treppe herunter.

»Sie hätte es nicht so enden lassen müssen«, hörte sie Isadora gerade sagen.

»Glaub mir, ich wollte auch nicht, dass es so endet«, antwortete Kaleb. Scarlett betrat den Raum und die Geschwister verstummten. Einen Moment blieb sie unschlüssig stehen, dann schob Kaleb einen Stuhl für sie zurück.

»Wir sprachen gerade über Ira. Sie hätte die Wahl gehabt«, erklärte Isadora. »Ich hätte dir Schuhe geben sollen«, fügte sie mit einem Blick auf Scarletts Füße hinzu.

»Es geht schon.«

»Besser als nasse Schuhe sind die Strümpfe in jedem Fall«, fuhr Isadora fort, während sie gebratene Eier und Schinken auf einen Teller häufte, vor Scarlett hinstellte und ein Brett mit Brot zu ihr hinschob.

»Ich muss es Cay sagen«, stellte Kaleb fest. »Und ihrem Vater«, fügte er leiser hinzu.

Dieses Mal war es Isadora, die mit dem Holzlöffel gestikulierte. »Das ist typisch für sie! Anderen die Drecksarbeit überlassen!«

Kaleb erhob sich langsam, als würde ihn etwas herunterdrücken. »Ich komme zurück, so schnell ich kann.« Er schob den Stuhl zurück an den Tisch, schaute Scarlett einen Moment lang an. »Der Herbst kleidet dich gut«, sagte er, drückte kurz die freie Hand seiner Schwester und verließ die Küche.

Isadora seufzte. »Iss, Kind!«, forderte sie Scarlett auf, die noch nichts angerührt hatte. »Kaleb hat darauf bestanden, dass du sofort etwas bekommst, er … wollte erst zu Cay.«

Scarlett schluckte. So köstlich der Duft auch war …

Leise Schritte ertönten vor der Küche. Einen Moment hoffte Scarlett fast, Kaleb wäre zurück, doch dann streckte Viridis zögernd den Kopf herein. »Kaleb hat gesagt, ihr wärt hier …«

Sofort zauberte Isadora einen weiteren Teller hervor. »Setz dich! Du musst Viridis sein!«, forderte sie den Homunkulus auf.

Ein wenig schüchtern, aber dennoch mit einem fröhlichen Gesichtsausdruck kletterte Viridis auf einen Stuhl.

»Na, wie sind die Kobolde?«, fragte Scarlett. In der Gesellschaft des Homunkulus fiel es ihr gleich viel leichter, etwas herunterzubekommen. Auch wenn es noch schöner gewesen wäre, sich beim Essen weiter mit Kaleb zu unterhalten. Sie hatte seine Gesellschaft während der Reise zu schätzen gelernt.

»Nach dem Essen könnt ihr mir helfen, das Haus noch ein wenig zu dekorieren. Den Festplatz übernehmen dieses Jahr Milly und die Kinder«, erklärte Isadora, nachdem Viridis und Scarlett eine erste Portion verschlungen hatten und Isadora ihnen lächelnd Nachschub hingestellt hatte.

»Milly?« Wenn sie sich nicht irrte, hatte Kaleb sie als »Die Kleine« bezeichnet, als er unterwegs von seiner Familie gesprochen hatte.

»Unsere jüngere Schwester, das Nesthäkchen. Auch wenn sie selbst mittlerweile erwachsen ist, für uns bliebt sie die kleine Schwester. Unsere Männer und die Kinder – meine Kinder und ihre – sind auf dem Festplatz, alles vorbereiten für morgen. Dafür übernehme ich das Haus. Nächstes Jahr tauschen wir wieder.«

Wie normal das alles klang. Männer, Kinder, Häuser zum Dekorieren. Fast wurde Scarlett ein wenig neidisch. Wahrscheinlich machte all das hier auch Arbeit und davon nicht wenig, aber Isadora wirkte – zufrieden. Glücklich.

Der Eindruck sollte sich verfestigen, als bei Einbruch der Dämmerung eine Horde Kinder ins Haus stürmte. Zumindest kamen die insgesamt fünf Kinder Scarlett so vor, nachdem auf der Reise eine fast gespenstische Ruhe geherrscht hatte. Zwei davon sprangen mit einem durchdringenden »Mama, Mama!«, das sofortige Aufmerksamkeit forderte, auf Isadora zu. Ein älterer Junge trug ein kleines Mädchen auf dem Arm, das schlief, ein weiteres Kind hielt die Hand der Frau fest, die Kalebs Schwester Milly sein musste. Das Wiedersehen der Familie fiel herzlich aus. Scarlett musste an ihre eigenen Eltern denken ... und an die besorgten Blicke, die sie ihr immer öfter zuwarfen. Zu gerne hätte sie sich jetzt in deren Wohnzimmer auf dem dicken Teppich vor dem Kamin zusammengerollt, wie sie es als Kind getan hatte. Zusammengerollt und den Schmerz vergessen, den sie beim Anblick der Familienidylle empfand. Die Worte des kleinen Mädchens kamen ihr in den Sinn. Dein richtiges Zuhause.

Im allgemeinen Trubel wurden Scarletts trübe Gedanken schnell verweht. Es wurde ein fröhlicher und langer Abend. Die Kinder wurden irgendwann zu Bett gebracht, während Scarlett mit den Erwachsenen zusammensaß, als wäre sie eine alte Freundin. Wann hatte sie in ihrer Welt zum letzten Mal eine so gemütliche Runde erlebt? Am Ende blieb sie mit Kaleb allein zurück.

»Wie war es bei Cay?«, fragte sie leise. Er warf ihr einen leicht überraschten Blick zu und sie befürchtete schon, er würde nicht antworten, doch dann erwiderte er: »Nicht schön. Cay nimmt es mehr mit einem Kopfschütteln zur Kenntnis, auch wenn es ihn natürlich trifft. Iras Vater … ich fürchte, es zerstört ihn.«

Ohne darüber nachzudenken, berührte Scarlett ganz kurz seine Hand. »Deine Familie ist nett«, sagte sie. Die Düsternis verschwand von seinem Gesicht und wich einem Lächeln.

»Oh ja, ist sie. Auch wenn so viele Schwestern anstrengend sein können.«

»Wo ist dein Bruder?«

»Gerade in der Nähe von Haven. Nachsehen, wie es dort ist. Die Gruppe ist groß genug, da sollte nichts passieren. Trotzdem sind wir alle froh, wenn er zurück ist. Letztes Jahr war ich dort. Die Ruinen, die paar Dinge, die dort noch liegen … es ist seltsam.«

»Es weiß wirklich niemand, was dort passiert ist?«

»Noch hat es niemand herausgefunden, nein.«

Einen Weile herrschte Schweigen zwischen ihnen.

»Wie ist das Fest?«, wollte Scarlett schließlich wissen.

»Das kann man nicht erzählen. Du musst es erleben. Morgen.«

Das Feuer im Kamin brannte langsam herunter. Sie betrachteten die kleiner werdenden Flammen, das Holz, das in sich zusammenfiel. Fast war es Scarlett, als wäre sie doch zu Hause bei ihren Eltern. Eine sanfte Berührung an der Schulter ließ sie aufschrecken.

»Du solltest schlafen gehen«, schlug Kaleb leise vor. Scarlett nickte und gähnte, als sie aufstand. Kaleb löschte das Feuer, begleitete sie nach oben. »Mein Zimmer ist gegenüber von deinem. Isadora schläft neben dir. Falls irgendetwas sein sollte, brauchst du nur zu rufen«, erklärte er ihr.

»Danke. Für alles«, erwiderte Scarlett und hoffte, dass er sie verstand.

Kaleb lächelte. »Falls es dich jemals wieder in den Oktober verschlägt – du bist hier herzlich willkommen. Ich würde mich sehr über ein Wiedersehen freuen.«

»Ich mich auch.« Doch wie sollte sie jemals, jemals … Bei dem Gedanken empfand sie ein klein wenig Wehmut.

»Gute Nacht, Scarlett. Schlaf gut.«

»Gute Nacht. Du auch.« Nach diesen Worten huschte Scarlett schnell in ihr Zimmer und schloss die Tür. Sie musste Nathan finden. Sie musste Nathan nach Hause bringen. Sie würde diese Menschen hier niemals wiedersehen. Nathan war ihr Leben, nicht das hier. Niemand konnte nur im Herbst leben, oder? Die Herbstkinder hatten es getan. Was hatte sie dazu bewogen, die reale Welt zu verlassen? Ihr Leben hinter sich zu lassen? Sicher, es war schön hier, aber wenn man noch jemanden hatte, wenn man Familie hatte, dann konnte man doch nicht einfach gehen. Vielleicht waren es nur Leute gewesen, die schon alles verloren hatten. Dann war hier sicher ein schöner Ort, um noch einmal anzufangen … zwischen leuchtenden Blättern und freundlichen Menschen. Scarlett seufzte leise. Wenn es je eine Möglichkeit geben würde, diese Welt noch einmal zu besuchen – auch wenn hier Gefahren lauerten, sie würde es tun. Gefahren lauerten schließlich auch in ihrer Welt. Wie oft hatte Nathan sie gewarnt, dass sie vor Einbruch der Dunkelheit zu Hause sein sollte … Hier wusste man wenigstens, wo man sich nicht hinwagen sollte. Und sie wollte doch so gerne den Himmelssee sehen … Mit dem Gedanken an blaues Wasser, auf dessen Grund Sterne zu funkeln schienen, schlief sie ein.

16

Die Kälte in den Flammen

Fast war es, als wäre es nur ein Blinzeln gewesen. Kaum hatte Scarlett am Morgen die Augen geöffnet, war der Tag auch schon wieder vorbeigerauscht, in einem Wirbel aus Girlanden, kleinen Kuchen, Holz für die Feuerstelle … Scarlett schwirrte der Kopf. Doch nun waren die Vorbereitungen abgeschlossen, alle ruhten sich noch einen Moment aus und bei Sonnenuntergang würde das Fest beginnen. Halloween, das Ende des Oktobers. Scarlett hatte bereits den großen Kürbis gesehen, der auf einem niedrigen Steinquader neben der großen Feuerstelle stand und den sie für Kalebs Kopf gehalten hatte. Damals, als sie gerade die ersten Schritte im Oktober hinter sich gebracht hatte. Wäre Kaleb nicht so weit weg gewesen und hätte sie den Kürbis damals schon besser gesehen, hätte sie doch eigentlich merken müssen, dass das nicht sein konnte. Nathan hätte es gemerkt und ihr gesagt, ganz bestimmt.

Sie hatte wieder ihre Sachen anziehen wollen, schließlich würde sie sie am Ende des Festes doch in den November weiterziehen – doch Isadora hatte ihre frisch gewaschenen Kleider in ein Bündel gepackt und darauf bestanden, dass sie das Kleid trug. »Es ist ein Oktoberfest, das wichtigste Oktoberfest überhaupt. Da sollte eine Prinzessin doch ordentlich angezogen sein«, hatte sie mit einem Lächeln erklärt. Auch wenn die Kobolde mittlerweile von ihrer Geschichte von der Prinzessin abgerückt waren, hatte sich der Spitzname festgesetzt. Scarlett fragte sich, ob es nicht peinlich werden würde, wenn der echte Prinz das Fest besuchte, doch Kaleb hatte den Kopf geschüttelt.

»Cay kommt dieses Mal nicht. Er wird das Feuer vom Schloss aus sehen und wir werden ihm alles berichten. Aber nach Iras Tod … Er hält es nicht für angemessen, selbst mitzufeiern. Trotz allem war sie einmal eine Prinzessin des Oktobers und deren Tod feiert man nicht.«

Einen Moment schwiegen sie. »Ich habe etwas für dich«, erklärte er unvermittelt.

Scarlett schaute ihn überrascht an. »Für mich? Moment, deine Schwester hat mir schon ein Kleid geschenkt, das ist mehr als genug!«

Kaleb hob abwehrend eine Hand. »Erstens ist es nur eine Kleinigkeit. Und zweitens hat Isadora dir das Kleid geschenkt, das ist schon richtig. Das hält mich nicht davon ab, dir auch etwas zu geben.«

Bevor Scarlett weiter widersprechen konnte, zog er etwas aus der Tasche und drückte es Scarlett in die Hand. Sie betrachtete den Gegenstand genauer. Es war ein dünnes Band, das einmal rot gewesen sein mochte, mittlerweile aber recht zerschlissen war. Daran hing etwas kleines, metallenes, das sich als winziges Blatt entpuppte, vermutlich aus Silber. Es war angelaufen und hatte seinen Glanz ein wenig verloren.

»Ich habe es in Haven gefunden. Es lag in den Resten eines Buches«, erklärte Kaleb.

»Dann war es vielleicht ein Lesezeichen«, murmelte Scarlett.

»Wir haben hier so viele Blätter. So viel Herbstlaub, das du nicht mitnehmen kannst, um dich an uns zu erinnern. Aber das hier zerfällt nicht einfach so. Nimm es mit. Es stammt sehr wahrscheinlich aus deiner Welt.«

Scarlett schloss behutsam die Hand darum. »Danke. Ich werde es in Ehren halten.«

Sie fragte sich zwar einen Moment, wie sie das Nathan erklären sollte, aber – sie konnte es doch einfach selbst gefunden und beschlossen haben, es mitzunehmen. Das Bändchen wirkte noch so robust, dass sie es selbst als Lesezeichen verwenden konnte. Sorgfältig packte sie das Lesezeichen in eine der Taschen ihres Kleides.

»Wollen wir? Die Sonne geht unter.« Kaleb bot ihr den Arm und Scarlett hakte sich ein.

Sie waren nicht die Ersten auf dem Festplatz. Fast sofort erkannte Scarlett Hugo, den Troll, der die anderen Besucher überragte. Er schien sich mit jemandem zu unterhalten, den Scarlett nicht sehen konnte. Täuschte sie sich, oder schwirrte da etwas durch die Luft? Hugo warf einen Blick über die Schulter, sah sie und lächelte. Er wandte sich noch einmal seinem Gegenüber zu, dann kam er zu Scarlett herüber.

»Bist du mir sehr böse wegen der Beeren?«, fragte er nach einer kurzen, aber freundlichen Begrüßung. Scarlett winkte ab. Sie hatte es dennoch rechtzeitig geschafft, das allein zählte.

»Ich denke immer noch, du solltest da nicht hingehen«, erklärte er.

»Ich muss, verstehst du?« Einen Moment schauten sich die beiden schweigend an.

»Manche Dinge muss man eben«, sagte der Troll schließlich leise. Scarlett schenkte ihm ein glückliches Lächeln. Also verstand er sie am Ende doch! Erst danach hatte sie richtig Muße, sich auf dem Festplatz umzuschauen. Sie wollte sich ein wenig ablenken – schließlich konnte sie es kaum erwarten, Nathan endlich näher zu kommen, doch noch musste sie sich ein wenig gedulden. Das Schlagen von Flügeln, das kaum hörbar aber dennoch da war, ließ sie nach oben schauen. Im Licht des Vollmondes warf der Fleder-Schrecken, der einige Schritte von ihr entfernt zur Landung ansetzte, einen riesenhaften Schatten. Scarlett wich reflexartig zurück.

»Keine Angst, hier sind alle friedlich. Auch sie gehören zum Oktober, auch sie dürfen an der Ratsversammlung teilnehmen«, erklärte Hugo.

»Ratsversammlung?«

»Alle Wesen des Oktobers treffen sich und reden miteinander. Über alle Dinge, über die geredet werden muss. Schau mal. Du wolltest doch Feen sehen.«

Er deutete mit einem Lächeln nach links. Scarlett folgte seinem Blick und konnte nicht richtig glauben, was sie sah. Dort stand eine Art kleines Bäumchen und gestikulierte langsam, aber ausholend mit seinen Ästen. Es schien sich mit zwei anderen Pflanzenwesen zu unterhalten, die Körper aus dicken Ranken hatten, deren Enden Hände und Füße ersetzten – und Köpfe aus kleinen Kürbissen. Sie reichten Scarlett bis höchstens zur Taille. Und hinter dem Baumwesen schwebte gerade etwas hervor …

»Das sieht aus wie ein Mushpri!«

»Kein Wunder, dass es so aussieht, sie und die Feen unterscheiden sich kaum, man muss genau hinsehen. Aber, Scarlett von woanders, das ist eine Fee. Sie wird nicht alleine hier sein. Sie wechseln sich ab, die Feen und die Mushpris. Die Reise ist so lang und sie sind so klein. Da müssen sich nicht jedes Jahr beide anstrengen. Was die einen wissen, wissen auch die anderen, nächstes Jahr werden Mushpris zur Versammlung kommen.«

»Diese kleinen Bäume … die sind niedlich.«

»In den Gärten am Himmelssee gibt es ganz viele davon. Das hier sind Wurzelfüßchen, dort leben auch noch die Kürbisköpfchen.«

Scarlett wandte den Blick ab. Jetzt, wo sie wusste, dass es die Feen gab, hätte sie gerne auch alles andere gesehen. Aber es war viel wichtiger, Nathan zu retten. Gejohle, Gelächter und ein Triumphschrei ließen sie herumwirbeln. Dort waren einige Kobolde dabei, eine Art Kegelspiel zu spielen – nur, dass auf Holzscheiben, die auf dem Boden standen, Dinge aufgemalt waren und man diese Ziele mit einer Art Ball treffen musste. Einer der Kobolde führte gerade ein kleines Tänzchen auf. Scarlett wollte schon hingehen und sie fragen, was sie da taten, als unweit der Kobolde ein Wolf aus dem Wald trat. Bevor Scarlett auch nur erschrecken konnte, richtete er sich auf zwei Beine auf und wurde vor ihren Augen zum Menschen. Dann gesellte er sich zu zwei anderen jungen Männern, die ein wenig abseits auf einem Baumstamm saßen.

»Es gibt sie tatsächlich! Das sind Werwölfe!«, hauchte Scarlett erschrocken.

»Natürlich sind das Werwölfe. Was verwandelt sich sonst vom Wolf zum Menschen?«, hörte sie Kalebs Stimme neben sich. Sie war erleichtert, ihn und Hugo in unmittelbarer Nähe zu haben. Vor allem, als sich ein Stück von den Werwölfen entfernt eine große Spinne aus dem Geäst abseilte.

»Igitt!«, Scarlett wich erschrocken zurück, verzog das Gesicht und wandte sich ab, um niemanden zu beleidigen. Kaleb tätschelte ihr beruhigend die Schulter.

»Auch die tut dir nichts.«

»Das weißt du nicht«, warf Hugo leise ein. »Wenn sie zur Königin gehört, könnte sie ihrer Herrin von Scarlett erzählen.«

Kalebs Hand schloss sich ein wenig fester um ihre Schulter. Er sagte etwas zu Hugo, was Scarlett nicht verstand, er antwortete aber immerhin verständlich mit »Angst ist manchmal so wichtig wie die Wahrheit. Und beides hat oft hässliche Gesichter.«

»Wie viele sind das denn?«, entfuhr es Scarlett, als sie eine weitere Spinne erblickte, zum Glück kleiner als die Erste.

»Einige«, stellte Hugo fest. »Sie halten sich gerne im Hintergrund, vom Feuer fern, das ihnen zu heiß ist.«

Er deutete mit dem Kopf auf das Holz, das bereits in der Mitte des Platzes aufgeschichtet war. Scarlett nahm sich vor, sich so dicht wie möglich an den Flammen zu halten. Sie hatte noch zu deutlich ihren Zusammenstoß mit dem Netz im Kopf. Wieder ertönte ein lautes Johlen aus der Richtung der Kobolde. Sie stellte fest, dass Viridis in ihr Spiel eingestiegen war, und lächelte. Die Fee schwirrte um ihre Begleiter herum, schien sich mit den Pflanzenwesen zu unterhalten. Das kleine Bäumchen stand erstaunlich still, während die Kürbiswesen aufgeregt hin und her tänzelten. Scarlett blieb vor Staunen der Mund offen stehen, als die Fee in das Geäst griff und eine kleine Frucht hervorholte. Sie griff nach Hugos Arm. »Tut ihm das nicht weh?«

Der Troll schaute mit einem Blick auf sie herab, als würde er sich einen Moment fragen, ob sie noch klar bei Verstand war. »Ihr habe doch Bäume in eurem Woanders, oder? Die Wurzelfüßchen sind Bäumen sehr, sehr ähnlich … Bäume können Wurzeln schlagen, an Bäumen wachsen Früchte. Das ist normal. Ernte ist normal. Was sollte ihm daran wehtun?«

Scarlett nickte und kam sich einen Moment dumm vor. Bei einem normalen Apfelbaum hatte sie sich auch nie gefragt, ob es dem Baum wehtat, wenn er seine Früchte verlor.

»Wenn sie ihre Wurzeln wieder aus dem Boden ziehen, wachsen auch keine Früchte mehr«, fuhr Hugo fort. »Oh, ich glaube, sie will zu dir.«

Die Fee hielt die Frucht mit beiden Händen, umschwirrte die anderen Gäste und hielt dabei auf Scarlett zu. Sie hielt ihr die Frucht hin, die wie ein kleiner Apfel geformt war, deren Schale aber in weiß und blau schimmerte. Scarlett streckte langsam eine Hand aus. Die Fee lächelte und ließ die Frucht behutsam hinein fallen.

»Danke!«, sagte Scarlett.

»Gern geschehen. Guten Appetit!«, antwortete die Fee, dann flog sie in einer eleganten Schraube zu Hugos Schulter und ließ sich darauf nieder.

»Keine Angst, du wirst nicht einschlafen«, erklärte Hugo. »Die Früchte haben nichts mit den Schlafbeeren zu tun.« Die Fee schaute sie erwartungsvoll an und Scarlett wollte sie nicht verärgern. Also biss sie in die Frucht. Der Geschmack schien regelrecht in ihrem Mund zu explodieren. Sie konnte ihn mit nichts vergleichen, hatte das Gefühl, Wolken, Himmel und Sterne zu schmecken. Mit großen Augen schaute sie zu der Fee empor.

»Vielen Dank! Eure Früchte sind toll!« Die Fee schenkte ihr ein strahlendes Lächeln, klopfte mit ihrem vergleichsweise winzigen Händchen auf die Schulter des Trolls.

»Hugo meinte, du solltest sie zumindest probiert haben, bevor du gehst.« Langsam und mit Genuss verspeiste Scarlett den Rest der Frucht. Als sie fertig war, flog die Fee wieder davon und schien den Pflanzenwesen Bericht zu erstatten.

»Da sind ja die letzten Gäste. Es geht gleich los«, hörte sie Kaleb in diesem Moment sagen, der immer wieder neben ihr auftauchte. Seine Schwestern schienen kaum Zeit zu haben, noch ein paar Worte mit ihr zu wechseln, sie wuselten zwischen all den Wesen herum und hatten gleichzeitig ein Auge auf die Kinder, von denen zwei mit den Kobolden und Viridis spielten.

Drei Gestalten erreichten gerade den Festplatz, groß gewachsen, mit langen Gliedern und eingefallen Gesichtern. Ihre Augen wirkten zu groß, statt Nasen gab es zwei längliche Schlitze. Doch mit diesen schienen sie fortwährend zu schnuppern, als würden sie Witterung aufnehmen. Wenn sie miteinander sprachen, wurden lange spitze Zähne in den Mündern sichtbar, mit denen Scarlett keine Bekanntschaft machen wollte. Einer von ihnen vollführte einige Gesten mit den Händen, die furchtbar blass waren, lange Finger mit ebenfalls langen Nägeln fuhren durch die Luft.

»Was sind das?«, wollte Scarlett leise wissen.

»Ghoule«, antwortete Kaleb schlicht.

»Was?«, presste Scarlett hervor. Sie hatte geglaubt, schlimmer als Fleder-Schrecken, Spinnen und Werwölfe könnte es nicht mehr kommen. Ghoule. Sie spürte, wie ein kalter Schauer sie überlief, vor allem, weil die drei plötzlich in ihre Richtung starrten.

»Sie riechen, dass du ein Mensch von außerhalb bist«, erklärte Kaleb. »Das ist lange nicht passiert. Sie wundern sich. Ich werde es ihnen erklären.«

»Sind die Ghoule … wie in den Geschichten, die ich kenne?«, fragte sie Hugo, doch dann fiel ihr ein, dass er das unmöglich wissen konnte, und stellte die Frage anders: »Also, ich meine, was tun sie so?« Wieder dieser Blick, der sie an ihrem eigenen Verstand zweifeln ließ.

»Viel weiß man davon nicht. Grundsätzlich alles fressen, was sich in die Wispersümpfe verirrt.«

Scarlett schluckte, einen Moment wollte Übelkeit in ihrem Magen aufsteigen, aber plötzlich stand Isadora neben ihr und drückte ihr einen Becher in die Hand, bevor sie wieder in der Menge verschwand. Scarlett nahm einen Schluck. Das Getränk war gut, auch wenn sie nicht erkannte, was es sein konnte. Als sie den Blick abermals schweifen ließ, sah sie eine große Katze mit schwarz-weißem Fell nicht weit von den Werwölfen sitzen, mit gehörigem Abstand zu den Fleder-Schrecken. Sie konnte die Augenfarbe des Lygnis von hier aus nicht erkennen, aber vielleicht waren sie ja lila. Scarlett nahm all ihren Mut zusammen und entfernte sich ein paar Schritte von Hugo, ging langsam auf den Lygnis zu. Dann blieb sie doch wieder stehen. Vielleicht war es ja ein anderer Lygnis? Die Katze blieb ruhig sitzen. Plötzlich blinzelte sie träge. Scarletts Schritte wurden ein wenig fester. Die Katze blinzelte erneut. Scarlett ging ein wenig schneller und erkannte schließlich erleichtert, dass die Augen tatsächlich lila waren, und, was noch wichtiger war, dass Erkennen in ihnen lag.

»Scarlett«, begrüßte der Lygnis sie in ruhigem Tonfall.

»Hallo«, antwortete Scarlett. »Schön, dich zu sehen.« Ihre Stimme zitterte ein wenig und vielleicht wäre es angemessener gewesen, irgendetwas anderes zu sagen, aber ihr wollte einfach nichts einfallen. Sie hatte aber auf diesem Fest von niemandem etwas zu befürchten und bisher war der Lygnis ihr wohlgesonnen gewesen, also hoffte sie, dass es dabei bleiben würde ... Die Katze schien zu lächeln.

»Gleichfalls. Du hast es also geschafft.«

»Bis hierher zumindest. Danke.«

»Nichts zu danken. Du kannst auch den Rest schaffen. Du kannst. Das heißt nicht, dass du wirst. Aber es ist möglich.«

Scarlett nickte langsam. Sie ließ sich auf dem Boden nieder. »Ich muss es zumindest versuchen. Ich muss einfach«, erklärte sie leise.

»Das musst du. Und selbst wenn es außer dir keiner glauben würde, wäre es nicht weniger richtig. Was nicht heißt, dass alles, was außer dir niemand glaubt, trotzdem richtig ist.«

Scarlett biss sich auf die Lippen. Sie hatte die Worte des Wesens gerade als Bestätigung dafür betrachten wollen, dass es reichte, wenn sie selbst an Nathans Rettung glaubte. Sie warf einen Blick über die Schulter. Viridis schaute zu ihr herüber. Nicht nur Viridis. Einige der Festbesucher starrten sie an. Sie winkte den Homunkulus zu sich. »Darf er dich kennenlernen? Er ... hatte es nicht leicht und freut sich bestimmt.«

»Ich habe lange keinen wie ihn gesehen. Viridis evidere humanus. Er ist mir willkommen.«

»Woher kennst du seinen Namen?«

Für einen Moment sah der Lygnis tatsächlich überrascht aus. »Name? Das ist die magische Formel. Damit erschafft man Homunkuli. Sie hat ihn danach benannt?«

Scarlett blieb noch Zeit, zu nicken, dann ging sie Viridis ein Stück entgegen. Der Homunkulus war stehen geblieben.

»Das ist ein Lygnis«, sagte er, bevor Scarlett den Mund öffnen konnte. Sie vergaß immer wieder, dass sie nicht unterschätzen sollte, was er bei Ira schon alles in der Kugel oder in Büchern gesehen hatte.

»Ja, Viridis, das ist ein Lygnis. Und er hat gesagt, du wärst ihm willkommen.«

Die Augen des Homunkulus leuchteten auf. »Das ist wunderbar!«, sagte er mit einem Lächeln.

»Dann komm mit.« Sie überwanden die letzten Schritte zu der Katze, in der ein Drache schlief.

Der Lygnis erhob sich langsam, bewegte sich ein wenig auf Viridis zu und schien zu schnuppern.

»Schön, dich kennenzulernen, Viridis«, brummte das Wesen.

»Gleichfalls«, entgegnete Viridis. Er wirkte ein wenig nervös, doch die Augen leuchteten noch immer. Der Lygnis schubste dem Homunkulus kurz mit dem Kopf gegen die Schulter.

»Du wirst deinen Weg schon finden«, stellte er fest. Viridis war einen Moment sprachlos, dann brachte er ein »Danke!« heraus.

Wieder schien die Katze zu lächeln. »Es geht los.« Sie ließ sich wieder auf die Hinterpfoten nieder und deutete mit dem Kopf in Richtung der Feuerstelle. Scarlett erhob sich langsam.

»Auf Wiedersehen«, sagte sie zu dem Lygnis.

»Ich hoffe es, Scarlett. Auf Wiedersehen, Viridis.«

»Wiedersehen«, antwortete der Homunkulus.

Sie kehrten zu Isadora und Milly zurück, die sie mit großen Augen anstarrten. Selbst Hugos Miene zeigte Spuren von Überraschung. »Die kleine Scarlett von woanders – fürchtet sich vor Spinnen, aber zähmt Drachen«, murmelte er.

Es verwunderte Scarlett noch immer, dass sich in dieser Katze wirklich ein Drache verbarg. Der letzte Drache, den sie gesehen hatte, war so ganz anders gewesen. Scarlett dachte an den Laubdrachen.

»Manchmal helfen sie einem eben einfach«, entgegnete sie.

Isadora füllte wortlos ihren Becher aus einem Krug auf. Scarlett bedankte sich mit einem Lächeln.

»Es ist so weit!«, rief eines der Mädchen in dem Moment. Tatsächlich hielt Kaleb ein langes Streichholz in der Hand, am Ende loderte eine muntere Flamme. Er tauchte das Streichholz in den Kürbis.

»Das Fest beginnt!«, rief er und im Kürbis loderte es hell auf. Scarlett zuckte zusammen, erinnerte sich an ihren eigenen Versuch, Licht in einem Kürbis zu entzünden. Wie der Kürbis in Rauch aufgegangen war … wie sie nach Hause gekommen war … zu Nathan … Fast erwartete sie, dass irgendetwas Schlimmes geschehen würde, hielt den Atem an. Das Licht tanzte im Kürbis. Der Kürbis verbrannte nicht, zerfiel nicht. Kaleb schüttelte das Streichholz, griff sich einen anderen Holzspan aus der

Feuerstelle, entzündete ihn am Kürbislicht und ließ ihn auf das Holz fallen. Das Feuer griff fast augenblicklich um sich.

»Steht der Kürbis nicht zu nah?«, fragte Scarlett leise.

»Er ist magisch. Das Feuer ist magisch. Das ist schon richtig so. Du hast viel Herbst-Magie auf deiner Reise gesehen – sie liegt auch in diesem Feuer, in diesem Kürbis«, beruhigte Isadora sie.

»Lasst die Ratsversammlung beginnen!«, rief Kaleb, dann trat er zurück und kam zu ihnen. Isadora gab ihm einen der zwei Becher, die sie in der Hand hielt.

»Pass gut auf, Scarlett, das hier sehen nicht viele Menschen von außerhalb der Herbstlande und nehmen die Erinnerung mit in deine Welt«, wandte sich Kaleb an sie.

Bevor Scarlett etwas erwidern konnte, stiegen Gestalten aus dem Kürbis auf. Durchscheinend. Geister.

»Sie haben hier gelebt. Lange. Sie sind auch nach ihrem Tod noch hier. Sie sehen und hören vieles, kennen die Bewohner, kennen den Oktober. Einige von ihnen sind hier, um zu helfen«, erklärte Isadora. Geister. Echte Geister. Scarlett musste sich an den Gedanken erst gewöhnen. Nathan würde ihr so etwas niemals glauben …

»Ich hätte nicht gedacht, dass ich es mal sehe«, hörte sie Viridis murmeln.

»Du hast es gewusst?«

»Natürlich.«

»Warum sagst du nichts?«

»Du hast nicht gefragt.«

Plötzlich kam Bewegung in die Gesellschaft. Stimmen wurden laut, es entstand ein Durcheinander, das Scarlett an ein Volksfest erinnerte. Tatsächlich gingen alle Wesen friedlich miteinander um. Mittendrin schwebten die Geister, schienen sich mit einzelnen Gruppen zu unterhalten.

Kaleb hob seinen Becher. »Auf das Ende des Oktobers!« Seine Schwestern stießen mit ihm an, Scarlett folgte ihrem Beispiel ein wenig verwirrt. »Und hier werden wirklich …«, begann sie.

Isadora nickte ihr aufmunternd zu.

»Ich meine, alle feiern und sind fröhlich. Es wirkt nicht so, als … würden sie ernste Entscheidungen treffen.«

Isadoras Lächeln wurde breiter. »Das schließt sich ja nicht aus. Alle haben gute Laune, das macht vieles leichter, glaub mir.«

Hugo war zu den Pflanzenwesen hinüber gegangen und schien sich angeregt mit ihnen und der Fee zu unterhalten. Die Ghoule und zwei der Geister diskutierten mit den Werwölfen.

»Sie wollten die Grenzen neu verhandeln«, erklärte Isadora. »Die Ghoule kommen manchmal zu weit aus den Sümpfen heraus. Das gefällt den Geistern nicht. Uns andere geht das im Grunde nichts an, weil wir dort nicht hingehen. Hier ist neutraler Boden für alle, sie haben ein wenig Abstand und gehen sich nicht gleich an die Kehle, weil einer von ihnen während der Verhandlung die Grenzen gleich wieder übertritt. Und nachher feiern sie mit dem Rest.«

Scarlett schüttelte beeindruckt den Kopf. »Das scheint wirklich zu funktionieren«, stellte sie erstaunt fest.

Isadora lachte leise.

»Natürlich funktioniert es. Sonst würden wir das nicht seit einer Ewigkeit so machen«, erklärte Milly. Scarlett wollte noch etwas erwidern, als aus dem Kürbis ein Schwarm Gespinstermotten aufstob, und zielsicher auf sie zu hielt. Sie schlug panisch um sich, versuchte, zurückzuweichen. Wenn diese Biester sie erwischten, war alles vorbei! Hatte die Kürbiskönigin sie geschickt, um Scarlett aufzuhalten?

»Scarlett, alles ist gut!« Zwei Hände lagen auf ihre Schultern. Sie blickte in Kalebs Gesicht. »Das war nur Spuk. Halloween-Spuk. Auch das passiert hier.«

»Die … waren nicht echt?«

»Doch. Für dich waren sie das. Aber sie sind nicht wirklich.«

Scarlett holte tief Luft. Langsam beruhigte sich ihr Herzschlag wieder.

Kaleb nahm die Hände von ihren Schultern. »Geht's wieder?«, fragte er leise.

Scarlett nickte. Sie sollte ihre letzten Momente ihm Oktober besser noch genießen. Einerseits sehnte sie das Ende des Festes herbei, wenn sie endlich den November erreichen konnte. Anderseits – trotz der teils furchterregenden Wesen hier konnte sie nicht leugnen, dass es ihr auch ein wenig gefiel. Im Oktober hatte sie noch viel mehr unterschiedliche Wesen getroffen als im September, er war so bunt, trotz aller Gefahr auch immer wieder fröhlich. Sie hatte neuen Mut schöpfen können, neue Zuversicht – und beides würde ihr helfen, Nathan zu retten. Solange Viridis dicht bei ihr blieb und sie die Wärme von Isadora und Kaleb spürte, hatte sie auch nicht wirklich Angst. Sie betrachtete die Geister aus dem Kürbis näher. Einige davon sahen aus, als hätten sie Scarlett in

ihrer Welt auf der Straße begegnen können – vielleicht zu einer anderen Zeit, aber dennoch schienen sie hier fehl am Platz zu sein.

»Was ist mit denen? Woher kommen sie?«, fragte sie leise.

»Von woanders«, erwiderte Kaleb mit einem Lächeln. »Sie haben den Weg hierher gefunden und sind geblieben. Teilweise stammen sie aus Haven. Und einigen von denen, die aus Haven kommen, geht es nicht so gut.«

Er deutete auf die Gestalt einer Frau, die scheinbar ziellos umher schwebte, sich immer wieder suchend umschaute. »Sie ist wohl bei der Katastrophe gestorben, die in Haven geschehen sein muss. Von der keiner weiß, was genau es war«, erklärte Kaleb. Die Stimmung veränderte sich. Einige Gruppen schienen noch immer zu verhandeln, andere versprühten eher ausgelassene Feierlaune.

»Es ist trotz allem schön. Trotz all dieser ... gefährlichen Dinge«, sagte Scarlett.

»Deshalb sind sie wohl geblieben. Weil der Oktober oft leuchtet und die Dunkelheit ausgleicht.«

Im nächsten Moment zog Isadora Scarlett mit sich. Ein wenig vom Feuer entfernt machten Hugo und die Kobolde eine seltsame Art von Musik auf Instrumenten, die Scarlett nicht benennen konnte. Scarlett versuchte erst, sich unauffällig zu verdrücken, doch das ließen Kalebs Schwestern nicht zu. Tatsächlich war es schwer, sich dem Rhythmus wieder zu entziehen. Eine Weile tanzte Scarlett mit und erkannte, dass Viridis von einem Kobold eines der Instrumente erklärt wurde. Das Fest machte ihr immer mehr Spaß. Doch sie musste los, sie musste in den November.

»Du hast noch Zeit, Scarlett. Willst du sie mit Feiern verbringen oder mit Grübeln?«, rief Milly ihr zu.

»Ich weiß nicht so recht«, antwortete Scarlett ehrlich.

»Was passiert eigentlich mit dem Oktober, wenn er heute endet?«

»Er beginnt morgen von vorn«, antwortete Isadora. »Man könnte auch sagen, er endet eigentlich nie richtig. Er ist einfach immer da, und auch wenn das heute sein Ende ist, ist morgen noch immer Oktober.«

Morgen. Da würde sie im November sein ...

Langsam trat Scarlett ein wenig von der Tanzfläche zurück. Sie hatte Durst. Ihr Becher ... Wo hatten sie den gelassen?

Neben Kaleb auf einem Holzklotz abgestellt, oder? Tatsächlich, da war er. Sie trank einen Schluck, ließ ihren Blick über das Treiben um sich herum wandern.

Ihr Blick begegnete dem von Kaleb, der gerade bei den Werwölfen stand. Er schenkte ihr ein flüchtiges Lächeln. Nicht zu sehr grübeln. Sie sollte sich viel mehr darauf freuen, dass sie Nathan bald noch ein Stück näher sein würde. Und wenn sie erst wieder auf dem Weg wäre, würde sie das sicher auch tun. Aber gerade hatte sie seit Langem eine halbwegs fröhliche Zeit mit diesen netten Menschen erlebt, und der Gedanke des Abschieds schmerzte. Und trotz dem Wunsch, Nathan zu retten, fürchtete sie sich auch vor dem, was sie erwarten würde. Sie hatte Hugos Andeutungen noch klar in Erinnerung …

Scarlett stellte ihren Becher wieder ab und kehrte zu Milly und Isadora zurück. Nach einer Weile zog eines der Mädchen an Millys Kleid und sie entfernte sich ein Stück von der Tanzfläche. Als Scarletts Blick Milly beim nächsten Mal erfasste, saß sie am Rand der Tanzfläche, das kleinste der Kinder schlief friedlich in ihrem Schoß. Scarlett spürte den Stich im Herzen so schmerzhaft, dass sie erstarrte. Sie versuchte die Tränen wegzublinzeln. Wenn sie Nathan endlich gerettet hätte, würde es mit dem Baby schon werden. Leise Schritte ließen sie aufhorchen.

»Es ist bald vorbei«, sagte Kaleb kaum lauter als ein Flüstern.

Scarlett konnte nur nicken.

Kaleb trat noch einen Schritt zu ihr, stand dicht neben ihr, ohne sie zu berühren. »Jetzt hast du das Ende des Oktobers gesehen, Scarlett. Der Weg in den November, den du von hier aus nehmen kannst, ist der sicherste.« Seine Stimme war weiterhin gerade laut genug, dass sie ihn verstehen konnte.

»Es war ein schönes Fest«, entgegnete sie leise.

»Manche Dinge von hier finden sich so ähnlich in deiner Welt. Manchmal wie eine Art Spiegelbild. Wer weiß, was du findest, wenn du wieder zu Hause bist.«

Alle Worte über Nathan schienen plötzlich unerreichbar zu sein.

»Ja, wer weiß«, murmelte sie daher nur. Ihre Blicke trafen sich. Stille senkte sich wie auf ein geheimes Signal über den Festplatz. Für einen Herzschlag hätte Scarlett glauben können, alleine mit Kaleb im flackernden Feuerschein zu stehen.

»Das Licht ist herunter gebrannt. Das ist das Ende«, stellte er fest, dann entfernte er sich von ihr, in Richtung des Kürbisses, in dem keine Flamme mehr tanzte. Scarlett konnte ihm nur stumm hinterher schauen.

»Der Weg wird gleich frei sein«, hörte sie Viridis neben sich sagen. Er hatte ein Bündel unter dem Arm, das er ihr jetzt reichte.

»Deine Sachen«, sagte er. »Millys Ältester hat sie geholt, als Milly mit der Kleinen nach Hause gegangen ist.«

Scarlett nickte, griff nach dem Bündel und fuhr dem Homunkulus mit einer Hand durch die Haare. Er schenkte ihr ein aufmunterndes Lächeln.

Funken stoben auf, als der Kürbis ins Feuer gelegt wurde.

»Das ist er. Der Weg in den November«, erklärte Kaleb.

Scarlett traute ihren Ohren nicht. »Bitte, was?«

»Du musst durch das Feuer gehen. Die Grenze zwischen Oktober und November ist sehr kalt. Wer nicht hier geboren wurde, muss durch ein Feuer gehen, um nicht zu erfrieren.«

Scarlett schluckte. Ihr Herz schlug zu schnell, sie konnte nicht leugnen, dass sie Angst hatte. Andererseits musste sie zu Nathan und wenn der einzige Weg zu ihm durch diese Flammen führte, dann würde sie gehen.

Hugo reichte ihr zum Abschied die Hand. »Iss keine seltsamen Pilze«, meinte er mit einem Lächeln, das nicht ganz seine Besorgnis überdecken konnte. »Und pass auf dich auf. Es wäre schade um dich, Scarlett von woanders«, fügte er hinzu.

»Werde ich«, versprach Scarlett, gerührt davon, dass dieser Troll, der sie kaum kannte, sich solche Sorgen um sie machte. Sich von Kaleb zu verabschieden, fiel ihr schwerer, als sie zugeben wollte. Wahrscheinlich war das normal, nachdem er ihr schließlich das Leben gerettet hatte. Auch er reichte ihr die Hand. Zu ihrer Überraschung beugte er sich aber darüber und hauchte einen Kuss darauf.

»Leb wohl, Scarlett, du Koboldprinzessin.« Scarlett musste einmal blinzeln, ehe sie antworten konnte.

»Du auch. Grüß mir die Hühner.«

Ihre Blicke trafen sich. Langsam ließ er ihre Hand los. »Ich kann mich Hugo nur anschließen. Es wäre schade um dich. Pass auf dich auf.«

»Ich tue mein Bestes.«

»Wenn das bis hierher gereicht hat, sollte es das auch weiterhin tun«, stellte Kaleb mit einem aufmunternden Lächeln fest. Wieder jemand, der sich Sorgen um sie machte.

»Ich hoffe doch«, flüsterte sie, versuchte, das Lächeln zu erwidern.

»Verlier nicht den Mut und verlier nicht dein Ziel aus den Augen«, riet Kaleb ihr noch, dann trat er einen Schritt zurück.

Scarlett wünschte sich, er könnte sie begleiten, ein Verbündeter mit einem Schwert konnte sicher nicht schaden, aber sie wusste, dass das nicht möglich war. Es war ihr Weg, ihre Reise. Sie schluckte und wandte sich Viridis zu. Dieses Mal stiegen ihr wirklich Tränen in die Augen. Der Homunkulus griff nach ihrer Hand und hielt sie fest, zog sie zum Feuer.

»Wir müssen gehen, Scarlett. Das Feuer brennt nicht ewig.«

»Wir?«

»Ich begleite dich ein Stück. Ich muss irgendwann zurück in den Oktober, aber bis dahin kann ich dir helfen«, erwiderte er.

Scarlett spürte, wie ein Teil der Schwere von ihr abfiel. Sie konnte gar nicht sagen, wie dankbar sie in diesem Moment dafür war, dass sie nicht alleine gehen musste. Vor allem, weil in diesem Moment die Flammen hoch aufloderten. Scarlett wollte zurückweichen, blieb jedoch erstaunt stehen, als sie durch die Flammen einen kalten Hauch zu spüren glaubte.

»Das ist die Novemberkälte«, erklärte Viridis leise. »Ich habe ihn gesehen. Den November. In Iras Kugel. Ich habe den Weg gesehen. Wir werden es schon finden.«

Funken stoben auf und Scarlett spürte, dass es allerhöchste Zeit wurde. Noch einmal drückte sie die Hand des Homunkulus, froh, ihn an ihrer Seite zu haben. Ihre andere Hand schloss sich wie von selbst um einen Gegenstand in einer ihrer Taschen, das Bündel unter ihrem Arm drückte sie fester an sich. »Ich muss Nathan retten«, flüsterte sie sich selbst zu, dann trat sie in die Flammen.

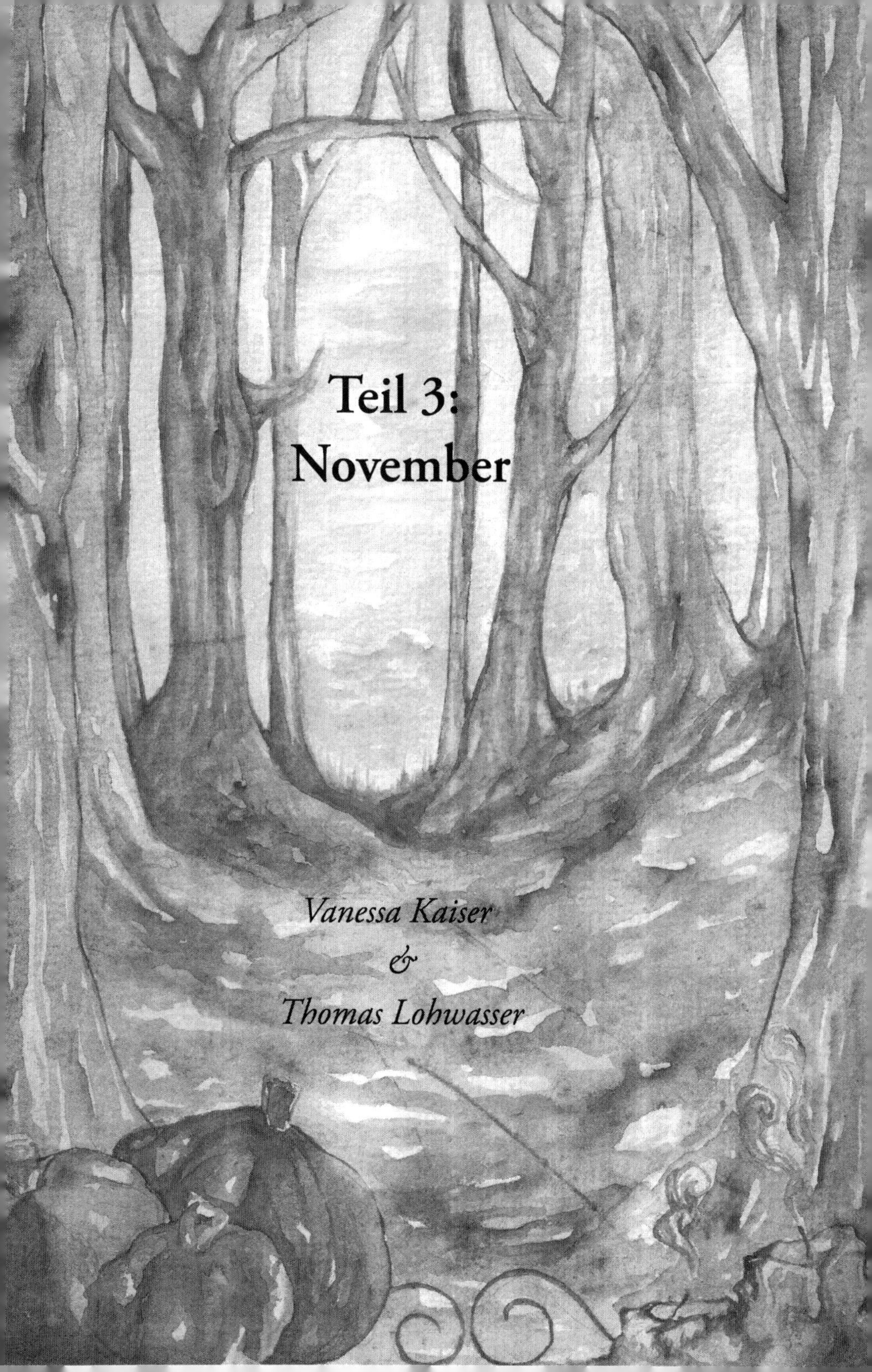

Teil 3: November

Vanessa Kaiser

&

Thomas Lohwasser

Der Sommer stirbt
Der Herbst erwacht
Und greift mit kalten Fingern nach den Nächten
Die Schmetterlinge gehen zur Ruh
Auf silbersamtbestäubten Schwingen
Tragen die Träume in den Winter
Wo sie unter Schnee erfrieren

(Fabienne Siegmund)

1

Die Novembersterne

Der Morgen brachte nichts als Zwielicht. Grau, Schwarz und erdiges Braun beherrschten die Welt jenseits des feurig bunten Oktobers.

Der Weg führte durch matschige Wiesen, in denen das Gras die Kraft der warmen Tage verloren hatte und aus dem Kälte und Nässe unbarmherzig in die Knochen zogen. Scarlett und Viridis wanderten seit Stunden durch die immer gleiche Landschaft, ohne irgendein Anzeichen von Lebendigkeit zu entdecken. Diese Verlassenheit drückte auf Scarletts Gemüt. Zu Beginn hatten sie und Viridis sich noch über den Oktober unterhalten, über das Halloween-Fest und Viridis' Freiheit. Sie hatten Pausen gemacht und von den Vorräten gegessen, die Isadora Viridis mitgegeben hatte, hatten gescherzt und gelacht. Doch je länger sie liefen, desto schweigsamer wurden sie.

Am späten Nachmittag schließlich hielt Scarlett es nicht mehr aus.

»Ich fühle mich so bedrückt, Viridis. Je weiter wir gehen, desto stärker wird es.«

Ihr kleiner Freund hob den Kopf und blickte sie aus müden Augen an.

»Das ist der November«, sagte er leise und ließ den Kopf wieder hängen.

»Was meinst du damit?«

»Der November trägt Trauer und atmet Abschied. Das Leben findet hier sein Ende. Die Kälte naht. Jeder, der hier wandelt, spürt das.«

Scarlett erinnerte sich, dass der Laubdrache ebenfalls etwas Derartiges über die Kraft der Herbstlande berichtet hatte, dass die Stimmung der Monate sich direkt auf die der darin existierenden Wesen auswirkte. Sie dachte darüber nach. Wenn schon zu Hause der November einer der trübsten Monate war, fühlte man die Trostlosigkeit in einer Welt, die der November *war*, vermutlich noch viel deutlicher.

»Und dann ist da auch noch der See …«, murmelte Viridis.

Erst jetzt fiel Scarlett auf, wie schleppend er sich vorwärts bewegte, auch aus ihm war alle Fröhlichkeit verschwunden.

»Was für ein See?«, fragte sie.

»Der See der kalten Tränen«, antwortete Viridis, und Scarlett sah, dass seine Augen feucht waren.

»Viridis, was ist mit dir?«

Sie hielt ihn am Ärmel fest. Er blieb stehen, blickte aber an ihr vorbei in die Ferne.

»Wir sind ihm sehr nahe. Sie ruft uns.«

»Wer ruft uns?«, fragte Scarlett. Viridis starrte weiter ins Leere. »Wem sind wir zu nahe? Rede mit mir!«, sagte Scarlett und rüttelte an seiner Schulter.

»Der See, wir sind ihm zu nahe. Dolora ruft uns. Ich habe es in der Kugel gesehen, wie Wanderer zu ihr gegangen sind, ihren eigenen Weg verließen, weil Doloras Ruf zu mächtig war. Ich wusste nicht, wie stark diese Gefühle sind.«

Eine Träne löste sich aus seinem Augenwinkel und rollte seine kleine Wange hinab. Scarlett spürte, wie die Trauer auch über ihr zusammenschlug. Sie hockte sich zu Viridis und nahm ihn in die Arme.

»Wer ist diese Dolora? Warum ist ihr Ruf so mächtig?«

Viridis schniefte neben ihrem Ohr und erzählte stockend: »Sie ist die Herrin des Sees, die Herrin der Verzweiflung. Einst hat sie sich in die kalten Fluten gestürzt, weil ihr Herz gebrochen war. Aber sie findet keine Ruhe. Jeder, der sich an diesen See verirrt, wird von ihrer Hoffnungslosigkeit überwältigt. Und wenn derjenige sich nicht rechtzeitig entziehen kann, stürzt er sich ebenfalls in den See und wird Teil ihres Hofstaates.«

»Oh Viridis, das ist ja grauenvoll«, murmelte Scarlett und nahm den kleinen Kerl an der Hand. »Lass uns bitte weitergehen, bevor Doloras Verzweiflung uns auch noch auffrisst.«

Sie hielten sich fest bei der Hand und stolperten weiter, begleitet vom gelegentlichen Schniefen von Viridis.

Es wurde schlimmer. Bald hatte Scarlett das Gefühl, von der Beklemmung erstickt zu werden. Wie ein kalter Felsen drückte sie ihr auf die Brust, so dass sie kaum mehr atmen konnte. Viridis hatte mittlerweile zu schluchzen begonnen, für ihn schien es noch unerträglicher zu sein als für sie.

Und dann sah sie den See. Er befand sich rechts von ihnen. Still breitete er sich aus, sein Wasser glänzte schwarz wie flüssiger Teer. Eine ungeheure Anziehung ging davon aus, und Scarlett hatte das verschlingende Bedürfnis, in dieser tintenschwarzen Flüssigkeit zu verschwinden, in ihr aufzugehen, ihre eigene, unerträglich beklemmende Existenz aufzugeben. Babyleer. Allein, ohne ihren Geliebten, ohne Freunde. Von allem fern und voller Trauer … so schmerzvoll einsam. Erst, als Viridis begann, an ihrer Hand zu zucken und wie ein wildes Kind in Richtung des Wassers zu zerren, brach der Bann. Schlagartig begriff sie, in welcher Gefahr sie schwebten.

»Lass mich los!«, rief er, aber sie fasste noch fester zu.

»Viridis, hör auf! Es ist der See, er täuscht uns!«

»Nein, lass mich gehen«, schluchzte er. »Ich muss dort hin, verstehst du nicht? Sie ruft mich!«

Scarletts Blick wanderte zurück zu dem See. Sie waren ihm näher gekommen, obwohl sie hätte schwören können, dass sie nicht in seine Richtung gegangen waren. Die Schwärze des Wassers hypnotisierte sie. Ihr wurde schwindelig, der See schien auf sie zuzustürzen – oder sie auf ihn?

»Wir sind viel zu nahe«, krächzte Scarlett und zog Viridis bewusst in die andere Richtung. Der Homunkulus schrie und weinte und flehte, stemmte seine kleinen Füße in den Boden, doch sie gab nicht nach. Sie zwang sich, nicht noch einmal zu dieser Schwärze zurückzusehen. Sie spürte die kalten Tiefen auch so. Und sie konnte Dolora hören. Es waren keine Worte, sondern das *Wissen*, dass die Herrin des Sees sie rief. Scarlett fühlte ihre Nähe und dass sie auf sie wartete, sich nach ihnen sehnte, weil sie in ihrem Schmerz alles um sich herum versammeln wollte, was lebte und atmete – in der Hoffnung, dadurch das Leben wieder zu spüren, wieder selbst atmen zu können. Sie würde sie zu einem Teil von sich machen, ohne zu begreifen, dass es längst keine Hoffnung mehr gab. Die Herrin des Sees war tot und sie würden ebenfalls sterben, würden zu lebenden Toten werden, wie Dolora es war.

Scarlett verstand all das in einem einzigen Moment und sie begriff auch, dass Dolora dies tat, weil sie nicht loslassen konnte. Sie war das tragischste Wesen, von dem Scarlett je erfahren hatte, sogar noch mehr als sie selbst – ohne ihren Nathan, der ihr genommen worden war, weil sie ihn zu sehr liebte und weil sie ihm bisher kein Kind hatte schenken können. Dolora würde verstehen, würde ihren Schmerz teilen und gemeinsam würden sie beide nie mehr einsam sein und … Scarlett schreckte auf, als sie die Schwärze des Sees erneut vor sich sah. Ohne, dass sie es bemerkt hatte, war sie umgekehrt. Viridis hopste vor ihr wie ein kleiner Hase. Glücklicherweise hatte sie ihn nicht losgelassen. Wild entschlossen zog sie ihn zurück, endgültig fort von der Gefahr. Sein Wehklagen stimmte in Doloras und in ihr eigenes ein, die beide nur tief in ihrem Herzen zu vernehmen waren.

Erst, als sie sicher war, dass sie den See hinter sich gelassen hatten, sah sie zurück. Das Gewässer war außer Sicht. Dennoch lief sie zügig weiter, und endlich wehrte Viridis sich nicht mehr. Es dauerte noch eine ganze Weile, bevor die entsetzliche Trauer nachließ und Scarlett wieder durchatmen konnte. Ein Blick auf Viridis zeigte ihr, dass es auch ihm leichter ums Herz geworden war, obwohl er noch sehr mitgenommen wirkte. Die Farbe war noch nicht in seine Wangen zurückgekehrt, aber die Tränen hatten aufgehört zu fließen. Er sah sie an, nur ganz flüchtig, doch in seinem Blick lag das Gleiche, was auch Scarlett fühlte: er war erschüttert. Über das, zu was Doloras See sie beinahe gebracht hatte.

Schließlich veränderte sich die Landschaft, die Wiesen wurden hügeliger. Im schwindenden Licht des Abends erklommen Scarlett und Viridis eine Anhöhe; kühler Wind pfiff über den Kamm, das Tal lag bereits im Schatten. Dort unten in der Senke ruhte ein mächtiger, braunblättriger Novemberwald. Schon aus der Entfernung erkannte Scarlett, dass die Bäume groß wie Hochhäuser waren.

»Lass uns hier oben übernachten«, schlug sie vor.

Sie war erschöpft, und der Gedanke, sich schon wieder in tiefster Nacht durch einen Wald zu schlagen, bereitete ihr Unbehagen, vor allem in einem so abweisenden Land wie dem November. Wer wusste schon, welche Scheußlichkeiten oder bösen Mächte in diesem Unterholz auf sie lauern mochten? Sie wollte Viridis nicht dazu befragen. Doloras grauenvoller See, dem sie nur knapp entronnen waren, hatte ihr genug Kummer bereitet. Sie wollte nichts von weiteren schlimmen Dinge erfahren, die vor ihnen lagen. Nicht mehr heute.

Als sie sich einen Rastplatz gesucht hatten, zog Scarlett das Kleid von Isadora aus und ihre eigenen Sachen wieder an. Mittlerweile war es eigentlich zu kalt für einen Rock und sie war froh, wenigstens eine Leggins zu haben, die ihr etwas Wärme schenkte. Sie aßen Käse und Brot, dann kuschelten sie sich hinter einem großen Stein aneinander, um sich gegenseitig zu wärmen, und schliefen sofort ein.

Scarlett schreckte hoch. Der Himmel war noch dunkel, nur am Horizont bildete sich ein schwacher Streifen trüben Lichts. Viridis lag nicht mehr bei ihr. Sie sah sich um und entdeckte ihn auf dem Kamm des

Hügels. Sie kämpfte sich auf die Beine und trat neben ihn. Gemeinsam sahen sie hinunter in das düstere Tal. Dunst stieg daraus auf und verhängte den Blick auf den Wald.

»Du bist früh wach«, stellte Scarlett fest.

Viridis seufzte.

»Ich konnte nicht mehr schlafen.«

»Warum nicht?«

Viridis schwieg eine Weile, bevor er sagte: »Ich werde dich bald verlassen müssen. Ich fühle es. Das macht mir Angst.«

Die Worte lösten sich von Viridis' Mund wie ein großer, schwarzer Vogel, der sich über die Senke erhob und totenstill seine unheilschwangeren Kreise zog.

»Mir auch«, antwortete Scarlett leise und zog den Mantel enger um sich.

»Ich will dich nicht alleine lassen, und ich möchte auch selber nicht alleine sein. Das war ich noch nie, verstehst du?«, sagte Viridis und sah sie aus großen, furchtglänzenden Augen an.

»Oh, Viridis«, sagte Scarlett und nahm ihren Freund in den Arm. »Ja, ich verstehe dich. Ich will dich auch nicht verlieren.«

Lange standen sie so da, bevor der Homunkulus sich aus ihrem Arm löste und den Blick wieder auf den Wald richtete.

»Die Zeit läuft mir davon«, sagte er. »Lass uns lieber gehen.« Mit diesen Worten marschierte er los. Schweren Herzens folgte Scarlett ihm den Abhang hinunter zum Waldrand, der bedrohlich vor ihnen aufragte. Viridis huschte vor ihr her und suchte ihnen einen Durchlass im Randgehölz. Der Lärm, den ihr Eindringen in das Unterholz verursachte, machte Scarlett nervös. Sie wollte nichts aufschrecken, wollte niemanden auf sich aufmerksam machen. Doch nichts, keine Sterbensseele, ließ sich blicken oder hören.

Bald hatten sie das dichteste Gestrüpp durchdrungen und konnten leiser gehen. Der Wald war unheimlich, dunkel und voller Dornenranken. Sie kamen nur langsam voran, Viridis blieb immer wieder stehen und sah sich prüfend um, bevor er endlich zielstrebig eine Richtung einschlug und sie auf einen schmalen Weg führte, der an den Rändern noch von letzten, schlaffen Kräutern gesäumt war. Auf diesem ging es schneller voran.

Nun wanderten sie durch eine Kathedrale aus düsteren Baumriesen und kühler Stille, entweiht nur vom Lärm der eigenen Schritte. Dieser Ort war wie ein Mausoleum, in dem die Zeit bei Kaleb und Isadora nicht mehr war als eine schwache Erinnerung an geschäftige, warme Tage voller Leben, Lachen und Licht.

Doch zu Scarletts Überraschung begegnete ihnen schließlich auch Schönheit.

»Was ist das?«, fragte sie, als sie um eine große Biegung kamen.

Die Bäume standen hier weiter auseinander und ließen mehr Licht hindurch, und mit Fortschreiten der Morgendämmerung begann der Wald zu glänzen, zu blinken und zu glitzern, als wären die Sterne, wie Wünsche im Märchen, einer nach dem anderen aus der schwindenden Schwärze auf die Erde herabgekommen. Scarlett dachte an den Sternschnuppenregen im Oktober zurück. Dort, bei der Hexe Ira, hatte sie im Licht der fallenden Sterne um ihr Leben gebangt, hier jedoch wirkte das Glitzern friedlich, ruhig und sanft, als habe die Kälte der Novembernacht die böse Leidenschaft der Hexe zu stillem Frost verwandelt. Es glänzte immer dort, wo die fahle Sonne auf die riesenhaften Bäume traf.

Viridis löste sich von ihrer Seite und schlüpfte wie eine Maus durch das Unterholz. Unter einem der herabgekommenen Sterne blieb er stehen und legte den Kopf schief. Dann huschte er zum nächsten Glitzerhort, betrachtete auch diesen mit geneigtem Kopf und flitzte zu einem weiteren, bevor er Scarlett sein Urteil über die Schulter verkündete.

»Scherben«, rief er mit hoher Stimme, ohne den Blick von dem glänzenden Ding zu nehmen, »es sind Scherben, und sie spiegeln den Wald und die Sonne!«

Scherben? Hier im Wald? Scarlett runzelte die Stirn. Scherben an den Stämmen der Bäume? Was sollte sie mit dieser Aussage anfangen?

Nicht halb so schnell wie ihr kleiner Begleiter bahnte sich Scarlett einen Weg durch die kahlen Büsche und die Dornenranken mit ihren braungrünen, toten Novemberblättchen. Viridis presste sich auf Zehenspitzen an den Stamm einer Riesenbuche und reckte sich zu einem der glänzenden Dinge, als Scarlett zu ihm aufschloss. Er schien das geheimnisvolle Etwas genau studieren zu wollen, doch seine Nasenspitze reichte nicht weit genug hinauf.

»Da ist etwas in den Scherben, das ich noch nicht erkennen kann. Heb mich hoch, Scarlett«, bat er.

Scarlett blieb neben ihm stehen und staunte. Viridis hatte recht, es war eine Scherbe, die ein Stück oberhalb ihres Kopfes im Stamm der Buche steckte. Aber so hübsch das Glitzern aus der Ferne auch ausgesehen hatte, so wenig Schönes barg der Anblick aus der Nähe. Das Ganze ähnelte eher einem gewaltsamem Akt. Die Scherbe war mindestens handtellergroß, und sie ragte aus dem Holz der Buche wie ein Messer aus dem Fleisch eines Erstochenen. Die Rinde des Baumes wirkte aufgeworfen, wucherte um die Einstichstelle wie eine verkrampfte Hand, als wollte sie den Fremdkörper auf diese Weise aus sich herausdrängen.

Scarlett dachte an ihren Wunsch vom eigenen Baby, der einst so glitzernd und verheißungsvoll gewesen war, und der sich doch, als sie ihn voller Hoffnung hatte verwirklichen wollen, schmerzvoll gegen sie gewendet hatte. Scarlett sah an dem grauen Stamm empor, und beinahe war ihr, als könnte sie den Baum in seiner Novemberruhe stöhnen hören. Ein Gefährte im Leiden.

Du weißt, es sind die falschen Wünsche, die verletzen, flüsterte etwas in ihr. Scarlett wollte widersprechen, wollte einwerfen, dass es genau so gut jene sein konnten, die unerfüllt geblieben waren. Doch die Stimme in ihrem Innern wollte nicht schweigen. Eindringlicher als zuvor flüsterte sie: *Nein, Scarlett, Wünsche, die nicht gelebt werden, tun dir nicht weh. Du spürst sie nicht, denn sie gären im Untergrund. Doch irgendwann, da kommen sie nach oben, und dann ist es zu spät, denn sie sind so groß und unförmig geworden, dass sie in der Kehle stecken bleiben, bis du an ihnen erstickst.*

Scarlett schüttelte den Gedanken ab. Nein, es war nichts Falsches daran, sich ein Kind zu wünschen mit dem Mann, den man liebte. Und nun war sie hier, um diesen Mann zu retten, um ihren Fehler wieder gut zu machen. Nathan brauchte sie jetzt, und sie hatte keinen Grund, an ihrem Wunsch zu zweifeln.

Sie widmete sich wieder der Scherbe. Das gezackte Glas spiegelte das Licht der Sonne und den Wald um sich herum, wie Viridis es gesagt hatte. Und tatsächlich, da war noch etwas, es bewegte sich im Spiegel …

»Heb mich hoch!«, drängte Viridis von unten.

Scarlett beugte sich herab und nahm ihn huckepack.

»Näher heran«, kommandierte er.

Sie machte einen Schritt auf den Stamm zu. Viridis wurde unruhig auf ihren Schultern, er streckte und reckte und lehnte sich hin und her und murmelte vor sich hin. Scarlett hatte alle Hände voll damit zu tun, das Gleichgewicht zu halten.

»Was hast du gesehen?«, fragte sie, als Viridis schließlich von ihren Schultern herunterkletterte. Er antwortete nicht. Stattdessen sah er sie traurig an.

»Wir sind bald da. Komm«, sagte er ernst. Dann griff er nach ihrer Hand und zog sie mit sich.

»Viridis?« Scarlett war verwirrt. Besorgt. Doch der Homunkulus bahnte ihnen wortlos einen Weg durch das schlafende Unterholz.

Weitere Glitzerhorte – Wünsche, dachte Scarlett – erfüllten den Wald, und es wurden mehr und sie wurden größer. Scarlett zog an Viridis' Hand, wollte zu den Sternen hin, aber er fasste nur fester zu und eilte weiter. Im Gehen bemühte sich Scarlett, einen näheren Blick zu erhaschen.

Dann erkannte sie es.

Es waren Spiegel.

Sie befanden sich überall um sie herum, im Unterholz und auch in den Baumkronen. Scarlett entdeckte Spiegel der unterschiedlichsten Form und Größe. Es gab kleine Handspiegel mit Griffen, Spiegel mittlerer Größe, wie man sie im eigenen Heim an die Wand hängte und es gab große, die auf eigenen Füßen standen. Sie sah ovale, runde, eckige, blumen- und herzförmige Spiegel mit den vielfältigsten Rahmen, mit feinen, schlichten und edlen oder mit klobigen, kitschigen oder einfach dicken Rahmen – und sie waren überall, baumelten aus den kahlen Zweigen herab, klemmten in Astgabeln, lehnten schief an den Stämmen oder ragten als Bruchstücke aus der Baumrinde heraus, als seien sie von einem eitlen Riesen dort hineingerammt worden, der über den Blick auf sein Antlitz verrückt geworden war.

In jedem der Spiegel erkannte sie Bewegungen. Was war das alles hier? Sie wollte endlich genauer schauen, aber Viridis schien bewusst einen Pfad zwischen den Stämmen und Büschen hindurch zu wählen, der sie beide so weit wie möglich von jedem einzelnen Spiegel entfernt hielt.

Schließlich zog Scarlett ihre Hand aus der von Viridis.

»Warte. Warum lässt du mich nicht zu ihnen?«, fragte sie.

Viridis blieb stehen.

»Weil es dir nicht gefallen würde. Es wird dir Angst machen und das will ich nicht. Ich finde zwar, du solltest nicht weitergehen, aber ich habe verstanden, dass du es unbedingt willst. Ich helfe dir, das habe ich doch versprochen. Und darum sollst du nicht hineinsehen.«

Scarlett betrachtete den kleinen Kerl mit seinen zerzausten Haaren und den großen Augen, in denen die Neugier auf das Leben wohnte.

Scarlett glaubte Viridis, und sie verstand, dass er sie vor irgendetwas zu behüten versuchte.

»Aber ich möchte sehen, was in den Spiegeln ist«, sagte sie. Sie wollte nicht mehr behütet werden, nicht wenn das bedeutete, die Augen verschließen zu müssen. Es würde sowieso nicht helfen. Die schlimmen

Dinge waren nun einmal da, ob man hinsah oder nicht. Und was Scarlett betraf, so wollte sie sie von jetzt an lieber sehen, denn nur dann konnte sie sich ihnen stellen.

Als sie Anstalten machte, an Viridis vorbeizugehen, schien es, als wollte er nach ihr greifen, als wollte er sie zurückhalten. Doch er rührte sich nicht.

»Bitte erschrick nicht zu sehr«, sagte er.

Scarlett näherte sich einem mittelgroßen Spiegel mit schnörkeligem Goldrand, der etwa auf Kopfhöhe in der Astgabel einer dicken Eiche klemmte.

Da. Da war es, was sich bewegte. Ein Spiegelbild. Ihr Spiegelbild, oder nicht? Wessen auch sonst? Während sie sich näherte, bewegte es sich genau wie sie, so wie es sollte, wie man es von einem Spiegelbild erwartete. Dennoch … etwas stimmte nicht, ganz und gar nicht.

Erschrocken wich Scarlett zurück, und so auch das Abbild im Spiegel. Sie riss die Augen auf – ihr Gegenüber im Glas tat es ihr gleich. Doch es war nicht sie selbst, es war eine andere Frau. Ein fremdes Gesicht, ein unbekannter Körper …

»Was ist das?«, fragte Scarlett, während der Mund der Spiegelfrau die Frage stumm mitsprach. Scarlett hob einen ihrer Arme, wedelte mit der Hand. Die Frau im Spiegelglas tat das Gleiche. Und doch erkannte Scarlett sich nicht. Sie hatte diese Frau, die vorgab, ihr Spiegelbild zu sein, noch nie zuvor gesehen. Im Gegensatz zu ihrem üppigen Rotschopf hatte die Fremde blonde Haare, zu Zöpfen geflochten. Ihre Nase war viel schmaler als die von Scarlett und ihre Augen hatten die Farbe von Haselnüssen anstatt die reifer Weintrauben. Sie trug ein Kleid mit Spitzenrändern, seltsam altmodisch und ganz anders als Scarletts Pullover.

»Das bin ich nicht«, murmelte sie. »Aber sie folgt meinen Bewegungen … wie ist das möglich?«

»Sie muss das tun – sie ist ein Spiegelbild, weißt du?«, antwortete Viridis.

Scarlett winkte. Die Frau winkte auch.

»Aber doch nicht meins, Viridis!«, protestierte Scarlett. Sie löste sich von dem Spiegel und ging zum nächsten. Ein alter Mann blickte ihr daraus entgegen. Auch er bewegte sich wie sie, genau so, als sei er ihr Abbild. Zwei weitere Spiegel brachten das gleiche Ergebnis.

Es war unheimlich. Die eigenen Bewegungen, aber ein anderer Mensch im Glas, der sie vollführte wie eine Marionette. Und Scarlett kam sich vor wie der Marionettenspieler, der die Fäden zog. Sie hob und senkte ihre Arme wie ein Vogel. Auch ihr derzeitiges Spiegelgegenüber, ein dürrer, junger Mann, hob und senkte gehorsam seine Arme, doch schien es Scarlett mehr wie eine Parodie ihrer selbst. Sie fühlte zwar, wie sie ihre Arme hob, doch sie konnte sich nicht dabei sehen. Sie sah nur die Bewegungen des Fremden. Die Herrin der Puppen, die nur auf ihre Schöpfungen schaute, ohne selbst am Geschehen beteiligt zu sein.

»Wer sind diese Leute?«, fragte sie.

»Es sind die Verlorenen. Jene, die nicht zurückkehren werden«, flüsterte Viridis, als fürchtete er, sie könnten ihn hören. »Es sind die, die nicht aus dem November herausgefunden haben. Ihre Seelen müssen für immer hierbleiben. Aber nicht freiwillig, wie die Geister, die du beim Fest im Oktober kennengelernt hast. Jeder, der den November betritt, bekommt seinen Spiegel, Scarlett.«

»Jeder?«, fragte Scarlett. »Auch ich?«

Viridis nickte.

»Aber ob er fortbestehen wird, ob dein Abbild ihn für immer ausfüllen wird, das weiß niemand. Darüber wird dein eigenes Geschick entscheiden.«

Ihr eigenes Geschick? Scarlett fröstelte. Und wenn sie scheiterte? Nathan hatte immer gesagt, sie habe nicht genügend Willen, ihm ein Kind zu schenken, sie wäre zu schwach. War sie zu schwach? Würde ihr das gleiche Schicksal bevorstehen, würde auch sie sich verlieren? *Aber hast du das denn nicht längst?*, fragte die Stimme in ihrem Herzen.

Wessen Wunsch war es denn, der sie hierher getrieben hatte? Ihr eigener oder der einer Fremden? Für einen Augenblick hatte Scarlett das Gefühl, sich schon lange fremd geworden zu sein. So fremd, wie es ihr die Spiegelbilder der anderen waren.

Plötzlich kam sie sich selbst vor wie eine dieser Spiegel-Marionetten, als seien nicht sie diejenigen in Gefangenschaft, sondern sie selbst. Doch wie war das möglich? Scarlett blinzelte. Der Mann tat es ihr gleich.

Nur sein Blick wirkte frei … konnte das sein?

Sie eilte zum nächsten Spiegel. Eine rundliche Frau mit schwarzen Haaren und einem Leberfleck an der Wange, auch sie tat alles, was Scarlett ihr vormachte. Nur ihre Blicke, ja, auch sie waren frei und eigenständig wie die des jungen Mannes. Und sie sprachen zu Scarlett. *Sieh her*, sagten sie, *sieh, was aus dir wird, wenn du dich verlierst.*

Viridis trat hinter Scarlett. Er war nur als vager Schemen im Spiegel zu erkennen. Erschrocken drehte sie sich um und sah Viridis an. Er sah aus wie immer, bunt, greifbar. Sie betrachtete wieder sein Abbild. Es war kaum vorhanden, ein Schatten nur, ein Umriss, kaum mehr als eine schwache Erinnerung.

»Was geht hier vor? Was ist mit deinem Spiegelbild?«

»Ich gehöre in den Oktober«, antwortete er. »Meine Gegenwart hier ist nicht von Bestand.«

»Aber Viridis. Du bist doch bei mir. Du bist doch da.«

Viridis schüttelte den Kopf.

»Dies ist der Spiegelwald. Weiter als bis hierher kann ich nicht mit dir gehen. Unsere gemeinsamen Schritte sind gezählt.«

Seine Worte versetzten Scarlett einen Stich. Er hatte es angekündigt, dennoch hatte sie gehofft, noch ein wenig länger mit ihm zusammenbleiben zu können.

»Viridis … nicht hier schon!«

Der Homunkulus schwieg und sah sie traurig an. Scarlett schluckte. Sie würden es nicht ändern können. Doch was würde aus ihm werden, wenn er alleine in den Oktober zurückkehren musste? Würde er zurechtkommen, ganz auf sich gestellt? Sie wusste, wie schrecklich einsam man sich fühlte und auch ihr graute es davor, wieder allein zu sein. Sie nahm sich vor, tapfer zu sein, die Herausforderungen anzunehmen und zu meistern, was auch immer sich ihr in den Weg stellen würde. Allein schon für Viridis. Und auch für Nathan. Natürlich. Vor allem für Nathan.

»Mein Spiegel wird nicht bleiben. Das verspreche ich.«

Viridis nickte. Ein schwaches Lächeln huschte über sein kleines Gesicht.

»Also, wo finde ich ihn?«, fragte sie.

»Auf der großen Lichtung, wo alle Spiegel ihren Anfang nehmen. Nur dort, wo dein Abbild geboren wurde, kannst du den Weg weitergehen.«

2

Hinter dem Spiegel

Das Knarren und Knirschen der Stricke erfüllte die Lichtung. Wispernd strich der Wind um die baumelnden Spiegel, drehte und wendete sie hin und her und brachte die Äste und die dicken Seile, an denen die Spiegel hingen, zum Ächzen. Hier gab es nur noch hängende Spiegel, kein einziger stand mehr auf eigenen Füßen oder lehnte an einem Baum. Scarlett stand wie angewurzelt am Rande der Lichtung.

»Es sind die Verlorenen. Ihre Seelen müssen für immer hierbleiben«, hatte Viridis gesagt. Scarlett schlang die Arme um die Brust. Sie kam sich vor wie auf einem Richtplatz mit Erhängten, mit ewig Verdammten. Aber das war nicht alles. Sie hatte nun schon eine ganze Weile ein Flüstern vernommen und zunächst als Einbildung abgetan, doch an diesem Ort war es lauter und eindringlicher. Es klang nicht länger wie wispernder Wind in den Zweigen. Jetzt und hier, im Angesicht der Spiegel, in denen Scarlett die darin eingeschlossenen, marionettenhaften Männer und Frauen schon von Weitem wahrnehmen konnte, verstand sie, wo es herkam: Von *ihnen*. Sie hatten sich verändert, waren lebendiger geworden, selbstständiger. Wo es zuvor noch Scarletts Anwesenheit bedurft hatte, um die Abbilder der Fremden im Glas mit Leben und Bewegung zu erfüllen, da waren sie nun auch ohne einen Körper, den sie spiegeln konnten, zu sehen. Und sie flüsterten. Scarlett konnte es hören. Sie flüsterten ihren Namen.

»Viridis, warum …«

Scarlett wollte fragen, was es mit der Selbstständigkeit der Spiegelfrauen und -männer auf sich hatte, doch er unterbrach sie.

»Du musst jetzt alleine weitergehen«, krächzte er.

Scarlett erschrak, als sie ihn ansah. Seine Lippen hatten sich blau verfärbt, und sein Gesicht glänzte vor Schweiß.

»Was ist mit dir?«

»Es sind die Schmerzen«, antwortete er. »Ich dürfte nicht hier sein, darum tut sie mir weh.«

»Wer tut dir weh?«

»Du weißt, wer es ist«, flüsterte Viridis. »Obwohl es eigentlich nicht sie selbst ist, sondern ihre magischen Gesetze. Sie hat die Grenzen festgelegt und niemand darf sie überschreiten, den sie nicht selbst darüber hinausschickt. Ich bin im Oktober geschaffen worden, also müsste ich dort bleiben. Meine Magie hat mich bis hierher getragen, doch länger kann meine Zauberkraft mich nicht schützen.«

Die magischen Gesetze der Kürbiskönigin. Sie waren es, natürlich. Scarlett biss sich auf die Unterlippe. Auch sie hatte eine Regel der Königin gebrochen und zu spüren bekommen, wie gravierend die Folgen sein konnten. Aus diesem Grund war sie überhaupt erst in die Herbstlande gekommen.

Viridis begann zu zittern, er bekam Schüttelfrost. Scarlett kniete sich vor ihn und berührte seine Stirn. Rasch zog sie die Hand wieder zurück. Der kleine Mann schien zu verbrennen.

»Viridis, du musst sofort umkehren! Sorg dich nicht mehr um mich, ich werde es schaffen, ganz sicher. Glaub mir. Du hast mich so weit geführt, dafür danke ich dir von Herzen. Aber jetzt ist es an der Zeit, dein eigenes Leben zu leben. Bitte geh zu Kaleb zurück, aufs Schloss, er wird auf dich achtgeben, bis du wieder gesund bist. Danach wartet die ganze Welt auf dich. Denk an die Bibliothek, dort kannst du alles lesen und die Karten studieren und dir Orte aussuchen, die du sehen möchtest.«

Viridis nickte. Seine Haare klebten nass an seiner Stirn.

»Wirst du den Rückweg schaffen?«, fragte Scarlett.

Abermals nickte Viridis. Dann zog er einen kleinen Gegenstand aus der Hosentasche und reichte ihn Scarlett. Es war eine Schnitzfigur aus nussfarbenem Holz, ein Mann und eine Frau, die dicht beieinander standen und eine Einheit bildeten. Der Mann war einen Kopf größer als die Frau, schlang von hinten einen Arm um ihre Taille und hatte den Kopf auf ihrer Schulter abgelegt, als verbinde die beiden tiefe Liebe. Auffällig war, dass er in der Ausarbeitung nur angedeutet war. Es war ein Mann, dem die Frau viel bedeutete, mehr war nicht zu erkennen. Die Frau hingegen, obwohl nur etwa so groß wie Scarletts Daumen, war eine fantastische Arbeit und trotz ihrer Winzigkeit so detailliert, dass Scarlett den Eindruck hatte, sie würde jeden Augenblick den ersten Atemzug nehmen. Sie hatte lange Haare, so wie sie selbst und sie trug Rock und Pullover vom gleichen Schnitt. Auch die Gesichtszüge erinnerten Scarlett an sich selbst. Hatte Viridis etwa ein Abbild von ihr angefertigt? Scarletts Blick verharrte bei dem Bündel, dass die hölzerne Frau in den Armen hielt. Obwohl es sicherlich nur so winzig wie ihr Fingernagel war, war es klar und deutlich aus dem Holz herausgeschnitzt. Tränen schossen ihr in die Augen.

»Damit du nicht vergisst«, murmelte Viridis. »Du wirst es brauchen, wenn du den Weg bis zu unserer Herrscherin schaffen willst.«

»Ich werde *dich* nicht vergessen«, sagte Scarlett und schlang die Arme um ihren Begleiter. Sie fühlte, wie sich der kleine, glühend heiße Körper in ihre Umarmung schmiegte, wie sich seine dünnen Ärmchen um ihre Seiten legten und sich festklammerten. Am liebsten hätte sie ihren Freund nie wieder losgelassen, doch sein Zittern und die Hitze machten ihr Angst. Sanft schob sie ihn von sich. Viridis schwitzte und war blass wie Eis.

»Jetzt geh, bitte, bevor du noch mehr leiden musst«, flüsterte Scarlett, während die Tränen über ihr Gesicht kullerten. »Viridis, mein Freund.«

Bei dem Wort »Freund« strahlte der kleine Kerl kurz über das fieberrote Gesicht, dann deutete er eine Verbeugung an, wandte sich um und schlüpfte wackelig durch das Unterholz davon wie ein verletztes Mäuschen. Scarlett blickte ihm nach, bis er hinter Bäumen und Büschen verschwunden war. Ihre Hand umklammerte die Figuren, die er für immer im Holz vereint hatte. Nathan, sie und das Baby. Viridis hatte ihren größten Wunsch für sie geschnitzt, auch wenn er Nathans Gesicht nicht ausgearbeitet hatte. »Wie auch, er hat dich ja nie gesehen, Liebster«, murmelte sie vor sich hin, doch etwas in ihrem Inneren, auf dessen Worte sie nicht hören wollte, flüsterte, dass der Homunkulus Nathans Gesicht auch dann nicht in die Holzfamilie aufgenommen hätte, wenn er es gekannt hätte …

Schließlich wischte sie ihre Tränen fort. Es war Zeit weiterzugehen. Doch es erforderte Mut, auf die Lichtung hinauszutreten, sich den wispernden Spiegelbildern ganz alleine zu stellen. Scarlett fühlte die Augen aller auf sich ruhen. Es war ein beklemmendes Gefühl, und je weiter sie ging, desto intensiver wurde es. Immer, wenn sie auf Höhe einer der Spiegel war und hineinsah, bewegte sich die Person darin exakt wie sie selbst – nicht anders als ein braves Spiegelbild. Doch kaum sah sie wieder weg, nach vorne auf ihren Weg, begann derselbe Spiegelmensch ihr zuzuwinken, zu gestikulieren, ihr zuzuflüstern. Alle taten dies, doch nur, wenn sie nicht direkt hinschaute. Und dann verstand sie die Worte – im selben Moment, in dem sie den einen, den ganz besonderen Spiegel, am anderen Ende der Lichtung entdeckte.

»Kehr um«, wisperten sie.

»Geh nicht dorthin«, flüsterten sie. Und:

»Es ist zu gefährlich, sieh doch, was aus uns geworden ist …«

Scarlett schauderte.

Doch sie blieb nicht stehen, war schon zu weit gekommen. Dort vorne war *ihr* Spiegel. Es konnte nur der ihre sein. Sie wusste es, noch bevor sie ihm überhaupt nahe gekommen war. Denn sie kannte ihn.

Schritt um Schritt ging sie darauf zu.

Die Spiegelbilder wurden lauter. Sie flüsterten jetzt nicht mehr.

»Es ist grauenvoll hier«, klagten sie.

»Geh nach Hause«, riefen sie.

»Kehr um, sieh nicht hinein!«

Ihr Spiegel hatte die Form eines Schmetterlings. Und sein rosenfarbener Rahmen glitzerte wie tausend Sterne. So wie der Spiegel, den sie als kleines Mädchen besessen hatte. Wie der Eingang zu einer Märchenwelt hatte er an der Wand neben ihrem Bett gehangen.

»Dort drüben funkeln immer tausend Sterne am Himmel, auch wenn es Tag ist«, so hatte Scarlett es ihrer Mutter einmal erklärt, als diese hinter ihr gestanden und ihr die Haare für die Nacht geflochten hatte. Ihre Mutter hatte gelacht und ihr mit dem Finger ein Stupserchen auf die Nase gegeben.

»Und mittendrin bist du, meine kleine Sonne.«

Jetzt näherte Scarlett sich erneut ihrem Sternenspiegel. Die Abbilder ringsherum heulten, jammerten, riefen.

Doch Scarlett trat vor und blickte hinein: In das gespiegelte Antlitz des Novembers. Trostlosigkeit. Einsamkeit. Vertrocknete Gräser zwischen grauen Baumstämmen, kahle, schwarze Zweige, an denen vereinzelte, lose Blätter hingen wie die letzten Zähne im Mund eines Greisen. Nein, der November war kein freundlicher Ort. Doch es war nicht sein Abbild, das Scarlett verstörte. Vielmehr war es das, was der Spiegel *nicht* zeigte. Nämlich sie selbst. Bis auf die Umgebung war das Glas leer. Aber wieso? Unwillkürlich dachte Scarlett an Viridis. Sein Spiegelbild war nur mehr eine Andeutung gewesen, der Schatten von etwas, das nicht wirklich gespiegelt werden konnte, weil es eigentlich nicht da sein durfte. »Ich gehöre in den Oktober«, hatte er gesagt. »Meine Gegenwart hier ist nicht von Bestand.« War sie deshalb nicht zu sehen? Weil auch sie woanders hingehörte? Weigerte sich der November, sie aufzunehmen?

Sie umrundete den Baum. Er war umgeben von undurchdringlichem Gestrüpp, Dornenranken verwehrten ihr den Weg. Hier würde sie nicht weiterkommen. »Nur dort, wo dein Abbild geboren wurde, kannst du den Weg weitergehen.« Auch das hatte Viridis gesagt. Angst erwachte in Scarletts Magengrube. Brauchte sie ihr Abbild, um weiterzugelangen, um der Kürbiskönigin jemals gegenübertreten zu können?

Ratlos kehrte Scarlett zu ihrem leeren Spiegel zurück und strich mit den Fingern über die Oberfläche. Sie war kalt, abweisend, kälter noch als ihre Hände, die einfach nicht mehr warm werden wollten. Scarlett legte sie beide flach auf das Glas. Ganz nah stand sie nun, lehnte sich fast mit dem Körper daran.

»Ich bin hier, warum willst du mich nicht zeigen?«, fragte sie den Spiegel.

Sie spürte ihren Herzschlag, spürte ihren Wunsch, der heiß und drängend in ihr pochte. Trugen nicht alle Spiegel hier die Wünsche ihrer einstigen Besitzer in sich? War denn ihrer so viel weniger wert?

»Nimm ihn doch bitte auf«, flüsterte Scarlett.

Lange stand sie so da, während die Fläche unter ihrem Atem beschlug und der Spiegel sie von sich wies.

»Ich will nicht zurück«, sagte Scarlett zum Spiegel.

»Dann geh weiter«, flüsterte eine Stimme dicht an Scarletts Ohr und so leise, dass sie glaubte, sich getäuscht zu haben. Plötzlich hatte sie das Gefühl, beobachtet zu werden. Sie sah auf. Der Dunst ihres Atems verschwand, und Scarlett blickte direkt in zwei dunkel geränderte, traurige Augen. Ihre Augen.

Da war es. Ihr Spiegelbild.

Doch wie sehr hatte sie sich verändert! Blass war ihr Abbild, ausgezehrt, die Augen eingesunken – war sie jemals so ausgemergelt gewesen? Ihre Haut spannte sich förmlich über die Wangenknochen, nur dünne Haarsträhnen fielen noch über die Schultern. Ohne ihr Zutun wanderten Scarletts Hände zu ihrem Gesicht, tasteten um die Augen und über die Wangen. Nein, es schien alles normal zu sein. Scarlett spürte das Fleisch unter ihrer weichen Haut, auch wenn sie es nicht sehen konnte. Auch die Haare waren noch da.

Sie trat zurück, um sich im Ganzen zu betrachten – und erstarrte, als ihr Blick auf ihre Spiegelhände fiel. Schwarze Linien zogen sich wie faulige Adern unter einer durchscheinenden Haut entlang. Die Linien hatten ihren Ursprung an den Fingerspitzen und reichten bis fast hinauf zu ihren Ärmeln. Entsetzt schaute Scarlett auf ihre echten Hände, doch da war nichts. Nichts, außer schmutzigen Fingernägeln an sichtbar ungewaschenen Händen. Ein weiteres Mal betrachtete sie die Hände im Spiegel. Dort waren sie noch immer durchscheinend, mit diesen schrecklichen schwarzen Adern unter der Haut.

Ihr Spiegelbild stimmte nicht mit der Realität überein. Es war wie bei Viridis ...

Scarlett schauderte. Wenn der Spiegel Dinge zeigte, die in der Realität nicht sichtbar waren, er dafür jedoch eine tiefere Wahrheit abbildete, was bedeuteten dann diese furchtbaren Veränderungen an ihren Händen und in ihrem Gesicht?

Ein kühler Wind raschelte durch das kahle Geäst, die Zweige erzitterten.

Unbehaglich rieb Scarlett ihre schmutzigen, eiskalten Finger aneinander. Der Schmutz verblasste, die schwarzen Linien im Spiegelbild blieben. Nein, sie wollte nicht weiter darüber nachdenken. Ihr Abbild war geboren, das war es, was zählte, und nun musste sie nur noch den Weg finden. Erneut erforschte sie die Gegend rund um den Baum. Und diesmal wurde sie fündig: Sie entdeckte eine Anzahl lichter Stellen im Unterholz, dort, wo zuvor nur Dornenranken gewesen waren. Sie würde vermutlich hindurchschlüpfen können. Doch welche sollte sie wählen?

Mit einem Mal wurde ihr bewusst, dass es auf der Lichtung still geworden war. Das Flüstern war verstummt, seit einer Weile schon. Überrascht blickte Scarlett zurück zu den Spiegeln. Der Wind drehte sie hin und her, die Stricke knarzten und ächzten. Das Licht, das sich durch die kahlen Baumwipfel stahl, glänzte schwach in den gläsernen Flächen. Doch sie alle waren leer. Keiner der Spiegelmenschen war noch zu sehen. Sie hätte niemanden fragen können.

Wolken zogen über den Himmel und trieben Schatten über die Lichtung. Das Glänzen erlosch. Die Sterne erloschen. Matt und träge, beinahe wie tot, baumelten die Spiegel hin und her. Es war unheimlich.

Scarlett beeilte sich, die lichten Stellen im Gehölz zu untersuchen. Sie wollte fort von hier, so schnell wie möglich. Behutsam bog sie die Zweige beiseite – und schreckte zurück. Helligkeit und Wärme strömten ihr entgegen, wo keine sein sollten. Sie sah genauer hin und staunte. Was sich ihr offenbarte, war unglaublich. Sie untersuchte die zweite, dritte und auch die vierte Lücke, und ihr Herz wollte gar nicht mehr aufhören zu springen. Was hätte sie als Kind dafür gegeben, diesen Ort erforschen zu dürfen! Denn hier, wo sie niemals damit gerechnet hätte, hier befanden sich die Tore in die anderen Welten. Hinter jeder Lücke im Unterholz verbarg sich eine andere Welt – und bis auf eine einzige, die düster und unheimlich war, schienen alle einladend, sonnig und freundlich zu sein. Einige Welten erkannte sie sogar wieder. Da war der Septemberwald mit seinen warmen Farben und den orange leuchtenden Windtraumtänzern. Hinter einem anderen Busch konnte Scarlett in den Oktober sehen. Sie lachte auf, als sie Viridis entdeckte, der in einem Bett aus Moos und Laub thronte. Er sah noch immer krank aus, doch längst nicht mehr so sehr wie bei ihrer Verabschiedung. Ein wenig Farbe war in seine Bäckchen zurückgekehrt und er strahlte eine kurzbeinige, rundliche Koboldame an, die ihm ein kleines, dampfendes Becherchen reichte. Also hatte er Fürsorge und Unterschlupf gefunden. Er würde gesund werden und den Oktober bereisen. Es war schön, ihn so glücklich zu sehen.

Umso schwerer fiel es Scarlett, sich von seinem Anblick zu lösen.

Doch die wahre Herausforderung erwartete sie hinter der letzten Lücke im Unterholz. Überwältigendes Heimweh presste ihr die Kehle zu. Das dort, das war *ihre* Welt. Sie sah ihr Wohnzimmer, das von Sonne durchflutet war. Das gerahmte Bild von ihr und Nathan, das auf der Kommode stand, war mit Staub bedeckt. War sie schon so lange fort?

Ihr wurde kalt. Mit einem Schlag wurde sie sich wieder ihrer eisigen Hände und Füße bewusst. Ja, sie wollte nach Hause, zurück in ihre eigene Welt. Sie brauchte nur durch die Lücke zu gehen. Doch sie würde nicht ohne ihren Liebsten zurückkehren – nicht ohne Nathan. Hoffentlich war es noch nicht zu spät.

Entschlossen wählte sie den düsteren Weg.

3

Die Königin vom Berg

Das Zwielicht löste sich auch jetzt nicht auf, da Scarlett den skelettierten Baldachin der Baumriesen und den Wald hinter sich gelassen hatte. Der Himmel hing voller Wolken, die schnell dahinzogen wie ein grauer Fluss, und dort, wo die geschlossene Decke aufriss, entblößte sie nichts anderes als weitere Traurigkeit in Grau. Es war erdrückend, hier zu laufen. Scarlett versuchte, sich mit den Erinnerungen an ihre Kindheit zu trösten, an gemütliche Nachmittage bei Kakao und Kuchen im Kreise der Familie, aber der graue Wolkenfluss über ihr spülte alles davon, was Farbe und Wärme gehabt hatte.

Die krautbewachsenen Hügel, die sie durchquerte, waren vor einiger Zeit zu einer Geröllwüste verkommen, in der ihre müden Füße kaum Halt fanden. Nur hier und da wurde die Eintönigkeit der Landschaft durch niedrige, knorrige Bäume durchbrochen, die schief in die Höhe ragten, verbogen von dem immerwährenden, schneidenden Wind.

Quälend langsam stolperte Scarlett dahin, die schwache Andeutung ihres Pfades fest im Blick. Wie sehr vermisste sie Kaleb und Viridis. Nicht nur, weil sie ihr gezeigt hatten, wohin sie gehen musste. Es war ihre Abwesenheit, die sie schmerzte. Sie waren zu Freunden geworden, und obwohl sie zuvor ebenfalls viel alleine gewesen war, wurde ihr ihre Einsamkeit erst jetzt, da sie nicht mehr da waren, zur Gänze bewusst. Auch zu Hause, in ihrer Welt, hatte sie längst niemanden mehr. Nathan hatte ihr geraten, ihren Freundinnen nicht nachzulaufen, die sich nach und nach von ihr abgewandt hatten, weil sie nicht auf sie hatte hören wollen. Weil sie Nathan nicht aufgab, sondern bei ihm blieb. Gut, sie hatte natürlich auch kaum noch Zeit für Freundschaften gehabt, denn sie hatte für Nathan da sein wollen. Seine Liebe war ihr genug.

Aber das ist sie doch gar nicht, meldete sich die Stimme in ihrem Inneren.

Mit Kaleb und Viridis hatte sie aufs Neue erfahren, was es hieß, Freunde an ihrer Seite zu haben, mit denen sie reden und lachen konnte und die keine Erwartungen an sie stellten. Dass sie nun wieder ohne sie sein musste, fühlte sich bitter an, nahezu unerträglich, auch wenn es, genau genommen, bloß der Zustand war, in dem sie zuvor gelebt hatte. Es war, als hätte sie ihr Leben in einer unsichtbaren Enge verbracht, der sie durch die beiden für kurze Zeit entronnen war, als hätte ihre Seele sich in ihrer Gegenwart endlich recken und strecken können – mit dem Ergebnis, dass sie nun nicht wieder zurück in die Enge passen wollte.

Du hast dich verändert, Scarlett. Du bist gewachsen, sagte ihre innere Stimme.

Scarlett blieb stehen und ließ ihren Blick über die grauen Geröllhänge schweifen. Ein Bergmassiv schälte sich aus dem Zwielicht. Es wirkte düster, wuchtig. Bedrohlich. Scarlett vergrub die Hände in ihren Manteltaschen. Sie fröstelte.

Sie sollte gewachsen sein? Nein. Nein, so fühlte sie sich nicht, keineswegs. Sie kam sich kleiner und verlassener vor denn je. Anstatt einer Einengung entronnen zu sein, hatte sie den Eindruck, aus Nathans schützender Umarmung gerissen worden zu sein. Er war es schließlich, der sie normalerweise vor allem Übel bewahrte, der ihr den Weg im Leben wies.

Scarlett befühlte die Holzfigur in ihrer Manteltasche – Nathan, sie und das Baby.

Sie erreichte die ersten Ausläufer des Bergmassivs überraschend schnell. Noch immer hatte sie sich nicht daran gewöhnt, dass Zeit und Raum, und damit Weglängen, hier in den Herbstlanden anderen Gesetzen unterworfen waren als in ihrer Welt. Eine weitere Überraschung war, dass der Weg sich nicht die Hügel hinauf-, sondern immer weiter hinab- und schließlich zwischen die Felswände schlängelte. Je weiter Scarlett kam, desto mehr sträubte sich alles in ihr, dem Pfad in die unheimliche Schlucht zu folgen, doch was blieb ihr anderes übrig? Ringsherum stieg die Landschaft rapide an und mündete, so weit das Auge reichte, in eine schier unüberwindliche Steilwand.

Also ging sie weiter und weiter hinab in die Düsterkeit, in der das Knirschen ihrer Schritte unnatürlich laut von den Wänden zurückgeworfen wurde. Lange lief sie so durch die Klamm. Selbst die ohnehin eigentümliche Wirklichkeit des Novembers verlor an einem Ort wie diesem die Bedeutung, und Scarlett konnte sich des Gefühls nicht erwehren, sich zwischen den Fangarmen eines gigantischen Wesens zu befinden, das still und reglos auf den Moment lauerte, da es seine Tentakel um sie schließen und sie im Gestein zerquetschen konnte.

Bald schon verwandelte sich die Düsternis in Dunkelheit. An die hundert Meter ragten die Felswände rechts und links von Scarlett empor. Einzig am offenen Spalt weit oben über ihrem Kopf war es noch hell, dort, wo die blassen Strahlen der Sonne über die Felskanten lugten. Es sah aus, als tasteten sie im schwebenden Staub in die Klamm hinein – wie auf der Suche nach etwas Lebendigem, einem Spielgefährten in der Einsamkeit des Bergmassivs. Wie gerne hätte Scarlett den Lichtfingern zugerufen, dass sie hier unten war und von ihnen berührt und liebkost werden wollte. Doch sie würden sie nicht hören. Hier im November konnte die Sonne das Firmament nicht mehr weit genug emporklettern, um in dieser finsteren Klamm nach Scarlett zu sehen.

Scarlett schauderte. Sie war auf sich allein gestellt und nun auch noch ohne den Beistand von Licht und Wärme. Mittlerweile war die Schlucht so tief, dass nahezu kein Licht mehr den Boden erreichte und Scarlett Mühe hatte, überhaupt noch etwas zu erkennen. Sie wurde langsamer und blieb schließlich stehen. Der Pfad war schmal geworden, die Wände eng zusammengerückt, und der Anblick der Schwärze, in der der Weg verschwand, schnürte ihr den Atem ab. Sie drückte sich an die Felswand zu ihrer Linken.

Ich will dort nicht hineingehen!, dachte sie. Das konnte man nicht von ihr verlangen, von niemandem konnte man so etwas verlangen! *Aber wer verlangt es denn von dir?*, ging es ihr durch den Kopf. Niemand tat das. Sie konnte genauso gut umkehren. Erschöpft sank sie zu Boden, zog die Knie an und vergrub das Gesicht in den Händen. Sie wollte nicht mehr. Sie hatte Heimweh, so sehr, dass es ihr den Brustkorb zusammenzog. Und sie hatte Angst vor der Schwärze, in die sie gehen musste, wollte sie überhaupt noch eine Chance haben, Nathan je wieder in die Arme zu schließen.

Es dauerte eine Weile, bis sie genügend Kraft fand, den Kopf zu heben und den nachtschwarzen Weg wieder ins Auge zu fassen. Dann erhob sie sich und setzte einen Fuß vor den anderen. Sie ließ die linke Hand ständig in Kontakt mit der Felswand. Die Festigkeit des Steins gab ihr ein wenig Sicherheit und half ihr bei der Orientierung. Die rechte Hand hielt sie auf Höhe ihres Gesichtes weit vor sich gestreckt, um nirgendwo gegenzulaufen. Langsam schob sie sich voran, bis die Schwärze sie umschlossen hatte.

Laut war ihr Atem, laut das Tappen ihrer Füße. Selbst das leise Schleifen, das ihre Finger an der Felswand verursachten, war deutlich zu hören. Eine Ewigkeit wanderte Scarlett so durch das Nichts – ihre Schritte zu zählen, hatte sie längst aufgegeben – als sie bemerkte, dass sich etwas veränderte. Sie hörte das Tappen ihrer Füße nicht mehr. Der gesamte Untergrund hatte sich gewandelt, war weicher geworden und dämpfte die Geräusche ihrer Tritte. Doch er war nicht nur weicher – je weiter Scarlett ging, desto mehr hatte sie den Eindruck, als würden ihre Schuhsohlen am Boden *haften*. Wo war sie hier nur hingeraten? Sie konnte doch unmöglich weitergehen, wenn sie am Boden festklebte und nicht wusste, weshalb! Doch in diesem Moment bemerkte sie, dass die Finsternis nicht mehr ganz so dicht war wie zuvor. Weiter vorne konnte Scarlett den Pfad wieder erkennen, er bog um eine Ecke. Ein schwacher, bläulicher Schimmer drang dahinter hervor. Sie folgte dem dämmrigen Licht und entdeckte, dass es von einem Gespinst ausging, das den Felsengrund überzog. Und mit jedem Meter wurde es dichter.

Scarlett beugte sich hinab und berührte die schimmernden Fäden. Sie waren feucht, klebrig, aber auch dick und fest wie Garn. Sie dachte an das riesige Spinnennetz im Oktober. Waren dies etwa ebenfalls die Fäden eines Spinnennetzes? Vorsichtig wanderte sie darauf weiter. Obwohl der Untergrund wegen dem Gespinst sehr weich war, war es unangenehm, darauf zu laufen. Es schien, als wären die Fäden lebendig, und es kam Scarlett so vor, als wäre es nicht richtig, sich darauf zu bewegen.

Schließlich verbreiterte sich die Schlucht zu einem kreisrunden Platz, der über und über von dem Gespinst überwuchert war. Auch die Wände, die den Platz einschlossen, waren bedeckt davon.

Scarlett nahm ihre Hand vom Fels. Ohnehin war es jetzt hell genug, da aus all den Fäden das stete bläuliche Dämmerlicht sickerte. Man hätte das Geflecht mit seinem Leuchten als schön bezeichnen können, doch fühlte sich Scarlett unbehaglich, mehr denn je hatte sie den Eindruck, auf etwas Lebendem zu stehen. Bevor sie genauer darüber nachdenken konnte, vernahm sie ein Schaben und Klackern hinter sich, so fremd und schrecklich, dass sich ihre Nackenhaare aufstellten.

»Unvorbereitett, so blind … soo blind«, vernahm sie eine Stimme, die von allen Wänden widerhallte. »Weißtt nichtt, wer ich bin. Hatt dich kkeiner gewarntt, Menschenfrau?«, fuhr die Stimme fort. Sie klang dünn und heiser und verstopft, so als habe die Sprecherin ein Knäuel spröden Papiers und einige Steine im Mund und mühe sich, nicht daran zu ersticken.

Es klackerte wieder, nun viel dichter hinter Scarlett. Erschrocken fuhr sie herum und sah gerade noch, wie sich ein massiver, runder Schatten aus der Finsternis weit über ihr löste und fahrstuhlgleich zu ihr herabkam. Es war eine Spinne, groß wie ein Kalb, schwarz und haarig, wie von Giftschimmel überwachsen. Die Beine in hässlichem Winkel vom Körper abgespreizt, den absurd großen Kopf weit nach vorne gereckt, seilte sie sich aus dem Nichts über Scarlett herab. In ihren Klauen trug sie ein schlaffes Bündel vor der Brust. Etwas stimmte nicht mit dem Kopf der Spinne, er wirkte … menschlich. Aus dem Mund des Wesens ragten zwei Dinger, die aussahen wie eine Zange.

Mehr konnte Scarlett nicht erkennen, das monströse Tier war zu tief in den Schatten. Dafür war es mittlerweile weit genug herabgekommen, dass Scarlett erkannte, um was es sich bei dem Bündel handelte. Sie schlug die Hand vor den Mund. Ein gedämpfter Schrei entfloh ihren Lippen.

»Du schreistt? Machstt große Augen? Nein, nein, nein. Istt meine Natur!«

Mit diesen Worten bohrte die Spinne die Zange, die ihr aus dem Mund ragte, in das reglose Kind, das sie gepackt hielt. Stumm zuckte es zusammen, kurz nur und kaum zu sehen, doch deutlich genug, um Scarlett erkennen zu lassen, dass es noch lebte. Ein weiterer Schrei presste sich durch ihre Kehle. Genüsslich begann die Spinne, ihr Opfer auszusaugen. Voller Grauen hielt sich Scarlett die Ohren zu und taumelte rückwärts. Sie wollte das nicht hören! Es war doch ein Kind, ein Kind!

»Kkein Bedauern«, schmatzte die Spinne, als sie ihr Mahl beendet hatte. Sie öffnete die Klauen und ließ den verschrumpelten, ausgezehrten Kinderkörper zu Boden fallen. Mit dumpfem Schlag prallte er auf, nichts mehr als eine leere Hülle.

»Istt ein Kürbiswichtel aus dem verwunschenen Tal. Sie opfern mir, immer wieder, damitt ich sic schütze. Istt nun etwas Besseres. Istt jetzt ewig, so wie ich.«

Ohne die Spinne aus den Augen zu lassen, wich Scarlett rückwärts auf den Platz hinaus. Am liebsten wäre sie dorthin geflohen, wo sie hergekommen war, doch die Spinne baumelte direkt vor dem Gang, der Scarlett hergeführt hatte. Mit Schrecken bemerkte sie, dass das Gespinst unter ihren Füßen immer noch klebriger wurde, und nach wenigen weiteren Schritten hafteten ihre Füße so fest, dass sie um ein Haar hingefallen wäre.

Die Spinne hing reglos an ihrem dicken Faden, klackerte leise und musterte Scarlett aus dem Schatten heraus.

»Wohin, Scarletttt?«, fragte sie plötzlich.

Scarlett fuhr zusammen.

»Ich …« Ihr Name. Dieses Wesen kannte ihren Namen! »Wo… woher weißt du, wer ich bin?«, krächzte sie. Ihr Hals war schmerzhaft trocken.

Die Spinne betrachtete sie eine Weile schweigend, bis Scarlett schon glaubte, sie hätte ihre Frage nicht verstanden. Dann erhob sie ihre grausige Stimme erneut.

»Du bistt Scarlettt Menschenfrau«, quetschte sie zwischen den Zangen hervor. »Warstt im Goldland. Warstt im Rotland. Alle wissen es. Deine Reise … war lautt.«

Scarlett schluckte schwer. Ihre Angst wuchs mit jedem Wort der Spinne.

»Aber jetztt bistt du im Grauland. Im Totland, bei mir. Alle wissen, deine Reise istt zu Ende. Nur du weißtt nichtt. So blind.«

Bei diesen Worten kam wieder Bewegung in das Monstrum. Es ließ sich zu Boden und krabbelte ein Stück auf Scarlett zu, so dass sie es vollends sehen konnte. Der Anblick war fast zu viel. Instinktiv wich sie zurück und wäre von dem klebrigen Untergrund erneut um ein Haar umgerissen worden.

Die Spinne hatte wahrhaftig ein menschliches Gesicht. Alt und hutzelig sah es aus, wie das eines missmutigen Weibleins, mit spitzem Kinn und ledrigen Wangen. Lange, strähnige Haare baumelten ihr vom Kopf herab wie nasser Tang. Unentwegt klackerte sie mit ihren Beißwerkzeugen. Sie ragten ihr wie die Scheren einer Krabbe aus dem faltigen, zahnlosen Mund und schnappten gierig auf und zu. Auch die zwei Augen sahen aus wie die eines Menschen, eines toten Menschen: gläsern, milchig, trüb. Aus der Mitte eines jeden Auges stach ein schwarzer Punkt hervor. Sie waren starr auf Scarlett gerichtet. Sie fühlte, wie das Grauen in ihr heraufkroch, mit jedem Meter, den sich das Monstrum ihr näherte.

»Bitte … lass mich ziehen. Ich muss dringend weiter, ich habe dir nichts getan!«, stammelte sie und wusste gleichzeitig, wie lächerlich sie klang. Dieses Wesen würde sie ganz sicher nicht gehen lassen, nur weil sie artig darum bat. Tatsächlich ging die Spinne nicht darauf ein.

»Fühlstt dich betrogen, hm? Niemand hatt es dir gesagtt. Es gibtt kkein Zurückk mehr. Hattestt Gelegenheiten.«

»W… was?«

»Hatt dich niemand gedrängtt, zurückkzugehen? Niemand geraten, aufzuhören? Hastt sogar in die Spiegel gesehen. Die Wege hintter den Spiegeln, warum weitter? Nichtt zurückk? Wolltestt nicht hören, ja? Jetztt bistt du hier. Und da ist kkein Weiter, kkein Weg an mir vorbei.«

Scarletts Herz raste.

»Aber … das kann nicht sein, das glaube ich nicht. Es muss einen Weg geben, auch andere haben es schon geschafft, zur Königin zu kommen!«

»Ich BIN die Kkönigin!«, spie die Spinne ihr entgegen und machte einen Satz nach vorne. Scarlett schrie auf und riss die Hände vor das Gesicht. Aufgebracht klackerte das Monster mit den Beißzangen, bevor es weitersprach. »Kkönigin vom Berg. Ich! Gebiete über alle, die kkommen. Und sie bleiben. Bei mir. Kkein Weiter, kkein Weg vorbei! Ich nehme sie, alle. Gebe ihnen die Ewigkeitt.«

»Die Ewigkeit?«, würgte Scarlett hervor. Sie zitterte am ganzen Leib.

»Sieh …« Die Spinne schaute sich um und klackerte. »Meine Seide istt aus ihnen gemachtt. Hab ihre Seelen genommen, hab sie zum Nettzz gesponnen. Bleiben jetztt für immer so, sind ewig.«

Und plötzlich verstand Scarlett, warum ihr das Gespinst lebendig vorkam. Es *war* lebendig. Entsetzen fuhr ihr in die Beine. Sie stand auf Seelenfäden.

»Jetztt, schließ die Augen. Höre … hör ihr Rufen«, sagte die Spinne leise. Als sie weitersprach, flüsterte sie. »Fühl ihr Ziehen. An dir. Sie wollen dich bei sich. Du bistt neu, deine Gedankken sind neu. Sind frisch. Mmmh … so frisch …«

Die Spinne kroch noch dichter heran und streckte ihr Armpaar mit den Klauen aus. Mit einem Schrei warf Scarlett sich herum, doch ihre Füße klebten vollständig an den Fäden fest. Mit dem Gesicht voran landete sie in dem nassen Gespinst. Sie wollte auf die Beine kommen und rennen, doch auch ihre Hände und ihr Oberkörper hafteten am Untergrund. So musste sie hilflos liegen bleiben und darauf warten, dass das Monstrum sie erreichte. Es waren die grauenvollsten Momente in ihrem Leben, schlimmer noch, als mit Nathans Wagen von der Straße abzukommen.

Die Erinnerung an Nathan flutete ihren Geist. Er brauchte sie! Sie durfte nicht bleiben – sie durfte sich nicht töten lassen! Verzweifelt zerrte sie an den klebrigen Fäden. Im nächsten Augenblick spürte sie, wie das Biest sie berührte.

»Nein! Lass mich gehen, ich darf ihn nicht im Stich lassen!«, platzte es aus ihr heraus.

Die Berührungen hörten auf.

»Im Stich? Was heißtt das?«, klackerte die Spinne.

Scarletts Herz sprang wie ein Flummi in ihrer Brust auf und ab.

»Er verlässt sich auf mich, er braucht mich! Ich darf ihn nicht alleine lassen, bitte, lass mich gehen!«

Die Spinne machte ein seltsames Geräusch, das wie ein Murmeln klang, dann klackerte sie wieder.

»Nein. Wir brauchen dich. Du bistt frisch. Ich mache dich ewig.«

Wieder eine Berührung.

»Das kannst du nicht tun!«, schrie Scarlett, und noch einmal verschwand die Berührung.

»Kkann ich nichtt? Was soll mich hindern?« Die Spinne klang ehrlich überrascht.

Scarlett brach in Tränen aus. Sie wollte nicht hier enden, im Spinnennetz, bis in alle Ewigkeit mit der Schuld beladen, Nathan nicht gerettet zu haben.

»Meine Liebe ist zu stark für dich!«, schrie sie dumpf in die Fäden, an denen ihre Wange festklebte, »und wenn du mich frisst, wird sie dich zerreißen!«

Die Spinne begann zu lachen. Sie lachte ein heiseres, höhnisches Lachen, während Scarlett bewegungsunfähig in den Klebefäden lag. Schließlich schien sich das Monstrum wieder zu beruhigen.

»Liebe«, schnarrte es. »Interessantt. So nennstt du es. Wen glaubstt du zzu lieben, Menschenfrau?«

Scarlett liefen noch immer die Tränen über die Wangen. Der Gedanke an Nathan war zu schmerzvoll. Wie sehr sehnte sie sich nach seiner Umarmung, ja sogar für seine Enttäuschung hätte sie jetzt alles gegeben, sprach sie doch nur von der Liebe, die er auch für sie empfand.

»Meinen Nathan«, schluchzte sie. »Er braucht mich doch, ich kann nicht hierbleiben, bitte! Ich muss ihn zurückholen.« Die Worte strömten nur so aus ihrem Mund.

War es das?, formte sich eine Frage in Scarletts wirbelnden Gedanken. War es so, wenn man fühlte, dass es umsonst war, aber man es nicht wahrhaben wollte und dennoch um sein Leben flehte? *NEIN!* In Scarlett begehrte alles auf. Sie war noch nicht tot, es durfte nicht sein!

»Ich liebe ihn mehr als alles andere auf der Welt!«, schrie sie in das Gespinst unter ihrem Gesicht, während die Tränen aus ihren Augenwinkeln quollen. Das Klackern hob zu neuer, aufgebrachter Intensität an.

»Liebstt nichtt einmal dich selbstt, Scarlettt Menschenfrau. Verwechselstt Schuld mit Liebe, sonstt wärstt du gar nichtt hier. So blind. Soo blind.«

Ein drittes Mal tasteten die Klauen über Scarletts Rücken und diesmal zogen sie sich nicht wieder zurück. Fest packten sie sie unter dem Bauch und hoben sie empor. Scarlett schrie und schrie. Ihr Körper wurde von dem Gespinst losgerissen. Sofort schlug sie um sich, wollte sich befreien, aber schließlich fuhr ein brennender Schmerz zwischen ihre Schulterblätter und breitete eine gnädige Nacht in ihr aus.

4

Schwerer als Fleisch

Als sie wieder zu sich kam, konnte sie sich nicht bewegen. Zwar war sie nicht eingesponnen, wie sie vermutet hätte, doch war es ihr unmöglich, auch nur einen Finger zu bewegen. Die Spinne musste sie gelähmt haben. Panik schoss in Scarlett hoch, sie wollte schreien, bitten, weinen, aber es war vergebens. Nun würde es ihr genauso ergehen wie dem Kind. Sie musste sterben, und ihre Seele würde niemals Frieden finden. Bis in alle Ewigkeit würde sie in der Dunkelheit dieser Schlucht existieren. Als etwas Unvorstellbares.

Nathan, oh Nathan, dachte sie. *Was habe ich uns nur angetan?*

Der Kürbis, ihr Wunschzettelchen zur falschen Zeit … Was hätte sie darum gegeben, das alles ungeschehen zu machen; ihren Versuch, die Regeln der Kürbiskönigin zu beugen. Längst hatte Scarlett ihr Verbrechen eingesehen. Gab es denn keine Gnade?

Die Minuten zogen sich dahin. Endlos. Reglos, so lag sie da, eingeschlossen mit ihrem eigenen Herzschlag, der fest von innen gegen ihre Kehle pochte, bis ihr übel wurde. Eingesperrt mit ihrer Verzweiflung und ihren Gedanken, die sich immer und immer im Kreise drehten. So fühlte sich die Ewigkeit an? Wie sollte sie das nur ertragen? Wie … WIE?

Das Klackern der Spinne riss sie aus ihrem Panikstrudel. Besser wurde es dadurch jedoch nicht. Ihr Puls hetzte voran, doch der gelähmte Körper konnte nicht folgen. Scarlett glaubte, verrückt werden zu müssen. Ihre Mörderin war gekommen. Jetzt würde es geschehen. Jeden Augenblick würde das Monstrum seine Hauer in ihren Hals versenken. Wie schlimm würden die Schmerzen sein?

Scarlett folgte mit den Blicken den Bewegungen des Viehs. Es kam näher und näher. Und verharrte über Scarletts Gesicht. Ganz nah war nun das hässliche, verschrumpelte Antlitz. Langes, fettiges Haar streifte über Scarletts Wangen. Trübe Augen stierten auf sie hinab. Sie wirkten tot, in ihnen war nichts, was auf Mitgefühl oder Gnade hindeutete. Die Beißwerkzeuge, die die rissigen Lippen spannten, glänzten nass. Ein zähflüssiger, grünlicher Tropfen rann zur Spitze einer der Zangen und verharrte dort schimmernd, direkt über Scarletts Auge. Übel riechender Atem, der Geruch von jahrhundertealtem Blut und Tod, wehte ihr entgegen. Eine weitere Woge aus Angst und Übelkeit überrollte sie.

»Lass uns gehen«, sagte die Spinne. Der Tropfen löste sich und platschte knapp unter Scarletts rechtem Auge auf ihre Haut. Er brannte wie Feuer. Sie wollte schreien. Sie konnte es nicht.

Wieder packten die Klauen der Spinne Scarletts Körper und hoben sie hoch. Scarlett hing unbequem in der schrecklichen Umarmung, ihr Kopf baumelte herab und ihr wurde schwindelig, während die Spinne sie durch eine weitere tiefe Schlucht trug, die ebenso bläulich schimmerte wie die vorige. Schließlich krabbelte das Vieh an einer Wand hinauf, die so hoch war, das Scarlett glaubte, sich übergeben zu müssen, und legte sie auf einem Felsvorsprung ab, ohne sich weiter um sie zu kümmern. Scarlett war verwirrt. Warum hatte das Monstrum sie noch nicht getötet? Sehen konnte sie es nicht, da sie bewegungsunfähig auf dem Rücken lag. Es machte sie verrückt, es nur zu hören. Anscheinend hockte es hinter ihr, denn das unablässige Schaben und Klackern war ganz nahe. Es kam Scarlett so vor, als murmelte es vor sich hin. Und da war noch etwas, ein weiteres Geräusch, das sie nicht zuordnen konnte. Es hörte sich nass an, als spuckte die Spinne fortwährend in ihre Klauenhände und patschte sie dann aufeinander. Doch das Seltsamste dabei war das andere Geräusch, ein Wimmern, so leise, dass es kaum zu vernehmen war. Kam es ebenfalls von der Spinne? Es erinnerte Scarlett an das Weinen eines verzweifelten Kindes. Und es verursachte ihr eine kalte Gänsehaut. Sie wollte, dass dieses Monster endlich damit aufhörte …

Plötzlich bemerkte Scarlett, dass das Gefühl in ihren Armen und Beinen zurückkehrte. Zunächst war es nicht mehr als ein sanftes Kribbeln, aber die kurze Erleichterung ertrank rasch in unerträglichen Schmerzen. Und doch konnte sie nicht einmal stöhnen. Sie konnte nur daliegen, atmen und leiden. Tränenflüssigkeit floss in Strömen aus Scarletts Augen, Speichel rann ihr aus den Mundwinkeln. Die Spinne beugte sich über sie, als ihre Arme und Beine zu zucken begannen und sie sich mehrfach unkontrolliert erbrach. Dann drehte sie sie auf die Seite, so dass sie nicht an ihrem eigenen Erbrochenen erstickte. Und endlich sah Scarlett, was das Monstrum tat. Doch sie hätte es lieber nicht gesehen. Anscheinend hatte die Spinne das Kind weit genug verdaut, um aus ihm einen Seelenfaden zu spinnen. Der Anblick war bizarr. Das Kind oder vielleicht dessen Seele schwebte als blauer Schimmer vor dem Spinnenmonster und wurde Stück für Stück von ihr in einen klebrigen Faden gezogen. Es löste sich auf.

Ein weiterer Krampf schüttelte Scarletts Körper.

»Hörtt gleich auf«, klackerte die Spinne unbeschwert und spann weiter ihren Faden.

Was auch immer für das Monstrum »gleich« war, bedeutete für Scarlett eine schier endlose Qual. Woge für Woge brandete der Schmerz durch sie hindurch, bis sie glaubte, den Verstand zu verlieren. Doch schließlich ebbten die Schmerzen ab und es gelang Scarlett, sich vorsichtig aufzusetzen. Sie war über und über von ihrem eigenen Speichel und Erbrochenen bedeckt, und sie stank fürchterlich.

»Wieder wach. Starkk istt dein Kkörper. Hatt mein Giftt überlebtt. Wie starkk istt dein Geistt?«

Kalter Schweiß rann Scarlett den Rücken hinab. Dumpfer Schmerz pochte noch immer durch ihre Glieder, ein Echo der Krämpfe. Sie hatte leichten Schüttelfrost und das Innere ihres Kopfes fühlte sich an wie gekochter Pudding. Scarlett schloss die Augen, sie war am Ende – wo sollte sie in diesem Zustand Geistesstärke hernehmen?

»Steh auf, geh dortt hinüber«, befahl die Spinne.

Bitte. Nicht.

»Warum tötest du mich nicht einfach?«

»Töten? Ich töte nichtt«, sagte die Spinne, und wieder meinte Scarlett, ehrliche Überraschung aus ihrer bizarren Stimme herauszuhören. »Ich schenke Ewigkeitt.«

»Dann eben die Ewigkeit«, krächzte Scarlett. »Warum schenkst du sie mir nicht jetzt schon, warum willst du mich noch weiter quälen?«

»Ooh,« machte das Monstrum. Es war ein hohler Laut. »Verstehstt wieder nichtt! Blind, immer so blind. Wärstt längstt in meinem Nettzz, längstt Ewigkeitt.«

»Und warum bin ich es noch nicht?«, fragte Scarlett ohne echtes Interesse. Sie war einfach zu erschöpft und die dumpfen Schmerzen gaben ihr den Rest. Die nächsten Worte der Spinne holten sie jedoch ein Stück aus ihrer Erschöpfung zurück.

»Hastt mich neugierig gemachtt, Scarlett Menschenfrau.«

Die Spinne klackerte. Scarlett zuckte zurück und riss die Augen auf, als sie eine Berührung an der Wange wahrnahm. Beinahe hätte sie sich erneut erbrochen. Das Monstrum war unbemerkt an sie herangekrochen, sein Gesicht befand sich direkt über ihrem. Anscheinend war es so nah gekommen, dass eine seiner Beißzangen Scarlett gestreift hatte. Die toten Augen fixierten sie, der Kopf des Wesens schwang leicht hin und her und es war, als musterte es sie ernsthaft.

»Was … was meinst du?«, stammelte Scarlett, nun doch wieder einigermaßen bei sich.

»Du passtt nichtt zusammen«, sagte die Spinne. »Nichtts passtt. Was ich über dich gehörtt habe, istt anders als das, was du bistt. Dein Sprechen. Die Worte. Die Augen. Sie sprechen auch. Sagen viel, aber andere Dinge als die, die dir vorauseilen. Machtt mich neugierig. Hatt mich erinnertt an etwas, was ich lange nichtt mehr gefordertt habe.«

»Gefordert?«, fragte Scarlett alarmiert.

Die Spinne starrte sie unverwandt an.

»Alle wollen durch. Alle, die kkommen. Früher mutig, voller Kkraftt. Dann nur noch voller Angstt. Angstt machtt ihn kaputt, den Spaß. Hab aufgehörtt, es zu fordern. Aber du bistt frisch, bistt mutig. Ich fordere es von dir.«

»Aber was? Was forderst du von mir?«, flüsterte Scarlett. Ihre Stimme bebte.

»Das Spiel«, gluckste die Spinne.

Bei diesen Worten schnellten die Klauenhände vor und packten zu. Schmerz durchzuckte Scarlett bei der Berührung, ihre Arme und Beine taten noch weh von den Krämpfen. Sie schrie, doch die Kreatur hob sie einfach hoch, über ihren massigen Körper hinweg und auf die andere Seite des Felsvorsprungs, wo sie sie wieder absetzte. Schmerzverzerrt krümmte Scarlett sich zusammen.

»Geh jetztt«, klackerte die Spinne hinter ihr.

Die Todesangst kehrte zurück. Scarlett rappelte sich auf. Sie war noch etwa zehn Meter vom Rand des Felsvorsprungs entfernt, doch stand sie einfach nur da und starrte voraus in die Schlucht. Mitten darin hing, an einer gigantischen Kette, eine Waage. Sie besaß zwei goldene Waagschalen, jede davon so groß und ausladend, dass Scarletts gesamtes Wohnzimmer darin Platz gefunden hätte. Zu einer der Waagschalen führte ein Steg. Über dieses schmale Ding sollte sie gehen? Ein unsanfter Stoß in den Rücken ließ sie vorwärts taumeln, auf den Abgrund zu. Mit weichen Knien näherte sie sich der Klippe. Sie wollte nicht hinuntersehen, doch gab es kein Geländer, also war sie dazu gezwungen. Tief, tief hinab ging es dort. Scarlett wurde schwindelig. Als sie erneut stehen blieb, bekam sie einen weiteren Schubs in den Rücken. Instinktiv ließ sie sich auf den Boden fallen und hielt sich an der Felskante fest. Sie wäre fast abgestürzt!

»Geh!«, herrschte die Spinne sie an. Sie klang nicht länger neugierig, und Scarlett spürte, dass dem Ungetüm die Geduld ausging. Wenn sie nicht gehorchte, würde sie sterben.

Schwitzend ließ sie sich auf den Steg hinunter. Er war jedoch zu schmal, um auf allen vieren zu bleiben, sie musste aufrecht laufen. Es brachte sie fast um den Verstand, den Abgrund rechts und links von sich zu sehen, dennoch setzte sie einen Fuß vor den anderen. Die Arme weit ausgebreitet, schob sie sich zentimeterweise vorwärts – und ihre Füße und Beine begannen sich zu erinnern: an früher, als Scarlett sich als Mädchen oft, sehr oft sogar, vorgestellt hatte, sie wäre eine Seiltänzerin in einem schimmernden Kostüm. Sie hatte ein Kletterseil zwischen die beiden Eichen im Garten gespannt, natürlich nur auf Kniehöhe, und hatte dort geübt. Und nun kehrte ihr Gleichgewicht von damals zurück. Der Schweiß lief ihr in Strömen über das Gesicht und zwischen den Schulterblättern hinab. Sie konzentrierte sich auf die einzelnen Schritte. Nichts anderes hatte mehr Bedeutung für sie, es gab nur den Steg, ihre Füße und ihre Balance.

Schließlich kam sie am Ende an und zog sich über den Rand der Schale. Das Metall fühlte sich warm an unter ihren eisigen Händen. Eine tröstliche, feste Wärme. Von da aus krabbelte sie auf allen vieren in die Mitte des goldenen Tellers, weg von dem gähnenden Abgrund. Sanft senkte sich die Waagschale unter ihr ab. Scarlett legte sich auf den Rücken und atmete tief ein und aus. Sie hatte die Kletterpartie geschafft. Lebte noch. War nicht abgestürzt und hundert Meter weiter unten auf dem Boden zerschellt. Sie schaute nach oben, wo die mächtige Kette in ungewisser Finsternis verschwand. Am liebsten hätte sie es ihr gleichgetan, wäre einfach in der Dunkelheit verschwunden und hätte sich verborgen vor dem bösartigen Vieh, das ihr nach der Seele trachtete. Scarlett richtete sich auf und blickte zu dem Felsvorsprung zurück. Die Spinne war verschwunden.

Plötzlich setzte sich die Waagschale wieder in Bewegung, schwebte zitternd in die Höhe. Ein Klackern drang von der zweiten Schale zu ihr herüber. Dort also war das Biest. Es hatte auf der gegenüberliegenden Seite der Waage Platz genommen und starrte Scarlett an, mit einem Blick, der keine Zweifel aufkommen ließ. Das Spiel hatte begonnen.

»Du darfstt gehen, Scarlett Menschenfrau«, klackerte die Spinne zu ihr herüber. »Wenn du schwerer wirstt als ich.«

Scarlett, deren Schale sich noch immer langsam nach oben bewegte, bemühte sich, ihre rasenden Gedanken zu beruhigen. Sie musste schwerer werden als die Spinne. Schwerer werden … Wie sollte das gehen? Es war doch offensichtlich, dass sie es nicht war und auch niemals sein würde. Was war das für ein verrücktes Spiel? Wie es aussah, hatte sie es bereits verloren, noch bevor sie die Regeln überhaupt verstanden hatte.

»Wie soll ich schwerer werden?«, rief sie. »Ich kann an meinem Gewicht doch nichts verändern!«

Ungeduldig schabte die Spinne mit den Beißzangen.

»Nichtt Gewichtt! Nein, nein. Enttschlossenheitt. Geistt wiegtt schwerer als Fleisch, Menschenfrau.«

Scarlett stockte der Atem. Dies war eine Waage, die die Willenskraft messen konnte? Wenn das kein böser Streich der Spinne war, dann hatte sie vielleicht doch noch eine Chance … Scarlett schwand der Mut. Sie hing schon jetzt ein ganzes Stück oberhalb ihrer Gegnerin. Gegen den Willen dieses Monster hatte sie nicht die geringste Chance. In diesem Augenblick stieg ihre Waagschale schneller in die Höhe. Panik erfasste Scarlett.

Nicht! Ich will doch weiter, ich will nicht sterben! Die Schale wurde langsamer. Das Blut wummerte in Scarletts Ohren. Sie hatte verstanden. Doch es würde nicht einfach werden.

»Ich darf wirklich gehen?«, rief sie und zwang sich, ihrer Stimme einen zuversichtlichen Ton zu geben. Die Waage reagierte sofort und kam zum Stillstand.

»Gehen, ja. Wenn du schwerer wirstt als ich. Sonstt wirstt du Ewigkeitt, hier, bei mir.«

Die Waagschale begann zu zittern und Scarlett spürte, dass sie sich wieder nach oben bewegen würde. Sie durfte sich nicht vorstellen, wie die Spinne sie tötete – sie durfte nicht an die Ewigkeit im Spinnennetz denken! Es war wichtig, dass sie sich nur auf sich selbst konzentrierte …

»Jetztt spielen wir. Ich frage, du antwortestt.«

Scarlett stöhnte. Natürlich. Es steckte mehr hinter dem Spiel, als nur in der Schale zu sitzen und sich auf das zu konzentrieren, was sie wollte. Die Spinne würde sie ablenken, würde mit bösen Fragen ihren Willen schwächen. Zaghaft blickte sie zu dem Untier herunter. Die Beißzangen klappten auf und zu.

»Was willstt du hier?«, klackerte es ohne Umschweife.

Scarlett zögerte. War dies eine Fangfrage? Die Spinne wusste doch bereits, was sie wollte. Sie … die Waagschale begann, wieder in die Höhe zu schweben.

»Nein! Stopp!«, rief Scarlett. »Ich … ich will gar nichts hier, ich möchte doch nur auf die andere Seite der Berge!«

Die Waage wurde langsamer.

»Was willstt du dortt?«

»Ich möchte zur Königin jenseits der Berge, zur Kürbiskönigin.«

»Weshalb?«

»Ich suche nach meinem Freund, Nathan. Ein … ein Kürbisgeist hat mir verraten, dass er bei ihr ist.«

Scarlett fühlte sich flatterig wie ein Vögelchen, leicht wie eine seiner Daunen. Noch immer stieg die Schale empor, auch wenn sie nun sehr langsam war. Sie musste Zutrauen gewinnen!

»Er istt bei ihr? Warum nichtt bei dir?«

Scarlett atmete durch. Auch wenn ihr die Frage einen Stich versetzte, so half sie ihr, die Fassung zurückzugewinnen. Sachte kam die Waage zum Stillstand.

»Sie hat ihn mir weggenommen. Weil ich ihre Regeln gebrochen habe.«

Die Spinne schnarrte. »Weggenommen? So einfach? Dann istt er schwach.«

»Nathan ist nicht schwach!«, platzte Scarlett heraus. »Er kann nichts dafür, es ist mein Fehler, wegen mir hat sie ihn geholt!«

»So blind, Scarlettt Menschenfrau. Aber istt egal. Egal, was er istt. Schwach oder nichtt. Will nur wissen, warum du ihn wiederhaben willstt.«

»Weil ich ihn liebe.«

»Liebe? Wirklich?«, antwortete die Spinnenkönigin. »Warum bewegtt sich deine Schale dann wieder nach oben?«

Entsetzen machte sich in Scarlett breit. Das Biest hatte Recht. Die Schale bewegte sich erneut in die Höhe. Verzweifelt bemühte sich Scarlett, Entschlossenheit zu fühlen, doch war sie zu verunsichert, um sich zu konzentrieren. Liebte sie Nathan denn nicht?

»Was für ein böses Spiel ist das? Geht es dir darum? Mich zu verwirren? Ich liebe ihn wirklich!«, rief sie mit überschnappender Stimme, doch die Schale wanderte weiter, immer weiter hinauf. Angst griff nach Scarlett und machte sie schwindelig. Und die Schale nahm Fahrt auf, noch rascher entfernten sich die beiden Waagschalen voneinander.

»Nichtt starkk genug. Habe mich getäuschtt. In dir, Menschenfrau«, klackerte die Spinne aus der Tiefe und Scarlett sah, dass sie Anstalten machte, aus der Schale zu krabbeln.

»Warte!«, rief sie hinunter. Sie schrie jetzt fast. »Was willst du von mir? Stellst du meine Liebe auf die Probe?«

Auch von Nathan hatte sie das stets angenommen. Auch er hatte immerzu Liebesbeweise von ihr gefordert. Warum nur glaubte ihr niemand? Noch einmal bäumte sich etwas in Scarlett auf. Die Waage wurde langsamer, kam zur Ruhe. Das Monstrum verharrte ebenfalls und starrte zu ihr hinauf.

»Auf die Probe, ja. Aber nichtt Liebe. Entschlossenheitt«, schnarrte es und kroch zum Tellerrand. »Die Kkönigin vom Berge, das bin ich. Die Wächterin. Ich bin das Tor. Zur Kkönigin aller. Kkönigin der Kkürbisse. Ich wache über das Tor. Über die, die weitterwollen. Zähltt nur Wille. Mir egal, warum du weitterwillstt, du bistt zu schwach. Zu schwach für die Kkönigin.«

»Das bin ich nicht!«, schrie Scarlett. Sie spürte Zorn in sich aufsteigen. »Ich will weitergehen, weil ich Nathan liebe, und meine Liebe ist stark genug!«

»Nein. Sieh heruntter, sieh zu mir. Du bistt zu leichtt! Höre zu, genau zu. Du denkstt, Liebe istt es, doch deine Liebe reichtt nichtt. Schuld istt stärker als Liebe, viel stärker. Erforsche deine Schuld. Liebe ist flüchtig, wird überschätztt. Überschätztt, so lange es Zeitt gibtt.«

In Scarlett drehte sich alles. Kalte Angst traf auf glühenden Zorn. Sie wollte nicht sterben! Sie wollte zu Nathan, wollte in seine Arme flüchten. Wieso legte dieses Monstrum nur so viel Wert auf ihre Schuld? Ja, sie hatte Nathans Gefangenschaft verschuldet, aber sie wollte ihn retten, weil sie ihn liebte! Gewiss versuchte es ihr genau das auszureden, dass sie Nathan liebte – um so das Spiel zu gewinnen!

»Aber das werde ich nicht zulassen! Ich werde Nathan finden und du wirst mich nicht daran hindern!«, schrie sie aus vollem Halse.

Sie würde Nathan nicht im Stich lassen! Entschlossen stand Scarlett in der Schale auf und konzentrierte sich, rief sich ihren Liebsten in Erinnerung, dachte an all die schönen Abende, die sie zusammen auf der Couch verbracht und Wein getrunken und Pläne über das Baby gemacht hatten, das sie haben wollten; sie dachte an die Urlaube in den Alpen, wie sie nach dem Skifahren zusammengekuschelt vor dem Kamin gesessen hatten, während Nathan am Laptop arbeitete, und sie erinnerte sich an seine wunderschönen Geschenke, die er ihr gemacht hatte, um ihr seine Liebe zu beweisen: teure Ringe, Halsketten und Kleidung aus feinen Stoffen, die sie tragen konnte, um hübsch für ihn auszusehen.

Sie lächelte zufrieden, als sie spürte, wie die Waagschale zu zittern begann. Dieses Mal würde sie hinabsinken, das wusste Scarlett. Sie beschwor das Bild von Nathan vor ihrem geistigen Auge, wie er blass und hilflos im Krankenbett lag, konzentrierte sich auf das Piepsen der Apparate und auf die Schläuche, die in seinen Armen steckten. Sie war dafür verantwortlich – und sie würde es wieder gut machen. Sie würde ihn befreien und ihm ein Kind schenken. Ihm, ihrer großen Liebe. Und wenn sie dafür bis ans Ende beider Welten gehen musste. Scarlett ballte die Hände zu Fäusten – und endlich wanderte die Schale nach unten.

»Oh, du bistt zornig, auf mich, und noch mehr auf dich selbstt«, klackerte die Spinnenkönigin. »Doch das wird dir nicht helfen. Du bistt schwach, niemals schwerer als ich.«

»Worte! Das sind doch nur Worte!«, rief Scarlett wütend, während sie dem fetten, bösen Vieh dabei zusah, wie es weiter und weiter in die Höhe gehoben wurde, und mit jedem Meter gewann sie an Zuversicht, wurde ihre eigene Waagschale schwerer, wurde die Bewegung schneller. Die Erinnerungen an Nathan strömten durch ihren Geist, da war der Tag ihres Kennenlernens auf der Hochzeit einer Kollegin, da waren die Umarmungen und Küsse und die vielen geflüsterten Worte von Schutz und Fürsorglichkeit. »Von nun an werde ich auf dich aufpassen, meine Sky. Ich werde dir den richtigen Weg für uns zeigen.«

Scarlett spürte neuen Mut. Sie wusste genau, was sie wollte, und wenn das Biest Wort hielt, dann würde sie bald weiterziehen können. Tiefer und tiefer hinab senkte sich ihre Schale. Das Spinnenwesen klackerte und schabte mit den Beißwerkzeugen.

Ich werde weitergehen!, jubelte Scarlett innerlich, wieder und wieder. Sie sagte es sich vor wie ein Mantra. Und dann war das Monstrum an ihr vorbei, war sie schwerer geworden als ihre Gegnerin.

»Ich habe es geschafft!«, rief Scarlett schließlich. »Meine Entschlossenheit ist stärker als deine, nun lass mich frei!«

Das Spinnenmonster stieß einen Schrei aus, der Scarlett in die Knochen fuhr, und schwang sich aus seiner Schale heraus. Wie ein Geschoss sauste es an der Kette hinab und ließ sich vor ihr niederplumpsen. Kurz sackten sie darin ab wie ein Stein. Scarlett schrie auf und ließ sich auf die Knie fallen. Die Spinne klackerte wie besessen mit ihren Beißzangen. Grüner Speichel spritzte ihr aus dem Maul.

»Warum sollte ich dich gehen lassen? Habe ich einen Grund, Scarlettt Menschenfrau?«, zischte sie und machte ein paar Trippelschritte auf Scarlett zu.

»Du hast es versprochen! Es war DEINE Abmachung!«

Scarlett kroch von ihr weg. Doch es gab keine Möglichkeit, ihr zu entkommen.

»Verschwendung!«, spie das Monstrum. »Du schaffstt es nichtt, niemals, zu unserer Kkönigin. Hastt nichttss vorzuweisen, gar nichttss! Kkannstt kkeine Entscheidungen treffen. Kkannst nichtts allein! Selbstt hierher hatt man dich gebrachtt. Wie willstt du zu ihr kommen? Musstt durch die Nebel von Akrasia … Nein, bleib hier, dann mache ich dich ewig. Besser istt das. Schaffstt es nichtt …«

»Ich schaffe es, ich schaffe es!«, rief Scarlett, sprang auf und stolperte vor Angst über ihre eigenen Füße. Der Länge nach fiel sie hin. Sofort war die Spinne über ihr. Scarlett schlug die Hände vor das Gesicht. »Du bist eine Königin, und du hast dein Wort gegeben! Jetzt halte es!«, schrie sie durch die Finger.

Zischend zog sich die Spinne zurück.

»Sieh dich an, bistt ein Nichttss! Niemals kkommstt du durch die Nebel, nein, nein, niemals. Sie werden dich fressen.« Noch weiter zog sie sich zurück. »Dortt wirstt du dünner, weniger, bald nur noch ein Hauch, bald verschwunden. Werden sehen, wie entschlossen du bistt, wenn du durch die Nebel gehstt. Das hier war erstt der Anfang!« Scarlett hörte, wie sie sich entfernte. »Wirstt niemals ankommen. Verschwendung! Ewig wärstt du geworden in meinem Nettzz … Oooh, Verschwendung … Die Nebel werden dich fressen …« Leiser wurde die Stimme und leiser wurden die Krabbelschritte. »So dünn bistt du … kkann deine Adern sehen … das Giftt darin … Die Nebel … fressen dich …«

Erst als das Fluchen und Trappeln vollkommen verklungen waren, traute sich Scarlett, die Hände wieder von ihrem Gesicht zu nehmen. Das Monstrum war tatsächlich fort. Und sie saß alleine in der goldenen Schale. Sie hing ziemlich nahe über dem Grund, doch noch immer zu weit oben in der Schlucht, um zu springen. Sie würde jedoch über den Rand auf einen Felsvorsprung gelangen, von dem aus sie das letzte Stück klettern konnte. Sie hatte sich gerade auf den Felsen gehievt, als ihr Blick beim Loslassen der Schale auf ihre Hände fiel.

»Was ist das?«, murmelte sie. Sie rubbelte an ihren Fingern, doch es ging nicht weg. Die Haut an ihren Händen schien dünn geworden zu sein, beinahe durchsichtig, und darunter zogen sich kohlrabenschwarze Linien entlang, die ihren Ursprung an ihren Fingerkuppen hatten. Scarlett dachte an den Anblick in ihrem Spiegel. Hatten ihre Hände darin nicht genau so ausgesehen wie jetzt? Hatte er etwa gezeigt, was sein würde? Und was hatte die Spinne gesagt? Gift in ihren Adern? Das war doch nicht möglich! Noch einmal rieb sie fest an ihren Fingern. Die schwarzen Linien blieben. Ihr Herz begann zu rasen.

»Was geschieht hier?«, fragte sie laut. Dann schrie sie in die blaue Dunkelheit hinaus: »Was hast du mit mir gemacht! Was? Sag es mir!«

Weinend brach sie zusammen. Das Monster musste sie mit seinem Biss vergiftet haben! Würde sie nun sterben, obwohl sie das Spiel gewonnen hatte?

Plötzlich vernahm sie ein Flüstern.

»Soo blind, Menschenfrau. So blind.«

Scarlett schreckte hoch.

»Was? Wo bist du? Zeige dich! Du Betrügerin!«

»Nichtt ich war es. Nein, nein.« Die Spinne lachte schabend. »Bistt schon so zu mir gekommen. Nichtt gewusstt? Nichtt gesehen? Dein eigenes Giftt istt es. Kkommt aus deiner Seele.«

»Aus meiner Seele?« Verzweifelt sah Scarlett sich um, doch sie konnte die Spinne nirgends entdecken. Dennoch musste sie ganz in der Nähe sein. Scarlett hörte sie *atmen.* »Ich verstehe das nicht!«

Ein leises Klackern drang von links an Scarletts Ohr. Sie drehte sich um. Nichts. Als Nächstes kam das Klackern von hinten. Auch dort war nichts zu sehen.

»Istt deine Schuld. Vergiftet dich. Warstt im Goldland. Im Rotland. Bistt im Totland. Hier istt alles stärker, was du fühlstt. Hatt Bedeutung hier bei uns. Kkann Wege verkkürzen. Und verlängern. Kkann Tore öffnen – und schließen. Schuld kkann starkk machen. Hat dir geholfen. Aber Schuld kkann auch töten. Nicht gewusstt? Oh, so blind. Sooo blind. Istt nur noch wenig Zzeitt für dich …«

Noch einmal klackerte es in Scarletts Nähe, dieses Mal über ihr. Rasch sah sie empor – und meinte, einen großen Schatten in der Dunkelheit verschwinden zu sehen.

»Warte! Nein, warte doch! Bitte! Was sind die Nebel von Akrasia?«, rief sie. »Was sind sie?«

Es kam keine Antwort mehr. Scarlett fühlte, dass die Spinne fort war. Sie war nun wieder allein. Und sie ahnte, dass das Monster zumindest in einem Punkt recht hatte. Was auch immer es war, das sie vergiftete, es würde sie töten, wenn sie sich nicht beeilte.

5

Der Sturm vor der Stille

Das Reich der Spinnenkönigin lag hinter ihr, und mit ihr auch die Berge. Die Schlucht hatte sie mitten hindurch geführt. Doch war es finstere Nacht, als Scarlett die Klamm verließ, darum hätte sie es beinahe nicht bemerkt. Erst, als sie den ersten Stern am Himmel blinzeln sah, begriff sie, dass sie es geschafft hatte: Sie hatte das Grauen hinter sich gelassen. Das Monstrum. Das kranke Spiel. Die Seelenfäden.

Erleichterung fühlte sie dennoch nicht. Sie war viel zu erschöpft, seit Stunden schleppte sie sich mehr voran, als dass sie lief. Selbst ihr Gedankenkarussell um Liebe und Schuld, um Nathan und um das Gift in ihr, das angeblich aus ihrer Seele drang, war seit einiger Zeit zum Stillstand gekommen. Sie war so müde, dass es ihr egal war, ob sie an irgendetwas schuld war oder nicht, ob sie vergiftet war und sterben würde oder ob Nathan sterben würde, nur noch eines hatte Bedeutung: Sie wollte die Augen schließen und ihren Frieden haben. Und doch hatte sie keinen Moment eher rasten mögen. Erst jetzt, da die Sterne über ihr immer zahlreicher wurden und die Luft nicht mehr nach Enge und Moder, sondern nach Ferne und Weite roch, ließ Scarlett sich nieder. Es gab zwar keine Erde unter ihren Füßen und noch immer kein Gras, doch war der Fels nun wenigstens von Moos überzogen anstatt des weichen, schaurigen Seelengespinstes. Scarlett wählte eine tiefe, moosweiche Mulde im Felsen, abgeschirmt nach allen Seiten, jedoch mit freiem Blick auf den Sternenhimmel, und sank zusammen.

Als sie die Augen wieder aufschlug, war es endlich hell. Nicht, dass es *wirklich* hell gewesen wäre: Auch hier, auf der anderen Seite der Spinnenberge, herrschte diffuses, nebliges Zwielicht. Doch war dieses Licht geradezu blendend im Vergleich zu der bläulich-schwarzen Dunkelheit in der Klamm der Königin.

Ächzend erhob sich Scarlett. Sie fühlte sich um Jahrzehnte gealtert. Zwar hatte der Schlaf geholfen, doch tat ihr alles weh und ihre Kleidung war klamm und klebte ihr kalt am Körper. Wechseln konnte sie sie nicht mehr, ihr Bündel mit Isadoras Kleid und dem Proviant hatte sie bei dem Überfall des Spinnenmonsters in der Klamm verloren.

Sie hatte entsetzlichen Durst. Zu ihrem Glück entdeckte sie, dass sich Tau in einer becherartigen Vertiefung im Felsen neben ihr gesammelt hatte. Gierig schlürfte sie daraus, so viel sie bekommen konnte. Es schmeckte klar und erfrischte ihren müden Geist.

Im milchigen, dünnen Licht untersuchte sie ihre Hände. Beängstigend sahen sie aus. Die schwarzen Linien unter ihrer Haut zogen sich mittlerweile sogar über die Ellenbogen herauf. Sie musste sich beeilen. Je schneller sie Nathan fand und befreite, desto eher konnten sie wieder nach Hause, in ihre eigene Welt, wo es keine schwarzen Linien unter der Haut gab, die aus der Seele kamen und wo man ihr bei Vergiftungen nach Spinnenbissen helfen konnte. Wo es Menschen gab, aber keine boshaften oder verrückten Monster.

Die Umgebung veränderte sich, je weiter Scarlett von den Spinnenbergen fortkam. Der Untergrund war nicht mehr felsig, vereinzelte Bäume überragten jetzt wieder die krautigen Hügel und setzten düstere Akzente in der neblig-trüben Ödnis; wie Wächter ragten sie empor. Mit der Zeit wurden es mehr, immer dichter standen sie auf den Hügeln beieinander, erst in lockeren Gruppen von wenigen Bäumen, dann in kleinen Hainen, deren vertrocknete Blätter im Wind raschelten – ganze Wachmannschaften, die tuschelnd die Köpfe zusammensteckten, während sie Scarletts Marsch beobachteten und die Kunde davon weitertrugen. Schließlich tauchte Scarlett erneut in einen großen, dunklen Wald ein. Stille herrschte hier, wieder lief sie zwischen schweigenden Baumriesen, die eine finstere Halle um sie bildeten. Die Stämme ragten zu beiden Seiten des Pfades empor wie Säulen, und die zaghafte Helligkeit, die noch bis zu Scarlett herab drang, trug nur die blassgelbe Erinnerung an die letzten welken Blätter, die schlaff dort oben an ihren Ästen hingen und durch die das Licht gekommen war.

Scarlett wanderte weiter, so wie sie durch die gesamten Herbstlande gewandert war. Sie konnte sich nicht erinnern, jemals in ihrem Leben so viel und so lange gelaufen zu sein. Ihr Magen knurrte, sie hatte Hunger, ebenfalls so viel wie noch nie zuvor. Und doch war ihr längst klar, dass die Herbstlande in diesem Punkt ein weiteres Mal anders waren als ihre eigene Welt. Während sie dort vor Hunger und Erschöpfung längst zusammengebrochen wäre, benötigte sie hier von allem weniger: Nahrung,

Wasser, Schlaf. Dennoch achtete sie darauf, im Weitergehen die letzten angeschimmelten oder halbvertrockneten Beeren von den Sträuchern zu pflücken und sie notdürftig von Ungenießbarem zu säubern. Sie waren besser als dieses ständige Nichts in ihrem Magen. Wie gerne hätte sie von Isadoras Brot und Käse gegessen. Wenigstens hatte sie noch ihren Mantel, der ihr etwas Wärme und Geborgenheit spendete, auch wenn er zugegebenermaßen schon sehr ramponiert war.

Selbst die anhaltende Feuchtigkeit, die in diesem Teil der Herbstlande die Luft tränkte und sich an den Bäumen niederschlug, versuchte Scarlett zu nutzen. Tropfen für Tropfen sammelte sie sie in einem Blattkelch von den Blätter- und Astspitzen. Schlückchen für Schlückchen kam auf diese Weise zusammen und linderte ihren Durst, außerdem lenkte es sie von den düsteren Gedanken und ihrer Hilflosigkeit ab, und mit der Zeit fühlte sie sich besser.

Dann aber kam der Wind. Und mit ihm der Frost. Er trug die Kälte auf seinen Schwingen und strich damit über die Blätter und Äste, bis die Feuchtigkeit darauf zu weißem Reif erstarrt war und Scarlett keine Tropfen mehr fand. Doch der Wind war noch nicht fertig. Er wurde stärker und wütender, entwickelte sich zu einem Sturm, fuhr durch die Baumkronen und bog die raschelnden Wipfel, entriss den schweigenden Riesen ihre welken Blätter, nur um sie Scarlett vor die Füße zu wirbeln. Schon bald türmte sich ein reifweißes und gelbbraunes Blättermeer vor ihr auf, wogte und flatterte und wisperte, und zunächst hatte sie die wirre Hoffnung, der Laubdrache würde erneut zum Leben erwachen, doch natürlich kehrte ihr blättriger Freund nicht zu ihr zurück. Er war tot.

Bald schon musste sie die Arme vor das Gesicht reißen, so sehr blies der Sturm ihr das kalte Laub entgegen. Es wurde schwierig für sie voranzukommen, denn der Wind schob die Blätter zu einem Wall auf, der Scarlett bis zur Hüfte reichte. Doch sie wollte nicht stehen bleiben. Je mehr der Sturm an ihr riss und ihr alles Blattwerk entgegenwarf, das ihm zur Verfügung stand, desto verbissener kämpfte sie sich voran. Sie kannte all das mittlerweile. Sie wusste, dass die Herbstlande sie nicht zur Königin lassen wollten, auch wenn sie nicht verstand, warum das so war. Weiter und weiter schob sie sich voran.

Dann, endlich, verstummte der Wind.

Scarlett nahm die Arme herunter und staunte. So plötzlich, wie er gekommen war, war er wieder verschwunden. Zurückgelassen hatte er die Kälte. Um sie herum war der Wald so gut wie kahl. Er war nun nicht mehr der Herbstwald, der noch die Kunde vom Sommer in den Blättern bewahrte, sondern ein Wald, der das kahle Haupt bereits vor dem bevorstehenden Winter neigte.

Der Anblick der Blätter, die soeben noch um sie herumgewirbelt waren, rief Erinnerungen in ihr wach, die sie nicht verdrängen wollte. Sie hatte ein Versprechen gegeben und eine kurze Pause würde ihr sowieso gut tun, also setzte sie sich mitten in die Blättermasse, nahm einige von ihnen zur Hand und begann zu sprechen.

»Es gibt da etwas, nein, es gibt *jemanden*, von dem ich euch erzählen will. Er war einer von euch und doch war er weit mehr als die Summe seiner Teile. Er half mir, als ich neu war in den Herbstlanden und mich verloren fühlte. Und er opferte sein Leben, um mit mir zu reisen und mir den Weg zu zeigen ...«

Scarlett erzählte alles, was sie von dem Laubdrachen wusste und was sie mit ihm erlebt hatte und sie fühlte, dass die Blätter ihr lauschten. Sie würden das Andenken an ihren Freund bewahren und sie würden die Kunde von seinen Abenteuern weitertragen, vielleicht sogar in den September, in jene Senke, in der der Laubdrache geboren worden war. Hatte der Drache ihr nicht gesagt, dass immer auch ein paar Novemberblätter in jedem von ihnen lebten? Sie hoffte inständig, dass diese Blätter bis in den September geweht würden. Damit dieser eine – ihr – Laubdrache niemals vergessen werden würde.

Als sie geendet hatte und weitermarschierte, fühlte sie sich besser. Der Sturm hatte sie nicht aufhalten können und sie hatte ein Versprechen eingelöst. Die Blätter, durch die sie nun ging, bewegten sich sacht zu ihren Füßen, schienen ihr zuzuwinken und Glück zu wünschen, und für eine ganze Weile fühlte sie sich nicht länger allein.

Schließlich erreichte sie eine riesige Lichtung, die vor Frost glitzerte. Im Dunst, der über dem Gras hing, konnte sie gerade noch den gegenüberliegenden Waldrand ausmachen. Als sie die ersten Schritte aus dem Wald heraus und in das blasse Zwielicht trat, fröstelte sie. Hier, jenseits des Schutzes der Baumriesen, fiel die Temperatur schlagartig ab. Sofort wurde ihr Atem als zartes Wölkchen vor dem Mund sichtbar und vereinigte sich mit dem Dunst, der aus dem Boden aufstieg. Die Arme um den Oberkörper geschlungen, stapfte Scarlett durch das matschgrüne, halb tote Novembergras. So feindselig sich der Wald während des Sturms auch gebärdet hatte, so sehr sehnte sie sich jetzt nach seiner Umarmung zurück. Hier draußen war ihr nicht nur viel kälter, sie fühlte sich auch unsicher, beobachtet. Immer wieder sah sie sich nach allen Richtungen um, doch da war nichts. Nichts, außer dem immer dichter werdenden

Dunst, der gierig ihre Atemwölkchen in sich aufnahm, sich zu eigen machte. Sie *auffraß*. Und plötzlich wusste Scarlett, wo sie war. *Die Nebel werden dich fressen*, hatte die Spinnenkönigin gesagt. Schwer sank die Gewissheit in ihr Herz: die Nebel von Akrasia. Sie hatte sie erreicht, und nun musste sie hindurch.

6

Die Nebel von Akrasia

Der Dunst kroch um Scarletts Beine, als sei er lebendig, leckte an ihr herauf und verdichtete sich zu Nebel, der sich wie ein feuchtes Tuch vor ihre Augen legte. Sie sah zum Waldrand zurück: Er war bereits verschwunden. Auch das andere Ende der Lichtung war nicht mehr zu sehen, Scarlett befand sich in den Tiefen eines weiß wogenden Ozeans. Doch wie still dieser Ozean war! Einzig ihr Atem und das Knistern ihrer Schritte im überfrorenen Gras waren zu hören. Selbst die Gerüche waren schwach, feucht, ein wenig faulig, alles in allem jedoch kaum wahrzunehmen.

Es war ein Marsch durch das Nichts, und Scarlett kämpfte gegen das erwachende Grauen. Wogendes Weiß, rechts von ihr, links von ihr, vor und hinter ihr auch. Je länger sie lief, desto stärker lasteten die Stille und die begrenzte Sicht auf ihrem Gemüt, bis sie schließlich glaubte, eine Bewegung vor sich in den wabernden Tröpfchen wahrzunehmen. Als Nächstes war ihr, als hörte sie eine Stimme, leise, doch nicht weit entfernt. Ein Lachen. Oder war es ein Stöhnen? Etwas ächzte in ihrer Nähe. Scarlett bemühte sich, vorsichtiger aufzutreten und den Atem flach zu halten, während sie lauschte. Da! Da war es wieder – ein Huschen im Nebel, und Stimmen, die von vorne kamen. Oder kamen sie von der Seite? Antwortete da nicht eine weitere? Scarlett hätte am liebsten geschrien, so ausgeliefert fühlte sie sich hier draußen, wo sie für alle Wesen dieser Gegend so sichtbar sein musste wie eine Fackel in der Nacht, selbst jedoch kaum die Hand vor Augen erkennen konnte.

Und plötzlich verstand sie Worte.

»Du bist reich …«, raunte eine Stimme.

»Wir sind arm!«, fügte eine andere hinzu.

Wieder war da eine Bewegung, ein Stück vor ihr. Etwas kam näher, blieb stehen – und verschwand.

Voller Entsetzen blieb auch Scarlett stehen. Sie wollte nicht in dieses Etwas hineinlaufen.

»Gib uns von deinem Reichtum«, drang es von vorne zu ihr. Die Stimme klang nicht menschlich, sondern fremd, dünn, geradezu flüchtig wie Wind, und *nass*. Scarlett musste an eine Tropfsteinhöhle denken.

»Wer ist da?«, fragte sie.

»Reich …«, flüsterte es jetzt von der Seite.

Als sie herumfuhr, glaubte sie, einen schneeweißen Arm im Nebel verschwinden zu sehen.

»Oh Gott …«, flüsterte sie. »Was wollt ihr von mir? Ich habe nichts!«

»Reich an Träumen«, gurgelte die nasse Stimme. »Sie sind ungelebt, du brauchst sie nicht bei unserer Königin.«

Scarlett erstarrte.

»Bei eurer Königin? Woher wisst ihr, wohin ich will?«

»Jeder, der hier durchkommt, will zur Königin. Es gibt nur diesen Weg«, tropften die Worte aus dem Nebel.

»Also wisst ihr, wie ich zu ihr gelangen kann?« Scarlett fühlte Aufregung in sich aufsteigen.

»Gib uns von deinen Träumen …«

Etwas kam durch den Dunst auf Scarlett zu. Sie schrie auf, sprang zurück. Dann sah sie, dass es der Nebel selbst war, der auf sie zu wallte. Er bildete einen Arm. Einen Arm aus winzigen Tröpfchen. Auch neben ihr formte der Nebel sich nun zu einer Hand, die nach ihr griff. Und es kamen noch mehr, unzählige Arme, Hände … Die Nebelfinger berührten sie, strichen über ihr Gesicht, ihre Haare. Nass waren die Finger, klatschnass, so sehr, dass das Wasser an ihren Haaren herablief und von den Schultern tropfte. Aber … es war rot … das war kein Wasser.

»Nein!«, schrie sie. »Nein, was tut ihr da?«

Ihre Haare! Sie verloren ihre Färbung – das Rot, das an ihr herunterlief … war das Rot ihrer Haare! Durchsichtig waren sie nun, wie Wasser, und auch sie verschwanden von ihrem Kopf, verflüssigten sich ebenfalls in dem Augenblick, da die Nebelhände darüber streichelten. Scarlett versuchte, ihre Haare festzuhalten, doch sie rannen ihr aus der Hand und von ihren Schultern herunter und direkt in den Nebel hinein. Lösten sich auf. *Die Nebel werden dich fressen!*

»Hört auf damit! Lasst mich in Ruhe!«

Doch sie hörten nicht auf, streichelten sie, lösten sie weiter auf. Scarlett versuchte auszuweichen, die Hände wegzuschlagen – vergeblich. Also rannte sie blindlings los. Weg, nur weg, aus diesem Nebel hinaus.

»Gib uns deine Träume«, das nasse Raunen folgte Scarlett auf Schritt und Tritt, und sie sah, dass die Wassertröpfchen nun Figuren formten, die neben ihr herliefen. Und lachten. Da waren ein Homunkulus aus weißem Wogen, der sie sehr an Viridis erinnerte, und ein riesiges Wesen mit langen Beinen. War es einer der Werwölfe? Scarlett rannte noch schneller, keuchte, atmete stoßweise, stolperte über Wurzeln. Sie erkannte sogar einen schemenhaften Laubdrachen aus Nebeltropfen, der im wallenden Weiß neben ihr herflog. Und alle lachten sie.

»Brauchst sie nicht!«, rief eine Stimme.

»Gib sie uns!«, eine andere.

»Was willst du damit?«, lachte der Laubdrache aus Nebel. »Du lebst sie ja gar nicht …«

Die Worte des Drachen taten Scarlett am meisten weh. In ihrem Inneren rissen tiefe Wunden auf, und sie wusste nicht, ob sie daher rührten, dass sie sich bei dem Laubdrachen so geborgen gefühlt und ihn auf solch grausame Weise verloren hatte oder ob es die Worte selbst waren, die Wahrheit dahinter, von der sie doch eigentlich lieber nichts wissen wollte.

Unversehens knickte sie in einer Kuhle im Boden um und schlug der Länge nach ins nasse Gras. Sofort schloss sich der Nebel über ihr wie eine Wasseroberfläche, und wieder griffen die Tröpfchenhände nach ihr. Scarlett begann zu schreien, als die Hände ihr erneut die Haare auflösten. Sie barg ihren Kopf in den Armen und schrie und schrie, bis ihr der Hals wie Feuer brannte.

»Deine Träume …«

»Träum sie für uns ein letztes Mal!«, tröpfelten die Stimmen, und als Scarlett wieder aufsah, erkannte sie, dass die Nebelfinger nicht nur ihre Haare aufzulösen vermochten. Auch ihre Kleidung verschwand, der Stoff wurde dünner, löchriger; ihre Haut begann zu kribbeln und tropfte von ihren Händen und aus den Löchern im Mantel, nur um sich als Dampf mit den Nebeln zu vereinigen. Immer durchscheinender wurde sie, und die schwarzen Linien deutlicher. Jetzt war es auch der Wahnsinn, der nach ihr griff.

»Stopp! Hört auf, hört auf! Ihr bekommt alles, was ihr wollt!« Ihre Stimme überschlug sich.

Die Nebelhände zogen sich zurück.

»Träum für uns, Scarlett Hayden«, raunte die nasse Stimme, und Scarlett lief es kalt den Rücken hinunter. Sie hatte keine Wahl.

»Woher kennt ihr meinen Namen?«, fragte sie tonlos.

Warum wusste jeder hier, wer sie war?

»Deine Reise bleibt nicht verborgen. Hier ist es nicht wie in deiner Welt, wir sind alle verbunden – im Rotland, Goldland, im Grauland. Wir wissen, wer kommt und wer geht. Wer bleibt. Und wer aufhört zu existieren …«

Das Weiß vor Scarletts Augen begann zu tanzen, in Kreisen und Schleifen. Der Nebel wogte vor ihren Augen, verführerisch, hypnotisch.

»Träume für uns …«, flüsterten die Stimmen. Sie klangen jetzt sanft, so weich. Scarlett sah Bilder vor ihrem geistigen Auge. Und sie sah sie ebenfalls im Nebel. Da war ein Hund – *ihr* Hund, ihr geliebter Josy mit der schwarzen, feuchten Nase, die er ihr immer an den Arm gestupst hatte, wenn sie traurig gewesen war, so lange, bis sie ihn hinter den lockigen Ohren gekrault hatte. Er hatte dabei die Augen geschlossen und genießerisch den Kopf auf ihren Schoß gelegt – für Sorgen und Ängste war kein Platz mehr gewesen. Seit seinem Tod hatte sie sich einen Hund gewünscht, hatte sich fest vorgenommen, einen zu sich zu holen, sobald sie erwachsen war. Doch war es nie dazu gekommen. Nun sah sie ihren Hund aus dem Nebel auf sich zukommen. Er bestand aus weißen Tröpfchen, doch es war eindeutig Josy. Scarlett spürte, wie ihr eine Träne über die Wange lief. Sie streckte die Hand nach ihm aus. Er kam näher und näher, seine Nase berührte ihre Brust – und ein scharfer Schmerz schnitt ihr hinein. Sie schrie auf, wollte zurückweichen, da sah sie, dass sich Josy in Nebelhände verwandelt hatte. Hände, die sich in ihre Brust hineinbohrten und in ihr wühlten. Scarlett schrie, es war ein beißender Schmerz wie von Eis, das man zu lange am Körper ließ, aber sie konnte die Hände nicht greifen, sie konnte sie nicht festhalten, sie nicht aus sich herausziehen. Doch lösten sie sich bereits wieder von ihr und das Bohren und Beißen ließ nach. Sie hielten etwas fest, zogen es aus Scarletts Brust heraus; es sah aus wie eine Seifenblase – bunt schillernd wie der Regenbogen selbst. Etwas Kleines war darin eingeschlossen, Scarlett sah ein Hündchen mit einer schwarzen Nase und braunen Löckchen an den Ohren, es sah niedlich aus und freundlich. Scarlett wusste, dass sie es gekannt hatte, gekannt haben *musste*, da es bis eben noch zu ihren Träumen gehört hatte, doch so sehr sie es auch versuchte, dort, wo die Erinnerungen an dieses Tier gewesen sein mussten, befand sich nun nichts als ein schwarzes Loch in ihrem Herzen. Scarlett sah der Blase nach, die langsam davonschwebte. Das gefangene Hündchen erwiderte ihren Blick, traurig sah es sie an, *enttäuscht*, fand sie, dann verschwand es im wogenden Weiß.

Langsam rappelte sie sich auf und machte sich wieder auf den Weg. Als die Nebelhände wiederkamen, beschleunigte sie ihren Schritt. Nein. Nicht noch einmal.

»Lasst mich in Ruhe, ich habe euch gegeben, was ihr wolltet.«

»Mehr, da sind noch viele mehr«, tropfte die nasse Stimme, und die Nebelhände griffen nach ihr. Scarlett begann wieder zu laufen. Doch sie fühlte, dass die Tür, die sie zu ihren Träumen aufgestoßen hatte, noch nicht wieder geschlossen war. Der Nebel vor ihr begann erneut zu wallen und zu wirbeln, formte vertraute Strukturen … und plötzlich erkannte Scarlett ein schneeweißes Klavier. Ein junges Mädchen, ebenfalls schneeweiß und aus Nebel geformt, saß davor und spielte. Scarlett wurde langsamer. Die zarten Klänge drangen nur gedämpft zu ihr, als hörte sie das Spiel des Mädchens durch Wasser. Sie kannte dieses Lied, hatte es als Kind stets selbst gespielt. Doch sie hatte das Klavierspielen aufgegeben, als sie Nathan kennengelernt hatte. Genau wie das Bücherlesen hielt er es für Zeitverschwendung; und für zu teuer und zu laut ebenso. Erst jetzt wurde Scarlett klar, wie sehr sie es vermisste, wie sehr sie sich wünschte … Schmerz zerriss ihre Erinnerungen. Scarlett schrie erneut, als die nassen, eisig brennenden Tröpfchenhände in ihre Brust eindrangen und ihren Traum hinausrissen. Die schillernde Blase enthielt ein Klavier, auf dem eine junge Frau spielte, eine Frau mit langen Haaren. Sie spielte wunderschön, eine traurige Weise, die Scarlett ins Herz schnitt, die ihr aber unbekannt war. Sie ahnte, dass sie etwas Wertvolles verloren hatte, als die Blase mit der Klavierspielerin in den weißen Wirbeln verschwand.

Scarlett beeilte sich, weiterzukommen. Irgendwann musste sie die Lichtung doch überquert haben, so groß war sie ja gar nicht gewesen … Der Weg nahm jedoch kein Ende. Die Nebel lichteten sich mit keinem Schritt. Stattdessen wirbelten sie und formten ihre Erinnerungen, kehrten die weißen Hände erbarmungslos zurück, wieder und wieder, und sie entrissen Scarlett einen Traum nach dem anderen. Da war die Schreibmaschine, die ihr Onkel ihr zum zehnten Geburtstag geschenkt und die sie auf Nathans Vorschlag hin mit dem Sperrmüll entsorgt hatte; sie verschwand in der schillernden Blase, und mit ihr Scarletts Wunsch, einmal Schriftstellerin zu werden und dicke Bücher zu schreiben. Auch die langhaarige Frau mit dem weißen Kittel, die vor dem Untersuchungstisch stand und eine verletzte Katze behandelte, verschwand in einer regenbogenfarbenen Blase im Nebel – und nahm Scarletts Traum, Tierärztin zu werden, mit sich. Es folgten noch viele weitere: Große Träume genauso wie kleine, und mit jedem Mal tat es mehr weh, wenn die Hände in ihr wühlten, wenngleich der Abschied von den Wünschen ihr immer leichter fiel, fast so, als nähmen die Nebel ihr zugleich eine unsichtbare Last von der Seele. Vielleicht, so dachte Scarlett, schwand das schlechte Gewissen, das sie wegen der ungelebten Träume mit sich trug. Wenn sie nicht wusste, welche sie gehabt und nicht gelebt hatte, konnte sie sich deswegen auch nicht grämen. Dennoch erfüllte es sie mit Bitterkeit, denn sie fragte sich, was wohl noch von ihr bleiben würde, wenn man ihr all ihre Wünsche geraubt hatte. Erleichtert würde sie durch das Leben gehen – doch wer würde sie sein, so ganz ohne sie?

Wer warst du denn bis jetzt, Scarlett Hayden?, meldete sich die Stimme in ihrem Inneren wieder zu Wort. *Hast keinen einzigen deiner Träume verwirklicht, nicht wahr?*

Nein. Nein, das hatte sie nicht. Sie konnte sich nichts vormachen. Dennoch war es etwas anderes, ob sie sie noch besaß oder ob in ihrem Inneren nichts als Leere hauste. Sie wollte keinen weiteren ihrer Wünsche mehr hergeben. Sie wollte sie selbst bleiben.

»Jetzt ist Schluss, lasst mich in Ruhe!«, rief sie zornig und verschränkte die Arme vor der Brust. Entschlossen sperrte sie sich gegen das Drängen der nassen Stimmen. Sie hatte Erfolg. Das wogende Weiß hörte auf, ihre Träume zu formen, das Ziehen und Beißen in ihrer Brust endete, dafür berührten die Nebelhände nun wieder ihre Haut und ihre dünn gewordenen Haare, lösten sie weiter auf, umgarnten Scarlett mit sanften Worten, zogen an ihr, versuchten sie zu halten, ihr Inneres wieder zu öffnen. Doch sie kämpfte sich weiter voran, ignorierte das Kribbeln an ihrer Haut, sah nicht hin, während sie spürte, wie sie aufgelöst wurde. Irgendwann hielt sie es nicht mehr aus, erneut griff der Wahnsinn nach ihrem Geist. Sie tropfte von sich selbst herab! Sie begann zu rennen und zu schreien. Schrie all ihre Angst und ihre Verzweiflung hinaus. Und schließlich brach sein Name aus ihr heraus.

»NATHAN, HILF MIR!«

Sie wünschte sich nichts sehnlicher, als dass dieser Albtraum endlich enden möge, dass sie Nathan aus den Klauen der Kürbiskönigin befreien und mit ihm nach Hause zurückkehren durfte. Im selben Moment lösten sich die Hände von ihr, begann der Nebel erneut, etwas abzubilden. Es war ein Mann. Eine langhaarige Frau. Mit einem Baby.

»Oh nein …«, flüsterte Scarlett.

Ohne es zu wollen, hatte sie sich wieder geöffnet und den Nebeln den Weg in ihr Innerstes freigegeben – zu ihrem sehnlichsten Wunsch.

»Nein! Verschwindet! Ich gebe Nathan nicht auf!«, schrie sie und rannte, so schnell sie konnte. Diese verfluchte Lichtung, sie musste sie doch endlich überquert haben!

Das Weiß vor ihr wirbelte und verdichtete sich immer mehr. Deutlicher erkannte sie nun die Gesichtszüge der Frau – es waren ihre eigenen. Glücklich sah sie auf das Baby hinab, das sie in ihren Armen hielt. Der Mann trat hinter sie, noch konnte sie sein Gesicht nicht erkennen. Jeden Moment würden die Nebelhände nach ihrem Inneren greifen … Scarlett rannte, sie keuchte, schrie und versuchte, sich zu verschließen. Da formten sich auch schon die Finger und kamen auf sie zu. Scarlett fühlte die Berührung an ihrer Brust. Eiseskälte biss tief in sie hinein. Sie würden ihr ihren größten Wunsch nehmen. Sie würde Nathan vergessen und alles, wofür sie überhaupt hierher gekommen war.

»Oh Gott, nein!«, schrie sie, während es in ihrer Brust bohrte und wühlte. Schon spürte sie, wie sich ihre Gedanken von dem Wunsch nach einem Baby lösten, wie alles in ihr durcheinandergeriet. Da erinnerte sie sich an Viridis' Geschenk.

»Damit du nicht vergisst. Du wirst es brauchen, wenn du den Weg bis zu unserer Herrscherin schaffen willst«, hatte er gesagt. Sie holte die Schnitzerei aus ihrer Manteltasche, gerade, als die Nebelhände sich aus ihr zurückzuziehen begannen. Scarlett wusste, was sie mit sich nehmen würden. Die Schmerzen waren unerträglich, doch sie verbat sich jeden Schrei. Tränen strömten über ihr Gesicht, sie konnte die Schnitzfiguren kaum erkennen. Sie blinzelte den Schleier fort und starrte auf die kleine Familie aus Holz in ihrer Hand, die Viridis für sie gefertigt hatte. Sie erkannte sich selbst in seiner wundersamen Detailarbeit. Ja, das war sie, sie hielt ihr Baby in den Armen, und hinter ihr stand ihr geliebter Mann. Es musste Nathan sein, auch wenn Viridis sein Gesicht nicht ausgearbeitet hatte. Der Anblick der kleinen Holzfamilie genügte, um die Erinnerung festzuhalten.

Die Nebelhände lösten sich auf, der Schmerz erstarb. Scarlett sank auf die Knie und begann zu schluchzen. Sie hatte ihren größten Wunsch bewahrt. Aber um welchen Preis. Sie sah an sich hinunter, Lumpen hingen und baumelten von ihr herab, darunter sah sie sich kaum noch. Haut, so dünn wie Pergament, spannte sich über dürre Hände und Arme, die ebenfalls fast transparent waren, mit dem Nebel zu verschwimmen schienen. Einzig die schwarzen Linien stachen als dichtes Geflecht aus dem beginnenden Nichts hervor. Als Scarlett mit zitternden Fingern nach ihren Haaren griff, berührte sie einen vollkommen kahlen Schädel.

Viel war von ihr verloren gegangen. Auch in ihrem Inneren gähnte ein finsteres Loch. Sie fühlte sich ausgesaugt, zerschlagen und seelisch missbraucht. Noch immer rannen Tränen über ihre Wangen. Sie hatte keine Träume mehr zu geben, keine Hoffnung mehr, die Nebel jemals zu verlassen. Jeden Moment würden sie wieder an ihr nagen, würden sie auflösen, bis nichts mehr von ihr übrig war. Schluchzend vergrub sie ihr Gesicht in den Händen, die sie kaum noch fühlte. Selbst, wenn sie Nathan noch fand und ihn wirklich befreien konnte – wie sollte sie *so* mit ihm weiterleben? Sie hatten fast nichts von ihr übrig gelassen, bis auf die schwarzen Linien. Die Giftlinien.

»Warum tut ihr mir das an?«, flüsterte sie. »Warum?«

»Du trittst vor unsere Königin«, flüsterte es zurück, nass und tropfend, und plötzlich fühlte sie sich, als läge sie seit Jahren in einer eiskalten Badewanne, die längst ihre Haut und ihr Fleisch von den Knochen gelöst hatte. »Sie verlangt zu sehen, wer du bist. Du trittst genau so vor sie, wie du in Wahrheit bist.«

Die Stimme wurde leiser, tropfte noch kurz – und verschwand. Scarlett wollte fragen, was das bedeutete. Sie hob den Kopf. Er war schwer wie Stein. Sie war müde, so müde. Vor sich erkannte sie eine Reihe kahler Bäume. Sie sah novembertotes, graues Unterholz. Der Nebel war verschwunden. Sie hob das Gesicht zum Himmel, eine fahle Sonne schien auf sie herab. Scarlett drehte sich um. Dort war die Lichtung, nichts als leichter Dunst stieg daraus empor. Sie schluchzte auf. Sie hatte es geschafft: Sie hatte die Nebel von Akrasia durchquert.

7

Der Kürbispalast

Scarlett sah es, sie fühlte es, roch es. Es wurde Winter. Selbst die Stille des Waldes war eine andere, sie war tiefer. Die Natur schlief. Nur der Wind blies noch durch die Baumkronen und das Unterholz, zauste die starren, braunen Gräser und Halme, wisperte in den kahlen Büschen und Ästen. Er trug den Geruch von Schnee mit sich, klar und schneidend wie Glassplitter. Scarlett schleppte sich vorwärts. Sie fühlte sich schwerer als sonst, als hätte sie eine neue, ungewohnte Last zu tragen. Ihre schwarzen Adern. Wenn sie in sich hineinhorchte, schienen sie ihr massiver geworden zu sein – versteinert regelrecht – in dem Maße, in dem sie selbst in den Nebeln aufgelöst worden war. Sie fror. Sie hatte keine wärmende Kleidung mehr, nur noch Lumpen, nichts, womit sie sich gegen die Kälte hätte schützen können – nicht einmal mehr ihre normale Haut. Es war fürchterlich, in einem solchen Zustand existieren zu müssen. Existierte sie überhaupt noch? Bis auf die schwarzen Linien und transparenten Umrisse gab es keinen Beweis. Wenn sie sich berührte, fühlte sie sich fremd an, als würde sie etwas anderes anfassen, etwas Flüchtiges, etwas *Unklares*; nur keinesfalls mehr sich selbst. Sie vermied es, weiter darüber nachzugrübeln, oder überhaupt nur an sich hinunterzusehen, stattdessen hielt sie den Blick vorwärts gerichtet und konzentrierte sich auf ihre Aufgabe.

Sie musste ganz in der Nähe des Kürbispalastes sein. Es lag etwas in der Luft, eine Anspannung, eine Erwartung. Dies war der Wald der Kürbiskönigin, Scarlett war sich sicher. Er war trostlos wie beinahe alles, was sie bisher im November gesehen hatte, auch wenn die Königswälder in den alten Märchen stets prächtig gediehen und zahlreiche Wunder beherbergten. Die Wälder von bösen Zauberinnen jedoch waren unheimlich und düster. War die Kürbiskönigin etwa eine böse Zauberin? Zumindest besaß sie ungeheure Macht und schreckte nicht davor zurück zu strafen. Scarlett kam sich furchtbar dumm vor. Naiv war sie, genau so, wie Nathan es immer von ihr behauptete. Sich einer düsteren und strafenden Herrscherin stellen zu wollen, um sie um Gnade anzuflehen … selbst in den Märchen war dies stets ein zweifelhaftes Unterfangen.

Unbehaglich sah Scarlett sich um. Der Wald war jetzt anders als zuvor. Es war nicht mehr nur der Winter, der die Welt in den Schlaf wiegte, nein, etwas anderes hielt die Graulande hier in eisernem Griff und presste das Leben aus ihnen heraus. Der Wald sah krank aus, genau wie sie selbst. Totholz bestimmte das Gestrüpp am Boden und die Bereiche weiter oben, wo die Stämme und Kronen eigentlich hätten schlafen sollen. Dürr und vertrocknet ragten die Äste empor, an vielen von ihnen würden nie wieder Blätter wachsen.

Scarlett rümpfte die Nase. Was war das, was dort aus den Baumstämmen herausquoll? Sie trat näher heran und erkannte schwarze Fruchtkörper von Pilzen, die wie Krebsgeschwüre aus der Rinde herausdrängten. Sie waren glitschig nass und ähnelten faustgroßen, nachtschwarzen Kürbissen, einige zeigten sogar Andeutungen von Fratzen. Hämisch grinste einer der Pilzkörper sie an, ein anderer wirkte wie ein zum Weinen verzogenes Kürbisgesicht. Als sie sich umsah, erkannte sie, dass die Pilze bereits einen Großteil der Bäume besiedelten, mit dichtem Geflecht wuchsen sie über die Stämme, bohrten sich in die Rinde, schwarzes Sekret tropfte von ihnen herunter ins graugrüne Gras. Es sah aus, als verdauten sie den Wald bei lebendigem Leib. Je weiter Scarlett kam, desto mehr hatte sie den Eindruck, dass er starb … oder bereits tot war.

Als würde er ihr antworten, knarrte und knackte es plötzlich oberhalb ihres Kopfes. Blitzschnell duckte sie sich, riss die Arme über den Kopf. Im nächsten Augenblick schlug ein großer, morscher Ast vor ihr auf dem Waldboden auf. Scarlett starrte auf das große Bruchstück. Fast wäre sie erschlagen worden! Der Ast sah schlimm zugerichtet aus. Die Pilze hatten sich auch hier durch das Holz gefressen. Das Geflecht, das sich über den Ast zog, erinnerte Scarlett an ihre eigenen schwarzen Adern. Es stank faulig. Wieder erschienen ihr die Bäume wie Gefährten im Leiden. Was war es, das den Wald so erbarmungslos verzehrte? Floss das gleiche Gift durch ihrer beider Adern? War es die Kürbiskönigin selbst, die sie vergiftete? Aber selbst, wenn die Königin ihr dies antat – warum dann auch ihrer eigenen Welt?

Ein weiteres Krachen in der Nähe schreckte Scarlett auf. Sie durfte nicht stehen bleiben, sie musste so schnell wie möglich hier hinaus. Rasch stieg sie über den abgebrochenen Ast und lief weiter.

Doch es wurde schnell schlimmer. Ein weiterer Ast schlug kurz darauf neben Scarlett zu Boden, dieses Mal streifte ein Zweig ihre Wange und hinterließ einen brennenden Kratzer. Das nächste Bruchstück landete nur zwei Meter hinter ihr im Laub und ein anderes, kleineres, traf sie schmerzhaft an der Schulter. Bald schon geriet der Marsch zu einem Spießrutenlauf. Überall um Scarlett knarrte und knirschte es, prasselten Zweige, Rindensplitter und trockene Blätter auf sie nieder, brachen Äste ab und donnerten herunter. Und es wurden mehr und mehr. Schließlich fielen sogar ganze Bäume um. Stöhnend kippten sie zur Seite, rissen ihre Wurzeln aus dem Boden und stürzten mit ohrenbetäubendem Getöse herab. Es war, als böten die Herbstlande noch einmal alle Kräfte auf, um Scarlett davon abzuhalten, ihr Ziel zu erreichen. Geduckt und im Zickzack-Kurs rannte sie durch den Wald, hielt sich die Arme über den Kopf und schrie vor Angst, während die Welt um sie herum unterzugehen schien. Kleine Ästchen hagelten nieder, längere Zweige peitschten ihr über den Rücken, und immer wieder drohten Baumstämme sie zu erschlagen. Aus dem Lauf wurde schließlich eine Kletterpartie, Stamm um Stamm galt es zu überwinden. Doch sie blieb nicht stehen. Nicht einmal für einen kurzen Augenblick. Und endlich kam sie aus dem Wald hinaus. Sofort verebbte das Knarren und Krachen, das Zweig- und Baumgewitter hörte auf. Es hatte also wirklich allein ihr gegolten. Sie war nicht willkommen.

Scarlett nahm die Arme herunter und sah sich um. Sie befand sich am Waldrand. Vor ihr stieg der Boden an, wurde zu einem hohen, kahlen Hügel. Ihr Blick verharrte an der Kuppe. Weit oben thronte düster und riesengroß der Palast der Kürbiskönigin.

Der Hügel entpuppte sich beim Besteigen als kleiner Berg. Scarlett keuchte und schnappte nach Luft, während sie ihre Füße in den steilen Untergrund stemmte. Sie war am Ende ihrer Kräfte, immer wieder musste sie innehalten und abwarten, bis ein neuerlicher Anflug von Schwindel vergangen war. Dieser Körper, *ihr* Körper, war ihr schrecklich unangenehm. Sie konnte sich einfach nicht an das kalte, taube und ausgezehrte Gefühl gewöhnen, mit dem sie sich seit den Nebeln vorwärtsschleppte. Und die schwarzen Adern unter ihrer Haut schienen mit jedem Schritt schwerer zu wiegen, während der Hügel immer steiler wurde. *So unbezwingbar hat er doch von unten nicht ausgesehen*, dachte sie verzweifelt.

Wenig später musste sie sich auf allen vieren vorwärtsbewegen, weil der Boden einfach zu abschüssig wurde. Schließlich übermannte sie ein weiterer Schwindelanflug und sie kippte zur Seite. Schwer atmend lag sie da, schloss die Augen und wartete darauf, dass die Welt aufhörte, sich zu drehen.

»Ich kann nicht mehr, ich schaffe es nicht. Verzeih mir, Nathan …«, flüsterte sie, während die Tränen zu fließen begannen. Heiß und erlösend rollten sie ihr über die Wangen und tropften von der Nasenspitze hinab.

»Ach, verflucht!«, quiekte es plötzlich direkt unter Scarlett.

Erschrocken fuhr sie in die Höhe, dann musste sie einen neuerlichen Schwindel abwarten, bevor sie nachsehen konnte, woher die Stimme gekommen war. Eine Maus hockte auf dem steilen Grund und putzte sich hektisch. Sie war klatschnass, schüttelte sich und schimpfte vor sich hin, während sie versuchte, sich notdürftig zu trocknen. Es war die hässlichste Maus, die Scarlett je gesehen hatte. Sie wirkte uralt – spärliches, borstiges Fell stand von ihrem dürren Körper ab, der gebeugt und steif war wie der eines Greisen. Die Schnurrhaare waren allesamt geknickt, einige sogar abgebrochen. Eines der Mauseaugen war trüb und anscheinend blind. Dennoch war es ein Lebewesen, ein richtiges, ein sprechendes, endlich, nach so langer Zeit! Dies war kein Monster und kein bösartiger Nebel.

»Wer bist du?«, fragte Scarlett. Ihre Stimme war brüchig und hohl, als hätte sie sie vor Jahrhunderten das letzte Mal benutzt.

Einäugig sah die Maus zu ihr hoch. »Pawel ist mein Name«, antwortete der Mäuserich und schüttelte sich nochmals. »Und du? Stellst du dich etwa nicht vor?«, fügte er hinzu.

»Oh … entschuldige. Ich heiße Scarlett Hayden. Bisher wusste eigentlich fast jeder im November, wer ich bin, daher …«

»Soso«, unterbrach sie Pawel. »Du hältst dich wohl für etwas ganz Besonderes, ja? Jeder muss dich also kennen, ja?«

»Nein, so war das nicht gemeint«, versuchte Scarlett zu beschwichtigen und brach ab. Sie wusste nicht, was sie sagen sollte. Natürlich hielt sie sich für nichts Besonderes, das war sie ganz sicher nicht, aber … hatte Pawel im Grunde nicht sogar recht? Nachdem sie auf ihrem gesamten Weg durch die Herbstlande von beinahe allen, denen sie begegnet war, als etwas Andersartiges behandelt oder sogar mit Namen angesprochen worden war, und da sie ja überhaupt nicht in diese Welt gehörte, hatte sich da nicht tatsächlich das Gefühl bei ihr eingeschlichen, etwas Besonderes zu sein?

»Ich bin nur … nicht von hier, weißt du? Ich bin aus einer anderen Welt und hierhergekommen, um bei der Kürbiskönigin vorzusprechen und …«

Wieder unterbrach Pawel sie. »Aha. Es war also so nicht gemeint. Und du bist aus einer anderen Welt. Hast ne tolle Aufgabe. Willst zu unserer Königin. Na schön. Und das macht dich also zu was Besonderem, ja? Für mich ist es ganz einfach: Du kommst hierher und tropfst mich mit deinem Salzwasser voll. Meinst du etwa, du bist die einzige, die etwas zu erledigen hat, ja?«

Scarlett staunte immer mehr.

»Meine Enkel hungern. Wie soll man hier genügend finden, hm? Ich bin auf Essenssuche, obwohl ich es in meinem Alter nicht mehr sein sollte. Aber meine Kinder sind fast alle tot, verhungert, weil sie für *ihre* Kinder alles gegeben haben, nun sind sie zu wenige, und auch sie sind auf der Essenssuche, bis auf Hein, der passt auf meine Enkel auf. Und jetzt hast du das Einzige, was ich gefunden habe, mit deinem Salzwasser verdorben! Und was nun, hm? Sag mir mal, Scarlett Hayden mit der großartigen Aufgabe, was soll ich meinen Enkeln jetzt sagen? Soll ich ihnen erklären, dass sie verhungern müssen, weil irgendeine Riesin mit einer bedeutsamen Verpflichtung auf dem Weg zu unserer Königin ein bisschen heulen musste, ja?«

Scarlett zögerte. Es klang furchtbar, wenn er es so formulierte, aber so hatte sie es noch nicht gesehen. Für sie mochte es die wichtigste Aufgabe ihres Lebens sein, grausam, ungewiss, voller Schmerz und Leid und sogar lebensbedrohlich. Für sie war es der Albtraum, der die gesamte Welt ins Wanken gebracht hatte … doch im Angesicht von Pawel, der in seiner eigenen, lebenswichtigen Mission unterwegs war, schrumpften die Schrecken und Wunder der vergangenen Zeit zu verblüffender Winzigkeit. Es war eben nur *ihre* Welt, die ins Wanken geraten war. Für andere war sie bedeutungslos.

»Verzeih mir bitte …«, murmelte Scarlett, doch Pawel winkte energisch ab.

»Verzeihen soll ich dir, ja? Du hast es immer noch nicht begriffen, ja? Es geht hier nicht um dich. Es geht nicht darum, dass ich dir dein Gewissen erleichtere – was nebenbei, wenn ich mir deinen Zustand so ansehe, sowieso verlorene Liebesmühe wäre – es geht darum, dass ich das Leben meiner Enkel retten will!«

Wie vom Donner gerührt sah Scarlett ihn an.

»Was meinst du damit, dass es in meinem Zustand verlorene Liebesmühe wäre? Was ist denn mit mir?«

»Ja, guck doch, da, die ganzen schwarzen Adern, das ganze Gift in deinem Herzen!«, rief Pawel und zeigte auf Scarlett. »Du bist doch schon so gut wie tot vor lauter schlechtem Gewissen und Schuldgefühlen. Kein Wunder, dass du mich um Erleichterung bittest. Aber es tut mir leid, ich bin nicht für dich zuständig, ja? Ich bin für meine Enkel zuständig, kann mich nicht auch noch um dich kümmern. Hast du keine eigene Familie, die sich um dich sorgt?«

Doch. Doch, die habe ich, dachte Scarlett betroffen. *Eigentlich. Wenn ich sie denn nur gelassen hätte, anstatt sie fast vollständig aus meinem Leben zu verbannen!*

Einen Augenblick lang fragte sie sich, ob das nicht ein schwerer Fehler gewesen war. Dann schüttelte sie den Gedanken ab. Sie musste sich auf das Wesentliche konzentrierten, denn es half weder ihr noch Nathan, noch ihrer Familie, wenn es ihr nicht gelang, lebend aus diesen teuflischen Herbstlanden hinauszukommen. Das ganze Gift in ihrem Herzen, hatte Pawel gesagt. Hatte die Spinnenkönigin ihr also die Wahrheit erzählt? Ihr eigenes Schuldgefühl war das Gift, das ihre Adern schwarz färbte und sie tötete?

»Woher weißt du das alles?«, fragte sie Pawel, der gerade in etwas Matschigem herumpulte, das zu seinen Füßen lag und möglicherweise einmal eine Brotkrume gewesen sein mochte.

»Ach!«, rief er über die Schulter. »So was weiß man eben, wenn man so alt ist wie ich. Ich lebe schließlich hier, und zwar schon lange. Habe viele Leute hier entlangkommen sehen, mit Adern so dick und schwarz wie Nachtwürmer. Und es ist jedes Mal das gleiche Spektakel – wenn irgendwer mit einem Riesenschuldgefühl zur Königin geht, wird der Boden steiler, wird der Hügel zum Berg – und die Futtersuche schwieriger. Wie ich es hasse. Und dann schaffen es die meisten noch nicht einmal, sich ihrer Schuld zu stellen und fallen tot um, bevor sie oben ankommen. Eine Schande … was gäbe ich jetzt für einen fetten Wurm!«, fügte er zornig an.

»Was sagst du da?«, flüsterte Scarlett. »Der Boden wird steiler?«

Pawel ließ von seinem verlorenen Futter ab und drehte sich zu ihr um. Sein gesundes Auge fixierte sie.

»Du weißt es nicht? Was ist das denn für eine Welt, aus der du kommst, sag mal? Je größer die Schuld, desto weniger will man sich ihr stellen. Das weiß doch jedes Kind! Und je weniger man sich stellen will, desto größer ist die Überwindung – und so wird es auch dieser Hügel. Die Königin lässt nicht jeden vor. Man muss schon wollen. *Richtig* wollen, verstehst du, ja? Und du … du scheinst im Grunde deines Herzens überhaupt nicht zu wollen, was du eigentlich zu wollen glaubst.«

»Aber das stimmt nicht!«, rief Scarlett aus. »Ich will unbedingt zur Königin! Wie kannst du so etwas behaupten?«

Pawel rollte mit seinem verbliebenen Auge und deutete wütend den Hügel hinauf.

»Guck dir diesen verfluchten Steilhang an, das ist ja schon ein ausgewachsener Berg! Das haben wir alle nur dir zu verdanken! Also erzähl mir nicht, dass du zu ihr *willst!*«

»Aber was soll ich denn tun? Du sagst, ich will eigentlich gar nicht zur Königin. Das fühle ich aber nicht, davon weiß ich nichts! Das Einzige, was ich weiß, ist, dass ich Nathan retten muss, ich liebe ihn und ich trage die Verantwortung dafür, dass die Königin ihn gefangen hält«, rief Scarlett aus. »Es geht gar nicht darum, ob ich es *will* – ich *muss* zu ihr!«

Pawels Blick und seine Stimme wurden weicher.

»Ah … ich verstehe. Du willst auch jemanden retten. Mhmmm. Na schön. Mein Rat ist: Entspann dich, mach dir klar, wie sehr du ihn liebst und dass die Königin nur Leute empfängt, die wissen, was sie wollen. Nichts hasst sie so sehr wie Unschlüssigkeit, halbherzige oder sogar falsche Wünsche. Und frag mich jetzt nicht, woher ich das weiß. Das wissen schließlich alle hier im Grauland. Der Weg hierher war weit. Nur die Stärksten schaffen es bis zu diesem Hügel, ja? Also nimm dich zusammen und geh auch das letzte Stück, ja? Mach einen Schritt nach dem anderen. Tapp, tapp, tapp. So mache ich es auch, wenn mir irgendwas zu viel wird.«

Scarlett schluckte die Tränen herunter und nickte. Ein Wort des Zuspruchs, hier, inmitten des Graulandes, hätte sie nicht erwartet. Seit Viridis war sie keinem freundlichen Wesen mehr begegnet.

»Ich muss jetzt auch weiter«, sagte Pawel matt und ließ von seinem matschigen Essen ab.

Da fiel Scarlett etwas ein.

»Warte mal!«

Pawel, der schon ein paar Schritte weitergeflitzt war, lugte zu ihr zurück. Scarlett wühlte in ihrer Manteltasche. Wenn sie sich recht erinnerte, war da noch …

»Hier, sieh mal, das möchte ich dir geben. Als Entschädigung.«

Scarlett reichte ihm zwei zerdrückte Beeren. Sie hatte sie, als der Sturm aufgekommen war, schnell in ihren Mantel gesteckt und dort vergessen. Die Nebel hatten ihr keine Gelegenheit gegeben, sich zu erinnern und nun waren sie noch immer übrig.

Pawels sehendes Auge leuchtete.

»Das würdest du tun? So viel? Oh … Das nenne ich wahren Edelmut.«

Er streckte sich, so gut er konnte und nahm den Beerenschatz entgegen. Für ihn war es beinahe zu viel zu tragen.

»Soll ich dir helfen?«, fragte Scarlett. »Ich habe längere Beine als du und könnte dir ein Stück des Wegs verkürzen.«

Nun war es an Pawel, gerührt dreinzublicken.

»So etwas hat noch nie jemand für mich getan. Weißt du, ich bin schon alt und alles ist mühsam und …«

Scarlett beugte sich vor und nahm ihn und die Beeren sanft auf die Hand.

»Wo willst du denn hin?«, unterbrach sie ihn.

Pawel wies ihr die Richtung und brabbelte noch weitere verlegene Worte vor sich hin, während Scarlett ihn trug. Dabei streichelte er liebevoll über die Beeren, als seien sie selbst seine Enkel. Es war nicht weit, ein paar Minuten am Steilhang entlang. Für Pawel jedoch hätte es ein Tagesmarsch gewesen sein müssen. Als Scarlett ihn absetzte, schimmerten seine Augen feucht, das blinde ebenso wie das gesunde.

»Ich danke dir, Scarlett Hayden«, murmelte er und drückte Scarletts Finger mit seinen winzigen Händchen. »Ich wünsche dir Glück für deine Aufgabe.«

»Das wünsche ich dir auch«, erwiderte Scarlett. »Und ich danke dir ebenso. Auch du hast mir geholfen.«

Einen kurzen Moment lang sahen sie sich noch an, dann lächelte Pawel und verschwand mit den Beeren im Mauseloch. Ein warmes Gefühl flutete Scarletts geschundene Seele. In seinem einen Auge hatte eine letzte Botschaft gelegen: »Du bist tatsächlich etwas Besonderes.«

Der Schatten, den der Kürbispalast warf, war so breit und lang, dass Scarletts zweistöckiges Elternhaus mitsamt dem Garten, der Scheune und der Streuobstwiese davon hätte verdunkelt werden können. Mit klopfendem Herzen stand Scarlett am obersten Rand des Hügels, stützte sich gegen einen verkrüppelten Baumstamm und starrte auf den düsteren Riesenkürbis, der sich vor ihr auftürmte, und der der Sitz der Herrscherin der Herbstlande sein sollte. Hier und da schimmerte der Palast sogar auf seiner Schattenseite orangegolden, doch es war kein schönes Schimmern, sondern erinnerte sie an nasse Flecken. Nein, dachte Scarlett, der Palast wirkte nicht wie das Herz des Herbstes, er sah ganz und gar nicht aus wie die pompöse Residenz einer Herrscherin.

Sie beobachtete das Gebilde nun schon eine Weile, doch hatte sie bislang keine Seele zu Gesicht bekommen. Hier oben, auf dem Kamm des Hügels, gab es bis auf das an- und abschwellende Klagen des Windes keinerlei Geräusche. Es war, als hätte sie das Ende der Welt erreicht, markiert allein durch diesen finsteren Riesenkürbis. Sie hatte damit gerechnet, Torwächter anzutreffen oder Patrouillen. Aber es war niemand da.

Vorsichtig umrundete sie den Kürbis und warf einen Blick auf die andere Seite des Hügels. Er fiel hier noch steiler ab als dort, wo sie ihn erklommen hatte, und der Untergrund war schartig und felsig. Sie ließ den Blick Richtung Horizont schweifen. Der Anblick war beängstigend. Die Landschaft verlor sich in der Ferne, auf eine Weise, an der etwas nicht stimmte. Die Welt wurde grau, nein, nicht einfach grau, sondern farblos, und die Konturen der vereinzelten Bäume, Hügel und Berge wirkten verwaschen. Auch der Horizont war nicht richtig zu erkennen, obwohl es keinerlei Nebel oder Dunst gab, der die Sicht erschwert hätte. Die Horizontlinie war verschwommen, unwirklich, schien gar nicht richtig zu existieren. Einzig im nahen Nordosten entdeckte Scarlett noch ein Stück Welt: Ein weitläufiges Feld, auf dem Steine angeordnet waren. Reihe für Reihe gleichmäßige Steine … es war ein Friedhof. Schaudernd wandte sie sich ab. Nicht mehr nur ihre Hände und Füße waren eiskalt, auch Beine und Arme hatten jede Wärme verloren und die Kälte griff auch auf den Rest ihres Daseins über. Sie hatte sich dem Ende noch nie so nahe gefühlt. Dem Ende der Welt, der Zeit … ihrem eigenen Ende.

Sie durfte nicht länger zögern. Entschlossen ging Scarlett zum Palast. Als sie den Riesenkürbis erreichte, offenbarte sich sein wahrer Zustand. Wo er aus der Entfernung feucht geschimmert hatte, erkannte sie aus der Nähe, dass der orangene Glanz von matschigen Stellen herrührte. Der Kürbis, der der Palast der Königin sein sollte, war ein echter Kürbis, und er war offensichtlich überreif und der beginnenden Fäulnis anheimgefallen. Was hatte das nur zu bedeuten? Wie konnte die Königin in einem sterbenden Wald und einem faulenden Palast residieren? Scarlett bekam ein mulmiges Gefühl in der Magengrube. Was, wenn sie zu spät kam?

Was, wenn es zufällig eine Katastrophe gegeben hatte und die Herbstlande nun im Sterben lagen? Dann würde die Kürbiskönigin sie und ihr Ansinnen mit Sicherheit sofort abwehren, denn dann würde sie sich um wahrhaft Wichtigeres zu kümmern haben.

Scarlett wanderte an dem bauchigen Kürbis entlang, bis sie ihn einmal komplett umrundet hatte. Es gab jedoch kein Tor, auch keine Tür, nicht einmal eine winzige Klappe. Der Kürbispalast war in sich geschlossen. Dumpfe Panik glomm in Scarlett auf. Ein zweites Mal machte sie sich auf den langen Weg um den faulenden Kürbis und hielt den Blick nach oben gerichtet, um auch die höheren Bereiche abzusuchen. Und tatsächlich, sehr weit oben gab es eine Anzahl runder Fenster. Doch sie würde niemals von dort in den Palast kommen. Es gab keine Möglichkeit, hinaufzugelangen. Erschöpft ließ sich Scarlett an dem Krüppelbäumchen nieder und starrte auf den Kürbis. Sie hätte mit allem gerechnet, aber nicht damit, gar nicht erst hineingelangen zu können. Sie grübelte darüber nach, wie wohl Gesandte aus den Herbstlanden es schafften, von der Königin empfangen zu werden, wenn es keinen Eingang gab. Vielleicht mussten sie um Einlass bitten? Scarlett sprang auf und eilte zum Palast zurück. In Rufweite blieb sie stehen, breitete die Arme aus und zeigte ihre offenen Handflächen.

»Eure Majestät, hochverehrte Herrscherin der Herbstlande, ich flehe Euch an! Ich bin Scarlett Hayden, bitte lasst mich ein in Euren Palast und hört mich an, denn ich habe eine Bitte an Euch!«

Nichts geschah. Einzig der Wind blies in ihre zerlumpten Kleidungsstücke. Scarlett fror und kam sich vor wie ein dummes Kind. »Ich flehe Euch an, Eure Majestät, lasst mich ein!« Umständlich ließ sie sich auf ihre Knie nieder. »Ich habe Euch verärgert, Eure Majestät, und Ihr habt mich bestraft! Ihr nahmt mir das Wichtigste in meinem Leben, meinen Geliebten, Nathan! Ich wanderte zu Euch, durch Euer gesamtes Reich, ich lernte Eure Untertanen kennen und Eure Gesetze, und ich stehe nun vor Euch als Rest meiner Selbst und flehe Euch auf Knien an, mich einzulassen, damit ich in aller Form um Vergebung meines Fehlers bitten kann!«

Das Heulen des Windes war die einzige Antwort, schien sie zu verspotten. Scarlett senkte den Kopf und schloss die Augen. Der steinige Untergrund stach in ihre ausgemergelten Knie, doch sie fühlte den Schmerz kaum. Sie atmete flach, ruckartig, und unterdrückte die Tränen. Dass sie nun scheitern sollte, hier, direkt am Palast der Kürbiskönigin, nach all den Entbehrungen und Gefahren, ohne überhaupt um

Nathans Rettung gebeten zu haben, drohte sie zu überwältigen. Wieder spürte sie, dass ihr Ende nahe war, es kreiste bereits über ihr wie ein Geier über einem sterbenden Opfer. Der Schrei eines Bussards riss sie aus den Gedanken. Sie blickte in den Himmel und sah, wie er über ihr seine Runden zog. Er schien zu warten, vielleicht wirklich darauf, dass sie umfiel. Der Anblick war ein Schock. So wollte sie nicht enden. Noch einmal nahm sie alle Kraft zusammen und erhob sich. Der Schmerz in ihren Knien brannte wie glühende Stacheln, aber er zeigte ihr, dass sie noch am Leben war. Ja, sie lebte noch, und sie würde in diesen verdammten Kürbis gelangen! Sie würde anklopfen, dagegen hämmern, sie würde sich notfalls hindurchgraben!

Mit einem Mal war Scarlett voller Aufregung. Das war die Lösung! Eilig suchte sie den Kürbis ab, bis sie eine matschige Stelle auf Brusthöhe fand. Sie sah sich um und fand einen flachen, scharfkantigen Stein von der Größe und Form eines Schaufelblattes. Mit zitternden Fingern packte sie ihn und hieb ihn in die matschige Fläche. Fauliges Kürbisfleisch spritzte ihr entgegen, aber es funktionierte. Zunächst schlug Scarlett noch zögerlich auf den Kürbis ein, dann verlor sie alle Hemmungen und trieb den Stein wie eine Besessene in das Fleisch. Aller Zorn und alle Hilflosigkeit, die Verzweiflung und Angst sprudelten in ihr hoch und verliehen ihr ungeahnte Kräfte, um in das Allerheiligste der Kürbiskönigin einzubrechen. Die Konsequenzen waren ihr egal. Sie wollte nur noch zu Nathan. Wenn sie sterben musste, dann nicht hier draußen, nicht so kurz vor dem Ziel. Wenn schon, dann wollte sie Nathan noch ein letztes Mal sehen und ihn um Verzeihung bitten.

Es dauerte nicht lange, bis das Loch so breit und tief war, dass Scarlett hineinklettern musste, um weitergraben zu können. Das Fleisch unter ihr war matschig und weich. Sofort war sie bis auf die pergamentene Haut durchnässt vom klebrigen, modrigen Saft. Sie trieb ihre Schaufel weiter in den Kürbis hinein. Schlag für Schlag. Und endlich brach sie durch.

Der Gestank, der ihr aus dem Inneren entgegenbrandete, verschlug ihr den Atem. Angewidert fuhr sie zurück und würgte. Doch sie gönnte sich keine Pause. Den Rest ihrer Arbeit verrichtete sie mit den Füßen. Sie lehnte sich, soweit sie konnte, in dem Loch zurück, hielt sich die Hand vor die Nase und trat die Öffnung weiter auf. Endlich war der Einlass groß genug. Sie schlüpfte hinein und richtete sich auf. Der Gestank war hier süßlich und schwer wie Sirup. Wie vergammelter Kürbissirup. Scarlett stöhnte und presste sich den Ärmel vor Nase und Mund.

Um sie herum war es düster. Es dauerte einige Zeit, bis ihre Augen sich an die Dunkelheit gewöhnt hatten, die nur vom Licht, das durch das Loch hereinfiel, gemildert wurde. Der bleiche Schein reichte nicht bis zum Ende des Raumes, doch genügte er, um den Verfall auch im Inneren sichtbar zu machen. Scarlett sank der Mut, doch sie ging weiter. *Für mich gibt es kein Zurück mehr*, dachte sie.

Nur vorsichtig wagte sie sich voran, das Ende des Raumes war nicht zu erkennen, Wände und Boden verschwanden schon nach wenigen Schritten in der Finsternis. Einer Finsternis, die ... Scarlett blinzelte, sah genauer hin. Dort vorne war Licht. Schwach nur, aber ohne Zweifel.

Etwas schneller durchquerte sie die Düsternis, bis sie an einem Durchlass ankam, hinter dem sich eine Treppe nach oben wand. Das Licht kam von dort, und Scarlett beeilte sich, die Stufen hinaufzukommen. Als sie das Ende erreichte, ließ der Gestank nach und sie erkannte, dass sie sich in einem Korridor befand, der durch eine Reihe runder Fensterchen erhellt wurde und durch die frische, kühle Luft hereinwehte.

Scarlett sah sich um. Die Wände, der Boden und die Decke des Gangs waren flammend orange und besaßen eine zarte Struktur, doch war der Zustand des Innenpalastes auch hier nicht viel besser als im Erdgeschoss. Überall an den Wänden und in der Decke waren dunkle, matschige Stellen, von denen ein ekelerregender Geruch ausging. Die meisten Fensterchen waren zwar mit einst kunstvollen Rahmen in die Kürbiswand geschnitzt worden, doch einige der Licht spendenden Löcher waren nichts weiter als schlichte Fäulnisdurchbrüche. Scarlett sah aus einem Fenster hinaus und entdeckte, dass sie sich erneut an der Außenseite des Kürbisses befand.

So leise wie möglich huschte sie weiter, folgte dem Korridor bis zu einer scharfen Biegung. Dahinter teilte sich der Gang in mindestens ein halbes Dutzend weitere auf, die mehr oder weniger direkt in das Innere des Kürbisses führten. Jeder davon war in den Schein von unzähligen tanzenden Lichtern getaucht, die die Form von kleinen Kürbissen hatten. Scarlett wählte den Korridor, der, soweit sie es einschätzen konnte, auf direktem Weg in das Herz des Palastes führte. Doch sie zögerte, ihn zu betreten. Ihr war nicht wohl dabei, zwischen diesen leuchtenden Kürbissen hindurchzugehen, dann gab sie sich einen Ruck. Tatsächlich taten die Lichter ihr nichts zuleide, sie schienen entweder nicht wirklich lebendig zu sein oder hatten kein Interesse an ihr, jedenfalls blieben sie reglos, während sie zwischen ihnen hindurchging.

Der Korridor endete vor einer riesigen, zweiflügeligen Tür. Sie war schlicht, einzig der Rahmen war mit denselben Schnörkeln verziert wie die Fenster. Scarlett fiel es schwer zu glauben, dass es nach dem ganzen langen Weg und den Hindernissen nun plötzlich so einfach sein sollte. Durch einen Korridor gehen und eine Tür aufmachen? Und dann traf sie die Königin?

Sieh dich doch an, du bist kaum noch du selbst. Beinahe tot. Nichts ist an dem Weg hierher einfach gewesen, dachte Scarlett und presste die Lippen aufeinander. Dann drückte sie einen der Türflügel auf.

8

Die Herrscherin der Herbstlande

Scarlett betrat den Thronsaal, der zu ihrer Überraschung keine prunkvolle Residenz war, sondern nichts weiter als das ausgehöhlte Innere eines gigantischen Kürbisses. Und offensichtlich bildete er das Herzstück des Verfalls. Überall tropfte, klatschte und raschelte es wie in der Tiefe einer nassen Grotte. Berge matschiger Kürbiskerne, die sich an einigen Stellen im Saal türmten, versperrten ihr die Sicht. Sie waren übergroß, wie alles hier, allein einer dieser Kerne hätte Scarlett unter sich begraben können wie ein Sargdeckel. Instinktiv zog sie den Kopf ein und spähte nach oben. Ein dichtes Geflecht aus massiven Gewebefäden und -streben zog sich kreuz und quer über ihr durch den Raum und verlor sich nach oben und zu den Seiten hin in der Dunkelheit. Es war unmöglich zu erkennen, wie hoch und breit der Saal tatsächlich war. Im Geflecht lauerten noch immer einzelne, felsbrockenartige Kerne, die mit der spitzen Seite nach unten zielten. Auch aus dem Boden ragten Kerne, die sich beim Herabfallen senkrecht in das aufgeweichte Fleisch des Kürbisses gebohrt hatten. Um diese Kerne herum war der Boden wulstig aufgeworfen, und Scarlett hatte plötzlich, bei all den drohend herab- und heraufragenden Kernen das beklemmende Gefühl, sich im Maul eines uralten Riesen zu befinden. Sie würde achtgeben müssen, von keinem seiner faulen Zähne erschlagen zu werden.

Vorsichtig wagte sie die ersten Schritte in den Saal. Der Untergrund war unangenehm nachgiebig unter ihren Tritten, und er war schlickig. Jedes Mal, wenn sie einen Fuß aufsetzte, quoll ein wenig Flüssigkeit aus dem Boden hervor. Hob sie ihn wieder an, verursachte sie damit ein leises, schmatzendes Geräusch, und der Gestank von modrigem Kürbisfleisch schwappte herauf. Scarlett musste sich zusammennehmen, um sich überhaupt vorwärts zu bewegen, denn sie wurde das Bild nicht los, auf dem faulenden, blutenden Zahnfleisch des alten Riesen zu laufen.

Während sie sich zwischen all den Kürbiskernen hindurchbewegte, versuchte sie immer wieder zu erkennen, ob einer der Kerne weit oben über ihrem Kopf wackelig erschien. Es war zu düster. Die wenige Helligkeit im Saal kam zwar von oben, von vielen verschiedenen Stellen innerhalb des Geflechts, doch Scarlett konnte nicht sagen, um was für Lichtquellen es sich handelte.

Als sie einen besonders großen Kürbiskernhaufen umrundet hatte, stoppte sie im Schritt.

Endlich. Auf einer Empore am anderen Ende des Saales befand sich der Thron. Er hatte die Form eines bauchigen Kürbisses mit dicken Rippen und er besaß eine hohe, schlanke Lehne. Genau wie die Empore ragte er einfach aus dem Untergrund hervor, vermutlich war er aus dem einst festen, orangefarbenen Fleisch herausgeschnitzt worden. Er war leer.

Scarlett wurde immer mulmiger zumute. Sie hatte den Thronsaal des Kürbispalastes erreicht. Doch es gab keinen Hofstaat und keinerlei Prunk. Und wo war die Königin?

Langsam näherte sich Scarlett dem Thron, blieb jedoch in respektvollem Abstand stehen.

»Was ist hier passiert? Warum gibt es hier nichts außer Tod und Verfall?«, fragte sie in die Leere hinein.

Plötzlich hatte sie das Gefühl, beobachtet zu werden. Ein Wispern, ein Raunen, huschte durch den Saal. Es drang aus den Schatten, aus den Kernen, aus dem Boden, und es umkreiste sie, blieb nie an einem Ort. Scarlett wirbelte herum. Das Wispern wurde leiser, dann wieder deutlicher.

»Dies ist das Grauland, der November …«, glaubte sie herauszuhören.

Ihr Herz begann zu rasen. Waren das wirklich Worte gewesen? Etwas war hier, mit ihr, in dieser Halle. Das Raunen huschte von links nach rechts, entfernte sich und kam wieder näher.

»Die Kälte nimmt, was die Wärme gibt. Die Herbstlande enden hier und die Winterlande beginnen.«

Scarlett ballte die Fäuste. Dann hatte sie recht gehabt, etwas war passiert.

»D… dann komme ich zu spät? Die Herbstlande sterben? Es gibt keine Kürbiskönigin mehr?«, fragte sie und hoffte, das Wispern würde ihr noch einmal antworten.

Eine Weile lang geschah nichts. Es flüsterte leise, mal hier, mal dort, und Scarlett lauschte in das Klatschen und Tropfen hinein. Schließlich aber schwoll das Raunen an, erklang wie von tausend Stimmen, die von allen Seiten gleichzeitig anhoben. Sie flüsterten und lachten durcheinander, dann fügten sie sich zu einer Stimme zusammen, die festere Form annahm, während sie um Scarlett herumwehte.

»Ich bin die Königin. Ich bin die Herbstlande. Und mein Reich stirbt hier und jetzt. Das tut es immer – für immer und stets wieder neu, doch es beginnt auch wieder – für immer und stets wieder neu. Ich bin der Anfang und das Ende des Herbstes. Du bist nicht zu spät und nicht zu früh. An diesem Ort gibt es keine Zeit. Du bist gekommen und jetzt bist du hier …«

Die Kürbiskönigin. Sie war es selbst. Schlagartig kehrte Scarletts Angst zurück, Übelkeit breitete sich in ihr aus wie grüne Galle. Der süßliche Fäulnisgeruch schien an Intensität zuzunehmen, verklebte ihr die Nase und die Lungen. Plötzlich nahm sie eine Bewegung in den Schatten wahr, die sie langsam umkreiste wie ein Raubtier. Im nächsten Augenblick schoss etwas aus der Dunkelheit heran, pflügte durch die Kernhaufen und wanderte dann als Beule *unterhalb* der Oberfläche des Throns hinauf. Oben angekommen, formte sich die Beule zu einem kahlen Kopf. Er schob sich mit geschlossenen Augen aus dem Lehnenkürbisfleisch heraus, streckte und reckte sich, wackelte noch einmal hin und her und öffnete dann die Lider. Scarlett war wie versteinert. Etwas derartig Verstörendes hatte sie noch nie gesehen. Die Lehne des Throns bildete den armlosen Oberkörper dieser seltsamen Gestalt. Und der Kürbis, den Scarlett eigentlich für die Sitzfläche gehalten hatte, erschien nun wie ein bauschiger Rock über den Beinen einer Sitzenden. Noch immer rang Scarlett um Luft. Alles, was sie sich zurechtgelegt hatte, alles was sie hatte sagen wollen, was sie sich vorgenommen hatte, verschwand mit einem Schlag, wie das Licht einer Kerze, das sie die gesamte Reise über gehütet hatte und das jetzt, unter dem Blick dieser pupillenlosen orangefarbenen Augen, einfach erlosch. Instinktiv wusste sie, dass sich die schwarzen Linien unter ihrer Haut explosionsartig ausbreiteten, dass das Gift zu ihrem Herzen hinfloss, und dass sie sterben würde, wenn sie nicht irgendetwas unternahm, um diesem Blick zu entgehen.

»Die Schuld …«, schwappte es aus ihrem Inneren hervor wie überlaufende Flüssigkeit, und Scarlett spürte sofort, dass es hinausgemusst hatte. Jetzt konnte sie wenigstens wieder ein wenig Atem holen. Und doch wunderte sie sich über sich selbst. Ihre Schuld war das Erste, das ihr in den Sinn gekommen war – war es denn nicht Liebe gewesen, die sie durch die gesamten Herbstlande und bis hierher gepeitscht hatte?

Scarlett schrumpfte unter dem Blick der starren Augen zusammen, konnte sich nicht abwenden. Und es war, als stünde es alles dort geschrieben in diesen orangenen Kürbisfleischaugen, die sie nicht loslassen wollten. Doch sie verstand nicht, konnte es nicht lesen. Nur eines begriff sie: dass der Weg durch die Herbstlande sie reduziert hatte. Wie eine Zwiebel, so war auch sie bis auf den Kern entblättert worden, und ihre Schuld war das Letzte, das ihr noch geblieben war. War diese also der wirkliche Grund für ihr Hiersein?

»Aber …«, Scarlett setzte erneut an. War es möglich, dass sie Liebe mit Schuldgefühlen verwechselte? So wie die Spinnenkönigin es gesagt hatte? Sie liebte Nathan doch! Oder etwa nicht?

Endlich kam Leben in den schrecklichen, starren Kopf. Er neigte sich nach einer Seite und entließ Scarlett aus der Blickgefangenschaft.

»Warum bist du hier?«, fragte die Königin. Ihre Stimme hatte sich nun vollends ausgebildet, war eigenartig, unangenehm vertraut und doch fremd … und jetzt, da es Scarlett möglich war, genauer hinzusehen, erkannte sie auch etwas Vertrautes in den angedeuteten Zügen des Königinnenkopfes. Sie hatte dieses Gesicht schon einmal gesehen, aber wo? Sie hatte … Scarlett verschlug es den Atem. Sie suchte nach Viridis' Holzschnitzerei in der Manteltasche. Mehrmals musste sie nachfassen, weil sie so sehr zitterte, dass ihr das kleine Kunstwerk immer wieder aus den Fingern glitt. Dann hob sie es vor sich. Sie hatte sich lange nicht mehr im Spiegel gesehen, ihr kam es vor wie eine Ewigkeit. Vermutlich würde sie sich heute auch nicht mehr darin erkennen. Das war der Grund, warum sie das Antlitz der Kürbiskönigin nicht sofort hatte zuordnen können, anscheinend spiegelte es ihr jetziges, kahles und ausgemergeltes Gesicht. Doch es gab keinen Zweifel. Scarlett sah sich selbst in dem kürbisfarbenen Gesicht. Und es war ihre eigene Stimme, mit der die Herrscherin sie angesprochen hatte.

Die Königin sah aus wie Scarlett und sprach mit ihrer Stimme. Dennoch fragte sie sie nach dem Grund für ihren Bittbesuch, als wäre sie eine Fremde. Scarlett drohte, vor Angst ohnmächtig zu werden. In diesem Moment kamen ihr die Worte des Laubdrachen in den Sinn, die Königin sähe für einen jeden, der zu ihr gelänge, anders aus. Auch wenn Scarlett der Anblick ihres eigenen, verfremdeten Antlitzes noch immer Schwindel bereitete, hielt sie der Gedanke an den Drachen zumindest aufrecht.

»Ich … Nathan!«, würgte sie hervor. Ihre Kehle war wie zugeschnürt. Ihr rasendes Herz schien sich als Klumpen in ihrem Hals festgesetzt zu haben. »Bitte … ich flehe Euch an!«

»Warum bist du hier?«, fragte die Königin erneut mit Scarletts Stimme.

»Es tut mir so unendlich leid! Ich habe alles falsch gemacht! Ich habe doch nicht gewusst, ich habe es nicht gewusst, wie …«

Scarlett brach ab. Tränen strömten über ihre Wangen und sie begann zu schluchzen. Im Angesicht dieses Wesens begriff sie endlich, wie mächtig es war. Und wie fremdartig. Mit wem hatte sie denn geglaubt, einen Handel nach ihren eigenen Regeln abschließen zu können? Sie hatte die Natur dieses Feuers nicht gekannt, bevor sie es heraufbeschworen hatte, und nun wurde sie davon verzehrt. Und mit der Gewissheit eines niedergehenden Blitzes wusste sie, dass die Kürbiskönigin sie nicht mit Nathan nach Hause gehen lassen würde, nicht einfach so.

»Gebt mir Nathan zurück. Das ist alles, was ich will«, brach es dennoch aus ihr heraus. Dann krümmte sie sich weinend zusammen, stützte sich mit den eisigen, transparenten Händen auf ihren Knien ab.

»Warum willst du ihn?«, fragte die Königin.

Scarlett sah durch ihren Tränenschleier auf. Dies war der Moment. Endlich konnte sie es sagen.

»Weil ich ihn liebe. Ich will ihn nicht verlieren, und nur deshalb habe ich den Wunsch zur falschen Zeit geäußert.«

»Nein.«

Es war nur ein einziges kleines Wort. Doch es tat mehr weh als alles andere auf Scarletts langer Reise. In ihm lag Endgültigkeit.

Der Kopf der Königin schob sich knirschend noch ein Stück weiter aus der Lehne heraus. Er hatte jetzt einen absurd langen Hals.

»Du betrügst mich noch immer, Scarlett Menschenkind. Wie damals, als du meinem Diener deinen falschen Wunsch mitgabst. Und nun stehst du vor mir und forderst noch immer das Falsche.«

»Aber … ich *fordere* doch nichts von Euch! Ich flehe Euch an!«, rief Scarlett aus. Die Worte der Königin erschreckten sie zutiefst. Der Königinnenkopf blieb reglos. Nur der Mund bewegte sich.

»Oh, wie sehr du dich irrst. Du sagst, du hättest die Reise auf dich genommen durch mein gesamtes Reich, hättest meine Untertanen kennengelernt und meine Gesetze. Doch du irrst dich. Nichts hast du gelernt auf deiner Wanderung, hast Augen und Ohren verschlossen, und ebenso dein Herz. Mein Reich und meine Untertanen haben zu dir gesprochen und dir zu verstehen gegeben, dass dein Wunsch der falsche ist. Sie haben dir Wege gezeigt, um wieder nach Hause zu gelangen. Doch du bist weitermarschiert, gegen alle Zeichen, die ich dir sandte. Du bist hergekommen, um zu fordern. Doch auf diese Weise wirst du scheitern.«

Scarlett war wie vom Donner gerührt. Sie hatte nicht die leiseste Ahnung, wovon die Königin sprach. Wieso sollte sie sie betrügen? Womit denn? Wieso das Falsche wünschen und nun auch noch fordern? Sie wollte doch nur ihren Geliebten zurück – wie konnte das falsch sein?

»Kann denn Liebe falsch sein?«, fragte sie. Ihre Stimme schrillte dabei in ihren eigenen Ohren.

Die Kürbiskönigin starrte Scarlett an, aus Augen, die niemals blinzelten. Dann begann ihr Kopf zu sinken, verschmolz wieder mit der Lehne.

»Nein, warte!«, rief Scarlett, noch schriller.

»Du weißt nichts von Liebe«, murmelte die Königin, bevor sie restlos im Thron verschwand.

»Oh bitte!«, schluchzte Scarlett. »Bitte, Majestät, geht nicht fort, hört mich an! Ich verstehe nicht, was Ihr meint, warum sollte ich nichts von Liebe wissen?«

Doch die Königin war verschwunden. Scarlett schluchzte, bis sie kaum noch Luft bekam. Das konnte, das durfte es doch nicht gewesen sein!

Gerade, als die Kraft sie verließ, und sie sich einfach in den Kürbisschlamm sinken lassen wollte, zirpte eine Stimme über ihrer Schulter.

»Du liebst nicht einmal dich selbst, darum!«

Scarlett fuhr herum. Ein Kürbislichtlein kam aus der Dunkelheit des Geflechtes herab. Es war genau so eines wie die, die die Korridore vor dem Thronsaal beleuchteten. In ihnen steckte also doch Leben. Nun schwebte es vor ihr und sie sah, dass es ein Gesicht und kugelrunde Augen besaß, mit denen es sie ernst musterte.

»Wieso sagst du das?«, fragte Scarlett.

»Weil es wahr ist«, zirpte das Licht. Dann flog es davon, zurück nach oben in die Dunkelheit.

»Wo willst du hin? Warum müsst ihr alle immer so geheimnisvoll sein?«, schrie Scarlett ihm hinterher. Es machte sie zornig, dass in diesen schrecklichen Herbstlanden fast jeder in Rätseln sprach. Mit jedem Wort, das sie hörte, wurde sie noch verwirrter.

»Wieso müsst ihr Menschen nur immer so ungeduldig sein?«, kam es von oben zurück.

Und mit einem Mal bewegten sich alle Lichter, lösten sich aus den verholzten Fäden und Streben und schwebten frei im Raum. Kurz darauf begannen sie zu kreisen, bildeten eine Formation. Scarletts erster Impuls war zu fliehen, sich zu verstecken. Sie waren alle zum Leben erwacht! Würden sie sie nun holen? Dann besann sie sich eines besseren. Dieses Licht war anders als das im September. Es hatte normal mit ihr gesprochen.

Nun, da alle Lichter zusammen waren, war es wesentlich heller über ihr, aber für diese gigantische Halle reichte das Leuchten trotzdem nicht aus, und Scarlett konnte sich des Gefühls nicht erwehren, unter einem finsteren Sternenhimmel zu stehen, mit nichts über sich als Kälte und endloser Einsamkeit. Kälte, das war sowieso das einzige, was sie noch verspürte. Ihre Angst war erloschen, ebenso jede Hoffnung.

»Folge uns ...«, rief das Lichtlein herab, während die anderen bereits auf eine der Wände zuflogen. Es war eine seltsame Prozession. Scarlett sah ihnen nach, ohne sich zu rühren. Noch immer hatte sie Angst, ihnen zu folgen. Dennoch ... sie wollte wissen, was es ihr zeigen wollte. Die Kürbiskönigin hatte sie verlassen, welche Möglichkeit blieb ihr denn noch? Sie nahm sich vor, sich nicht in eine Falle locken zu lassen und stapfte hinterher. Als die Lichter die Wand erreichten, erkannte sie, dass das Tropfen und Rascheln tatsächlich vom Verfallsprozess des Kürbisses herrührte. Kerne und verflüssigtes Gewebe klatschten unablässig als Matsch zu Boden. Erst im nächsten Augenblick sah sie, dass dort, wo die Kürbislichter durch das Dunkel hüpften, etwas in der Wand festhing, das aussah wie ein Mensch.

»Nathan!«, schrie sie und watete durch den Schlamm auf ihn zu.

Ihr Herz pochte kreuz und quer in ihrer Brust – sie hatte ihn gefunden! Als sie bei ihm ankam, wandelte sich ihre Erleichterung in Entsetzen. Er war in die Wand eingewachsen, das Kürbisfleisch wucherte um ihn herum wie ein gieriger Tumor. Teile von ihm, die Hüfte, eine Schulter, ein Arm sowie beide Füße, waren vollständig im orangefarbenen Gewebe verschwunden. Der Kopf baumelte leblos herab, seine Haare klebten nass und strähnig in seinem Gesicht. Die Fäulnis des sterbenden Palastes rann über seinen Körper.

»Nathan ...« Sie trat dicht an ihn heran und hob vorsichtig sein Gesicht an. Seine Augen waren geschlossen, er war bewusstlos. »Was hat sie dir angetan, mein Liebster?«, flüsterte sie.

Da kehrte das Wispern zurück, kroch durch den Boden auf sie zu und schwebte gleichzeitig über ihr. Die Kürbiskönigin war überall zugleich.

»Sterbendes gesellt sich zu Sterbendem … Er hat sich mir angeschlossen.«

Scarlett fuhr herum.

»Niemals!«, rief sie in die leere, tropfende Halle. »Er hängt viel zu sehr am Leben – und er liebt mich! Er würde sich niemand anderem anschließen!«

Die Kürbiswand neben dem Gefangenen begann zu wallen und zu wabern. Eine Beule drückte sich heraus, wie zuvor aus der Lehne des Throns. Und wieder erschien der grausige, unfertige, kahle Kopf, dieses Mal genau über Nathan. Scarlett hätte beinahe geschrien vor Angst. Wieder fühlte sie sich erstarrt im Angesicht dieses Wesens. Es schaute auf Nathan herunter.

»Ihn willst du wiederhaben? Er ist schwach. Nicht der Rede wert.«

Wie beim ersten Mal hatte Scarlett Schwierigkeiten, etwas zu sagen.

»Er … ist nicht … schwach«, brachte sie hervor. »Bitte gebt ihn mir wieder, Ihr wollt ihn doch gar nicht.«

Das Gesicht der Königin wandte sich Scarlett zu. Beinahe glaubte sie, so etwas wie ein Lächeln auf den Lippen der Herrscherin zu erkennen.

»Du forderst ein Leben mit ihm, dabei wird es ohne Liebe sein. Dummes Menschenkind. Du wirst dein Herz nicht mehr brauchen. Gib es mir, dann kannst du ihn haben.«

Scarlett wusste nicht, ob sie die Worte begriffen hatte. Sie konnte Nathan wiederhaben? Aber …

»Wie könnte ich ohne mein Herz weiterleben?«, fragte sie entgeistert.

»Du brauchst es nicht für das Leben, das du anstrebst. Das ist der Preis. Gib es mir und du bekommst ihn zurück.«

Es war unbegreiflich. Scarlett konnte sich nicht vorstellen, was die Königin meinte. Sie würde ihr sicherlich nicht ihr Blut pumpendes Organ entnehmen, es musste sich um irgendetwas Übertragenes handeln. Etwas, das sie nicht brauchen würde? In Scarlett rumorte es. Tief in ihr war ein Widerstand, eine Warnung, die sie jedoch an sich vorbeiziehen ließ. Es war die einzige Möglichkeit, Nathan zu befreien und ihre Schuld zu begleichen. Ihre Schuld … da war sie wieder. Ein letztes Mal kam die Frage in ihr auf, ob sie das Richtige tat.

Natürlich tue ich das Richtige!, wehrte sie ab. Sie schuldete Nathan die Rettung, egal aus welcher Motivation. Ob aus Liebe oder aus schlechtem Gewissen war unwichtig. Sie musste auf den Handel eingehen. Eines wollte sie jedoch noch wissen.

»Warum mein Herz?«

Nun lächelte die Kürbiskönigin sichtbar. Es war ein nachdenkliches Lächeln. Ihr pupillenloser Blick ließ von Scarlett ab, schien in die Ferne zu gleiten. Als sie antwortete, war es, als redete sie mit sich selbst.

»Einst war ich verliebt. Doch ich verlor mein Herz. Es ist einsam hier draußen, das Sterben. Ich fühle mich besser, wenn ich wieder ein Herz besitze und die Träume dazu. Eine Zeit lang wird es dann wieder bunt, auch für mich«, wisperte sie.

»Die Träume?«, fragte Scarlett vorsichtig.

Die Königin richtete den Blick wieder auf sie. »Ja, Scarlett. Du hast sie mir gegeben, weißt du noch?«

Oh ja, Scarlett erinnerte sich nur zu gut an die Nebel. Und wie schmerzhaft es gewesen war, sich die Träume herausreißen zu lassen.

»Du gabst sie her, weil du auch sie nicht mehr brauchst. Du hast sie alle geopfert, für diesen Mann. Nun besitze ich sie. Siehst du, dort drüben.«

Wie auf ein unsichtbares Kommando hin setzten sich die Lichtchen wieder in Bewegung, bildeten eine glimmernde, tanzende Kette an der Wand entlang. Scarlett folgte ihnen zögernd. Sie wollte Nathan nicht verlassen, jetzt, da sie ihn wiedergefunden hatte. Doch der Gedanke, ihre Träume zu sehen, an die sie sich doch gar nicht mehr erinnerte, war zu verlockend.

Die Lichter führten sie um den Thron herum zu einem kleinen, unfassbar schönen Teich. Er leuchtete und glitzerte hell aus sich selbst heraus und Scarlett fragte sich, warum sie ihn vorher in der Dunkelheit nicht wahrgenommen hatte. Eine frische, klare Quelle sprudelte aus der Mitte hervor und unzählige kleine und größere, regenbogenfarbene, schimmernde Kugeln schwammen darin herum oder schwebten über der Oberfläche. Sie waren durchsichtig, und Scarlett erkannte in jeder der Blasen Gestalten, Tiere oder Gegenstände. Eine Blase tauchte an der Oberfläche auf und schwamm einen Moment lang in den zarten Wellen. Scarlett sah einen Hund darin, er war niedlich, karamellfarben und hatte Locken an den Ohren. Flehend sah er sie an, schien sie anzuwinseln, doch da versank die Blase bereits wieder. Ein Klavier schwebte über der Oberfläche, Bäume und Blumen und eine rothaarige junge Frau waren in einer anderen Blase. Sogar eine Schreibmaschine gab es zu entdecken. Es machte Scarlett traurig, all diese schönen, vielfältigen, bunten und lebendigen Dinge zu sehen, die angeblich einmal zu ihr gehört hatten, die sie jedoch alle für den Mann in der Kürbiswand aufgegeben hatte. Sie hätten ihr sicher Freude bereitet. Was für ein Leben erwartete sie ohne sie?

»Von nun an gebiete ich über deine Träume«, wisperte es um sie herum. »Ich besitze sie alle, selbst die, die du noch gar nicht kanntest und jene, die du schon lange vergessen hattest. Sie gehören mir und sie werden mir einige Zeit gut tun.«

»Nein.« Eine einsame Träne löste sich aus Scarletts Auge. »Ihr besitzt sie nicht alle. Den wichtigsten habe ich mir bewahrt. Jetzt nehmt mein Herz und lasst meinen Geliebten und mich ziehen.«

Das Wispern umkreiste Scarlett eine Weile, bevor es die erlösenden Worte formte.

»Dann komm.«

Scarlett kehrte zu Nathans Körper zurück. Das Gesicht der Kürbiskönigin starrte aus der Wand auf sie herab.

»Leg deine Hand auf die linke Seite deiner Brust, dorthin, wo dein Herz schlägt.«

Scarlett folgte der Aufforderung. Sie spürte in sich hinein, dorthin, wo sie einen warmen, kraftvollen Rhythmus fand. Er behagte ihr. Ihn sollte sie aufgeben?

»Fühle dich, ein letztes Mal«, flüsterte die Kürbiskönigin.

Plötzlich nahm Scarlett etwas anderes wahr. Noch konnte sie es nicht zuordnen, wusste nicht, ob es von innen oder von außerhalb zu ihr drang, aber es drohte, sie abzulenken. Sie zog die Augenbrauen zusammen.

»Nun leg deine andere Hand auf seine Stirn«, befahl die Königin.

Scarlett trat näher heran und hob die andere Hand. Doch bevor sie Nathans Stirn berührte, hielt sie inne. Was war es nur, was sie so sehr ablenkte? Was … Es war eine Melodie. Sie vernahm einen zarten Gesang von irgendwoher. Es war die Stimme einer jungen Frau, sie sang ein Lied voller Wehmut und Schmerz. Etwas rührte sich in Scarlett. Die Melodie war ihr vertraut. Oder war es die Stimme? Oder beides? Sie ließ die Hände sinken und wandte sich um. Also war noch jemand im Kürbispalast. Jemand, der ihr wichtig war, auch wenn sie nicht sagen konnte, warum. Wie magisch zog es sie zu dieser Stimme hin.

Scarlett wandte sich von Nathan ab. Sie konnte jetzt nicht auf ihr Herz verzichten, nicht, bevor sie herausgefunden hatte, was es mit diesem Gesang auf sich hatte. Sie spürte, dass sie dieses Lied allein mit ihrem Herzen vernahm. Gab sie es auf, würde der Gesang für immer verstummen. Sie horchte nun genauer. Die singende Stimme lenkte sie in die Richtung, in der sich auch der Traumteich befand. Langsam ging sie los, ließ sich von der Melodie führen. Die Kürbislichtlein schwebten über ihr in der Luft, beobachteten sie.

»Du gehst?«, hörte sie die Königin wispern.

»Ich will nur wissen, wer dort singt …«, antwortete Scarlett geistesabwesend.

Sie war wie verzaubert. Die Königin, Nathans Rettung, selbst ihr eigenes Leben waren bedeutungslos. Sie *musste* es wissen, jetzt sofort – sie spürte mit jeder Faser ihres Seins, dass es wichtiger war, die Sängerin zu finden, als alles andere sonst.

Plötzlich krachte es hinter ihr. Ein gewaltsamer Laut, der den Gesang übertönte und Scarlett empfindlich störte. Ein Stöhnen folgte, so entsetzlich und durchdringend, dass ihr ein Schauer über die Pergamenthaut an ihrem Rücken lief. Und dann vernahm sie Nathans Stimme.

»Scarlett, hilf mir!«

Sie drehte sich um und sah, dass er sich bewegte, wieder wach war! Noch immer hing er in der Wand fest, doch war ein Teil des Kürbisgeschwürs herausgebrochen. Bittend streckte er einen Arm nach ihr aus. Der Anblick versetzte Scarlett einen Stich. Er war bei Bewusstsein, das war es, was sie sich gewünscht hatte, seit sie ihn im Krankenhaus gesehen hatte. Und doch … irritierte sie seine Anwesenheit, bereitete ihr Unbehagen.

Das Singen wurde eindringlicher. Es lag nun so viel Sehnsucht in der Stimme, das Scarlett es kaum ertragen konnte.

»Ich komme wieder, mein Liebster«, rief sie. »Warte auf mich. Nur einen Moment noch.«

Mit diesen Worten drehte sie sich um und eilte davon, weg von Nathan und den seltsamen Gefühlen.

»Nein! Komm zu mir, komm zurück, Scarlett! Ich brauche dich!«, rief er ihr hinterher.

Ja … dachte sie. Dafür war sie hergekommen, weil er sie brauchte. Aber zum ersten Mal war es ihr unangenehm, ganz und gar. Sie wollte nicht zurück zu ihm, wollte nicht von ihm gebraucht werden, nur der Gesang war von Bedeutung, er zog sie in seinen Bann und vermittelte ihr das Gefühl, dass sie sich dieses eine Mal vor allem selber brauchte. Dieses Lied, diese Stimme, war etwas Besonderes, sprach mit ihrem Herzen.

Wieder krachte es hinter ihr. Dieses Mal noch lauter. Sie sah über die Schulter. Ein weiterer Brocken war aus dem Kürbisgeschwür herausgebrochen, und Nathan kämpfte gegen sein Gefängnis an. Plötzlich bekam sie Angst. Sie wollte nicht, dass er sich befreite, nein, sie wollte alleine dem Gesang folgen. Er sollte hierbleiben und auf sie warten.

Sie entdeckte eine unscheinbare Tür in den Schatten. Rasch drückte sie die Klinke herunter und schlüpfte hindurch.

9

Die Macht der Träume

»Bleib hier! Verdammt, bleib endlich stehen! Geh nicht weg!«

Nathan schrie jetzt. *Diese* Stimme erkannte sie wieder. Es war dieselbe wie die, wenn er traurig war, weil sie ihn enttäuschte. Zumindest hatte sie das einst geglaubt. Jetzt erkannte sie, dass er wütend auf sie war, weil sie nicht gehorchte. Aber sie war doch extra für ihn hierhergekommen! Zählte das denn nicht?

»Komm zurück, du egoistisches Stück!«, brüllte er.

Scarlett zuckte zusammen. So außer sich hatte sie ihn noch nie erlebt. Er hatte sie beschimpft! Tränen schossen ihr in die Augen. Nathan, der Mann, den sie liebte, für den sie all die Leiden und Gefahren auf sich genommen hatte, machte ihr plötzlich Angst.

Aber hatte er das im Grunde nicht schon oft getan? Wie hatte sie das nur übersehen können?

Schnell wischte sie sich die Tränen fort und schloss die Tür hinter sich. Bevor sie sie zugezogen hatte und sich aufs Neue in alles verzehrender Schwärze wiederfand, erhaschte sie einen Blick auf eine Wendeltreppe, die steil nach oben führte. Scarlett tastete sich vor, dann rannte sie die Stufen gebückt auf Händen und Füßen hinauf. So kam sie im Dunkeln schneller voran, sie wollte zu der Stimme gelangen, bevor Nathan sich befreite und sie daran hinderte.

Viel zu schnell geriet sie außer Atem. Wie weit diese Wendeltreppe nach oben führte! Scarlett konnte sich nicht daran erinnern, von außen einen Turm gesehen zu haben. Doch der Gesang führte sie voran, zog sie weiter. Sie keuchte, wurde jedoch nicht langsamer. Kurz darauf lichtete sich das Dunkel, ein kleines Fensterchen kam in Sicht. Schwer atmend steckte sie den Kopf aus der Öffnung und stellte fest, dass sie sich im Stiel des Kürbisses befand. Das erklärte, warum sie länger nach oben stieg, als es die Höhe des Kürbisses zugelassen hätte. Dass es hier ein Fenster gab, hatte sie von außen nicht bemerkt.

Ein neuerliches Krachen ertönte, gefolgt von einem zweiten.

»Scarlett, hilf mir! Komm zurück!«, hörte sie Nathans Stimme von weit, weit unten. Was geschah da nur im Thronsaal? Scarlett zog den Kopf wieder hinein. Sie war unschlüssig. Der Lärm war erschreckend gewesen und sie hatte ernsthafte Furcht aus Nathans Stimme herausgehört. Tat die Königin ihm etwas an? Sollte sie zurückgehen und nachsehen? Aber da war der Gesang, diese Melodie … sie verstand es ja selbst nicht, dass nichts und niemand sie zuvor hatte abhalten können, durch Himmel und Hölle der Herbstlande zu wandern, um ihren Geliebten zu retten, und sie ihn nun für diesen zarten Gesang im Stich lassen wollte. Und doch würde sie es tun.

Entschlossen rannte sie weiter hinauf, nahm je zwei Stufen auf einmal. Die Fenster kamen nun regelmäßig, und Scarlett mobilisierte noch einmal ihre Kräfte. Schließlich endete die Treppe vor einer Tür, die so schmal war, dass Scarlett sich fragte, ob sie überhaupt hindurchpassen konnte. Ein faustgroßes Loch klaffte in dieser Pforte, die wie alles hier aus Kürbisfleisch bestand und ebenso der Zersetzung anheimgefallen war. Der Gesang war nun deutlich vernehmbar. Er drang eindeutig hinter der Tür hervor, kam nicht mehr nur aus ihrem Herzen. Mit angehaltenem Atem näherte sie sich dem Loch und spähte hindurch. Sie sah ein rundes Turmzimmer, es enthielt ein Art Bett und so etwas wie einen Hocker, beides schlichte, viereckige Erhebungen, die aus dem Boden herausgeschnitzt waren. Der Hocker befand sich direkt unter einem Fenster, durch das fahles Licht hereinfiel. Darauf saß eine Frau in einem schlichten weißen Kleid. Ein langer Zopf aus rotem Haar fiel ihr über den Rücken. Die Art, wie der Zopf geflochten war, erinnerte Scarlett an ihre Kindheit, daran, wie ihre Mutter ihr die Haare immer geflochten hatte. Die Frau saß mit dem Gesicht zum Fenster und schien hinauszusehen, während sie sang. Sie bewegte ihren Oberkörper sanft hin und her, passend zu der wundervollen, schmerzerfüllten Melodie. Die Arme hatte sie um ihren Brustkorb geschlungen.

Der Anblick der Frau schnitt Scarlett tief ins Herz. Was tat sie hier oben, so ganz alleine? Wer war sie? Scarlett entdeckte einen Schlüssel, der an der Wand neben der Pforte hing, nahm ihn zur Hand, steckte ihn ins Schloss und drehte ihn herum.

Langsam öffnete sie die Tür.

Der Gesang der Frau verstummte.

Scarlett betrat das Turmzimmer.

Die Frau drehte sich zu ihr um. Und Scarlett sah … in ihr eigenes Gesicht.

Gesund, wunderschön, so wie sie einst gewesen sein mochte. Die Haut war glatt und weich, die Haare voll, ebenso die Lippen, und die Augen schimmerten grün und klar wie reife Weintrauben. Einzig und allein der Blick, mit dem die Frau sie ansah, schockierte Scarlett zutiefst.

Der Lebenswille darin war erloschen. Diese Frau bereitete sich darauf vor zu sterben.

»Wer bist du?«, fragte Scarlett heiser.

Die Frau erhob sich. Sie war exakt so groß wie Scarlett.

»Erkennst du mich denn nicht?«, sagte die Frau. »Ich bin du.«

»Wie … wie ist das möglich?«

»Hier in den Herbstlanden ist alles möglich.«

»Aber was machst du hier? Wie bist du hierher gekommen?«, fragte Scarlett.

»Du hast mich hergebracht.«

»Was? Wie könnte ich … ich bin doch gerade erst angekommen … ich meine, ich …« Scarlett unterbrach sich. Sie war vollkommen durcheinander. »Warum sind wir nicht mehr eins?«

Die Frau, die andere Scarlett, sah sie traurig an.

»Du wolltest mich nicht mehr bei dir haben. Du sagtest, du brauchst mich nicht. Ich war dir lästig.«

»Lästig? Aber … und wer hat dich hier oben eingesperrt?«, fragte Scarlett hilflos.

»Das warst auch du. Weißt du das nicht mehr?«

Nein, Scarlett wusste es nicht. Sie hatte wieder einmal keine Ahnung.

Was weiß ich überhaupt über mich?

»Aber warum? Wieso sollte ich das getan haben?«

In diesem Moment erbebte der gesamte Palast. Es donnerte in der Tiefe und ein Schrei ertönte, ein unmenschlicher Schrei, der lauter und lauter anschwoll, bis Scarlett sich die Ohren zuhalten musste.

»SCAARLEETT!«, brüllte etwas, das nur noch entfernt nach ihrem Nathan klang.

Mit aufgerissenen Augen starrte Scarlett die Frau an, die ihr bewegungslos gegenüberstand. Als der Schrei verebbte, nahm sie die Hände wieder von den Ohren.

»Weil *er* es so wollte«, sagte die Frau.

»Was sagst du da?«, rief Scarlett.

»*Er* wollte, dass du mich wegsperrst.«

Der Höllenlärm von unten riss nicht ab. Ein weiteres, ohrenbetäubendes Donnern ertönte, wieder bebte der Boden unter Scarletts Füßen. Die Frau geriet ins Straucheln und fiel hin. Sie machte sich nicht einmal die Mühe, wieder aufzustehen, sondern blieb einfach liegen. Schnell ging Scarlett neben ihr in die Hocke und fasste sie an den Schultern. Kurz zuckte sie zusammen, als sie die Berührung auch an ihren eigenen Schultern spürte. Ganz schwach nur, wie ein leises Echo dessen, was sie gerade tat. Anscheinend war die Trennung zu ihrem anderen Teil noch nicht komplett vollzogen.

Mit einem Ruck zog sie die Frau in eine sitzende Position hoch, während es unten wütete und donnerte.

»SCARLETT!«, brüllte das Nathan-Etwas. »KOMM DA WEG, SONST TÖTE ICH SIE!«

Eiseskälte floss durch ihre Adern. Es war also wahr. Er wusste es. Er kannte diese Frau, er wusste, dass sie hier oben war. Die ganze Zeit hatte er Scarlett zum Narren gehalten, hatte einen Teil ihres Ichs von ihr ferngehalten. Aber warum? Was besaß diese Scarlett, was Nathan nicht bei sich haben wollte?

»Wir müssen hier weg!«, sagte sie und zog an der Frau.

Diese schüttelte den Kopf.

»Wo sind meine Träume?«

»Was?«

»Ich kann meine – unsere – Träume nicht mehr fühlen. Sie sind fort, seit Kurzem erst, und du hast sie auch nicht bei dir.«

»Die habe ich weggeben müssen.«

Die Frau sah sie verständnislos an.

»Du hast sie weggegeben?«

Scarlett nickte. Die Frau betrachtete sie forschend, dann sackte sie wieder in sich zusammen.

»Das hättest du nicht tun dürfen.«

Scarlett zog wieder an ihr. Das Brüllen und Krachen näherte sich. Nathan kam zu ihnen herauf.

»Was spielt das für eine Rolle? Ich hätte doch sonst überhaupt nicht herkommen können!«

Die Frau wendete den Blick ab, sah zu Boden.

»Was hat das Leben für einen Sinn, wenn man keine Träume mehr hat? Ein solches Leben will ich nicht. Lass mich hier.«

Scarlett schüttelte den Kopf. Tränen stiegen ihr in die Augen. Sie wusste nun, welcher Teil von ihr diese Frau gewesen war, und warum Nathan sie von ihr hatte trennen wollen. Sie hatte verstanden. Und plötzlich begriff sie noch mehr. Das Mädchen, das sie im Oktober getroffen hatte, mit dem sie Verstecken gespielt und das ihr seinen Namen nicht hatte sagen wollen … wie musste sie sich im Lauf der Jahre verändert haben, dass sie dieses Kind nicht hatte wiedererkennen können?

»Nein, ich lasse dich nicht zurück. Nie mehr.« Mit diesen Worten packte sie die Frau am Arm und zerrte sie auf die Füße. »Ich weiß, wo unsere Träume sind.«

Auf der Treppe waren schwere Schritte zu hören. Es war zu spät. Nathan war gekommen. Und er schnitt ihnen den Weg ab. Doch sie würde nicht aufgeben. Diesen Kampf würde sie gewinnen, sie …

Mit lautem Krachen platzte die Tür aus dem Rahmen, und Nathan quoll herein. Es war der einzige Ausdruck, der noch zu seinem Zustand passte. Scarlett schrie. Was sich da durch die Türöffnung schob, war ein verwachsenes Monster, kein Mensch mehr. Riesig, unförmig, unbegreiflich. Die Kleidung war zerrissen und baumelte in Fetzen von ihm herab wie alte Haut. Lilafarbene Adern, so dick wie Regenwürmer, zogen sich am geschwollenen, grauen Hals entlang und die Schläfen hinauf. Das sollte ihr Nathan sein?

»So sieht er immer aus«, sagte die Frau, als habe Scarlett ihren Gedanken laut ausgesprochen.

Nathans Kopf, angewachsen zur Größe eines Stierschädels, pendelte kampfeslustig hin und her. Seine schwarz unterlaufenen Augen fixierten Scarlett. Geifer tropfte aus seinen Mundwinkeln.

»Gib sie mir«, grollte er.

Scarlett wich zurück, schob sich schützend vor die Frau. Sie bekam kein Wort heraus.

»Sie steht zwischen uns und unserem Glück! Nur ich allein kann dich glücklich machen!«, brüllte er und drang weiter in den Raum ein. Er musste sich ducken, um überhaupt Platz darin zu finden. Seine Pranke grapschte nach ihnen beiden. Einer seiner riesigen Fingernägel erwischte Scarlett und riss ihr den Arm auf. Schwarze Flüssigkeit rann aus ihren Adern. Sie schrie auf und schubste die Frau auf die Tür zu.

»Zu unseren Träumen«, raunte sie ihr zu, packte sie und zog sie mit sich.

Nathan geiferte und schnappte mit den Händen nach ihnen, doch er war zu groß, um schnell und gezielt zugreifen zu können. In Todesangst schlüpfte Scarlett an ihm vorbei ins Treppenhaus und zerrte ihr anderes Ich hinter sich her.

Ihr Träume-Ich.

Ihr wahres Ich.

Die Treppe schien noch länger zu sein, als sie auf dem Hinweg gewesen war. Das Nathan-Ding brüllte, trampelte und krachte hinter ihnen her, und es schloss auf. Scarlett schrie wie am Spieß, sie konnte die Panik und die Schmerzen nicht länger in sich zurückhalten. Sie zerrte ihr anderes Ich unbarmherzig hinter sich her. Was auch immer geschehen mochte, sie wusste nur eins: sie mussten zu ihren Träumen gelangen. Etwas sagte ihr, dass Nathan verloren hatte, wenn sie sich wieder mit ihren Träumen vereinigten.

Gemeinsam stürmten sie durch die Finsternis. Doch als sie unten ankamen und durch die Tür stolperten, begriff Scarlett, dass sie es nicht schaffen würden. Der Traumteich war bereits in Sicht, aber das Nathan-Ding hatte sie eingeholt. Und sie selbst blutete aus, war mit ihren Kräften am Ende.

Da fiel ihr etwas ein. Wie hatte sie sie nur vergessen können? Hastig wühlte sie in ihrer Manteltasche. Hatte sie sie etwa verloren? Nein, da war sie. Scarletts Finger schlossen sich fest um die letzte Wunschnuss.

»Lauf!«, schrie sie und stieß ihr anderes Ich in Richtung des Traumteiches.

Im nächsten Augenblick wurde sie von der Pranke des Monsters niedergeschlagen. Scharfer Schmerz explodierte zwischen ihren Schulterblättern. Sie landete auf dem Bauch. Sofort war Nathan über ihr, und ein Schweißgeruch, so durchdringend, wie sie ihn noch niemals gerochen hatte, hüllte sie ein. Über die Schulter sah sie eine dicke, geschwollene Zunge, die aus seinem Maul quoll. Dicker Speichel tropfte davon herunter. Scarlett schrie und wand sich, doch er drückte sie mit seinem Gewicht zu Boden. Ein zufriedenes Grollen drang aus seiner Kehle, während er sich immer weiter auf sie sinken ließ. Die ersten Knochen gaben nach. Sie knackten und brachen wie Äste.

Meine Rippen!, schrie es in Scarletts Kopf, bevor sich die Bruchstücke in ihre Lunge bohrten. Glühende Schürhaken wühlten in ihrem Inneren, stachen und brannten alles zu Brei. Sie bekam keine Luft mehr. Sie strampelte mit den Beinen, die Arme konnte sie nicht bewegen. Doch sie hielt die Nuss noch immer fest in der Hand.

Hilf mir!, dachte sie verzweifelt. *Hilf ihr, dass sie es schaffen kann. Lass sie, mich, leben – zeig ihr den richtigen Weg!*

Plötzlich begann Nathan zu brüllen, schmerzverzerrt, wie ein heulender Wolf, der tödlich getroffen war. Der Druck auf Scarletts zerstörtem Brustkorb ließ nach, es gelang ihr, ein wenig Luft in ihren Körper zu saugen. Nathan war von ihr hinuntergesprungen, stolperte in Richtung des Traumteiches, und brach gleich darauf zusammen.

»Was hast du getan?«, keuchte er.

Pfeifend sog Scarlett Luft ein, unendlich quälend, unendlich schmerzvoll. Mit tränenden Augen beobachtete sie, wie ihr wahres Ich bis zur Hüfte in den Traumteich watete, die Arme in die Luft gestreckt wie ein glückliches Kind, genau wie das Mädchen aus dem Oktober, ja, denn auch dieses war niemand anders als sie selbst gewesen, in ihrer behüteten Kindheit. Die regenbogenfarbenen Kugeln umkreisten sie schimmernd, glitzernd und funkelnd wie ein Meer aus Seifenblasen. Immer, wenn eine der Blasen sie berührte, zerplatzte sie und gab den Traum darin frei. Scarlett sah, dass die Tiere und Gegenstände und die Menschen und Blumen darin in ihr wahres Ich einfuhren, und sie hörte es vor Glück lachen.

In das Lachen mischte sich das Brüllen und Heulen des Horror-Nathans. Wie von Sinnen rollte er sich hin und her, schlug um sich wie ein Besessener. Jede der zerplatzenden Traumblasen schien ihm ungeheure Schmerzen zuzufügen. Und sie zerstörten ihn. Erst langsam, dann immer schneller, fiel er in sich zusammen wie ein verfaulender Kürbis. Schließlich war nichts mehr von ihm übrig als ein schwarzer Fleck.

Scarletts Blick wanderte zurück zu ihrem glücklichen Ich, das im Teich stand und die letzten Träume in sich aufnahm. Dann ließ es sich in die schimmernde Flüssigkeit gleiten und schwamm direkt in die sprudelnde Quelle. Das Licht darin wurde heller und heller, bis Scarlett geblendet die Augen schließen musste. Als sie sie wieder öffnete, war die Frau, ihr wahres Ich, verschwunden. Der Teich schimmerte noch immer regenbogenfarben und warm, doch die Oberfläche ruhte nun, die Quelle war still.

Scarlett fühlte, dass sie starb. Dunkelheit kroch in ihr herauf, aber es war eine ruhige, freundliche Dunkelheit, die ihr Frieden schenken würde. Sie hatte es geschafft. Sie war hergekommen, in die Herbstlande, hatte sich durchgekämpft bis in den Kürbispalast und hatte um Gnade und Vergebung gefleht. Und sie hatte ihre Schuld beglichen, die Schuld, die sie seit langer Zeit vergiftet hatte. Doch nicht an Nathan. Nicht ihn hatte sie gerettet, nicht wegen ihm war sie in Wahrheit hierhergekommen, sondern einzig und allein für sich selbst, das hatte sie nun begriffen. Die anderen, ihre Familie, ihre Freunde und alle die Wesen der Herbstlande, hatten ihr helfen wollen, ihren Weg zu sich selbst und ihrem eigenen Glück abzukürzen, doch sie hatte den langen gehen müssen.

Sie hatte ihn gehen müssen, um zu verstehen.

Plötzlich drückte sich das Gesicht der Kürbiskönigin aus der Wand. Es hatte nun ein anderes Antlitz, zeigte nicht mehr Scarletts verheertes Gesicht. Die Königin sah schön aus, mild und weise. Sie lächelte Scarlett an, nickte ihr zu. Anerkennend? Verstehend? Zufrieden? Scarlett wusste es nicht, doch es war ein gutes, ein *richtiges* Lächeln. Und sie fühlte sich geborgen dadurch.

Im nächsten Moment formte sich das Antlitz der Königin zu einem Vogel mit leuchtend orangefarbenem Federkleid und goldglänzenden Augen, der sich aus der Wand herauslöste und in den Himmel aufstieg. Er riss ein Loch in den Kürbis, und ein großer Brocken des modrigen Fleisches klatschte zu Boden. Offenbar war auch dahinter längst alles verfault, denn plötzlich schien helles, mildes Sonnenlicht auf Scarletts Gesicht. Der Kürbispalast stand kurz vor seinem Ende.

Scarlett blickte dankbar in den blauen Himmel und in das sanfte Licht. Noch einmal holte sie pfeifend Luft. Das Wispern der Kürbiskönigin umkreiste sie.

»Vergiss dich nicht …«

Dann erhob der Vogel seine Stimme und begann zu singen. Er sang sein wehmütiges Lied, und der Wind trug es davon in die klare Stille des Novembers. Ein Willkommensgruß an den Winter, der den Schlaf bringen würde.

Scarlett schloss die Augen und ließ sich fallen.

10

Vom Ende und vom Neubeginn

Der melancholische Gesang einer Amsel war das Erste, was Scarlett wahrnahm. Sie schlug die Augen auf und sah den Himmel durch ein geöffnetes Fenster. Eine Eiche reckte ihre kahlen Äste in das eisige Blau, die Sonne schien, und kalte, klare Luft, die nach Winter roch, wehte herein und bauschte die bodenlange Gardine des Zimmers. Scarlett befand sich im Bett eines Krankenhauses. Doch sie fühlte sich nicht krank, nur ein wenig benommen, wie nach einem langen, tiefen Schlaf. Sie streckte und reckte sich.

Der Vogel beendete sein wehmütiges Lied und flog davon. Das Bett quietschte, als Scarlett sich darin drehte, um ihm nachzusehen. Hatte sie sich gerade getäuscht, oder hatte er orangefarbene Schwanzfedern gehabt?

In diesem Moment wurde ihr endgültig bewusst, wo sie sich befand. Abrupt setzte sie sich auf.

Sie lag im Krankenhaus.

Der Unfall.

Nathan!

Scarlett versuchte sich aufzurichten. Ein Schwindel überkam sie, und für einen Moment musste sie die Augen schließen. Ein neuer Versuch. Langsamer. Ihre Arme zitterten und Schweiß brach ihr aus allen Poren. Es dauerte lange, bis sie aufrecht saß und das Zimmer aufhörte, sich zu drehen. Warum war das nur so anstrengend?

Die Gehirnerschütterung, dachte sie.

Natürlich. Aber wozu steckte eine Infusionsnadel in ihrem Handrücken? Beklommen wanderten ihre Blicke den dünnen Schlauch entlang, durch den die Flüssigkeit in ihre Vene lief. Matt glänzte der Infusionsständer im Sonnenlicht. Mehrere durchsichtige Beutel mit verschiedenen Etiketten hingen daran.

Scarlett runzelte die Stirn. Versuchte zu begreifen. Es war ihr doch gut gegangen …

Vorsichtig schob sie die Decke von ihren Beinen und rutschte zur Bettkante. Ein neuerlicher Schwindel ließ sie innehalten, dieses Mal jedoch weniger schlimm. In diesem Augenblick ging die Zimmertür auf und ein Mann betrat den Raum.

»Hoppla, hoppla!«, hörte sie ihn sagen. »Ah, Miss Hayden, Sie sind wach!«

Mit drei schnellen Schritten war er bei ihr und stützte sie an den Schultern. Er trug einen weißen Arztkittel.

»Ich bin Dr. Shaw, Ihr behandelnder Arzt«, sagte er und reichte ihr die Hand.

»Dr. Shaw, hallo. Wieso … bin ich wieder hier? Was …«

Sie brach ab, als sie seinen verwunderten Blick sah.

»Wieder? Sie waren doch gar nicht weg.« Behutsam half er ihr zurück unter die Decke. Er nahm eine kleine Lampe aus seiner Brusttasche und knipste sie mit einem feinen Klicken ein. »Erinnern Sie sich, dass Sie einen Unfall hatten?«

»Ja, aber … was ist passiert? Ich hatte doch nur eine Gehirnerschütterung … «

Der Arzt leuchtete ihr abwechselnd in beide Augen und nickte zufrieden.

»Nun, in diesem Fall ist Ihre Erinnerung nicht zutreffend. Sie haben bei dem Autounfall ein nicht unerhebliches Schädel-Hirn-Trauma erlitten. Wir mussten Sie eine Zeit lang in ein künstliches Koma versetzen, um Ihrem Gehirn genügend – sagen wir *Luft* – zu verschaffen, sich zu heilen.«

Scarlett schüttelte den Kopf.

»Künstliches Koma? Eine Zeit lang? Wie lange? Was für ein Tag ist heute?«

»Heute ist der erste Dezember, Miss Hayden. Sie waren fast genau drei Monate lang bewusstlos. Als die letzten Untersuchungen ergaben, dass Ihr Gehirn sich sehr gut erholt hat, haben wir die Medikation Stück für Stück abgesetzt und Sie aufwachen lassen. Wir werden noch einige Tests durchführen, aber wie mir scheint, haben Sie das Schlimmste gut überstanden.«

Scarlett war wie vom Donner gerührt. Drei Monate bewusstlos!

»D… das verstehe ich nicht«, stotterte sie. »Ich *war* doch längst wach, ich war auch schon bei Nathan!«

Dr. Shaw zog die Augenbrauen zusammen und schüttelte den Kopf.

»Nein, Sie haben die ganze Zeit hier in Ihrem Bett gelegen und zwar ohne Bewusstsein.«

»Wie kann das sein, Dr. Shaw? Ich erinnere mich doch an Nathan. Nathan Adams, mein Lebensgefährte, liegt er denn nicht im Koma? Geht es ihm gut?«

Es dauerte einige Momente, bis Dr. Shaw antwortete. Es war deutlich, dass ihm die Richtung des Gesprächs nicht zusagte. Schließlich seufzte er.

»Ihr Lebensgefährte hatte weit weniger Glück als Sie, Miss Hayden. Ja, es stimmt, er liegt im Koma, jedoch nicht im künstlichen. Seine Verletzungen sind schwerer.«

Scarlett fühlte Eiseskälte in sich aufsteigen.

»Oh mein Gott. Aber er wird doch wieder gesund?«

»Darüber lässt sich noch keine Prognose stellen. Wir müssen abwarten.«

Scarlett überlegte. Das war alles ganz und gar verrückt. Sie erinnerte sich doch an Nathan, wie er dagelegen hatte, an die Geräte, das Piepsen, die Beatmungsmaschine.

»Ich muss also doch wach gewesen sein! Ich war bereits bei ihm. Sonst könnte ich überhaupt nicht wissen, dass er im Koma liegt, nicht wahr?«

»Nun, die Narkose wird im künstlichen Koma für gewöhnlich so flach wie möglich gehalten, gelegentlich lässt man die Patienten sogar fast aufwachen. Es ist gut möglich, dass Sie etwas von den Gesprächen um Sie herum mitbekommen und auf diese Weise etwas über den Zustand Ihres Lebensgefährten erfahren haben. Sie waren aber keinesfalls wach und auf den Beinen, das versichere ich Ihnen.«

Scarlett wusste nicht, was sie sagen sollte.

»Kann ich ihn sehen?«, fragte sie stattdessen.

Der Arzt machte einige Notizen auf seinem Block und steckte den Stift wieder weg. Dann nickte er.

»Eine Schwester wird Sie gleich zu ihm bringen.«

Die Schwester öffnete die Tür und schob Scarlett in den Raum. Man hatte sie in einen Rollstuhl gesetzt, weil ihre Muskeln nach dem langen Liegen noch sehr geschwächt waren. Der Infusionsständer begleitete sie wie ein stummer Wächter.

Nathans Zimmer befand sich auf der anderen, der sonnenabgewandten Seite des Ganges und die tiefen Schatten des Nachmittags hüllten alles in einen grauen Schleier.

Die Schwester schob sie zu seinem Bett und erklärte ihr leise, dass sie klingeln solle, wenn sie zurück wollte. Geistesabwesend nickte Scarlett. Sie hatte nur Augen für Nathan.

Dort lag er. Reglos. Kraftlos. Still.

Das Piepsen der Geräte, die ihn am Leben hielten, erfüllte den Raum. Es schien eine Trostlosigkeit in den Schatten zu hausen, die über den Bewusstlosen wachte und nur darauf wartete, sich auch über ihre Seele zu stülpen, sobald sie nicht achtgab.

Einen Wimpernschlag lang, als zuckte ein Blitz über einen nächtlichen Gewitterhimmel, erschien vor ihrem inneren Auge das Bild eines Spinnenmonsters, das in bläulicher Dunkelheit auf sie lauerte. Bevor sie sich erinnern konnte, war es auch schon wieder vorbei.

Scarletts Herz pochte. Sie nahm sich zusammen und beugte sich vor, um Nathan besser sehen zu können. So verwundbar sah er aus. So blass. Ihre Hand wanderte wie von selbst zu seiner, doch sie hielt in der Bewegung inne. Wie fremd er ihr auf einmal war. Irritiert ließ sie die Hand wieder sinken. Sie war hier, in diesem Raum, bei ihm, in seiner Nähe. Jedoch … er wirkte nicht mehr wie ihr Geliebter. Ihr war, als wäre sie von einer weiten, unendlich langen Reise zurückgekehrt, und als hätte die Welt sich in der Zwischenzeit weitergedreht, sich verändert.

Nein. Ich bin es, die sich verändert hat, dachte Scarlett.

Als trüge sie diese Reise noch immer im Herzen.

Die Reise … Ein weiterer Blitz. Ein Wald voller Spiegel. Noch ein Blitz. Eine Lichtung mit Nebel, angefüllt mit grässlichen Gestalten … Eine junge Frau – nein, sie selbst – in einer Turmkammer, eingesperrt … Und mit einem Schlag war alles wieder da. Alles. Der September, der Oktober, der November – Goldland, Rotland, Grauland.

Sie sah den Kürbispalast und die Königin und Nathan, der dort sein wahres Gesicht gezeigt hatte. Sie sah ihr anderes Ich, wie es in den Traumteich stieg, oder war sie es selbst gewesen? Sie erinnerte sich, wie sie zu sich zurückgeblickt, wie sie sich am Boden hatte liegen sehen, Arme und Beine ausgestreckt, den Brustkorb auf groteske Weise eingedrückt, und gleichzeitig sah sie sich von Weitem in den Traumteich steigen, während ihr Leben aus ihr herausströmte. Während ihr schwindelig wurde. Irgendwann war ihr schwarz vor Augen geworden und sie hatte losgelassen. War sie … war sie etwa *gestorben?*

Totland.

Scarlett wurde heiß und kalt zugleich.

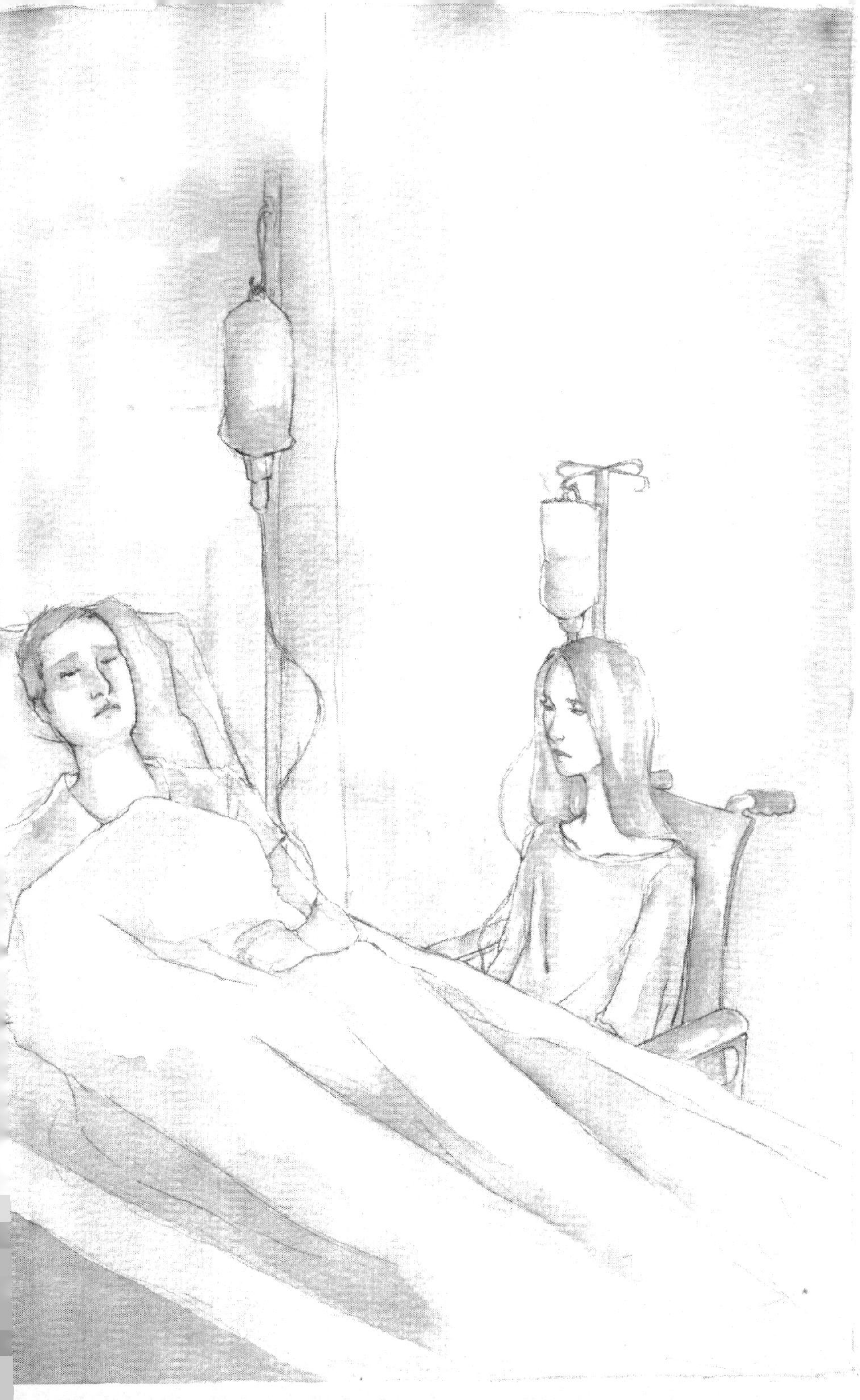

Sie betrachtete ihre Hände. Ihre Arme. Bewegte die Finger. Alles war in Ordnung. Keine Kälte. Keine schwarzen Adern unter der Haut. Ihre Hand zuckte zu ihrem Kopf. Sie hatte Haare. Lang, rot, voll. Ob sie sich die Reise nur eingebildet hatte?

Doch wenn sie Nathan nun betrachtete …

Womöglich war durch den Unfall ein Teil von ihr gestorben – jener Teil, der Nathan zu lieben geglaubt hatte. Übrig war das Bedürfnis, ihn nicht mehr wiederzusehen, sondern von ihm fortzugehen und ihr eigenes Leben wiederzufinden.

Sie wollte nach Hause.

In ihr *richtiges* Zuhause, ein Leben, in dem sie ihre Familie wiedersehen würde und ihre Freundinnen.

»Ich verlasse dich«, hörte sie sich sagen, und sie wusste, dass sie es so meinte.

Das Piepsen der Überwachungsgeräte klang regelmäßig. Gleichgültig.

Scarlett verspürte Erleichterung. Aber durfte sie das denn, sich erleichtert fühlen? Sie horchte in sich hinein. Dort entdeckte sie noch mehr, da waren Verwirrung und Trauer; Nathan war ab sofort kein Teil ihres Lebens mehr, sie wollte ihn nicht mehr. Nun war sie allein und ohne seinen Schutz. Sein Schutz … hatte sie nicht in den Herbstlanden gelernt, dass dieser nichts weiter als Bevormundung gewesen war? Nathan hatte sie nicht beschützt, er hatte sie kontrolliert. Eingeengt. Sie würde es nicht weiter zulassen, außerdem brauchte sie keinen Schutz mehr. Nicht nach allem, was sie alleine in der letzten Zeit durchgestanden hatte.

Aber was war mit dem Baby, einer eigenen Familie? Sie runzelte die Stirn. So sehr hatte sie sich ein Kind gewünscht, dass es sie überhaupt erst zu ihrer Verzweiflungstat getrieben hatte, doch nun war nicht mehr viel davon übrig geblieben. Natürlich, irgendwann wollte sie eine Familie haben, ganz sicher sogar, aber nicht mehr jetzt, und schon gar nicht mit dem falschen Mann.

Scarlett richtete sich auf und legte die Hände auf die Rollstuhlreifen. Sie atmete durch. Hier war alles getan. Vielleicht, so dachte sie bei sich, war ihr Bauch ja die ganze Zeit babyleer geblieben, weil er mehr über ihre wahren Wünsche gewusst hatte als ihr eigener Kopf.

Umständlich drehte sie den Rollstuhl und bewegte sich zur Tür. Es war anstrengend, vor allem wegen dem Infusionsständer, doch sie wollte nicht klingeln. Nicht warten. Es gelang ihr, die Tür zu öffnen und mitsamt dem Ständer in den Flur hinauszurollen, bevor die Schwester sie entdeckte.

»Sie sollten doch klingeln«, rief diese und eilte auf sie zu.

Scarlett warf einen letzten Blick auf Nathan. Als sie die Tür hinter sich ins Schloss zog, fühlte sie erneut die Erleichterung.

Es war vorbei.

Sie war frei.

Der Motor des Wagens brummte ruhig vor sich hin. Scarlett betrachtete die Stadt, die hinter der Fensterscheibe entlang zog. Wie vertraut doch alles aussah und gleichzeitig fremd. Sie kehrte zurück, in ein Leben, das sie nicht mehr kannte. Doch das sie wieder kennenlernen, ganz neu für sich entdecken konnte.

»Vergiss dich nicht«, hörte sie die Stimme der Kürbiskönigin in ihrem Kopf.

Scarlett atmete tief ein. Dort hinten war die Musikschule, in der sie jahrelang Klavierunterricht genommen hatte, in der Zeit vor Nathan. Sie erinnerte sich an das Versprechen, das sie sich selbst in den Herbstlanden gegeben hatte. Im Kürbispalast, als sie ihr wahres Ich vor dem Nathan-Monster gerettet hatte. Nie wieder wollte sie einen Teil von sich wegsperren, nie wieder ihre Träume unterdrücken.

Ich werde mich wieder dort anmelden, dachte sie und spürte Aufregung in sich aufkeimen. *Ich werde wieder Klavier spielen.*

Und keine vier Straßen von hier entfernt wohnte Maryanne, ihre ehemals beste Freundin. Sie hatten sich zerstritten, wegen Nathan. Aber sie würde auch das wieder in Ordnung bringen.

Scarletts Blick wanderte zum Hinterkopf ihres Vaters, der den Wagen fuhr, und begegnete schließlich den Augen ihrer Mutter im Innenspiegel. Mom beobachtete sie still und lächelte dabei. Scarlett erwiderte ihr Lächeln. Ihre Eltern hatten sie die gesamten drei Monate lang jeden Tag im Krankenhaus besucht und auf ihre Genesung gewartet. Sie hatten sie in den Arm genommen und geweint, als sie sie vorhin abgeholt hatten.

Nein, dachte Scarlett. *Ich bin nicht allein.*

Ihr Leben war auch nicht fremd. Es war da, war nie weg gewesen, sie brauchte es nur wieder anzunehmen.

Als ihr Vater um die Ecke bog, kam das Antiquariat in Sicht, in der sie das kleine Büchlein gekauft hatte, das Büchlein mit der Geschichte von dem Mädchen und dem Kürbis und dem Wunsch.

Scarlett beugte sich vor.

»Lasst mich bitte hier schon raus«, sagte sie.

»Was hast du denn vor?«, fragte ihr Vater und lenkte den Wagen an den Straßenrand.

»Ich möchte mir nur kurz etwas zum Lesen kaufen. Für die Reha, fünf Wochen sind lang. Fahrt schon vor, ich komme gleich nach.«

Ihre Mutter sah sie besorgt vom Beifahrersitz aus an.

»Aber Scarlett. Du bist doch gerade erst aus dem Krankenhaus entlassen worden.«

»Sind doch nur ein paar Minuten bis zu euch. Das schaffe ich schon.«

Scarlett stieg aus dem Wagen, winkte ihren Eltern zu, wobei ihre Mutter noch immer unglücklich dreinblickte, und überquerte die Straße zum Antiquariat. Eine Weile betrachtete sie das Geschäft von außen, sah die alten Bände im Schaufenster liegen, die zwischen ihren Seiten eine Unendlichkeit von Welten und Weisheiten beherbergten. Dann drückte sie die Messingklinke hinunter und trat ein.

Wie beim ersten Mal umfing sie warme Luft, die den Duft von Büchern und Geschichten mit sich trug. Sofort fühlte Scarlett sich geborgen. Es war ein schönes Gefühl, endlich befreit zu sein vom schlechten Gewissen, dass sie nicht hier sein sollte. Scarlett wusste jetzt, dass sie hier sein durfte, wann immer sie wollte. Dass die Geschichten sie bei sich haben und von ihr gelesen werden wollten.

Sie straffte die Schultern. Niemand sollte ihr je wieder vorschreiben, was sie tat und was nicht.

Sie strich erneut mit den Fingern über die ledergebundenen Buchrücken, ging durch die Reihen, atmete den Duft und ließ sich treiben. Sie nahm Buch für Buch aus dem Regal und entschied sich schließlich für ein elegant gebundenes, schmales Exemplar.

Das Lächeln des Buchhändlers war offen, freundlich und ein wenig schelmisch, als Scarlett ihm ihren Fund über den Tresen schob.

»Es freut mich, dass Sie zu uns zurückgefunden haben. Wie hat Ihnen das Buch gefallen, von dem Sie letztens ausgewählt wurden? Hat es Sie in seine Welt entführen können?«

Scarlett stockte der Atem. Die goldenen Sprenkel in den braunen Augen des Buchhändlers sahen aus wie Sterne … wie bei Kaleb. Überhaupt sah dieser Mann Kaleb Sheltwood zum Verwechseln ähnlich.

»Ja … ja, das hat es. Denke ich.« Sie war durcheinander. *Dass Sie zu uns zurückgefunden haben … Hat es Sie in seine Welt entführen können?*

»Es war eine interessante und lehrreiche Erfahrung. Und ich habe sehr viel Schönes erlebt, habe Freunde kennengelernt. Diese Freunde fehlen mir jetzt.« Scarlett lächelte verlegen. »Na ja … Sie wissen ja, wie das ist mit guten Geschichten.«

Der Mann lächelte ebenfalls.

»Natürlich. Ich liebe Geschichten. Ich lebe sie regelrecht, während ich sie lese. Und ich mag es, wenn ein Mensch, der Geschichten ebenfalls liebt und leben kann, mir von seinen Erlebnissen in den Welten zwischen den Seiten erzählt. Mir scheint, Sie sind ebenfalls ein solcher Mensch?«

Scarlett nickte. »Das war ich schon immer.«

Sie nahm das Geld aus der Handtasche, die sie fein säuberlich sortiert im Schrank des Krankenzimmers gefunden hatte, zählte es ab und reichte es dem Buchhändler.

»Alice im Wunderland ist eine gute Wahl«, sagte er. »Ich bereise diese Welt immer wieder gerne.« Er bückte sich hinter den Tresen und holte etwas hervor, das er zwischen die Seiten ihres Neuerwerbs steckte. »Das hier möchte ich Ihnen mitgeben. Ich finde, es passt zu Alice im Wunderland, und es passt zu Ihnen.«

Mit diesen Worten packte er das Buch in eine Papiertüte und reichte sie Scarlett herüber. Er druckste ein wenig herum, bevor er anfügte:

»Es … es würde mich freuen, wenn Sie bald wiederkommen und mir von Ihren letzten Erfahrungen erzählen würden, von Ihren Freunden, die Sie gewonnen haben und jetzt vermissen. Ich höre gerne zu.«

Scarlett erschrak und blickte schnell auf ihre Hände hinunter. So weit durfte ein fremder Mann doch nicht einfach gehen? Nathan hatte sie immer vor Fremden gewarnt.

»Ich … danke Ihnen, aber ich muss jetzt los«, sagte sie, schnappte das Buch und floh aus dem Antiquariat. Kaum war sie draußen, kam sie sich kindisch vor. Der Buchhändler war nichts weiter als nett zu ihr gewesen. Sie brauchte ihn nicht zu fürchten, genau genommen fand sie ihn sogar sehr sympathisch, und Nathan hatte keine Bedeutung mehr in ihrem Leben. Nachdenklich ging sie die Straße hinunter. Es würde wohl noch ein wenig dauern, bis sie ganz zu sich gefunden hatte und über die Beziehung mit Nathan hinweggekommen war.

Der Wind spielte sein Spiel mit dem trockenen Laub auf dem Gehweg und blies eine Anzahl brauner Blätter vor Scarletts Füße. Die Blättchen raschelten und wirbelten hin und her wie die Schar von Mäusen, von der Scarlett zu dem wundervollen Laubdrachen getragen worden war. Sie wusste nicht, ob sie das alles in Wirklichkeit erlebt oder nur geträumt hatte, doch das war unerheblich. Sie hatte sich verändert in dieser Zeit, und das war gut so. Sie würde die Herbstlande nie vergessen.

Neugierig zog sie das neu gekaufte Buch aus der Papiertüte und öffnete es an der Stelle, an der der Buchhändler etwas hineingesteckt hatte.

Sie erstarrte, als sie sah, was es war. In ihrer Magengrube begannen Feen und Mushpris zu flattern. Sie blickte zurück zur Straßenecke und zum Antiquariat. War so etwas überhaupt möglich?

Erneut betrachtete sie das Geschenk des Buchhändlers, berührte es voller Staunen. Es war ein dünnes, rotes Band, an dem ein winziges Blättchen aus Silber hing. Ein solches, wenn nicht sogar genau dieses, hatte sie schon einmal als Lesezeichen geschenkt bekommen.

Kurz entschlossen eilte sie zurück zum Antiquariat. Sie kam zu spät, der Buchhändler hatte bereits abgeschlossen. Heute würde sie nichts mehr ausrichten und ihn nichts mehr fragen können. Enttäuscht spähte sie durch die Scheibe, bevor ihr Blick an den Buchstaben hängen blieb, die von innen an die Scheibe der Tür geklebt worden waren.

Buchhandlung und Antiquariat
»Forgotten Leaves«
Inhaber: Kaleb Sheltwood

Scarlett schlug die Hand vor den Mund. Ein Schluchzen entschlüpfte ihren Lippen, von dem sie nicht wusste, ob es nicht doch ein Lachen gewesen war.

In diesem Moment ging ein Licht im Inneren des Antiquariats an. Scarlett sah einen Schatten, der den Hinterraum durchquerte. Schnell klopfte sie an die Scheibe. Der Schatten verharrte, dann kam er auf sie zu. Ihr Herz begann vor Aufregung zu hüpfen.

Im nächsten Augenblick öffnete sich die Tür und Scarlett blickte in die Sternenaugen des Buchhändlers, der Kaleb Sheltwood so verblüffend ähnlich sah. Der sogar Kaleb Sheltwood *hieß*. Es lag nichts Besitzergreifendes in seinem Blick, nur Freundlichkeit, Neugier und Wärme. Was auch immer dieser Mann mit dem Kaleb aus den Herbstlanden gemeinsam hatte, Scarlett nahm sich vor, es in Zukunft herausfinden.

»Oh, haben Sie etwas vergessen?«, fragte er freundlich.

»Das Lesezeichen, das Sie mir geschenkt haben … ich habe mich gar nicht dafür bedankt, es ist wunderschön. Wo haben Sie das nur her?«

»Oh ja, es ist ein besonderes Stück. Ich habe es in einer meiner ältesten Erwerbungen gefunden und aufgehoben. Ehrlich gesagt«, er blinzelte

Scarlett zu, »hat es sich in genau dem Büchlein befunden, das Sie als erstes hier gekauft hatten. Ich denke, es sollte wirklich Ihnen gehören.«

Scarlett spürte die Mushpris und Feen in ihrer Magengrube herumwirbeln.

»Sie sollten es mir nicht schenken, wenn es so alt und bedeutungsvoll ist.«

»Nein, bitte behalten Sie es«, sagte der Buchhändler, als Scarlett es aus der Tüte ziehen wollte. »Es ist mir eine Freude, es Ihnen zu überlassen.«

Scarlett erwiderte sein Lächeln, und sie spürte, wie sie begann, mit ihrem alten Leben abzuschließen. Zuversicht durchströmte sie. Ein Abschluss war auch immer ein Neubeginn. Doch sie würde keinesfalls dieselben Fehler noch einmal machen. Von nun an würde sie zuerst auf sich selbst achten.

»Übrigens, Ihr freundliches Angebot von vorhin … ich wollte Ihnen auch dafür danken. Nur bin ich eben von einer langen Reise zurückgekommen. Ich brauche jetzt erst einmal Zeit für mich, um mich zu erholen. Aber sobald ich wieder zu mir gefunden habe, komme ich darauf zurück. Sogar sehr, sehr gerne.«

Der Buchhändler strahlte.

»Ich freue mich schon darauf.«

»Ich auch.« Sie streckte ihm ihre Hand entgegen. »Ich bin Scarlett. Scarlett Hayden.«

Danksagungen

Fabienne Siegmund
Ich danke Stephi, Vanessa, Jana und Thomas für die atemberaubende Reise in die Herbstlande.

Thilo für die wunderbare Karte und Timo für die Covergestaltung.

Annika für die Begeisterung.

Diana und Carsten für die Ruhe im aufkommenden Sturm und die richtigen Worte zur rechten Zeit. Ihr wart mein Wegweiser, als mein Leben eine Herbstwelt war.

Und wie immer Torsten für das Vertrauen in eine Geschichte, die es noch gar nicht gab.

Stephanie Kempin
Vielen Dank an alle, die mich beim Schreiben unterstützt haben!

Vanessa Kaiser & Thomas Lohwasser
Wir danken Fabienne, die uns bereits 2014 auf die phantastische Reise in die Herbstlande mitgenommen und diese nicht nur mit ihrem ganz eigenen Zauber aus Worten und Gedanken geprägt, sondern unser Abenteuer auch über all die Zeit souverän geleitet und koordiniert hat.

Ebenfalls danken wir Stephanie und Jana, die mit uns die Herbstlande (in Wort bzw. Bild) zum Leben erweckt und zum Blühen und Leuchten gebracht haben.

Wir danken Torsten und Tina Low, die mit ihrem Verlag unermüdlich potenziellen Wort-Magiern die Chance geben, wahre Phantastik-Stürme zwischen zwei Buchdeckeln zu entfesseln.

(Thomas) Außerdem danke ich von ganzem Herzen meiner Mutter, die mich auf meinem schriftstellerischen Weg von Anfang an begleitet, mich unterstützt und niemals den Glauben an mich aufgegeben hat.

(Vanessa) Ich danke ebenso herzlich meinem Vater und meiner Stiefmutter für den Rückhalt, den sie mir über all die Jahre gegeben haben (und geben) und der mich maßgeblich dabei unterstützt, meiner Leidenschaft zu folgen. Ebenfalls danken möchten wir meiner Schwester, die uns in wichtigen Phasen unseres Weges kompetent und mit messerscharfem Blick berät.

Jana Damaris Rech
Es ist nicht selbstverständlich, wenn man als ungelernter Künstler eine solch wunderbare Gelegenheit bekommt und an einem Buch mitarbeiten darf, so wie es bei mir der Fall gewesen ist. Das wäre ohne diese guten Menschen nicht geschehen, die hier Erwähnung finden sollen, während ich hoffe, dass ich niemanden vergesse.

Als allererstes möchte ich dem Verlag danken, der mich nach Vorschlag nicht abgewiesen hat, obwohl ich keinerlei Referenzen vorweisen konnte. Das ist nicht selbstverständlich und ich bin dafür immens dankbar!

Im nächsten Atemzug möchte ich als Illustratorin den geduldigen vier Autoren danken, die sich von meinen Fragen bombardieren ließen und mir noch detailliertere Beschreibungen und Hilfestellungen zugesendet haben, wenn ich nicht weiter wusste oder vor lauter Fragezeichen stand. Ganz besonders dir, Fabienne, danke ich, dass du als Mittler im Fadenkreuz und manchmal im Kreuzfeuer standest und mit einer Engelsgeduld alle Anfragen und Antworten weitergeleitet und bearbeitet hast und mir nicht böse warst. Danke.

Und ein wehmütiger und entschuldigender Dank geht an die lieben Menschen, die mir nahe stehen und mich aufgefangen, geerdet und mir beim Aufstehen geholfen haben. Mama, Papa, Lila, Jonan. Von Herzen. Vielen Dank – ich weiß das sehr zu schätzen!

Über die Entdecker der Herbstlande

Fabienne Siegmund, geboren 1980, lebt in der Nähe von Köln. Ihre Leidenschaft für Geschichten entdeckte sie schon als Kind, und irgendwann begann sie selber zur Architektin von Luftschlössern, Traumgebilden und anderen zumeist fantastischen Stoffen aus Buchstaben zu werden.

Ihre Freizeit verbringt Fabienne Siegmund zu einem großen Teil in Geschichten (egal ob lesend oder schreibend), besucht Eishockeyspiele, Konzerte oder Theaterstücke, bastelt mit allen möglichen Dingen und reist durch die Welt, von wo sie immer wieder neue Geschichten mitbringt.

Stephanie Kempin, geboren 1987, hat sich schon immer gerne in Büchern vergraben. Um ihrer Leidenschaft für gute Geschichten noch ausführlicher nachgehen zu können, hat sie Literaturwissenschaft studiert. Mittlerweile ist sie freie Lektorin, Autorin und Übersetzerin. Am besten fließen die Ideen unter dem Einfluss von guter Musik.

Thomas Lohwasser und Vanessa Kaiser wurden Mitte der Siebziger Jahre in Marburg an der Lahn geboren. Schon früh übte das geschriebene Wort auf beide eine ungeheure Faszination aus. 2006 vereinigten sie ihre Talente und erzählen nun als Duo Geschichten. Sie wurden bislang mit mehreren Preisen ausgezeichnet (1. Platz Deutscher Phantastik Preis 2011 & 2015 sowie 3. Platz Storyolympiade 2013/2014). Außerdem sind sie Herausgeber einer Kurzgeschichtensammlung und wirken seit 2015/2016 in der Jury der Storyolympiade mit.
Weitere Infos unter: www.lohwasser-kaiser.de

Jana Damaris Rech wurde 1991 in Oberhausen geboren. Sie arbeitet seit zwei Jahren zwischenzeitlich als freie Künstlerin. Im Moment wohnt sie im niedersächsischen Ort Stelle nahe Hamburg.

ebenfalls erhältlich:
Herbstlande
Ein Reisejournal
Fabienne Siegmund
Stephanie Kempin
Vanessa Kaiser & Thomas Lohwasser
mit Illustrationen von Jana Damaris Rech
Erschienen im Verlag Torsten Low
ISBN: 978-3-940036-41-4